中国书籍文学馆
名家文存

重新发现文学

雷 达/著

中国书籍出版社
China Book Press

图书在版编目（CIP）数据

重新发现文学 / 雷达著 .—北京：中国书籍出版社 , 2014.3
（中国书籍文学馆·名家文存）
ISBN 978-7-5068-3942-6

Ⅰ.①重… Ⅱ.①雷… Ⅲ.①文学评论－中国－当代－文集 Ⅳ.① I206.7-53

中国版本图书馆 CIP 数据核字（2013）第 306256 号

重新发现文学

雷达 著

图书策划	武 斌　崔付建
责任编辑	姚 兰
责任印制	孙马飞　张智勇
出版发行	中国书籍出版社
地　　址	北京市丰台区三路居路 97 号（邮编：100073）
电　　话	（010）52257143（总编室）（010）52257153（发行部）
电子邮箱	chinabp@vip.sina.com
经　　销	全国新华书店
印　　刷	北京富达印务有限公司
开　　本	710 毫米 ×1000 毫米　1/16
字　　数	303 千字
印　　张	29.25
版　　次	2014 年 5 月第 1 版　2016 年 1 月第 2 次印刷
书　　号	ISBN 978-7-5068-3942-6
定　　价	68.00 元

版权所有　翻印必究

致雷达文学批评研讨会

刘再复

雷达比我年轻两岁，在我的心目中，他属于共和国第三代文学评论家的代表人物，尤其是狭义文学评论即当代文学批评的代表人物。我对文学评论曾作狭义与广义之分，狭义专指当代文学批评，广义则跨越古与今，包括对古代作家的批评。从狭义上说，我把周扬、胡风、何其芳、陈荒煤、冯牧等视为文学评论第一代，如果他们活着，现在均一百岁左右。比他们少十五岁到二十岁的李泽厚、谢冕、柳鸣九、樊骏、严家炎等，则属于第二代。这一代人因为所处的人文环境不好，许多生命消耗在政治运动与文化争斗中，所以人才不多。第三代则是当下六七十岁左右的雷达、何西来、钱理群、陈骏涛、白烨、孙郁等。我也属于这一代。这代人基本上是八十年代之子，得益过八十年代的自由空气，比第二代幸运。现在活跃于文坛的第四代陈思和、黄子平、许子东、林建法、夏中义、林岗等和第五代的谢有顺等，容我以后再细说。

雷达所以能成为第三代文学评论的杰出者，在共和国的文学评论群体中具有代表性，原因大约有三个：

一是因为他始终跟踪共和国当代文学的步伐，对于这个时代的重要作家作品和重大文学现象，他均作了及时的、充满生命激情和思想力量的回应。

二是他除了具有文学批评家的艺术感觉之外，又因为具有文学史知识素养从而能够理性地把握评论对象的价值分量与价值位置。所以我曾称赞他拥有一种"理性的激情"。

三是因为他的文学批评既有及时性又有持续性，既有启迪性又有准确性，因此在中国当代文学创作实践中产生了积极的、广泛的影响。如果没有雷达的声音，中国当代文学肯定会增添一分寂寞。

我去国多年，仅靠国外学院图书馆了解国内文学状况，包括对雷达的了解，也只是书斋中远距离的眺望，因此所感所言未必精当。只是借此研讨会之际，向雷达兄表达我的祝贺，祝雷达兄在生命最成熟的年月，写出更多的好著作与好文章，赢得更大成就。

二〇一三年四月八日
美国科罗拉多州

目 录

第一辑

- 002　重新发现文学
- 009　当今文学的自觉与自信
- 020　新世纪以来中国文学的走势
- 037　我们时代的文学选择
- 051　关于现实主义生命力的思考
- 057　地气·人气·正气
- 065　当下作家队伍的分化与重组
- 071　真正透彻的批评为何总难出现
- 084　原创力的匮乏、焦虑与拯救
- 089　地域作家群研究的当代意义
- 093　近三十年中国文学的审美精神

第二辑

- 118　强化短篇小说的文体意识
- 124　我心目中的好散文
- 130　我所知道的茅盾文学奖
- 145　多姿多彩的短篇小说
- 152　长篇小说求问录
- 163　官场小说的困境与出路
- 169　"打工文学"的意义、价值和前景
- 175　当今戏剧创作中的文学性及其他
- 185　民族心史与精神家园
- 196　关于爱、道德、生死的思考

第三辑

202　莫言：中国传统与世界新潮的浑融
214　评说史铁生
215　评说张炜
217　评说刘震云
220　《繁花》：鲜活流动的市井生相
223　这边有色调浓郁的风景
229　电影《白鹿原》的败笔在哪里
232　关于《大秦帝国》
236　周大新：《安魂》一曲慰死生
240　《狼图腾》的再评价与文化分析
247　张欣：当代都市小说之独流
253　王丕震：文坛神话惊世奇才
257　赵本夫近作的象征结构
260　毕淑敏：用小说思考生命的人
264　《红旗谱》为什么还活着
268　肖云儒：每一重要时刻都发出声音
273　汤吉夫：校园里的人性思索者
277　劳马写作的边缘性与启示力

第四辑

282 《一句顶一万句》要表达什么

286 读《带灯》的一些感想

292 刘高兴的"脚印"与灵魂的漂泊

298 高建群：乡土中国的命运感

304 从《漫水》看完整的王跃文

308 秦岭：在《皇粮钟》里寻找中国农民

313 陈亚珍：亡灵叙述与深切的文化反思

325 艾伟的《风和日丽》

328 关仁山的《麦河》

331 王松：一面人性恶的哈哈镜

333 鲁敏：《六人晚餐》

336 葛水平：乡土中国的风俗诗

339 丁燕：俗世众生相与地域文化穿越

346 胡冬林：真正的天籁之音

350 欧阳黔森小说印象

354 我对格致散文的看法

第五辑

360　董立勃：挤迫下的韧与美
366　《大漠祭》：西部生存的诗意
371　雪漠：文明消亡中的灵魂闪亮
375　范稳：大地的涅槃
378　成一：复活了一种伟大的金融传统
384　老村：阿盛其人的病理档案
388　李佩甫：《城的灯》的圣洁与龌龊
393　新鲜而残酷的青春物语
396　叶广芩：古镇·土匪·文明史
399　刘亮程《凿空》的诗性结构
402　须一瓜直面人性的极恶与极善
405　杨争光《少年张冲六章》忧思深广
408　梅卓的"爱的炼狱"
411　陈行之的黄河
415　杨黎光：老宅子里的人文波澜
419　钟正林：《鹰无泪》及其他
423　阎真：欲望时代的女性出路
429　《金钱似水》与欲望化描写
433　莫怀戚：重庆性格与风流蝴蝶梦
438　许春樵：《放下武器》与拷问灵魂
441　里快草原小说的文化品格
445　浦子：生命力在民间的勃发与想象
448　曾楚桥：从关怀生存到关怀灵魂
451　李天岑：贪婪人格与醒世之声

455　后　记

第一辑

重新发现文学

一 文学：需要重新发现

有人问，对于2012的文学来说，究竟是热闹还是复兴？我说既非热闹也非复兴，而是发现——重新发现。此言怎讲？诚然，自上世纪九十年代以来，文学就一再被边缘化。纯文学期刊和纯文学书籍的发行量和受众数，不但上不去，反而降下来，其空间和平台也一再受限。与之相对应，是大众消费文化的高涨，影像热、类型热、微博热等等此起彼伏，热得发烫。这当然并不奇怪。因为现在是全民娱乐时代、多媒体时代、读图时代、浅阅读时代，一句话，"去精英化"的时代，肯坐下来静心读文学的人自然不会太多。于是从总趋势上看，快感阅读在取代心灵阅读，实用阅读压倒审美阅读。有人说，这才是文学应有的本来位置，今天终于回归本位了，文学就该老老实实安于本分，这叫"本来位置论"。

本应如此就对吗？文学就该处在这样的"本来位置"吗？我表示怀疑。对于具有深厚、博大传统的中国文学来说，这是否有点"谦虚过度"；对于作为文学艺术母题、母本、元文本的文学而言，是否"严于律己"得过了头？正当此时，莫言获诺贝尔文学奖了，给了国人一个大惊喜，大震撼，带来一股强有力的自信和振奋。这是百年渴望的实现，世界性的给力。这个奖是奖给莫言个人的，是对他的艺术独创性的褒奖，但不能说与中国文化、中国文学以及改革开放的中国形象没有关系。也许这是汉语语种即将大规模进入国际主流文化圈的一个征兆或信号。所有用汉语说话，用汉语写作的人，都为这个变化高兴。当年许海峰在奥运会上得了第一块金牌，固然可嘉，那是中国人肢体技能上的第一次胜利，莫言获诺奖就不一样了，却是中国人在文化上和精神上的一次重大胜利。莫言的获奖，让世人重新认识和掂量当代中国文学乃至文化的宝贵价值。

是的，现在确乎存在"消费莫言"并试图将莫言娱乐化、明星化的浮躁倾向。莫言家后院的萝卜被人拔光，拿回去熬汤全家喝，希望沾点文曲星的惠泽；莫言的名字被注册为商标，什么"莫言醉"、"莫言洗脚城"、"莫言大酒楼"等等，但终究是一时的闹剧而已。值得注意的是，莫言的书在大书店以前一月只售出一二本，获奖后一夜爆棚，抢售一空、供不应求。不少读者看了作品，惊呼没想到中国还有这么天马行空，充满奇思怪想的书，这么具有批判锋芒的书，以前怎么不知道呢。由此扩展开来，人们又发现了还有一批与莫言水平相近的一线作家，他们短期内虽不可能得诺奖了，但他们的作品也大有看头。这，就是重新发现文学。令人慨叹的是，这种发现似乎首先还是以外国人为触媒。

现在影视业甚为发达。观众看了影视《白鹿原》《温故1942》《搜索》《万箭穿心》《少年派奇幻漂流》《断背山》以后，产生了找原著一看的冲动。《白鹿原》电影虽不太成功，但还是逗引得观众四处找书，出版社赶忙加印，20万册居然一售而空。重要的是，看了书的观众——读者中又有人惊呼，书比电影有嚼头，读一本好作品的收获比看十部电影还要大呢。这，又是一种重新发现。不过是来自外力，因影视而触发。

由此使我想到，虽然文学本身存在的问题并不会因莫言的获奖而自行消失，但我们对中国当代文学的成就的整体估价，是否有些偏低？近三十年中国文学的闪闪珠宝，丰富库存，是否有待于进一步挖掘和普及？它是否应该被更广大的人民群众所认知？另一方面，正如有人指出的，审美方式正在起变化，文学与影像的"共同阅读"已成为人类接收信息或进行娱乐的重要方式。过去文学清高，瞧不起影视，认为改编没有不失败的，好文学具有"不可改编性"；现在不得不放下身段，进入共存共荣时代。文学与电影的互动性正在加强，电影从过去拄着文学的拐杖单行，到电影的热映反过来引发人们对文学的关注，进而影响文学的销路、样式和美学风貌。不过，也得警惕，文学不要为此被商业性元素牵着鼻子走，丧失了本元。总之，莫言热也好、影像热也好，并不就等于文学热，但近来阅读的回潮或回暖现象却值得重视，它或将成为重新发现文学的重要契机，甚至机遇。

二　文化滋养文学，文学介入文化建构

从重新发现文学的角度来看，整个新世纪以来的文学都有重新认识的必要，但这里，我们就2012年度的小说创作为观察对象，不难发现其实它仍然延续着新世纪以来文学创作的发展势头，无所谓大年还是小年，许多小说生动描绘了大转型时代广阔的生活画面，传达出对人的生活状态与存在价值的思考，广大作家关注转型时代从"底层"到"官场"的生活场景和人的丰富多彩的命运戏剧，有些作品能进入到对生存和生命意义思索的层面。相当多的作家文化意识有所增强，笔触深入到不被人注意的领域。

最基本的一点，仍然是要问：对人的认识，对人性的挖掘，对民族精神的表现如何。过去的文学对人的丰富性和复杂性的表现不够，现今作家力图注意多方探索，很多新领域打开了、丰富了、深化了，特别是面临日常化的和平年代，日常化的生活与日常化的人生该怎么写，成为新课题。

不少作品敢于直面灵魂，思考生命，并由此进入了较有深度的文化反思。

李佩甫的《生命册》仍沿着他在《羊的门》以来的"植物学"的思路，注意人化的自然和人文地理因素与文学地域风格之间更为深刻的内在关联，仍将背景置放在城乡二元结构的冲突下，书写"背负着土地"的乡土知识分子及其众多角色在大转型中的心灵痛史，但辐射面要大得多，逼近了时代和人性的真实。周大新的《安魂》有作者对儿子无比深情的爱与记忆，也有对自我的无情的解剖甚至痛恨，并引出古今哲人的思想与精神。这是周大新在为儿子安魂的同时为自己安魂，也为天下失去孩子的父母安魂，更重要的是，他在为这个时代安魂。鲁敏的《六人晚餐》像一个奇妙的共时性转动的魔方结构，六个篇章记录了两个单亲家庭的爱与艰难，六个人物相互间的依存与伤害，吸引与生离死别，呈现出底层生活的真实情状。作品擅长表现底层人如何在无奈的生活中突围而出。不大为人所知的陈亚珍的《羊哭了，猪笑了，蚂蚁病了》，以亡灵叙述的魔幻手法，对封建的节烈与假革命之名义的节烈对于乡土女性的荼毒，对历次政治运动对人性的伤害，以及对属于中国经验的、渗透到民间底层的政治文化形态的反思，有独特而罕见的揭示。有人指出，这部书剖析人性，解读苦难，拷问灵魂，是呼唤民族记忆的大叙事。对女性主义的研究者来说，也许是难得的文本。

文化意识的强化，文化视界的扩展与深化，甚至深入到多年无人问津的角落，也是这一年的一个重要特点。都市文学向来薄弱，但不约而同，忽然出现了金宇澄的《繁花》，孙颙的《漂移者》，陈丹燕的《和平饭店》，皆涉笔海派文化的纵深，展现都市文明的杂色，探究历史风云的沧桑，使人为之目夺神摇。《繁花》是向上海这座伟大城市的致敬，其主要兴趣虽取自被一般意义忽视的边角材料——纷纭生活世相世情的琐碎的描摹，而事实上，作品在探究这座城市的灵魂奥秘。沪语方言竟丝毫未影响北方读者领略它的沪味。作者并无宏大叙事的雄心，倒有一种张爱玲式的世俗兴趣和苍凉心境。《漂移者》有绝对新颖的视角，不是写国人闯世界，反过来写一美国犹太青年闯上海,展现了在国际金融中心的上海,美国青年马克冒险、奋斗、挫折的人生"漂移",语言幽默,多有调侃;《和平饭店》是以非虚构的方式来描写和勾勒上海的地标和平饭店。它没有完全贯穿始终的人物,主角怕就是这幢历经风雨而生机不减的建筑。

冉正万的《银鱼来》写的不是中原文化,而是远离文化中心的云贵高原,也不再是重复"百年史,民间视角,家族斗争"的惯常模式。它通过一个百岁老人的视角,提供和还原了一种更为陌生而真实的、充满苦难与坚韧的文化图景,丰富与扩大了我们的文化视野。杨志军的《西藏的战争》是关于西藏近代史的一部力作。叶广芩的《状元媒》堪称深度挖掘京味文化之作。杜光辉的《大车帮》让我们领略了一种久违的大西北特有的光芒——来自历史和民间的、带着草莽气息的、苍劲而粗犷的人性光芒。

对于面对现实矛盾,直面民生疾苦和生存困境的写作而言,现在仍是官场小说独大,当然其中不乏深度之作,但如何不限于官场文化,走向更为广大的民生,却也是个问题。刘震云的《我不是潘金莲》无疑是一部发人深省的含泪悲喜剧,有强烈的现实感和人民性。一个民间女子,一桩离婚案,阴差阳错,闹到从县到市到中央,震落了诸多官员,于是围追堵截,人仰马翻,不亦乐乎,但这并非夸张,而是有现实性依据的。作品在处理一句话的纠结上,似有符号化和寓言化倾向。钟平的生态小说《天地之间》,吕铮的法制小说《赎罪无门》,没有停留在把生活"问题化",而能把"问题"生活化,值得注意。但就现实感而言,可明显感到,比起丰富复杂,飞速多变的广阔现实来,我们的创作仍显得薄弱。

三　历史和现实中的人性反思

当我们把目光转向2012年的中短篇小说时,发现它们与长篇创作的精神走向并无多大区别,不过,由于中短篇体量的相对限制,它们也许更为集中地表现了人性反思的主题，有的达到了很深的程度。这里只选择我感受较深的几部谈点看法。

格非的《隐身衣》是一部信息密集的中篇小说，也是构思和意象十分独特的作品，音乐与人生、知识分子与当代生活、精神与物质、存在与死亡、玄疑与现实，都在这部小说中得到了饱满呈现。"我"是一个做胆机生意的人，沉溺在音乐世界中，与我一样的发烧友们一起构成一个纯净的乌托邦，但是在现代文明的强大胁迫下，这个世界遭受着外力的攻击。相比之下，现实世界则是亲人猜疑，朋友反目，夫妻离弃，这就不能不对人性进行反思，也许，世上美好的事物都是一层薄冰，一碰就碎，人性亦如此，唯有身着隐身衣，变成让人视而不见的人，才是人性自全之道。小说的每一节都用乐曲或胆机的名字来命名，整部作品就像是一部当代社会驳杂繁乱的交响乐，但作者的精神追求，形而上的精神高度，却只有思而得之。

尤凤伟的《岁月有痕》完全降回到人间世，一切是实在的，它对历史恩怨中的人性，挖掘甚深。一个垂暮之人姜承先在某个清晨遭遇了曾经对自己一生构成了深重伤害的人，即使岁月流逝，他的伤痛和憎恨仍无法平息；他拒绝对方想跨进自己的家门解释点什么的意图，他不接受任何"道歉"。然而，未曾想到，对方因吃了闭门羹而突发脑溢血，于是一系列煎熬开始了。虽然伤害发生在那个红色的疯狂年代，但意外的重逢却又让人性、亲情、友情经受新一轮的匪夷所思的考验。

我还想提到海外作家陈谦，她近来非常活跃，她在作品中往往对"文革"历史采取了别样的叙述视角，并对女性的心灵进行深入探究。这一特点《特蕾莎的流氓犯》中已有崭露，而2012发表的《繁枝》就更为彻底。《繁枝》的主人公立蕙因为特殊的身世一直避讳自己的血缘关系，但血浓于水，记忆的池塘里总会不时地窜出水柱，它们带着亲情、隐痛和伤害，一起来到面前，就像孩子画的家庭树，枝叶繁茂，命运是它们的根。陈谦总是在追问："我从哪里来？要回哪里去？人何以如此？"这是一个当代女性的天问，它无疑在惊醒着我们许多人。

近来中短篇小说敏于表现高科技和新媒体语境下人的思想情感的微妙变化，似乎是一个新的趋向。范小青的《短信飞吧》，赵剑云的《借你的耳朵用一用》，裘山山的《意外伤害》等都有此特色。仅以后者而论，镜头由历史拉到当下，沈庆国作为一个政府官员，能够自律，坚守人格，然因此一直未得提升，收到一次意外的婚礼邀请，遇到曾经心动的女同学，又意外地救起了自杀的人，这似乎应该是个英雄，荒诞的是，非但没能成为英雄，还因为一起照片上的女同学事件而遭到网络人肉搜索，他受到这意外的伤害后，无力澄清，只能选择继续平庸。

总之，2012年以来，伴随文化大繁荣大发展的趋势，文学格局又有了许多新的变化，出现了许多新的亮点，传统文学也在不断地拓展边界，大量新问题值得我们思索。比如自觉或不自觉的新的焦虑点，那就是围绕对人及其处境的新思索，关注精神生态，关注文学如何穿越欲望话语的时尚，着力从家族、历史、地域、乡土、政治文化和集体无意识的角度，对民族灵魂状态进行多方位的探究与考察，力图寻求民族灵魂的新的生长点。

我希望广大读者能带着更为广阔的眼光，更为超脱的理念，更为自由的心灵，来欣赏这一批中短篇小说佳作。

当今文学的自觉与自信

如果说文学一向有它不可动摇的位置，有深厚博大悠久的传统，只要用教科书和文学概论即足以回答其存在的重要意义，那么现在，文学的存在固然无可撼动，却也是一个需要重新思索和重新认知的问题了：它在今天如何存在，它的空间何在，以什么样的方式，为什么是不可或缺的？甚至，十年前这也不成其为问题，可以不回答，现在却无可回避了。

不过，对于这个问题的深刻探讨并不仅仅是个文艺学问题，同时是个活生生的文学创作实践问题，是离不开当前中国文学身上所发生的诸多新关系和新变化的。比如，文学与阅读的新关系，文学与影视的新关系，文学与新媒体、与社会新闻的新关系，以及文学的传统领地和优势，在遭遇现代化转型的巨大挑战后，所衍生的新关系，例如乡土文学是否终结的问题，等等。倘若不能从这些新关系中寻找到文学生存与发展的根基和新的生长点，那么关于文学如何自信与自觉，文学如何不可或缺的言说，都有可能凌虚蹈空。

一

莫言获奖之后，我参加过一个"中国文学走向世界"的大型学术研讨会，我在发言中对这个"会标"提了一点儿不同看法。在我看来，这个提了三十多年的老口号也该换一换了，不能老是"走向世界"，"世界"是否永远那么遥不可及，那么永世无法接近？现在的中国文学已不是走向世界与否的问题，现在的中国文学已走进了世界，它不在世界文学"之外"，而是"之内"。莫言的获奖便是一个明证，当然也不仅仅因为莫言的获奖。这一事件至少说明，获诺贝尔文学奖有可能变成我们身边的事，中国本土作家也有资格、有实力获此殊荣，而且，中国够这种资格的作家远不止莫言一人；中国文学的一部分正在为世界所接受，所欣赏。把近年获诺奖的外国作家的作品，与中国一些优秀作家的作品加以比较，我以为我们的并不太差，分量也不轻，在文学理念上也并不落后。这是一个很重要的判断。它是中国与世界在政治、经济、文化上的深刻交流互动的反映之一。

在某种意义上，我们现在需要的也许是重新发现文学。为什么这样说呢？自上世纪九十年代以来，文学就一再被边缘化。纯文学期刊和纯文学书籍的发行量和受众数，不但上不去，反而降下来，其空间和平台也一再受限。与之相对应，是大众消费文化的高涨，是影像热、类型热、微博热等的此起彼伏，热得发烫。这当然并不奇怪，也是势之所至，非人力可以改变。因为现在是多媒体时代，图像时代，浅阅读时代，或被称为全民娱乐时代，一句话，"去精英化"的时代，肯坐下来静心读文学的人自然不会多。于是从总趋势上看，快感阅读在取代心灵阅读，实用阅读在压倒审美阅读。思想的表现则纷纭复杂，其中，如有人指出的，犬儒主义的盛行，看透一切，不相信崇高且嘲笑崇高，把一切化为笑谈的和光共尘式的混世主义，就比较突出，正在使思想的锋芒尽失。其中，将一切娱乐化，将娱乐泛滥化，娱乐不止成为主体，且逐渐演化成为生活之整体的现象，也比较突出。这非夸张之语。在这样的氛围中，难道不应该重新发现文学的价值和意义，重新认识当今文学取得的实际成就和它的闪闪珠贝吗？

莫言的获奖对于中国文学来说，至少意味着文学的自信力在一定时空中的回归，树立和生长。我们也许还记得鲁迅在世时对诺奖的态度。他认为自己不够格，同时认为林语堂等人也不够格。原因在于，他既对中国古典文学的大传统是否定的，不愿中国青年读中国古书，同时又觉得中国作家借鉴西洋文学还不成熟，以至于他觉得自己比起果戈理、易卜生们还差了一大截。那是一个倡导新文化、新文学运动的时代，同时也是一个埋藏旧文化、旧文学的时代。学习新的，必然就觉得心气低一些，而埋藏旧的，必然也把那古代积聚起来的自信也一同埋藏。鲁迅的这些话当然是有道理的，那也就是说，那时的中国不但"技不如人"，"制不如人"，其文学也还远未能走向世界。后来，我们又封闭和禁锢了很久很久，这个问题也被长期搁置了。然而，新时期以来三十多年，我们提出了面向世界，面向未来，上世纪整个八十年代至今，我们都在不断地打开门户，大力借鉴西方文化中有益的东西，大胆学习实验如现代主义及后现代的某些审美经验，逐渐树立起文学的我们的自信。不仅是先锋作家们争写实验小说，一波未平，一波又起，还有全民族的思想解放和观念爆炸。此后，冷静下来，这种寻找和探索也从未止息，但更侧重于指向了中国经验和本土化的传统。这是当代文学史上珍贵的一份精神纪录。三十年，这个时间还短吗？没有这个阶段，就不会有今天中国文坛的如许成绩，更直白地说，也就不会有今天莫言的获奖。后来，批评家们首先反思的，是先锋文学和每一个文学现象的得失，同时呼吁富于"中国经验"的伟大作品的问世，目的是真正树立甚至高扬中国文学乃至中国文化上的自信。但从理论到作品的实践，并不是同步的，有时是超前的，有时是滞后的。它与我们时代整体的社会文化背景以及与世界文化的互动交流的背景有关系。因此,莫言的获奖绝非偶然。他只是中国当代文学的一个突出代表。他让许多中国作家意识到,自己已身处世界文坛之中,而非"之外",或者说大部分身子处于同一个世界,只要将汉语言文学写到尽致,同时又有条件得以译介、传播,就会得到世界的认可,就会有丰硕的收获。这是一种文学自信和文化自觉的恢复。

二

以上所说,主要还是因外部的事件、外部原因的推动,诱发了对文学的重新发现,或者说只是给了一个强刺激,它们只能暂时改变一下局面或热闹于一时。时过境迁,热潮退去,问题依然存在。事实上,对于当今文学存在的意义与价值,不是一个莫言获奖可以解决的。这问题在今天之所以变得越来越突出,自有其深刻的文化语境变迁的巨大原因。

择其原因之一来说吧。大致从新世纪以来,尤其是近年来,由于网络信息和影视业以及手机业的发达,传统的阅读方式逐渐成为人们最少利用的方式。千年以来阅读书籍的习惯正在被颠覆,文学与阅读出现了新关系。青年人被微博、微信以及网络、手机上的各种信息控制,读书也是不得不"实用"而为之的事情。读闲书的时代早过去了。过去人们睡觉前看的是闲书,现在青年人睡觉前玩的仍是手机,看微博、读微信、发段子。手机在"控制"一切。细想起来,这是很可怕的。微博的碎片化、网络信息的分散化,将人的生活和意识解构了。它说明一个问题:这些东西与真正的阅读是格格不入的。真正的文学是沉静的,不是喧闹的,是需要人们沉潜进灵魂的深处、记忆的幽深世界以及思想的微明处。真正的文学阅读应该是指,你忘记周围的世界,与作者一起在另外一个世界里快乐、悲伤、愤怒、叹息。它是一段段无可替代的完整的生命体验,不是那些碎片式的讯息和夸张的视频可以取代的。而这些,也正是这个喧嚣时代被信息化掩盖的精神真相。我注意到，有一位外国观察家也谈到过他们眼中的"中国阅读"：通常，在地铁里、火车上以及一些其他交通工具上，很多人都在静静地看书；而在中国的这些场合，人们要么在高谈阔论，要么在打瞌睡，少有看书的人。我知道中国人并不是不阅读，很多年轻人几乎是每10分钟就刷一次微博或微信，从中获取有用的信息。但微博和微信太过于流行也让人担心，它们会不会塑造出只能阅读片段信息、只会使用网络语言的下一代？当然，网络侵蚀阅读是一个全球化、世界性的现象，并不只是中国才有。但养成阅读习惯的人在中国庞大的人口中所占的比例，还是太低了。

记得有一位学者说过：一个不爱读书的民族，是可怕的民族；一个不爱读书的民族，是没有希望的民族。一个人的精神发育史，应该就是一个人的阅读史，而一个民族的精神境界，在很大程度上取决于全民族的阅读水平；一个社会到底是向上提升还是向下沉沦，就得看一个国家谁在看书，看哪些书，这决定着这个国家的未来。正因为如此，深阅读，心灵阅读，"经典阅读"，目前正在成为一种逐渐清醒起来的声音出现。文学阅读是其中重要的一项。

三

审美样式的兴衰也正在起重大变化。影视的覆盖能力变得前所未有。其中文学与影像的"共同阅读"已成为当前人类接收信息或进行娱乐的重要方式。过去文学清高，瞧不起影视，认为改编没有不失败的，好文学具有"不可改编性"；现在不得不放下身段，进入共存共荣时代。文学与电影的互动性正在加强，电影从过去拄着文学的拐杖单行，到今天电影的热映反过来诱发人们对文学的关注和回顾，进而影响文学的销路、样式和美学风貌。

不能不看到，影像语汇正在改变我们的生活，也在改变我们的文学。

影像正在把一切转化为可视的东西。我们处身的世界也无不在摄影镜头和监控录像的覆盖之下，好像人与社会、人与人的关系简化成了看与被看的关系。文学也就不可避免地受到影像文化的检验，它的门槛对文学门类的流行与否还颇起作用，长篇小说的被称为第一文体不能说与此无关，而另一些精致的文学样式如诗歌、抒情散文，只能接受读者日少这个事实。但小说也只是因其叙事性和故事因素的是否适宜改编而受到筛选，一些最精华的文学因素，如心理刻画，如景物描绘，如滔滔议论，如意识流，如精妙哲思，就不得不遭到影像的扬弃。它对文学的伤害是隐形的，却也是致命的。我们已经看到了太多的用影视镜头叙事的小说，文学性十分干瘪，却受到热捧。

尽管宫斗剧、谍战剧、抗战神剧铺天盖地（其中大部分是"文理不通"或文学性匮乏），可喜的是人们却也越来越清醒地看到，文学有文学的语言，电影有电影的思维，其区别是一为阅读、感悟的语言，一为视听语言，两者的"结亲"主要体现在从文学作品到电影的改编问题上。电影主要汲取小说的故事元素，语言本身很难被改编，甚至很难"转译"。视听语言的瞬时性和影视画面的平面化决定了它不能，也不可能承载更丰富、更沉重的思想文化内涵，这是影视的娱乐功能决定的；影视，特别是电影的叙事时间，更多追求视觉冲击、画面感、剪辑艺术等，即使是故事片的叙事，也更多是以不同角度把某个或某几个故事讲好，而很难在较短的叙事时间中展现复杂的人性关系，但这恰恰又显出了经典长篇小说的优势。看了《白鹿原》电影又看小说原作的人感叹道，看一部好小说的收获远胜于看一部电影。所以拯救影视的根本仍在一剧之本，仍在文学。

我们还应注意到，现在是一个"大片"横行、大片至上的时代，导演们无不对制作大片趋之若鹜。现在确实也拍出了不少国产大片，如《狄仁杰之神都龙王》和《厨子·戏子·痞子》，它们在技术、声光电以及情节的设置上似乎堪与国际大片"接轨"了，其热闹与嬉皮程度也使青年观众高兴，然而，这些以票房为最高追求的快餐式的片子，大都在技术上胜利了，在艺术上失败了，除了炫技的那点儿外在的吸引力，人们普遍感到，从片名的诘屈聱牙、故弄玄虚、哗众取宠到片子的文化底蕴薄弱、思想空洞看来，最缺的倒不是技术，而是人性的深度和哲思的力量。它们只是都教人傻乐。就这个意义而言，文学在今天不是没有价值，而是大有可为，它有可能是从根本上改善中国影视平庸化、浅俗化、缺乏文学性的良方。

四

问题的症结还在于，在这个多媒体时代，文学作为传统的艺术样式，其功能不断受到严重的质疑，文学与媒体及社会新闻的新关系即其一。以前这个问题并不突出，它也是新的。这里以贾平凹《带灯》为例。我不止一次地听到，一个重要的怀疑声音是，小说中女主人公带灯所在乡镇"维稳办"遇到的种种麻烦、灾害、上访、征地、拆迁、招商之类，在社会新闻中几乎全都涉及过，无人不知，于是，那要文学何用？现在是微博时代，论反映现实的速度，文学根本无法与网络和新闻比，那文学的价值又何在？是啊，这是个问题。这个问题的提出者并不浅薄。意思是说，现在有了大量的密集的新闻，像《带灯》这样写现实的文学作品是跟不上社会新闻的，于是其存在已经没有意义。我能理解这种说法，却不能同意这种说法。我觉得读《带灯》完全是在另一个世界里徜徉，文学有文学的领域。很可惜，人们往往没有耐心去进入文学的领域中去体会，而恰恰我们这个时代又是非常需要文学的，像《带灯》里面所写的这个世界，"樱花镇子的生活像马拉车，虽然摇摇晃晃，可到底还是在走"。即使贾平凹写镇政府的一次会餐，写一次上级领导的"视频会"，我都觉得有趣。比如那个刚愎自用的马镇长，那个告状户王后生，还有为了砂场而进行的那场血肉横飞的残酷械斗和斗争背后的极端复杂微妙的利益关系，这都是那些说看了新闻就可以解决问题的人无法洞悉也解决不了的。这就是人性的极端复杂。我读《带灯》，我觉得我是在读情怀，读情感的微妙，读人生的韵味，读转型时期世态的变化多端，也是在读我的世界之外的世界。同时也可以说在读美文，读汉语之美。文学需要一个人学的丰富内涵，绝不是有了新闻，还要文学干什么。当然，《带灯》在创造一个理想境界上，在思想的锋利上，是不够的，那还是与现实保持了过于贴近的关系，使文学之为文学的魅力未能得到充分发挥，这也是目前大量文学缺乏超越性，无力再造精神的第二现实的不足。

无独有偶，2013年余华的《第七天》出来了，评价纷纭，甚至针锋相对。我也找来读了，我无意参与争论，但有些问题十分突出却不能不说：小说中凡是最动人的地方，往往是写普通人相濡以沫的充满人情味、人性味儿的日常生活，如杨飞的身世之痛，他与杨金彪的父子深情的曲曲折折，还有杨飞与李青的爱情畸变，以及余华对鬼魂世界里依然等级森严的大胆想象部分，都显示了卓然的才气；而那些强拆，杀警察，洗脚妹杀人，卖肾啊等等，就并不那么动人，也许是我早已知道了。我多少感到，余华非常珍视这些社会奇闻，以为它们本身就有存留的历史价值，于是他小说里的现实感，尖锐感，都想主要依赖这些新闻支撑。余华的这种看法，也并非他不懂文学与新闻的区别，而是认为，在严峻的现实面前，一般意义的小说已失却了阅读价值。如同本人在这里，就没必要再去看相片一样。也许在他看来，当今的某些新闻，远远超出了作家的想象能力，其价值在文学之上。要问，这些新闻因素的生命力到底会有多久，它们出现在小说中，究竟是破坏了，还是成全了这部小说的思想人文价值？我的看法是，这样密集地使用社会新闻，对小说的生命力仍然是一种销蚀和破坏。有人撰文说，在新闻结束的地方，文学应该开始了。说得好！心灵，人性，想象，汉语之美，是新闻做不到的。尤其重要的是，新闻追求的是"客观真实"，而文学的优势在于，它有强大的主体意识的重塑和再造，它创造的是"主观的真实",因而是更深刻的真实。到什么时候让人们感到,没有文学的生活是空虚的,不读文学的日子是没法继续的,那就好了。如果满足于140字的微博,头脑里塞满了碎片化的新闻,没有耐心去沉静地深思生活,这样的生活也不过是伪生活罢了。为什么文学与社会新闻之间的关系忽然变得敏感了,甚至在一些名作家身上也显露出来。原因是,碎片化阅读无所不在,以至人们情不自禁地要求小说也得向它靠拢,孰不知这正是对小说审美本性的伤害。

五

文学的传统主题和传统领域遭遇现代转型的冲击,有个如何存在的问题,例如乡土文学的命运。这实际上也涉及当今文学存在的价值和意义。文学究竟是满足于表现事物表层的那点时空意义,还是着力于表现历史演进中的人性变化和精神之根,是不同的两种思路。有人说当今乡村已经解体,作为乡土文学的土壤和基础快不存在了,因而乡土文学应该终结了。这种思潮其实在社会学家那里早已经存在。早有学者指出,中国的城市化不能以终结乡村文明为代价,要把新农村建设上升到乡村生态文明的高度。我国的乡土仍是广大的,退一万步言,即使中国像某些完全没有农业的工商国家一样了,中国的乡土文学作为传统也仍然潜隐而顽强地存在。再极端地说,假使人类都迁居到太空居住,那人们也会深深地怀念地球村的。因为它是基因一样的东西,你是无法去除的。只要中华民族还在,中华文化还在,乡土文学精神也就不会消亡。但是尽管如此,它的主题必会变化,场域必会变化,人物的精神构成必会变化,思维方式和生活方式也都会变化,这个变化将是剧烈的,空前的,深刻的,含有某种悲剧性,就看文学有没有能力去表现。新世纪乡土文学的困境和未来乡土文学的书写空间的开拓正是当今文学的一个新课题,新难题。新世纪乡土文学中出现的"改变乡村"与"守望乡村"的迷惘、"城市"与"乡村"价值的迷失等等，成为研究新世纪文学发展的多种可能性空间。我们注意到，在乡土文学的发展中，近年来宏大叙事的解体与"细节化"叙述方式的出现值得思考。这里包括，叙事视角的变化（尤其是第一人称叙事视角的突出），多种叙事形态如"闲聊体"、"方志体"、"词典体"等的出现，言说方式的革新（主要是方言的大量运用），乡村意象的变化等等，向更接近普通人日常生活的意象转变。正如有人指出的，在表现城乡价值时的突出问题是："它们之间有个明显的矛盾：面向乡村时显示的现代批判，在面对城市时却变成了留恋乡土和回归传统的意识。对象转换后出现这种思想矛盾，蕴含着值得深思的社会问题和文化现象。"乡土文学是不可能终结的，重要的是如何开拓新的乡土叙述。

综上所述，无论在文学与阅读，文学与影视，文学与新闻，文学的传统优势领域与城市化潮流之间，均出现了新的关系和变化，但千变万变，其落脚点仍在于，文学的审美特性是不会被某些外在的喧嚣裹挟而去的。随着时代对创新的呼唤，文学也需要自我觉醒，需要寻觅更新颖的表达方式，以便在这个被网络架构，被信息塞满的时代，找回中国文学的自信。

费孝通先生说过，文化自觉是指一定历史文化圈子中人对其文化拥有的自知之明，是对其发展和未来的充分认识。实际上文学的道理也一样。现在我们仍然可以理直气壮地说，文学的主要目的不是直接改造社会和创造经济效益，但文学是可以改造和影响人的心灵的；而有精神追求的人，被提升了的人，反过来是可以改造社会，既可以创造惊人的经济效益，也可以创造精美的精神产品。因而文学是无用之大用。文学的价值是无法用经济指标计算的，其意义久远方可显现。文学始终与人类相伴而行，是人类最早最传统的艺术母题，只要人类还有情感和心灵需求，人类需要借助文学抒情表意，文学就不会消亡。如果说我们不需要文学了，那几乎等于说我们不需要灵魂了。是的,人类不可能只需要喧嚣的信息和浮华的物质,恰恰相反,在这些喧嚣之中,人类需要的恰恰是一份灵魂的宁静,生活的真相,大爱的回归,生命价值的实现,诗性的感悟,等等,而这些,仍然需要纯净的文学和其他艺术去共同实现。因此,我认为,重新发现文学意义在于这个喧嚣的时代重新找到精神生活的路径,当然也意味着文学是完全可以改善人类的情感生活的。

新世纪以来中国文学的走势

一 没有选择余地的"命名"

如果说,怎样看待2000年以来的中国文学,以及要不要把已经使用了二十多年的"新时期文学"的概念继续叫下去,曾是一个颇费斟酌的问题;如果说,几年前文学理论界还在为"新世纪文学"的概念正名的话,那么,在新世纪走过十年的今天,人们似乎打算放弃对这一概念的费力争辩了,因为它已经成为一个没有多少选择余地却又不得不交付使用的概念。在这里,"新世纪文学"是否是一个严格的科学的命名并不重要;重要的是,几乎所有的人都看到了,进入新世纪以来的中国文学,不断呈现出大量新的质素,发生了巨大的变化,尽管它与传统文学血肉相连,尽管它与新时期各阶段文学有扯不断的关联,尽管它仍处在打开自己的过程中,但是,谁也无法否认,它已经嬗变为一种具有新质的文学阶段了。这不是故作惊人之语。

不过必须说明,"新世纪文学"是有一个预备期或过渡期的,大约指从 1993 年算起的七八年间。看不到这个预备期就不科学了。但是，按照约定俗成的习惯表述，它恐怕还是得从 2000 年算起。若用一种最直白最简明的说法来指认其存在，我们是否可以这样说：现当代文学一百多年间，"五四"时期的文学是启蒙主义的文学；三十至四十年代的文学是民族的革命战争为主旋的文学；五十至七十年代末的文学是以阶级斗争为主调的文学；七十年代末到八十年代的文学虽放弃了阶级斗争的要求，却仍是以计划经济为基础的正在开放和更新中的文学；而近十多年的"新世纪文学"，则是以日渐成熟化的市场经济机制为运行基础的新媒体时代的文学。这样说，也许算不上多么科学的表述，但不能不说这是事实。

难道不是吗？今天的文学可谓无处不变，无时不变，无一门类不变。我们总是发现自己心理准备不足。陈辽先生曾经这样描述过他对当今文学变化的感觉：小说改编影视的多了，经得起阅读的少了；作品的种类、印数和网上的点击量增加了，艺术质量与思想分量却减少了；各式各样的写法多了，佳作力构却少了；期刊的时尚味儿浓了，文学味儿却淡了；作家的人数比过去多了，影响却比过去小了；各种奖项和获奖的作者多了，能记得住的作品却少了——这种描述可能还是在事物的外围打转，但也算是一种不错的描述吧。现在的情况是，我们虽然也能感知并初步描述其变化，却被不断涌来的缤纷缭乱的现象所缠绕、所覆盖，信息多得总是理不出一个头绪来。所以，当我为自己定下这篇文章的题目时，无疑是对自己的一个挑战和一种冒险。谁也无力网罗和分析所有现象，我只能谈一些我印象最深的看法，只能拣出我认为新世纪十年中国文学变化的最突出之点。

二　无法回避的文化语境

欲知新世纪十多年中国文学之变化与走向，离不开对近十年中国社会及其经济政治思想文化语境变化之认知，然而，这样大的话题岂是我能理得清的？我只能寻找与文学关联密切的几个方面来谈。事实上，从上世纪九十年代中后期以来，我国市场化进程大提速，尤其是加入世贸以来，全球经济一体化，全球政治多极化，全球文化多元化，已是大势所趋。这些自然不会直接作用于文学，但作为文化生态的大气候无不影响着文学。知识经济的迫近，"可持续发展"新观念的提出，冷战思维的淡出，都在促成思想文化背景的日趋多元和审美手段的更加多样。如果要用几个关键词来形容对新世纪历史文化语境的影响最大的焦点，这里不妨提出以下三点：高科技、网络、图像。它们作用于人，又通过人作用于文学。

首先，新世纪十年意味着科技是第一生产力的知识经济新时代的到来及其无孔不入的渗透。这并不是说，以前的科技就不发达，不高级，不渗透，而是说，对于中国社会特定情景而言，人们从未像今天这样深刻地感受到科学的高度发展带给传统生活方式的改变之剧烈，其触角伸向生活的方面之广泛。这令人欣喜也令人焦虑。一方面，我们看到，中国几乎是在一夜之间从自行车时代跳进了汽车时代，继而要跳进高铁时代。小汽车销量的惊人，动车的提速，高速公路的密布，地铁的扩线，资讯的发达，手机的流行，网络的无所不在，都在极大地改变人们的时空观，人与人在身体的移动和信息的交流上达到了前所未有的近距离。自然这不包括边远的穷困地区。高科技创造出大量新物质手段，大大提高和便利了人们的生活。然而，人们旋即发现，与此同时，世界的丰富性反而越来越小了，复制化，克隆化现象越来越多了。仅就城市生活而言，大家住在大同小异的楼盘小区里，或为按揭焦虑，或为孩子择校操心，人们走进货品几乎完全相同的超市购物，晚上搜索机顶盒观看同样的谍战剧或抗战剧，看到手机上交换来的段子发出同样的笑声，平时看最流行的官场小说和悬疑小说消遣，土特产的概念快要消失了，方言成了某个地域人们最后的精神堡垒，人们说着方言如同互相取暖，验证各自存在的真实，除了气候的不同，各个城市之间还剩下多少不同呢……于是，人们突然感到，不但地球村变小了，往昔被认为还算广大的中国也骤然变小了。与高度便捷相联系的是人的极大的不自由状态。据说，最先进手机的持有者虽然顾盼自雄，但他的行踪包括他此时此刻在哪条街道哪个房间，卫星定位早就一目了然。到处是电子眼，有什么秘密可言呢？人哪，在高科技的眼皮底下，是一种多么可怜的存在。更为可怕的是，科学好像在彻底颠覆古典的以信仰和仁义为重心的精神世界，人好像忽然失去了道德的保护；在文学领域，科学也在极大地改变着作家的创作心理。文学中的现代主义、后现代主义，抑或后殖民主义、解构主义都与现代科学的巨大影响不无关系。科技给这个世界和人类带来的所有幸与不幸、快乐与郁闷，对精神的失望抑或对物质的依赖，现在或将来，都会成为新世纪文学的题中应有之义。

新世纪十年也是一个网络时代。对人类生活产生了极大影响的网络对文学同样产生了深远的影响。四年前，我曾写下这样的文字：它（网络）对文学的创作方式、态度、深度和广度都产生了极大影响，特别是电子图书的盛行和网上阅读的习惯，使文学的传播形式发生了革命性的变化，这标志着一个快餐文学时代的来临。从各种迹象可以看出，电子媒质的图书和复制快餐型的大众创作以及越来越难觅踪迹的精英创作，构成了今天新的文学态势。这是一个让人的担心大于喜悦的文学时代。所以，网络绝不仅意味着只是工具变了，而是认识世界和理解世界的方式变了。无数的人每天沉溺在广大的虚拟世界里不能自拔。进入新世纪以来，拥有电脑和网络连接的人越来越多，人们在网络上看新闻、聊天、交朋友、发收邮件、购物、咨询、进行人肉搜索，还有读书和写作。网上读书成为今天许多年轻人的主要阅读方式。网络传播速度之快是传统的媒介无法匹敌的，它可以在顷刻之间汇合成一个强大的声浪。现在可能还没有统计出，通过网民提供的线索，抓出了多少个贪官；通过网民的热议，改变了或者形成了多少个决策。这数字肯定是惊人的。网络的平民化互动模式所表现出来的群体意志力量严重地影响着和改善着舆论环境。

关于网络文学，我比较认同金元浦的看法："今天，电子媒质引起的传播革命，又一次引起了文学自身的变革。文学面临着又一次越界、扩容与转向。一大批新型的文学样式，如网络文学、电影文学、电视文学，甚至广告文学、手机文学，一大批边缘文体，如大众流行文学、通俗歌曲（歌词）艺术、各种休闲文化艺术方式，都已进入文学创作和研究的视野，由文学而及文化，更多的新兴的文化艺术样式被创造出来，成为今日文学——文化学关注和研究的对象。"我想，这些新型的文学形态显示了文学的内在变化，它们以一种不同于传统文学的样相显示出新的可能性。还有人认为，网络带来的变化将表现在：原先的文学将从精英的文学到大众的文学——以大众媒介为主导的文学；文学的精神将由知识者的精英意识走向平民的草根精神；教化的文学也将变为以娱乐为主的文学。"去精英化"之后的文学，将更加倾向于精神的抚摸，而不是精神的锻造；大众更愿意把文学看作精神的快餐，而不是精神的圣餐。还有人进而指出，文学将逐步丧失主流艺术样式的地位，纸面文学将越来越高端化——最后成为极少数文化贵族的精神圣地。这样的看法虽然不无夸张成分，却无疑值得我们深思，有些已经部分地变成了现实。还有人极端地宣布，纸质媒体和相关的图书馆，报社，杂志，都会在不远的时间里消亡。这样的断言是否过于绝望也过于绝对了？我发现，文化史的发展证明，阅读方式，传播方式，审美方式往往是会"长期并存"的，一个吃掉一个的情形在现代的宽容意识下倒是越来越少了。

新世纪十年还是一个图像（包含影视）的时代，有人说，人类即将或已经从读书时代进入了读图时代。图像与文学的关系成为必须正视的一个问题。现在很多年轻人对经典文学的了解，不是看原著，而是看改编后的电视剧，所以存在误读自不待言。图像是视觉化的、直观的，对于文学传统的诗性，是一种很难抵抗的甚至是致命的解构；而文学是想象性的，文学的魅力可能更多地存在于想象性之中。关键在于，现代社会这种有想象性的读者或者说有想象性需求的读者到底有多少？图像和文学在争夺着消费群体，文学的消费群似在日日减小，而图像的消费群却在日日增大。从这个角度看，图像对文学形成了一个很大的挤压。《阿凡达》的巨大成功似乎再一次证明了这一点。

文学与影视的关系正在发生微妙逆转，文学自足性的存在和洁身自好的清高感正在逐渐消失。一些业内人士更看重影视与文学的不解之缘，期望于达成互惠共赢。读者对文学作品的关注往往源自于电影或电视剧，这一般会有两种情况，一种是先有文学作品，经过改编后有了影视，当影视产生巨大影响后，人们再回过头来品读文学作品；另一种情况则是先有影视，然后出于市场需要又出版了同名小说，俗称"套种"。在这两种情况下，具有较高文学性的往往是前一种。新世纪以来，许多作家的作品被改编成了电影、电视剧，比如刘震云、徐贵祥、海岩、龙一等等，产生了比文学出版要大得多的影响。现在第二种方式却不顾传统的不屑，更为流行了，后来居上。人们意识到，未来的文学形态怎么样，与影视的存在有密切关系。刘震云的观点也许是有代表性的，他偏向于主张融合而不是对峙："作家比较孤独，电影比较热闹，二者在本质上没什么区别，表达的都是对待生活的不同态度。文学是一个人的事，电影是许多人的事；文学是我的事，电影是我们的事。电影讲述的是表面的事物，小说讲述的是表面背后的事物。如果同时熟悉这两个事物一定都有好处。""文学参与电影可以让电影变得更强壮，电影参与文学可以让文学飞得更远、传播得更远。"

三　阅读的分化与作者的重构

研究新世纪文学离不开研究阅读，也离不开研究创作主体的变化。

我早就指出过数字化时代的阅读分化问题，各类阅读群体可以井水不犯河水地各自并存着，于是出现了专业读者、大众读者和网络读者之间的隔膜，主要是专业读者与后两者之间的隔膜。这种情况已有好几年了，近年来尤盛。网络文学，青春文学，类型化文学，吸引了大量青年读者；类型化创作不但在网上也在图书市场上强势，比如所谓悬疑，推理，玄幻，盗墓，穿越，新史话等等，皆有相对固定的读者群在跟踪和消费；而"青春写作"的发行量，更是不可思议。据说，郭敬明的《小时代2.0》号称"限量发行"，七天内一百二十万册一扫而光，歌手韩红登台献艺，场面火爆。据深圳书城介绍，他们进的七万册在三天内即销空，要是"不限量"还不知会怎么样呢。有趣的是，关于这部书本身却几乎无人提及，目前尚无人认真研读和评说，看来"粉丝"们主要是出于对心中偶像的明星式的崇拜，而不是冲着对这部作品的喜爱而来。也许，这就是网络时代和消费时代特有的情景吧，也是我们今后不得不面对的、很难改变的情景。当然其中也并非没有好作品。但我认为，总体上看，这在科技手段上是进步了，在媒体传输甚至文明程度上是提高了，但是在文化精神和文学深度上并没有什么进步。主要是，快感阅读在某种程度上取代了心灵阅读，消费性、游戏性的阅读取代了审美阅读，而且所占份额过大。于是，传统意义上的文学更趋边缘化了。对传统文学来说，怎样增强魅力，扩大对当今青年读者的吸引力，就成为一个重要的、必须面对的问题。

究其原因，这一切也并不奇怪，抛开消费时代的需求不说，仅就阅读的流行倾向而言，今天是一个泛文化的时代而不是一个文学的时代——上世纪八十年代才是文学的时代。今天，从学理的层面看，文学与文化的关系较前显得更密切。此前的文学和文化虽有关联，但从本质上看，文学便是文学，文化便是文化，它们还是有一定距离的。新世纪文学表现出的多元化，和人类学、心理学、社会学、生态学等的多重影响有关，这使得新世纪文学的文化因子愈来愈多，出现了一些作家向学者化转变的迹象，学术著作与文学作品同时登场，前者拥有的读者量往往并不比后者差多少。然而，从市场消费的层面看，现在最受欢迎的是泛文化类的作品，但一般必须具备大众文化的趣味。现在大众读者最感兴趣的,是时政、理财、养生、股票、权谋、励志、宗教俗说、国学鸡汤、名人传记、奇闻逸事、新历史叙述等等,像易中天、于丹这样的学术明星就是在这样的氛围中造出的。对于文学来说,则是集中在官场、职场、情场、青春、校园、谍战、性爱、惊险、动物等类题材上了。网络读者的阅读兴趣与纯文学的距离拉得更大了。

整体看来,市场运作带来的最大后果是直接摇撼了传统文学的独尊地位。文学已经由以作家为主转向了以读者为主,以市场信息和有无卖点为主。在传统文学里,文学期刊基本相当于整个文坛。一个作者能否跃上文坛,得到公认,在文学期刊发表作品并在选刊上得以转载——若能获奖就更好,几乎成为文学新人成名的华山一条路。但现在情况完全不同了,一些作者可以绕开刊物,经出版运作直接出书。过去是,不在刊物上发表一定数量有影响的作品,积聚到相当的知名度,是很难出书的,故有"一本书主义";现在,有人已出版了好多部长篇小说,却还很难在优秀的文学刊物上发表一部中篇或短篇小说。现在出版行业基本市场化了,印数和码洋是最要紧的,民间出版经纪人介入出版行业,更强化了市场运作与媒体炒作的力度。曾几何时,长篇小说和长篇纪实变成了书市上的宠儿,像80后作家,自由撰稿人,非职业作家,大都是通过图书出版施展才华的,现已初步形成了以长篇小说和大众读物为主体的出版市场。这从一些刊物办长篇选刊、增刊,效益总是可观可以看得出来。

新传播媒体和传统出版方式共同构成了人们谈论较多的三足鼎立格局。这种格局表面丰繁而内质贫乏。我常常在想,由各地作协和大的出版团体主办的各种纯文学期刊其实对整体的审美水平至关重要。先锋文学的某些弱点常常为人诟病,而我却为现在见不到先锋的踪影而感到遗憾。但是要看到,好的文学期刊所发表的中短篇作品,往往融注着最新的艺术信息,代表了最新的审美追求,其市场化因素,或者说媚俗的因素相对比较少。

这是为什么呢？因为刊物的订数基本稳定住了，想变也难，毕竟有一定的保障，这对作者而言，就好像前面有一道防波堤，不必直接与市场赤裸裸地面对面博弈。所以，一些作家曾向我表示，他给刊物写作，与给市场写书时的心态不同，他不必过多地考虑"卖点"，相对可以专注于营构自己的艺术世界。这可能是真实的。这一点会不会给我们带来某种重要的启发？

在我看来，不管大众文化阅读如何汪洋大海，一个民族的文学必须有它的审美高度和精神高度，哪怕它体现在很少量的作品中。在通常所说的纯文学领域，如何大力创新以适应媒体化时代的读者，以其原创性，深刻性，切中当代社会的精神，直指人心，征服人心，就变得非常紧要。目前传统文学中数量与质量不平衡的矛盾仍非常突出。据权威部门发布的最新消息，去年登记注册的长篇小说的出版总量是 3000 部（不包括网络长篇），这让人难以置信，不幸却是事实。可是，真正能够进入读者阅读生活的，成为话题的作品又有多少？所以，文学界需要维护真正具有人文精神的作品，需要大力扶植和引导具有鲜明深厚的正面精神价值的作品。这样才能在热闹的图书市场中，树起精神的标高和塔尖，否则会被一些表面的烦嚣所遮蔽。

新的文学环境和传播机制使得新世纪以来的中国作家队伍的构成也发生了前所未有的变化。大体看来，新世纪的作家构成主要有四部分，他们是：传统型作家，网络作家，80后、90后青春作家，自由撰稿人式的草根作家。虽然文学环境产生了极大变化，但传统意义上的几代作家仍然坚守着自己的阵地，他们从创作到出版发表，都沿着传统文学的道路前行并有所开拓。最近人民文学出版社评去年"当代长篇小说奖"，评出了刘震云的《一句顶一万句》、莫言的《蛙》、阿来的《格萨尔王》、苏童的《河岸》、张翎的《金山》，共五部。应该说，大体上公正。这些实力派作家已经够努力，各有各的审美亮点，但是，倘若以发行量和在读者中的覆盖面而言，那又像是汪洋大海中的几叶扁舟。

据资料显示，网络写作的受众人群超过了5000万，作者达到了10万人。网络写作改变了以往"你写我读"的书写方式，形成了读写之间认知交流、思想交流、情感交流以及人生经验交流的平民化书写潮。诸多文学爱好者和写作者，借助网络平台，或建立自己的写作基地、文学网站，或参与一些门户网站的写作竞赛，成为知名写手，造成一定影响后，转而出书，由网上走到了网下，成为流行文学和时尚写作的新秀。网络作家在新世纪以来显得异常活跃，从世纪之交的涂鸦、沙子到后来的痞子蔡、李寻欢、蔡智恒、安妮宝贝、慕容雪村、竹影青瞳、宁财神等到近两年走红的血红、随波逐流、天蝎龙少、唐家三少、辰东、我吃西红柿等，均以网络为阵地拥有了众多的读者。比如我吃西红柿的作品《星辰变》等在起点网站排名前列，并被改编成网络游戏，甚至要被拍成电影。近几年，每到年底就有人对这些网络作家的收入进行排名，大家似乎并不关注这些网络作品的精神内涵和文学成就，而是更关注他们的钱袋子。

80后、90后作家日益成为新世纪作者的重要构成部分。新世纪十年的中国文学中，表现青春、成长主题的，大多出自非常年轻的作家之手。我曾在一篇文章中提到，在市场化日益占主导地位的社会背景之下，80后作家一出现，其写作理念和对象都迥异于前代作家，并以惊人的市场业绩和全新的文学特征改变了传统文坛的状况。一般来说，他们中的大多数不愿再承担传统作家的文化责任，不愿担负文学以往的启蒙重任，他们更关注的是人的现实的体验和即时性的消费，由于他们大都有着城市出身和生活的背景，他们是与都市同时"长大"的一代。与此同时，性、压抑、暴力也是80后写作的关键词。当80后还在张扬自己的青春时，90后已迫不及待地登场了，张爱玲那句"成名要趁早"的话已经成为时下众多年轻写作者的座右铭。

除此之外，还有一大部分人的创作是出于情感或爱好的需要，他们是非职业的，进行创作时没有太多面向市场的打算，只是写出他们难忘的生活和情感，于是，他们中的一部分人的创作也赢得了很大认可。新世纪第一个十年的中国文学中，他们不是成就最高的，也不是市场占有率最大的，却代表了当下社会中平民的一群。他们的意义不能用所谓的纯文学标准来衡量。他们往往被称作草根作家，非职业作家。相关的还有打工作家（诗人）。在中国，只要"打工"这个名词在，打工作家总会存在。

以上就是新世纪十年中国作家的主要构成。问题在于，这几个部分，究竟是各自互不相涉地呈自在状态，还是互动互渗，成为一个共同的现时代文学的多层次的作家整体？这里有没有审美的主导性力量，足以影响整个文坛的审美趋势和思想艺术走向？这并无要求各类作家，在思想上、审美上统一化的意思，而是我在想，谁来引领和体现我们时代的文学最前卫的艺术精神和审美追求呢？也就是谁来做塔尖——任何民族都是以相对纯粹的艺术精品作为标尺的。

四　主题的衍变与新的审美生长点

在这里，我更想说的还是新世纪十年来中国文学的主题衍变问题。

凡是存在的就是合理的，凡是合理的就是存在的，这是黑格尔的名言。其实他这样说的谜底却是：凡是存在的都是要消亡的。有人指出这一点他曾吓得面如土色，他宁可让人误认为他只是在阿谀。的确，谁也无力强行改变一条河流的流程。我认为，今天文学的审美意识因受经济影响也在提速，遗忘、转换、新陈代谢的过程也是很快的，至于能否经得起历史检验，那是另一个问题。如果不是停留在表层，我们应该从新世纪思想文化思潮的大背景变迁上去寻找文学变化的原因。我曾以小说为例，谈过二十世纪九十年代中期以来直到新世纪的小说，认为虽然取得一定成绩，但就其精神骨骼和血肉品性而言，随着中国社会的精神生态更趋物质化和实利化，腐败现象大面积蔓延，人心变坏，道德沦丧，铜臭泛滥，以致人文精神出现大幅度滑坡，文学的精神缺钙现象普遍化和严重化。这并非危言耸听。经济单方面的高速增长，必然要付出代价，一方面是自然资源的大量损耗，另一方面就是精神的溃败。当进入消费主义语境时，知识分子的启蒙激情不得不中断。我们看九十年代后期至今的小说，会发现普遍告别了思想启蒙、虚幻理性、政治乌托邦和浪漫的理想激情，走向了世俗化，日常化，"去精英化"，走向了自然经验的陈述和个人化写作，走向了解构与逍遥之途。通俗文学和大众文化勃兴并持续走俏，一直延续到今天，出现了网络上的类型化写作的空前繁盛。但这并非问题的全部。新世纪社会人文背景和读者的需求，自然要滋生出对新文学精神和样式的诉求。就纯文学而言，大的主题和审美精神正在发生微妙变化。对此，我将在另外的文章里结合大量作品进行分析；在这篇以勾勒宏观走向为主的文章里，只能择其要者概述之。

首先，释放现代性乡愁和从文化想象角度重新透视乡村史，成为新世纪十年文学在乡土叙事上的一个重要变化。新世纪文学是在现当代文学的庞大背景下延伸的，它不可能完全脱开传统的表现对象和一贯视点。自"五四"新文学诞生以来，农民与乡村向来是文学的主要表现对象，数千年农耕文化传统是其稳固而深厚的审美资源，这一点无须多言，还在继续。但是，现在许多作家虽仍立足乡土，守望乡土，但表现的重心明显变化了。如果说，八十年代的乡土叙述主要以现实主义手法，以政治文化的尖锐而深切的反思来作为突破口，例如《芙蓉镇》《许茂和他的女儿们》《古船》《平凡的世界》等等；如果说，九十年代的乡土叙述主要以文化的视角重新观照家族故事和宗法传统，如《白鹿原》《第二十幕》《缱绻与决绝》等；那么，进入新世纪以来的文学，就更侧重对日益解体中的传统乡土的现代性乡愁的抒发，更关注农民的灵魂状态，文化人格，更关注他们在急遽变革的大时代中道德伦理的震荡和精神的分裂，从而把表现重心放到中国农民在现代转型中的精神冲突和价值归依上。而其表现手法，大都具有与政治经济事实保持一定的距离、淡化写实性、突出写意性、突出文化想象的特点。比如《秦腔》中揭示的就是一个连作者自己也无法定义的乡土，它陷入"无名叙述"，显得那样空茫，传统文化（秦腔）正在消亡，新的文化又无处可寻。而在不少乡土小说里，写的不再是一个或几个人物，而是一个村庄，一个文化群落，一种生存状态及其象征。在这里，文化心理，精神蜕变，集体无意识，往往成为焦点所在。《笨花》《受活》《生死疲劳》《蛙》《一句顶一万句》《空山》大都有此特点。

第二个重要变化是，"亚乡土叙事"的崛起。这成为新世纪表现城市生活的一大景观。也许这是人们始料所不及的。我们曾预言，新世纪文学最大的变化在于文学重心的转移："都市"正在取代"乡村"成为文学想象的中心；对农业文明传统深固的中国社会来说，都市化、市场化以及现代高科技的发展不但改变着中国社会的传统结构，而且也改变着中国社会的精神生活方式和文明状态，这将直接移动文学的主题，估计一个都市文学的创作高潮即将来临——现在看来，这个结论说早了，没有看到这种转化的复杂性。由于中国缺乏都市文学的深厚传统，我们预期中的"纯都市文学"并没有提供足够的文本，倒是"亚乡土文学"占据了都市文学的主要空间。这也是中国特色和中国经验所决定的。

那么什么是"亚乡土叙事"？由于现代转型社会农村人口大量涌入城市，出现了中国历史上最大的移民潮，于是新世纪文学中一大批作品的笔触伸向了城市。这类作品根子和魂灵虽在乡村，但主战场却移到了城市，描写了乡下人进城过程中的灵魂漂浮状态，反映了现代化进程中我国农民必然经历的精神变迁。与传统的乡土叙事相比，在亚乡土文学中，乡土已不再是美丽的家园，也不是荒蛮的所在，而在城市化的冲击下变得空壳化了。亚乡土叙事中的农民已经由被动地驱入城市变为主动地奔赴城市，由生计的压迫变为追逐城市的繁华梦，由焦虑地漂泊变为努力融入城市文化；谁也没有办法抵御现代化浪潮的席卷，离开乡村的年轻人再也不愿回去，不但身体不愿意回去,精神也不愿意回去。城市是当代中国价值冲突交汇的场所,大量的流动人口涌入城市,两种文化的冲撞,产生了强烈的错位感、异化感、无家可归感。现在中国实力派作家里大约百分之六十的人都在写这类东西,尤其是在中短篇小说和诗歌领域。

当然,同时也要看到,新世纪的"文学都市"也正在逐渐形成中。伴随着中国社会的市场化、现代化,写"都市"的作品多起来了,成为大势所趋,其特点是,既不同于茅盾式的"阶级都市",也不同于沈从文式的"文明病都市",又不同于老舍式的"文化都市",更不是周而复式的"思想改造都市",它主要表现为物质化、欲望化、日常化、实利化的"世俗都市"。文学场景由之发生巨大的转换。如果留心,将会发现,填充在这些都市空间里的文学,除了前面所述80后、90后的青春书写,还有对女性和知识分子的书写占了一定分量;而目前最大量的还是以官场小说为主打的城市文学的欲望化叙述。官场小说的流行或"泛滥",成为一个重要现象,基本占据了大众阅读的重要位置。一方面,要看到,这是社会现实和心理的反映,也是反腐倡廉的社会需求在刺激官场小说的生长;但官场小说的创作也存在很多问题,有些作品成为升官秘籍、厚黑宝典或腐败花样的展览会,有些热销书不是以思想艺术力量取胜,而是倾向于对官场的窥视和陶醉,满足于娱乐、消遣、暴露,只有指认能力,没有精神批判能力,更缺乏充沛的正气。现在的官场小说,大致形成两大套路:一路犹如"正史",也可以叫主流派,正大派;另一路犹如"野史",也可叫文化派,世情派;前一路侧重政治性,新闻性,呐喊性,有点像"演戏",后一路偏重于观赏性,玩味人生和冷眼旁观,有点像"看戏"。如果说有一些作品写得比较好些,那是把官场作为平台,写了人性,写了日常,写了文化。现在官场小说实际上成了最大的"类型化"。这种势头不利于文学表现广阔多样的有机联系的当代生活。英国文论家伊格尔顿曾非常强调政治视角的重要性,他说"文学永远具有强烈的政治性",应该"召回政治视角"。这是很有见地的。在我看来，由于故意地回避和淡化政治，已经损伤了我们文学的社会历史价值和感染力。但文学所讲的政治理应是一个大的概念，政治小说不仅会涉及社会深层结构问题，还会涉及政治文明和文化心理结构，深触人的灵魂世界和时代的精神课题。我一直觉得，当下中国文学缺少优秀的政治小说。

我认为，这一切都离不开如何发现人，认识人，关心人的问题，这个问题甚至决定着新世纪文学的质地和前途。我们常说，人的发现曾是二十世纪贯穿至今的一个重要的不断深化的精神课题。现当代有过三次人的发现，"五四"发现了个体的或者说个人主义的人；三十到四十年代发现了阶级的人，或被压迫求解放的人；七八十年代重新发现了被专制异化的人，重新肯定了人的尊严和价值。这是极其重要的影响全局的思想史进程。而现在，全球化、市场化、城市化、高科技化、网络化发展到了如此的地步，我们是否又面临一个人的再发现的问题？新世纪文学中一部分作品在原有基础上有所深化，那就是更注重于"人的日常发现"。有一种说法，认为新世纪的"人"既不同于上世纪八十年代的"理性"的人，也不同于九十年代新写实的"原生态"的人，或"欲望化"的人，而是"日常"化了的人。这种说法有一定道理。依我看，近些年来，一些作品更加注重"个体的、世俗的、存在的"的人，并以"人的解放"、"人的发展"作为"灵魂重铸"的内在前提和基础。正是从这样的认识出发，新世纪文学有其自觉或不自觉的新的焦虑点，那就是围绕对人及其处境的新思索，关注精神生态，关注文学如何穿越欲望话语的时尚，着力从家族、地域、乡土、政治文化和集体无意识的角度，对民族灵魂状态进行多方位的探究与考察，力图寻求民族灵魂的新的生长点。新世纪文学应有丰富的题材资源和写作可能性，例如，生态文学就是一个有待开发的广大领域。

五　前瞻与猜想

毫无疑问，新世纪文学面对着大量新的难题：例如，关于日益成熟的市场运作究竟是镣铐还是翅膀，关于高科技、网络、图像对文学广泛的、潜在的控制力的解读和寻求和解之路，关于新的文学生产机制的形成及其评价，关于多媒体时代更为多元的审美意识的辨析，关于汉文化价值伦理的重构和思想的渗透，也即新世纪文学的精神资源问题等等，都以前所未有的尖锐提到了我们面前。也许一个最为深隐、最为尖锐的问题并不是不存在于人们的心头：我们今天还需要文学吗，我们需要什么样的文学？今天是否像有人所形容的，传统意义上的文学已经老龄化，圈子化，边缘化，萎缩化，生机垂危了？有人说，文学是人学，因而文学不会消亡；那其他的许多艺术和学科，又何尝不是人学呢？有人说，因为文学具有人文精神，因而不能被代替；那影视作品又何尝没有人文精神呢？看来，这是没有多少说服力的。

事实上，文学之存在是因为，文学语言的魅力和能力是其他任何媒体都无法取代的。人们早就发现，文学作为最古老的审美方式，它是最具原创意味和基础意义的艺术。文学向各类艺术包括电子传媒源源不断地提供着文本资源，而"文学性"一语几乎成为衡量一切叙事艺术的通约。另一方面，与其说，文学是人学，不如说文学是"情"学，只要人类的情感和良知不灭，文学就不会消亡。当然，这得看文学以什么样的方式，表达什么样的情感，在这两方面是否都有独特的价值。在这个欲望压倒理想，物质压倒精神的时代，现在比任何时候都更需要文学作为社会的良知和精神的灯火出现。如果一个作家是关注时代，爱憎分明，激情丰沛，关心百姓疾苦，相信永恒价值的人，是一个不停留在故事的趣味上，而且能把故事推向存在的人，或者像福克纳所说，永远对人类的发展充满希望的人，那么他的作品就不会边缘下去。

面对大众文学，通俗文学，网络文学的高涨和阅读分化的现状，我们最容易犯的毛病是，只知固守传统纯文学立场，眼见传统文学被边缘化，备感痛惜，认为传统文学的中心价值受到威胁，就是一种人文精神的下滑甚至丧失、堕落，看不到大众文化中新兴力量的蓬勃向上。我们的立足点应该更高一些，从时代发展和文明发展的高度，从全民文化素质和国家软实力提高的角度，从艺术走向千家万户的角度，从文学再也不是少数精英们的专利的角度，来看今天文学的现状可能更为有利。

我有一个比较固执的看法，传统文学这一块，或叫纯文学，要能够在时间之流中站得住，绝不是倒向市场化、类型化、网络化，通俗文学的某些元素，被它们所置换，恰恰相反，它需要的是更加坚守纯文学的审美立场，并且接受经典化的洗礼，才能以其强大的生命力存在下去。大自然的万物才是最有个性的，而机械和电子产品却是千篇一律的。社会愈是向物化发展，人就愈是需要倾听本真的、自然的、充满个性的声音，以抚慰精神，使人不致迷失本性。新世纪的文学有没有动人心魄的力量，为时代所需要，就看它能否不断发出清新而睿智的独特声音。快餐文化一定会更盛行，但真正的文学不该是一只热狗加一杯冰激凌。大多数人不再相信永恒是可以理解的，倘若连作家也不相信永恒了，那将是文学的灾难。文学无疑要被数字化、复制化、标准化、网络化的汪洋大海所包围，这是原创性被消解、个性被削平的最大威胁；而艺术一旦失去了富于个性的表达就不再有魅力了。我深信，不论科技如何发达，世事如何变迁，某些最基本的规律是不会变的，例如作家与时代，作家与生活，作家与思想，作家与底层的关系就非常重要。愿我们的文学在属于它的空间里更自由地驰骋，更大胆地创造，那样的话，它的空间将不是缩小了，而是更广大了。

我们时代的文学选择

回眸新中国成立60年来的文学之路，可以看到一个重要的构造过程：我们的时代无时无刻不在选择着文学，而我们的文学也在不断地选择着自己在时代生活中扮演的角色和自身对时代最敏感问题的认知与回应；这是一种双向的选择，这种选择越是刻板、僵硬、整一化，文学就越不会真正繁盛；这种选择越是多样而自由，文学就越能不断焕发出活力和无限的可能。当然，这是就总体趋势而言的，文学史的复杂程度远远超出了我们的想象，也不是非此即彼的简单归纳模式可以穷尽。60年来的文学历程，为我们留下了大量的经验或教训，其内涵是丰富而深刻的。因此，一个必须回答的问题随之产生：每一个时代，文学在怎样选择？而这种选择的得与失该如何判断？

一

"十七年"时期强调文艺的工农兵方向，强调文艺为无产阶级政治服务，在文艺与政治，文艺与表现对象及题材范畴的关系上，都有严格的限定。这当然有其深刻的社会历史根源和生成原因。这在当时几乎是唯一的选择——写什么和怎样写，哪些作家受欢迎，哪些作家不受欢迎，都有一定之规，任何离开这一选择的旁逸斜出，都会遭到批判。所以，我还是赞同胡乔木说过的：长期实践证明，关于文艺从属于政治的提法，关于把文艺作品的思想内容简单地归结为作品的政治观点、政治倾向性，并把政治标准作为衡量文艺的第一标准的提法，关于把具有社会性的人性完全归结为人的阶级性的提法，虽然有它们产生的一定的历史原因，但究竟是不确切的，对于建国以来文艺的发展产生了不利的影响。[①] 但我同时想探究的是，作家们固然有如戴着镣铐的跳舞，虽然知道在"写什么"和"怎么写"的问题上选择余地很小，但还有没有一定的选择空隙呢？艺术还有没有它自身特殊的生存秘密呢？当然有！不少作家受新生活的促动，探索和寻找到艺术地表现生活的某种方式，仍然能把自己的创作能力和创作个性发射到极为可观的高度，有的作品至今放射着夺目的精神之光，不能不令人惊叹。我可以开列出一个包括《青春之歌》《红旗谱》《红岩》《创业史》《保卫延安》《林海雪原》《苦菜花》《三家巷》《铁道游击队》《野火春风斗古城》《艳阳天》《艾青的诗》《复仇的火焰》《贺敬之的诗》《李自成》等等在内的长长的、豪华的名单，我认为它们虽然充满内在矛盾，有的有明显硬伤，有的局限性突出，但大体上在时间的河流中挺立住了。这是怎样的悖论和奇观啊！这样一些文学与当时的时代精神是什么关系？它们到底选择了什么才站住了脚？

不难看出，这些作品中绝大多数都与当时的主流精神和阶级意志相吻合。在那个战歌与颂歌交响，理想与激情交汇，且不无乌托邦色彩，常常以光明——黑暗；英雄——敌人的二极对位面貌出现的时代，人们崇拜英雄，呼唤英雄，于是创造了一系列阶级的政治所需要的英雄形象。他们不

[①] 胡乔木：《当前思想战线的若干问题》。

再是古典文学中的才子佳人，也不再是像阿Q、闰土、祥林嫂一类的被侮辱被损害的愚弱的"国民"，而是翻身做了主人的自为的农民（朱老忠、梁生宝、肖长春），在战争年代涌现出来的战斗英雄（杨子荣、李向阳、周大勇、少剑波等），走与工农兵相结合道路得到嘉许的革命知识分子（如林道静、周炳、江姐等）。这些形象既是作家创作的文学形象，也是时代需要的精神象征。只有这些形象才能与那个时代的主导精神相呼应。他们既是政治的需要，也是那个时代能给出的理想。于是，尽管这些形象和整部作品都有时代的局限和被过滤后的单一性，但作家为之创作的精神仍是难能可贵的，创作出现了不受外在意志左右的情景。柳青为了写《创业史》，辞去官职，曾在长安县皇甫村落户达14年之久，长期地深入生活。这种精神在整个现当代文学史上也不多见。从历史的角度判断，那一时期的作品受当时政治的影响巨大，其真实性受到限定甚至扭曲，但是，由于真正熟悉了生活，而生活有自净能力，生活性会无形中抑制观念化，这是一些作品中创造的人物形象至今还能深深地打动人心的秘密，他们是那个时代中国人特别是底层民众翻身做主人之后的灵魂的写照和其精神价值得到肯定的证明。比如《创业史》，怎样评价互助合作化运动更多的是历史家的事，作为文学，你却无法否认梁三老汉、姚士杰、素芳、王二直杠们的生命存在。《青春之歌》在那个时代的卓然而起，并不偶然，乃是因为它来自那个时代的左翼思想传统和知识分子摸索前行的实践，它甚至稍稍超越了时代，于是林道静的激情、理想和行动感染了那时的一代青年。

所以，我认为，文学史现象总是复杂的和缠绕的，现实主义生命力的奥秘也同样复杂，相形之下，我们曾经做出的判断往往过于简单。当时一些政治意识很强的、唯写工农兵和唯以满足无产阶级政治需要为指归的宏大叙事，其中一小部分成为了今天所谓红色经典，在今天依然拥有一定的生命力，仍然活着，有一些还成为改编者的丰厚资源。对此该怎么看？这不禁使我思索：当时的"政治视角"对艺术来说，是否具有既限制了又无意中成全了作品的艺术生命的两面性？（新时期以来，"政治视角"几乎一度被作家们忽略或远离，事实上，政治是社会的焦点所在，要揭示一个时代的本质，不触及政治常常逐本求末。政治并非单纯地表现为国家制度、政党存在，在本质意义上它是一种文化精神的存在。）另外，当时确有不顾作家的风格、基因、个性和消化能力，一律赶到"火热的斗争生活中去"的过激做法，但这做法的不妥并不能改变"生活是创作唯一源泉"的真理性，事实证明，今天深入生活依然是文学创新的根本性前提。当时把作家的生活体验性和亲历性强调到了极端也是片面的，有形而上学成分，但是，是否在造成拘泥原型之病的同时，"逼"出了大量真实鲜活的细节？以《艳阳天》为例，浩然既有俯就政治观念的一面，同时又有坚持画出灵魂的一面，他笔下的人在当时尚未从"人化"走向"神化"或"鬼化"，《艳阳天》之所以至今藏着动人的光彩，奥秘乃在作家写出了华北平原农村的许多活人。从整体上看，《艳阳天》是一部具有相当认识价值，也不乏艺术价值的宏大建筑。从主要方面看，它是我们曾经那样生活过的形象历史；同样，政治观念钳制过它，生硬的观念偷偷混进人物的血液，但是，正像我们的生命也曾被"钳制"，我们的血液里也混进过悖谬观念一样。后来，浩然的"战歌阶段"延续到"文革"，就向恶性发展了，终至出现了伪现实主义和伪浪漫主义作品。

　　当然，我们要特别珍视的还是那些在封闭的政治文化氛围中坚持了现实主义精神，具有勇气和胆识的，努力维护文学的自由审美品格的作品。这样的作品在当时是稀少的，珍贵的，它们对现实生活，人民疾苦和普通人的命运密切关注，对人的生存境遇密切关注，对民族灵魂密切关注，对社会问题颇为敏感，为此它能够勇敢地面对，真实大胆地抒写，以至发出了怀疑和批判的声音。比如在"十七年文学"中，"左倾"思潮确有愈演愈烈的趋势，于是被认为这个时期的作家的主体意识普遍沉睡甚至完全没有。然而，这并非事情的全部。现在看来，主体意识在一些作家身上不但存在着，且无时无刻不在寻求着突围。一些作家早就在抵制直接的、短视的、配合式的创作，反对公式化、概念化的创作，坚持直面地、大胆地写出真实，塑造有血有肉有灵魂的人物。无论是所谓写家务事儿女情的思潮，写中间人物的思潮，还是所谓"现实主义深化论"，都是作家们对当时唯政治化，唯阶级化，非人性化的一次次的叛逆。由于一些作家坚持了现实主义精神和审美的立场，于是对人性人道的思考就往往会溢出"政治"（时代）的堤坝，无意中与"时代"抗辩，达成了某种超越性。这些坚守和努力，仅从当年《人民文学》发表的作品来看，就有《洼地上的战役》（路翎）《我们夫妇之间》（萧也牧）《组织部来了个年轻人》（王蒙）《在桥梁工地上》（刘宾雁）《改选》（李国文）《红豆》（宗璞）等等，它们都有突出的、鲜明的逆向思维的特点。

这种具有主体性的，向着真正现实主义靠拢的声音，在当时的理论批评方面同样突出存在。《人民文学》1956年5月号，发表了秦兆阳的《现实主义——广阔的道路》（使用笔名何直）一文，立即引发了对现实主义的争论。该文的中心议题是维护原初意义上的现实主义，强调现实主义文学有自身的尺度、法则，不应该受一些外在附加值的限制和钳制。他说"必须考虑到，文学艺术为政治服务和为人民服务应该是一个长远性的总的要求，那就不能眼光短浅地只顾眼前政治宣传的任务，只满足于一些在当时能起一定宣传作用的作品。其次，必须考虑到如何充分发挥文学艺术的特点，不要简单地把文学艺术当做某种概念的传声筒，而应该考虑到它首先必须是艺术的，真实的"，他还尖锐地指出，"如果认为'艺术描写的真实性和历史具体性'里没有'社会主义精神'，因而不能起到教育人民的作用，而必须要另外去'结合'，那么所谓'社会主义精神'到底是什么呢？它一定不存在于生活的真实和艺术的真实之中，而只是作家脑子里的一种抽象概念式的东西，是必须硬加到作品里去的某种抽象的观念"。[①] 这些话在今天

---

① 秦兆阳：《现实主义——广阔的道路》，《人民文学》，1956年5月号。

看来是普通，但在当时却是直指问题实质的惊人之论，是说得很深刻到位的，需要极大勇气的啊。此观点立即遭到了猛烈的批判，最终作者被打成右派。我们知道，在那之前，就有过胡风的主观战斗精神的现实主义；在1956年这同一年，又有过巴人的《论人情》。这是一篇以杂文样式发表，却从根本上对"阶级性"提出质疑，大胆呼唤人情味，实际是呼唤人性回归的重要文章，它力图回归和扩充现实主义的精神内涵和人性人道的深度。他公然——在当时只能被认为是公然说，"人有阶级的特性，但还有人类的本性"。他还公然把阶级性与人性扭在一起："无产阶级主张阶级斗争也为解放全人类，所以阶级斗争也就是人性解放的斗争。文艺必须有人人相通的东西做基础。而这个基础就是人情，也就是出于人类本性的人道主义。本来所谓阶级性，那是人类本性的自我异化，"他干脆认为，"当前文艺作品中缺乏人情味，那就是说，缺乏人人所能共同感应的东西，即缺乏了人类本性的人道主义"。[①] 左一个人类本性，右一个人道主义，甚至认为当时天天讲的阶级性，竟是人类本性的自我异化，这简直大逆不道，怎能不引来猛烈的批判和声讨呢？现在看来，巴人的观点虽不系统，却触碰到了问题的根本性，真理性。钱谷融的《论文学是'人学'》，则以极大的理论勇气，通过有说服力的例证，缜密的思辨，描绘了深化的现实主义应有的境界，发人深省。所以，我们今天有必要重估现实主义的坚守者们，同时看到，现实主义一直潜在地发展着。

"文革"十年是疯狂运动的十年，是样板戏独唱的十年，也是文学艺术空白的十年。这个时代的作家们大都被戴上牛鬼蛇神的帽子，被改造，被批斗，有些被迫害致死。作家们没有了写作的权利和自由，但是，令人惊叹的是，许多新发现的资料证明，他们仍然在选择文学，而且比起"十七年"时期更为深沉清醒。这是一种潜在的、地下状态的选择。他们不仅认清了更多的社会真相，而且对自身也有了真切的反思。没有这个特殊时代

---

① 巴人：《论人情》，《新港》，1957年1月号。

的选择，就不可能出现后来的天安门诗抄中的诗歌，就不可能出现七十年代末的朦胧诗派，就不可能出现巴金的说真话精神，张贤亮的对人性在面对政治性时的严峻思考，也不可能出现后来的人性、人道主义的大讨论。这是一个能量的蓄积期，也是春雷爆响前的预备期。

二

正是从那样一种沉重的背景下走出来，上世纪七八十年代之交，文学开始控诉"文革"的倒行逆施。开始了文学的拨乱反正，展开了一场新启蒙。这种选择，不仅是作家们对人性、对存在、对荒谬现实的自觉思考，也是中国即将迎来一个改革开放的大时代的前奏。文学，特别是诗歌，仍是时代的号角，成为了当时的文学先锋。在朦胧诗大规模上阵之前，已经有了涛声阵阵的天安门诗抄，在政治气氛甫一开放之际，像"哗啦"一声拉开闸门，闯出来那么多的诗人和作家，他们发出了愤怒与呐喊，作出了他们对前一时代的判断，也显示了他们的文学选择。

八十年代，是作家诗人们最为亢奋的时期。那个时期被称为文学的时代，也被称为理想的时代。人人都在思考，人人都想发出声音，文学事件此起彼伏，浪涛迭起。1978年5月11日，《光明日报》发表了评论员文章《实践是检验真理的唯一标准》，掀开了思想解放运动的序幕。1978年前后，《班主任》《伤痕》等一大批小说发表，《文艺报》等报刊为其呐喊助威，开启了对前一个时代的深刻反思。1979年10月，第四次文代会召开，这是具有里程碑意义的盛会，邓小平的《祝词》具有纲领性，从此，文艺的性质和方向变成了"为人民服务，为社会主义服务"。之后，朦胧诗大规模崛起，中篇小说异军突起。文学开始渐渐地从对政治的批判走向对人的整个主题的解读。这是文学的启蒙精神所在。这种精神与政治的拨乱反正以及思想解放运动，在相当长时间保持了同步共进的关系；文学以恢复现实主义传统为核心，知识分子的精英意识萌动，重新成为时代的代言人，文学反对瞒和骗，呼唤真实、大胆、深入地看取生活并写出它的血和肉。

与此相辅，进入八十年代中后期，西方现代哲学和文学被大量译介进来，现代主义与现实主义碰撞激荡，使现实主义的独尊地位有所动摇，出现了多元发展的新局面。寻根小说、现代主义、口语诗、先锋小说、新生代写作、意识流、魔幻现实主义等词汇在评论中被大量使用，人们试图对这一时期出现的文学现象进行归纳，却感到很难。文学从过去的"写什么"开始转换为"怎么写"。也就是说，这些喧哗一时的文学实验使文学从原来的泛社会化角色进入了思考文学自身的状态。文学强烈地要求自由，无论是内容和形式，这叫回到文学本位。在诗歌界，从朦胧诗到口语诗，不仅抛弃精英主义立场，要求回到平凡和日常中，而且抛弃了传统诗歌形式中的韵律，要求回到语言本身。在小说界，作家拒绝传统的以直白的形式忠于现实的写实主义，模仿和创造了种种变形的主观化的现代主义的真实，以此来表现存在与荒谬，揭示存在的本质；内容上也以更为日常化世俗化的人作为表现的对象，从外部的行为描写进入内心的直接描述；在语言上，寻求各式各样的新奇的写法，谁写得新，谁就被关注，被簇拥，仿佛一个气氛热烈的语言运动会；在故事情节上，作家们一反常态，淡化故事以至不要故事；在叙述视角上，多种手法并用，使人目不暇接；在写作立场上，"为文学史而写作"、"为后世而写作"、"为自己而写作"、"为少数人写作"等口号不断闪现，成为一部分前卫作家的宣言。在评论界，各种新的文学样式一出现立刻会得到年轻评论家的追捧，评论家们还介绍国外的各种批评流派，扩大方法，评论界的争议确有一种"百花齐放，百家争鸣"的气象。这些都显示了文学挣脱政治的束缚，向着独立、自由的审美和自身规律的发展。

八十年代末九十年代初，知识分子从前几次的政治运动中吸取了一些教训，开始变得沉静。之后，市场经济全面铺开，使知识分子的精神角色变得尴尬，一大批知识分子或主动或被动地卷入市场，开始了掘金之旅。在这样一种背景下，不仅知识分子先前的集体信仰开始解体，而且知识分子的精神价值趋向物质化和实利化，思想启蒙的声音在文学中日渐衰弱和边缘，小说和诗大多走向了解构与逍遥之途，走向了世俗化的自然经验陈述和个人化的叙述。这一时期的作家面临两难处境。一方面，一些作家们不愿意放弃精英立场，仍然幻想文学像八十年代那样能够成为时代情绪的代言者，所以不间断地发出对文学失落的惋叹之声，并且就文学的启蒙精神、人道主义立场等进行了广泛、深入且为时很长的讨论，力图使跌入世俗化的文学重新高蹈精英立场；另一方面，由于图书市场和文化消费市场的干预，使文学面临艰难的生存困境，不少文学刊物改弦更张，或不得不退出市场，一些作家，包括风头正健的先锋作家，不得不重新考虑自己的写作立场、方法、对象、受众，开始大幅度地向传统的现实主义靠近，向中国传统的阅读经验回归。文学在艰难地选择中。

　　大众文化的高涨和冲击是纯文学更大的竞争者。大众文化以其世俗化、"人性化"、功利化、实用化、消遣化的特点和解压功能，很快占领了原来是纯文学地盘的书摊、报刊、图书馆和私人空间。大学图书馆里文学期刊读者锐减、大学生对大众文化期刊的钟情以及知识分子私人空间里也充斥着大众文化读物等现象，正是这一时期文学受到冷遇的明显表征。对人的欲望化的关注，对文学的功利化的需求，使这一时期的文学终于迈出商业化写作的脚步。这一时期，作家们很少再像八十年代时抱怨读者的水平差，而读者反过来抱怨文学离时代太远、离生活太远，读者有抛弃文学的义愤。如果说八十年代是文学引导大众的时代，那么九十年代开始，就是大众和文学双向选择的时代。很多作家在写作时，打起了具有明显市场标签的内容，如那时人们对性和身体充满了好奇，于是作家们一窝蜂地写性，不但年轻作家大胆地写，传统的老作家也耐不住性子赤膊上阵，稍后的美女作家集体亮相，更如火上加油。现在看来，1993年的陕军东征和此后的长篇竞写潮，与性革命，新历史叙述，女性主义写作都有密切关系。《废都》《一个人的战争》《私人生活》《上海宝贝》在整个九十年代都极具争议性，《白鹿原》中的性描写也为很多人津津乐道。不可否认，《白鹿原》开篇性描写有吸引读者的市场写作心理，但并不能就此断定这部大著是迎合市场的写作。最具时代特征的是，女性主义作家群的崛起，她们大多以写泛化意义上的性、展示性别意识、身体意识、私人空间为特征。出版商动辄以某女性作家"袒露残酷青春"的宣传语撼动读者。但是，必须看到，在市场的磁力场中，作家们不得不改变写作策略，但许多作家走曲线的路，却并没有迷失方向。于是，我们可以看到，这一时期的文学选择比前几个时期都要复杂、矛盾，真正了不起的文学并没有放弃其精英立场，但其表现方法却向大众文化倾斜。

三

2000年前后至今，被称为新世纪文学，它是中国文学进一步面临新的选择和被选择的时期，这一时期与前几个时期相比，外延越来越大，内涵越来越复杂。

一是文学的世界化色彩越来越浓，中国文学在慢慢地向世界文学靠近、融汇。事实上，中国文学的这种选择早在八十年代就已经开始了。在我看来，八十年代是向世界文化和文学学习的时期，而且这种学习是比较全面的，影响是重大的，从哲学观念到艺术技巧，从把握世界的方式到精神价值取向，中国作家无一放过。说中国文学只是学习借鉴其技巧，并不接受其世界观和哲学基础，这说法不过是掩耳盗铃之谈。就文本来看，它突出表现在先锋文学中。鲁迅先生的"拿来主义"——"没有拿来的，人不能自成为新人，没有拿来的，文艺不能自成为新文艺"——在先锋作家那里得到了比较完足的实践。有人说，没有开放，没有向西方文学的借鉴和学习，就没有现在这个样子的中国文学，不是没有道理；还有些外国文学翻译家骄傲地说，正是他们在实际上引领着文学的新潮，翻译家的语言甚至已经严重地融化和改变了中国作家的文风，部分的事实也确乎如此。我们会在不止一部中国作品的开头，读到对《百年孤独》那段著名开头的模仿和改写。所以，不夸张地说，近一百年来西方文学的思潮在新时期30年文学中被中国作家一一模仿或借鉴过了。在小说界，普鲁斯特、乔伊斯、卡夫卡、马尔克斯、博尔赫斯、昆德拉、纳博科夫、渡边淳一、罗伯格理耶、格拉斯、帕慕克等等，成为中国作家学习的榜样；在诗歌界，叶芝、艾略特、瓦雷里、里尔克、奥登、帕斯捷尔纳克、萨克斯、辛格、埃利蒂斯、卡内蒂、戈尔丁、塞弗里斯、布罗兹基、帕斯等一大批世界诗人成了中国诗人的标杆和偶像；在批评界，荣格、弗莱的原型批评学说，巴赫金的复调理论和狂欢化诗学，德里达的解构主义，本雅明、马尔库塞、弗洛姆以及伊格尔顿、哈贝马斯等西方马克思主义的文论，俄国形式主义批评以及后现代主义、后殖民主义理论等等都成为批评家学习和依凭的学说甚至理论资源。在中国文学史上，从来没有一个时期像这30年一样，组成了一个光辉闪耀的星群。中国的文学再也不是独成一统的文学江湖，再也不可能用一种文学的传统来搞大一统了，它已融入了世界文学之林。然而，细究一下，我们发现2000年之后，中国作家已基本从模仿和自我迷失中挣脱出来，变得冷静，变得自信。中国作家在国际舞台上开始活跃了起来。尽管我们不得不承认，我们当下的作家离我们公认的那些伟大作家还有一些距离，但是，中国文学已经成为世界文学不可忽视、不可分割的一部分了。

二是文学在市场化、城市化的大背景下正在进行艰难的选择与蜕变，它不得不牺牲一些东西，俯就一些东西，这也许将影响到它未来的文学史评价。市场往往与城市相连，而市场化和城市化从某种意义上也就是欲望化的别名。进入新世纪以来，文化市场和出版业进一步放开，文学再次面临被市场挑选的尴尬局面。如果说九十年代作家们面临市场化还有所坚守的话，现在坚守变得越来越难。每一个成名作家的新作品面世，伴随的必然是大量非文学因素的掺和，而每一个新作家的突现，必然会有让人惊讶的市场运作方式。我们似乎不可能再像以前那样从容地不带任何先入之见地阅读一部文学作品，往往是因为一些骇人听闻的噱头促使人们去看某部作品。最重要的是，在这样一个加速滚动的时代，由于外力的催促，作家们似乎已经来不及深思就匆匆起笔了，由是我们看到，虽然每年以千部长篇小说的出版数字让人惊愕，但能经得起时代考验的大作品实不多见。这也是我们承认在文明程度上，在全民文化素质上，在文化软实力上，在作品的规模、数量、影响力上，现在确乎是历史上最强的时期，但在文学的审美高度上我们却不得不保持谨慎评价的根本原因。

三是信息化、网络化、影视热对传统文学样式的冲击，使文学面临难以承受的考验，迫使作家们重新认识文学的性质和功能，考虑自身的适应能力。进入新世纪以来，一个不容置疑的事实是，网络和影视媒体对传统意义上的文学的冲击力越来越大，很多作家已从过去熟悉的传统纸媒体渐渐向新型网络媒体过渡。过去，作家对影视不屑一顾，现在，凡作家大都渴望"触电"，以扩大影响。网络兴起后，作家与读者之间的界限越来越模糊，因为大量的草根和文学爱好者都通过网络实现着自己的作家梦，而他们本来是忠实的读者。网络实现了人人可以成为作家的梦想，于是，很多新人在网络上崛起，其吸引力并不比职业作家差，原来的作家处于矛盾、犹豫和尴尬中，他们既不愿与不可计数的网民混在一起，与之一起在网上发表自己的文章，并被淹没，又不能不重视这一目前最为快捷的传播方式的影响力。前几年，作家们拒绝网络，拒绝博客，现在，几乎每个作家都有自己的博客，都不敢轻视网络。特别要指出的是，70后和80后作家群几乎都是网络捧出来的红人，他们与网络已经难舍难分。从未来的角度来看，他们必将成为中国文学的中坚力量，而他们的文学方式也将成为一个时代的习惯方式，同样也会变为传统。但这显见的未来，却使许多传统的作家不能不感到告别昨天的痛苦，幸好纯文学还有一片虽然日见边缘却依然存在的天地。

四是社会文化转型时期思想道德文化价值的选择问题，同样为这一时期文学选择的最大难点之一。也许我最后才谈到的这个问题其实是最重大的。我们面临的是一个大转型时代，不仅作为国家意义上的中国社会正在发生深刻的变革，而且中国文化与世界文化的交融使得中国的道德文化生活正处在碰撞、解构、重构的历史性构造运动中。作为表现人的文学，面临一系列文化难题。比如，什么是信仰？中国人到底选择什么样的信仰？传统的以儒家精神为中心的价值观还能存在多久？什么是女权？现代意义上的女性主义应该怎样书写？怎样看待中国的历史？中国当下存在的本质是什么？作家还需要传统意义上的知识分子立场吗？如此等等。我们会发现，其中有些不光是中国人的难题，而且是世界性的难题。不管多么困难，文学要发展就必须在这些价值立场上作出选择。近些年来，不断有人批评中国作家没有社会责任感和在国家大是大非面前失语的状况。一些作家辩解，沉默也是一种发言。还有一些作家，在写作中过多地宣扬恶、冷血、仇恨、暴力，从中看出，有的作家在价值立场上还没有站在人类的正面，这是需要警惕的。

总之，新时期以来，时代环境、社会思潮、价值观念、审美意识都在不断发生变化，我们的文学虽有明显缺失，有泡沫，有诸多不足，但是，整体地看，文学的人文内涵在拓广，文学的功能在全方位展开，文学的方法、题材、风格、样式变得多种多样，以及生产机制和书写方式越来越解放，作家队伍的构成层次也丰富起来，这些皆与30年前不可同日而语。文学在新时期以来的这30年，像是从狭窄的河床进入开阔的大江，较前大大成熟了、丰富了、独立了。

那么这种局面是怎样形成的？有一种精神也许是至关重要的，它或隐或显地始终顽强存在着，那就是相当一批作家批评家，在如何使文学走向自身、回归文学本体、卫护文学自由和独立的存在所进行的坚韧努力。这种努力保证了新时期文学在最主要的方面，其人文精神含量和艺术技巧品位达到相应的高度。这里所谓的"文学自身"，可以视为对文学规律和审美精神的一种理想化境界的追求，以及对于文学本身的价值和意义的守持。

但我一直在想，新时期以来的文学有没有贯穿性的思想灵魂的主线索呢？或者说，有没有它的主潮？有人认为无主潮、无主题，我却认为主潮还是存在的，只是表现形态或隐或显，时有遮蔽和干扰，但不失其主潮的地位。在我看来，寻找人、发现人、肯定人就是贯穿性的主线。这是从哲学精神上来看的。若是从文学的感性形态和社会形态来看，那就是对民族灵魂的发现与重铸。这也是我一贯的观点。

关于现实主义生命力的思考

纵观中国当代文学的六十年，不难发现，六十年来，真正有生命力的、经得起时间淘洗的作品，大都是坚持了现实主义精神，具有勇气和胆识的，并且自觉维护了文学的审美品格的作品。这样说丝毫没有轻视其他创作方法，唯现实主义独尊的意思。但我在这里所说的现实主义，主要还不是指文学对自然的忠诚，它的客观的真实性原则、典型化原则、整体性原则等等定义性的东西，而是强调一种可称之为现实主义精神的质素，那就是，对时代生活，人民疾苦和普通人命运的密切关注，对人的尊重，以及对人的生存境遇的密切关注，对民族灵魂的密切关注，为此它能勇敢地面对，真实大胆地抒写，以至于发出怀疑、批判、抗辩的声音。

比如在"十七年文学"中，左倾思潮确有愈演愈烈的趋势，于是被认为这个时期的作家的主体意识普遍沉睡甚至完全没有。然而，这并非事情的全部。现在看来，主体意识在一些作家身上不但存在着，且无时无刻不在寻求突围。一些作家早就在抵制直接的、短视的、配合式的创作，反对公式化、概念化的创作，坚持直面地、大胆地写出真实，塑造有血有肉有灵魂的人物。由于作家坚持了现实主义的精神和审美的立场，于是对人性人道的思考就往往会溢出"政治"（时代）的堤坝，无意中与"时代"抗辩，达成了某种超越性。这些坚守和努力，仅从《人民文学》发表的作品来看，像《洼地上的战役》《我们夫妇之间》《组织部来了个年轻人》《在桥梁工地上》《改选》《红豆》等等，就都有突出的、鲜明的表现。

这种具有主体性的，向着真正现实主义靠拢的声音，在当时的理论批评方面同样存在。《人民文学》1956年9月号，发表了秦兆阳的《现实主义——广阔的道路》一文，立即引发了对现实主义的争论。该文的中心议题是现实主义文学有自身的尺度、法则，不应该受一些外在附加值的限制和禁锢，但此观点遭到了猛烈的批判，最终作者被打成右派。但在那之前，就有过胡风的主观战斗精神的现实主义，在那同时，有过巴人的《论人情》，它们都在力图回归和扩充现实主义的精神内涵和人性人道的深度。尤其钱谷融的《论文学是'人学'》，以很大的理论勇气，通过有说服力的例证，缜密的思辨，描绘了深化的现实主义应有的境界，发人深省。所以，我们今天要重估现实主义的坚守者们，要看到现实主义一直潜在地发展着。

但事物总是复杂的和缠绕的，现实主义生命力的奥秘也同样复杂。当时一些政治意识很强的、唯写工农兵和满足无产阶级政治需要的宏大叙事，其中一小部分成为了今天所谓红色经典者，在今天就依然拥有一定的生命力，有一些成为改编者的丰厚资源，当代人津津乐道的对象，甚至偶像，这该怎么看？这不禁使我们思索：当时的"政治视角"对艺术来说，是否具有既束缚又无意中成全了它的艺术生命的两面性？（新时期以来，"政治视角"几乎一度被作家们忽略或远离，事实上，政治是社会的焦点所在，要揭示一个时代的本质，不触及政治便是逐本求末。政治并非单纯地表现为国家制度、政党存在，在本质意义上它是一种文化精神的存在。）另外，当时确有不顾作家的风格、基因、个性和消化能力，一律赶到"火热的斗争生活中去"的做法，但这并不能改变生活是创作唯一源泉的真理性，事实证明今天深入生活依然是文学创新的根本性问题。当时把作家的生活体验性和亲历性强调到了极端，是否在造成拘泥原型之病的同时，"逼"出了大量真实鲜活的细节？

现实主义精神应该是变动不居的，是随时代的发展而发展的，只有不断地更新和变化，才能保持它的活力和张力。应该看到，五六十年代对现实主义的理解，较多地停留在呼唤写真实，直面现实，干预生活，反对直接的配合性写作上；七八十年代之交，回归现实主义传统，先是把焦点集中在能否说真话，写真实上，随着思想解放运动的深入，才进入了发现人，关注人，尊重人，人是灵魂的层面。新时期文学三十年，最大的成就，也得之于此。现代主义也关心人，焦虑人的处境，但与现实主义是不同的，它对现实主义不无启迪。正是围绕着发现人，尊重人，刘心武的《班主任》重新发出了"救救孩子"的呐喊，徐迟的《哥德巴赫猜想》重塑了知识分子的精英形象，我们在这里听到了新启蒙的声音。

与现实主义精神相伴，民族灵魂的发现这一主题还在深入。我们看到，八十年代中期，现实主义文学仿佛又一次来到十字路口：是大胆的自我更新，还是故步自封，是开放吸纳，还是原地踏步，这是个考验。现实主义要不要在与现代主义的碰撞中丰富自己，要不要吸收域外的有益的哲学和文学观念，要不要在文化精神上向纵深拓展？回答是肯定的，因而有了一次腾跃。对于全国的文学界来说，一九八五年是不寻常的一年。这一年，《人民文学》发表了刘索拉的《你别无选择》，徐星的《无主题变奏》，韩少功的《爸爸爸》，阿城的《孩子王》等等。在全国其他刊物，还有许多重要的文本发表。《你别无选择》被有的理论家认为是"中国第一部真正意义上的现代派作品"，但我从小说所写音乐学院内在紧张的精神冲突中感受到的，主要还是"五四"个性自由精神在当代的回荡。《爸爸爸》回转身来，续接国民性批判的主题，沿着地域的河流，向着民族文化性格的根因追溯。而在莫言的《红高粱》里，作家有感于"种的退化"，重塑农民英雄形象，呼唤生命强力，复活民族的野性的游魂。对现实主义的发展来说，也许路遥的《平凡的世界》是更为典型的文本，它作为文学上的柳青之子，可以明显感到它与十七年现实主义的血缘关联，路遥确实继承了不少东西，但是，他又有所扬弃，提供了一种内在的现代性视角，那就是对现代农民人格的呼唤和初塑。

九十年代以来，特别是迈入新世纪的中国，市场经济和商品化以前所未有的规模卷来，全球化进程的加剧，"加入世贸"的重大影响，城市化、高科技化、网络化的急剧推进，正在极大地改变着人们的生存方式和就业、居住方式，改变着人们的时空观念、思维方式以至道德伦理情感。中国社会的精神生态更趋物质化和实利化，思想启蒙的声音在文学中日渐衰弱和边缘，小说大多走向了解构与逍遥之途，走向了世俗化的自然经验陈述和个人化的叙述。与之相伴，一个大众文化高涨的时期来到了。就文学来说，现实主义还能不能向前发展？与人的再发现密切关联。这本是二十世纪贯穿至今一个重要的不断深化的精神课题，曾有过人的三次发现之说，今天还有没有新的发现，对现实主义来说，将是决定性的因素。这也应该是衡量一个大作家与凡庸作家的标准。事实上，在今天，作家选择时代，其实就是选择"人"，发现"人"，发现一种生存状态和精神状态。我们的时代有多少"人"还没被发现啊。有一种说法，认为新世纪的"人"既不同于上世纪八十年代的"理性"的人，也不同于上世纪九十年代新写实的"原生态"的人，或"欲望化"的人，而是"日常"化了的人。这种说法有一定道理。依我看，近些年来，有一些作品之所以有所深化，就在于更加注重于"人的日常发现"，并以"人的解放"、"人的发展"作为"灵魂重铸"的内在前提和基础。然而，对人的深刻理解与表现，又与深切的生活体验无法分开。网络的海样的信息固然给写作者带来极大便利，但它永远不可能代替作者的亲历的感受和心灵的共振，因为那不是他身上的骨头和肉，而创作需要生命的投入。

在今天，我们不能不关心文学的现实处境。我们现在常说，以往文学的轰动效应，多是借助于敏感的社会问题，承担了自身以外的任务，现在文学才真正回到了它应有的位置，现在的秩序才是文学的正常秩序，因而无须慨叹文学的边缘化。这样说当然是明智的，不无合理性，但也并不尽然。文学不能借此安于现状，看不到危机，满足于被动的生存。在今天，谁不努力展示自身的魅力，就没有谁的位置，这是很无情的。其实，世界上有些发达国家，纯文学的销量和覆盖面是非常可观的。现在，网络文学，市场化出版，青春文学，类型化写作，大众读物，在普通读者中拥有更大的份额，其销售量是一般纯文学无法想象的。这些作品当然有它们满足人民的需要和它生存发展的必然性，而且这显示着文明的进步，全民文化水平的提高，令人欣慰。但是，它们确也造成了阅读的分化，比如传统文学读者稳中有降。（像《明朝那些事儿》《藏地密码》《鬼吹灯》《诛仙》《杜拉拉升职记》等大众文化之作，或一些带有较强消遣性、娱乐性、猎奇性的书，正在创造发行奇迹。）文学，这里指的主要是纯文学，传统文学，应该怎样选择和认定自己的角色呢？文学的审美价值和精神追求应该在一个什么样的向度上？是向那些作品倾斜，为其所改造，所置换，削减原有的一部分功能，强化另一些实用功能，还是坚持原有的一贯稳定的精神价值，包括发扬现实主义的精神，就不仅是一个理论问题，而是一个尖锐的实践问题。

　　诚然，只要人类还存在着良知和情感，文学就不会消亡，我们大可不必悲观；但究竟文学选择什么样的方式，深刻地表达什么样的情感，确也决定着文学的命运和存在的理由。现在作家的选择无疑宽广得多，自由得多，但这里仍有个对时代重大精神问题是否回避的问题，仍然有高下之分和文野之分，厚重和轻飘之分。在我看来，最有分量和最有价值的文学，应该是关注人的存在境遇，展示民族的灵魂和心史的，直指人心的，具有形而上追求的文学。越是这样，在这个物化的时代，文学就越是不可替代，就越有生命力。

今天，我们面临一个社会、文化、道德大转型的时期，同样也是一个与世界文化碰撞、融合、重构的时期，这样一个时期在中国历史和人类历史上也并不多见。这不仅是作家创作的难得机遇，同样也是作家面临的最大困难。历史上，无论哪一个国家，在每一个转型期和文化的融合期，恰恰也是文化兴盛的时期，如我国的春秋战国时期、魏晋时期、隋唐时期、"五四"时期。我认为，现实主义肯定是我们的选择之一。但是，现实主义怎样发展，却是需要探索的新难题。

当然，现实主义始终是一个争论不完的话题。我所谈到的几点也仅仅是就存在的问题而言的。我们应该更多地追问一些基本的问题：如什么是文学？什么是人民的文学？今天的人面临什么困境？我们应该怎样增大文学的精神性内涵？今天我们需要什么样的文学？等等。这些基本的问题可能会帮助我们廓清文学上的一些迷雾，对当下的文学的创新将是极其有益的。

地气·人气·正气

——我对当前文学发展的几点思考

70年前，毛泽东站在民族危亡的关口，从中国的西北，发出了对知识分子和文艺工作者新的重大要求。他提出，知识分子和文艺工作者要深入生活，深入群众，与人民群众的思想感情打成一片，要为最广大的人民群众首先是为工农兵服务；文艺要成为战斗的号角和打击敌人、消灭敌人的武器。在推翻"三座大山"和争取民族独立解放的历史情境中，这一思想无疑具有合理性，现实性，凝聚力，因而在当时确实也发挥了重要的作用。它的某些负面作用在当时不可能显露出来。

必须承认，70年来，《讲话》始终与中国的文艺事业相伴而行，是一个既成事实，以至于有人说，只有理解了《讲话》，才能理解中国的当代文艺何以是这样的，而不是那样的。这也没有说错。70年来，时移事迁，沧海桑田，文学史几经演变，文学的性质和功能发生了微妙而深刻的调节、变化，文学史家也在不断"洗牌"，对所推崇的作家不断重新排名。然而，尽管时代变了，许多提法过时了，但舍去《讲话》的不少政治实用层面，进入其文艺理论层面，便会发现，一些重要命题仍然具有真理性，有效性，比如，文学为人民服务的问题，作家深入生活的问题，文学源于生活高于生活的问题等等。于是，结合今天发展了的时代特点和现实矛盾，重新思考和辨析这些问题，将大有利于当代文学的发展。

一　地气

时间相隔了70年，一些带根本性的问题仍有贯穿性和内在联系，比如，70年前毛泽东在《讲话》中说过这样一段话，人民生活"是一切文学艺术的取之不尽、用之不竭的唯一的源泉。这是唯一的源泉，因为只能有这样的源泉，此外不能有第二个源泉"。毛泽东明确主张，中国的文学家应当深入社会生活这个唯一的最广大最丰富的创作源泉，观察、体验、研究、分析一切人，再进入创作过程，只有这样才能创作出人民群众喜闻乐见的作品，成为受人尊敬和爱戴的人民艺术家。这些话放到70年后的今天也没有过时。我其至认为，当年的问题又轮回似的转来了——深入生活的问题在今天又变得相当突出——与人民生活实际的隔膜，表现"中国经验"的薄弱，原创力的匮乏，顽固的自我重复症，原有积累的消耗殆尽，新的创作捉襟见肘，等等，仍然是困扰着当今不少中国作家的难题。

生活是唯一源泉的创作原则，散布于马列文论和唯物主义哲学家的著作中，并不是毛泽东发明的，但不得不说，是毛泽东进行了比前人更为清晰、系统、科学的归纳，形成了对人类艺术创作规律的一种科学总结。他的归纳、概括和阐发，确乎是精当的，深刻的，富于创造性的。现在，在毛泽东的著作里，毛泽东诗词和《讲话》被人提及的频率颇高，令人深思。还是看一看文学的事实吧。司马迁铸造《史记》几乎走遍当时的中国；罗贯中演绎《三国演义》也曾数访赤壁；柳青为著《创业史》举家落户皇甫村长达14年，《山那边人家》的作者周立波举家迁至乡村。再想想那些著名的知青小说，如《我那遥远的清平湾》《归去来兮》《北方的河》《棋王》《小鲍庄》《麦秸垛》，哪一部不是作家投入巨大情感的生命之作？

1980年代之后，人们对以往深入生活的做法有了一些反思，作家可以有直接经验，也可以有间接经验，读书也是生活的一部分，不可以低估灵感与想象的力量，对于忽视作家创作个性、一刀切、绝对化的做法的批评也都是不无道理的，胡风的"到处有生活"也并没有讲错，但是，尽管如此，生活的唯一源泉性是颠扑不破的真理，因而作家需要不断寻求源头活水，挖深井、扩见闻，增加生活积累和情感积累，这，仍然是带决定性的内功修炼。

大凡经得起阅读和评品的好作品，莫不是作家深入生活，经过头脑加工厂提炼、升华的结晶。多年前，陈忠实常坐远郊班车前往临潼、蓝田等地搜集资料，风尘仆仆。他足足用了四年时间酝酿、构思才写就《白鹿原》。张炜皇皇十卷本的《你在高原》也是他走遍齐鲁大地、宁静深思的结果。迟子建的《额尔古纳河右岸》写得那样深情、细腻，感人落泪，不仅仅出于作家童年的记忆，更是作家深入生活、细究历史、大胆想象的结果。近年来，又有一些作家主动深入生活，出现了如梁鸿《中国在梁庄》、贾平凹《定西笔记》、李娟的散文等有影响之作。这些作品之所以引人注目，得到好评，因为作者走出了书斋，吸纳了新鲜的因素，关注了民生与生态，于是充盈着地气。

最近贾平凹接受媒体采访时说："这几十年一路走来，之所以还没有被淘汰，还在继续写，得益于我经常讲的两句话：一个要和现实生活保持一种鲜活的关系，起码要了解这个社会，和这个社会保持一种特别新鲜的关系；再一个你在写作过程中，一定要不停地寻找突破点，或者是常有新的一些东西出来。我现在60岁的人了，基本上是和人家二十多岁的娃们在一块写哩，文坛淘汰率特别残酷。所以说你只有把握住这两点，才能写得更多一点，更好一点。我这几十年就是这样过来的。"贾平凹的话比较实在。

只有从生活中找到源源不断的活水,才能不去复制别人,也不复制自己。贾平凹写《定西笔记》并未显出多么庄严的深入生活的架势,他说他纯属闲情,是到甘肃去寻找秦人的古迹,不意诱发了创作冲动。他称这也是一种"接地气"。

二 人气

文学的本质是"人学",对"人"的关怀是文学的全部价值所在。只有关怀人的文学才是有人气的文学。文学的人气必须要落实在为人民服务上。我们的文艺是源于人民,为了人民,服务人民,坚持以人民为核心的。尽管"人民"的概念几经变迁,受过极左思想的扭曲,现在是回到了最广大的人民群众上来了。"人"是"人民"的哲学内涵基础;"人民"是"人"的社会学群体化命名;也曾有人把"人民的文学"与"人的文学"对立起来,其实,它们一是外延,一个是内核,或者,一个为体,一个为用。人民对忘记他们,脱离他们的作品,从来是不感兴趣的,只有通过作家这个个体的心灵,写出人民的所思所想,喜怒哀乐,传达出人民心声的作品,才是最有价值的。中外文学史无不证明了这一点。

人民不是抽象的。"人"才是人气的根本。对人的理解、认识,对人性的发现和揭示的深度,对创作起着决定作用。我们对人的理解曾经很狭窄过,只讲阶级性,不讲人性,只讲单一性,不讲复杂性,只讲显意识,不讲潜意识,只讲理性,不讲非理性。新时期以来,解放思想,在对人的理解上有了重大突破,这才带来了文艺的大繁荣。

要振兴当下的文学,并在内质上发展文学,使文学得以真正的繁荣,就要在揭示人性的深度,表现人民的思想情感的宽广度上有所突破。回望30年来的中国文坛,归来一代,知青作家,朦胧诗人,寻根之游,先锋之旅等等,其作品若能直指人心,皆因为作者的沧桑阅历和对人性的深度挖掘。那些现实主义的力作也往往因此而震撼人心，立于文学的长河之中。比如，张贤亮的反思之作不同凡响，就因为他对于极左时代政治的深切反思，人性的开掘。灵魂的搏斗，达到了相当深度，所谓"在清水里泡三次，在血水里浴三次，在碱水里煮三次"。高晓声也曾深度发掘过陈奂生们的内心。他说："我写《陈奂生上城》，我的情绪轻快而又沉重，高兴而又慨叹。我轻快，我高兴的是，我们的情况改善了，我们终于前进了；我沉重、我慨叹的是，无论是陈奂生们或我自己，都还没有从因袭的重负中解脱出来。"

一切取决于对人民生活表现和关怀的深度。刘醒龙的《天行者》为当下"底层书写"的深度给了一个"另类的"示范；莫言的《蛙》，则以强大的内在张力挑战"敏感题材"；毕飞宇的《推拿》以细腻的文笔写出了"黑暗世界的光明"，也是作者所说的"对人的局限性的表达"；而刘震云的《一句顶一万句》，是颇有形式感的中国人的说话哲学的寓言。它们各自有它的突破领域；但都紧紧抓住了人，人民。莫言说，我始终贴住人物写；刘震云说，我更愿意做一个倾听者，倾听我的人物的声音；毕飞宇说，对一个作家来说，人道情怀比想象力还重要。

今天的文学要人气旺盛，就要大力扶持具有原创力的作品和大力加强创作中的现实感。在全球化、高科技化、网络化、城市化的语境下，当今人们的精神结构，生活方式，道德伦理，思想情感皆发生了前所未有的深刻变化，与之相较，文学却表现得很不充分。我们对某些领域的创作也许比较成熟，例如处理乡土经验，但是对大量新的生活场域，新的行业和新的人物，创作可说是落后于生活的，某些作品显现出一种贫困，思想上的贫困，精神资源上的贫困，语言的贫困，以致陷入自我重复，互相重复的怪圈。

还要看到，在今天这个和平发展时代，一般来说，从宏大叙事向日常叙事的转变也许是一个值得注意的趋势。这就为文学提出了新的审美要求。

艺术史学家赫舍尔曾说："在人的存在中，至关重要的是某些隐蔽的、被压抑的、被忽视或者被歪曲的东西。"好作家的本领就在于能从这种日常生活中发现意义和价值。对日常生活世界的重视和肯定，表现了作家对人的自信。

作家要得到人民的喜爱和经受历史的考验，就要回答人民在时代生存中的问题，就要表现生民在时代生存中的灵魂状况，就要以广阔的同情心和深刻而细致的人性体验来塑造时代的人民形象，就要以人类理想和崇高的精神价值来引领人类昂扬向上。一个作家如若冷淡了人民，远离人民，过度自恋，只迷信"内宇宙"，他的创作也就失去了重要意义。上世纪90年代以来，文学变得更加多元，"个人化"、"知识分子"、"民间"、"欲望"，乃至"身体"等等，纷纷成为一些创作的向度，皆无不可。但无论是国家、民族还是文学自身，都需要一个主体性、根本性的方向。丢掉了人民，也就丧失了人气之源，其作品至多是昙花一现。

三　正气

《楚辞·远游》中谓："内惟省以端操兮，求正气之所由。"中国知识分子自古就将正气作为自身追求的重要价值，屈原、文天祥等人均在其文中将之书写并弘扬，人类社会之所以能发展向前，皆因"天地有正气"；作家作为知识分子的重要构成，不仅要书写自己的个体情感，更要"善养吾浩然正气"。为天地正心，为生民立命，这正是儒家精神的集中体现。人们常说，作家是人类灵魂的工程师。那是因为，那时候的作家以圣贤为榜样，以代言为己任，以笔为旗，主张正义，敢于为民请命，以启蒙为要务。现在历史情境变了，但我认为，无论是"泛写作化"还是"去精英化"，作家的价值坚守不能丢，担当精神不能丢。

事实上人们一直在期待弘扬正气、体现人类正面价值、挖掘人性深度的伟大作品的出现，人们在期待关心民生疾苦、直面社会矛盾、批判社会不良风气、树立社会正义和理想的好作品出现。然而，我们现在的不少作品，更缺少肯定和弘扬正面精神价值的能力，而这恰恰应该是一个民族文学精神能力的支柱性需求。我曾经说过，今天的不少作品，并不缺少直面生存的勇气，并不缺少揭示负面现实的能力，也并不缺少面对污秽的胆量，却明显地缺乏呼唤爱、引向善、看取光明的能力，缺乏辨别是非善恶的能力，缺乏正面造就人的能力。

我们说的正气，就应该是民族精神的高扬，伟大人性的礼赞，有了这些，对文学而言，才有了魄魂。它不仅表现为对国民性的批判，而且表现为对国民性的重构，不仅表现为对民族灵魂的发现，而且表现为对民族灵魂重铸，两个方面不可偏废。

在当下这个多元的时代，作家更应直面现实，弘扬正气，体现人类正面价值。正义和向上的精神就是好的文学作品存在的价值之一。尽管批评的标准可以多种多样，多元并存，但多元不是乱象。正如鲁迅先生所说的，有一些"圈"是基本的，是人类审美经验的结晶，共同认可的。比如，"前进的圈"，"真实的圈"，"美的圈"等等。《平凡的世界》为什么能博得一代代青年读者的喜爱，一个重要的原因就在于，它的主人公改变自身命运的强烈愿望和那种外在的贫穷下的内心的理想和高傲，是历史进程命运化的表现，代表了一种必然趋势。恩格斯在高度赞扬18世纪的德国文学时，曾不无遗憾地指出"庸俗化"潜在而深刻地抑制了它的可能高度。尽管我国当代文学经过80年代的"世俗化"运动，但仍须警惕大众文化趣味、市场法则、享乐主义等等因素诱使它陷入"格调"危机。

与70年前相比，现今的中国，以经济建设为中心，科技是第一生产力，国家一直处在现代化的转型中，我们的目标是建设一个现代化的强国，复兴中华文化，重铸民族灵魂，振奋民族精神。经济体制改革已经发生了极深刻的变化，它必然带来了人心的动荡、人性的混乱、理想的迷茫甚至伦理的失衡，这一切都需要我们去研究、去深思、去重建。我们仍然面临一个精神领域的百废待兴局面。二是，我们现在身处的是世界文化的场域。世界的气浪在扑向中华大地，我们面临在多元文化、多元价值面前的重新选择。我们到底是谁？我们到底要到哪里去？这是需要我们作家、知识分子回答的问题。三是，我们身负传承中华文明和建设文化强国的大任。作为文化重要组成部分的文学自然应该一马当先。文学自古以来就是文化的先锋。

今天，在建设社会主义文化强国的新的历史起点上，文学要挑起满足人民群众精神文化需求的重担，要承担起为时代立像、为民族铸魂的重任。这就要求我们的作家大力深入实际、深入生活、深入群众，在时代的洪流中，以独特的艺术品质和强大的精神力量、以感人至深的艺术形象，满足人民群众的精神需求，推动文化的大发展大繁荣。

（此文是我在中国作协纪念讲话座谈会上的发言稿；
上海《解放日报》5月23日全文发表）

当下作家队伍的分化与重组

  新的文学环境和传播机制使得新世纪以来的中国作家队伍的构成发生了前所未有的变化。大体看来,新世纪的作家构成主要有四个部分,他们是:传统型作家,网络作家,80后、90后青春作家,自由撰稿人式的草根作家或称为"非职业作家"。虽然文学环境产生了极大变化,但传统意义上的几代作家仍然坚守着自己的阵地,他们从创作到出版发表,都沿着传统文学的路子前行并不断创新,有所开拓。人民文学出版社曾评出2009年"当代长篇小说奖",评出了刘震云的《一句顶一万句》、莫言的《蛙》、阿来的《格萨尔王》、苏童的《河岸》、张翎的《金山》共五部。应该说,大体上公正。这些实力派作家已经够努力了,各有各的审美亮点,但是,倘若以发行量和在读者中的覆盖面而言,那又像是汪洋大海中的几叶扁舟。

  据资料显示,网络写作的受众人群超过了5000万,作者达到了10万人。网络写作改变了以往"你写我读"的书写方式,形成了读写之间的认知交流、思想交流、情感交流以及人生经验交流的平民化书写潮。不论你认可与否，网络已经成为新世纪的一个创作大平台，除了上述专业作家之外，还有大量文学爱好者和写作者，借助网络平台，或建立自己的写作基地、文学网站，或参与一些门户网站的征文竞赛，成为知名写手，造成一定影响后，转而出书，由网上走到网下，成为流行文学和时尚写作的新秀。网络作家在新世纪以来显得异常活跃，从世纪之交的涂鸦、沙子到后来的痞子蔡、李寻欢、安妮宝贝、慕容雪村、竹影青瞳、宁财神等，再到近两年走红的血红、随波逐流、天蝎龙少、唐家三少、辰东、我吃西红柿等，均以网络为阵地拥有自己的读者群。比如，我吃西红柿的作品《星辰变》在起点网站排名前列，并被改编成网络游戏，甚至要被拍成电影。近几年，每到年底就有人对这些网络作家的收入进行排名，大家似乎并不关注这些网络作品的精神内涵和文学成就，而是更关注他们的钱袋子。

在网络写作中，有一个现象格外值得关注和研究，这就是博客的写作。新世纪之初，木子美将她的性爱随笔以博客的形式发表在博客中国网站上，一夜之间点击量过了10万，网站几近瘫痪。在那时，10万点击量是一个惊天的数字。木子美现象使博客写作突然间兴盛起来，天涯网、新浪网、搜狐网等纷纷开设博客频道，尤其是新浪网以其央视一般的影响力和推出名人博客的策划效应使博客在2005年底和2006年前后，以排山倒海的声势影响着网络写作。我记得，余华、池莉、徐坤等是最早探入网络博客写作的传统作家，但很快就被明星或更多大众消费化写作淹没了。这似乎是一次非正式的检阅。那时很多传统型的作家都开了博客，结果访问量与其想象的读者量产生了巨大的反差。一些作家在被网络嘲弄之后宣布关闭博客。而安妮宝贝、韩寒、郭敬明等则一直坚持写作。在评论家里面，谢有顺、解玺璋的博客的访问量也很高。

就连我这个以前很少上网的人也被忽悠着开了博客，且常常只顾了写博客痛快，看跟帖过瘾，而忘记了去投稿挣稿费。这在以前是不可能的。后来我发现，抱着我这种写作心态的人比比皆是。为什么？因为博客最吸引人的地方在于它的互动性、开放性、共时性。你刚刚发了博客文章，过一会儿就立即有读者评论，赞扬也罢，批评也罢，嘲讽也罢，你的文章有了新闻般的时效性。你发现你的文章落到了实处。在这种及时评论中，你会重新思考你的观点和表述方式，你甚至可能会推翻原有的某些观点。这种互动的方式也常常激发人的灵感，另一篇文章的初稿也许便在碰撞中应运而生。过去在报纸和杂志上发表了文章久久没有人提及，听不到反映，在网络面前，报纸和杂志反而变成了一种虚拟的存在。现在，中国的写博客人数据说已过亿，其中一人开数个博客都是常有的事。许多写作新秀视博客为命根子，他们在博客上不断更新文章，纸媒编辑常常直接阅读博客来选稿。我发在报刊上的文章，许多都是编辑从我博客上选走的。博友们还常常在自己的博客上发布自己的最新动态，通过博客炒作自己。韩白之争、赵丽华事件、裸诵事件、文学是否活着之争，都曾轰动一时。现在，博客已经成为一种"个人媒体"，使网络或传统媒体都不得不在博客上寻找新闻点。博客的兴盛大大改变了写作与阅读的关系，似乎一夜之间所有的人都变成了写作者，而所有写作的人也同时变成了读者。

写作再也不是过去少数人专有的权利，而成为多数人书写自我、展示自我甚至自我拯救的一种生活方式。当然，阅读也就变得更为复杂。我们很难想象这样一种泛化的写作会将文学引向何处。但是，我们能够清楚地感受到，文学的写作和阅读正在被网络悄悄地改变着，而真正严肃的经得起考验且能成为人类精神财富的文学也未必没有希望在这样一种汪洋大海之上诞生。这过程也许比淘金更难。

80后、90后作家日益成为新世纪作者的重要构成部分。新世纪十年的中国文学中，表现青春、成长主题的，大多出自非常年轻的作家之手。在市场化日益占主导地位的社会背景之下，80后作家一出现，其写作理念和对象都迥异于前代作家，并以惊人的市场业绩和全新的文学特征改变了传统文坛的状况。一般来说，他们中的相当一些人不愿再承担传统作家的文化责任，不愿担负文学以往的启蒙重任，他们更关注的是人的现实的体验和即时性的感悟。由于他们大都有着在城市出身和生活的背景，在中国，他们是与都市同时"长大"的一代。我一直在想，传统文坛为什么久久不肯承认80后、90后作家所创作的文学属于正统文学的一部分，始终将其与大众阅读和消费文学联系在一起呢，其中一个重要原因似乎是，80后、90后的旗帜性人物韩寒、郭敬明始终像明星一样活动着，他们在文本创新和写作的深度方面还始终没有一个让大家公认的代表性文本出现。当然，韩寒在一些社会事件与文化批评中保持了传统文人与知识分子的独立品格、智慧和才气，但韩寒毕竟还没有拿出令读者和批评者们信服的严肃文学作品来。打个比方，这有点像当年张恨水一手写大家爱读的言情小说，一手写仗义执言、批评时弊的时评，于是，文坛在看重张恨水的同时，还是将其小说纳入到流行小说的行列。应看到，80后、90后的一个突出的特点是与市场紧密相连，不愿意有半点儿脱节。张爱玲那句"成名要趁早"的话已经成为时下众多年轻写作者的座右铭。当80后还在张扬自己的青春时，90后已迫不及待地登场了。这就使得他们的文学始终与消费共谋。在与市场的共谋中，文学不免会失去探索人性、批判社会、追问存在的独立品格和精神。

依我看，无论是自发地毫无功利地写博客也罢，还是带着功利性的文学创作也罢，都在说明一点：文学活着，而且在某种意义上，活得更有生机，更深入人心，更大众化了，它成为人类的一种精神需求。它不再是过去少数知识分子心系天下，为圣人立言的崇高行为，也不再是少数文人抒发个人情志以至排遣牢骚的一种艺术行为，它已经成为所有受过教育且能操持文字的人的一种权利。这样一种分化使得文学写作似乎变成了日常行为，使严肃文学的辨析成为一件更加艰难的事。在那些业余的大众写作中，并不全是流行性写作；而那些专业的写作者，也可能恰恰从事着流行性的写作。当我们这样思考的时候，文学便有了非凡的意义，我们也大可不必再为文学是否活着忧心。

事实上，在最初的写作期，有相当一部分人是出于情感或爱好的需要，倾吐和呐喊的需要，其写作是非职业化的，创作时也没有多少面向市场的打算，只是写出他们刻骨铭心的生活和情感渴望与社会交流。在我看来，这种"非职业化写作"有时恰恰是一种严肃的创作。六六的《蜗居》，李可的《杜拉拉升职记》、周述恒的《中国式民工》，以及纪实文学《蚁族》等的出现，被认为是"对苍白，沉闷文坛的一种强有力的冲击"，它们都具有从内部而非从外部，从切肤之痛而非无病呻吟，从自身或从身边写起的特点，它们是有灵魂有痛感的。许多出版人并不隐讳地表示，"他们现在把文学的希望寄托在文学的圈外"。于是，很可能就是在这样的写作中产生了重要的作品或具有开创性的文本。之后，成功者们便会走上专业创作的道路，但同时也走上了功利性的创作道路。事情大概往往如此。

我所强调的功利性包括两个方面，一个是文学带来的利益的功利性，一个是在纯文学探索方面的功利性。我们更应该支持和强调后者。过去，虽然潜在的文学创作者生生不息，就像20世纪80年代那样有一阵子人人都在写诗一样，但是真正能浮出水面的作者是很少的，于是，很多潜在的写作者在被杂志或出版社拒之门外后就基本上心灰意冷了；而现在，所有潜水的作者都有可能浮出水面，且有不少已经在上浮，因为现在这些潜水者们拥有了过去同行们不可能有的网络。通过网络，他们可以制造新闻事件，可以邀请知名作家、批评家或编辑来欣赏他的写作，很多写作者包括一些专业的写作者，如诗人、学者，他们在拥有了网络、博客后，慢慢拥有了固定的读者群，而他自己也是这个群体固定的读者。他们深知自己的诗歌、学术随笔等不会拥有太多的读者，所以他们自给自足，以此为乐。这样一种写作在今天的诗人群、学者群和大学的文学社以及民间文学社群中随处可见。

以上就是我对当下中国作家的主要构成情况的一种观察。问题在于，这几个部分的人，究竟是各自互不相涉地呈自在状态，还是互动互渗，形成为一个共同的现时代文学的多层次的作家整体？这里的几部分肯定是交叉的，你中有我，我中有你的，但他们存在着明显的不同。这里有没有审美的主导性力量，足以影响整个文坛的审美趋势和思想艺术走向？这里，并无要求各类作家，在思想、审美上统一化的意思，而是，谁来引领和体现我们时代的文学最前卫的艺术精神和审美追求呢？也就是说，谁来做塔尖——任何民族都是以相对纯粹的艺术精品作为时代的文学的标尺的。

真正透彻的批评为何总难出现

  在中国，很少有哪个时期的文学批评像今天这样软弱被动，尴尬无奈，在多种力量的牵拉和围堵之中，找不到自己应有的无可替代的独立位置，也难以找到摆脱困境，奋然前行的途径。当年，在无条件为政治服务的禁锢时期，情况当然很糟，文学批评的整体面貌僵化而刻板，除了独断论式的赞扬就是如雨的棍棒，不过，它虽然生硬而单一，却也不像现在这样进退失据，无所适从；在改革开放的八十年代，文学批评迎来了哲学思想和审美意识的大解放，它扮演着启蒙者和审美判断者的重要角色，目光自信，精神焕发。然而现在，我们每天都会看到新的作品在大量涌现，批评家们在各地的各种媒体上发表着不同的声音，同时，我们也知道，在大学校园里，有不少硕士、博士在研究着各类当代作家作品，仅就从业者之众及评论的数量、口号、声势、名词、新术语、理论旗号而言，当前文学批评不仅堪称"繁荣"，简直多得要"过剩"了。然而，我还是觉得，就思想深度、精神资源、理论概括力、创新意识、审美判断力而言，富有主体精神的、有个性风采的、有影响力的评论仍十分少见；而跟在现象后面亦步亦趋的，或迎合型的，冬烘型的，克隆型的评论却很多。我们不能不得出这样的看法：批评的喑哑和失语，批评的乏力和影响力萎缩，批评的自由精神的丧失，以及批评方式的单调、乏味、呆板——这一切使得貌似繁荣的文学批评更像是一场场文字的虚假的狂欢，最终导致批评失却鲜活、锐利、博学、深刻的身影。我们有时甚至会得出这样一种有趣的印象：在一场场作品讨论会之间，在一版版文学评论之上，不能说完全没有真知灼见，但似乎那个真正的批评者一直没有到场，没有发出应有的富于穿透力的声音。无怪乎有人愤然说，今天是一个文学批评缺席的时代。有人讽刺说，现在的文学评论，重要的已不在于你说了什么，而在于你是不是在场、在说。这种种挖苦、调侃之语，不禁令人感慨。

是的，我们需要深思：为什么多年来文学批评的尴尬局面难以改变？作为批评队伍中的一员，笔者本人也有许多需要检讨、反思之处，但是，这毕竟是一个时代性和公共性的问题，甚至不完全是文学或文学批评自身的问题。我最近渐渐形成了一种也许不无偏颇的看法：文学批评公信力的缺失，根源在于社会生活中公信力的某种缺失，在于整个社会价值体系的某种紊乱；文学批评的虚弱乏力，从根本上说，是文学批评的性质、功能、价值发生了严重的位移、扭曲和变形。是的，作为知识分子，作为批评者，应该具有使命意识，担当意识，不能把责任一股脑儿推给客观环境；但是，细思之，今天的文学批评之所以是这样，而不是那样，的确不是文学自身可以改变的，也不是几个人的职业精神可以挽还的。在诚信缺失，怀疑永恒的大背景下，要求文学批评者保持纯粹的审美精神和独立的品格，固然是合理的，美好的，却也是很难抵达的。真所谓"露重飞难进，风多响易沉"啊。我愿加入到反思者的行列之中，并为之努力。

尽管历史语境和社会环境对文学批评的影响是巨大的，有时甚至是决定性的，但我同时认为，任何事物的改变，必须要在外在与内在两个方面去寻找根因。文学批评只能在冷静面对外在环境的前提下，清醒地认识自我，积极地寻求更新之路。所以，文学批评遇到了哪些以前没有遇到的新情况、新问题，它到底出现了哪些严重的症候，就是一些虽然谈论既久，却依然十分迫切、值得深入讨论的问题。我的看法，概括起来大致有如下几个方面：

一 文学批评的性质、功能、价值在历史文化语境的巨大变迁中发生了位移和变异，工具化、实用化、商业化现象日益严重

我近来感到，文学批评的功利化，工具化，实用化，商业化倾向较前愈来愈严重了，审美的空间愈来愈狭窄了。我们知道，文学批评的功能在于，通过对作品、现象、思潮和文学史的文化艺术内涵的阐释，揭示其意义、价值，引导人们的审美精神走向，提高人们的鉴赏能力。文学批评具有审美的独立性。文学批评是社会文化生活中一支重要的建构性力量，它不但促进文学艺术的繁荣，而且有助于形成健康的精神生态。文艺创作与文艺理论批评中的价值观，审美观，与现实生活中人们的价值行为之间，实际上构成了一种互动关系，人们往往通过批评，发现杰出作品的精神价值，揭示某种潜在的精神危机，潜移默化地增强我们民族的精神涵养和文明程度。一个健全的充满活力的社会总是能够以宽广的胸怀包容批评，并努力培育健康有力的批评精神。批评只有在对人们关心的事物上产生影响和发生作用，人们才会关心和尊重批评，并意识到它不可或缺。批评的价值也正是在这样独具慧眼的发现和尊重中显现出来。

过去，一个作品的发表和出版，后续和附加的东西并不多。评论只是面对作品，甚至那种简单粗暴的批评，也只是面对作品。现在不一样了，作品出版和发表后，将面临参与多项评奖，发行量的多寡，上排行榜否，好书评选等多种关隘，这一切还会带来连环套般的利益链；于是，评论若出言"不慎"，就可能"搅局"，大煞风景。对于一部分真正视文学为生命，

有高远追求的作家而言，这可能不是问题。他们听得进不同意见。但对某些文学组织者，出版者，利益相关者，甚至包括某些作家本人，就并不想倾听真正的批评的声音，或者没有耐心，或者没有胸怀。他们很少意识到，评论是一个审美过程，是一门学术，是一种鉴赏艺术，在本质上是非功利的，具有独立的品格，应有一个神圣的空间，应予尊重。他们其实更想借助评论直接扩大作家作品的影响面，提升知名度，进而摘取各种大奖。如果评论不能配合，他们就会不高兴。某些组织者，甚至将之看作"政绩"，而政绩对他们来说又是至关重要的。文学批评的"政绩化"，是另一种形态的工具论的死灰复燃，应该警惕。

当然，更为重要和更加普遍的困境是，文学批评的写作对高科技、新媒体的依赖甚至依附，使它在悄然间强化了工具性，复制性，拼贴性，可操作性。这也许是一个人们习焉不察却直接影响着批评的品质的大问题。在全球化、信息化的今天，人类的生活与工作已进入加速度时代，古老、宁静、缓慢的农耕文明的诗意正在急剧消失，大地上不再是骏马和人的脚步，而是吐着尾气的汽车的飞轮；天空也不再是白云的悠悠漫步，而是飞机的穿梭轰鸣。在这样一个时代，与告别手工业进入后工业复制时代一样，文学也告别了毛笔、钢笔而进入了计算机的流行技术时代；与告别农耕时代的封闭性、自适性、个性化、精英化、贵族化而进入大量繁殖、膨胀并拒绝个性的经济活动一样，文学也在告别私人经验、艺术自适、精英话语之后而进入了公共经验、大众文化狂欢、欲望化书写的新场域。无论作家的创作还是读者的阅读，似乎都已经被时代的主板刷过，文学进入了一个类似巨型计算机的控制系统。文学批评自然也在劫难逃。于是，我们看到，批评家们有时会出现在好几个会场，说着大同小异的观点，所有评论者的声音、词汇，好像预先被录音师调好了似的相似，而且每个时期都有一套时尚的话语和表述方式，就像最近"给力"一词一夜之间覆盖了所有媒体一样。文学研究者们在复制着似曾相识的论著，论文写作者们在泡制着批量的论文，它们像是从同一个模子里生产出来的产品。这虽然不是所有的事实，却是普遍的事实。这种复制性具有不可阻抗性，它威胁着每一个具有独立批评话语能力和艺术个性的批评家。这才是真正最可怕的。

于是，与此紧密相关的，还有一个突出的问题：在大众传媒时代，如何尽可能保持自己的精神品格，保持一种独立的批判精神和价值标高。文学批评离不开传媒，因为它没有专属于自己的话语频道，它必须通过媒体才能传播自己的声音。这里就有一个自由与不自由的问题。现在，我们进入了一个大众传媒的汪洋大海，刊物、书籍、副刊、网络、电视、排行榜、研讨会、新闻发布会，铺天盖地，按说它们都可以充分地传播文学批评的声音了，其自由度和选择性应该大为扩展了；而实际情况却是，批评陷入了言说更加不自由的状态，显得更加被动了。因为，评什么不评什么，发什么不发什么，以什么样的话语方式言说或不以什么样的话语言说，常常要受到"无形之手"的操控——经济利益，功利主义，短期行为，以及发行量，点击率，码洋，收视率，乃至人情，面子，关系等等多重因素的制约。比如研讨会这一形式，为人诟病多年，仍盛行如常，说明问题已不在于开不开，而在于怎么开了。至于伴随创作的商业化现象而出现的评论的商业化倾向，九十年代以来谈论甚多，此处就不多赘述。

二　信仰的失落、价值的多元与当今批评标准的紊乱

在一、二次世界大战之后，西方精神信仰体系遭遇整体崩溃，西方文学也进入一个人文价值危机、多元甚至混乱的现代与后现代时期。中国在进入二十世纪九十年代之后，随着与世界经济、文化、思想的交融，人们整体的精神信仰和价值观念也发生了巨大变化，其中含有很大进步因素；但同时要看到，由于没能建构起自己的审美体系，表现在思想界、文学界则是批评资源的匮乏和批评标准的混乱。今天，我们似乎再也找不到一个

统一的标准来判断一部文学作品和一个文学现象了。比如，托尔斯泰的《战争与和平》对于80后之前的几代人是一个伟大的文学标杆，但对80后和90后来说，未免显得古老，有点像《荷马史诗》或屈原那样遥远。即使对于60后和70后作家来说，《战争与和平》也不过是一部分作家的灯塔，真正倾心的人并不很多；而《变形记》《尤利西斯》《百年孤独》《生命中不能承受之轻》《洛丽塔》之类作品，更能成为他们向往的目标。这里不排除文学自身演变的迹象，比如，从总体上看，我们在从"再现历史"转入了"个人言说"。但是，也不能不看到评判标准上的莫衷一是。比如，当一部分评论家欣喜地指出余华的《活着》告别了先锋写作，转入了现实主义传统之时，作家本人和另一些批评家却并不认同。再如对《兄弟》的评论，对《色戒》的评论，都曾给人眼花缭乱之感。

当然，寻求评论的统一标准这样一种思维，属于传统的大一统思维，带有专制性和一元论的色彩，在今天已经落伍了，已经不适应时代的发展了。与经济的多元、文化的多元以及生活方式的多元一致，文学的创作与评论也出现了多元同构、众声喧哗的格局。这是今天文学的真实面貌。例如，在传统文论中，文学应该是一种精英立场，具有载道功能，但是，在今天的很多作家和评论家那里，认为文学不该承载那么多的社会功能，文学只不过像纳博科夫说的，只是自娱和娱人，只是为了展示人类想象和创作的魔力，并非为了自以为是地改造社会。这两种认识在今天显然成为相互对立的批评姿态。很显然，前者试图与传统保持尽可能的一致，而后者似乎要与未来达成某种默契。虽然我对后者有所保留，但这两种批评在我看来，都有一定道理，也是可以互相借鉴的。

但是，为什么在多数情况下，我们感受到的并不是审美意识的多元并存，而是审美观上的某种混乱景象呢？为什么它不仅表现为作家认识世界与自我的混乱，同时也表现为读者与批评家在认识和判断上的混乱呢？出现不同意见，或出现多种不同意见，不管多么尖锐，都是正常的，并不可怕；可怕的在于，无标准、无章法、无尺度的"混战"，那是无法形成美学意义上的对话和交锋的"乱象"，只能以混乱称之了。批评标准出现某种迷乱现象，其根本问题在于我们没有能够足以解析当前复杂多元的文学现象的思想能力和富于精神价值的审美判断力。一个显见的事实是，面对今天文学全面地大胆地赤裸地铺展开来的人性、利益、欲望、身体的方方面面，面对我们这个处于现代转型中的"问题时代"——人们有无数的关于传统与现代的，物质与精神的，伦理与道德的，人性恶与人性善的疑问和困惑，而批评却没有能力加以评判和辨析，更没能力去弘扬正面的真善美的精神价值。我们更多看到的是，理论的失效，缺乏说服力，严重点说，出现了某些思想瘫痪症和失语状态，剩下的"语"就是跟进性的描述，中立性的绍介，或者毫无底蕴的语词暴力。由于库存空虚得厉害，没有了理性的尊严，甚至都没有几种像样的武器可用。

这里有个"多与一"的关系。文学毕竟有它根本的审美尺度和共通的价值基础，批评者还是要从多元复杂的文化精神中建立具有人类共同价值的精神标准，从而对人类的精神走向具有指导意义。在今天，人类的文明已经反过来异化人类的生存，因此，对文明的走向是一个需要异常警惕的本质性问题。批评者要从自由、平等、互爱的人性基础上建立一种使人类走向幸福的价值标准，以此来遏制文学中一切反人类、反人性、反文化的非人化倾向，从而净化文学的精神生态。我一直很赞赏福克纳在诺贝尔文学奖获奖演说中的一段话，他说：一个作家，"充塞他的创作空间的，应当是人类心灵深处从远古以来就存有的真实情感，这古老而至今遍在的心灵的真理就是：爱、荣誉、同情、尊严、怜悯之心和牺牲精神。如若没有了这些永恒的真实与真理，任何故事都将无非朝露，瞬息即逝"。他还说："人是不朽的，这并不是说在生物界唯有他才能留下不绝如缕的声音，而是因为人有灵魂——那使人类能够怜悯、能够牺牲、能够耐劳的灵魂。诗人和作家的责任就在于写出这些，这些人类独有的真理性、真感情、真精神。"我至今仍然服膺鲁迅所说,"真实的圈","前进的圈","美的圈"的评论标准。到底我们要不要一个统一的文学标准,或者说在所有这些标准之上,有没有一个更高贵的标准,这是我们应该思考的问题。

三 批评家向学院体制的靠拢、妥协与批评的失范

今天的批评仍然可以分为三种:专业批评、媒体批评、学院式批评。这三种批评各有侧重点。专业批评(与有人称为的'协会批评'有些接近)侧重于对文学的文本细读、分析、定位,从众多的文学作品中为读者挑选出精品,并引导读者去认识它。专业批评还可能会引发新的文学现象和文学思潮的涌现。媒体批评又可分为两种,一种是报媒批评,一种是刊物批评。报媒批评侧重于时效性,往往是即时性发言,对一部作品的推广往往具有重要的意义。刊物批评近年来由于生存的艰难和大学学术体制的影响,基本倒向了学院式批评。学院式批评则主要从研究的视角对文本进行分析,应该具有历史深度,如研究者常常会将一部作品放在现当代文学史的框架中去考量它的价值。这种批评也常常会以新的批评理论来构建一种批评的范式,如巴赫金的复调和狂欢化理论一旦译介出来,很多研究者就都用这些理论去阐释作品。

可惜的是,随着大学的扩张,很多专业批评人士都移居大学,但大学的批评因为其自身的特点反过来制约和影响了专业批评。大学的学术体制不大能够承受专业批评和媒体批评那种感性的、尖锐的、简短的批评范式,而要求进入大学后的专业批评家们必须遵守传统的研究性范式。这种范式有八股文式的模式,而且有字数的要求,一般须在3000字以上。于是,人们会看到原来锋芒毕露的批评家们进入大学后,就开始运用理论小心地求证、发言,最后,将原来那种充满了感性色彩的批评文章修炼成了充满理论引述的不忍卒读的长篇大论。专业批评就此被学院批评消解了。

媒体批评方面，无论是报媒还是刊物，都基本商业化了。报媒的读书评论大多被出版商垄断了，真实的评论已不是很多。一些大报的评论版面也逐渐成了职称文章的展示地。刊物则因为生存的艰难和大学研究人员及研究生的需要形成了一个文章市场。不仅传统文学刊物的评论被其收编，而且很多文学刊物又开辟了专门为研究生和一些低职称人员发表文章的增刊。媒体批评也基本上消失了。

最后，我们四处可见的是理论的碎片，重复的语词和不痛不痒的夫子式的文章，但就是读不出对文本的真切的感性认识和准确判断，更难得一见那种才华横溢、一语中的、锋芒毕露、感性与理性完美结合的批评文章了。

四 批评传统的断裂和批评主体的缺失

在整个现代文学史上，有没有一个值得尊重的文学批评传统？这个传统在今天是否已被抛弃？在学院式批评尚未形成之前，批评是自足的。我们看到批评人士在批评一部作品时，往往都是细读文本，把文本吃透了，对作品的人物、语言、情节再三玩味，在此基础上，展开对一部作品的整体性的批评。钱谷融先生评《雷雨》，就像是钻到人物的灵魂里，同时又跳出来进行深入探究。所以他深刻地理解周朴园和繁漪，他说曹禺没有把那个叫"雷雨"的人物漏掉，即便没有读过《雷雨》剧本单看评论的读者，也一样可以感触到一个真实可及的繁漪。可是，自新世纪以来经历了大学的扩张和文学的市场化、大众化之后，文本细读的批评越来越少了。即使有也淹没在那些大而无当的理论中了。这种局面的出现，一方面因为文本浩茫，文本质地稀松，评论家已经无法去面对每日几部长篇小说出版的新局势了，另一方面，也出于评论家被各种因素引诱、困扰的复杂的生存环境。

在上世纪八十年代，文学批评的语言尚多是鲜活的，有的几乎可以当美文来读。这样的批评文章不但可以直率地表达自己的观点，还可以看出一个批评家的个性和才情。这样的批评文章，不但读者喜欢，作者自己也喜欢。但是现在我们看到的批评文章，大多失去了独特的个性、鲜活的文风，拿来对比，发现面目雷同，成了复制品。这种局面的形成，也许大多还是出于学院式批评的排拒，同时，受国外文论、古典文学界和现代文学研究界的影响。当代文学评论也被纳入一种史料式研究的规范。在很多大学里，对文学作品的批评文章不能算科研成果。规则制定者认为，那种文章是可以随意制造的，没有任何科学价值，于是，从事文学研究的学者很少再对单部作品发表看法，而那些被引入大学的批评家从此也得守此规矩。这就导致了新世纪之前尚在活跃的一种鲜活批评文风的丧失。

也由于以上原因，当下的刊物与学院式批评共谋，从而形成了一种新的批评风气，要求文学批评也要进入现代文学史料研究式的书写范式，这种研究式的文章不允许作者出来过多地发挥感想，即使要说带判断色彩的话也必得引经据典，用别人说过的话来印证，导致了批评主体的消失。我们再也看不到像鲁迅的《白莽作〈孩儿塔〉序》，闻一多的《女神之时代精神》，傅雷批评张爱玲，甚至司马长风评《围城》那样尖锐透彻、才华横溢、清新悦目的文章了。

当然，应该承认，在今天做一个文学评论家比任何一个时代都更艰难。因为在中国传统的古典时代，批评家面对的是一个封闭的中国传统；即使在上个世纪文学还受政治钳制的时代，批评家面对的精神世界也是大一统的。今天完全不同了。我们不仅要面对完全开放的、陌生的、广阔的世界文化，同时还要面对正在兴起的对传统文化的再发现；我们不仅要面对自己民族的文化，还要面对其他民族的文化；我们不仅要面对现实世界的纷繁复杂，还要面对电子虚拟世界的瞬息万变。这对批评家主体性的要求也就更高。当前批评的乏力，也可说是一种主体性的疲软，首先在于精神价值判断力的某种缺失,审美判断力的软弱。现在的情况是,大多数文章停留在梳理、归纳、复述现象表层上,鲜有大的思考,对时代审美走向,提不出切中要害的问题,谈不上富有独创性的有深度的研究。当前批评存在着与批评对象脱节的严重现象。比如,批评与读者,存在着评者自评,读者自读,热者自热,冷者自冷的互不相涉、漠不相关(顺便指出,现在专业阅读、大众阅读、网络阅读三者之间出现了比较严重的分化和隔膜)。批评与创作,同样存在脱节,一些重要的、先锋性的创作或为读者密切关注的创作,得不到及时有力的评论,一些带有典型性的创作难题得不到及时的正视,而一些并无多大代表性的作品的评论和一些无关宏旨的话题,却铺天盖地,占据了大量篇幅。批评与市场其实也是脱节的,消费者的市场选择和购买行为往往决定新的再生产的需要和走向,但批评者对此似乎做不出有见地的预判、评说、解析,显得无能为力。不少批评家对市场最热销的书籍几乎一无所知。

五 文学批评缺乏创新致使批评停滞

事实上,文学批评的现状与文学创作的现状并没有太大的差异,并不是文学创作取得了多么耀眼的成就,唯独文学批评败落得一塌糊涂。要谈成绩文学批评同样很大,但我这篇文章是以谈问题为主的。在我看来,文学批评的最大问题与文学创作一样,缺乏创新。这一方面表现在批评理论的陈旧,如相当大一部分批评家,包括我在内,仍然坚持传统的现实主义批评范式,而少有批评家在现代派后现代派文艺批评方面有较大建树,致使很多批评停留在观念的冲突层面;另一方面,文学批评已经面对世界文学,而批评家们,包括我在内,在世界文学的批评方面缺乏足够的储备。在今天要评论一些重要作家作品时,已经不能单单看这个作家的作品,还要看这个作家所秉承的传统,结果发现,今天活跃的一些重要作家的传统可能不是中国的，而是世界的，但我们对这些世界性作家及其文化背景并不熟悉，这就导致批评的错位或失语。是批评家自身的视界和修养限制了批评的道路。

创新的核心是要找到我们时代的审美元素和风格精神，找到与时代审美前沿相契合的新的形式和新的语汇。它不是外在的，而是内在精神上的创新。在现实主义文学传统那里，我们似乎是有现成的美学原则和理论方法可以使用，但近百年来中国文学现实主义的道路并不如此简单，美学原则被刷新了好多次。这就要求我们在美学原则和理论方法上一定要有新的突破。好的评论家不是随风而动，而一定是引领风气的弄潮儿。新文学运动离不开陈独秀、胡适、李大钊等理论家的倡导。从"五四"开始到上世纪八九十年代，我们也确实从国外引进了很多新的理论，这些新理论也的确影响了中国文学的发展；在我们不断重复这些理论之后，也应想到创造属于我们自己的理论谱系，自信地提出一些新的美学原则和理论。李泽厚近年提出"情本体"论，不失为从中国经验出发的见解，但我们在这方面仍十分薄弱。

文学批评不是文学作品的传声筒、发布台，它有自身的使命、尊严和独立价值。文学批评带给文坛的应该是一种审美评判者和阐扬者的清新声音。当文学陷入迷途时，批评就会应运而起，将雷雨般的呐喊与批判高悬于文坛；当文学有新的活力与了不起的作品涌现时，她就发挥其先知先觉般敏锐感受力，将那赞美的声音给予新生力量。文学批评自身也面临发展的问题，事实上也在发展中。比如，我们是否注意到，在各种报刊上，不时仍会出现一些新的名字和富于生气的文章；在网络的博客、论坛、播客等话语场，充盈着尖锐、泼辣、陌生、奇特的话语狂欢和草根精神，吸引着无数网民的眼球，已没有言说者与阅读者的界限，其见解和水平也并不在专业评论之下。无论哪种批评方式，都不能无视其存在，并争取进入。主动，才能有新的发展。

现在的确有一个重建批评的理想和公信力，强化批评的原则性和原创性，增强批评的批判精神，大力提升大众传媒时代文学批评的精神维度的问题。正如有的同仁所指出的，不同的思想和观点必定要通过相互碰撞、摩擦、论争，才会显出其内在的分量和力度，但是，不知从什么时候开始，我们丧失了在真正的批评家身上常见的气质和素养，丧失了争论的勇气，反驳的激情，否定的冲动，丧失了对真理和善良的挚爱，对虚假和丑恶的憎恨，以及对自由和尊严的敏感。有的同仁进一步指出，我们这个时代是一个"思想家退位，学问家突显"的时代，满足于考证、技巧的圆熟，满足于操作程序的流畅和制作的精致，再加上商业利益、体制化生存方式的需求的驱动，使得思想文化界和文学批评界日益沉迷于各种操作与"社会资源交换"的活动，缺乏独立思考和独立的批判精神。如果这种风气不能扭转，那么我们就不可能指望有什么突破和创新，更不可能在世界思想文化的格局中占有一个重要的位置和产生重要的影响。

　　当前，中国与世界文化、经济的交融已经到了一个新的阶段，中国经济的腾飞、中国传统文化的崛起使中国人在世界面前已经拥有了初步的自信。文学的自信力也在增强。在这样一种背景下，中国文学正在成为世界文学的一个重要组成部分。在今天，文学批评的重建不仅仅是中国的，也将是世界性的。

（原载《当代作家评论》2011年第2期）

原创力的匮乏、焦虑与拯救

现在，一个叫原创力或者原创性的词儿，正在成为时尚和口头禅。从文学到牛奶，从《鹿鼎记》到"周老虎"，从会议室的慷慨陈词到餐桌上的七嘴八舌，几乎人人言必称原创，人人在追问原创性。就文学艺术而言，我们看到了这样一幅奇特景观：一面是大肆标榜自己写的或自己编的作品是绝对的"原创"，造成了一种原创力作品颇为丰盛的印象；一面却是慨叹原创性的丧失，苦苦寻觅和大声召唤原创力的归来。事实上，大家都心知肚明，称原创性作品繁荣到了过剩程度的，显然是假话，因为"原创"这个词广为流行本身就足以说明，原创力的匮乏正在成为普遍的社会文化现实，而文艺创作中的复制化、批量化、拷贝化、克隆化现象的日益严重，已经使得原创力危机无所不在，甚至已成为时代性的精神焦虑。

那么，什么叫原创力或者原创性呢？为什么不像通常那样叫创新性，独创性呢？我个人以为，人们常说的创新性和独创性肯定也是题中应有之义，但是，这个"原"字却格外重要，它强调的是原初性，即一切来自本源，根本，大地和生命，作品有其不可复制性和排他性，它是新鲜的，独一无二的，又是反抗平庸、陈旧和重复的，它是一种新的对世界和人生的把握角度，一种新生命形式的艺术显现。古今中外一切经典的或者卓越的作品，应该都是具有原创的品质，而一切伪劣之作无论怎样包装、欺世，其缺乏原创性的致命弱点都是无法遮掩的。当然，也不能把原创性的要求拔到不可企及的吓人高度，使之过分纯粹化和极致化，那样反而会变成一种心造的幻影，就像吃人参一律要吃长白山的百年野山参一样，那怎么可能呢？现在的主要问题还不是要求有多少纯粹的原创性，而是寻求基本的原创性而不可得。原创性的含量可以或多或少，但真正意义上的创作决不能没有原创性因素则是无疑的。它既是一种很高的标准，也是一种基本价值保障。

可是，当下文学的现状又如何呢？这里仅以长篇小说为例。现在年产量仍是节节攀升，日产两部半已不在话下了，至于长篇小说为何从二十世纪九十年代中期以后突然成为"第一文体"、市场宠儿、比较而言最具市场号召力的文学样式，那将是另一个值得探讨的问题。现在的问题在于，有的作家写长篇的冲动，并不是来自现实生活深处的激发，创作主体长期积累的外化，而是觉得长篇重要，不弄出"几部砖头一样厚的东西将来当枕头"，"大作家"的形象就树不起来，可能落空，于是拼命写长篇。社会、市场对长篇的需求与作者们普遍缺乏创作长篇文本的能力和准备，构成了尖锐的矛盾。试想，现在的长篇，有多少是能让人记住，让人很想再翻一翻的呢？好作品不能说没有，但委实太少。我看当下长篇小说的毛病，概而言之有这么几条：首先是空洞化倾向。人们早就发现，很多小说叙述语言流畅，娴熟，故事新奇诱人，可全书竟找不出哪怕一个来源于生活的、由作家自己发现的动人细节，更谈不上让人拍案叫绝的细节了，变成了一种叙事空洞，作品没有坚实的人物和血肉，也没有深厚的情感体验，读时虽有阅读快感，读后却绝无阅读记忆，一派贫乏、苍白和零碎景象，作者根本没有能力全面地深刻地表现时代生活的整体性和细部。二是平面化倾向。作品停滞在对社会现象、矛盾、问题、时尚、调侃的平面堆积上，或者陷入自我言说的絮絮叨叨，诉之者摧心伤肺，读之者无动于衷，既缺乏对生活的深层次思考，更不可能创造一个超越性的审美空间。三是模式化倾向。每一题材类型几乎都有一套故事框架准备好在那儿，所谓削平深度，消费故事，大同小异，万变不离其宗。写官场雷同，写家族雷同，写底层雷同，写青春雷同，写职场雷同，甚至写动物也雷同，怎么也摆不脱类型化的、似曾相识的影子。四是复制化倾向。写狼的书成功了，狼系列马上出现，写狗的书成功了，狗系列立刻上市，《看上去很美》畅销，《看上去很丑》便出来呼应，有了《鬼吹灯》，就有《盗墓王》，有了《纪委书记》，就有《组织部长》，某些长篇文本就是在这样的恶性循环中大量繁殖着，而且这种繁殖的、复制的东西总是比严肃的创作卖得好——这也许是最让我想不通却也最有趣的一个问题。这样的创作只能叫做制作了。它们的根本问题在于，作者主体丧失了个性，想象力，联想力，丧失了再造一个艺术世界的能力，而根源则在于创作主体切断了与大地、存在、现实的血肉联系，在电脑和网络技术的支持下，大大助长拼贴，组合，链接，拷贝的可操作性。如此关起门来的"创作"，怎能不以大量丧失原创性为代价呢？

其实，何止长篇小说，何止文学艺术，整个社会的生活方式，行为模式与价值追求，产品形态甚至人间万象，似乎其状态与文艺如出一辙，到处都缺乏来自大地和生命的，具有原创性的东西。在这个全球化市场化高科技化网络化的世界里，原创性的丧失，复制性的膨胀，是它的基本特征之一。它不是在一个领域，而是在最广泛的领域，存在着原创性匮乏的危机。看上去社会物质极大地丰富了，琳琅满目，五色斑斓，就像我们的图书业，创作界一样的"繁荣"，可是，细细看去，却又发现，所有的繁荣背后，离不开两个大字——复制。只要留心，我们就会发现，现代化大生产的最大特点是批量化，复制化，拷贝化，它已经侵入了一切生命形式乃至细胞之中。我们还发现，文化冲突固然存在，但民族与民族之间的文化差异其实在缩小，城市与城市的之间的个性特征在逐渐消泯——你甚至发现，除了气候不同，住在哪里都一样。我们摆弄着同样的手机，群发着同样的段子，吃着同样的肯德基和麦当劳，穿着大同小异的真真假假的名牌服装，开着差不多的汽车，驶进差不多的小区车位，看着长得差不多的保安，打开同样的电视机和同样的机顶盒，我们在超市里买回同样的食品——土特产的概念已经失效，到处都能买到。我们都上网，都发短信，几乎在同一时间里谈《色·戒》，谈"艳照门"，谈范跑跑，谈杨不管，大家都看《驻京办主任》或者《亮剑》，还有《鬼吹灯》。人们宣称，现在是个性最张扬的时期，其实，个性泛滥的后面是个性的萎缩。生命的独特性，不可重复性，唯一性，正在受到侵蚀，人，正在作为单面的人存在着。

所以，原创力问题并不是说一声提倡和发扬就可以马上增强，就可以解决。现在许多文章都高喊提高原创力，以为只要这么一喊，原创力就自然归来了，"文学大师和无愧于伟大时代的作品"就自然而然地降生了。这当然是一种毫无底气的空喊。在一般意义上，大家都知道创新之难，好像所有的路被人走过了。当年袁枚在《随园诗话》里引叙过一个士子的苦闷，有"我口所欲言，已言古人口，我手所欲书，已书古人手"之长叹，反映了历来创作者共感的一般性烦恼和难于超越自我的烦恼。而在今天必须看到，在全球化、高科技化、媒体化的情势下，创作者在一般性烦恼之上更有一种后现代的烦恼。

但文学的本性是不能容忍复制和克隆的，失去了独创性，创新性，也就失去了文学的存在价值；想要保存住文学自身，就必须恢复原创力，拯救原创力。有人认为，"敢于退出市场的作家，才能赢得二十一世纪"，这有点明知不可为而为之的气概。但是，无论如何，今天的作者需要反抗物化的勇气，需要直面生存，更新库存，扩大资源，超越自我的悲壮性努力。近来学界都在忙于召开总结新时期文学三十年成就和经验的大型研讨会，这究竟是出于一种仪式，还是出于真正的需要，尚待考量。我想，有一个问题也许是绕不过去的，那就是，经历了三十年漫长创作期的作家们，是否迫切面对着一个更新库存、扩大资源的问题？我早有一种感觉，无论先锋，还是传统，似乎所有的写法都用过了，所有的禁区都突破了，所有的招数都试过了，所有的路都走过一遍了，似乎太阳下面无新事，以至大有山穷水尽之感。在这里，创作者的内存告罄是不是原创力匮乏的一个重要原因？

现在迫切需要拯救原创力，但原创力不会自己从天上掉下来。没有人能开出灵丹妙药。依我看，经验曾是文学最直接的重要资源，回归的一代与知青的一代之所以曾经震烁文坛，与他们那时丰厚的人生阅历和痛彻肺腑的沧桑体验有最直接的关系。当然我们也吃过不少经验崇拜的苦头。然而，不能贴近生存，贴近普通人的心灵，贴近底层，就无法获得灵感，就会出现素材危机，已被无数写作者所证明。现在的不少作家，最缺的不是技术而是经验，因为他们的生活，不是关在书斋里，就是漂浮在都市的小圈子里，把写作当成生活本身，却没有时间好好"生活"，与时代人心存在隔膜，于是也就有了靠碟片和报纸新闻刺激写作的秘诀。别以为我这样说又是"深入生活"的老套，其实不然，我们曾经通过观念、技术、叙述话语的"革命"刷新文学，但没有"中国经验"的切身实践，不了解新的现实变动和新的生长点、敏感点，何来中国情感的强有力表达？也许还需要说破一点：今天的生活本身就具有突出的复制化特点，作家又多了一项反抗复制化的使命。为了找回创作的尊严，作家还必须还原生命的体验激情，培育对事物的好奇心，想象力，使创作成为生命的内在召唤，而非意识的自动化。原创性还与"补钙"有关。在洞察当前文学创作症候的前提下，我们需要直面现实，正视民生疾苦，正视人的尊严、良知、正义的价值准则和被伤害问题，塑造坚强的中国性格，还原并扩大人性中的真善美。作家需要在个人经验的基础上培养原创性思维方式，重返文学的深度和本质。总之，当前的文学处于原创性匮乏的危机之中，我们需要正视。

地域作家群研究的当代意义

　　最近集中读了《光明日报》发表的十多篇研究和评论地域文学与作家群现象的文章。这些文章大都为当地评论家所写，对当地文学传承与发展近况知之甚详，更可喜的是，它们大都不是简单地分类排列，或仅从一些外部地域特征作出现成的、毫不费力的习惯性归类，而是顾及到地域文学个性与作家群现象的时代表征和历史变迁，有的文章能够从全球化文化背景出发，来认识所评论的作家群现象。这就不是对人所共知的"作家群"的复述，而是力求引发一些值得进一步探讨的新问题，不至于在旧的窠臼里故步自封。

　　是的，一般说来，一个原乡背景明显的作家的创作，一片地域性鲜明的文学的个性，以及一方地域作家群现象的产生，都是离不开这一片地域的地缘、气候、风物、风俗、语言，尤其是它整体上的深厚的历史文化传统的。不要说一个大的地理文化板块，即就是一个省，一个城市，甚至一个县，都各有不同的文化传承和地域文化特色。它们对文学的影响力是潜在的，是一些相对稳定的东西。我们知道，泰纳提出过种族，环境，时代三元素说，认为这是影响文学发展的根本。种族指不同的先天基因式遗传，是内在的根因；环境包括地缘和气候，则是影响文学外部推力；而时代则是重大能量，时代的走向制约着一个作家创作倾向和才能发挥。泰纳声称自己是在用植物学的方法研究文学。现在看来，泰纳的方法虽曾遭到质疑，其实具有某种真理性。

事实上，这种注重人文传统，人文地理，文学传统对作家创作的深刻影响的研究方法，在现当代文学中已是广泛使用。周作人很早就写过《地方与文艺》。诚然，作家是个体化和个性化的精神劳动者，但同一地域作家也有相互影响而出现作家群的现象。远的不去说，"十七年"时期"山药蛋派"，"白洋淀派"，就是这个思路，新时期以来海派，京味，津味，川味小说之谈也如是。这个观察角度，至今没有过时。比如，说"黑龙江文学要发掘黑土文化的独特之处，表现其甘甜肥厚质朴粗犷之品格，把鲜明的地域特色与北方性格融合，注重地域文化色调与人性深度之展现"（郭力），"甘肃文学需要更多地吸纳丝绸之路的雄气与黄河文明的大气，才能实现更大突破"（徐兆寿），"宁夏作家似乎不大为文学时尚之风所迷乱，形成了宁静、安详的风格"（贺绍俊）等，都不无道理。当然，必须看到，文学几乎是无法规约的，同一片地域的作家其风格可以完全不同；不同地域文化背景下的作家间却有可能找到知音，只能概而言之。

然而，问题的症结在于，我们的研究与评论决不能止步于此。我们必须以"变"为核心来考量当今文学的发展，包括作家群现象。在我看来，时间是纵向的空间，地域是横向的空间，两个空间交织为一个动态空间，急剧地变化着，从中文学也显示着它的前进。有些文章强调了变的因素。如有人指出，"地域性只是文学风格、魅力之某些要素，但不是决定性要素，更不是必备要素。只用地域的视角，而不是时代的、文化的、审美的视角观照和描绘地域文化，只写出地域特性而忽视文学的审美共性和人类共通性是不够的，只以地方特色为评价尺度会埋没很多优秀作品"（刘川鄂）。这意见我同意，只是觉得没必要把地域视角与时代视角对立起来，它们是有可能融合的，而且这种浑融正是我们所要追求的。我们必须看到，全球化不仅是如有人说的，只是经济的全球化，事实上文化的全球化也在不以人们意志为转移的速度进行着，只是由于文化的超稳定性，不像经济那样趋同和激变。由于文化的开放性，文学的主题，题材，价值取向，审美取向，都在发生大规模变迁，地域性个性在淡化，消解，作家的跨地域，跨界，参与国际性活动的概率大大提高，原先的地域性有点被冲得面目全非。

正是在这个意义上，我同意这样的观点，目前广东很难界定出一个以地域特征为标志的作家群。较之其他省份，广东文学有更强烈的时代气息，更敏感的变革意识，准确把握到了城乡剧变中的积累问题，所以，尽管打工潮并非广东独有，但打工文学确乎起于广东，成为专利。这是一个应运而生的新的作家群现象，带有很强的时代特征（谭运长）；而作为移民岛的海南，虽也有"开放气质与固执性格"之说，但随着大规模移民，表现突出的还是文化的多元性与混杂性（刘复生），没必要勉强命名。于是，在全球化背景下，旧的乡土经验已被新的乡土经验所替代，如何以人类性视野，普适价值，来书写乡土和地域，成为新问题，就有了李洱这样质疑现代乡土叙事传统，掉转方向，使乡土由想象和言说对象变为想象和言说主体的写法（何弘）。

从群体走向个体，从共性转而凸显个性，由共性的地域性走向虽带有地域特点，却呈现出鲜明个人化面貌的新格局，也是深层的重大的变化，在研究作家群现象时不可不加注意。比如，近年来，江西确乎涌现了一个活力迸发的新锐散文群体，但他们的价值理想从一开始就打上了个人烙印，他们已不像他们的前辈，不但在精神本质上拒绝被命名，而且也拒绝彼此之间的认同（胡颖锋）。对津味作家群同样应看到，正如海河由九条支流汇聚，天津作家因个体或代际差异而具有多种选择，形成了一种一脉多支的面貌（闫立飞）。

  我们曾大力提倡表现民族特色，那多是为了走向世界，所谓"越是民族的，越是世界的"，现在倒过来，我们强调本土化和中国经验，隐隐中含有对过于膨胀的全球化的反抗和警惕，也是一种文化上的自我拯救。在世界的与民族的之间，我们还是更倾向民族的。我们更担心的是被"同质化"所淹没。若是只强调全球化的文化维度，有可能导致本土文化特征与文学精神的丧失；反过来说，如果过分强调地域文化，本土文化，排拒外来文化的影响，又将走向狭隘和滞后。当然，世界越来越一体化，人类精神生活趋同化，是显见的事实，于是坚守文化的地域性，文学的本土化，致力中国经验的深刻表达，包括小到研究"作家群现象"，无疑具有深刻意义，这也是保持世界文学的多元性和丰富性的重要途径。

近三十年中国文学的审美精神

从"文革"结束到新世纪以来的今天，中国文学从逐渐复苏、寻找自我，到吸纳域外文化、强化自我，再到融入市场、调整自我，走过了近三十年挑战与应战交互作用的壮阔历程。这三十年，从物质世界到精神世界到艺术世界，皆发生了梦幻般的巨变，用翻天覆地、沧海桑田形容并不为过。就文学而言，这三十年是不断受到来自政治——意识形态的，经济——市场化的，文化——媒体化、高科技化的影响的三十年，涌动过数不清的作品、口号、现象、思潮和论争，不但其时代背景和思想文化背景不断转换，文学舞台上的主角也在不停地变幻，它是五光十色的，又是充满曲折和起伏的。但大体趋势却是，从狭窄走向了开阔，从单一走向了多元，从本土走向了世界。

事实上，情况已复杂到很难理清、概括和命名的程度。具体划分，这三十年就思想文化背景而言，大致经历了三个阶段，经历了三种相互联系又有所不同的文化语境：第一个阶段在70年代末到整个80年代，文学的启蒙话语与政治的拨乱反正以及思想解放运动，在相当时间保持了同步共进的关系；文学以恢复现实主义传统为中心，知识分子的精英意识萌动，找到了代言人的感觉，文学反对瞒和骗，呼唤真实地、大胆地、深入地看取生活并写出它的血和肉的"说真话"精神。80年代中后期，西方现代哲学和文学被大量译介进来，现代主义与现实主义碰撞激荡，使现实主义的独尊地位有所动摇，出现了多元发展的新局面。第二个阶段在90年代，市场经济和商品化以前所未有的规模席卷而来，中国社会的精神生态趋向物质化和实利化，思想启蒙的声音在文学中日渐衰弱和边缘，小说和诗大多走向了解构与逍遥之途，走向了世俗化的自然经验陈述和个人化的叙述。与之相伴，一个大众文化高涨的时期来到了。第三个阶段是在2000年前后至今，一切正在展开中。全球化，高科技化，市场化，城市化，网络化成为它的重要特征，尤其是网络化，被称为"第四媒体"，其无所不在的能量，大大改变了世界的时空观和人的存在状态以及思维模式，也大大地改变了文学的生产机制和传播方式。作为变动不居的人文背景，它们实际上潜在地影响并渗透到了文学的方方面面，比如题材选择的倾向，主题的演进，思潮的焦点转换，价值的取向，话语的方式，以及叙事能量等等。那么，我们还有没有可能，面对新的历史语境，站在新的立足点上，进行一些大的思考，比如：我们走过了一条怎样的路？三十年来中国文学的基本精神是什么？中国文学与世界文学的互动与关联如何？三十年中国文学在文体方面的演变是怎样的轨迹？审视三十年文学的审美经验有什么样的发现与收获？等等。

1978年5月11日，《光明日报》发表了评论员文章《实践是检验真理的唯一标准》，掀开了思想解放运动的序幕。按说，实践是检验真理的唯一标准，几近常识，不证自明，难道还有不需要实践检验的真理吗？然而，这个问题之所以在中国变得那么复杂，成了一个需要费极大气力反复论证的论题，是无法离开具体的中国国情和政治文化的实际。就我的亲身经历看，当年秋天，1978年9月2日，《文艺报》在北京和平宾馆九楼集会，为

《班主任》《伤痕》《神圣的使命》等一大批写伤痕的短篇小说呐喊助威,这一举动震动了全国文学界。那天,刚跨进《文艺报》不久的我被分配担任记录,整整一天,笔不停挥,手都记酸疼了,却浑然不觉。那时还没有便捷的录音设备。会后,由我和闫纲师兄共同整理了八千字的会议纪要,以"本报记者"名义,以《短篇小说的新气象、新突破》为题发表了。这篇报道至今仍被一些文学史作为资料提及。到了这一年的12月5号,在新侨宾馆,一个影响更大的会议召开了,那就是由《文艺报》和《文学评论》联合召开的为一大批"毒草"平反的会,涉及作品极多,从《保卫延安》《刘志丹》到《组织部来了个年轻人》《在桥梁工地上》等等,不胜枚举。又过了十几天,12月18日至22日,具有伟大历史意义的十一届三中全会召开了。回顾那个年头,那些日子,作为小人物的我,也有一种融入历史、创造历史的奇特的紧张兴奋感,好像能听到自己的心跳声与历史的解冻声在一起共振。那时,百废待兴,头绪纷繁,上面顾不上文学,并没有什么具体指令,在《文艺报》报社,有些波及全国性的会议的动议,竟是大家七嘴八舌聊出来的,当然与冯牧、孔罗荪两位主编的决断是分不开的。这个年头,对文学界来说,"五四"文学传统开始复苏了,作家作为人民群众代言人的身份重新得到确认了,知识分子的精英意识也慢慢抬头了,文学创作向着现实主义传统回归了。

三十年后的2008年,历史似乎注定了要让这一年最为艰辛悲壮同时最为扬眉吐气,汶川大地震和北京奥运会,是对中华民族承受能力和创新能力的巨大考验,世界看中国,中国看世界,中国为世界演奏了一曲无与伦比的伟大乐章。但就文学来说,一切却显得很平常,并无大事发生。我只是注意到一个细节:诺贝尔文学奖评奖委员会正在世界范围寻觅一位作家,来领取当年的奖金与荣誉。这项殊荣最终被法国作家勒·克莱齐奥获得了。对此,中国文人的心绪也许是复杂的(世界其他地区的文人大概也一样)。有人说他只是一个三流作家,也有人说诺贝尔文学奖的神秘感正在散失,还有人进而认为，整个世界都进入了"去权威化"，"去中心化"，趣味分散化的时代，传统意义上的"文学大师"已经不大可能再产生了。事实上，近些年里，中国读者都希望有中国籍的汉语写作者跻身此列，希图中国文学在世界范围影响越来越大。这也是近三十年改革开放，中国经济、政治、文化长足发展所必然产生的一种力图融入世界的健康的开放的心理。如果说，三十年前我们总是习惯于站在中国本土的范围来审视自身的文学的话，那么在今天，我们已经逐渐学习站在世界文学的背景下，或者说站在人类文明和世界文学的大视野下来盘点中国近三十年文学了。这种历史性的进步是显而易见的。因为自"五四"以来，中国文学的大传统就在寻觅与世界文学大传统的汇流，无论二十世纪八十年代现实主义的开放化，抑或先锋文学的左冲右突，还是近年来中国作家不断在国外获奖，中国文学社团与整个世界文学交流活动的日益频繁，都在说明，文学的语境早已不是单纯中国化的，而是世界化的了。

在这里，我想从"思想灵魂主线"、"艺术探索精神"和"与世界文学的关联"三个方面，来看一看这三十年文学的精神和变化。我认为这是很重要的能够代表三十年文学发展状况的三个方面。

一

这三十年，中国文学有没有贯穿性的思想灵魂的主线索？或者说，有没有它的主潮？有人认为无主潮，无主题，我却认为主潮还是存在的。在我看来，寻找人，发现人，肯定人就是贯穿性的主线。这是从哲学精神上来看的。若从文学的感性形态和社会形态来看，就是对民族灵魂的发现与重铸。

1980年，一首《中国，我的钥匙丢了》让所有中国青年为之动容。"那是十多年前/我沿着红色大街疯狂地奔跑"，说的不就是刚过去的"十年浩劫"吗？"红色大街"、"疯狂"都是那个时代的特征，但是，"我"心灵的钥匙丢了。这就是那个时代中国人的普遍的精神状况。诗人敏锐地道出了这种存在，并且"在这广大的田野上行走／我沿着心灵的足迹寻找／那一切丢失了的／我都在认真思考"。这里，揭示一个时代存在的现状还不够，还需要寻找新的价值，还需要新的构建。

不独在诗歌，更在伤痕、反思、寻根小说和先锋小说里，作家们已经自觉或不自觉地进入生存的深处，人性的敏感处，历史的内脏，在寻找着"人"。与之相伴随的是，关于人性、人道主义和异化问题的大讨论。二十世纪八十年代，是一个人性、人的权利、人的尊严被不断重新提起和研诘的时代。弗洛伊德，叔本华，尼采，弗洛姆，海德格尔，萨特，本雅明的思想被译介，它们在中国文学的殿堂里喧哗回荡。王蒙，张贤亮，莫言，贾平凹，韩少功，李锐，苏童，残雪，王小波们的一些中短篇小说，将我们带入一个与以往不同的文学世界，人性的复杂性在最低的生存中被打开，人与性的关系、人与历史的关系，以一种紧张的甚至魔幻化的形态呈现出来。

不同时期的文学，对生命根本问题的思考变异极大，比如八十年代的文学中爱情就是一个超越其本身意义的大主题，是寻找"人"和发现"人"的一个重要场合。关于爱情，不同时期的文学作品体现了不同时代的理解和表现。知青文学、寻根文学在表现男女之间的爱情时，实际上是在寻找一种与传统的中国伦理不同的新伦理。这种伦理首先就是崇尚爱情本身的价值。在中国的传统伦理中，只存在婚姻，不存在爱情。从张洁的《爱是不能忘记的》，张贤亮的《男人的一半是女人》，到王安忆的《小城之恋》，铁凝的《玫瑰门》，王朔的《爱你没商量》《过把瘾就死》，苏童的《离婚指南》，八十年代的文学经过了对性的初次探索和对爱情与婚姻的质询，进入了九十年代。从贾平凹的《废都》、王小波的《黄金时代》、陈忠实的《白鹿原》以及陈染、林白、卫慧、棉棉等女性作家的涉性小说，我们看到，爱情已经不再是精神层面的思考，而是灵肉结合不避性爱的探讨了。性文化成为一个焦点。这个时期,各个相关作品的共性是发现性、透过性、展示性、探索性活动与人性的关系,将之变成一个最强烈、最集中、最尖锐的声音。

然而,必须看到,"人"不是抽象的人,而是具体的、现实的、打着民族文化烙印的人。笔者在总结新时期文学十年时曾提出新时期文学的主潮是"对民族灵魂的发现与重铸",认为"这股探索民族灵魂的主线索,绝非笔者的玄想,而是众多作家呼吸领受民族自我意识觉醒的浓厚空气,反思我们民族的生存状态和精神状态,焦灼地探求强化民族灵魂的道路的反映"。现在看来,这一归纳适用于对现当代文学的贯通。为什么不说现实主义是贯通性主线,不说人道主义是贯通性主线,不说文明与愚昧的冲突是贯通性主线,而说对民族灵魂的发现与重铸是贯通性主线呢?乃是因为它不局限于某一种创作方法,也不是哲学理念,而是更贴近作为"人学"的文学,更科学,也更具长远战略眼光的一种归纳。它是与一百年来中华民族追求伟大民族精神复兴的主题紧密相联的。

"五四"时期,鲁迅先生承继晚清梁启超等人的"新民"主张,提出了"立人"思想,自觉地以"改造国民性"为自己的创作目的。他说:"说到为什么做小说,我仍抱着十多年前的启蒙主义,以为必须是为人生,而且要改良这人生……所以我的取材,多采自病态社会的不幸的人们中,意思是在揭出病苦,引起疗救的注意。"鲁迅先生的这一追求,虽不能包容全体,却具有极大的代表性,显现出中国现代小说的主导思想脉络。比如,《阿Q正传》就最充分地体现了这一追求,"阿Q"遂成为共名。在对阿Q的阐释中,有人指出它表现了人类性的弱点,固然不无道理,但它首先还是写出了中国的沉默国民的灵魂,写出了中国农民的非人的惨痛境遇,以及他们的不觉悟状态。"民族灵魂的发现"这一主题在新中国成立后仍然没有中断,只是它在政治意识形态的巨大声浪的覆盖下以更隐蔽的形式潜在着。比如柳青的《创业史》中梁三老汉,实际上是对中国肩负着几千年私有制社会因袭精神重担的农民形象的高度概括，他那谨小慎微、动摇、观望的矛盾心理是中国传统农民的典型心态。这一形象即使在当时，也被有些人认为是最成功的，其魅力到今天也没有消失。到了新时期，高晓声的《陈奂生上城》让人过目难忘，有人评论说，"陈奂生性格"是国民性格中美德与弱点的一面镜子。我们还可以从《原野》的仇虎到《红旗谱》的朱老忠再到《红高粱》的余占鳌，清楚地见到中国农民代代相传的英雄梦想和对原始强力的渴望。在关于知识分子主题的作品中，其发展脉络同样曲折复杂，但贯穿性清晰可见。鲁迅在《狂人日记》中通过"狂人"这一叛逆者的疯言疯语，使我们感同身受一个"独战庸众"的个人所承受的巨大压力和有所发现的紧张，以及最终不得不向现实妥协的苍凉心境；在钱钟书的《围城》里，方鸿渐是个充满了自我矛盾的人物，是中国知识分子中的"多余人"；而在几十年后王蒙的《活动变人形》里，倪吾诚上演了另一出文化性格的悲剧，他向往西方文化，却无时无刻不在传统文化的包围之中，被几个乖戾的女性折腾欲死，受虐而又虐人，忍受着无可解脱的痛苦。在杨绛的《洗澡》里有对中国知识分子人格弱点的解析；在宗璞《东藏记》里有对知识分子节操的追问，这些都是这一主题的延展。同时，我们在《活着》《小鲍庄》《日光流年》《笨花》《生死疲劳》《玉米》里可以看到，其中既有对民族文化性格中的惰性因素的深刻挖掘，也有对其中的现代质素，如执著坚韧顽强并将之作为中华民族的精神支柱和动力源的大力弘扬。

需要特别指出的是，历史地发展着的人性决定，"对民族灵魂的发现与重铸"这一主线索并不是单一的静止的，它是一条动态的不断发展不断延伸的主线，它从不自觉到自觉，从对国民性的发现到对现代民族性格、民族精神的深沉思考，从较狭窄的视角走向宏阔的文化视野，它将伴随着中国文学的现代转型而不断地深化下去。

二

这三十年间，时代环境，社会思潮，价值观念，审美意识都在不断地发生变化，我们的文学虽然有明显缺失，有泡沫，有诸多的不足和不满意，但是，整体地看，文学的人文内涵的广度，文学功能的全方位展开，文学的方法、题材、风格、样式的多种多样，汉语叙事潜能的挖掘和发扬，以及生产机制和书写方式的解放，作家队伍构成的丰富层次，特别是第四媒体——网络化带来的冲击，皆与三十年前不可同日而语。不管有多少干扰，受多少钳制，我们的文学在这三十年间仍然经历了一个不断解放自己，实现自己和壮大自己的过程，像是从狭窄的河床进入开阔的大江，较前大大成熟了，丰富了，独立了。那么这种局面是怎样形成的？有一种精神也许是至关重要的，它或隐或显地始终顽强存在着，那就是相当一批作家批评家，在如何使文学走向自身，回归文学本体，卫护文学的自由和独立的存在所进行的坚韧努力。这种努力保证了新时期文学在最主要的方面，其人文精神含量和艺术技巧品位达到了相应的高度。这里所谓的"文学自身"，可以视为对文学规律和审美精神的一种理想化境界的追求，以及对于文学本身的价值和意义的守持。文学在失去轰动效应，甚至走向边缘化的情势下仍然活着，而且仍然不可替代地活着，顽健地活着，就是因为这个原因。

其实，世界上并不存在绝对的一成不变的纯粹的"文学自身"，她就像一位美丽而飘忽的女神，眼看快接近她了，伸手可及了，她又飘然远去了，因为文学永远是现实的，具体的，个别的，变动不居的；只有裹挟了现实的风雷和历史的必然要求的文学，才是有力量的和回到了自身的文学；而"文学自身"作为一种境界，也只能在历史发展的过程中延续她自身的发展，永远不可能定型，完型。我们用不断回归不断游离再不断回归的复杂的交叉的过程来描述文学发展之路，才是符合事实的。

回眸这三十年审美意识的变化，可以用这样几个关键词来表达，它们是：启蒙，先锋，世俗化，日常化。三十年大致可以划分为三个时段，第一时段从上世纪七十年代末到八十年代末。这一时段又可分为三个小段：即复苏期、繁荣期和1985年的转折期。这个阶段现实主义的回归，人道主义或人的文学，对民族灵魂的发现与重铸成为主线。第二个时段包含了整个九十年代，主要表现为市场化，商品化背景下的以世俗化和大众文化审美趣味扩展的文学。第三个阶段是指新世纪以来至今的文学。这个阶段是全球化，市场化，传媒化，信息化大大改变和影响了文学生产机制的时期，文学出现了许多新的质素和新的特点。

在启蒙主义的大旗下，在"五四"传统的启迪下，伤痕文学曾是新时期文学潮流中奔涌的第一个浪头。"天安门诗抄"和最初的一批政治抒情诗，是最早对为极左政治服务的文学的反叛。诗人愤怒地控诉着，"以太阳的名义，黑暗在公开地掠夺"，遂发出"救救孩子"的呼声。在今天看来，这些诗歌仍然是当代文学史上最沉重有力的铁的声音。伤痕小说正面描写"文革"留下的心灵创伤，揭示个人或家庭的悲剧，它冲破了"四人帮"极左的牢笼，向现实主义传统回归。就在伤痕文学兴盛之时，一批敢于独立思考的、阅历丰富的作家，提供了一批更富理性精神也更有思想深度，在更大范围回溯和反省历史的作品，这就是反思文学的出现。它大大拓展了文学的视野，增加了历史深度和思想容量，现实主义由之得以深化，种种禁区被冲毁，文学发挥了干预现实，干预灵魂的能动作用，开启了反思意识。嗣后，改革文学崛起，作家们纷纷将历史反思的目光转向沸腾的现实生活，着力表现经济体制改革的深化，以及改革中人的思想观念，伦理道德，心理结构的变化。另一部分作家则越过社会现实政治层面进入了历史的或地域文化的深处，对民族文化性格进行文学的或人类学的思考，引出了又一文学思潮——寻根文学。

"八十年代"就像一个紧张的思考者。在现实主义与现代主义的激荡中，1985年成为新时期文学的一块界碑。文学打破了现实主义独尊的格局，呈现出多元发展势头，对原有的文学思维和观念进行清理，辨析，开展"方法论"大讨论。一部分作家从生存、时空、叙事、语言、视角等几个层面进行文学的实验，先锋小说家在对启蒙理性解构的同时，试图提供一种新的真实观和对世界的解释，并崇尚"恶"的力量。新写实文学的兴起，可能是二十世纪八十年代末最重要的文学现象了，它因为对先锋派的反拨而兴起，收获不菲，它的哲学基础仍然不脱存在主义，终因平面化和原生态倾向而缺乏大的精神提升。

在这里，先锋文学的意义似乎值得单独一说。它不仅指马原、余华、苏童、残雪、格非、孙甘露等人开创的小说世界，同时也应该包括于坚、韩东、李亚伟等人的诗歌王国。韩东的《大雁塔》从宏大叙事模式格式化了的阅读中解放出来，还原了一个普通个体的真实。对于普通人来讲，登上大雁塔，不必像古人那样凭吊，发浩大的兴亡之叹，看一看西安，再看一看远处苍茫的景象，然后走下来，仅此而已。一种多么真实的感受。于坚的《尚义街六号》像叙家常一样展开了他和朋友们的日常情态；李亚伟的《中文系》在今天读来，似仍能闻到那间大学宿舍里的臭袜子味道。这些先锋诗歌意味着文学降落到人的最真实的日常生活中了，或者说，撩开了观念的屏蔽，还原了个体人的日常真实。时至今日，先锋文学的成败得失仍然是文学界莫衷一是的话题。重估先锋文学是必须的。与人的命运一样，文学也不应以成败论英雄，而应该探讨它的价值。先锋文学对于中国文学的精神即是如此。先锋文学重语言，重结构，重西化的人文观念和哲学理念，并为之演绎，融入现代主义的某些方法、观念、手法，尤其注重探索心理深度。在文学与政治的拉力赛和异常尴尬的情景中，先锋作家们从"写什么"转换为"怎么写"，是一个进步和变奏。原先我们多以线性的思维来认识"必然和本质"，但先锋文学说，命运是非线性的，是偶然的，甚至是不可知的,不仅有一种命运,还可能有多种命运。中国当代文学精神就这样从原来的总是质询时代的政治性主题和群体意识,转变为对个体存在意义的探索,从集体的人指向了个体的人,人被从当下政治和种种社会环境制约下的现实的人转变为一种抽象的甚至模拟的人。先锋文学后来遭遇质疑甚至冷落也是必然的。先锋文学最终因过分迷恋文本形式,沉溺于空心化、抽象化、叙事的游戏化,使先锋小说与时代现实人心越来越远,成为读者身外的"冷风景";不仅仅小说,诗歌也一样,文学精神在这片实验田里被技术之剑刺杀了。

整个九十年代文学是在喧哗与骚动中结束的。市场化是90年代最重要的事件,这决定性的转折在一定程度上改变了文学河床的流向。随着市场化进程的加速和全球经济一体化的大趋势,文学形成了三足鼎立格局:官方主导文化,民间大众文化,学界精英文化并存不悖且互为渗透。大众文化登堂入室,对文化和文学的影响尤其显著。小说界在不断地突围,诗歌界没有英雄。文学不但失去了轰动,而且失去了旗帜,尤其是90年代中后期,思想启蒙的声音在生活中和文学中都日渐衰弱,文学普遍告别了虚幻理性、政治乌托邦和浪漫激情,告别了神圣、庄严、豪迈而走向了世俗化和欲望化,一句话,走向了解构与逍遥之途。市场的刺激,促使文学写作中蕴含的商业化、娱乐化、消费化因素明显增长。然而,必须看到,尽管市场在诱导人们,只有迎合大众的社会理想,道德范式,审美情趣,才可能占有较大份额,才不致被无情淘汰。但具有孤独的艺术探索精神的作家大有人在,审美含量丰沛的佳构往往是在市场的一片喧哗声中卓然而起。90年代的作品在题材撷取上较前更宽泛了,作家们的叙述立场和人文态度变化微妙,观察生活的眼光和审美意识,特别是价值系统和精神追求,出现了明显分化:理想主义的,激进主义的,文化保守主义的,女权主义的,甚至准宗教的,一齐并存。这又恰恰是一个重新探讨文学精神的时代。小说界和文化界的人文精神大讨论,诗歌界的知识分子与民间写作力量的博弈，都是对文学精神进一步认识的表现。这种认识使文学精神回到了原点：无论是否找到了我们所需要的人文精神，也无论真正的知识分子精神是否已经归来，但所有的参与者都认为，新的文学需要一种新的人文精神，文学要为人类创造一个精神信仰的王国和安顿灵魂的家园。

进入新世纪前后，文学开始分化，并显示了一些重要征兆。伴随着中国社会的市场化、现代化和全球化进程的深入，文学逐渐把表现重心向都市转移。相对于茅盾的"阶级都市"、沈从文的"文明病都市"、张爱玲的"人性残酷都市"、老舍的"文化都市"，新世纪文学的都市主要是倾情于物质化、欲望化、日常化的"世俗都市"。一个日常化的审美时期来临了。首先，"亚乡土叙事"值得重视。城市是当代中国价值冲突交汇的场所，大量的流动人口涌入城市，两种文化冲撞，从而产生了错位感、异化感、无家可归感。这类作品一般聚焦于城乡结合部，描写了乡下人进城过程中的灵魂漂浮状态，反映了现代化进程中农民必然经历的精神变迁。当然不限于打工者，整个底层写作，作家们由最初的关注物质生存状态，转而关注其精神和灵魂状态。精神的贫困远比物质的贫困更为可怕。其次，人们不得不承认，青春与成长主题与80后写作一起，已悄然占据了文学的一席重要位置。再次是生态主题的萌蘖，由于生存与发展的需要，中国人对自身的生态问题一直没有引起足够重视，致使生态被破坏，自身的健康和可持续发展也受到严重制约。当然，这仅仅是一个表象。以马丽华的《走过西藏》系列，姜戎的《狼图腾》的部分描写，杨志军的《藏獒》等作品为代表，文学开始深入思考人与自然、人与其他生命形态之间的关系。一批评论者不仅从西方生态思想汲取有益养分，而且开始发掘中国文化精神中的生态思想。虽然现在生态文学和生态思想还没有在中国文学界形成大的气候，但它必将成为未来文学不可忽视的力量。因为生态哲学思想的兴起会广泛地影响人与人、人与其他生命之间的伦理关系，也必然会深刻影响到人们的日常生活。

要而言之，这三十年，在禁锢化与人性的解放之间，在欲望化与道德理想之间，在世俗化与崇高精神之间，在日常化与英雄情结之间，在城市化与现代性乡愁之间，文学在苦苦寻觅自己的理想形态和审美情神，这种寻求还将一直继续下去。

三

面对这三十年文学，有一个问题是无法回避的，那就是，它既然有长足的发展，那么这种发展和变化主要体现在哪些方面呢？比如，在创作意识，思想内涵，文体特征，语言风格上，有一些什么样的实质性的推进和变化？我掌握的资料没有现成答案，我也不想作教科书式的回应，我想从最突出的阅读感受入手，来以偏概全地例证一下三十年来题材、文体、语言等方面重要的突进和变化。

就历史题材来讲，与"十七年文学"比较，三十年文学在历史领域有大面积的开掘，有纵深化和多样化的出色表现。众多作品重新诉说历史，重新发掘历史中有益于现代人的精神，作家所持视角和方法却又各异，或还原历史，或解构历史，或消费历史，出现了一个阐述历史的狂欢化的盛大景观。事实上，历史与今天、与文学有着怎样一种神秘的精神联系，是个有待深究的问题。强烈的重诉历史的欲望，正是从传统向现代大转型时代现实精神诉求的反映。大致看来，当代文学对历史题材的处理经历了由当年大写阶级斗争，大写农民战争，到今天大写励精图治，大写圣君贤相的过程，其中伴随着历史观的微妙变化，突出革故鼎新的精神。把圣君贤相纳入到人民创造历史的行列之中，并承认其作用，显然是一种历史主义的态度。昔日正统的一体化的历史变成了多样化的可做多重解释的历史，从而展现出历史的丰富性，复杂性，偶然性，甚至破碎性，历史领域因之变得空前复杂，审美趣味变得纷纭多姿，当然可争论的问题也很多。二月河就显然突破了一些规范。他的清帝王系列,没有那种过于拘泥史实的板滞之态,相反给人一种龙骧虎步,自由不羁的放纵之感。这就涉及他对真实与想象,正史与野史,雅文学与俗文学,认识功能与娱乐功能等一系列关系的处置了。唐浩明好像走着与二月河相反的道路,在史与文的关系上,侧重史,以史实的厚积,史识的深湛见长,特别敏感于捕捉凝结着复杂历史关系的蜘蛛式的典型人物。这种人物不是帝王,但在精神和文化的涵盖量上又超过了帝王,他用这样的人作为打开历史厚重大门的钥匙,曾国藩,杨度,张之洞便是。《白门柳》以当代文人的手眼来抒写士大夫怀抱,写出明末之际"天崩地解"时代一批知识精英的嶙嶙傲骨,也写出大难临头时的巾帼不让须眉,全书浸透浓厚的文化气息,扬厉了中国传统的人文风采。我们曾看过不少作品,历史规律线索过于分明,主要人物作为社会力量的某种代表,符号似的;故事发展也一如"规律"所规定的方向,不敢越雷池一步,人物变成了某种消极的、被动的演绎工具,顶多外敷一层个性油彩。而现在早已突破了,像《圣天门口》,其结构有大历史与小历史的套环,小的,是写圣天门口和大别山的革命史,大的,是写创世史,地域史,作者力求走一条正史与野史兼容并优化重组的中间路子。作品的笔触指向了被遮蔽的历史角落,不避血腥与暴力,而生存,生命,欲望,求生,成了诸多人物动机的关键词。再像《花腔》,围绕一个革命者的下落,通过几个人的视角,几个人的口吻,几种不同的解读,扑朔迷离,真伪交错,以独特的方式完成了历史叙事的一次创新,也在扑朔迷离的情节中质疑和追问了被讲述的历史真实性。

　　以乡土文学为例,三十年来乡土叙述有亮眼的拓展、更新和深化。这是一个老话题,但又是个绕不过去的重要话题。乡土叙事是现当代文学中积累最厚,力作最多,历史最为悠长的一片领域。鲁迅先生开创了两大类型:农民和知识分子。农民与乡村向来是现当代文学的主要表现对象,农耕文化传统是稳固而深厚的审美资源。现在的书籍市场和大众文化领地,

"文学都市"无疑已占了优势，覆盖面大，出现了文学想象中心从"乡村"向"都市"的转移，80后的写作，已基本与乡土无缘。但是，在纯文学领域，乡土叙事凭借惯性仍占有很大比重。一些公认的文学精品和获奖作品，仍多以乡土题材为主。许多作家仍坚实地立足乡土，守望乡土，讲述中国乡土的忧患、痛苦、裂变、苏醒、转型，讲述现代性的乡愁和新人格的艰难成长，因为在他们看来，即使描绘现代化的中国也无法离开乡土这个根本通道，不了解乡土，就不了解中国。乡土叙述向来有三大模式，即启蒙模式、阶级模式和田园模式，各有一大批代表作。那么现今有些什么根本性的变化吗？

我以为，现在的相当一批作品超越了启蒙意义上的政治的和经济的乡村，而进入了文化的、精神的、想象的、集体无意识的乡村，很多作品不仅关心农民的物质生存，更加关心他们的灵魂状态，文化人格；文化作为一种更加自觉的力量和价值覆盖着这一领域。由于中国社会向来以家族为本位，家族小说成了传统结构模式之一，也许作家们觉得，唯有家国一体的"家族"才是最可凭依的，故而乡土与家族结成了不解之缘。不妨以《白鹿原》观之，作品以宗法文化的悲剧和农民式的抗争为主线，以半个世纪重大的阶级斗争和民族矛盾为背景，正面观照中华文化精神及其人格，探究民族的历史命运和文化命运。它的创新和超越主要表现在：第一，扬弃了原先较狭窄的阶级斗争视角，尽量站到时代的、民族的、文化的高度来审视历史，诉诸浓郁的文化色调，还原了被纯净化、绝对化的"阶级斗争"所遮蔽了的历史生活本相。第二，除了交织着复杂的政治、经济、党派、家族冲突之外，作为贯穿主线的，乃是文化冲突激起的人性冲突——礼教与人性，天理与人欲，灵与肉的冲突。这是此书动人的最大秘密。第三，开放的现实主义姿态，比较成功地融化了诸多现代主义的观念手法来表现本土化的生存，在风格上，又富于秦汉文化气魄。事实上，看清了《白鹿原》文化秘史式的写法，也就基本看清了九十年代以来家族小说审美特色的所在，那就是"文化化"。还有一点也很重要，那就是对乡土生存中的集体无意识的探究与揭示，这也是以往不曾有的。如《羊的门》《日光流年》《檀香刑》等都涉及深层的"权力恐惧"心态。在《羊的门》里，作者从土壤学、植物学入手，把人也视为同一土壤上生长的物种之一，它要揭开的是民族生存中更惨烈的本相和民族灵魂的深层状态。从呼天成的驭人拢人之术中追溯探究专制文化根基和民众心态哺育等方面的历史生成，与其说这是一部官场小说，不如说是寻根小说的深入与拓延。还应看到，不同历史时期里人们对土地的情感各不相同，也就决定了传统与现代的冲突这一母题具有常写常新的基质。我读《秦腔》，一个最突出的感觉是无名状态，也就是再也不能用几种非常简单而明确的东西来概括今天的乡土的性质和形态了。"鸡零狗碎的泼烦日子"在黏稠地缓缓流动着，作者打捞着即将消失的民间社情和语言感觉，弥漫着无处不在的沧桑感。贯穿全书的意象有两个，即"土地"与"秦腔"，它们由盛而衰，表现了传统的乡土中国的日渐消解，结构上则以实写虚，原生态的写法造成了一定的阅读障碍。

　　三十年文学审美意蕴的丰富与作家文体意识的进步和表现能力的提高关系密切。文体并不是通常意义上形式的同义语。在我看来，文体是作家认识世界、把握世界和表现世界的方式，其重要性不言而喻。具体地说，它是一种艺术地把握世界和言说世界的方式。在优秀作家那里，它总是打着个人的鲜明印记。必须承认，近三十年来的文学作品，不但在哲学内涵和精神价值上有了重大突破，在文体上也有重大的突进。

　　文体意识的变化势必带动作品意蕴空间和表意方式的变化。三十年文学在现实主义的社会性、人性反映之外，出现了一些表意性、象征性、寓言型的富于探索精神的作品，一些作品在写实性与表现性的结合上发生了很大转变。很久以来，我们的文学总是缺乏超越性和恣肆的想象力，热衷于摹写和再现，虽有平实的亲近，却难有升华的广涵。说到底，作家的根本使命应该是对人类存在境遇的深刻洞察，一个通俗小说家只注意故事的趣味，而一个有深度的作家，却能把故事从趣味推向存在。当代性不应该只是个时间概念，主要还是作家对当下现实的体验达到的浓度是否能概括这一时代。很多作家都在情感和故事上浪费了太多。八十年代出现了一批先锋小说，有过一次大规模的冲击，功不可没。然而，不久就因走向形式主义的怪圈，失却了现实生命的血色，渐渐搞不下去了。这主要是在中短篇小说领域。必须承认，先锋文学尽管暂时落幕了，但它所开启的文学形式方面的探索，表意方面多样化非生活层面的努力，还是在以后作家的创作中留下深深的印记，丰富了文学的表意空间，提升了文学的艺术品位。到了九十年代压倒性的时尚是写实主义。但是，有一些作家仍不满于写实的局囿，努力拓展小说的功能，追求哲思，诗化，独异，人文情思与形而上意味，强化艺术感觉和语言个性，注重叙述策略，既重视写实，又摆脱写实，注重渗入独特的个人化经验，扩大了时空的涵盖面，使作品面貌一新。

比如，《尘埃落定》借麦其土司家"傻瓜"儿子的独特视角，兼用写实与象征的表意手法，轻灵而诗化地写出了藏族的一支——康巴人在土司制度下延续了多代的沉重生活。作者对各类人物命运的关注中，呈现了土司制度走向衰亡的必然性，肯定了人的尊严的宝贵。小说有浓厚的藏文化意蕴，轻淡的魔幻色彩，艺术表现开合有度，语言颇多通感成分。史铁生的《务虚笔记》的叙述者在一座古园一棵死去的柏树下偶遇两个不谙世事的小孩，思绪如泉，引起了对往事、生命、真实、死亡等人生永恒主题的终极思考。小说艺术上的一个显著特点是结构的自由开放，作者自由地出入于小说与现实、叙事与思想之间，从而形成了一种全息性结构，不可拆解开来分析。另一个特点是悬置现实主义的写实成规，至少包含故事的叙述、对人的命运的哲性思考、对小说艺术的文论性思考等三个层次，彼此交织在一起，不实写故事而虚写情境，离开了日常谈话而大量设置形而上性质的对话。它在文体上是十分独特的，有如空谷足音。《日光流年》创造出一种内在时间，开创了长篇小说中罕见的"倒放"式结构，从司马蓝的死逆向叙述到他的回到子宫，依次描写了他的死亡、中年、青年、童年和出生，文体正好与生死游戏仪式对应。作者重新编排生活，建立自己的本体寓言框架。生活的正常时序被"颠倒"着进入小说的叙述，时光倒流使故事完全寓言化了。莫言的《生死疲劳》写了五十年的乡村史，他以人变驴变狗变猪的六道轮回式的幻化处理，曲折表达了作者对中国农民与土地关系复杂性的深刻理解。这些作品都有足堪称道处。

与文体变化无法拆开的是语言。汉语的叙事能量有没有提高，回答应是肯定的。这是一个较少谈论却是非常根本的问题。现代白话文的历史并不长，但事实证明，现代汉语有丰沛而深厚的质地，其艺术表现力是深潜的。这些年来，随着社会生活的急遽变化，随着创作经验的累积和对外来文学的借鉴，以及对民间新语汇的学习，三十年文学从现代性的角度，探索着世界化——民族化的道路。文学的历史是变化的历史而非进化的历史，新的未必胜于旧的，这是对的，但就现代汉语而言，总体来看现在胜过以往。

我们看到，近三十年，汉语的叙事潜能得到了进一步挖掘和释放。一些风格独具的作家，一出手就有自己独特的语感与语调，把自己和别人区别开来。如果留心会发现，语言的时代性变化是最大的，不管是先锋小说还是非先锋小说，都在变，而传统型的叙述姿态、叙述语调和叙述语汇，不少已濒临消亡，有些语调今天看来甚至是可笑的。在这背后是其语境的消亡。比如，人们厌烦那种教训性、独断性、夸饰性，指路性的语气和语调，与教化性话语保持距离。莫言的纷繁错杂的语词搭配能力，人们已经熟知。在《马桥词典》里，作者放弃了传统小说的表现方式，借词典的方式为马桥立传，使马桥的人、马桥的物、马桥的历史、马桥的生活方式、马桥的文化思想得以以标本状态存留。汉语这种表意文字与人类生活的互证关系得以阐释。作者在文中不时渗入对自己知青生活感受的反刍，其思绪因词典的形式和故事的穿插而得以成形固化。贾平凹是一位语言感觉特别敏锐的作家，他在谈及他在小说中越来越自觉地化用家乡"土语"时说，语言是讲究质感和鲜活的，向古人学习，向民间学习，其中有一个最便捷的办法是收集整理上古语散落在民间而变成"土语"的语言，这其中可以使许多死的东西活起来，这就如了解中西文化的比较，在那些洋人写的关于中国的书里和中国人写的外国人的书里最能读出趣味一样。这也算是一种心得。

三十年来，随着中国的崛起，中国文学与文学中国正在实现双重超越。我们需要总结，既给予求实的肯定，同时需要清醒的反思。把今天的创作放到时间的长河里，放到广大读者坦诚的反馈中，放到世界文学的大背景下，将会发现，它还是存在缺失和不足。我们还没有多少公认的、堪与世界文学对话的、能体现本民族最高叙事水平的大作品，所以，当代文学的任务还很艰巨，要走的道路还很曲折漫长。

四

在思索近三十年文学精神的构成时，自改革开放以来，中国文学就不断地向世界文化和文学靠近和学习。这种学习是全面的，影响是重大的，从哲学观念到艺术技巧，从把握世界的角度到价值取向。就文本来看，也许突出表现在先锋文学中。马原是先锋小说的开创者之一，人们总是将他喻为"中国的博尔赫斯"。不仅是他，人们还把"中国的马尔克斯"，"中国的卡夫卡"，"中国的福克纳"分配给他们喜爱的不同作家。这些指称的流行无疑是中国作家向世界文学学习的证明。鲁迅先生的"拿来主义"在先锋作家那里得到了比较完足的实践。有人说，没有开放，没有向西方文学的借鉴和学习，就没有现在这个样子的中国文学，不是没有道理；还有些外国文学翻译家骄傲地说，正是他们在实际上引领着文学的新潮，翻译家的语言甚至已经严重地改变了中国作家的文风。部分的事实也确乎如此。比如，我们会在不止一部中国作品的开头，读到对《百年孤独》那段著名开头的模仿和改写。所以，不夸张地说，近一百年来西方文学的思潮在新时期三十年文学中被中国作家一一模仿或借鉴过了。在小说界，普鲁斯特、乔伊斯、卡夫卡、马尔克斯、博尔赫斯、昆德拉、纳博科夫、村上春树、渡边淳一、罗伯格理耶、格拉斯、帕慕克等等，成为中国作家学习的榜样；在诗歌界，叶芝、艾略特、瓦雷里、里尔克、奥登、帕斯捷尔纳克、萨克斯、辛格、埃利蒂斯、卡内蒂、戈尔丁、塞弗里斯、布罗兹基、帕斯等一大批世界诗人成了中国诗人的标杆和偶像；在批评界，荣格、弗莱的原型批评学说，巴赫金的复调理论和狂欢化诗学，德里达的解构主义，本雅明、马尔库塞、弗洛姆以及伊格尔顿、哈贝马斯等西方马克思主义的文论，俄国形式主义批评以及后现代主义、后殖民主义理论等等都成为批评家学习和依凭的学说甚至理论资源。在中国文学史上，从来没有任何一个时期像这三十年一样，如此众多的世界明星与流派在中国的文坛上交辉，组成了一个光辉闪耀的星群。中国的文学再也不是独自一统的文学江湖，再也不可能用一种文学的传统来统一了，它已与中国的经济、文化一道，融入了世界之中。

　　整个八十年代，就是一个中国文学向世界文学学习的年代。"西化"是显而易见的。中国的传统文化成了一种隐性的存在。汪曾祺、阿城的小说虽然受到赞赏，却并没有得到广泛的认同。当汪曾祺去世时，有人说中国最后的一个士大夫死了，中国的传统文学精神也随着汪曾祺走了。先锋小说、先锋诗歌以及先锋戏剧和电影在八十年代基本都是实验主义，"你方唱罢我登场"，各领风骚三五年。当时的批评界也一样，在新的文学样式刚刚上场时，就惊呼新的文学生成，文学进步了，不久，就有批评家批评这种走马观花式的实验主义。从今天来看，这种朝三暮四的文学景象就像一个人青春期的多场恋爱剧一样，是必然要走过的。一个人不经历青春就老去那是多么地悲哀，但一个人始终处于青春期的亢奋状态也未免令人担忧。文学总是要走向它的成熟期的。

　　整个九十年代，是在一片嘈杂声中度过的，或曰众声喧哗，多元并存。对于"西化"现象，评论界终于达成一致，先锋小说家们要么收场，要么改弦易张，不要再当"中国的博尔赫斯"，而是要做自己。中国的文学终于在迷失自我的状态中逐渐向自我回归，但这种自我已不是先前的自我了，而是一个从世界文学中回归的自我。"民族的"与"世界的"这种关系虽然还在争议不休，但多数作家和评论家还是赞赏以"世界的胸怀"来关照"民族的"这样一种关系。难点在于，什么是世界的？难道就是欧洲中心主义？中国作家的诺贝尔奖情结来自向世界融合的心情，但中国作家对诺贝尔奖的反感情绪则来自强权的欧洲中心主义。在这种文学精神的感召下，中国文化传统终于进入了文学家的视野。

　　于是，一批向中国传统文化进军的作家终于出现了。汪曾祺等人不可能带走中国的传统。只要是有生命力的文化，在历史的某一时刻，它总会重新发芽、开花、结果。中国的传统文化在毛泽东等的批判下已经与中国人分开得太久了，然而，在日常伦理生活中，我们遵循的却仍然是我们已然忘却了的传统。阿城的小说将道家精神在一篇《棋王》中传出了神，张炜、陈忠实则向中国的儒家（还有道家和佛家，但以儒家为主）伦理进军，试图在我们久违了的儒家精神中找到我们中国人的传统的"人学"来。李锐的朴拙里不仅有道家，也有儒家，他似乎走得还更远一些。近年来，他的一些小说似乎在寻找海德格尔所说的原初命名的文化源头。

　　此外，中国文化也不仅仅指儒家和道家文化，还有多民族文化，特别是藏族文化和伊斯兰文化。从八十年代末以来，有自省力的作家已经埋头专注于自身脚底下的土地和自身的文化中。马丽华的《走过西藏》系列、阿来的《尘埃落定》以后出版的范稳的《水乳大地》《悲悯大地》等，将藏汉文化交融中的西藏文化生态尽情地展现了出来。张承志的《心灵史》和石舒清等人的小说则将神秘的伊斯兰文化凌厉地展现了一番。

虽然这些作家的作品大多还是在中国本土流传，中国文化的独特魅力在世界文学中也才露出了很小的一点，但是，中国作家与世界当代文坛的交流日益频繁。余华、莫言、李锐、苏童、贾平凹等作家在西方有了一定的知名度，中国文学也日益受到世界文坛的关注。在今后的一段时期里，中国当代文学与世界当代文学的交流将成为日常，中国文学也不再是自成一体的小系统，而是与世界文学相互交融的大系统。

我们向世界的学习，不可避免地是要向强势主导的欧洲中心文化学习，也就是"西化"。随着大众文化的洪流，这种学习变得更为汹涌。相反，自身文化的觉醒，以及用自身文化与异质的西方文化对话、重组又来得相当缓慢。然而，它毕竟在二十世纪末和新世纪初来临了。这也就是近年来人们常说的后殖民文化现象。虽然从严格意义上来讲，中国不是西方帝国主义的殖民地，但在文化意义上仍然属于弱势。不可否认，我们目前的文化基本都是西化的，包括我们的主流文化马克思主义也是一种拿来主义的文化，只不过是中国式的马克思主义。一夫一妻制、男女平等的家庭伦理观念，男权文化下的女性主义，市场经济、商品文化主导下的经济模式、消费主义等，都是西来的产物，相反，中国的传统文化一直潜伏着，直到九十年代以来强调复兴民族精神之后它才慢慢地抬起头来。近年来，随着中国经济在世界经济中的强大影响，中国人的自信心开始恢复，中国自身的文化也苏醒了，国学受到重视，儒家文化、道家文化、佛教文化一时在恢复中国人的文化记忆。

在民族自身的觉醒和用民族文化与西方强势文化对话而最终建立一种新的文化，还需要很长的路要走，这首先需要一批对自身文化传统有认同感的作家。世界文化从文化形态上大致可以分为基督教文化、佛教文化、中国文化和伊斯兰文化。前者属于西方文化的范畴，后三者属于东方文化的范畴。恰恰有趣的是，后三者正好是第三世界的文化。从文化心理学上来看，基督教文化和伊斯兰教文化有一些共同的特征，都起源于犹太教文化，更早则起源于不稳定的游牧文化和海洋商品文化，按钱穆先生分析，这些文化因天然的生存不足造就了文化的侵略性，而佛教文化和中国文化则由于稳定的农业生存而造就了和平的文化心理。假如我们都认定人类最终的追求在于和平和稳定，那么，东方文化特别是中国文化将会成为可供世界借鉴的最理想的文化之一。基于这样一种认识和理想，我以为，中国文化与世界文化的对话应该在更大范围进行，文学家应该更为敏锐地认识这一点，从而在这方面做出贡献。这种文学的形象的探索肯定是极为有益的，它必将为中国人未来的文化生活开拓出新的前景。

第二辑

强化短篇小说的文体意识

我们总喜欢处在"运动"状态中。潮流所及，习惯使然，似乎谁也很难置身事外。但对文学来说，"运动"状态虽能推涛作浪，呼风唤雨，却往往不利于精致佳作的产生。倘若永远为时尚所左右，长篇热闹就热衷写长篇，短篇热闹就热衷写短篇，积久成习，恐怕既出不了什么好长篇，也难出多少好短篇。可悲处在于，时尚冲乱了规律，思潮压倒了文体。然而，谁又能脱离潮流的巨大力量呢，一部作品若自外于潮流，其活力、吸引力至少会减却大半。这也是不少作家，宁可权且放下孜孜以求的文体实验，先迎头赶上时尚或者潮流以不致落队的原因。潮流循环不息，追逐也不息，难得静下来修炼文体，回首创作，只见一个个浪头起伏，却少见可供摩掌、品评的精品。这已成为很多作家的两难处境与平生的悲哀。

在我看来，历史上的好作品，大都是既在潮流之中，又与潮流保持了一定距离。情况往往是，社会意识尖锐的作品轰动易而持久难，富于情趣、意蕴深永，侧重文体追求的作品，轰动小而耐读性久长。这么说似乎有点二元论的味道，却也是相当一部分实情，此真所谓鱼与熊掌难以得兼，只有少数大作家能臻此境。我一直在想，对每个作家而言，对每一具体创作过程而言，倘若真正做到了既重视写什么，同时高度重视怎么写，既能敏锐感应时代思潮，又能在文体上独出机杼，让思想与艺术如一健硕的新生儿般一体化的诞生，我们时代的文学创作质量庶几会有大幅度的提高。从八十年代至今，我们似乎一直在写什么和怎么写的轮流突出的循环圈中打转，一个时期写什么的问题占上风，一个时期怎么写的问题又热热闹闹，总起来看，还是偏重于强调写什么，而相对忽视怎么写的问题，时至今日此风尤甚。为此，我以为文体问题在当今大有重新提起重视之必要。

以短篇而论，这是一种技巧性很强的文体，也是对思想意蕴的酿造和形式表达的考究要求甚高的文体。但在今人眼中，短篇小说似已日渐沦为小术矣，孰不知一个作家穷毕生之才情，未必能写出几个优异的短篇。作为小说家一面的鲁迅先生，支撑其创造大厦的，主要是人们熟知的一批经典性短篇，没有它们也就没有了小说家的鲁迅。王朔曾经讥诮鲁迅光靠一个中篇多少个短篇撑不住大师的头衔，这不过是他一贯的嬉皮说词，不能当真，也没有道理。契诃夫、莫泊桑、海明威、茨威格们的声望实在与短篇小说密切有关。人们津津乐道的沈从文、张爱玲、张天翼、废名、孙犁、汪曾祺、王蒙等人作为文体家的一面，不也都是从短篇创作中体现而出吗？短篇最能见出一个作家的语感、才思、情调、气质、想象力之水准，有些硬伤和重要缺陷，用长篇或可遮盖过去，一写短篇，便裸露无遗矣。对一个作家艺术表现力的训练，短篇是最严酷的和最有效的。可叹的是，当今之世，不少人以为只要会编个好故事，敢触及社会政治时事的大问题，展示一番腐败的种种洋相，只要所谓"好看"，无论叙述多么平庸，语言多么寡淡，行文多么直露，也敢以大作家自居。文学之日益与新闻、故事、报告、电视剧混为同伦而不能自拔，实属文学之大不幸。我并非危言耸听，现在真是需要展开一个拯救文学性的运动了。

说到短篇文体，我们似乎很明白，其实大有重温和辨异的必要。人们一般总喜欢引用鲁迅先生的名言,如"借一斑以窥全豹,以一目尽传精神",或如"入大伽蓝中,那一雕栏一画础,虽极细小,所得更为分明,推及全体,感受遂愈加切实"等等。这些话当然是很经典、很精彩的表述,但它们更多象征和比喻意味,具体而切实到进入操作层面的分析还可以再展开。我认为,胡适在《论短篇小说》的讲演中的一些话,单就短篇特点而言,似乎来得更为直接、清晰、切近。他说,"不是单靠篇幅不长便可称为短篇小说",他给短篇下的界定是:"用最经济的文学手段,描写事实中最精彩的一段,或一方面,而能使之充分满意的文章。"那么什么是"最精彩的一段"呢,胡适说,"譬如把大树的树身锯断,懂植物学的人看了树身的'横截面',数了树的'年轮',便可知道这树的年纪,一个人的生活,一国的历史,一个社会的变迁,都有一个'纵剖面'和无数个'横截面'。纵面看去,须从头到尾,才可看见全部;横面截开一段,若截在要紧的所在,便可把这个'横截面'代表这个人,或这一国,或这一个社会。这种可以代表全部的部分,便是我所谓'最精彩'的部分"。关于什么是"最经济的文学手段",胡适借用了宋玉的话,并展开说,须要不可增减,不可涂饰,处处恰到好处,方可当"经济"二字。他举例说,《木兰辞》记木兰的战功,只用"将军百战死,壮士十年归"十个字,而记木兰归家的一天,却又用了一百多字,十字记十年,百字记一天,这就叫"经济"。我之所以较细地引述了胡适的话,是觉得他说得到位,对今人仍大有启发,舍不得割弃。我很赞成对文体作过专门研究的王彬先生的一段话:"新时期以来,短篇小说横截面的说法被打破,说明小说模式的多样化,这是一种进步,但认真思索,短篇无论怎样变化,传统的、新潮的,即便是历数一人或几世遭逢的小说,也依然离不开断面的截取,不能做流年老账式的陈述。"我还认为,在短篇研究方面,茅盾、魏金枝、侯金镜、汪曾祺、林斤澜等人的许多意见,都十分宝贵,值得重温。

毫无疑问,短篇的传统的写法毕竟在被打破,在充分肯定传统的经典价值的同时，不能不看到，短篇的文体是越来越多样了。既要看到万变不离其宗，又要看到飓风既息，田园已非，变是绝对的。起先，我们讨论短篇可不可以不写故事，可不可以不着重刻画人物性格，可不可以不断转换人称，可不可以侧重抒情化、散文化、诗化。这些问题不久便以创作实践的方式解决了。当我们的眼界更为开阔时，发现除了现实主义，还有现代主义、后现代主义，都因其哲学基础和艺术思维的不同，使包括短篇在内的文体发生着变异。苏联社会问题小说的人道主义情怀，罗布－格里耶等人的新小说的冷漠叙述，海明威式的硬涩和简洁，福克纳既传统又现代的小说技法，以及荒诞、魔幻、黑色幽默等等，无不给我们今天的短篇创作打上新的烙印。由于现在的时尚是长篇风靡，投入短篇的才力受到限制，短篇的发展也放缓了脚步，但它毕竟在探索中前行。

这里，我想选择两篇比较典型的小说来谈。一篇是刘庆邦的《鞋》，一篇是丁天的《幼儿园》。先看《鞋》。此篇能在多种评奖中获奖并非偶然，实在是对刘庆邦这位短篇创作的坚执者的褒扬。《鞋》写来情真意切，能贴切地描画一个农村闺女娇羞、喜悦、畏惧、神往、沉醉的种种复杂心态，能捕捉到微妙细节，传达出女儿家难言的心事，她生气妹妹叫了"那个人"的名字，妹妹不慎抓脏了鞋底子，她恼怒了，以及她由鞋样而走神，思绪远游等等。作为短篇，小说牢牢抓住必须由未婚妻亲手做第一双鞋这个纽结，撑开全篇的绚烂，调动悬念。姑娘犹如枣花一般，不争不抢，幽香暗藏。庆邦的创作虽也有冷峻的一面，但他总体上偏于阴柔，这一面在此发挥充分。需要注意的是，庆邦不是一般的揭示，假如没有作者主体情感的深刻渗透，作者对女主人公的由衷赞赏、怜惜、呵护，不会出此效果，它大大提高了作品的感染力。毋庸讳言，这种写法是传统的，是挟带着强烈主观评价的，一面描画，一面品味，一面抓细微动作，一面展开剖析，展示了一个绵长而细腻的相思过程，比起新派的冷静、藏匿、零度角，不是一路。不过，结尾稍觉平淡。总之，传统的美，素朴的美，这种正在消逝的美，对净化当代人的心灵是多么可贵啊，庆邦不愧为农业文明的歌者。《鞋》在提醒我们，对"旧"的肯定未必不是对"新"的反思，大力在传统中挖掘永恒性价值，挖掘千百年来劳动人民的道德精神财富，包括使用传统手法，仍不失为一条重要的艺术路径。

再看丁天的《幼儿园》，堪称一篇令人玩味和警醒的短篇。小说的人物只有三个：一个幼儿小坡，一个幼儿的处在离异中的父亲，一个幼儿园的阿姨，但笼盖在他们后面的世界却是广大的。这男孩眼看着就要扮演爱情的媒介、幸福的小天使了（在传统小说里往往如此），不料却成了灾难和仇冤的根因。小说的明线是不无浪漫的臆想，暗线是冷酷的真实，求爱翻成引恨，多情反被无情恼。这是灿烂阳光下的恐怖，但又真实得让人惊讶，无意识得使人无可奈何。作者冷静地叙述着这称得上悲惨的故事，有如局外人，看得最清却最不露声色，为了达到令人颤栗的真实感，他的态度是隐匿的，并不大惊小怪。我相信最具想象力的读者也猜不到最后的结局，这是作者叙述上的最大成功。阿姨林丽丽的行止，滑稽而真实，人都生活在戏中，都在演戏，人不可能不犯错误。她是个不负责任的女性。一个失意的女人。对那位父亲来说，臆想起了作用，他根本不知道她是个虚荣而自私的女人。他越是做梦，事情就越发可笑。小坡之死并非有意的悲剧，属过失犯罪，林阿姨因流产引起的恍惚中，忘记了关着禁闭的小坡，致其死亡，等于一天之中害了两条命。全篇采取臆想与真实交错并行的写法，这悖谬的方式，实乃有根有因，是爱的放逐所致。是谁杀了小坡呢？是个很深邃的问题。这故事似乎告诉我们，物欲横流，商品意识渗透一切领域，连幼儿园也概莫能外，传统的道德和情感正在丧失固有的地盘。无意并非无因，小坡死在一个缺少爱的世界里了。我这样阐释这篇作品，不知是否抓住了它的根本。我想指出，作者对"客观性"的强烈追求，明显受到"新小说派"的影响，由此也可见出我们短篇创作中的文体变化。

无论中国的小说史还是西方的小说史，在叙事文学方面，短篇小说都是基础性的，以后小说的建构不管多么庞大复杂，广阔纷纭，要是沿波讨源，短篇小说还是基本单元。因而着眼于短篇的营构也是最实际的努力。事实证明，强化短篇小说的文体意识对于整个小说创作都是至关重要的。不能产生优秀短篇小说的国度和民族不大可能凭空产生惊世的长篇杰作。

我心目中的好散文

　　传统的散文发展到今天，确乎愈益暴露出它与当代人精神脱节的疲惫，被文体定势的重负压得直不起腰，而其中最致命的，乃是思想的贫瘠，哲理的贫乏——无力洞察当代人的生存困境和精神饥渴。这大约与我们民族不是长于哲学思维有关。是的，倘若一个时代的最高思想成果和理性智慧不能在散文中得到体现；倘若散文不能对时代和民族的灵魂状态加以思考；倘若散文找不到富于时代感的思与诗的言说方式，那是没有创新可言的。为此，我也曾提出过新散文必须解决的问题，即渗透现代人生意义的哲理思考；形而下与形而上的融汇——走向象征与超越之途；继承传统并转化传统，创造新的语汇、节奏和表述方式。散文的审美品格与思想品格同样重要，不讲究审美，可能混同于哲学、逻辑学、文化学，那是散文的另一歧途。散文必须首先是形象、意境直至有意味的形式。

　　我感兴趣的散文，首先必须是活文、有生命之文，而非死文、呆文、繁缛之文、绮靡之文、矫饰之文。自从赫拉克利特说出"人不能两次踏入同一条河流"的素朴真理以来，人类对于自身在流转的大化中的感觉就重视起来，懂得运动感是一切有生命的活物的重要特征。我对散文也有依此而自设的标准，那就是看它是否来自运动着的现实，包含着多少生命的活性元素，那思维的浪花是否采撷于湍急的时间之流，是否实践主体的毛茸茸的鲜活感受。有些作家名重一时，甚至被尊为散文泰斗，其写作方式似乎是，写喝茶就搜罗关于茶的一切传说轶闻，写喝酒就陈述酒的历史和趣闻，然后加上一些自己的感受，知识可谓渊博，用语可谓典雅——不知为什么，对这种考究的文章我始终提不起兴趣，甚而推想它可在书斋中批量生产。对另一类矫饰、甜腻、充满夸张的热情的"抒情散文"我也兴趣不大，它们的特征是，语言工巧、纤秾、绮丽，但文藻背后的"情"，则往往苍白无力，似曾相识，是已有审美经验和图式的同义反复。它们没有属于自己独有的直觉和体悟，因而也无创造性可言。我真正喜爱的，是泼辣、鲜活的感受，是刚健清新的创造性生命的自然流淌，是绝不重复的电光一闪。这当然只有丰富饱满的主体才可能生发得出来。

　　这类散文的最强者，毫无疑问，是鲁迅。读《野草》、读《朝花夕拾》、读《纪念刘和珍君》、读《为了忘却的纪念》……那数不清的星斗般的篇什，到处都会遇到直接导源于生命和实践的感悟，它们是一次性的，只有此人于此时此刻才能产生，因而反倒永远地新颖，历久而不褪色变味。所以，要论我的散文观，那就是：虽然承认那有如后花园翁郁树林掩映下的一潭静静碧水似的散文也是一种美，甚至是渊博、静默、神秘的美，但我并不欣赏；我推崇并神往的，是那有如林中的响箭、雪地的萌芽、余焰中的刀光、大河里的喧腾浪花式的散文，那是满溢着生命活力和透示着鲜亮血色的美。这并非教人躁急、忙迫、去空洞地呐喊，而是平静下的汹涌，冷峻中的激活，无声处的紧张。

　　现在人们已经惊异地发现，在这经济的喧腾年月和文学的萧索时期里，散文竟然出人意料地交上了好运。在人们的记忆里，散文的命运似乎没有特别地坏过，也没有特别地好过，它实在太久地担当着文坛上的配角。讲起历史来，它的历史比谁都悠长而辉煌，一回到现实，它却总是没有气力与小说抗衡。可是从上世纪九十年代以来，事情起了变化，散文的际遇来临了。这倒不是说它要重温正统或正宗的梦，而是说，在这大转型的时代，它有可能获得比平常更为丰硕的成果，完成自身大的转折。散文"中兴"的秘密藏在时代生活的深心。用直白的话说就是：急遽变动的生活赐给了散文一个千载难逢的机缘。今天人人都可能有大量新的发现，提供出比平时多得多的新鲜体验，从而打破僵硬模式的束缚，创造出开放的、新颖的风格；就散文自身来说，由于它的自由不羁，它可能是目前最便于倾吐当代人复杂心声的一种形式。日日更新的生活是根据，散文的形式特征是条件，两相遇合，造成了散文迅速发展自己的空间。

然而，能否真正产生叩响当代人心弦的好散文，光有形式优势和艺术空间还不行，归根结底还要看作者——精神个体有无足够的感应能力和创新能力，摆脱传统压力的能力和辟创新境的能力。一句话，关键还在"说话人"身上。对散文创作来说，最要命的是，一拿起笔，传统散文的老面孔就浮现出来，熟络的老词句就不请自来，雨中登山呀，海上日出呀，流连苍松云海呀，怜惜小猫小狗呀……经典散文已经形成的固定视角，有其顽固性，生活被它们分解成条条块块，以致我们身在生活中，却麻木不仁，只知循着它们提供的角度去收捡素材，剪辑生活，与它们符合的东西，我们能感应，对埋在水面之下八分之七的东西，我们无动于衷。这是多么荒谬的迷误啊。于是，生活的完整性、丰富性、原生性、流动性全都不见了。我们好像拿着一张网，鲜活的水和鲜活的鱼全漏掉了，最后还是只剩下了手中的这张网。

怎么办呢？我想到了一句话，叫做："有什么话，说什么话。"这是胡适先生的名言。也许，为了把大量被漏掉的鲜活还原回来，这种极端的提示，或笨办法，很能解决问题。难道不是吗？难道强颜欢笑、故作豪语、温柔敦厚、曲终奏雅之类，没有给我们的散文涂够浓厚的新古典主义颜色吗？一个个像是穿着笔挺的中山服正襟危坐，好像从来不放屁也从不上厕所似的，连跌跤也要讲究姿势的优雅。哪些话该说，哪些话不该说，什么可以入散文，什么不可以入散文，好像都有隐形规定似的。这怎能不使散文露出死气沉沉、病病恹恹的萎靡相呢？不来点自然主义的恣肆，不光着泥腿子踏进散文的殿堂，是不可能唤起散文的活力的。"有什么话，说什么话"意味着不顾原先说话的姿态、腔调、规范，只遵从心灵的呼喊，这就有可能说出新话、真话、惊世骇俗的话、"人人心中有，个个笔下无"的实话，以及人人皆领受到了，却只有很少的人可以揭穿其底蕴的深刻的话。任何文学、任何文体，都在"质文互变"中走着自己的路程，现在我们的散文也到了以"新质"冲破"旧文"的关头了，从而建设新一代的质文平衡。

看贾平凹的《说话》，至少要让你一愣：连"说话"这样习焉不察的事也可写成一篇散文，而且全然不顾散文的体式，不顾开端呀，照应呀，结尾的升华呀，有无意义呀，真是太大胆也太放纵了，真是只讲过程，不问意义，到处有生活，捡到篮里都是菜。据说，《说话》是平凹在北京开政协会议期间接受约稿，在一张信纸上随手一气写下来的。为什么想到说话问题了？大约一到北京，八面应酬，拙于言辞的贾氏发现说话成了大问题，才有感而发的吧。这篇东西是天籁之音，人籁之声，极自然地流露，完全泯绝了硬做的痕迹，里面的幽默、机智、无奈，都是生活与心灵自身就有的，无须外加，浑然天成，可谓"有什么话，说什么话"的最佳实践。

所谓"有什么话，说什么话"，并非漫无边际的胡侃。大街流氓的爆粗口和小巷泼妇的海骂，倒也是"有什么话，说什么话"，那能成为好散文吗？冬烘先生的喃喃，满嘴套话的豪言，那能成为好散文吗？"有什么话，说什么话"的精义，全在于自由、本真、诚挚、无畏。我一向认为，精于权术，城府深藏，把自己包得严严的，面部肌肉擅长阿谀，却丧失了大笑的功能，"成熟"得滴水不漏的人，是不大可能写出好散文的。他经商，会财源滚滚；他从政，会扶摇直上；他整人，会口蜜腹剑；他恋爱，会巧舌如簧；他治学，会偷梁换柱；他偶尔也会"幽默"一下，结果弄得大家鸦雀无声。他在很多领域都会成功，唯独写不出一篇好散文。这是不是天道不公，或反过来说天道毕竟公正？

提倡"有什么话，说什么话"，并不排斥开掘、提炼、升华的重要。我们常说散文要有真情实感，原本不错的，但关键要看是什么水准的真情实感，从怎样的主体生发出来的怎样的真情实感。牛汉的《父亲、树林和鸟》，不是饱经忧患且充满悲剧感者，断然写不出来。感情浓到化不开，重到承受不起时，才产生了这样简洁、饱满、幽咽、滞涩的声音。父亲说了："鸟最快活的时刻，向天空飞离树枝的一瞬间，最容易被猎人打中。"为什么呢？因为"黎明时的鸟，翅膀湿重，飞起来沉重"。作者庆幸于"父亲不是猎人"，可是猎人却大有人在啊。作者对生命的美丽和因其美丽而带来的脆弱，满怀忧伤。那意思是说，纯真的生命是快活的，纯真的生命是不设防的，唯其纯真，唯其快活，就特别容易遭到践踏、伤害和暗算。作者其实是在为天真、善良、单纯的美唱一支忧心的歌啊。多么质朴的画面，多么深沉的感怀！作者还写过一篇《早熟的枣子》，也是寄托遥深，他说，在满树青枣中，只有一颗红得刺眼，红得伤心，那是因为"被虫咬了心"，一夜之间由青变红，仓促完成了自己的一生。作者说，他憎恨这悲哀的早熟，而宁可羡慕绿色的青涩，其中的寓意不也是令人痛思不已的么。

散文的魅力说到底，乃是一种人格魅力的直呈。主体的境界决定着散文的境界。我也写散文，也想向我心仪的目标努力，却收效甚微。我写散文，完全是缘情而起，随兴所至，兴来弄笔，兴未尽而笔已歇，没有什么宏远目标，也没有什么刻意追求，于是零零落落，不成阵势。我写散文，创作的因素较弱，倾吐的欲望很强，如与友人雪夜盘膝对谈，如给情人写的信札，如郁闷日久、忽然冲喉而出的歌声，因而顾不上推敲，有时还把自己性格的弱点一并暴露了。蒙田的一段话，竟好像是为我而说的："如果我希求世界的赞赏，我就会用心修饰自己，仔细打扮了才和世界相见。我要人们在这里看见我的平凡、淳朴和天然的生活，无拘束亦无造作，因为我所描画的就是我自己。"如果有一天，我远离了我的朋友，他们重新打开这些散文，将会看到一个活生生的矛盾性格和一张顽皮的笑脸。

其实，我写的并不单是我，我写的是一种生存相，一种精神状态，一种也许无望的追求。我早就发现，这年月自我感觉良好的人越来越多，无论是商海豪杰还是文化英雄，而我，不知为什么，自我感觉始终好不起来，心绪总是沉甸甸的，我怀疑我是否是这个时代的一个逸民。我背负着传统的包袱，却生活在一个高度缩略化、功利化、商品化、物质化的都市，我渴望找回本真的状态，清新的感觉，蛮勇的体魄，文明的情怀而不可得，有时我想，当失去最后的精神立足点以后，我是否该逃到我的大西北故乡去流浪，这么想着的时候，便也常常感受着一种莫名的悲哀。

当我奔波在还乡的土路上，当我观看世界杯足球赛熬过一个个深宵，当我跳入刺骨的冰水，当我踏进域外的教堂，当我伫立在皋兰山之巅仰观满天星斗，当我的耳畔回荡着悲凉慷慨的秦腔，我便是在用我的生命与冷漠而喧嚣的存在肉搏，多么希望体验人性复归的满溢境界。可惜，这只是一种痴念。优美的瞬间转眼消失，剩下的是我和一个广大的物化世界。

我所知道的茅盾文学奖

一 设奖缘由

据我所知,茅奖的历史可追溯到1945年。那年重庆为茅盾举行了"五十寿辰和创作活动二十五周年纪念"活动,在6月24日庆祝会上,正大纺织厂的陈钧经理委托沈钧儒和沙千里律师将一张十万元支票赠送给茅盾,指定作为茅盾文艺奖金。茅盾在接受捐款时表示:自己生平所写的反映农村生活的作品不多,引以为憾,建议以这些捐款,举行一次反映农村生活题材的短篇小说有奖征文。按照茅盾意愿,"文协"为此专门成立了老舍、靳以、杨晦、冯雪峰、冯乃超、邵荃麟、叶以群组成的茅盾文艺奖金评奖委员会,并在《文艺杂志》新一卷第三期和8月3日的《新华日报》共同刊出了《文艺杂志社》与《文哨月刊社》联合发出的"茅盾文艺奖金"征文启事,规定征文以反映农村生活的短篇小说、速写、报告为限。这次征文经评选产生了一批好作品。

1980年9月间,中国作协书记处把一个设立鲁迅文学奖的议案送交茅盾手中征求意见，茅盾也许从中受到"启发"，在去世前决定把一生积攒下来的稿费25万元人民币捐献出来设立一个文学奖基金。茅盾既根据自己是以写长篇小说为主，又因新时期以来短篇小说有了长足进展而长篇还不够繁荣，决定捐款设为长篇小说奖。当时并未命名。

1981年3月14日，茅盾先生病危，他在口述了给中共中央请求在他去世之后追认为中共党员的信之后，又口述了给中国作家协会书记处的信：

亲爱的同志们，为了繁荣长篇小说的创作，我将我的稿费二十五万元捐献给作协，作为设立一个长篇小说文艺奖金的基金，以奖励每年最优秀的长篇小说。我自知病将不起，我衷心的祝愿我国社会主义文学事业繁荣昌盛。

中国作协书记处接到茅盾的"遗嘱"之后，于1981年4月20日召开了中国作协主席团扩大会议，首先由张光年代表党组提议巴金为作协代理主席；成立茅盾文学奖金委员会，以作协主席团全体成员组成委员会，巴金为主任委员。10月13日，巴金主持中国作协主席团扩大会议，一致通过了茅盾文学奖办法及预选小组名单，决定先成立评选小组，由陈企霞、冯牧、孔罗荪、谢永旺、韦君宜五人组成；决定长篇小说评奖于1982年秋天举行。茅盾文学奖遂正式成立并启动了。

二 茅盾文学奖评选制度的形成及第1-6届评选简介

《茅盾文学奖评奖条例（修订稿）》对"评奖程序"作了严格规定。首先是征集参评作品，评奖办公室在开评前向中国作协各会员单位，全国各有关出版单位和大型杂志社发出作品征集通知，请他们在规定期限内向评委会推荐作品；其次，经中国作协书记处批准，聘请熟悉长篇小说创作的若干评论家、作家和编辑家组成初选审读组，对推荐作品在广泛阅读、讨论的基础上进行筛选（或由三名以上评委联合提名），为评委会提供备选书目；再次，评委会在认真阅读全部备选作品的基础上并参考各界的反馈意见，经充分的协商与讨论，最后经过两轮无记名投票方式产生3-5部获奖作品。同时，为了保证评奖的公正性，《茅盾文学奖评奖条例（修订稿）》还规定了严格的"评奖纪律"，如评语公开、严禁不正之风如行贿受贿和人情请托、实行回避制度等。

应该说，评奖程序还是十分成熟和科学的，它不是评委会的"心血来潮"或者"纸上谈兵"，而是既借鉴了历史上的文学评奖经验，又是对第1-5届评奖实践的总结。因此，它的可操作性和可信任度都很强。我们不妨对它追根溯源，从而拷问依据这种程序评出的获奖作品的合理性和经典性。

在现代文学史上，曾有过多种多样的文学评奖。其中，最著名的应该是"大公报文艺奖金"和1945年的"茅盾文艺奖金"，但在评选程序方面，都只是由主办者指定评委直接评选，"大公报文艺奖金"的评委们分居各地，甚至没有在一起开过会，仅联系人萧乾用信件沟通。当然，这只能算是初步的杂志文学奖或"同人"文学奖。

第一次真正的国家文学评奖应该是1949年中华全国文学艺术工作者代表大会筹备会确定的文艺评奖。筹备会决定在大会召开之际，将近五年来在解放区及国统区的文学艺术作品加以评选，设立了"文学艺术作品评选委员会"，负责完成作品的初选工作，到代表大会召开时，将另组评奖委员会进行复选，并须经代表大会通过方为中选。评选的标准为专家标准与群众标准相结合。尽管评奖在具体操作方面后来有所变动，但评奖程序和评奖标准却成为当代文学的内在记忆，甚至范式，并间接影响到以后的文学评奖活动。

新时期之初，为繁荣短篇小说创作，1978年9月20日《人民文学》公开发布"举办1978年全国短篇小说评选启事"，并连续刊登在第10、11、12期上，开始了短篇小说的评选工作。在"启事"中，规定了评选办法，为避免行政方式和评论方式的缺陷，决定采取群众推荐与专家评选相结合的方式，既热烈欢迎各条战线上的广大读者积极参加推荐优秀作品，也恳切希望各地文艺刊物、出版社、报纸文艺副刊协助介绍、推荐；最后，由《人民文学》编委会邀请作家、评论家组成评选委员会，在群众性推荐的基础上，进行评选工作，评选出当年最优秀的短篇小说。评选活动进行得严肃而认真，编委会（初选班）与评委会反复讨论，最终确定了二十五部作品入选。

举办短篇小说评奖是新时期文学出现的新事物。除推出大批得到公认的新人新作之外，也为后来举办的中篇小说评奖以及其他文学评奖在方法、标准及程序方法提供了直接经验。

在中篇小说繁荣的基础上，1980年，中国作家协会委托《文艺报》举办"全国优秀中篇小说评选"活动，而且将奖项定名为"文艺报中篇小说奖"，在第11期《文艺报》公开发表了《文艺报中篇小说奖启事》，决定刘锡诚起草评奖办法并负责组织实施初选工作。评奖办法参考了短篇小说评奖的若干经验，还规定由本刊聘请著名作家、评论家和著名编辑组成评奖委员会主持评奖工作。

1981年1月底，为搞好中篇小说评奖，《文艺报》编辑部在各省市作协分会、出版社和文学杂志社所推荐的中篇小说篇目的基础上，邀请了若干关注中篇小说创作和从事评论的人士进行初评工作，并名之曰"中篇小说读书会"，为期1个月，后来又邀请了部分在京评论家进行座谈，最后由评委会通过获奖名单。

总之，从建国之初的文艺评奖、新时期的短篇小说评奖到中篇小说评奖所形成的评奖经验如采取群众推荐与专家评奖相结合、由各省作协分会、出版社、杂志社（各报纸文艺副刊）推荐评奖作品、聘请出版家、编辑家和文学评论家组成预选班子和评委会等等，以及为振兴新时期长篇小说创作，《文艺报》于1979年12月和1980年5月分别举办"长篇小说读书会"进行"集中阅读，相互讨论"的方式都成为茅盾文学奖的直接而又充分的准备。

第一届茅盾文学奖评选就基本上采取了这种方式，如作品征集、实行评委会投票制度等等。不过，由于时间及历史原因，评委会由中国作协主席团全体成员担任并成立了预选小组。就茅盾文学奖本身来讲，尽管有"章"可循，但并未完善，甚至连基本的"章程"都未行之于文。这种情况直到第二届评奖才得以解决，初步形成了茅盾文学奖有关的指导思想、评选标准、评奖程序、评奖纪律等等。1991年，中国作协书记处终于出台了《茅盾文学奖评奖办法》；在不断总结经验的基础上，2003年，中国作协书记处出台了《茅盾文学奖评奖条例（修订稿）》。

从茅盾文学奖评选制度的历史逻辑来看，既有理论探讨，又有实践基础，它的形成是很不容易的，因而也是非常严格的。因此，通过这样严格的制度所评选出来的获奖作品，应该是非常有代表性的，部分作品也是有着传世的价值的。

至今，茅盾文学奖已评了六届，第一届获奖作品是周克芹的《许茂和他的女儿们》、魏巍的《东方》、莫应丰的《将军吟》、姚雪垠的《李自成》（第二卷）、古华的《芙蓉镇》、李国文的《冬天里的春天》。第二届是李准的《黄河东流去》、张洁的《沉重的翅膀》（修订本）、刘心武的《钟鼓楼》。第三届是路遥的《平凡的世界》、凌力的《少年天子》、孙力，余小惠的《都市风流》、刘白羽的《第二个太阳》、霍达的《穆斯林的葬礼》。第四届是王火的《战争和人》（一、二、三）陈忠实的《白鹿原》（修订本）、刘斯奋的《白门柳》（一、二）、刘玉民的《骚动之秋》。第五届是张平的《抉择》、阿来的《尘埃落定》、王安忆的《长恨歌》、王旭烽的《茶人三部曲》。第六届是熊召政的《张居正》、柳建伟的《英雄时代》、张洁的《无字》、徐贵祥的《历史的天空》、宗璞的《东藏记》。

中国社会科学院生态环境研究所、北京大学以及一些网站的调查发现，文学类，长篇小说的第一名是路遥的《平凡的世界》，这是一部批评现实主义的典型文本，就像托尔斯泰、巴尔扎克、狄更斯的模式，在这样所谓现代的社会里，这种直面现实的作品之所以还有这么旺盛的生命力，因为它表达了最底层的、弱势的、边缘人的真实本色的存在，是根植于大地的，是有血有肉的，是用心灵和诚实写成的，这能跟普通生活中的正常人的心发生共鸣。高加林就像中国农村的于连一样，介于鲁迅的启蒙主义与西方资产阶级兴起时期的众多形象之间。《平凡的世界》不平凡，这就启发我们，传统的现实主义作品仍然具有顽强的生命力！但茅盾文学奖的生命力又不止于此，下面这些因素就更为深刻地决定了茅盾文学奖的存在价值。

三　茅盾文学奖关注了中国社会人生的多方面

文学是人学，关怀人是文学的根本要义所在。不管什么文学，假若缺乏人的参与的话，都是没有什么意义的。然而，文学该如何关怀人呢？这又将内在地决定着文学的价值高低。

在当下，有一种非常突出的声音认为，文学不能总是书写农村的忍辱负重、坚忍不拔的精神；讲人文关怀，总是写无告的小人物、挣扎在贫困线上的人；总是在搞苦难崇拜，把贫穷神圣化和道德化。文学应该看到中产阶级或者中等收入的阶层在中国大地上产生，他们也在打拼，更多地表现出自信、智慧、财富、成功，一套全新的生活价值观，等等。

但在我看来，关怀人的问题始终是先于关怀哪些人的问题。关怀下层贫困者还是关怀中层的财富拥有者都没有什么不对，关键在于你是不是真正关怀人本身，是否关怀人的生存本身。加谬的《西西弗的神话》《局外人》《误会》《鼠疫》，萨特的《恶心》《自画像》《苍蝇》，卡夫卡的《变形记》《城堡》《审判》等作品之所以伟大，不是由于它们在描写和审视对象的选择上高人一等，而是由于它们诚实而深刻地面对了无论什么人的真实处境，关注了无论什么人心灵遭受的来自生活、科技、政治等的逼压、摧残与异化，人自身真实处境在这些作品冷静、肃穆的展示中触目惊心。不绕开问题，不把问题简单化，能看到问题的真相，能揭示问题的根本症结，这种关注无论什么人的姿态、眼光、胸怀体现着这些作品的价值，真切地关怀人本身是这些作品伟大的唯一原因所在。

从这个角度来看，茅盾文学奖也关注了中国现实人生的诸多方面和诸多问题。如有写社会变革大潮的，王火的《战争与人》反映了抗战时期"大后方"广阔的社会历史状况及种种复杂的人际关系和人物心态。刘斯奋的《白门柳》描写了明末清初剧烈的社会动荡，描写了钱谦益、黄宗羲、侯方域等文人们和名妓柳如是、董小宛等人在重大历史关头的选择与分化。王旭烽的《茶人三部曲》描写了杭天醉、杭嘉和、赵寄客、林藕初、沈绿爱等人各具光彩的性格，在社会转变时期起伏跌宕的命运和执著追求自由和光明的努力。有写工业改革的，张洁的《沉重的翅膀》描写了国务院重工业部和所属的曙光汽车制造厂的改革与反改革的斗争，赞扬了思想解放、重视实干又勇于承担的郑子云、陈咏明等改革者。有写下层人的苦苦奋斗的，孙力、余小惠的《都市风流》中的杨建华生活坎坷，但他却自尊自强，以出色的工作得到了市长的肯定；柳建伟的《英雄时代》中的毛小妹、金月兰分别从"下岗一元面"和"都得利超市"做起，努力在充满风险的商海中去实现各自的人生价值。有写边远地区民族风情的，阿来的《尘埃落定》以轻巧而富于魅力的笔触，描写了丰富神秘的藏族文化及其与历史的纠缠。有写都市普通人的日常经验的，刘心武的《钟鼓楼》写的是八十年代北京市民的日常生活，表现了他们现代的生活方式与历史文化的冲突和交融，折射了他们的生活风貌和心理情态的变化。当然，由于茅盾文学奖评选"兼顾题材、主题、风格的多样化"，讲究全景化、史诗性、宏大叙事，所以，茅盾文学奖还表现了更多，如《李自成》《白门柳》几乎涵括了封建社会的所有阶层，《东方》《将军吟》《历史的天空》中的战争与军人，《芙蓉镇》《骚动之秋》中的农民形象与改革者，《白鹿原》中儒家文化的代表人物,《抉择》中正气凛然的共产党员,等等。可以说,茅盾文学奖尽可能丰富地表现了方方面面的社会人生,表现了我们民族的复杂性。

但这些作品并不止于简单呈现,倘若如此,它们的价值也就要大打折扣。茅盾文学奖的高明之处,借用恩格斯的话说,就是尽可能地做到了"典型环境中的典型人物"。通过广阔的社会背景,或尖锐、剧烈的情节冲突,或琐碎、仪式化而又原型式的细节刻画,既对人物的性格、命运和遭际进行全真表现,又深入他们的精神与心理,对于其中的内核或者痼疾,都进行实事求是的辨析与批判,从而合理地建构个人与民族之"魂"。如路遥《平凡的世界》中对孙少平不屈服于环境,甚至用苦难来锻铸人生理想的拼搏精神。李准的《黄河东流去》中李麦尽管遭受到不可抗拒又难以承受的天灾人祸,但她仍表现出毫不屈服与妥协、努力"与天斗、与地斗、与人斗"的顽强求生存精神。熊召正的《张居正》中张居正知难而上、勇于任事的开拓精神,等等。同时,在呈现人物命运、表现人物精神的基础上,茅盾文学奖还在总体上并深层次地表现了对"人"的形而上的哲学关怀,追问"人"的存在意义和价值;对"人"所遭遇的原罪和困境,在实践中进行寄寓式地启示和救赎。

总之,茅盾文学奖从广度与深度方面立体地建构着中国丰富复杂的社会人生及从需要出发对"人"的关怀体系,不断地"积淀"着中华民族最深刻的集体记忆,因而,它还是有着难以磨灭的审美与历史价值的。

四 茅盾文学奖关注重大历史题材

在历史上,文学与题材曾经有过不正常的关系,或人为区分题材等级,或把某些题材划成禁区,或干脆实行"题材决定论"。今天来看,这些都是违反文学规则的。但是,也不可否认,重大题材还是有着自己的独特优势,特别是重大历史题材,由于阐开并重构了历史的隐秘存在和复活了被湮灭的历史记忆，既给当代社会提供经验和借鉴，又提升我们对人生、现实与世界进行有比较的审美观照与反思。

有鉴于此，茅盾文学奖非常关注重点历史题材。据粗略统计，在29部（包括2部荣誉奖：萧克的《浴血罗霄》、徐兴业的《金瓯缺》）茅盾文学奖获奖作品中，重点历史题材占了大多数。我们可以根据这些作品的内容特征，把它们概括为三种类型：

革命历史题材，包括《东方》《冬天里的春天》《第二个太阳》《浴血罗霄》《历史的天空》等。它们记录了共产党光荣的、艰苦卓绝又意气风发的革命史与斗争史，记录了共和国的成长史，也有人把它们称为"红色记忆"。《冬天里的春天》以蒙太奇的方式，明写革命干部于而龙重返故乡，为他的亡妻、游击队指导员芦花40年前不明的死因揭谜，暗线则回溯了抗日战争、解放战争、建国后17年到"文革"和粉碎"四人帮"长达40年的斗争生活。《东方》写的是建国初期的抗美援朝战争，这实际上也是一场保卫新生的共和国政权的斗争。作品通过前线（朝鲜战场）和后方（我国农村生活），全面地反映了抗美援朝的伟大胜利。《第二个太阳》和《浴血罗霄》写的是十年内战时期和解放战争时期紧张的战斗生活，充满着蓬勃的阳刚之气。《历史的天空》是部队作家徐贵祥写的，在军事题材方面取得了很大突破，特别是在人物塑造方面。从纯文本的立场看，这是一部较粗的作品，但整个作品比较大气，写了一群有性格的人，我还为它写过评论《一个小小的性格博物馆》。这部小说的另一个特点是，重视偶然性在历史中的作用，比如小说主人公梁大牙，身上有许多流氓无产阶级的痞子气，他本来是要投奔国军的，可不巧走错了路跑到新四军那儿去了，并且感觉到新四军的人情味似乎更浓，于是就加入了新四军。另外一对青年跑到国军那儿去了，他们的命运都不是按照一个什么固定的逻辑规律发展的，这个满身毛病的梁大牙浑身是胆，能打仗、能吃苦、有智谋，终于成长为共产党的高级将领，跨度很大。从整体上来看，作品不是写概念，而是写人的。

古代历史题材。包括《李自成》(第二卷)、《少年天子》《金瓯缺》《白门柳》《张居正》等。这些获奖小说大多选择改朝换代的"乱世",书写时代强力如何压扁曲屈"人"的灵魂;面对不可抗拒的时代潮流,"人"或者逃避,或者适应,或者迎合,但都无一例外地堕入命运的无常和悲剧。它们又在"人"的命运的起伏跌宕和不断轮换之中,雕刻般地烙印着时代的动荡、宏大和剧烈。《李自成》写的是明末一场轰轰烈烈的农民战争。姚雪垠为此得到了毛泽东的支持。作为一个曾深刻影响过中国历史的人物,李自成的功过是非自有史学界去评说。姚雪垠在小说《李自成》中,一方面描写李自成在严峻形势下运筹帷幄,拒明军、除内奸、训练义军,最终使自己转危为安;一方面写崇祯朝在内忧外患之中风雨飘摇,从而预示了历史的未来走向。《少年天子》写的是满族入主中原时清朝第一位皇帝顺治在"天崩地裂"的大时代中,如何从顺应潮流、励精图治、奋发有为地施行改革到在疾病、失恋以及保守势力的围攻等等困境之中左冲右突但身心俱疲,最终窥破红尘、消极遁世的历史真实,让我们窥见了历史的偶然性和复杂性。熊召政是湖北诗人,曾写过诗《请举起生灵一般的手——和叶文夫的长诗〈将军你不能这样做〉》,后来,他专攻文史,特别是专攻明代的历史,发现张居正此人身上有丰富的戏剧性,有很高的历史价值,于是,就用了五六年时间写了《张居正》,张居正被认为是铁面宰相,儿女柔情,他实行过一次著名的变法,万历新政的"一条鞭法",是一个封建社会的改革家,最后是悲剧结局,全家被抄,人治社会的悲剧。明代中叶,经济繁荣,试图改革的人始终逃不出可怕的人治机制。

其他历史题材。包括《黄河东流去》《战争和人》《茶人三部曲》《白鹿原》《东藏记》《无字》等。这是对上述两种类型之外的历史小说的概括,它们都从不同角度描述了20世纪轰轰烈烈的中国历史。1938年,日寇进犯中原,蒋介石为了阻滞日军前进,不惜炸开花园口黄河大堤,淹没44县,一千多万人遭灾,形成震惊中外的黄泛区,《黄河东流去》就歌颂了其中的人民的可歌可泣的挣扎与奋斗。《战争和人》则是一部个人化的国民党的抗战史，其中充斥着腐朽、失败、逃跑、亡国论，上层阶级醉生梦死、大发国难财和底层人民流离失所、民不聊生形成鲜明对比。《茶人三部曲》则涉及了中国150年来几乎所有的重大历史事件，太平天国起义、辛亥革命、抗日战争、解放战争、"文化大革命"以及改革开放等等，气势恢弘，波澜壮阔，诉"茶"更增添了小说深厚的文化韵味。《白鹿原》曾被人归入新历史主义，我也非常欣赏《白鹿原》，看了以后向许多人介绍，这是一部了不起的作品。从总体上看，作品以家族关系为构架，以宗法文化的悲剧和农民式的抗争为主线，以半个世纪重大的阶级斗争和民族矛盾为背景，正面观照中华文化精神及其人格，探究民族的历史命运和文化命运，以揭示民族心史、秘史为鹄的。宗璞的《东藏记》写西南联大、抗日战争、南迁，写一群知识分子，娓娓道来。

与非重大的历史题材小说相比，茅盾文学奖凸现这些重大的历史题材，意在从中吸取不竭的精神资源，更为深刻也更为有力地重铸伟大的民族之魂。

五　茅盾文学奖基本上反映了当代中国文学的创作水平

从对茅盾文学奖的介绍来看，作品筛选和评定工作是有一定章法可循的；每一部作品都由全体评委投票决定其名次；一部作品的得票数首先要超过全体的2/3，才有得奖的资格；然后按照票数排名，进入前5名的作品就自然上榜了。以第六届为例，这五部作品是评委会评出来的，不是任何一两个人的意志可以决定的。因为每个评委的欣赏口味不同，艺术观和价值观各异，找出一部能够受所有评委完全肯定的作品是不可能的。因此，这次评奖仍然是平衡的结果，实际上是很多人意志的合力促成的，对同时存在的很多作品进行全方位阅读、审视、辨析、对比、提取而做出的一个综合性选择，在总体上，所选出的作品还是基本上反映当代中国长篇小说的创作水平。

就这五部作品来讲，熊召政笔力饱满，长篇历史小说《张居正》篇幅长达四大卷，这么大的篇幅，他却能用笔均匀，丝毫不冗长拖沓。小说不仅显示出历史的纵深度和庄重感，也富有当代精神，对现代社会有着深刻的启示意义。作者不但有很高的文史修养，而且构架故事的能力极强。在入选茅盾文学奖的26部小说中，《张居正》一路过关斩将，得票数最高，几乎接近全票夺魁。作为一个女作家，张洁的作品不像其他女作家的那样，只关注其个人的生活，而是有着宏大的叙事背景。《无字》是用生命的血泪体验写出来的，不但是个人的，更是社会的，不但是历史的，更是现实的；文风激烈泼辣，唯一的不足之处是有点过长了。《历史的天空》则准确地把握了人物的心理。人物的成长过程、人性的微妙之处、情感的悸动都得到了很好的表现。徐贵祥真实地还原了历史，作品有着追求精益求精的痕迹。柳建伟敏锐地捕捉到了错综复杂的社会现实，并将它在《英雄时代》中表现了出来，这是很不容易的。宗璞显现了她深厚的中西文化底蕴，《东藏记》格调高雅，有很强的文化意蕴，写出了抗战后期的知识分子的良知。

当然，说茅盾文学奖基本上反映了当代中国长篇小说创作的基本水平，首先就要了解它既包括茅盾文学奖在作品的思想深度、精神资源、文化意蕴以及人类性等等方面所尽可能达到的当下水平，它并不是在封闭之中自我认可，而是参照古今中外的文学标准所得出的现实结论；也包括艺术的原创性，在与世界文学的接轨之中，对传统的文学规则，对西方各种新潮的文学理论、原则和技巧的借鉴、吸收和消化所体现出来的成熟性。它们都是作品的有机成分，任何割裂都无法反映文学的真正水平。因此，我们所说的茅盾文学奖基本上反映了当代中国长篇小说创作的基本水平也是从二者的结合或统一的角度而言的，事实上，茅盾文学奖在"评奖条例"中也是这么要求的。

同时，茅盾文学奖也不像某些批评家所说的，评奖固守着现实主义，或者充斥着"牺牲艺术以拯救思想"的妥协主义等等。就大多数获奖作品来讲，假若我们把它们对思想与艺术的把握都放回到当时的历史情境中去，思想与艺术的协调应该说还是无可厚非的。如被誉为评选年度之内最厚重之作的《白鹿原》在艺术方面，有人说它有魔幻现实主义的色彩，有心理现实主义色彩，运用了文化的视角，都有道理。我觉得它的背景有俄苏文学的影响，也有拉美文学的影响，总之它与传统的现实主义观念已相去甚远了。如被认为在叙述方面无可挑剔的《长恨歌》表现出了强烈的生命意识和文化意识。它通过一个女人的命运来写一个城市灵魂的变化，这在过去的文学观念中是不太好接受的。"恨"什么呢？其实就是一种人生长恨水长东的感觉。一个女性在男权社会里始终不能达到自己对爱情、对幸福理想的追求，她所以有恨；她的命运与历史发展的错位，她也有恨。恨的内容丰富，但只有用一种开放的文学观念才能正确理解它。还有其他的获奖作品如《穆斯林的葬礼》《钟鼓楼》《许茂和他的女儿们》《芙蓉镇》等等，就是在今天看来，也仍有着独特的价值和生命力。相反，也让人感到遗憾的是，贾平凹的《怀念狼》、莫言的《檀香刑》、李洱的《花腔》等等尽管在文本创新上有着很大的突破，是在全球化语境下小说创作的新尝试，但因茅盾文学奖严格的评奖标准与规程并不迁就而无奈落选了。

当然，也有某些作品，在当时轰动一时，但时过境迁，已因艺术粗糙而少有人提起。但我认为，这瑕不掩瑜，也并不影响茅盾文学奖是在总体方面基本反映了当代中国文学的创作水平。

六　对茅盾文学奖的未来期待

茅盾文学奖已经评了八届，在积累了丰富经验的同时，也引起了越来越多的争议。这既和当今长篇小说的变化有关，如当代长篇小说的边界已经发生大幅移动，以往长篇小说的概念不仅是指篇幅长短，更意味着宏大叙事、史诗性、全景性，而目前长篇小说创作情况的改变，不仅是数字增长，也包括题材已日益变得多样化。本来生活的题材被大量展现，正常的人生被广泛关注，平凡生活的价值和意义得到关注，构成了当下长篇小说创作的重要特征；也有着审美多元化的原因，如当代文学的发展已逐步走向多样化、日常化、世俗化、个人化，形成了不同的作家群体和读者群体。文坛上多代作家并存，包括知青一代、新生代作家、女性作家、通俗作家、畅销书作家以及少年写手；多热点并存，比如官场小说、都市言情小说、历史小说；多元并存多元发展，等等。

处在如此一个文化多元的时代，权威的消解是必然的，它会时时受到质疑，受到挑战。相应地，茅盾文学奖也只能在历史中生存，在面对历史的挑战中生存，在顺应历史的潮流中生存。时代在变，审美观念在变，评奖的标准必然也要发生变化，这样才能保证茅盾文学奖与时俱进。当然，评奖在更加走向开放、走向多元的同时，要使评奖具有权威性，要使评出的作品得到社会各方面较为一致的认可，尤其要经得起时间的检验，我以为有这么几条还是要坚持的：①我们要坚持长远的审美眼光，甚至可以拉开一定距离来评价作品，避免迎合现实中的某些东西并体现出对人类理想的真善美的不懈追求。②一定要看作品有没有深沉的思想含量和文化含量，特别要看有没有体现本民族的思想文化根基。③要看作品在艺术上有没有大的创新，在人物刻画、叙述方式、语言风格等方面有没有独特的东西。④长篇小说是一种规模较大的体裁，所以有必要考虑它是否表现了一个民族心灵发展的历史，因为在一定程度上，文学就是灵魂的历史。

我相信，茅盾文学奖的路会越走越宽的。

参考文献：

①唐金海，刘长鼎主编：《茅盾年谱》，山西高校联合出版社，1996年，第706-721页。

②韦韬，陈小曼：《我的父亲茅盾》，辽宁人民出版社，2004年，第304-306页。

③张光年：《文坛回春纪事（上）》，海天出版社，1998年，第240-283页。

④《评奖全国文艺作品文艺工作者大会筹备会决定》，参见《人民日报》1949年4月7日。

⑤刘锡诚：《在文坛边缘上——编辑手记》，河南大学出版社，2004年。

⑥说明：本文参考了一些记者采访我的资料，在此未一一注明，特向他们表示感谢。

多姿多彩的短篇小说

短篇小说在我国现当代文学中占有重要位置，它在塑造人的灵魂、陶冶人的情操上，起到很大作用，是人民喜爱的文学样式。许多名篇家喻户晓，深印人心，许多名作里的人物变成了生活中的"共名"，在潜移默化中深刻地影响着我们的审美趣味和思维方式。就叙事文学的发展来看，短篇小说历来都站在前沿："五四"新文学运动如此，"十七年文学"如此，新时期文学亦复如此。然而，文变染乎世情，文体地位的消长变换不是人的意志所能左右的。仅从文学总格局来看，自上世纪九十年代后期以来，长篇小说作为"第一文体"较前显赫了许多，覆盖面大了，在书籍出版、网络传播、大众阅读中，占去了大得多的份额；而中短篇小说似乎只能与文学期刊相依为命，主要在文学爱好者中传看，其影响力无形中缩减了许多。

但是，在我看来，尽管在当今消费化、市场化、媒体化时代，短篇小说的"空间"和"平台"明显受限，但它仍然是活跃的、多样的、充满生机的。我甚至认为，尽管长篇小说声势夺人、体积庞大，但就文学本体而言，就思想、技术、语言、风格的锤炼而言，就引领审美意识而言，倒是中短篇小说常常走在了前面，只是我们认识和总结得不够罢了。事实上，文体虽有大小，但在审美精神上，任何文体都是平等的；在审美浓度上，中短篇小说是并不输于长篇小说的。老舍先生说过："显然地，字数多只在计算稿费时占些便宜，而并不一定真有什么艺术价值，杜甫和李白的短诗，字数很少，却传诵至今，公认为民族的瑰宝，我们要求的生活和艺术的浓度不是面积，万顷荒沙不如良田五亩。"这些话，至今没有过时，仍是闪亮的诤言。我一向认为，短篇小说最能见出一个小说家的语感、才思、情调、气质、想象力的水准，有些硬伤和重要缺陷，在长篇写作中或可遮盖过去，一写短篇，便裸露无遗矣。对一个作家艺术表现力的训练，短篇往往是最严酷的和最有效的。可叹的是，现在有一种长篇小说的盲目崇拜症，不少人以为只要会编个好故事，能触及社会问题，暴露一番内幕，无论文本多么粗糙，叙述多么平庸，语言多么寡淡，行文多么直露，就以为是大作品了，有的还以大作家自居。

所以，振兴和繁荣短篇小说创作，不论对满足读者的精神需求，还是对文学自身的发展，都有重要的意义。比起第一届和第二届，第三届的蒲松龄文学奖，明显加大了评选的力度，组织者把2009—2011三年间的短篇作了认真梳理，挑选出已有好评的短篇小说110篇参评，在此厚实基础上，选出了31篇作为初评篇目，然后评委会经过认真阅读，深入讨论，最终从中评出了八篇获奖作品。它们是：韩少功的《怒目金刚》、迟子建的《解冻》、毕飞宇的《一九七五年的春节》、艾玛的《浮生记》、李浩的《爷爷的'债务'》、蒋一谈的《鲁迅的胡子》、阿乙的《杨村的一则咒语》、付秀莹的《爱情到处流传》。这八篇作品自然是评委们达成共识的优秀之作，而其他的二十多篇候选作品同样是珠光闪闪。现在就让我们步入这座五彩缤纷的园林看一看。

还是先从面目相对陌生的几位新人说起。

阿乙，蒋一谈，艾玛三人，写的都是底层小人物的悲辛与奋斗，关乎生存的勇气和诗性；可喜的是，同写底层，他们的风格和技法却迥然不同：阿乙是不动声色的冷峻，蒋一谈是笑中有泪的戏仿，艾玛是体贴入微的悲悯，它们显示了当今短篇艺术表现力的丰富多样。

阿乙的《杨村的一则咒语》，是对一则宿命般的咒语的破解。作者语言平朴，简淡，却淡而有味，朴而有劲，具有强烈的内在张力。小说是双线交叉结构，写了两个家庭，两个邻居妇人，两个外出打工的儿子，这让我想起《药》的双线结构，但一点儿也没有人工斧凿痕。先是为一只丢失的鸡，两老妇厮打，变成仇人。她们都在盼望打工的儿子归来，却又互相诅咒着，发出咒语。那么她们等来的是什么？一个等来的是地方警察的百般刁难，儿子只好继续出走，另一个等来的直接就是死亡。咒语居然应验了，何其吊诡。这里顺便说说，一睡不起的国峰，是因为身体全部烂了，"器官，皮肤，骨头都烂了"，是严重的铅中毒，超负荷所致，小说于是另有提醒世人警惕和严防生态污染对生命摧残的意义。最后是两个老女人的和解，互相抚摸着手，在檐下对话，安慰，真是轻淡与沉重，日常与残忍的交集。底层叙述当然并不是越悲惨越好，但真正深刻的文学是敢于直面灵魂的。

蒋一谈的《鲁迅的胡子》居然把鲁迅和足底按摩扯在一起，不无荒诞性和戏谑感。它写一个小人物——足疗师，在北京开了一家小按摩店，"他毕竟太普通了，扔在人堆里根本找不到"。但有一星探发现，他的模样酷似鲁迅，于是化妆上镜，过了一把扮鲁迅的瘾。他的这副打扮，形象，使他快倒闭的小店一度复兴，人们明知其假，却蜂拥而来捏脚，偏喜欢这种山寨版的鲁迅；而他，像做了一场梦，自豪地想，我沈全居然像鲁迅，有体验了另一种人生的快感，他"舍不得卸装，卸了装感觉就没了"。其实，那位研究了一辈子鲁迅还是个副教授的老先生，不也是底层吗？不也在做梦吗？他临终之前，进入幻觉，希望见到鲁迅并得到肯定，足疗师扮演鲁迅出现且为之捏脚，满足了他，令人啼笑皆非。其实，这作品的成功主要并不在戏仿的情节之奇，而恰在于它的平凡，它的诚恳，它的真实，它表现了这个流行山寨版的时代里,"想过实实在在的生活"而不可得,弄虚作假反成常态,作品遂一下子引起共鸣。

《浮生记》有浓郁的南国山乡风味,作者的叙述贴切,老到,丝丝入扣,让我想起翠翠的边城和萧萧的湘西。当得知作者是一青年女性,不免称奇。这是一幅动人的风俗画,里面盛满了人性之美和对生命的沉思。矿工之子新米,在父亲死于矿难之后,决定跟着父亲的拜把子兄弟毛屠夫学艺。毛屠夫深藏不露,新米清秀俊拔,都给我们深刻印象。但作者显然有更深的命意。毛屠夫说,即便是猪,也应该有个好死嘛,小说里,人与人的交流,人与猪的交流,含着深情。作品何以"浮生记"名之?庄子曰,其生若浮,其死若休;李白曰,浮生若梦,为欢几何,这里面有一个怎样看待万物众生与生死无常的问题。想到天下苍生,想到生生死死,悲悯之情流在笔端。

胡适先生曾说,短篇小说就是用最经济的文学手段,描写事实中最精彩的一段,或一方面,而能使之充分满意的文章。关于怎么叫最精彩的一段,怎么叫最经济的文字,他有详解,这里不便展开细说。就我们看到的这些好的短篇来看,它们在抓住最精彩的一段和用最经济的文字表现方面,都做出了可贵的探索。

李浩的《爷爷的"债务"》就提炼出了一段非常精彩的情节,使之包孕的道德文化内涵令人深思不置,慨叹不已。事有凑巧,爷爷因为捡到了一个装钱的布书包,里面钱不少,他好心的等候到了"失主",自以为做了好事,却从此背上了一笔沉重的债务,陷入百口莫辩的困境。原来,失主并非真正的失主,那些钱是众农民辛苦的积攒,真失主气瘫了,死了,于是在大海捞针般寻找假冒"失主"的过程中,爷爷一家缠上了无尽的麻烦,仿佛卷入了一个道德的无底洞,而且,捡了钱的,骗了钱的,丢了钱的,都有各自的"理由",事情变得空前复杂,每个人都经受了极端的道德追问,三代人不同的道德观,随着旷日持久的追讨,解谜,一一浮现出来,人性的晦暗与光亮,人的沉沦与自救,到了惊心动魄的地步。爷爷作为传统美德的化身,有非常丰满而富有层次的刻画。也许有人会说,作者找到了一个充满悬念的好故事,其实,最难的是,怎样波澜迭起,怎样柳暗花明,怎样进入每一个人的灵魂。

付秀莹的《爱情到处流传》已为读者所熟悉,她此后又有新作问世,笔力不减。这次的获奖,是评委们认为,在谋篇的用心,细节的捕捉,语言的含蓄简洁,诗性的酿造上,它清新可喜,仍有可称道之处。小说的叙述角既有五岁女孩子眼光的惊奇不解,又有成年女性对父母的思量,混合构成一种内心矛盾的视角。母亲每到周末父亲即将回家时就禁不住内心的渴望,于是家里洋溢一片欢快、宽容的气氛。父亲后来与孤零的四婶发生了婚外情,母亲很悲伤,父亲很歉疚,但一切是怨而不怒的,实际上,在那个禁锢年代,父亲和母亲有爱情,父亲的"婚外情"何尝不也含有爱的成分,即使有错,也不特别严重。父亲吃饭的时候,"我"从他的头顶摘下一根麦秸屑,是个很妙的细节。我认为寻觅和保持适当的审美距离,找到最适合自己的表现角度,以及经常穿插一些包含哲理的片断,也可以叫做"闲笔"的,使作品生色不少。一般说来,有才气的青年作者大多像流星一闪,付秀莹能不能走向深沉,大气,丰厚(并无要求写重大题材之意),能不能更有深度地、更精妙地表现今天的人及人性,也许还有长路要走。

最后让我们看看几位文坛健将级的名家的作品。

先看迟子建的《解冻》。时间是"文革"刚结束的时候,大兴安岭一个山乡里,小学校长苏泽广忽接一通知,吓坏了,以为祸事临头,去了却是开会,还看了别人看不到的参考片,于是眉飞色舞,神采飞扬地回来了;与此相连的是他的个性妻子,他的家庭生活,小夫妻之间的龃龉。家里与家外都在解冻,小说有双重象征含义,小腰岭的景物描写,如油画一般,具俄罗斯风,烘染出那个特定的解冻年月特有的心理和氛围。北极村童话的讲述者,依然是那样的朴素明丽,忧郁热烈。

韩少功的《怒目金刚》写了一个讨还尊严的故事。韩少功是有哲学精神和传统文化根基的作家，作品并不是特别的多，但写得精。这个短篇，越读越有味，读完了像打翻了五味瓶。奥秘何在？在于人物心理的紧张感，内心的翻江倒海，在于讨还"那一句话"的神圣的尊严意义。"文革"学习时，书记老邱撒野，爆粗口，大骂迟到的队长玉和，骂了娘，严重伤害了玉和。玉和执意要邱道歉，却由于种种原因，不断错失，道歉未果，一晃就是一二十年。"不就是一句话吗，那句话能吃，能穿，能生金子？""列祖列宗在上，儿孙后代在下，我没得到这一句话，我还算个人，还算我娘的儿？"最终，玉和死了，却死不瞑目，老邱赶来了，道歉了，已死者才欣然闭目。玉和与老邱的形象刻画得活灵活现，韩少功采取的是幽默，反讽，不无夸张的带点儿黑色幽默的笔法。

毕飞宇的《一九七五年的春节》以"文革"为背景。我感到，飞宇终难忘情于"文革"记忆，是个值得注意的特点，是否因为是他少年的青春初萌时节，印象最为深刻？他的《玉米》《平原》等等都喜欢把背景放到"文革"，也许在他看来，那个年代，是人性表现的极致，是人生的特殊舞台，有说不尽的韵味。这是一个精致的短篇，以压抑，含蓄，神秘，俭省的线条，写县文工团下乡演出时，机船上有一个冷傲的抽烟女人，派头十足，原来是被剥夺了演出权的大腕，一个被废弃的名角，冷冻的人。她强行给乡下小女孩化妆，要孩子叫妈妈，直到自编自演。她的荒芜的才华，不甘心的苦楚，以及母性的渴望，全在貌似悖谬的行为中闪现，她终于陶醉在与孩子的游戏中，失足滑入冰窟窿，那隔着冰挣扎的情景像她生前的表演一样，是绝唱。这篇是可以作为《青衣》的姐妹篇来看的。毕飞宇说，情怀比想象力更重要。

以上就是我对八篇获奖作品的评说，它们给人琳琅满目之感，若加上那二十三篇备选作品，将是怎样的五光十色。从这些作品来看，短篇小说创作的总体态势还是喜人的，新人迭出，佳作不断。当然，在这个消费化时代，仍需要大力提倡和鼓励短篇小说创作才行，这对于提高我国文学的整体水平，对于敏锐而精悍地表现人民生活大有裨益。"蒲松龄文学奖"，一个多么美好，庄重的名字。蒲松龄是伟大的世界级的短篇小说巨匠，他的资源永世长存。蒲松龄的艺术精神里最重要的是什么？我想应该是：深刻的人民性，犀利的批判性，无比瑰丽绚烂的想象力，善于刻画人物点化万物的高妙的艺术手腕。"子夜荧荧，灯昏欲蕊；萧斋瑟瑟，案冷疑冰；集腋为裘，妄续幽冥之录；浮白载笔，仅成孤愤之书。"这是多么顽强，多么孤独，多么博大的灵魂书写呵。我们需要好好学习蒲松龄。愿我国短篇小说创作更加欣欣向荣。

长篇小说求问录

雷达　张继红

张继红（以下简称张）：雷先生，您好！有感于您对当代中国小说的全局性的把握以及您对长篇小说葆有的不倦"热度"，想结合我自己对当下中国长篇小说以及当下文学思潮与现代性困境的一些困惑，向您求解，希望您给予赐教！

中国当代长篇小说无论从数量还是小说创作技巧上，已经取得了很高的成就，就刚刚出炉的第八届茅盾文学奖的几部作品而言，比如张炜的《你在高原》是以一种宁静的姿态反思社会，以寻找精神"高原"；刘醒龙的《天行者》也是在"明知故犯"的"重复自我"中为当下"底层书写"的深度写作给了一个"另类的"示范；莫言的《蛙》，则以强大的内在张力挑战了"敏感题材"，但自己觉得"还不够深刻"；毕飞宇的《推拿》则以细腻的文笔写出了"黑暗世界的光明"，也是作者所说的"对人局限性的表达"；而刘震云的《一句顶一万句》，似乎是很有形式感的中国的哲学寓言。各自都有它的突破领域。但是,从当下批评界来看,特别是网络批评界,对此次茅奖有很多质疑。那么,您认为是长篇小说这一文体远离了当下更多的读者,还是普通读者对长篇小说已有更高的要求?

雷达(以下简称雷):虽然现在是一个新媒体时代,我们大量的时间消耗在媒体,特别是网络当中,但是长篇小说仍然是我们阅读生活中很重要的一个现象。读者的质疑,可能更多地朝向它的评奖制度、程序以及50万的高额奖金等,大家的关注度非常高。虽然这次茅奖的质疑之声也很多,但是我觉得这次茅奖总体成就比较高,而且还有一个好处,就是它使文学变成了一个积极的社会事件。

张:具体从哪些方面体现出来?

雷:你比如说,茅奖一公布就引起了几乎全社会的热议,我觉得这是非常难得的,因为我们的文学已经边缘化了。这次的评奖很有意思,六十多人的评选团,全是一些最大的评委,每一个省出一个人,然后中国作协聘35个专家,共62人,而且都是实名制,这在中国也是很不容易的呀!因为中国是一个人情社会,但实名制把评委的名字"晒"出来了!这引起了全民关注。实名制,每一轮投票都像过山车一样,又像选"超女",作家在每一轮的排名情况都和前一轮不一样,非常有趣,也有戏剧性。你看好哪个作家,评选栏一目了然,所以"得罪人"就是很正常的事。

张:那么,除了读者或网友对茅奖制度性的质疑,比如说,得奖的都是各省作协的主席、副主席这些表象之外,请您从长篇小说自身,比如从您此前关注的长篇小说的传统以及当下长篇自身的缺失中,谈谈目前长篇小说应该关注哪些问题?

雷:我们的长篇这一文体,它的某些缺失和不尽人意的地方的确需要研究。比如长篇小说质量和数量的不平衡已经太突出了,每年我们要生产两千多部(有人说三千多部),这还不算网络上的连载小说,但是真正能够被记住,进入我们热议的圈子的,也没有二三十部吧,至于让我们拿过来反复读的我觉得就更少。我们需要回过头来冷静地研究研究长篇小说的文体，回到长篇小说的文体意识上来，回到长篇小说的传统上来。怎么回，就要寻找长篇小说的经典背景。

张：您所说的经典背景是我们新文学时期鲁迅、老舍等开创的知识分子启蒙叙事或沈从文等坚持的民间立场叙事等经典传统吗？

雷：我前面说的，首先要研究长篇小说这样一种文体，从文体中寻找问题，再谈长篇小说的经典背景，或经典传统，可能我们的视野就不再局限于哪一阶段的某几部作品了。当然知识分子传统是一个绕不过去的资源。其实我还经常在思考这样一个问题，就是我们现在长篇小说这么多，但是为什么没有精品，没有能和世界对话的大叙事的作品。每届的诺贝尔文学奖作品比如保尔·海泽《特雷庇姑娘》，君特·格拉斯《铁皮鼓》，帕慕克《我的名字叫红》等作品，几乎每一部都有与世界对话的东西。

张：那么从文体自身来看，经典作品在文体方面的特征性何在呢？是长篇本应该包容大题材，才能产生与世界对话的作品，还是这些题材借助了长篇这种形式，才使得大叙事的内容得到了升华或超越？

雷：一般意义上的长篇小说，我们在讨论它的的时候，很可能因为字数、篇幅的原因遮蔽了事实上的我们对长篇小说本质上的认识，长篇小说真正的本质应该表达什么？篇幅肯定是重要的，但是比它更重要的就是怎么概括生活、把握世界，比如我们讲短篇小说是一个点，中篇小说是一条线，长篇小说是一个很广阔的面，这是一种说法。还有一种说法，就是短篇小说是写一个场景，中篇小说是写一个完整的故事，而长篇小说是讲一群人的曲折的命运，种种说法都有。你前面讲到的第八届茅奖中的张炜的"精神高原"，毕飞宇的"黑暗世界的光明"，刘醒龙对"底层写作"的"另类示范"，还有刘震云的"中国语言表达方式的哲学寓言"，（可能不完全准确）等都是这种情况，它们有接近经典的走向，因为他们高度地概括了生活，也才有可能与世界对话。

张：那就是说，其实我们可以从古今中外的长篇传统中，找到我们当下所需的资源，包括中国古典小说。我觉得中国现当代小说对古典小说在写法和把握世界的方式方面继承太少了。这与当时的文化语境和我们选择的西方小说形式有关，是否也是我们的文学现代化匆忙转身的结果？

雷：所以我一直也在思考这个问题，我觉得不要害怕传统，一切的创新都来自传统。回过头来看中国古典小说的传统吧，为什么《红楼梦》《西游记》《水浒传》等经典能够长盛不衰，而现在我们的长篇小说，多则一两年，少则一两月，很快就过去了；你要论技术，现在的作家的技术要比古代作家高明得多，叙事的方法也多于后者，可是现在的小说就是不能和古代比。

张：根本的原因在哪儿？

雷：首先，中国小说本身有一个伟大的传统，特别在元末明初，成就非常高，到清代《红楼梦》的出现则几近顶峰，但西方人不大承认，中国人也就开始轻视甚至害怕了。其次，我们沉入文体的研究不够。西方文学评论家眼中的小说主要是个人的、虚构的表达，而我们的文学传统与历史结合，文史不分家，同时，讲史传统和说话传统和口头文学相互结合，比如《三国演义》《水浒传》《西游记》都有前文本，同时它们开启了一个传统，比如《三国演义》开了一个历史演义的传统，对传统儒家思想的中庸致和、内圣外王进行了形象化阐释；《水浒传》开启了英雄传奇传统，一百零八将，一直有一个逼上梁山的"线"，许多农民运动都和它联系到一起，世界文学也没有这种情况；像《西游记》，关于取经，是一个巨大的悬念，有点像西方文学的取宝石模式，还有九九八十一难，包括大闹天宫以及人间天界的形象阐释都有非常雄大的想象力；《红楼梦》通过对佛、道互补的哲学思想来反思、颠覆正统的儒家观念……这些思想性和艺术表现力在世界文学中都是罕见的，这就是我们的传统。当然，我们的小说到了《金瓶梅》则摆脱了讲史的传统，它让小说回到日常化和生活化，它有非常高级的白描。其实，这还是一种传统。

张：这些传统在当下的长篇写作那里的确有很大缺失，我觉得当下的长篇小说一个很大的问题就是故事讲不好，比如写一点官场秘闻，社会新闻，或跑个热点，就成了一个长篇，这样，缺乏当下体验，特别是对转型期现代性的体验不足，最典型的就是当下"底层写作"中的"苦难想象"和"仇恨叙事"等，和古典小说相比，还要差很多。

雷：是。其实说简单一点，古典文学其很重要的地方体现在这三方面，一是突出人物，二是有明显的细节，人物有戏可看，有强烈的现实性，三是有深厚的文化底蕴，即好故事、现实性，以及深厚的文化底蕴，这是长篇小说征服人的地方。我们现在的长篇小说在这三方面都是缺失的，故事讲完就完了，光剩一个故事的空壳了，没有让人回忆的饱满的细节，这就是我们长篇小说存在的问题，特别是当下"底层写作"中激烈意念化倾向，具体作品我就不举例了。古典小说比如《水浒传》，写杨志多少细节，写鲁智深拳打镇关西多少细节，包括林冲的软弱与高强的武艺，在妻子受人凌辱后的心理及其细节，这些都需要我们揣摩。当然，我们今天不是直接把这些东西拿来，而是要把精髓的东西化进去。我们今天怎样转化认识这个传统，这是一个课题。

张：其实中国当下的很多小说作家都与某一个或几个世界著名的小说大家有某种写法和观念上的关系，比如陈忠实之于肖洛霍夫，莫言之于福克纳，贾平凹之于马尔克斯，甚至韩少功之于米洛拉德·帕维奇等等，那么西方小说的叙事传统，或结构小说的技巧和方法，从小说本体的角度来说，是我们的借鉴不到位，还是有些东西本身就不可学？您认为，当下作家继承世界文学或世界小说传统时，有哪些东西仍然值得当下中国作家学习呢？

雷：关于西方文学传统，可能有些人认为我的观点比较落后了，但我不这样认为。我觉得只要有一个创造性的转化，就可以形成我们的经典背景。特别是19世纪文学，我觉得我们不要轻视它，虽然现在我们发展到了21世纪，我们张口闭口谈的是纳博科夫的《洛丽塔》，谈的是米兰·昆德拉的《生命不能承受之轻》，或者更新文本，但是我觉得19世纪文学在长篇小说方面仍然是难以超越的一个高峰，这些文本在今天还能对我们起作用，不容忽视，可是我觉得我们关注不够。

张：那么在西方文学中，大家们给我们提供的是他们的世界观还是表达手法对我们当下的作家更管用？在我个人看来，当下很多读者包括作家，对于阅读巴尔扎克，司汤达，甚至托尔斯泰，已经缺少了"耐受力"，特别是过于繁琐的场景描写，您怎么看这个问题？

雷：西方长篇小说如《十日谈》，《堂·吉诃德》，我们就不说了。我觉得，比如巴尔扎克、托尔斯泰、陀思妥耶夫斯基等值得研读。巴尔扎克是一个非常有历史感的作家，他写东西从来都有一种立此存照的意识，他的"人间喜剧"就是要写法兰西的历史。（当然，我们的作家张炜的《你在高原》与此有相近之处，但《你在高原》跟《人间喜剧》不一样，《人间喜剧》是互相不搭界的多部著作，《你在高原》里面有一个主人公比如宁伽，有一个贯穿始终的精神线索，这样的书在全世界还是第一部呢，是最长的长篇了，也有较强的历史感。）巴尔扎克的写法现在当然有些过时了，这不得不承认，比如他写一座住宅，写一个教堂，写一条街道，那要写几千字、上万字，句子比较缓慢，但巴尔扎克有我们学习的地方，他的历史感并没有完全被我们的作家所"内化"。再像陀思妥耶夫斯基，《罪与罚》也好，《卡拉马佐夫兄弟》也好，还有托尔斯泰《复活》、《战争与和平》，里面的宗教精神、心理现实主义的深入。这个值得我们学习。

张：前面您已提到，而且在您的讲座里强调：对于西方的文学传统，我们要有一个创造性的转化，形成我们的经典背景。那么，怎么创化就成了一个很具体又很难操作的问题，能否谈谈在转化的具体方法上，当下作家可以切入的地方？当然具体怎么转化，这个确实可能不是很好谈，且可能每个作家的需求都有个体的差异性。但是否可以通过例子来说明这个问题呢？

雷：比如，谈到陀思妥耶夫斯基及其长篇小说，我非常推崇的俄罗斯理论家巴赫金，他说"长篇小说是资本时代给人类带来的最重要的文体"，他对陀思妥耶夫斯基的研究是非常精深的，鲁迅先生对陀思妥耶夫斯基也有很多论述，特别是对人性的拷问、阐述。或如像我自己特别喜欢的罗曼·罗兰，他认为人充满了一种内心的波动，而此前作家所写的太过于单一，这就是他创作《约翰·克里斯朵夫》的原因。这个人，确实不得了，有人认为他写的是大音乐家贝多芬，其实不光是贝多芬。这部小说是一部大部头小说，除了第二部陷入了当时对抨击法国、欧洲的音乐理论的辩护，有些枯燥，其他几部都非常好。这部书被认为是伟大的精神力作，像横贯欧洲的莱茵河一样。我觉得我们现在的中国没有产生这样的作品，这样的书仍然是世界的宏著，21世纪的读者的灵魂读物。

当然，现代派或现代主义的作品也需要我们学习和借鉴。如普鲁斯特，他认为生活是散文化的，生活不像象征主义表现的那样，所以写了意识流小说《追忆似水年华》。这也是长篇小说的发展过程。我也正在梳理这个过程。再比如卡夫卡，他写人，也不是什么意识流啊，他觉得人的存在是荒诞的，所以他写了《城堡》，就是写土地测量员永远进不了城堡，他写了现代人的境遇，他开启了现代派和先锋主义。整个现代派和先锋主义的开先祖师就是他。钻研作品，才可能知道你需要向作家学习什么！另外，像米兰·昆德拉，我看了（他的小说）以后也很喜欢，他的作品具有哲学意味，这是对存在的一种问询。昆德拉在《小说的艺术》中说，现代小说的终极使命是对人类生存境况的考察与探究。同时，他能够把小说上升到某个高度，不光是讲故事，而是把故事推向存在，我觉得这很了不起。可以说，从昆德拉这里，才从真正意义上结束了19世纪以来的再现历史的"大叙事"小说。昆德拉自己也说，巴尔扎克的遗产是很沉重的，而只有到了卡夫卡，这种沉重的写法才真正被改变。而普鲁斯特认为，生活是散文化的，日常生活写作才是文学的"常规"。这其中都隐含着文学观念和结构方式的重大变化，值得我们注意。

张：我们从小说文体和中西长篇小说的传统来反照当下中国小说作家的在创作方面的缺失，可能就使我们所谈的内容有了坚实的着落。前面您已经谈了很多有关长篇小说文体本身的特性，以及中外大家们为我们提供的可资借鉴的传统资源。那么，就长篇小说的写作基本功和长篇小说的文体意识来说，你认为当下作家的缺失在什么地方？

雷：这个问题比较有意思！我觉得，无论长篇、短篇、中篇，都是艺术质量问题，我们写长篇小说的很多人缺乏真正良好的文字基本训练，也就是缺乏一种写短篇的基础。我个人认为，要写好长篇小说就要有写好短篇的训练。很多作家还将长篇的概念建立在字数的追求上，以为写重大题材，写到二三十万甚至更多就是长篇了，其实不然。我记得老舍先生讲过，字数并没有太高的价值，顶多在算稿费的时候多拿点钱，"世界上有不少和《红楼梦》一般长，或更长的作品，可是有几部的价值和《红楼梦》的相等呢？很少！显然地，字数多只在计算稿费的时候占些便宜，而并不一定真有什么艺术价值。杜甫和李白的短诗，字数很少，却传诵至今，公认为民族的珍宝。……万顷荒沙不如良田五亩"（老舍《青年作家应有的修养》）。胡适也在《论短篇小说》中提到关于什么是"最经济的文学手段"，胡适借用了宋玉的话，并展开说，须要不可增减，不可涂饰，处处恰到好处，方可当"经济"二字。所以，以短篇小说的写作为起点，是写好长篇的必由之路。

张：中国现当代小说，特别是现代小说，给我们留下很深刻印象的大多都是中短篇小说，包括鲁迅先生的《阿Q正传》《狂人日记》《孔乙己》，沈从文的《边城》《八骏图》，李广田的《山之子》，张爱玲的《金锁记》、《茉莉香片》等等，语言非常精致，很有形式感，结构也非常别致。胡适在谈关于短篇小说一定要"经济"时，以古典文学特别是古典诗歌为例作以说明。那么，当代小说怎样才能使语言做到"经济"，推而言之，有没有一种文学语言的经济学，或"长篇小说语言的经济学"呢？

雷：这里涉及了好几个问题。首先胡适的确很看好古典文学语言的"经济"，比如他说，《木兰辞》记木兰的战功，只用"将军百战死，壮士十年归"十个字，而记木兰归家的一天，写到她的"女儿姿态"，这个地方写了一百多个字，诸如"当窗理云鬓，对镜贴花黄"，"爷娘闻女来，出郭相扶将"等。十字记十年，百字记一天，这就叫"经济"。还比如他举例《孔雀东南飞》里写到，"十三能织素，十四学裁衣，十五弹箜篌"等，都写得"很经济"。

我们现在的写作者懂得文学"语言经济"的不是很多，虽然他们的大部头的小说一部接一部，但语言方面的"修炼"很缺乏。应该就是没有懂得"长篇小说的经济学"吧！前面你提到的现代文学的那些例子是很经典的。其实当代作家也不乏此方面的成功例子。汪曾祺的短篇，看完都会让人惊叹，前几天我还又看了汪曾祺的《受戒》，其中的明海和小英子从凡间逃到了一个桃花源世界，他们在水里的那个场景，寥寥数语，写得非常有美感，语言的色彩感令人惊奇；再比如铁凝，她的《哦，香雪》也是一个很了不得的作品，她倒不是写回归自然，她是写山里的姑娘向往大山外面的世界——现代文明，她写一分钟，一分钟把这鸡蛋换成一个铅笔盒。我觉得这个作品把握得很好。但是这样讲究的很经济的东西在我们当下很少了。

张：针对作家在基本功训练、语言美感方面的缺失，您从创作主体的修养方面来说明，很有直指当下创作实践的意味。那么当代中国长篇小说目前存在的问题，除了您于2006年7月5日在《光明日报》中所提的"如果说现在文学的缺失，首先是生命写作、灵魂写作、孤独写作、独创性写作的缺失；其次少肯定和弘扬正面精神价值的能力；第三是缺少对现实生存的精神超越，缺少对时代生活的把握能力；第四是缺少宝贵的原创能力，却增大了畸形的复制能力"之外,您觉得它目前还面临哪些新问题?

雷:我觉得目前长篇小说除了我先前提到的作家主体精神的修炼、正面价值的倡导、超越精神、提升原创力之外,我想一些相对具体的问题值得我们重视。第一,就是我们今天的小说对乡土经验的处理比较成熟,但是对现代转型过程中的城市经验表现得很不够,这就是你前面问到的"现代性体验不足"的问题。我们缺乏成熟、有趣的城市文本,这更凸显了我们的文学的现实感不强的问题。第二,作家应该具有"原乡"情结。第三,仍然是写"人"的问题。

张:这些问题看似具体,但要说清楚可能会绕到理论的纠缠中去了,能否以当下长篇小说作家的创作实际来谈谈上述三个问题,特别是第二个问题,我个人也比较感兴趣,因为"原乡"情结既属于心理学的范畴,又是一个文化哲学的问题,当然也是一个文学话题。

雷:那就对这三个问题我们稍微多说一点。比如第一个问题,有关于城市经验的问题。中国社会近些年来的变化极大,包括高科技、网络、城市化,市场化,人的思想感情和行为方式的变化很大,但是在文学里反映不出来。我们现在的时空观和过去完全不一样了,过去我们觉得中国很大,现在我们觉得中国很小;过去人和人之间交往非常不方便,而现在一按操作键,就可以联系,但是心和心的距离拉得越来越远。我们每个人身边都有大量的媒体,手机啊,QQ啊,微博啊,博客啊,每天都忙不过来这些东西。所以,我说网络空间成了真实的空间,现实生活才变成了真正虚拟的空间。我们现在的媒体很多,我们的生存到底是怎样的一种生存,这些在我们的文学中看不到。第二个问题,成功的作家都有一个自己的文化记忆,他的原乡。莫言的高密东北乡,陈忠实的关中,贾平凹的陕南,王安忆的上海,他们都有自己的原乡,自己的根据地。莫言说他要学福克纳,要创造一个文学帝国,文学王国。福克纳是写自己的家乡,莫言说他要写自己的家乡,高密东北乡,一个文学的地理,一个想象的空间。这就是作家的原乡情结，我们的很多作家没有原乡情结。第三，就是写人的问题。还是举例说吧，这次茅奖的几个作家谈的几个问题都非常好，比如莫言在《蛙》里写到的人物的冲突和自我救赎过程；毕飞宇的《推拿》，写盲人按摩，作者认为，人文情怀比想象力更重要；另外一部是刘震云的《一句顶一万句》，它的新在于真正表达了中国本土的东西，写找到一个说话的人可真难啊！为谁说话，说给谁听，说什么话，什么人听。这种东西在过去的写作里涉及很少，也有点存在主义的味道，而且在形式上是有技巧的，这个值得研究！交给你一个题目吧！

张：谢谢您，今天我们已经谈得很多了，我想，我所求索的答案也是当下很多读者甚至作家和评论家也关心的话题。这为我们更进一步了解、研究长篇小说这一文体提供了很多思路，也为我们认识长篇小说传统以及反思当下长篇小说的缺失提供了理论和事实的依据。最后，我想还是用您的话来结束我的求问，"文学是语言的艺术，人类是语言的动物，人类是文化的动物，只要人类存在，只要感情不变，文学就会存在。"也希望我们的长篇小说成长为能与世界对话、被世人瞩目的参天大树！再次感谢您！

（原载《文艺争鸣》2012年第7期）

官场小说的困境与出路

——从《驻京办主任》说开去

查阅开年以来的"最新读者排行榜"和"市场销售最新排行榜",发现了一个赫然的事实,官场小说依然热度不减,例如王晓方所著《驻京办主任》以及《市长秘书》等,一直居高不下。这出乎我的意外。我同时注意到,几乎所有专家盘点 2007 年书情的文章,都没有提及这位作者的这些书,相关的专业评论也不见。这就是说,读者自读,评者自评,热者自热,冷者自冷,形成了尖锐的反差,隔阂之深一至于此,不能不令人深思与之相关的一些问题。

据说《驻京办主任》已成中下层公务员的必读书,这架势使我想起了前几年流行《狼图腾》,当时也被称为企业界白领阶层的羊皮书。我似乎嗅到了一股虚浮之气,便找来一看。看过了,印象还就是一部平常的官场现形记。读着读着,我不由琢磨起几个问题来:为什么这样的小说会红火?它的文学价值该怎样衡估?有无必要正视其存在,或不屑一顾?官场小说已经时兴了不少年了,何以经久不衰,深层原因何在?官场小说的现状其实大家很不满意，那么问题出在哪里？其成败有无经验可循，其发展有无空间可提升？

细细想来，《驻京办主任》的热销并非无迹可寻。仅就作者敏感地抓住"驻京办"这个耐人寻味的机构切入，展开，就是一个看点。"驻京办主任"这个官儿，既贵为官员，又像个商人，很有琢磨头，于是与东州市诸高官的仕途甚至性命相关的种种信息，就由这个"驻京办"牵引而出，可以说它是聚结了种种社会矛盾和宦海浮沉的枢纽之地，神秘之所。"主任"丁能通，颇有柳下惠之风，懂得自省，是个知道沸汤缩手，悬崖勒马的人。他不是没有邪念躁动，技痒难耐，而是深谙游戏规则，又一心要向上爬，知道分寸；可叹时运不济，还是处处碰壁，半途而废。小说一头一尾写他在恭王府的人生感悟，颇能引人共鸣。作者文笔比较利落，叙事节奏掌握得尚好，各色人等的嘴脸，以及权，钱，色，法的多头矛盾，也都能大体顺着事件穿插得当。我想这些该算它赢得读者的原因吧。

如果抛开文学性的要求，进一步硬找此书的优长，似乎还有以下几处：一是作者对近年来的各项政策颇熟悉，叙述间，使人忆及政治生活的一个个脚印，有一种如临其境之感。例如国家对小煤窑的政策和地方官员采取的应对，以及小煤窑案件背后的重重黑幕。还如，房地产政策和地方政府在发展房地产时的过激行动，写来也真实可感。二是作者对政治生活的大的行动有自己的看法，如对一些高层干部一味追求经济效益和城市发展而忽视其长远价值意义，作者就认为，每一次的经济活动和政治行为都应该有道德收成。这见解值得肯定。在《驻京办主任（2）》中，作者对拆迁政策和某些官员的专横跋扈的评析，使人感到有一颗为正义而呐喊的良心。三是通过主人公不断阐述自己对清廉政治的见解，或一些较精彩的辩驳，虽不免絮叨和游离，却也有一种警世意味。四是比较贴切客观地描写了一些中下层官员在政治生活中谋生存、图升迁的蹭蹬情状，在某种意义上使之成为描写公务员生活的一部独特小说。说真的，这些优势大都是在脱离文学性要求的情况下剥离出来的。

为什么要这样说呢，因为在我看来，《驻京办主任》和时下相当一批官场小说，不大可能给人带来叙事艺术，思想立意，历史深度，人性内涵等多重的阅读享受，相反，看到的只是密集地罗列事件，写某些贪官如何权力寻租以及如何作恶的言行，吸引读者的不过是事件本身的惊耸刺激过程。这部小说的引人兴趣就不无"慕马大案"的背景。不难看出，作者不时会有意卖弄自己曾经在官场混迹多年的经验之谈。在这个意义上，它不过是借"小说'的躯壳，说事件、道衷曲、浇块垒罢了。它是小说名义上的纪实文学。至于深刻的人性内涵的发掘就更谈不到了。由于作者一直在铺排人物的外在行动，对人物内在心理和外在性格特征缺乏个性化的描绘，或者说，小说根本还没有进入人物独特的、广大的、复杂的心灵世界。于是不管是蜕化分子肖鸿林，腐败分子贾朝轩，甚至正面角色李为民，及至几个争风吃醋的"如花美眷"，都似曾相识，是类型化、概念化、符号化的存在。这里面缺乏人生的而非事件的微妙而生动的细节，是个重要原因。作者常有先入为主的观念，对人的判断过于直露简单，反而缩小了体味的空间。至于其思想立意，上面虽有一些肯定，但仍难逃"图解"二字，倒不是图解政策，而是图解宦海风波，命运难测，菜根谭式的老生常谈。我不否认作品的正义感和道义感，但作为更高要求，它不可能上升到更深刻的意义层面，甚至对人生的永恒价值的求索上去，终究只能说是一部消遣性的、热闹的官场小说。

可是，它的热销，它的大受欢迎又该作何解释呢？要知道，消费者的市场选择和购买行为制造着"新的生产需要"啊，这事关文学和市场的走向和发展。这就有必要对官场小说的现状和前景作一点深层次的思考。其存在的表层理由早就说了不少，无非是伴随经济的飞速发展，由于制度和制衡跟不上，腐败现象严重，我们必须起而反腐倡廉，这是事关国运与民生的大业。一句话，反贪小说或官场小说之出现，乃是社会存在的反映，表达了党和人民同仇敌忾的反腐决心。这样说很对，但似乎还没有挖到更深层的疑惑。人们到底想要什么，官场小说的风行，究竟是暂时的还是长远的呢？

依我看，第一，人们固然痛恨贪官，但对官场的潜规则，内幕消息，玄机奥妙，其实并不深知，这就构成了一种看点，热点，能满足其好奇心和神秘感。窥视之心人皆有之，正义之公求人皆有之，所以几乎所有的人都想知道这"官场"的背景和内情，交易和兴替。第二，也许是最重要的，中国的官场文化、官场生态，决不自现当代始，它根深蒂固，积淀厚重，想起"事君八术"，想起"厚黑"之论，便不免令人发怵或者发笑，其"场效应"深沉难测。知识分子一般口头上是鄙视官本位文化的，但内心深处，却又艳羡官本位文化。在批判过程中，满足着替代性的需要。中国的士子，从古到今，离不开学而优则仕，包括大学问家，也都摆脱不了当官的潜在渴望。想当官，却羞于承认，找借口掩饰。试想，如果当官没任何好处，只有苦累，现在的某些人又何必去争，去跑，去买呢？正因为如此，人们对官场的一动一静，无不兴趣浓厚，爱屋及乌，惠及官场小说。第三，历史之厚积，使国人形成了一种权力崇拜和迷信官场的"集体无意识"，这就涉及到价值评估问题，它是中国传统的政治道德化和道德政治化的展示平台。不管我们如何赞扬大科学家，大学者，英雄模范，其最终价值似乎必须用"官"来体现，来肯定，来兑现。所以，官场小说的风行，一方面是反腐倡廉的需要，一方面则是官本位文化心理的艺术外化。可以说不懂官本位文化生态就不懂中国的政治，就不懂中国的国情，社情。这里我想强调的是，官本位文化才是支撑官场小说或反腐小说的深厚土壤，所以文学性很不怎么样的作品，也照样热销。事实上，好多出了大名的作家作品，不少皆因暗中抓住了官本位文化魅力这根筋，而走上红途的。随便举例，如二月河的《帝王系列》，成就固然多方面，但扣中了皇权文化——官本位文化的极致，擅写夺嫡，争宠，血疑，权术，不能不说是重要原因之一。

易中天说三国，说帝国终结，说官僚体系"黑洞"，之所以叫得响，与发官本位文化之隐大有关系。有一出戏叫《曹操与杨修》，描写既延揽人才，又忌刻人才，既"非道德化"，又用道德来杀人，表现了曹操极端复杂的内心隐秘生活，其实也离不开官本位文化。

我看现在的官场小说，大致形成了两大套路：一路犹如"正史"，也可以叫主流派，正大派，一般是从怒揭黑幕开始，面对生死抉择，大义凛然，敢为人民鼓与呼，经过了一番惊心动魄的较量，终究正义得以伸张，在党的领导下腐败与黑恶势力被摧垮。另一路犹如"野史"，也可叫文化派，世情派，虽然同样悬着反腐旗号，透示民本情怀，但引人入胜的似并不在社会矛盾和问题之尖锐，而在于展示权、钱、色交易之奇情，人际关系之诡谲，声色之浮华，进退之无常，升沉之风险，不时把悲愤化为笑谈，有时把享乐化为五光十色的镜头，遂使贪官成了欲望化的象征符号。前一路侧重政治性，新闻性，呐喊性，有点像"演戏"，后一路偏重于观赏性，玩味人生和冷眼旁观，有点像"看戏"。出色的小说家王跃文说过一段话："我在小说里剖析的只是一种官场亚文化，即不曾被专家研究过的，但却是千百年来真正左右中国官场的实用理念，一种无法堂而皇之却让官人们无不奉如圭臬的无聊文化。将官场作为民俗来写，不是一味地揭露和批判，这就比同类作品深刻多了。这里所谓的官场文化，并不是一个时期主流社会明确提倡的文化，只是一种实用的工具理念。"这段话还是很有启发意义的。问题在于，前一类创作，在尽享主旋律创作的荣誉之后，如今面临如何创新的难题，比如模式化的困扰，它们总是由选拔人才，晋升关头，企业改制，黑恶案件发生而引起故事，而又总是一群腐败分子，一个关系网逐步展露，一个贿赂大款，一二个坏女人藏头露尾，最后由原先不知情的"青天"出场，摆平局面，扫清妖氛。再比如人治思想的困扰，说教性的困扰等等。不克服这些，就无法克服平庸和陈旧。对另一写亚文化的套路来说，它们似乎同样面临着沉溺难拔的危机，被人性的复杂弄得善恶莫辨，被男欢女爱的纠缠弄得以丑为美，只得以客观的展览和主体的退隐而显出它在理性和评判上的无能为力。

　　鲁迅先生在批评"骤享大名"的清末之谴责小说时所说的"虽命意在于匡世，似与讽刺小说同伦，而辞气浮露，笔无藏锋，过甚其辞，以合时人之好"，"官场伎俩，本小异大同，汇为长编，即千篇一律"都是一语中的，打中要害，毫不过时的灼灼之见。不少作家喜称自己的官场小说为"政治小说"，其实真正上升到政治小说的并不多，它们的问题就是逃不出官场小说的封闭格局。官场小说也有成败与高低之别，现在不是写得多与少的问题，而是写得好不好的问题。我一直觉得，当下中国的文学缺的就是优秀的政治小说。政治小说不仅会涉及社会深层结构问题，还会涉及政治文明和文化心理结构，深触人的灵魂世界和时代的精神课题。我期望作家们潜心修养，开阔视野，大力强化艺术概括，多出几部我们时代的一流的政治小说。

"打工文学"的意义、价值和前景

首先,我们面对这样一个概念界定的问题:既然世世代代都有打工者,今后的打工者也不会绝迹,那么有什么必要特别提出"打工文学"呢?或者说,打工者是写底层劳动者、写普通人的文学,那叫平民文学不也可以吗,又何必称为"打工文学"呢?或者说,凡是写打工者的都叫"打工文学",那么,打工者既可包括白领,也可包括蓝领,几乎我们每个人都在相对意义上是打工者,那么天底下还有不是"打工文学"的文学吗?如此推理下去,"打工文学"的存在还有何意义?所以,我认为,不能脱离中国当下的历史语境谈"打工文学"。

在我看来,"打工文学"是中国社会现代转型中的特有现象,它是应运而生长的,也是要应运而消亡的——不要怕消亡这个词,它往往是一种进步的表现,当然现在还不到消亡的时候。所以,我认为,"打工文学"是打工者写的文学,同时也是写打工者的文学,不这样界定是不行的。这样说,似乎面太窄了,其实是突出了它的特定性,规定性。我大致同意这样的看法:"打工文学"是反映打工族这一社会群体的生活和感情,追求和奋斗的文学。它的成员大都具有乡村或乡镇背景，他们在卷入城市化的进程以后，经历了种种遭遇，触发了强烈的错位感，失重感，在精神结构和文化心理的深处发生了前所未有的矛盾冲突，于是产生了书写的冲动，形成为打工文学，包括打工小说、散文和打工诗歌。任何事物都不是绝对的，只能说它是以打工者为主体的，以表现打工者的思想情感为主要对象的文学。文学史的规律告诉我们，其他作家的参与，加盟到"打工文学"创造中来，将之改造，加工，提升，几乎是必然的，由"打工文学"发轫，经文人提升，完全有可能创作出不朽的作品；那个时候，是否叫"打工文学"已并不重要。但它肯定与"打工文学"有着直接的血缘关系。同样地，"打工文学"作家经过不断修炼，能站在更高的视角上，作品以更成熟，更深刻的面貌出现，那也会不再仅仅属于"打工文学"的范畴。比如，像王十月的《国家订单》就超出了"打工文学"的惯常视角，以更为宽广的视野和更加包容的关怀来处理题材，这已很难说是"打工文学"了。但是，必须看到，最初的"打工文学"，强烈的切肤的真情实感是其根本品质，作者们并不掌握太多的技巧，用一腔热血在书写，故而并无功利色彩。

是的，"打工文学"是一个特定时代的特定的文化及文学现象。就像"知青文学"也是一个特定现象一样。"打工文学"与中国社会近代特别是当前加速度的现代转型，与中国所面对的全球化，现代化，城市化进程，与中国作为一个农业文明传统深厚的大国，因相当多的农业流动人员遭遇城市化的激变而引发的紧张感，异化感，断裂感，是紧密联系在一起的。在这个意义上，我不太赞成把"打工文学"的外延无限制地扩大化。没有限制，就没有质的规定性，任何事物包括"打工文学"也就失去了它存在的前提和必要性。比如，像郑小琼的诗：《打工，一个沧桑的词》《流水线》《清晨失眠者》等等就是非常典型的"打工文学"。《打工》写道：写出打工这个词，很艰难／说出来，流着泪，在村庄的时候／我把它当作生命腾飞的阶梯，但我抵达／我把它当着陷阱，伤残的食指／高烧的感冒药，或者苦咖啡／我把这个词横着，倒着，竖着，都没找到曾经的味，我流下一滴泪。在这些诗句里，浸透了作者本人作为打工者的痛切体验，非打工者很难如此言说。事实上，像周述桓《中国式民工》、张伟明《别人的城市》、汪雪英《漂在东莞十八年》、洪湖浪《牛小米外企打工记》、房忆萝《我是一朵飘零的花》等等，都是有深切的情感内涵和认识价值的文本，为打工者所喜爱，却尚不为我们所关注。

"打工文学"既然在此背景下出现，由于涉及的人数之多，提出的问题之突出尖锐，由它衍生的各种社会问题之极端复杂，它可以说是今天最具有鲜明的转型时代特征的文学，是最能体现现实主义传统的一脉创作。城乡二元冲突，深化了它的文化内涵，它涉及政治，人权，道德，伦理，性权利，生活方式，人生理想，欲望化等一系列问题。它的基础是城乡二元冲突，不过现在把场景搬到了城里，衍生出无数新的主题。从而在今天的文坛上，它理应占有比较重要的一席位置。我们知道，当年中国有过《包身工》；日本有过《啊，野麦岭》《天国的车站》等；近年来我国文学中出现了一批由专业作家写的很不错的作品，如《奔跑的火光》《阿瑶》《姐妹》《谁先看见村庄》《永远不说再见》《我是真的热爱你》《泥鳅》《到城里去》《谁家有女初长成》《21大厦》等等，虽然出自专业作者之手，但不能说与"打工文学"所起的先导作用和提供的思路与资源没有深刻联系，应该说关系很深，甚至可以说没有"打工文学"，就没有后来的这些文人的创作。

然而，文学不是，也不可能是在壁垒森严的情境下发展的，打工者与非打工者，专业创作与业余创作，"打工文学"与整个"底层叙述"，它们之间的界线很快被打破了，出现了你中有我，我中有你的复杂情形。这里我不能不提到"亚乡土叙事"这一概念。现在中国实力派作家里大约百分之六十的人在写这类东西，我们认为比较好的中短篇小说家都是写这类东西。何谓"亚乡土叙事"？就是指当前一大批把笔触伸向城市，不再显得"纯粹"的准乡土文学，这类作品一般聚焦于城乡结合部或者城市边缘地带，描写了乡下人进城过程中的灵魂漂浮状态，反映了现代化进程中我国农民必然经历的精神变迁。与传统的乡土叙事相比，亚乡土叙事中的农民已经由被动地驱入城市变为主动地奔赴城市，由生计的压迫变为追逐城市的繁华梦，由焦虑地漂泊变为自觉地融入城市文化，常常体现为一种与城乡两不搭界的"在路上"的迷惘与期待。城市是当代中国价值冲突交汇的集中场所，大量的流动人口涌入城市，两种文化冲撞，从而产生的错位感、异化感、无家可归感便空前强烈。在乡村，谁也没有办法抵御现代化浪潮的席卷，离开乡村的年轻人再也不愿意回去，不但身体不愿意回去，精神也不愿意回去。而我们今天的中国文学已有相当作品表现着这类流动者、迁徙者、出卖劳力者的内心的感觉和复杂的情绪。打工者在写，专业作家也在写，于是已经很难分开；其写作立场或是启蒙主义的，或是自我言说的，或是站在人的全面发展的更高视角上的。刘庆邦的《卧底》、胡学文的《飞翔的女人》、罗伟章的《我的故乡在远方》，还有《那儿》《虹霓》《世界上所有的夜晚》等等，可以说在今天，由专业作家和打工作家共同形成了一个亚乡土叙述的书写潮。

　　这就涉及一个如何关怀弱势群体和怎样看待文学关怀人的问题的问题。它与打工文学的发展也有着直接关系。这里不妨作一点延伸。我感到，对关怀人的问题实际上存在着两种或多种不同的甚至是对立的观念。我注意到，有一种声音在强调，要充分认识丰裕年代的生活现实，不能总是靠描写无告的小人物，挣扎在贫困线上的弱势群体，市场时代的落伍者来体现人文关怀，不要总是搞苦难崇拜，或者把贫穷神圣化和道德化，例如，是否应该正视正在形成的中产阶级，是否更多地表现他们的智慧、财富、成功和一套全新的生活价值观。还有，就是不能老拿旧眼光看人，对都市中生活优越的年轻人，对他们身上所表现的小资情调，不该一味责备，应该表示更多的理解和认同。可是，另外一种更为强大的声音却认为，人文关怀怎么可能不通过对底层人物命运的关怀来体现呢？这是现实主义的根本。

自有批判现实主义以来，一个最深刻的传统，就是对小人物、无告的人、平民，尤其是被侮辱与被损害的人的关怀；如果离开或者抛弃了这一点，不再为他们的疾苦呐喊，还能叫现实主义吗？还是富于良知的文学吗？这里实际提出了文学究竟应该关怀谁、如何关怀等等值得深思的大问题。

我个人的看法是：首先，没有必要把表现哪些人的问题看作唯一重要的事情或者首先重要的事情。既然"文学是人学"，它所有的观照对象在权利上都是平等的。当然，这种权利上的平等并不意味着文学对每个对象都给予平均表现。马斯洛在论述人的欲望满足时，认为任何人都存在着五个层级的需要，从基本层次的生存需要依次递增到高级层次的自我实现需要。因此，人在任何阶段都不可能是完美无缺的，都存在着包括文学在内的其他需要。但是，由于每个人都处在不同的具体环境，他们对文学需要的轻重缓急也是不同的。在文学的生态园中，当哪一类人的需要与文学的矛盾更尖锐、更需要释放时，文学就应该对他们给予更多的关注。目前，由于文学远离大众而导致日渐边缘化时，我认为应该对"沉默的大多数"投注更多的关切目光，文学应该有充分的底层意识，因为他们是大多数。但是，绝不能说，只有写了底层、平民、弱者、农民、无告的人，才叫现实主义，别的都不是。时代已经发生巨变，"人民"的含义也发生了变化，现实主义文学也在变化，我更主张一种开放的吸纳了多种方法和积极元素的新现实主义。

目前"打工文学"及其相关主题，在一些打工作家，专业或半专业作家那里，是真实地描绘了打工族的生存困境，血泪悲欢，以及城市想象，身份认同，性资源的被掠夺，政治民主的诉求等等。事实上，这是无所不包的，几乎涉及中国所有问题。前一阶段的写作，写打工者"惨遇"的比较多，贴近生计，如拖欠工资，身份歧视，某些外企资方对人的凌辱等。另一方面，写打工者"奇遇""艳遇"的也比较多，其中脱离实际的白日梦不少，想象之词居多。而最新的情况表明，"打工文学"最初就是写蓝领生活，到了今天，发生很大变化，以前的蓝领中不少人，通过努力有了技术和文化，已经转化成了白领，于是"打工文学"也有了延伸，也有了新的分类，写白领生活的，现在叫作职场文学。当然，是不是"打工文学"的质地，读者一眼就会认得出来的。我认为，对"打工文学"来说，提高文化品位很重要。应该更多地描写农民工在社会、经济转型下灵魂的嬗变痛楚，表现人的自尊，觉醒，让打工者成为健全的自我主体。就创作者的姿态而言，不能停留在自言、代言或启蒙上，不能停留在吐苦水上，应该更多地把笔触放到表现人的精神世界上去，主要是自我意识和人性意识的觉醒，人的尊严和自尊，道德的继承与重建，以及人的全面发展的追求等等。

当今戏剧创作中的文学性及其他

——观二十九台戏剧随笔

2006年秋冬,我有幸应文化部之邀,担任了国家舞台精品工程评委,在近两个月时间里,跑了近二十个省市,观摩了初选精品剧目二十九台,包括话剧,地方戏,歌剧,舞剧,音乐剧,大型原生态歌舞剧,木偶剧等等。我平生从未在如此短暂的时间观摩过品类如此纷繁的戏剧,我视之为我近年来最重要的艺术化人生经历,也是一次充电,补课,提高艺术修养的宝贵机遇。那是一些紧张的、兴奋的、沉醉在假定性世界里的日子,眼前不断打开陌生的、广阔的、多彩的空间,上演着让人为之怦然心动或者为之赏心悦目的活剧。我是一个文学工作者,曾经热爱戏剧,并认为戏剧是最具艺术难度因而是最高端的艺术品种。这些年因为分工过细的原因,我对戏剧创作的现状十分隔膜。由于所知有限,我要谈的一些意见难免隔靴搔痒;但是,另一方面,也许由于是外来人,闯入者,"他者",具有另一副眼光,或许能道出一点局内人不甚注意的问题。下面便是我在这次观摩活动中的一些感想和看法,主要围绕文学性问题兼及其他。

一 关于"台上振兴与台下冷清"

首先,观看了这些戏剧,非常突出的印象是,目前戏剧文化仍然出乎意料的繁荣与活跃,戏剧家们进行了大量的不为人知的艰苦的艺术探索和实践,并已获得可喜成果,不管其传播渠道如何不畅,如何被现代传媒引领下的大众文化的喧哗声所抑制,不为更广大的民众所知,但它们仍然代表着当今中国艺术潮流的发展趋向和创作水准。有人指出,如今是一个"台上振兴与台下冷清"并存的时代。此言有理。这些年来,人们认为戏剧,主要是指传统戏曲,已处在消亡的边缘,或者被有人认为已经消亡了。中国艺术研究院的一份统计资料表明,20世纪50年代末60年代初,全国尚有367个戏曲剧种,其中包括五十多个新产生的剧种,而目前,尚在演出的剧种仅存二百多个,而真有上演率的极低。以山西为例,1983年,山西尚存49个剧种,以后便以每年一个剧种消亡的速度退化,目前只剩28种,且不能保证演出。戏曲演员,包括某些梅花奖得主,走穴,改行,改演小品,改唱通俗歌曲,改当影视演员,已是司空见惯的事,不胜枚举。我以为,这一切都并不奇怪。随着现代资讯的发达,电视,广播,互联网,报纸,音像制品每天带给我们的信息汗牛充栋,而电视剧,电影,卡拉OK,MP3,MP4等等,覆盖了人们的业余文化生活,在此背景下,必须端坐剧场,以闲适或静穆心态,慢节奏欣赏的中国传统戏曲,怎不遭遇极大的挑战呢?事实上,根本问题还不在传播手段是否高科技化,而在于中国传统戏曲表达的情感方式,价值体系,戏剧情境,审美理想,与现代人的精神之间,与现代青年的趣味之间,与现代文化消费的实用性、功利性需求之间,产生了深刻的隔阂。传统戏曲不是不可以与当代生活和当代情感对接,不是不可以成为现代人审美需求中的一个珍贵部分,不是不可以薪火相传,遗韵不绝，但确实需要一个创造性的转化过程。这个过程如何实施尚在探索中。于是，台下的"冷清"，甚至给人以"消亡感"，几乎是必然的。当然这只是指某些地方戏曲，不能包括戏剧本身。

然而，面对着这二十九台舞台剧，我却看到了另一番令人神往的景象，一种努力追赶时代精神的前进品格，看到了戏剧家们推陈出新，改弦更张的努力，看到了他们思路的开阔，发现新题材的锲而不舍，对新艺术手法、舞台美术新表现样式以及声光电的大胆新尝试。我们可以说，在剧场之外，当被大众流行文化浪潮包围时，确乎会感到台下冷清，可一旦走进剧场，又会明显地感到，台上是一片振兴景象。我注意到了，这些戏里有大量的现实题材创作，如《黄土谣》《补天》《迟开的玫瑰》《平头百姓》《红领巾》《宝贝儿》《赤道雨》《一个士兵的日记》《秋天的二人转》《老表轶事》等等，展开了缤纷多彩的现实人生图景，题材延伸到乡村，都市，兵营，学校，国际诸方面，"义域"涉及革命，道义，献身，理想，青少年成长以及日常化、世俗化的各个方面；这里有对传统老戏的脱胎换骨式的改造，在现代意识观照下的"意义置换"，比如《程婴救孤》《狸猫换太子》《宦门子弟错立身》等；这里有对历史人物及其精神的重新发现和重新阐释，如话剧《生死场》《凌河影人》，如戏曲《班昭》《人影》等；这里有对外国名剧的中式改造，如木偶戏《钦差大臣》《图兰朵》等；这里还有对民间文化原生态歌舞资源和民间人文精神的大力挖掘，如《云南映象》《妈勒访天边》《秘境之旅》《红河谷》《五姑娘》《瓷魂》等等。仅从以上的归纳不难看出，当今戏剧舞台繁花似锦般的丰富程度，整体看来，创新性和探索性在增强，对民族精神的思考在深化，对道德继承和重建问题的探索在延伸，对生活原型与艺术想象的关系在深入研究，而其中尤以如何提高戏剧创作中的文学性，成为戏剧家们关注的中心问题之一。

二　生活原型与艺术虚构问题

在这些剧目中，有相当一些现实剧的素材来自真人真事，或者说是以真人真事为原型改编加工成的。

《黄土谣》的本事，来自湖南辰溪农村党支书宋先钦的事迹。宋为全村人致富，集资办厂，却因无经验受骗而失败，一个人承担起归还连本带利的债务的重担。全家用了十年才还清了集资款和贷款，宋本人曾从高处摔下致残，孙子因无人照看被花炮炸死，小儿子因劳累过度在梦中死去，宋和妻流过无数眼泪，但终于问心无愧地还清了债。《黄土谣》把故事背景搬到了相当闭塞的雁北农村，置放到具有深厚文化传统的黄土高原上，人物关系和剧情也作了许多大胆的虚构、扩充和改造。黄土高坡，黄河，窑洞，走西口的小调，形成了一种古老与永恒的象征结构。这部戏的冲突，若用通俗的话说，是让毛泽东时代的价值观与当今商品化时代的价值观激烈碰撞，力图切入了当下农村的现实矛盾之中，通过十八万贷款由谁来还，表现封闭山村遭遇市场经济而引发的精神的剧烈震荡，用基于传统美德（父债子还）的义举，来化解矛盾，讴歌农村党员干部爱人民，重然诺的高尚品质。我曾说过，《黄土谣》是一个道德神话，但我们今天却需要这样的道德神话，它能给人带来一场灵魂的洗礼。我还认为，在切入当下现实矛盾的深度上，《黄土谣》绝不比文学界逊色。戏中老大，老二，老三，这三兄弟及其爱人的设计，色调丰富错落，映现和牵引出的社会生活面貌有相当的深广度，令人赞赏。

但是，这个戏的"戏剧结构"不是没有可推敲之处。比如，老支书临终前要求父债子还，且全部还，是否合乎情理？崖畔上的老乡们为何始终沉默无语，不能互动？地方党组织为何无一丝过问和关心的表示？这种集体贷款遭骗后的归还问题是否完全没有转圜的余地？最重要的是，老大宋建军不顾本人的收入实际非要一人包揽，非要十八万"我一个人还"，不给其他兄弟以机会，并且不顾实际和程序的要返乡当书记，这是否只是一种英勇的冲动，还是一种理性的行动？由于老大的包揽，宋老秋含笑魂归西天，这是否圆满表现立党为公的主旨？如此等等，都留出了让人思考的空间。

吕剧《补天》，也是依靠大量采访所得写成，其选材直逼英雄主义主题。八千鲁女上天山，为了固土守边，开发边疆，为了解决大量男兵的婚姻需要，确也悲壮。应该怎样看待这样一段史实，怎样处理这样一个包含着悲剧因素的题材，确实有一定的复杂性。主要是存在着悖论：固土守边，与恶劣的自然环境作斗争，是可歌可泣的；但不大顾及女性生理特点，非要她们做不一定非得她们来做的苦活，就是个矛盾。更为尖锐的是，为征战多年的官兵解决配偶是人道之举，但由组织采取指定或半指定的婚姻形式，却存在违背或不尊重个人意愿的问题，而这又是不够人道的。我认为，创编者们已经作出很大努力，这个剧也自有它打动人心的力量。如男兵组成人墙保护女性分娩，冻僵后一齐倒下的场面，如"天浴"凸显了女性形体美的场面等，优美感人。但总体看来，该剧存在单纯歌颂，忽视了历史与现实两种语境、两种价值观的错位的事实，从而有把历史简单化处理的倾向。这里，政治话语与人道话语，英雄话语与人性话语，存在着一定的冲突性。如果在八十年代这样写，无可厚非，在今天，这样写就显得很不够了。我个人认为，有必要强化这一题材的悲剧美，但难度较大。另外，我个人认为，女兵们由于军事化的、整齐划一的生活，包括装束和表情的同一性，本来就难以区别其不同个性，现在剧作者将她们的名字全以地名名之，如青岛，潍坊，烟台，小沂蒙，小蓬莱，小四川等，满台呼唤地名，就越发地增加了辨识的难度。

话剧《平头百姓》，也是以真人真事为基础。写下岗工人张明华，夫妻双双下岗了，但他觉悟高，自立自强，敢于抨击渎职行为，表现了平凡而高贵的品格。此剧完全有可能走向深广，结尾却突然因与歹徒搏斗而牺牲，由人的解放的大主题缩小为偶发事件中见义勇为的狭义的义举，十分遗憾，据说本人的事迹就是如此。显然，剧作受了真人真事的局限和束缚。这是个带普遍性的问题。

三 戏剧文化中的民族精神探求

根据萧红首部长篇小说《生死场》改编的话剧《生死场》，给人以奇异，冷硬，荒寒，麻木，昏沉，封闭，愚昧，原始，野性，呐喊等极其强烈的复杂感受。全剧形式感很强，人物动作夸张，造型化，审丑化，木讷化，突出陌生感和怪诞感，突出精神奴役的创伤，极表其原始的野性。作者对于北国农民的奴性，不觉悟，一潭死水般的生存，表现得很充分。赵三杀地主杀错了人，被地主二爷用洋钱赎出，遂一改狂野嚣张而变得奴性十足。二里半阿谀日本人以抬高身价，妻也不自重而被轮奸死，二里半反给死妻一记耳光。是地主二爷最先跟日本人较劲被杀，这很真实。成业的宣传不起作用，无人响应，他杀了日本兵，激起大变，村民渐醒悟，慢慢抬起了头颅，正视并行动起来。故导演阐述中说，为生而死，向死而生，我们顽强，因为我们灾难深重，我们宏大，因为我们坚忍包容。剧作强调民众觉悟的漫长性。此剧包括"生与死轮回"，"抗日"，两个主题的话，那么剧作以前者为重，后者为逐渐苏醒。综观表演，略显矫情，有的人物的造型过于人为，反失自然。还有一个问题，国人的灵魂是否过于麻木，奴性十足，把生与死的轮回又表现得太过，这里有个分寸感，我个人认为，在表现觉醒与反抗上再加强些力度，也许会更好，更真实，更强劲。

话剧《凌河影人》也属抗战题材。情节环环相扣，戏剧矛盾十分紧张。艺场争锋，夺妻之恨，结下怨仇，日本侵凌，一女遭污的千钧一发之际，杀之,群起反抗,家仇逐渐为国仇所溶,这一过程表现得合理,复杂,最后玉石俱焚,凌河影人们一齐壮烈牺牲。整部戏编织精当,因果链严丝合缝,非常合乎编剧的技巧,似乎提不出什么意见,无懈可击,但是,太像"戏"了,太"巧"了,是否正是它的缺点。编得太圆,连毛边都打磨得光滑,反而削弱其与生活血肉的联系,于是,此剧有观赏快感,却缺乏更强的灵魂撞击和长久记忆。

四 戏剧文化中的道德重构与"现代性置换"

传统戏曲的命脉,是其道德精神,所谓"非关风化体,纵好也枉然"。它总体上无疑属于封建意识形态。那么,一个依然突出的问题是,传统戏曲所体现的忠、孝、节、义、仁、礼、智、信,是否也是今天能够接受和继承的道德?如果不是,那该怎么办,怎样实现道德的继承与重建?这当然是短期内谁也解决不了的大问题,过去是,现在也是,但却关系着戏曲的现代命运。豫剧《程婴救孤》和京戏《狸猫换太子》等,给了我们一个启示:传统老戏,被认为从情节、故事到人物脸谱,都已定型化了,但也未必不能实现与当代精神的对接,或者叫做"现代性置换"。在过去的剧作中,保护龙种,保护皇权,保护家族血脉的意味很浓,脱不开封建意识,现在呢,人还是原来的人,情节还是原来的情节,但动机的着眼点起了变化,围绕孤儿或太子的生死存亡,义士们的动机变了,不再为了抽象的江山社稷,龙子龙孙,而是为了保护生命,为了尊重人,生命是高于一切的,在正义与邪恶,善良与残暴的较量中,他们站在正义和善良一边,这个主题就变成现代的,普世的了,也就实现了与当代精神的对接,完成了"现代性的置换"。当然不是所有的传统戏都可以进行"置换",但用现代性的眼光重新处理,不是不可能的。

眉户现代戏《迟开的玫瑰》也是一个道德剧,虽非传统戏,却与传统戏有一脉相承之处。像乔雪梅这样的现代圣母式人物，古代也有，把一生青春交付给他人，像她，为赡养老父，抚育弟妹，放弃上大学机会，不得不与恋人分手，胼手胝足，含辛茹苦十五年，等到该送的送，该长的长，她已是不知明镜里，何处得秋霜了。虽然戏作者为她安排了尽可能好的结局，与环卫工人成婚，获大专文凭，办起公益事业。但据我所知，人们，特别是在一些年轻人中间，不乏争论，比如，这样为小家庭的牺牲值得吗？合乎人权、人性和人的发展吗？是否含有愚孝的影子？如此等等。还有人说，凭什么要放弃好不容易考上的重点大学，为什么要为别人活着？我本人认为，任何时代都不能没有这样的献身者，牺牲者，人不能只为自己活着，在这一根本问题上，我认为此剧是站得住脚的，彰显的是我们民族传统的和现实的人性和美德，很有意义的。这也就是说，悲剧在任何时代都不会绝迹。我还想特别指出的是，这个戏是写"爱"的，而"爱"对于构建和谐社会来说，是首要的因素，在今天尤其便利深挖。但是，问题在于，如何将这一悲剧性主题处理得壮美动人，荡气回肠，使人提高，并使人的境界升华。所以，仅靠给主人公安排一个好的归宿，是不足以说服人的。假使她所遇非人，弟妹不贤（这在生活中完全可能），那她的意义就削弱了吗？或者应该更伟大。

五　新编历史剧的推陈出新问题

新编历史剧在这次的初选精品剧中占有相当大的分量。于是，如何给传统以生命力，给历史以新发现，如何化腐朽为神奇，为古老题材注入新的灵魂，努力寻求传统文化与现代观念之结合点，便成为这些剧作能否成功的关键。

看传统京剧《狸猫换太子》，发现编剧下了大功夫，堪称杰出的悬念剧，每个情节都被推上悬崖绝壁，让观众再怎么也想不出解决办法，然而剧作偏能峰回路转，柳暗花明，重新吸住观众，于是掌声不绝。演员阵容气象不凡，声情并茂，高潮迭起，说明传统戏仍有极强的生命力。该剧给予传统甚至衰朽以新的生命，核心在于，重新确立陈琳、寇珠等人的救主动机，一扫愚忠观，突出人道观，为一小小生命呵护，表现了对生命的珍重。按说，不合情理处不少，如太子七年无人问，八贤王在干什么，刘娘娘杀气不足，等等，却基本被抚平了。看来，如何提高剧作的艺术概括力，表现张力，风格的协调性，往往是创作上的难点。

新编昆曲历史剧《班昭》也非常出色。全剧给人以典雅，凝重，简练，独具风骨之感，表现了在庙堂御用与史家独立精神之间，在逸乐与发奋之间，怎样保持文人节操，治史精神。这是一个现代性的主题。剧情中，面对杀青汉书之重任，班昭在曹寿与马续二兄间往还，寻求支持。十四岁的班昭尊兄命嫁给风流机敏的曹寿，新婚燕尔，曹即不耐著书之苦寂，怀揣美赋，游走宫廷，得皇太后赏识，成为近侍亲信。后遇太后新亡，被命其终身守陵，他只能跳江了。另一不便在班昭身边久留的兄长马续，数十年后归来，发现班昭居华屋，著华服，疲于应酬，惰于著书，深为痛心，为留宫中完成大业，竟自请宫刑。班昭遂清醒。整部戏以散文化的抒情风格写成，追求淡然，缺少戏剧冲突的强烈性。我个人认为，对班昭的刻画，若将其在二兄之间的抉择之苦，青春与沉潜，性爱与牺牲，刻苦与逸乐之矛盾性，更加突出强化，会有更佳的感染力。

新编历史评剧《凤阳情》，叙朱元璋马秀英夫妇事。写马秀英从平民到皇后，坎坷一生，传奇一生。写她与朱元璋从相识到相知，以皇后之身，体恤民生，爱护百姓，并围绕对皇太子的教诲展开情节。这个戏的抒情风格有可称道处，故乡情，石板路，春天的原野，背篓打猪草的女孩儿，给人以勃勃生机。眺望家园，回首前尘，反思成为开国皇后至尊，反差之大，形成灵感。纵贯全剧的思想是，张扬民本思想，批判滥杀无辜的专制专横。应该说很有戏，但说教味浓了些。

新编历史婺剧《梦断婺江》，写太平天国后期侍王李世贤的一段悲情，讲太平天国的兴亡教训。在文化界和史学界重新审视太平天国史的今天，应该说此剧在创作上的难度极大。该剧以李世贤、柳彦卿男女主人公的关系为主线，通过相遇，相疑，相争，到相知，相助，相敬，直到共殉天国之梦，情节曲折复杂，跌宕起伏，展示两个人的心路历程也较复杂。作者欲透过历史文化背影，折射天国败亡的教训，展现厚重的历史疑云。这好像是注定就很难写好的题材。演出后反映平平，我个人却认为，能写成这样，殊为难得。作者已经注意吸收近年来研究反思太平天国史的新成果，强化了批判性，但不彻底否定。贯穿全剧的中心问题是：天国为百姓造反，为何百姓又造天国的反？批判了大兴土木，横征暴敛，激发民变，失去民心之不义，这是抓得比较准的。我还认为，剧作构思比较巧妙，从柳女寻表哥开始，以翻译外文而引起注意，以后是抗议，女扮男装，侍王赏识，发生爱情，成为王府妖女，有戏，真乃乱世儿女情。可是，整个戏又是粗糙的，抓住了批判性，却无法贯彻始终，根子仍在究竟怎样评价太平天国。

以上主要围绕戏剧创作中的文学性问题，结合本次观摩的部分剧作，我谈了对它们的得失的一些看法。毕竟是门外谈戏，仅供修改时参考，或有一点看法能有助于修改，我将甚感欣慰。至于对舞剧，音乐剧，木偶戏，大型原生态歌舞剧的看法，我也作了笔记，将在另外的文章中再谈。

民族心史与精神家园

——对 2011 年中国长篇小说的观察和质询

2011 年对文学而言，是难忘的一年。这一年发生的文学事件足以令几近边缘化的文学一度成为社会关注的中心。先是 8 月份第八届茅盾文学奖的评选与揭晓。因为此次评奖在评委组成、投票方式等环节上大力改革，遂使评奖过程跌宕起伏，人们的关注点或质疑点变得越来越多，恍然又回到热烈的 1980 年代。五部获奖作品——《你在高原》《天行者》《推拿》《蛙》《一句顶一万句》正在经受读者的考量。这股热潮还未降温，全球关注的 2011 诺贝尔文学奖于 10 月 6 日揭晓，中国诗人比较熟悉的瑞典诗人托马斯·特兰斯特罗姆摘得桂冠，他的名诗《写于 1996 年解冻》，在各种场合被提及甚至朗诵。这成为文学界的一个话题。再后来，全国第八次作代会召开了。当然，最为重要的无疑是中国共产党第十七届中央委员会第六次全体会议在北京的举行。会议高举文化建设与创新的大旗，强调文化是民族的血脉，是人民的精神家园；如何发扬"以爱国主义为核心的民族精神和以改革创新为核心的时代精神"，如何在新语境下坚持以人民为中心的创作方向，成为热议的重点。它使凛然而至的严冬也变得温暖了几许。在这样一个时刻，我们的视点无形中似乎升高了，对2011年的长篇小说进行一次观察和梳理，就显得非常必要。当然这里只是笔者个人的一种视角。

对民族心史的深切反思

2011年是辛亥革命100周年纪念，沉重的历史指针在时间深处忽然抖动了一下，使整个中国禁不住停下加速度的脚步，回过头来凝望历史，并做出深切反思。于是，这一年的回头率很高。人们不仅回顾百年中国的发展历程，还回顾每一座城、每一个村庄的盛衰与兴亡。

我稍稍查阅了一下相关报刊，在纪念辛亥革命方面，各大出版社出版了不少长篇小说，如浙江文艺社的《辛亥风云》，长江文艺社的《武汉首义家》，人民文学社的《铁血首义路》，陕西师大社的《辛亥女杰》。还有好多这方面的长篇小说在等待出版。辛亥革命是中国历史翻开新的一页的重要节点；这个时刻，古老的传统发生了巨大的断裂。作家们敏锐地发现了这一历史题材的重大价值，意识到这可能是出大作品的宝地，惜乎目前还没有引起很大反响的作品。相比之下，祝勇的《血朝廷》个性较为突出。《血朝廷》试图从多维角度对清末宫廷50年的历史作出新的书写，虽未直接写辛亥本身，实际与之息息相关；对晚清50年的研究，其实已被纳入辛亥革命的研究范畴之中。在这部具有非虚构特点却又充满了心理探索的小说中，历史被推为远景，人物被拥向前台。光绪、慈禧、珍妃、荣禄、隆裕、李鸿章、袁世凯……在这一张张已被定型的历史面具之下，作者潜入他们的内心，揭开他们最幽暗最神秘的精神黑箱。祝勇表示，故宫将是他毕生的写作资源。

小说的领域自然不能完全依仗对重大史事的书写，按勃兰兑斯的话，文学是灵魂的历史，它的想象空间很大。就此而言，贾平凹的《古炉》不管有多少争议，带给我们的毕竟是一份有关中国的沉甸甸的心史，它直逼一段最沉痛最荒谬的历史运动。作品从最微末，最边缘处写起，整个节奏是偏慢的，在快与慢，变与不变，动与静，大与小，强与弱中，基本都取了后者。他要写出那个年代，最底层的中国人血液灵魂中深藏的某种根性，试图传递真正的中国经验，中国情绪，以及中国人曾经怎样活着的信息。

"CHINA"这个特殊的英语单词在《古炉》一书的封面、封底、扉页处前后出现了六次，诚如贾平凹所言："古炉就是中国的内涵在里头。中国这个英语词，以前在外国人眼里叫做瓷，与其说写这个古炉的村子，实际想的是中国的事情。"山明水秀、民风淳朴的寂寞的古炉村，何以在1967年的春天突然变成人性之恶盘桓的乖戾之地？这一切，是通过一个相貌丑陋，却能与自然万物对话，大事来临前总能闻到特殊气味的少年狗尿苔之眼之心发现的。少年的内心充满了善，当小说中的"善人"死后，这少年痛哭不已，也只有他看到"善人"死后留在世间的空白，即那颗"善心"。可怕的不是"文化大革命"这段人性失常的历史本身，可怕的是人们对这段历史的淡漠和遗忘，以及这种淡漠与遗忘有可能形成的文化土壤。

作者的努力值得尊重，他要写出生活本身的自在性，完整性，复杂性，多义性，纠缠性，要让许多未被文学照亮过的角落显现其原形。它不是靠情节，靠故事，靠大起大落的架构，而是以人物，细节，场景三者为要素缓缓推进。不过，这部作品的缺乏更深刻的理性参与也许是一个疑点，是否过于痴迷民间乱象，过于依赖生活流本身，以至主体的驾驭和穿透显得薄弱。事实上，自《秦腔》以来的创作包括《高兴》均如是，作者说，文学就是"写生活"，这句话是耶非耶，需要辨析。《古炉》在2011年的问世，在对民族历史的人文反思方面，无疑至关重要。巴金先生生前曾呼吁设立"文革"纪念馆，《古炉》是很有资格摆进纪念馆的陈列架上的。

对历史文化的多重发掘

近三十年来,历史被一再地重新演绎和重新诉说。在某种意义上,历史似乎已经不是何为真实何为虚假的问题,而变成了如何叙述和怎样写的问题。我们似已进入了后现代语境。对"消费历史"的叙述者来说,自然不必为历史精神负责;但对严肃的作家来说,寻找真实的历史,寻找历史文化之魂,仍是他们一贯的痴心追求,甚至为之虚构出一个世界。

王安忆就为上海虚构了一种它童年的情状,此即《天香》。在《长恨歌》及其他中,王安忆力图为上海画一幅当代风情画,寻找她红颜凋落的灵魂。人们还自然而然地想到了张爱玲。她们共同虚构着一个现当代文学中的上海。但是,《天香》越过了张爱玲,也越过了王安忆自己,越过了已知的现代文明,直达四百年前的晚明的上海。那时上海滩刚刚从淤泥上裸露出来,成形,逐渐繁华。一个古典华丽的园子在那里落成,那就是天香园。如果说《长恨歌》是一幅充满流言与情欲的当代画,是上海有些繁乱的"今世",那么,《天香》便是一幅冷艳而散溢着天香的古典画,是上海的"前生"。显然,王安忆不仅要在语言风格上靠近古典主义,而且在文化元素上也在追忆失去的古典时代。

小说叙述的是明嘉靖三十八年至清康熙六年上海县申家四代人的命运。一座拥有江南风物的园子,几个拥有丝绸刺绣技艺的女性。单是作品中家族的姓氏,就能引起人的文化想象。上海别称申的由来据说始自春秋战国时期,当时的上海曾是楚国春申君黄歇的封邑。而王安忆在《天香》中以晚明上海申家"天香园绣"的发展为线,描绘了一幅上海的社会万象图,并试图以此找寻上海的文化源泉。从大处着手,慢慢进入细节,又从细部雕饰,再汇入历史,这被看作王安忆娴熟的叙事特点,但此作到底有些不同。从作家写作的角度来讲，这不失为一次冒险。从当代文学来讲，也不失为一次寻找。

与王安忆一样，方方也在选择历史叙事，而且选的是战争和革命的叙事。对一个女作家来说，令人颇感意外。方方说，曾经有如此之多的人用自己全部的鲜血浇灌了这片土地，我们应该记得他们，记得他们为什么而死。王安忆的《天香》基本上是虚构，方方的《武昌城》就更近于写实。方方力图呈现1926年北伐时期的武昌之围，分攻城篇与守城篇。当然，我们仍然不能认为，这就是历史事实。事实与真实之间的差别，在于价值。显然，方方以知识分子的视角回到1926，亲眼目睹了惨烈的一幕，亲眼看见惊雷闪电中，一座千年古城的沧桑容颜。

以新写实名世的方方，与池莉共同营造着一个市井化气息甚浓的武汉，各有各的风景，以至使这座城市与王安忆们的上海、贾平凹们的西安、毕飞宇们的南京、冯骥才们的天津有得一比。这一次，方方要冒险，不仅写历史，而且写革命。我一直在想，对于那段革命史来说，今天我们如何用文学去重新表述？又如何与教科书里的历史有所不同？这是一个难点。另一难点是，对于革命，我们怎样重新去认识。在那几十年里，有太多的主义、太多的派别，也有太多的牺牲。中国处在一个起承转合的大时代，必然要牺牲一大批人。我们如何在远处将它们看个清楚。方方的尝试很有价值。还有陈启文从文化视角重新思考家族史的新作《江州义门》，也值得注意。

对知识分子灵魂的透视

近年来长篇小说有一个不易察觉的自我调整，那就是一些作家从原来的生动摹写外在的欲望化故事，开始转向精神内部的探究和分析。虽是少数作家所为，却是又一次向内转，显示了时代对文学的深沉呼唤。张炜的

《你在高原》便是一个显证。在这种偏于向内转、写精神的路径中，写知识分子生活或者说以知识分子的精神生活为主旨的作品多了起来。

2011年有几位作家对大时代中知识分子的命运进行了深入探索和呈示，并对知识分子的灵魂进行了较为深入的挖掘。格非的《春尽江南》，黄蓓佳的《家人们》，以及最近严歌苓的《陆犯焉识》，就是这样的作品。

《春尽江南》是格非三部曲小说的最后一部。格非的三部曲均以表现百年来中国社会之变迁、知识分子之内心历程为中心。第一部《人面桃花》展现民国初年中国知识分子的生命轨迹与理想探索；第二部《山河入梦》刻画上世纪五六十年代知识分子的社会理想与实践；新出版的《春尽江南》则把关注目光投向了当下中国的精神现实和知识分子的人生样相。格非能用冷静的态度表现主人公端午，由一个上世纪80年代的名诗人向一个无聊度日的小职员的转变，以及他的妻子家玉，一个从文学青年向律师蜕变的女性。他们二人以及周遭人物终于成为城市中产阶级之一分子，却无时不显现出失败者的某些精神特征。《春尽江南》中故事时间只有一年，却把世纪之交前后大约二十多年的中国社会生活的内在变迁和知识分子的精神人格极力呈现出来。格非的作品有着与众不同的内省气质。

在我看来，黄蓓佳的《家人们》同样突出。这是一部当代《雷雨》式的，把社会历史变迁和政治内容渗透、挤压、置换为家庭伦理冲突的具有强烈形式感的小说；虽然它没有乱伦，弑父，恋母这样一些更为惊悚的情节，但它在貌似平静中藏着深波大澜。我们习惯于那种血腥的诡异的家族叙事，以为家族作为叙事的壳，其功能已尽于此，却很少想到，在今天的现实中，家庭内部仍然有大量人性冲突可挖，《家人们》确有政治家庭化，家庭政治化的一面，那是那个时代使然。在家庭这个容器里，埋藏了多少尖锐的善与恶，假与丑，良知与出卖，爱与恨的人性冲突，从而显现出人性的深度与丰富。杨云，罗家园，乔六月，罗想农等知识者的多副面孔令人难忘。

严歌苓给人的一贯的印象是擅长书写古与今的女性命运。但其新作《陆犯焉识》却以细致而深刻的笔触直指大的历史变动中的男性知识分子。小说背景跨度大，从繁华的美国到上海，再到荒凉的中国大西北，令人如身置其中，为了本书的创作，她两次专门到大西北一个藏族自治县调查。

作者坦言，她之所以刻画主人公陆焉识，是因为对自己的"根"的好奇。其原型来自于作者年少时着迷的神话式人物——祖父。陆焉识作为一个特殊的知识分子，在二十世纪中国大变革时代遭遇了常人难以想象的变故，他一直渴望自由却处处受到阻挠，爱情如此，婚姻如此，事业如此，最后连人身自由都没有。当他最终获得人身自由后发现自己变得更加不自由了。作为知识分子，陆焉识本质上是永远囚禁于非自由状态的囚犯。行文至此，严歌苓带给我们的思考应是：何谓自由？

对个体命运与价值的思考

在现当代文学史上，个体的苏醒才是现代中国真正的开始，所以，对个体价值书写的重视始终是一个重要的精神向度。可是，什么是真正的个体价值？个体价值在历史中如何存在？个体价值与集体价值如何选择？这也许仍是国人所面临的难题。2011年的长篇小说中，有一些作品继续体现着对一个大时代背景之下个体命运的审视和思考，其中较独特的是范小青的《香火》等作。

《香火》一出版即被人喻为"中国版的人鬼情未了"，也有人认为《香火》讲述的是禅的故事。更大程度上，《香火》用一种魔幻的方式讲述了"香火"的命运。在中国当代那个有名的大饥馑的年代，一个乡村少年吞下一只从棺材里跳出来的青蛙后，竟然有了特异功能——能读出白纸上的"观音签"。令人匪夷所思的是，这个少年的母亲对他有着毫不掩饰的厌恶，父亲为了让少年活下去，把他送往寺庙，自己却在这途中死去了。这个少年于是成了庙里专门伺候和尚的"香火"。在所谓"破四旧"年代，疯狂的人们来砸菩萨像，香火突然看见了父亲的魂灵。他与几个人合力，终于保住了寺庙以及镇寺之宝。一个原本不信神灵的少年竟然成了保护庙宇的主力。命运之神在"文化大革命"之后又一次来造访香火，他卖掉祖传的珍贵物品，只为翻修太平寺。这时他才知道，自己是个被抱错了的孩子，而这一切，又有什么重要呢？当经济的大浪席卷而来，他与父亲已经并肩坐在天上。《香火》里魔幻色彩很浓，香火的大师傅能坐化，而少年有特异禀赋，关键时刻，香火能看到父亲的魂，等等，这更加重了人对命运的思考。

这里有必要提到海飞的《向延安》。这部作品之所以在红色题材中别具一格，是它突出了革命大潮中个体生命和个人选择的独立价值与诗性美感。作品的书名让我想起七七事变后，全国成千上万热血青年，冲破重重阻挠，从四面八方奔向延安，去寻找光明和理想的动人情景。如果说，我们曾经担心，新一代的写作者身上，深度背景在淡化，政治情结和忧患意识在淡化，担心他们既没有老一辈苦难体验，又没有农村生活的磨炼，这是否会影响到他们作品的深度？而现在，我们看到，新一代作家如海飞，他们重诉历史的冲动没有止息，并能以一种新的叙述和新的理解出现。除了以谍战，以传奇，以更为注重人性的复杂和多面的方式呈现出来以外，他们还能特别展现个体在历史中的光彩和诗意。命运之神的力量是无形而巨大的，在大的历史之中，人是很难掌握自己的命运的。《向延安》让我们思考的不止是个人的命运，还有一个国家、一个民族的命运。

乡土呈现了新经验

从某种意义上来说，乡土叙事的传统虽然庞大而深厚，但它似乎随时有陷入模式化泥淖的危险。魔幻化，怪诞化，或诗意的虚构，虽然花样翻新，却仍像是不断的复制与流行。重要的是，我们需要新的经验、新的语言、新的感觉来冲破习见的模式。2010年出版的《中国在梁庄》之所以引起了一股"非虚构"的热潮，就是因为它的陌生化效果。

　　2011年，就我的阅读而言，长篇小说中写乡土的也不少，但能表现出一种乡土新经验的却不多。一向以中篇见长的葛水平，写出了长篇处女作《裸地》，表现出独特的笔墨情调，貌似平淡却回味无穷。《裸地》的时间横跨清末民初到土改。背景是山西的移民史和一个家族的兴衰史。葛水平以一个女作家特有的眼光，通过一个家族的兴衰和一个女性的曲折命运，揭示了几十年间山西太行地区的沧海桑田之变，延续了一直以来对生存的关注，对艰难生存中的人性美的展示。盖运昌、女女等人物的厚重和扎实，以及与这些人物相关的情节和场景，使之别开生面，为乡土小说提供了新的感觉和经验。

　　曾写出《告别夹边沟》《定西孤儿院纪事》等震撼之作的杨显惠，近来有《甘南纪事》问世。这是一部跨文体的写作，既可作为短篇集成来读，也可看成一部长篇小说——因其主题和内在的主人公只有一个。杨显惠以极富控制力的笔调和近乎原生态的语言，为我们展现了甘南草原原有的民族文化生态正在工业化的步步逼近中快速地消解着。世界大潮浩浩荡荡，谁也无法阻挡，但是，作家仍然用他的笔顽强地抵抗着这一异化大潮。这不禁使人想起很多现代派作家，如福克纳，梭罗等对这一深邃的生态主题的发现。

　　这里我想推荐一部尚未引起广泛注意的长篇《城市门》（王海）。作品写的是当下，却在"秦砖汉瓦"般的历史背影下推动着情节发展，从而有了文化的厚度。作者以忧郁的心灵触动了当下社会转型期出现的两大难题：精神失落与生存困惑。张旗寨和掌旗寨的土地、村落、庙宇全部被商业征收了，转眼之间消失了，农民们虽然拿了一笔征地费住进了新居，可他们的生活从此乱了套。作家以敏锐的视觉，书写农民在失去故土后的精神苦闷，迁移新居后的生存挣扎，对失地农民的精神去向与生存困境提出了尖锐的质疑，并在很大程度上书写了人性的扭曲，道德的失范，心灵的迷惘。"龙爪宝地"没了，"秦汉战鼓"虽然成了非物质遗产，进入了省城艺术团，可鼓是"敲"出来的不是"演"出来的。虽说文化是我们的精神家园，可这文化正处在巨大的裂变之中。

除上述作品，2011年的长篇小说还有一些新趋向。比如，一向被视作"80后"领军人物的韩寒推出了新长篇《1988：我想和这个世界谈谈》。这部作品一出版就被评家称为"公路小说"，这似乎有些表相，不是一种内在的表述。《1988：我想和这个世界谈谈》表现出冷峻的调侃和不易觉察的嘲讽，以及韩寒式的思考。韩寒在序言中写道："以此书纪念我每一个倒在路上的朋友，更以此书献给你，我生命里的女孩们，无论你解不解我的风情，无论我解不解你的衣扣，在此刻，我是如此地想念你，不带'们'。"一种关注个体存在的态度，一种"在路上"的新锐感觉，加上发行时的热点，使"80后"再次成为关注焦点。台湾作家也以不同的方式表现他们的新思考，张大春的被誉为新武侠小说的《城邦暴力团》，在环环相扣、惊心动魄的情节中揭开了别样的一部中国现代历史，带来了另一种阅读的震撼。

我的提问：

以上文字自然不能概括一年来所有长篇小说。我没有读到的好长篇肯定还有一些。这里所谈充其量只是大河上的几朵显眼的浪花。

事实上，对当代长篇小说的发展，我是心存不少疑虑的，限于篇幅，在此略谈一二。第一，怎样看待数量与质量的关系。自上世纪九十年代中后期至今，长篇小说便有了"时代文体"、"第一文体"之誉，无形中呼应了巴赫金当年所言：资本主义文化在创作上最重要的唯一的文体就是长篇小说。现在每年有两千甚至三千部左右的长篇出版，还不算网络上海量的长篇。有道是，没有一定的数量就没有一定的质量，此言似有理，但并不是说只要有了数量就自然而然地会蹦出杰作，若是同义反复，一万部也未必能出几个杰作。文学不是按照百分比的比例生产的。

第二，长篇小说如何亲近时代，亲近读者，以得到读者的共鸣和喜爱，是一个突出的问题。长篇精品的产生一定要有很强的时代感和现实感。一切伟大的、杰出的作品，都离不开它的时代，而且它一定是表达了人民的愿望和期盼，是关心他们的疾苦与生存以至灵魂的；如果与他们的生活和精神无关，他们是不会关心长篇小说的。原创力的秘诀在哪里？创新性的关键在哪里？原创力只能到社会生活的深处去汲取，创新性只能通过对传统的创造性转化来实现。这是一个艰苦的过程。

第三，我以为对长篇小说而言有这么几条还是要坚持的：我们要坚持长远的审美眼光，甚至可以拉开一定距离来评价作品，避免迎合现实中的某些直接的功利因素，要体现出对人类理想的真善美的不懈追求。一定要看作品有没有深沉的思想含量和文化含量，看有没有人性的深度，特别要看有没有体现本民族的思想文化根基。还要看作品在艺术上、文体上有没有创新，在人物刻画、叙述方式、语言艺术上有没有独到的东西。长篇小说是一种规模很大的体裁，所以有必要考虑它是否表现了一个民族在特定时期的心灵发展和嬗变的历史。尽管有人认为，现在已从再现历史进入了个人言说的时代，但在根本上，文学即是灵魂的历史。

关于爱、道德、生死的思考

——我看获鲁奖的五个中篇小说

第五届鲁奖我是中篇小说的终评委。中篇向来是鲁奖的重头戏,网上投票和竞猜也显得格外踊跃,无数读者的眼睛在盯着评委会呢。各位同仁自感责任重大,不敢懈怠,个个在小本子上作了详细笔记,看了又看,想了又想,希望评出一个能得到各方认可的好阵容。这当然非常之难。我们只能在初评入围的二十部中选拔。这二十部个个不弱。经过多轮大战,最终获奖的只能是五部,它们是:乔叶《最慢的是活着》,王十月《国家订单》,吴克敬《手铐上的蓝花花》,李骏虎《前面就是麦季》,方方《琴断口》。

我不知读者的观感如何,作何评价,恐怕还只能是见仁见智。我认为,决不能说只有这五部才是三年来最好的中篇,其实在未获奖的作品里仍有许多闪光遗珠;但是,我却也认为,这五部是比较出类拔萃之作,它们也各有各胜出的理由,它们以其"特色"和"新意"出人意表。

在这三年里,已经获过鲁奖的作家里,比如,迟子建的《鬼魅丹青》,

王安忆的《骄傲的皮匠》，叶广芩的《豆汁记》毫无疑问是精品，王安忆对弄堂文化的深入腠里的观察和工笔画式的刻绘，实为一绝，也是她近年最为人称道的佳构；叶广芩的《豆汁记》，那贵族之家的苍凉韵味，北京厨艺的色香味儿，那人性之醇厚和人生之悲哀，写来又上了一个台阶。海外华人作家有三人之多入围，各有亮点，直到最后，大家还放不下《罗坎村》。更有多位作者进入多轮竞争。举个例子吧，王松以其《双驴记》和《欢乐歌》在连续两届的评奖中皆以"擦肩而过"的战绩"名落孙（松）山"，实为巧合。擦肩者还有多多。

　　还是让我着重说说获奖的这五部小说吧。乔叶的《最慢的是活着》，透过奶奶漫长而坚韧的一生，深情而饱满地展现了中华文化的家族伦理形态和潜在的人性之美。我认为，对这个完全无悬念，无重要情节的小说而言，祖母和孙女之间的心理对峙和化仇为爱，构成了小说奇特的张力；而所谓"你的旧貌就是我的新颜"，不由让人沉湎于对民族精神承传的无尽回味之中。

　　王十月的《国家订单》讲述在全球化和"9·11"事件大背景下，似乎隐约还可见国际金融危机的影子，写我国东南沿海一家民营工厂为摆脱困境奋力打拼，起死回生，又乐极生悲的故事。这里，不管是小老板、工人、领班、中间商、妓女，每个人都有自己的难处，每一个问题都有两面甚至多面性；作者对劳资双方的冲突和相互依存关系，对无形的"市场之手"带来的挤压和扭曲，对于谁也摆不脱的那条生物链进行了深入刻画，可谓穷形尽相。小说读来具有内在的紧张感。这不仅出于作家的构思，更是生活真实的深刻显现。作者没有止于激愤和呐喊，而是努力展示问题的全部复杂性和纠缠性。作者既有打工者深知内情的眼光，又能有所超越，关怀各色人物的灵魂。有人说，这是王十月的"招安"之作，但更多的人认为，这种更高的关爱，才是进步。

　　吴克敬的《手铐上的蓝花花》，读来颇有遭遇神来之笔的惊讶。吴克敬何以能"悟"出这么一部编织精巧，浑然天成，水乳交融，贯通古今的作品，实在叫人拍案惊奇。我一点也不是低估吴克敬的创作潜能和悟性。我注意过，别看他一副韬光养晦的混沌之相，木讷之态，其实内心冰雪聪明，创作运思很绵密，语言表达很机智。但是《手铐》还是出我意料。此作是可以被看作"原型写作"的：一方面让人想起陕北民歌里的那个可以作为共名的蓝花花，她们的命运何其相似乃尔，但新旧两个蓝花花，各有韵致，内涵有别；另一方面，它让人想起《玉堂春》，至少想起苏三的案子与之相似，还有崇公道在押解途中，时而开枷，时而锁枷的情景。我这样说，只想表明，《手铐上的蓝花花》是一种有着天然的原型和原乡的，有着深远文化背景的创作，也许连作者本人也未必充分意识到。这部作品有着传奇的外壳，却贯注着冷峻的批判精神；质地是现实主义的，却飞来了浪漫的情思。我欣赏的是，作品对闫父的极端痛苦与矛盾心理的刻画，活脱脱一个现代杨白劳，闫小样最喜欢的还在上学的小兄弟，认为一定会支持她，竟然也站在金钱一边。这实在是很沉痛的笔墨。小说写押解，有趣味，但也有破绽，警官宋冲云或有越规之嫌，但是，它虽未必合理却十分合情，这样写警察与囚犯没什么不可以。若比起美国某些大片，他越规得还不够，即便警察与囚犯发生爱情也并非神话。在这个意义上，押解恰恰写得还不够大胆，还不够新颖。

李骏虎的《前面就是麦季》是一部纯正的乡土小说。没有惊耸的外在事件，也没有常见的苦难倾吐，它是平静的，日常的，通过一个农家三位女性的纠葛，围绕抱养孩子，置办满月酒而展开乡村风俗画，含有诉不尽的温情与关爱。但更重要的是，这又是一部关于心灵和道德的纯净的小说，作者笔调质朴，平实，幽默，从容，深入到了乡土生活的深处，抒写的是人性中善良美好的愿景。此作被认为是"后赵树理写作"的新高度不无道理。

方方的《琴断口》题目就很不一般。据说武汉就有这个地名。但用在这里,"琴断口"便是一个隐喻:正如有人追问的,是断桥表示年轻生命的夭折,还是人世知音从此成为绝响,抑或爱情走到了尽头,彼此成为冤家?我看这部小说超越了老套的情爱传奇而涉及人的生存的勇气这个大问题。小说通过一个突发的断桥事故,面对人死了,婚姻结束了,爱情之琴断了这三种情景,发出究竟是谁之错之问。总之,以上作家留给我们关于爱,道德,生死的许多深深思索。

第三辑

莫言：中国传统与世界新潮的浑融

莫言的创作丰赡，仅长篇小说就有十一部之多，而被他称为"三匹马，长中短，拉着我，一齐走"的中短篇小说部分，同样新意迭出，变化多端，若再加上他的散文和戏剧，真是难以细数。于是在这里，我不打算陷入对一部部作品的介绍和评价，我想从整体感受出发，从审美意识幻变的角度出发，从勾画创作个性的角度出发，描述莫言是一个什么样的作家。

一

据说得于"一个梦境"的中篇《透明的红萝卜》，以黑孩的超现实的感觉和超强的意志力震惊了文坛，莫言遂一夜成名。其中的黑孩好似一个精灵，他大脑袋，细脖颈，好像始终没说过一句话，他眼里的太阳是蓝色的，他能听见头发丝掉到地上的声音，他敢攥发红的铁块，手心里发出了知了般的嘶叫声；他承受着凌辱和蔑视，只有菊子姑娘能给他爱抚和温柔；他只是一个瘦弱的少年，却有让人畏惧的冷硬。他梦见红萝卜是透明的，里面流动着银色的液体，萝卜的须子放出了金色的光芒。这个梦一下子击碎了工地上的残酷，照亮了人性的黯淡。这部小说流露出一种灵魂的疼痛感和早熟的孤独。其实，沉默顽强的黑孩就是少年莫言自己的"心灵造影"。莫言在此确立了此后很长一个时期制约他的童年视角。《透明的红萝卜》与《民间音乐》《大风》《石磨》《枯河》《断手》《白狗秋千架》等短篇共同构成莫言早期创作的阵容，而《透明》无疑具有承上启下的作用。

然而，由中篇发展为长篇的《红高粱家族》毕竟是莫言最具代表性和象征意义的作品。这个象征性可能会伴随他的一生。谁都看得出来，"红高粱系列"小说与我国以往战争题材作品面目迥异，它虽也是一种历史真实，却是一种陌生而异样的、处处留着主体猛烈燃烧过的印痕、布满奇思狂想的历史真实。

就它的情节构架和人物实体而言，也未必多么奇特，其中仍有我们惯见的血流盈野，战火冲天，仇恨与爱欲交织的喘息，兽性与人性扭搏的嘶叫。然而，它奇异的魅惑力在于，我们被作者拉进了历史的腹心，置身于一个把视、听、触、嗅、味打通了的生气四溢的世界，理性的神经仿佛突然失灵了，我们大口呼吸着高粱地里弥漫的腥甜气息，产生了一种难以言说的神秘体验和融身于历史的"浑一"状态。于是，我们再也不能说只是观赏了一幅多么悲壮的历史画卷，而只能说置身于一种有呼吸有灵性的神秘氛围之中。其深刻的根源乃在于作家主体把握历史的思维方式之奇特、之突兀、之新异：莫言以他富于独创性的灵动之手，翻开了我国当代战争文学簇新的一页——他把历史主观化、心灵化、意象化了。作品在传统的骨架上生长出强烈的反传统的叛逆精神；不仅仅是一个"土匪"变成了抗日作品中的正面主角，不仅仅是十六岁的奶奶的青春"迸然炸裂"，也不仅仅是罗汉大爷的被割下来的耳朵在瓷盘子里活泼地跳动，叮当作响，而在于它把探索历史的灵魂与探索中国农民的灵魂紧紧结合起来；于是红高粱成为千万生命的化身，千万生命又是红高粱的外显，它让人体验那天地之间生生不息的生命律动，并在对"种的退化"的批判里让人看得更加分明。

更为难得的是，作品体现出一种狂放不羁的书写的自由感。这与小说首创了"我爷爷""我奶奶"及"我"相混搭的新颖的人称和叙述方式有很大关系，同时也与作者善于打通甚至"穿越"历史有关。面对此作，我曾发出过这样的感叹：历史有没有呼吸、有没有体温、有没有灵魂？历史是一堆渐渐冷却的死物，还是一群活生生的灵物？它是随着岁月的流逝而终结，还是依然流注和绵延在当代人的心头？它是抽象的教义或者枯燥语言堆积的结论，还是一代又一代人的心灵温热着、吸纳着，因而不断变幻着、更新着的形象？人和历史到底是什么关系？人是外来的观摩者、虔诚的膜拜者、神色鄙夷的第三者，抑或本身就是历史中的一个角色？历史和现实又是什么关系？是隔着时空的遥望，还是无法切割的联结？昨天与今天，仅仅是一般意义上的"承继"，还是精神上的"你中有我，我中有你"？

我发现，在这部作品里，到处都有作者叛逆笔墨的凸显，到处都能看到作者与我们久经熏陶而习惯了的某种构成定式的抵牾。例如，我们是个讲究"容隐"和"尊卑"的古国，莫言却不顾"容隐"之德，放开笔墨写"爷爷"与"奶奶"的"野合"，又不顾忌尊卑观念，用恣肆热烈的眼光看"奶奶"；我们的历史教义和多年来的惯例所描述的农民武装的发展图式几乎是固定的：在党的教育下由自在走向自觉，但余占鳌这个匪气十足，放纵不羁的游击司令却偏偏不肯就范于这种图式，走着完全不同的路；我们惯于从政治角度和阶级分析的方法来圈定农民的性格面貌，但莫言却把他们从"拔高"的位置"降级"到本色的状态，写出他们的无组织、无思想准备、混乱、冲动而又盲目，同时写出他们自发的高昂的民族意识和强烈的复仇情绪，写出"美丽与丑陋"的奇妙扭合。每个人物都不再受某种"观念"的挟制，全都解放了，全都在灵与肉、生与死、本能与道德的大撞击、大冲突中辗转挣扎、奋斗奔突；再如，我们的审美传统讲求中和与适度，切忌血淋淋的场面和惨绝人寰的兽行入诗入文，以免玷污文学殿堂，然而莫言却毫不留情地撕开"恶"的帷幕。看吧，惨不忍睹的活剥人皮，禽兽般的蹂躏妇女，狗嘴的啯吧声，尸体的撕裂声，全都墨痕斑斑，历历在目……正是传统外壳里裹藏的极端的反叛精神，使它成为一部"奇书"。他的这些要素，几乎贯穿此后他二十多年的写作；此后虽有更加汪洋恣肆的表现，更加光怪陆离的奇幻变形，但总体上却离不开这块审美奠基石。

二

没有上世纪八十年代的思想解放，观念爆炸，就没有莫言；没有作为农民之子，有过近二十年乡土生活亲历和"穿着军装的农民"的当兵经历，也就没有莫言；但同样，没有莫言作为一个天才作家的超人异秉，更不会有莫言及其作品。一日，莫言偶然看到李文俊翻译的《喧哗与骚动》，两万字的序都没看完，就兴奋得跳了起来，他说他要像福克纳老头一样，他也要高举起"高密东北乡"这面大旗，把这片土地上的河流，村庄，痴男怨女，地痞流氓，英雄好汉，统统写出，创建一个"文学共和国"。他要做这个"共和国"的国王，主宰一切。于是，东方一片狭小的乡土——"高密东北乡"，变成了"地球上最美丽最丑陋、最超脱最世俗、最圣洁最龌龊、最英雄好汉最王八蛋、最能喝酒最能爱的地方"；成了集结着反抗、冒险、复仇、情欲的一片传奇味儿十足的土地。后来莫言说，他确实受了福克纳的启发和影响，但没有福克纳他想他最终也会这么写的。这话我相信。

不过，有必要弄清，莫言笔下的"高密东北乡"，作为"原乡"，既是一种实存，又是一种臆造物，既是创作的驱动地，更是作家精神理想的发酵地。曾有过报道，不少人跑到高密县去寻找东北乡，寻找发生野合的"高粱地"，无不失望而返。可见，它不是自然地理，而是一个文学地理学的概念。作家既视之为源泉，同时又不断赋予它以新的含义。从这片"原乡"升腾而起的关键词应该是：民间，生命力，图腾，自然力，狂想，暴力，祖先，历史，血痕，等等。莫言的所有灵感似乎都来自于乡土，但他只是从乡土出发，而不是拘泥于乡土的精细写实和原貌复制。其笔下的乡土是野性的，梦幻的，恣肆的，血腥的，超验的，一句话，是形而下与形而上的结合，是洋与中的结合，因而，它们其实是超越乡土的。正是在这个意义上，我一直认为，莫言并不是一个通常意义上的"乡土作家"，也不是什么"文化寻根作家"。

现在人们很强调莫言对西方和拉美文学的学习、借鉴，有人称他为"中国的马尔克斯"，诺贝尔文学奖的授奖词也说，莫言很好地将魔幻现实与民间故事、历史与当代结合在一起（授奖词的翻译法虽小有差异，实质并没有多少不同），包括我上面引述的莫言对李文俊译本的敏锐反应，似乎都在说明，莫言受外来审美元素的影响很重，这甚至在某些人眼中，是他获奖的最重要理由之一。实际情况当然不是这样。我感到莫言并没有对西方或拉美先锋小说下过什么"读书破万卷"的功夫，他不过按照自己的兴趣，选择几本，或细读，或浏览而已，后者居多。关键在于，他的胃口特好，消化能力特强，他能将他邦的血肉，最新潮最尖锐的审美元素吃下去，消融掉，转化成自己的能量。他有独异的"灵性"，善于用灵性激活历史，激活记忆。事实上，莫言从创作开始不久，就是既善于吸收外来文学精华，更注重从中国传统的审美方式，中国民间的文化形态，中国民俗的话语智慧中汲取营养的。环视中国文坛，多年来学习魔幻，荒诞，变形，意识流，黑色幽默之类的作者太多了，有的人还模仿到可以乱真的地步，但能真正长成参天大树者，又有几人？到头来大都跳不出形式的外壳和自我的重复。问题症结就在于能否将外来的东西转化为自己的血肉，在于有无内在的根因，超强的消化能力和神秘的灵性。所以我说莫言是中国传统与世界新潮的"浑融"——浑者，浑而为一，融者，水乳交融。

当然，在莫言身上，确也存在着先锋性与本土性、实验性与民族化、中国传统与世界新潮之间的相互碰撞、激荡、交融，且时有侧重的情形，但最终，莫言走了以民族化，本土化，民间化，以继承与转化中国审美传统为根本的创作路线。有相当一段时间，莫言过于沉迷于超验的感觉，极端的变形夸张，搭配最能诉诸感官冲击力的语词，形式的因素明显压倒了精神的探求。《丰乳肥臀》虽采取家族小说框架，但它仍是《红高粱家族》精神的延续和扩展，透过上官鲁氏的一生，她和其他人生下了八个女儿，和瑞典人马洛亚牧师生下了上官金童，这些姐妹的亲属关系构成20世纪的权力高层和民间势力的盘虬，通过描写一个家庭来反映中国政治气候的变迁。作品讴歌了母性之宽厚博大，生命之生生不已。但像司马库这样复杂多端的恶魔加天使式的实实在在人物，在作品中却并不多见。由于时间跨度过长，莫言只能以感觉化、狂欢化、象征化的笔墨纵贯全篇。作品受新历史主义思潮影响比较明显。

这个时期，莫言仍偏重于吸纳西方和拉美文学，突出先锋性，或者说，他沉醉于天马行空、波诡云谲的想象、构思与笔墨。《十三步》里的魔幻气息很重，《酒国》里的"红烧婴儿"——吃童子肉，一面让人联想到现实中的贪婪，欲望，腐败，带有强烈的象征性，一面让人想起拉美文学如《总统先生》中侍者端上来的盘子里盛的是人头，还有眼镜蛇攀缘楼梯之类奇幻情景和荒诞手法；而在《球形闪电》《爆炸》《金发婴儿》《欢乐》《红蝗》等作品中，虽有许多新颖的发现，但总觉得感觉在爆炸，话语在膨胀，失去了必要的分寸和节制，阅读活动变成了一场语词的狂轰滥炸。我认为，此时莫言的创作空前旺盛却也出现了某种徘徊与停滞，显得既密集又有单一之感。

三

就在这前后，莫言意识到过于贴近先锋有失去自我的危险，他把马尔克斯比作"火炉"，他要保持距离，免得被"烤化"，他倡言要向民间文化探迹寻踪，他称之为"大踏步后撤"。这一顿悟具有非凡的革命的意义。他的突围是从《檀香刑》开始的。大概不会有人想到，小说主人公是大清刑部的"头号刽子手"，不会想到写义和团会从这样一个奇怪的角度切入，不会想到它的语言是如此的韵白间杂，朗朗上口，近乎中国戏曲中的"宾白"，灵感来自他家乡的"猫腔"。整个构思，大约只有"鬼才"才想得出来。它与正史相去甚远，却把互不沾边的角色如袁世凯，戏子，刽子手，美女，县官"捏"在一起；但你不能不承认，它深触了中国式的"吃人的筵宴"，独创性地揭出了中国式的"让人忍受最大痛苦再死去"的刽子手文化的凶残和黑暗无边。其中的酷刑——檀香刑完全出自莫言的幻想。杀人变成了一场狂欢节。我在大力肯定这部作品独出心裁地揭开了中国文化中不为人注意的阴冷幽暗的角隅，带给人陌生化、感官化的强烈刺激的同时，也有过一点批评。我认为，《檀香刑》在某种意义上是写生与死的极端情境，它对死亡、酷刑、虐杀、屠戮的极致化呈露，无疑增加或丰富了人类审美经验的复杂性，比之拉奥孔惨烈多了。但是，写着写着，小说似乎陷入了对"杀人艺术"的赏玩之中，陶醉在自己布置的千刀万剐的酷刑天地中，在施虐与受虐的快感中无法自拔，情不自禁地为暴力的登峰造极而喝彩。刽子手的戾气和酷刑的血气，使读者觳觫。作为演示刽子手文化，作者成功了；作为人的文学，又不能不说寒气袭人。

  在我看来，沿着这一传统化，民间化的路线，获得更大成功的当属《生死疲劳》。它在美学上达到的高度令人赞叹。这部被翻译为《西门闹和他的七世生活》的小说同样受到国际读者的赞赏。小说面对的是建国以来五十年中国农村的政治运动、历史变迁和农民的命运浮沉，跨度大，评价难，若用常规写法几乎无法处理。但莫言出奇制胜，他借用佛教的六道轮回之说，连"生死疲劳"的题目，也都借自佛偈，小说让亡灵与生人，活人与畜生，让地主、农民、干部，同处在一个生死场上。如此处理政治与农民，土地与生存的关系，不能不说是一个奇异而出人意外的创新。如果《檀香刑》不免显得过于离奇，那么《生死疲劳》就是一部中国农民与土地的生死恋的深刻反思之作，主题宏大、深邃，有丰厚的社会历史内涵，表现形式也奇特而睿智。地主西门闹变为驴、牛、猪、狗、猴等畜类的过程，并非猎奇，玄虚，玩形式花样，人与动物的感应，人性与动物性的转换，十分自然，开辟了一种空前自由的视角，调动了全息的大自然，具有深刻的文化底蕴。不妨随便摘引几句："我看到你的爹蓝脸和你的娘迎春在炕上颠鸾倒凤时，我，西门闹，眼见着自己的长工和自己的二姨太搞在一起，我痛苦地用脑袋碰撞驴棚的栅门，痛苦地用牙齿啃咬草料笸箩的边缘；但笸箩里新炒的黑豆搅拌着铡碎的谷草进入了我的口腔，使我不由自主地咀嚼和吞咽，在咀嚼中，在吞咽中，又使我体验到了一种纯驴的欢乐。"这不是辛酸之至，又啼笑皆非吗？小说的民族化审美观的努力不止是采用了章回体，通过六道轮回成就了中国式的荒诞与魔幻，语言上的返璞归真，平易畅达，朴实简洁，有古典小说风，更重要的是，它超越了传统，具有现代的人文精神。在我看来，莫言并无通过此作要重新全面地评价土改，合作社，人民公社，包产到户等等政治运动的历史功过的意思，但西门闹的变为畜生而乡土之恋不绝，长工蓝脸的受尽孤立而多年誓死不入社，这本身就具有强烈的批判性；但作品突出表达的无疑是对人的生命的尊重，人的尊严的不可侵犯，以及农民与土地之间不可解的血肉情缘。

　　有人认为，《蛙》不是莫言最优秀的作品。就看怎么看了。《蛙》表现了莫言关心政治，关注重大社会政治问题的一面，涉及政策又超越政策，上升到生命的尊严和人类的大爱上。我不同意把《蛙》的主题简单解释为"讥讽独生子女政策"，这是不懂中国国情的自以为是。事实上，《蛙》充满了矛盾，表现了生的权利与暂时不得不在生育上有所遏制之间的悲剧性冲突。姑姑从一个人人敬重的妇科医生，走向了人人诅咒的魔鬼，也正是这一悲剧性冲突的反映。小说是以给国际友人的四封信和一个独幕剧来结构的。很久以来，莫言的小说里就有潜在的国际读者和全球话语元素，《蛙》也不例外。在语词的绚烂与否上，当年天马行空的莫言似乎消失了，代之而起的是一派平实的白描，是一脉现实主义的内敛与深邃。

四

综观莫言整个创作，外显的东西是想象力，魔幻性，超现实，新异感觉之类，这使得有些人认为，莫言的创作中总是感性淹没了理性，外在的形式因素太浓重，不见思想和哲理的闪光，因而他不是一个具有深刻思想性的作家。或者说，他的思想性比较薄弱。这种看法在不少研究者和汉学家中存在，这看法对吗？

我认为这种看法比较皮相，站不住脚。看一个作家深刻还是肤浅，首先要看他有无强烈的主体性。主体意识才是作品价值的立法者。作家的思想应该深埋在形象世界，而不必戳露在外。在我看来，莫言是一个骨子里浸透了农民精神和道德理想的作家，他很难到农民之外去寻觅他所向往的理想精神，这可以说是他至今未必意识到的潜在危机，但也是他不断成功的坚实根由。他的作品贯穿着尊重人，肯定人，赞扬大写的人的精神，贯串着强烈的叛逆性和颠覆性，他笔下的农民主人公，大多不是逆来顺受，忍辱负重的可怜人，而是反抗者，叛逆者，比如，具有超人意志力的黑孩，"纯种红高粱"式的余占鳌，以及"不怕下十八层地狱"的戴凤莲，还有上官鲁氏，蓝脸，西门闹，姑姑等等。在这个意义上，我同意这样的看法：莫言描写的人物大都充满了活力，不惜用非常规的步骤和方法来实现他们的人生理想，打破被命运和政治所规划的牢笼。在莫言的作品中，一个被人遗忘的农民世界在我们的眼前崛起，生机勃勃，即便是最刺鼻的气体也让人心旷神怡，虽然是令人目瞪口呆的冷酷无情，却充满了快乐的无私。试想，主体性如此强大的作家，能说没有思想吗？不过也应该看到，莫言是一位具有中国式的酒神精神的作家。这也是我多年来的看法。这不仅因为，他的作品写酒之处实在太多了，更是因为，他的人物所体现的勇气与激情，是与冷静睿智、凝神观照的"日神精神"相对峙的，是以"酣饮高歌狂舞"来作为"行动的象征"的。也就是说，他毕竟是个感性大于理性的作家。莫言自己说，我更多的还是一个"素人作家"，靠灵性，直觉，感性和生活写作，不是靠理论，靠知识写作。这是清醒之论。

有人看到我说"莫言骨子里浸透了农民精神和道德理想"，看到我指出这既是他成功的"坚实根由"，又是他的"潜在危机"，就认为我在矮化莫言甚至污蔑莫言。我想，这里有一个如何理解农民精神和道德理想的问题。长期以来，按阶级论，农民是小生产者，其特性就是自私，保守，狭隘，软弱，忍从，狡猾，顶多为了肯定一下，承认其勤劳朴实，忍辱负重。鲁迅先生批判国民劣根性，由对阿Q的批判，似更加强了对农民不觉悟的批判。于是一提农民意识，农民精神，就是贬义。我认为这并非什么不可动摇的定论。鲁迅先生晚年说过一段话，我认为极其重要："我们生于大陆，早营农业，遂历受游牧民族之害，历史上满是血痕，却支撑以至今日，其实是伟大的"（《致尤炳圻》）[①]。对中国这个农业文明古国而言，农民就是人民的主体，而人民是历史的创造者。我们为什么非要把那么多恶谥强加给历史的创造者呢？莫言特别擅长写农民的"自发反抗"，"自我解放欲"，写原始生命力的高扬。莫言说过，作为农民的儿子，我有一颗农民的良心，不管农民采取了什么方式，我和农民的观点是一致的。我们的民族之所以繁衍不绝不被征服，不正是一代代人民在叛逆和反抗中奋然前行所致吗？当然，他的"创作危机"也是存在的，作为一个国际性的大作家，莫言的价值观，理想性，以及如何更加开阔，更加高远，更加具备人类性的担当，也许是亟须提升的。

谈莫言的主体性，有个问题不可不谈，那就是被称为"暴力美学"的

[①] 鲁迅：《致尤炳圻》，《鲁迅全集》13卷，人民文学出版社，1980年。

评价问题。没有暴力和血腥的表现，莫言就不成其为莫言了。杀人，剥皮，酷刑，生育……无一处不是血肉淋漓，令怯懦者掩面。中国传统美学讲温柔敦厚，西方传统美学讲节制与对称，讲悲剧而非悲惨，但现代创作早就突破了这些陈旧的框范，有如蒙克的《嚎叫》一般。比如《红高粱》中罗汉大爷被活剥了皮仍叫骂不止的场景，多么峻酷壮烈的反抗，多么惊天动地的惨剧！何须掩饰呢？无血痕便无灿烂，无惨烈便无强韧，无大真便无大美。莫言说："只有正视人类之恶，只有正视自我之丑，只有描写了人类不可克服的弱点和病态人格导致的悲惨命运，才是真正的悲剧，才可能具有'拷问灵魂'的深度和力度，才是真正的大悲悯。"这看法我是赞同的。但在具体写作中，情况往往复杂，正像有人说的，倘若一旦失去真正的民间理想的支撑，血腥描写很容易堕落为感官刺激上的自我放纵，从而丧失向民间认同所应具有的人文意义。

五

莫言就是这样一位具有突出的主体性、创新性、民间性、叛逆性的作家。不管有多少原因，在我看来，他获得诺贝尔文学奖的根本原因还是他创作中的可贵的独创性，以及他作品中独特的中国经验和中国心情，也可说是中国文化。但同时要看到，他的获奖不是偶然的，如果没有近三十年中国改革开放的文化土壤，没有融入世界的交流互动的文学环境，还像以前那样禁锢和封闭，他不可能获奖；他的获奖也不是孤立的，如果没有一个优秀的勇于借鉴探索，刻苦勤奋创作的中国作家的群体，显示出了某种新高度和平均数，他也不可能获奖。

他的获奖，当然是对他个人突出成就的褒扬，但也意味着世界对中国当代文学的某种肯定，也许是汉语这个语种即将大规模进入国际主流文化圈的征兆。所有用汉语说话，用汉语写作的人，都应该为这个变化高兴。

它也许完全超过了许海峰在奥运会上获得的第一块金牌：那是中国人身体上的胜利，这是中国人文化上的胜利。莫言获奖，让文学的价值得到了有力的确认，让普通大众意识到，文学是一件很体面的事情。毫无疑问，这是中国文学走向世界的一个标志性事件。

评说史铁生

史铁生自从在陕北染病,肢体瘫痪以后,行动的半径越来越小,心灵的空间却越来越大,他就此远离了喧嚣,退而沉思生存。他从不追逐潮流,他也没有选择诉苦和呐喊,也没有选择个人化的先锋写作,也没有遁入宗教徒式的迷狂,而是以哲人般的眼光,富于宗教精神的博爱,以及寓言的方式,始终把关怀人的问题放在关怀哪些人的问题之上,让自己的心贴近平民直至整个人类。他的前期,曾以《我的遥远的清平湾》《奶奶的星星》等汇入时代性的创作潮流;他的后期从《我与地坛》《命若琴弦》《务虚笔记》《我的丁一之旅》开始,另辟新径,进入了一个更为广大的形而上的星空。所以,我认为,中国不缺一般意义的作家,缺的恰是史铁生这样具有强烈终极关怀、接近神性的作家。史铁生说过,死亡是生命的盛大节日,他早就把死亡放在身边,并且在某种意义上超越了死亡,进入了时间之流。

评说张炜

　　张炜是个精神世界充满矛盾和冲突的作家，这既是其活力之源，又是其魅力之源，同时也还是他的局限所在。他似乎拥有两种不同的眼光，启蒙主义的捍卫人道的眼光和自然主义的反抗物化的眼光。他不断变换着双重眼光中的某一种来观照农业文明下的田园或田园背景后面的都市。那里既是诗意的乌托邦，又是专制和残忍的伤心之地。

　　二十六年前，我给张炜写过一封关于农村题材创作的信，把他的一个人物比做葡萄园里的哈姆雷特。实际上，张炜自己何尝不也是一个哈姆雷特。整个八十年代，张炜应和着捍卫人的尊严、权利和价值的呼声，应和着启蒙思潮和人道主义精神，以人权话语和人伦话语为主要武器冲在前面。《古船》和《秋天的愤怒》即是其代表。既然我们的民族曾经穿越了如此严酷的大伤痛、大恐惧、大熬煎，那么重新踏进这苦难看个究竟，回过头来研诘苦难与现实与变革的联结，就是一个富于良知的作家不可推卸的责任。《古船》震撼力的全部秘密在于，张炜不但要帮助人们恢复"记忆"，而且是以自己的身与心、感觉与理性、反省与忏悔来重新铸造"记忆"，并与当代人的困境联系起来。

然而,《古船》虽然通过隋抱朴达到了个体精神哲学的某种高度,却缺乏与他脚下土地的更深刻的交融;《九月寓言》虽然突出了大地的神力,却回到一种被美化了的农业文明的乌托邦;《柏慧》虽然敢于直面急遽变化了的现实,却因道德化的激愤构成了对更广阔的真实生存的某种遮蔽。人们期待张炜的,其实也是期待于当代文学的,是希望提供对时代精神命题的更为出色的表现,比如,如何更深切地揭示当代人的生存境遇,更深刻地表现当代人在物化的、技术化的、工具理性统治下的现实中的精神焦虑及如何寻求精神救赎之路。《你在高原》正是直面这些重大精神课题的一部大作品。

在这部长卷中,张炜的葡萄园已经扩展为一片广袤的大地,叙述人宁伽在其中不停地行走,拾掇大地上的故事,记录大地上的风俗人情,索源大地上的历史与传说,思考大地上人们的荣辱兴衰。这么一部书已经不能简单用"史诗"、"民族志"、"百科全书"等过于熟稔的词语来描述了,只有大地才有这样的包容力。所以我称它为大地之书,自然之书。另一方面,书写的过程是"一次长长的沉浸和感动"(张炜语),叙述人在做着大地漫游的同时,也在做着心灵的漫游,沉湎于爱情、人性、哲学、宗教、艺术等形而上的命题,个体心灵在大地的滋养和启迪下,做着"上穷碧落下黄泉"般的思索和追问,因而又可说是灵魂之书。在我看来,这部书是一个人漫长的心灵之旅,起意并没有指向宏大的主题,却由个人心史的积聚逐渐扩展而为一部民族心史。

《你在高原》这次获第八届茅盾奖后,受到质疑。连同莫言、刘醒龙等人的获奖,有人不无苛刻地指出,这是一次"基本合格的追认式评奖"。此言倒未必没有合理成分。虽然只评作品,但不可能不把作家的人格力量和一贯的创作精神的因素夹带进评奖中的。这不失为一种追认,而"追认"也是一种评价,积极公正的评价。

(为"作家在线"封面人物所写推荐语)

评说刘震云

刘震云是一个年龄不算大，创作跨度却很大，创作数量不少，创作变化却多端的，具有强烈文体意识、哲学意识和创新精神的作家，因而颇难捉摸。要理清刘震云的文脉，不是容易的事。

捕捉刘震云的审美走势其实极困难，他像一只矫健的灵鹿，跳过山涧，越过丛林，呼呼生风地奔跑在山野之间，你要追上他，与之并行，会感体力不支，这不是指作品的数量，而是指的审美路径。端详他的形象，描画他的个性，揭露其来源，难！因为他有时如同变戏法，决不能用一种现成的、已知的套路来看他，你永远也不知道，他的下一步作品是什么。

有人说，刘震云是一个出色的乡土作家，也对也不对。他与乡土有着极深刻的血缘关系，故乡往往是他叙述话语的起点和触媒。不管怎么变，乡村生活经验和当兵的经验，也许是影响他一生的永远摆不脱的精神背景。

他的成名作是《塔铺》和《新兵连》。当年我写文章说：读《塔铺》为之一震，有点凉水淋头的感觉，仿佛从灵魂深处唤起了非常渺远的记忆，又像从喧嚣拥挤的、到处闪着建筑冷光的都市，回到了阔别已久的故园，回到一个有充足水分和阳光的原色的世界。在那儿,"我"和一群农村知识青年背上铺盖卷儿,紧紧护好自己的"馍袋",走进了高考复习班,展开了激烈的竞争……我还写到,《塔铺》表现了当代青年企图追寻灵魂归属和踏实存在的一种努力;塔铺是双重象征,象征落后、愚昧、不自由状态,回忆塔铺,是为了告别塔铺;但塔铺又是责任、动力和爱的象征,追忆塔铺,又是为了回归塔铺。小说的最后一句话是:"我不敢忘记,我是从那里来的一个农家子弟。"《新兵连》也写生存的挣扎,淳朴的兵娃子们,为了分到一个好的兵种,为了入党提干,那带着憨厚底色的明争暗斗可真是一场赤裸的较量。作者对之充满了悲悯。

但刘震云很快就改变了这种写法。他写了另外一批东西:中篇《头人》,长篇《故乡相处流传》《故乡天下黄花》,纪实体《温故1942》。这些作品笔法虽各个不同,但有一点也许是贯通的,不再像《塔铺》那样贴近生活原色,也并不着重单个人物自身的命运,而把人符号化,象征化,以不动声色的冷静,展开了对乡土中国的精神结构的探究,探索那种周而复始的元素,永远无法改变的秩序,主宰历史的不变的东西,寻找历史之魂。例如《头人》,写一代代换汤不换药,超稳定结构。这里有很强的寻根意识。正如《温故1942》的题记所言:"如果我们总是遗忘,下一场饥荒会将我们埋葬!"

然而不久,刘震云又变了,写起了《单位》《官人》《一地鸡毛》等等,从生存相到生活化。着力写当下的生存状态,是相对稳定的观照;而生活化,是流动和不断变形。当代生活的有力冲击,使作者不可能过久地沉醉在归纳国民精神结构和寻根的满足中,而转而去体味生活自身的微妙过程。但他研究的仍是当下现象底下的精神结构,比如"单位",对今天每个人的不寻常的设置意味。他写单位日常的惰性,无边的压力,人永远逃不出去的、看不见却无法规避的潜规则。

近些年来,刘震云又有更大的变化,写了《我叫刘跃进》《手机》等。他把乡村和城市联结起来,直至转向了知识分子,敏感地写出了全球化语境和高科技化背景下,带来的奇妙变化和人自身的不可思议的变异。他是最早发现新媒体对人和生活的改变的。

然而,《一句顶一万句》仿佛又回到了《故乡天下黄花》的关注点上。从哲学上讲,比《黄花》要深刻了许多。它从刘震云对中国农民的精神流浪状态的奇妙洞察和叙述写起,体现了中国当代乡土叙述的发展和蜕变姿态。它的不同凡响在于,发现了"说话"——"谁在说话"和"说给谁听",是最能洞悉人这个文化动物的孤独状态的。他的叙述也有魔力,不凭依情节、故事、传奇,而是凭借本色的"说话",语句简洁、洗练,是连环套式的,是否定之否定式的,像螺丝扣一样越拧越紧。他写的似乎是农民,其实是全民族的;探究全民族的精神困境,找到集体无意识,千年孤独。

就在我写这篇推荐语的时候,《我不是潘金莲》出版了。我起先有些疑惑,这是不是一个急就章,甚至不无哗众取宠?因为写了很时髦的"上访"。读完之后却仍感惊喜。书的内容其实就是两篇长序。开始让人想起《秋菊打官司》,上访的情节和几个笑料也不算多么新鲜。然而,村妇李雪莲要澄清自己不是潘金莲,要证明之前的离婚是假的,一路告状,从县里、市里告到了北京,法院院长、县长、市长皆被卷入且罢免。她连告20年,告了个人仰马翻,以至于她一旦不在视线之内,马上会围追堵截。刘的简洁诙谐的叙述中,颇能折腾,把这么简单的故事,弄得没完没了,我发现这部小说最大特点是"荒诞感",一部罕见的中国式的荒诞派戏剧。我看到了刘震云的锐度和深度,它写出了相当一些不作为的中国官员的生态,小说包含着极为尖锐的对现实的干预和对人民疾苦的关怀,却又是出之于那样的滑稽突梯,匪夷所思。小说结束在削为平民的史为民春节买不到车票,急中生智自称"上访",便被安然送回老家,而此时,他的连骨肉店生意火爆之极,似在反讽他的仕途经济的无效。

我一直认为,刘震云是一个对存在,对境遇,对生存本相,对典型情绪和典型状态非常敏感的作家。他不长于细致地刻画单个人,而善于写类型化的人,符号化的人。他的一些创作扩大了典型的意义,也可说扩大了现实主义在中国的疆域和边界。

《繁花》：鲜活流动的市井生相

读长篇小说《繁花》（金宇澄著），直觉是一个全新的文本，写法极为独特：不见时下最流行的叙述方式，却几乎全由闲聊和对话推动，世态人情，饮食男女，家长里短，耳食之谈，无不真实而鲜活地展现着一个时间过程，成就了一幅流动的上海市民日常生活的世相百态图。我读时本想弄清时间表，却发现章与章之间，忽而过去，忽而眼前，仿佛乱的，或是有意而为之。更神奇的，是它虽使用一色上海方言，但不知经过怎样妙手处理，北方人如我者也读得懂，且能读出韵味。后来才知道，这小说最早贴在上海的"弄堂网"上，每天一贴，大受网民青睐、追捧，遂不断与读者互动，牵绊而行，经过统筹，终于积成了现在的文本。它因而有了话本的特征，作者也自然进入了"类说书人"式的角色。这真是一种非功利的写作，堪称"无结构的结构，无意义的意义"。它好像告诉我们，在上海，近半个世纪，人们就是这样走过来的，时间就是这样被耗掉的。在我看来，《繁花》应是当今最好的上海小说之一，也是当今最好的城市小说之一。

首先，它放弃了惯见的宏大叙事，走向"细节化，庸常化"的展现生活历史的叙述方式。它没有宏大叙事的架构，没有刻意植入的政治视角和道德评判，没有直接通向意义和目的性的人为结构，有点儿随心所欲，写到哪儿算哪儿的感觉；它甚至也没有以往城市小说常见的写弄堂或胡同里几家几户几代人的命运史的方法。但这绝不意味它没有自己特殊的结构方法和深湛的文化内涵。事实上，小说铺开了两条时间线索，一条是上世纪六十年代至"文革"结束，一条是上世纪八十年代到进入新世纪，两条线索交错并行，时空不停转换，而活跃其间的全是些小人物，男角如阿宝，沪生，小毛，陶陶，女性如梅瑞，李李，蓓蒂，小琴，华姝，雪芝们，他们大多经历过阶级斗争年代的窒息，也享受到了全民经商年月的宽松，他们的悲欢离合，酸甜苦辣，升沉浮降，从最基础的意义上，见证了上海这座古老伟大都市的世态人情之变迁。

人物似乎并不重要，作者并不着力刻画单个人物的性格与心理，而是突出芸芸众生的生存状态，生活情景，突出上海这座城市特有的话语方式，情感方式，生活方式，审美方式，写出那种说不清道不明的"无名状态"；也可以说，突出的是一个城市的生活姿态，一个城市的味道。小说中，这些来自城市各个角落，职业各异的小人物，似乎聚散无因，来去无踪，但谁也离不开谁，好像有种无形的胶将他们粘在一起，他们或是孩提时的伙伴，同学，邻居，倾慕的女子，拐弯抹角的相好，共同构成了一个场，他们相聚于一场场的牌局，麻局，饭局和聊局。他们任何时候都有乐致，无论"文革"，还是现在，从最早的上海唯一电子管黑白电视机，说到如今一对法国情侣要拍摄上海故事大片，从上海人特有的"半两粮票"说到如今的豪华与奢侈，从车间的性爱风波谈到女人洗澡的笑话，从一架心爱钢琴的丢失引出"文革"的沉重记忆。如此等等。作者引用古希腊哲人说的，"不亵则不能使人欢笑"；应该承认，男女性爱，包括婚外情，及其不同时期的不同表现形态，确是小说叙述的一个焦点，热点，由此引发笑料连连；但小说里并不全是这等欢声笑语，在其背后，也潜藏着生命的沉重感，和"人生是一次荒凉旅行"的慨叹。如果说，通常的小说，唯恐无意义，唯恐无事件，而《繁花》却尽写神侃海聊，貌似无意义的过程，而意义却正在这里浮现而出。不能说，我们没有从小说中深刻地感受到上海从上世纪六十年代到今天，在政治经济文化上的历史性变迁，尤其是，人们心灵和精神的历史变迁。作者的视野是宽阔而自由的，小说不止是男欢女爱，在笑谈中，笔墨涉及日常生计，成败利钝，兼及国际、时事、商贸、民生。对于写出鲜活的上海，鲜活的城市这一追求而言，《繁花》找到了最好的形式。

方言，无疑是《繁花》最大的特色，所谓沪语小说也。但我居然看得懂，不能不说是奇迹。显然它是经过精心改造的方言，非常富于表现力。据懂行者言，作者将很多上海口头语转化为上海书面语，又从音、意上达成与普通话的最大兼容。比如，小说中没有"没有"，只有"无"；没有"站起"，只有"立起"；没有"是吗，好吗"，只有"是吧，好吧"；没有"侬"，"阿拉"之类。这一方面保存了上海话，一方面让北方人也懂。它的特点是，人物在叙述中对话，在对话中叙述，对话也就是叙述。对话进行不下去的时候，有一个人就"不响"，作为收束。整部小说里有一千多个"不响"。这"不响"意味深长。其实，方言是一个作家构思的家底，虽然呈现出来的是普通话，作者却是用方言在完成最初的构思、刻画，因而至今方言是有潜在生命力的。如仔细读，还不难发现，有些古典的或鸳蝴派小说中的语词也闪现其间，如"低鬟一笑"，"吐属清雅"之类，并不觉生硬，反而增添都市情调。我认为金宇澄的一个重要贡献是，他复活了古典话本小说的写法，但却加以先锋性的处理，打造出了一种新的有中国气派的写法。

总之，《繁花》是一次令人瞩目的突破，是近年来最重要的都市长篇小说之一。它告诉人们，不仅乡土文学有伟大深厚的传统，城市，特别像上海这样古老的国际大都会，同样有伟大的文化积淀和了不起的精神传统，我们以往认识得太不够了。那种认为只有写荒原绝塞，穷乡僻壤才叫"深刻"，写城市的文学天生就是"轻飘"的观点是完全站不住脚的。金宇澄进行了一次成功的挖掘。金宇澄成功了。但我认为《繁花》并非样板，榜样，这文本其实是很难复制的，也没必要认为城市小说都得这么写。

这边有色调浓郁的风景

——评王蒙《这边风景》

王蒙最近拿出了他主要写于"文革"时期,"文革"后有所修改,却一直尘封着的长篇小说《这边风景》。小说长达 70 万言,写上世纪六十年代前期新疆农村的生活,以伊犁事件背景下一桩公社粮食盗窃案作为切入点,在若即若离地破解悬念的同时,展开了远为丰富多彩的伊犁地区独特的风土人情,为读者展现了一幅巨大的"文革"前夕少数民族日常生活的色调浓郁的风俗画。有人戏称这部作品为"出土文物",它也确实沉睡了多年,一朝见天,对于当今读者、当代文学史和王蒙本人,无疑都是重要的,但它同时提出了一个必须面对的问题:这部写于"文革"的作品,究竟有怎么样的思想艺术质地,应该怎样评价它的审美形态,怎样确认它的文学史站位,以及怎样把它放在当代文学史的序列和王蒙的创作序列中来看。

王蒙其实是很重视他的这个"孩子"。1978 年,笔者作为《文艺报》记者访问王蒙时,他那时还未完全"平反",就曾郑重地向我谈过他写作时间最长的这部作品。但事实是，似乎总是找不到合适的机会面世。此后，新时期文学一浪高过一浪，王蒙写《蝴蝶》《杂色》《布礼》《相见时难》，写《夜的眼》《春之声》《如歌的行板》，一会儿深切地反思，一会儿搞先锋实验，忙得不亦乐乎，而《这边风景》因为带着明显的"十七年文学"的胎记和"文革"时代的少许印痕则变得越来越不合拍了。再往后，王蒙以新启蒙的姿态审视和批判中国传统文化人格，写出了《活动变人形》，既揭露中国文化的"吃人"，又写它的"自食"，既写撕裂，又写变形，相比之下，《这边风景》的思路就更对不上了。到了今天，思潮的转换再也不那么明显和急促，我们相对进入了一个文化大发展的兼容时期，也就有了《这边风景》的出版和问世；王蒙考虑到年代的疏隔与青年一代读者的接受障碍，在每章后面加上了新写的"小说人语"，对该章加以评点，重在不同语境下的对比与和合。这既是两个时代同一作者的自我对话，也是作者与今天读者的对话，起到缓冲一下遥远陌生感的作用，尽可能将之拉回今天的语境。

　　那么，在今天看来，《这边风景》的品相怎么样？我认为它仍然拥有强烈的真实性，众多人物由于来自生活而非观念就仍有活泼的生命，它的人文内涵，尤其是伊犁少数民族人民的乐观性格与人文风貌，表现得更为丰沛。从时空上看，作品确实显得有点遥远，伊犁边民事件，四清运动，也早已淡出人们的视线，但作品保存了大量六七十年代的精神生态真实，涉笔人物达五十多个，他们的家庭与社会关系的纠结，他们情感生活的原貌，边疆地区特有的风俗都跃然纸上；当然，作品肯定离不开当时流行的政治观念，术语，甚至斗争场面，但这恰恰保存了它的历史感。它的可贵还在于，既写出了那种特定的极难表现的紧张而又动荡的"人惊了"的时代情绪，又写出了那个时代斗争生活掩盖下的仍未绝迹的舒缓的盎然诗意和迷人风情，也即民族文化的阶段性的表征。对作者而言，也许并非他的预期，也许他当时就想发表，但不管怎么说，这部书因为时空的悬置而有了历史的，审美的，风俗史的价值，以及地域文化和民族文化的价值。它应该加进文学史之中，但加在哪里为好呢？

我曾写过《浩然，十七年文学的最后一个歌者》的文章，认为浩然的《艳阳天》是"十七年文学"的幕终曲，因而自有其价值。现在看来，随着《这边风景》的出版，从时间上算，真正的幕终曲，应该还是王蒙的《这边风景》。我要特别强调的是，它们在审美上都不属于"文革文学"——因为没有那种"三突出"的绝对和所谓"无产阶级专政下的继续革命"的极左品性，当然也不同于"文革"中的"地下写作"，而是大体上延续着"十七年文学"的某些特征。我认为，"十七年文学"与"文革"文学是有极大区别的，虽然两者有深刻的联系，比如左的思潮，阶级斗争与路线斗争的基本骨架等；但在"十七年文学"中，仍然有较为丰富的人民的"火热斗争生活"，人物有原型有真实血肉，即使写战争和斗争，也有一种美感——它有它自己的诗学，虽是偏斜的诗学。现在不提阶级斗争了，但并不意味着阶级斗争完全不曾存在过，也不意味当时的文学没有自己的诗性和美学。

需要研究的是，是什么使王蒙在极左思潮泛滥的"文革"中还能以沉静之心，写出这样一部作品？王蒙并非身在世外桃源，也非不关心政治，并非没有压力和忧虑，也非可以逃离人人自危的环境，为什么他还是能保持住作品良好的人文品质？为什么在"三突出"作为普遍价值尺度的年代，他并没有向"三突出"，"根本任务论"的方向走去？这就不能不从作者的政治观人生观的深刻层面，作者的经历与个性，作者的偏爱，作者的创作方法，作者的审美意识诸多方面加以探讨。

鲁迅先生说创作总根于爱，这话很适用于理解王蒙的这次写作，我甚至把它作为最重要的原因。看得出来，王蒙非常喜爱维族、哈族及其他少数民族的人民，他好奇，赞赏，肯定，认同之情溢于言表，在他们的幽默与他的幽默之间，好像找到了知音和同类。王蒙于1963年"自我流放"，申请从北京来到新疆，后至伊犁，借住在当地维吾尔族农民的家中，与他们一起下地植种，同室而眠，朝夕相处如家人，后来，他成了生产队的副队长，学会了一口流利的维吾尔语。对于王蒙能学会维语或不止一种，文坛上一向视为奇迹，看来这不仅是聪明，还是喜爱。王蒙喜爱新疆各民族的文化，小说中对伊犁的自然风情，物产，气候，风俗，都极为欣赏夸赞。且看写伊力哈穆归乡一节，进伊犁的过程就是赞伊犁的过程，车上人说什么阿勒泰山太冷，冬天得提着棍子，边尿边敲；吐鲁番太热，县长得泡在浴缸里办公，而伊犁，插一根电线杆子也能长出青枝绿叶，说伊犁人哪怕只剩两个馕，也要拿出一个当手鼓敲打着起舞。作品写劳动场面堪称一绝，不论舞钐镰，割苜蓿，还是拌石灰，刷墙壁；写吃食则满嘴流香，无论打馕和面，还是烤羊肉，喝啤沃，总之，吃喝拉撒、婚丧嫁娶、衣食住行、宗教生活，都写到了。事实上，最根本的还是写出了他们幽默、机智、豁达、浪漫的性格，总体上生动地表达了维吾尔人民的原生态的生存方式、思维理念、宗教文明，以及积淀在其民族性格中的精神原色。

须知，这一切是作为一个汉族外来者的眼光写出来的，能达到这样的深度和韵味，殊为难得。王蒙在"小说人语"中叹道，谁能不爱伊犁，谁能不爱伊犁河边的春夏秋冬，谁能不爱伊犁的鸟鸣和万种生命，谁又能干净地摆脱那斗争年代的斗争的辛苦与累累伤痕？并且说，他不得不靠近"文革"思维以求"正确"，但同时他"怨怼的锋芒仍然指向极左！"，这些话很重要，有助于理解全作。

我认为，理想主义的内在倾向在创作中也起了很大作用。在王蒙的创作史上，革命理想居于重要位置，这部作品基本属于前期的王蒙。在审美上与《青春万岁》《组织部新来的年轻人》很靠近，有血缘关系上的一脉相承。王蒙22岁写《组织部新来的年轻人》，其时入党已八年，他满怀少年布尔什维克精神。总有一种"我热爱"的激情和"我相信"的信念支撑。他的名句如："让所有的日子都来吧，让我编织你们，用青春的金线和幸福的璎珞。"在他的笔下，热爱人民，热爱劳动，追求光明和幸福，讴歌生活是多么美好，相信共产主义事业一定胜利，于是在文体上夹叙夹议，常常禁不住要站出来抒情。比如，小说写"我临离开新疆时，雪林姑丽夫妇为我送行，做了很多可口的饭菜……你腰上扎着一条白色挑花的围裙，头系头巾而不是花帽，你已经从阿图什人变成了伊犁人。临行前，你说了一句，如果他们用不着你，你就回来，我们这里有要你做的事情……这么多年来，你们了解我的为人，正像我了解你们。你说的这句话，你用你那天真的和温和的嗓音说的这句话，像雷霆一样在我心头响起！这真是金石之声，黄钟大吕。这是什么样的褒奖和鼓励！一点天良，拳拳此心，一腔热血又在全身奔流，此生此世，更复何求。谢谢您呀，我的妹妹，谢谢您呀，雪林姑丽……"这样的大力抒情随处可见。

所以，《这边风景》也可看做是一支人民的赞歌。它有较强的政治性，却有更强的人民性、理想性；后一点救了这部作品。与《青春万岁》比，虽然沉郁了许多；与《组织部来个年轻人》比，虽然少了一种自负与尖锐，少了批判麻木不仁的那种锋芒，变得小心翼翼，但"林震"还在，他的浪漫主义的革命理想遇到挫折后，理想主义未变。王蒙是主动要求到了伊犁的，此前他不愿更平安地当大学教师，也不愿蹲城市机关，而是选择走向民间，走向基层，扎根大地，不无浪漫成分。他说他是毛泽东《讲话》的认真的实践者，并非虚语，没有这些，就不可能有《这边风景》的产生。

若从创作方法的角度看，又可发现，坚持现实主义精神是它穿越时空而葆有新鲜感的一个原因。现实主义的要义是忠于生活，是追求生活的真实性与生活的深刻性。王蒙自己说他写得太老实了，是的，若与他后来的汪洋恣肆相比，与他的意识流，语言爆炸，杂语洪流相比，差异太明显，从中不难嗅到十九世纪批判现实主义文学的质朴气息。它的语言，具有双语特色，唯其遥远，唯其写实，充满了民间的智慧。有意思的是，当时王蒙才39岁，理应是下笔最为奔放无忌的年代。这恰好映衬出，新时期思想解放多么伟大，中老年的王蒙还能挥洒自如。然而，自由是双面的，自由固然有利于创作，但不会使用自由，又会使自由成为创作之累。戴着镣铐的跳舞，有时反倒有可能跳出"天籁激情之舞"。王蒙忠于生活，崇拜生活，热爱大地和大自然，陶醉于少数民族的风情，有作为人民之子的一面。他热衷表现生活的鲜活与灵动，当政治性与人民性冲突的时候，他选择人民性。

是的，这部作品里，"生活"才是主角，才是无所不在的主题。生活是净化剂；生活有永恒性；生活是诗意的泉源；不管多么黯然地生存，生活的内部总有强大的力量，犹如"幽暗的时光隧道中的雷鸣电闪"。正如王蒙说的，不妥的政策会扭曲生活，而劳动人民的真实与热烈的生活，却完全可以消解假大空的"左"的荒唐。我们看，就在那个压抑年代，人们的口头禅是"我哪里知道"，表现出了万般的无奈与无助，确有如乌尔汗与伊木萨冬一家的大不幸，但在这里，爱情仍在燃烧，爱弥拉与泰外库的爱情美丽得让人落泪，莱希曼肖盖提的抗婚，私奔，并引出了女儿莱依拉侨民证的纠纷。这里友情依然感人，如老王与里希提之几十年交情的笃实；这里干部仍然勤勉，热心，清醒而坚定，如伊力哈穆，尹中信，赵志恒们。"即使政策是偏颇的，民生是艰难的，生活仍然是强健的、丰富多彩的。"这就是现实主义的胜利。

然而，不能不看到，这部作品里当时政治意识形态和极左政治的某些痕迹仍是明显的，在那个以斗争哲学为基础的时代，作者仍未跳出那个时代的典型的创作模式。作品围绕粮食盗窃案与伊犁事件，作为大悬念，沿着破案，抓境内外的敌人，展开一场激烈的阶级斗争和路线斗争的线索来构思全作。所幸的是，它并没有按这模式去强化阶级斗争，相反，在这个模式中，它缓解，消弭，更多篇幅写的不是一分为二的"斗"，而是合二而一的"合"。也许开始，作者想把伊力哈穆作为反潮流的青年英雄形象来塑造，他当过工人，入党早，根红苗正，他在伊犁事件当口归乡让我们想起某种模式，但可喜的是，他归乡后并没有带头打斗，却在处处保护村民，带领村民在困难时期改变贫穷面貌，以致遭到批斗。他的农民的灵魂重新回到他的伊犁人的躯壳，他的身心又回到自己的家园。

电影《白鹿原》的败笔在哪里

  我很早就评论过《白鹿原》,所以看电影《白鹿原》不能不时时联想到小说原著。今天我给电影打6分,并非出于苛刻,而是认为,电影虽有史诗追求,写意风格,然而力有未逮,失之外在化了。像老戏台、麦浪、秦腔、打麦场呀这类形式因素运用得是不错,没看过小说的人会感到很新异,甚至陶醉于某种民俗奇观的展现,但不幸的是,这些形式因素和风格因素压倒了它的内在的灵魂诉求,也就是说,电影对小说根本精神的把握不够准确,不够深刻,甚至是严重地偏离了。

  长篇小说被认为是交响乐,史诗,更能代表一个民族文学创作的水准,但是很遗憾,我们近三十年真正能拿到世界上去对话的长篇小说并不是很多,《白鹿原》被认为是较有资格的一部。所以,《白鹿原》越来越被看好,近二十年来它被改编成秦腔,话剧,甚至舞剧,泥塑,连环画等等,但改编得都不太成功,由于电影改编和拍摄难度更大,我们应该理解编导演的难处。但是,最根本的东西却不可迁就:那就是,这部作品的灵魂到底是什么。

我注意到导演王全安讲的一句话，这部作品是写土地和人的关系的，这句话比较靠谱，但远远不够。《白鹿原》通过家族史来透视民族灵魂的历史，它最突出的特点就是力求正面关照中华文化以及这种文化培育的人格，力图站在时代的，民族的，特别是文化的高度审视历史。作品独尊文化视角，发现并描绘了一系列颇具魅力的人物，白嘉轩便是宗法文化的人格代表，而鹿子霖则是宗法文化另一极端的乡原式的贪婪和奸狡之徒。《白鹿原》交织着政治，军事，党派，家族的争斗，它的好处是，能将之转化为文化冲突激起的人性冲突——礼教与人性，天理与人欲，灵与肉的冲突，于是它呈现出文化交战的惨烈图景。不可否认，这部作品有强烈的"史的意识"，以白鹿原为时空，展开了半个世纪的重大历史变迁。整部作品对传统文化的肯定多于批判，这也许恰恰拯救了它。

《白鹿原》摆在现当代文学格局中，对写农民，写乡土是有一定的突破的。主要是专注于文化化，文化视角，文化人格。我们过去写农村农民难道写得不好吗？我们有启蒙叙事、阶级叙事、田园叙事等等丰厚经验，但是突出地用文化的眼光来衡估人，表现人，不能不承认《白鹿原》显得更加自觉。所以作品有三组人物关系是必须要抓住的，抓不住就无法把握。一组是白嘉轩、鹿子霖、田福贤的组合，田是政客，在白、鹿两家的斗争中耍手段。白是宗法文化的人格代表，这个人正面肯定宗法文化还有生命力，儒家文化还是爱人的，包括抗税，替老百姓着急，同时他又是专制者，对不守本分的男女是要制裁的，白嘉轩的形象决定了《白鹿原》的灵魂，如果白嘉轩的形象不能塑造成功的话我怀疑这个作品能不能站得住脚。第二组人物是黑娃、白孝文、鹿兆鹏，包括兆海、白灵，分别是匪、国、共、三条道路。第三组人物是田小娥、黑娃、鹿子霖、白孝文，这一组最有看头，不乏情色。现在的电影就是把重点放在田小娥和几个男性的关系上，无形中淡化了前两组人物关系，怎能不把大的主题变窄呢？此外，对田小娥的把握也不是很准，她开始是一个叛逆者，她和黑娃的私奔具有反抗封建的意义，一般人只看到这个层次，其实田小娥的形象又非常复杂，后来她发展到是非不清，甚至轻浮、疯狂、亢奋，以女性的身子优势来恨世、玩世，这当然就更加意味深长，可电影对其复杂性、多面性没有展开必要的深层剖析。

我觉得《白鹿原》原作的文化内涵是比较复杂的，现在电影的表现总体上使之变薄了，变窄了。当然，导演还是注意到秦汉文化的气魄，特别是西北高原的诸多审美元素，可看性比较强。电影去掉朱先生有道理，因为他与白嘉轩之间有重叠。去掉白灵也可以理解，她是在党内斗争中被活埋的，表现起来有难度。但很遗憾，全作真正的灵魂性的东西没抓住，尤其是，张丰毅的白嘉轩始终显得很被动，很拘谨。

有人说，陈忠实都打了95分，你也太严苛了吧。我看这一方面说明陈忠实厚道，体恤改编者的艰难，也许他被弄烦了，觉得这样就很不错了。但要指出，文学史证明，一个作家能写出自己的作品，却不一定能解读自己的作品。如果陈忠实说得头头是道，那倒要怀疑这是不是一部真正的好作品了。我希望我们有一部令人震撼的新的民族文化史诗，但这个希望好像还是落空了。这是我感到难过的一点。

（《人民日报》2012年10月12日，《众说电影白鹿原》）

关于《大秦帝国》

在我看来,《大秦帝国》是一部气势恢弘,结构雄伟,人物繁复,场面壮观,有鲜明的思想脊骨,有独立不羁的史学见解,有强大的思想魄力和精神能量,具有深厚文化内涵的巨著,有如一部庞大的交响乐;它是近些年来,历史小说领域,乃至整个小说领域的一个重要收获,但同时,它又是一部必然会引发争议,绕不过去,需要加以正视、辨析和深入研究的鸿篇巨制。

首先,这是一部思想型的小说巨作。在历史小说领域,历史被消费,被解构,被戏说的娱乐化倾向比较流行,而《大秦帝国》保持史学和文学的高品位,它有思想光芒,有真知灼见,思想灵魂贯注于全篇,哪怕它有所偏执,却敢于对中华文明的起源,对先秦思想的各流派,对中华文明的来龙去脉,作出自己大胆的评判。作者孙皓辉认为,原生文明是一个民族的根基,这个时代所形成的文化文明,如同一个人的生命基因,将永远以各种各样的方式影响或决定一个人的生命轨迹;各个民族对其原生文明的深刻反思,从来都是各个民族在各个时代发挥创造力的精神资源宝库。与西方原生文明相比，秦帝国开创的中国原生文明更加灿烂，更加伟大。大秦帝国既创造了博大精深的文明体系，又具有强悍的生命张力与极其坚韧的抵抗力。他的这些看法，显然是经过长期深思熟虑的意见。由于作品真正触及中华文明的核心问题，触及中华民族的文化基因，由于大秦帝国所编织的社会文明框架及其所凝聚的文化传统，今天仍然规范着我们的生活，构成了中华民族的巨大精神资源，因而围绕这些问题出现争议是最为难得的，它是思想活跃的表现，对我们来说，这样活跃的思想交锋已经很久不见了。

同时，这是一部充满艺术魅力的宏大史诗。现在一般的历史小说，大都撷取一些现成历史资料中的一些传奇故事，加以演绎编造，增加兴味，以引人入胜为能事；更有一种新历史叙述，或新史话体，多以现代人的心理揣摩历史人物的尴尬情态，以心理剖析，揶揄和调笑而取悦读者，称为某段历史的现代版，幽默版，这都有消费和解构的痕迹。《大秦帝国》完全不是这样，它笔力雄健，笔力多变，或血火交融，或纤细委婉，春秋战国的酷烈战争，变法图强的智力较量，诸子百家的人文风采，以及工商云集的都市繁荣，民间文化的繁华胜景，各地风俗的夹杂展现，在小说中都有出色的还原，重构，使文化内涵十分深厚。总之，那一时代的政治，经济，文化的百般景象，都历历如绘。作者有时为表达自己的政治理想，力挺心仪的英雄，大胆采用浪漫主义的笔调，如商鞅之死的铺排渲染即是。在作者笔下，商鞅、白起、秦始皇、李斯、赵高等等人物，栩栩如生。

在当今中华民族伟大复兴，重铸民族灵魂，寻求精神家园的时代背景下，这一作品有重大的现实意义。我是同意孙皓辉的这样看法，秦与我们这个时代都是中国文明的历史转折时代，都是脱胎换骨的时代。秦时代是我们的先祖正在实现由青铜文明向铁器文明的历史跨越；而我们这个时代则是跨向现代工业科学文明的历史时期。两个时代要面临的问题在本质上是同一的，如何打破旧的生产方式建立新的生产方式？如何创造新的国家形态与政治文明？如何走出人治礼治传统走向法治文明？如何建立新的生活方式？如何在信仰崩溃的沦落中建立强大而深厚的族群精神？由于这些，大秦帝国并非简单的借古喻今，而是历史机缘的不期然的巨大的巧合，如果不是这样的时代需要，也许大秦帝国的创作就不是现在的样子。作者在其代后记《祭秦论：原生文明的永恒光焰》中说："回首历史而探究文明生发演变之轨迹，对于我们这个有着五千年绵延相续而守定故土的族群，有着重新界定精神根基而再造高端文明的深远意涵。对于在各种文明的差异和冲突中不断探索未来之路的整个人类，有着建设性的启迪。深入探究足迹漫长而曲折的中国文明史，其根基点，无疑在于重新开拓中国原生文明的丰富内涵。"（第六部《帝国烽烟》P367—368）

由于作者有他鲜明尖锐的历史观点，更由于大秦史历来争议不休，这部作品引发争论是一点也不奇怪的。特别是作者认为不是周代的"仁"、"礼"传统而是秦帝国的"变法图强"传统才是中华"原生文明"的观念，他关于秦帝国非"暴政而亡"而是关外六国复辟势力和秦始皇、李斯的"失误"的"偶然性"所致，他关于由秦始皇开始的所谓"东方专制"的历史合理性的观点，他的"非儒崇法"的鲜明倾向，颠覆中国以"儒"、"道"为核心的思想文化史的观点，以及关于"焚书"、"坑儒"的"真相"描写及肯定其历史正当性的观点，他对秦始皇高大形象塑造等等，都无法不在中国史学界、思想史界引起巨大的争论。我个人对一些观点也持保留态度。但这场立足"高端文明"的讨论，却有历史的价值和意义，更有重新认识定位中华文明传统的现实意义。

这里还要注意一点，那就是把作家的思想观点与作品宏大的艺术形象体系要有所区分。两者当然有密切关系，但又不能简单归于一。比如，我们不能因为《三国演义》有历史循环论和正统论，或对曹操的描写是不正确的，就否认它是一部伟大的史诗，是代代相传的经典。作家的思想观念与作品的形象体系不是完全重合的，而有可能也是矛盾的。当然，这个比喻也不完全合适。

我还要表达对孙浩辉顽强执著的创作精神、灵魂写作、把文学当作自己生命存在形式的坚守精神的敬佩。他辞职，搬迁，隐居，在寂寞中一写就是十六年，他的写作具有超越性，有远大的抱负，开阔的胸襟，超越个体的广大性；另一方面，他的写作是真正的厚积薄发，他对史料的烂熟于胸，随手拈来，越到后面越自如，这些争论使作家更加成熟了。这就是我对《大秦帝国》的不无矛盾，同时给予肯定的意见。

周大新：《安魂》一曲慰死生

拿到大新的《安魂》，分明千钧在手，沉重无比。这是当下文坛少有的，也是我长久期待的灵魂写作。然而，对于大新来说，这份收获的代价却是过于怆然了。

这是一部直面死亡的著作。虽然陶潜云："亲戚或余悲，他人亦已歌，死去何所道，托体同山阿。"尽管哈夫洛克·埃利斯说："痛苦和死亡是生命的一部分。抛弃它们就是抛弃生命本身。"然而，当英年的儿子的死亡突降到一个人面前时，其心灵之巨痛要远远超过死亡降临在他自己身上。《安魂》这部数十万字的长卷通篇是父子生死相隔却又灵魂无间的对话，总体由两部分构成，上半部回忆儿子周宁生前之成长，其中有作者对儿子无比深情的爱与记忆，也有作者对自我的无情的解剖，甚至痛恨。下半部则是儿子周宁进入天国之后父子的对话，以周宁的视线牵出人类古今历史上的一些哲人及其思想与精神。相比较而言，《安魂》上半部偏于实，下半部偏于虚，一虚一实共同呈现出大新对儿子沉痛的思念，对人世深切的思考。表面看来，《安魂》是为痛失爱子周宁而作，实际上，则是大新在为儿子安魂的同时在为自己安魂，也为天下那些失去孩子的父母安魂，更重要的是，大新也是在为这个时代安魂。

《安魂》首先是大新给离去的儿子的一阕安魂曲。这个世界上令人悲哀的事情莫过于白发人送黑发人，大新在送走儿子周宁之后，忆起周宁成长的点滴，有幸福，有苦涩，有深深的追悔和自责，然而，在生死界河彼岸的周宁却坦然无比，用宽容的心将父亲的所有痛苦化解。譬如，当得知儿子的病可能与儿时脑部受过外伤有关时，他痛心疾首："宁儿，你是来得艰难，走得急呀！""我何不早早请假回家，要求医生剖腹产，那样，就不会对你使用产钳呀！我好后悔！"大新的自我剖析的勇气令人动容。他将所有的责任都放在自己身上，他从儿子成长过程中细细找寻那些有可能导致儿子绝症的因素，比如营养，比如外伤，比如施加的学习压力，等等。这些原本发生在中国每一个普通家庭中的平常事，在周宁离开人世的时刻，却成了一个个痛苦的回忆，成为一处处痛心的伤口。大新将自己的灵魂剖开："我为何要折腾自己的儿子？""是不是这一段日子让你的身体再一次受到了损害？""归根结底是我的功名心太强！"最令大新痛悔的不是这些，而是他拆散了儿子最喜欢的女朋友。他甚至以为，如果不是他的无情，儿子就不会得这样的绝症。他对远在天国的儿子说："宁儿，我此生做的最蠢最不可饶恕的事情就是拆散了你和怡。……我是最劣等的父亲，也是最冷酷无情的父亲，我好后悔呀！"而且，大新把自己的内心撕开，他认为当时拆散的原因就是因为怡的外貌与他内心对儿子的漂亮女友的想象不符，在他看来，儿子妥协带来的痛苦才是导致儿子得病的重要原因，包括后来他多方托人为儿子介绍女朋友，不但于事无补，还时时在看那个伤痛处。

《安魂》也有关于人在病痛中肉体的痛楚与尊严的无处搁置的呈示与思考，这一点确是于我心有戚戚焉。我一向身体尚康健，却在今年夏天北京的大暴雨即将来临的下午发病，在重症监护室中，深觉人的尊严荡然无存，恨不能马上飞出医院，回到家中。读《安魂》，发觉相比之下，自己的痛苦根本不算什么。周宁在最后一次抢救时说："这么久的无质量的带病生活，让我已厌倦了活着。""如果活下去就意味着这样遭罪，我为何不选择解脱？"北京已是秋日，阳光悄然进入我的书房，我抚摸着大新的《安魂》，分明是在抚慰世间那无数受尽苦难的灵魂。我眼里有泪，却流不出。大新，我多么佩服你的坚强，这部书，字字血，句句泪，你写的时候，不又重走了一遍揪心路吗？

大新的《安魂》，也是大新给自己的一阕安魂曲。读这部书的过程，是一次让人重新思考生死的过程。我几乎产生了一种错觉，感觉不是大新在为周宁安魂，而是周宁在为大新安魂。周宁对父亲的每一次忏悔都在宽慰，他原谅父亲所有的过错，因为那都是出于爱。周宁还宽慰父亲，死亡并不可怕，不要为自己的死亡而悲痛，何况那些已经到来的，并不是最坏的。恐怕所有读过《安魂》的人，都难以忘记其中头罩白色丝巾的女士形象。周宁从小就梦见这样一个形象，她似乎不时来提醒周宁要随她去，周宁的灵魂离开人世时，她充满善意，举动轻柔引领周宁走向天国，她无语，却拥有巨大的力量。

依我看，一部《安魂》，更是大新献给时代的一阕安魂曲。周宁和他的祖先在天国的相遇，与古今中外那些伟大灵魂在天国的对话，更是一次对当下时代人心的安魂。最精彩的是周宁与弘一法师、与爱因斯坦的对话。弘一法师与周宁的对话关乎生死、灵魂、平等，这些哲学命题，大新通过弘一之口告诉这个疾速行进的时代中每一个不安定、内心不平衡的灵魂："人生怎么比较？"人生的起点不同，人生的长度不同，人生所从事的职业不同，人生不可量化，而应该像天国之神那样公正公平地评价人生。爱因斯坦则不是一个有耐心的灵魂，他率真坦然，认为人生的比较不可避免，人生的痛苦来自于比较，关键在于怎样比较才好。快乐和幸福都是人的一种感觉，无法对其进行固化和把握，而灵魂的价值的美好与否才是最重要的。他用特蕾莎修女的伟大来说明问题。行文至此，我发觉大新从生离死别的痛苦中跳出，他带着我一起站在茫茫宇宙的一个高岸，冷峻而理性地看古今，看人性，看天下苍生。《安魂》已不仅仅是个人的一阕安魂曲，而是时代难得的一阕安魂曲了。

与其说我这样的年龄更容易为生死之命题所触动，毋宁说是大新将世间最悲痛的生离死别的真相的面纱撕去，带着啼血的思考揪住了我的心，读《安魂》的过程，是我不时流泪，不时自我反省的过程，也是一次为我安魂的过程。合上书卷，淡绿色的封面素净朴雅，半支白烛静静燃烧，一抹微光抚慰我心，那个虔诚的佛教徒——老奶奶低吟的安魂谣若隐若现："放下你所有的收获／收回你所有的期待／记住爱你的亲人／感谢帮你的邻居／向你的朋友作揖／跪谢养你的土地……安息，将不舍扔开／安息，把不甘丢掉／安息，将不满消掉／安息，把不安抹去。"

大新，人类亘古的情感就在那里，《安魂》中，周宁已经重生，我们也在重生。

大新，人类至深的思考也就在那里，朕幼清以廉洁兮，身服义而未沫。魂兮安然！

《狼图腾》的再评价与文化分析

《狼图腾》是去年最受关注并创造了惊人销售业绩的长篇小说。褒扬者称之为"旷世奇书",能提供强烈的阅读快感,是一部以狼为主体的史诗,是一道享用不尽的"精神盛宴"。激烈的批评者则认为,它不过是一部沉闷、乏味、难以下咽的平庸之作;尤其是它对穷凶极恶的狼及狼文化的张扬,更引起一片反感的声音。事情就这样过去了,《狼图腾》不再成为热点;但作为热门书,今年以来仍居于多家图书榜前列,仍在读者的手上流传着。我总感到,关于"狼"的话题没有完,某些非科学,非理性,非文明的似是而非的理念仍在流行,而《狼图腾》最具代表性。在我看来,我们应该把对这本书文学文本的评价与对其文化宏论的评价分开来。作为文学文本,《狼图腾》集聚了大量原创因素,属于不可多得的具有史诗品相的宏大叙事;作为一种文化观的宣扬,它仅凭抓住了一个"狼性性格"就好像找到了一把开启世界文明史的钥匙,企图浪漫地、情绪化地、激昂地解读和改写整个人类史、文明史、中国史。尽管作者动机可嘉,不乏睿智,深思多年,固执己见,但漏洞毕竟太多。笔者近日重读此书,颇多感触,愿将若干思索写在下面。

我认为，姜戎的《狼图腾》是当代小说中很有价值的作品，是一部深切关注人类土地家园的、以灵魂回应灵魂之书。然而，即便这样少有的坚实之作，也明显存在灵魂资源不足的问题。作者说，这部书的写作历时30年，我相信。书的主体部分写得相当好，倾注了大量心血和体验，触及和诱发了人类生存的许多大道理，让人的心为之悸动和痛楚。书的主体部分陈述了原本的内蒙古草原既受狼害又与狼不可分离，既恨狼又敬畏、崇拜狼，所谓"学狼，护狼，拜狼，杀狼"的图腾崇拜和精神悖论；描绘了几十次惊心动魄、伤心惨目的人狼战争，写了能够在几天几夜里洪水滔天般把几千匹马从肉体到灵魂彻底瓦解的蚊灾，也写了黄灾、白灾、鼠灾。在暴烈的血色场景的间隙，作者用另一副雄浑而柔情的笔调，状绘了荡人心魄的草原之美，那翡翠般的聚宝盆，那美丽的天鹅、野鸭、大雁、那色彩斑斓的大鸟小鸟、那娇艳欲滴的白芍药、那满地的无名野花、那清苦的草香，令人沉醉，让人心胸浩阔。我一直认为，关于《狼图腾》的文学性，不宜用常规要求，它确乎有点小说不像小说，纪实不像纪实，带有边缘性和嫁接性。正像任何事物都不可能界限绝对分明一样，文体亦然。它那刚健、苍凉、硬朗的排浪式的语句，它那不加文饰的逼真感和原生感，恰恰最能凸显其狞厉之美。

整部作品悲怆恢弘，撞击人心。因为，在内在精神上，它贯通了草原古老神灵腾格里与千年草原大地的血脉，毕利格老人对草原的神圣的爱统领全书，乌力吉、巴图、陈阵、杨克、嘎斯迈、沙茨楞等人在政治灾难笼罩草原时睁大着识别善恶的眼睛。作品没有回避内蒙古草原在外来人口压力、极左政策胁迫下，面积一步步缩小且质地一步步恶化，日渐走向沙化、荒漠化、废墟化的严酷现实。全书关注的是大命与小命息息相关、互生互补的"天之道"，关注的是草原生命的天理：如果人之理顺应天之理，人必然蒙福；如果人之理与天之理一致，大自然馈赠给人的精神福分和物质财富就多得不可测度；但是，倘若"时政之理"逆于天之理又藐视人之理，时政之理被推为世间唯一真理时，草原的毁灭就在劫难逃了。毕利格老人说，因为狼会使旱獭、野兔、黄羊、羊、马等威胁草原存活的动物的数量与草原的承载量相协调，"要是把狼打绝了，草原就活不成，草原死了，人畜还能活吗"，可是场领导包顺贵们却说，这可是个政治性问题啊，一定要为党和国家把狼彻底干净地消灭光，于是，把狼斩尽杀绝的运动开始了：传统围剿的办法、为草原大忌的放火方法、草原人前所未见的雷管、机关枪、卡车联合作战的方式等等，都肆无忌惮地踏入草原。陈阵说，新牧场的天鹅可不能杀、那些鸟蛋可不能给糟蹋了，领导包顺贵们却说，这可是政治性问题啊，"什么天鹅不天鹅的，满脑子资产阶级思想，不把《天鹅湖》赶下台，《红色娘子军》能上台吗？"于是所有飞的鸟被杀了，所有鸟的蛋被煮了。毕利格老人说千万不能开垦草原，因为土层非常薄，生命层非常脆弱，一开垦就必然沙化，但领导们说这可是政治性问题啊，这么广大的草原不开垦种地是多大的浪费，"要想给党和国家多创造财富，就一定要结束这种落后的原始游牧生活"。在这种违背草原生态逻辑的指挥棒下，乱挖乱垦的来了，大规模破坏草原的"兵团"来了，像榨干机一样，像硫磺火焰一样，几千年的草原被迅猛榨干、烧毁了，牧场变成了荒沙。陈阵说："体制荒沙比草原荒沙更可怕，它才是草原沙尘暴的真正源头之一。"无疑地，这些描写既属实用层面，又使人痛切地思索着人类的生态问题。

当然，狼才是《狼图腾》这本书的精神主载体，狼的狡猾，狼的智慧，狼的生命强力，狼的团队精神，以及狼性，狼眼，狼嗥，狼烟，狼旗等等，才是全书的看点所在。对此我想，我们应该更多地用审美的充满匪夷所思的想象力的眼光，而不是充满道德义愤的实用眼光来看待这部作品。狼固然凶残，但在文学的王国里，未必就不能构成一种复杂的审美意象；狼肯定吃人，但通过狼性未必就不能更深邃地揭示人性。艺术是艺术，生活是生活，有时是需要分开的。在人类生活中狼是可诅咒的，在艺术世界里狼完全有可能成为观赏的对象，就看置于什么样的语境了。可虑的是，艺术一旦纳入严密的道德评判体系，自由的精神就可能遭到限制。我对小说中人与狼斗智斗勇的大量精绝片断很感兴趣，我看陈阵钻狼洞，掏狼崽，抚育小狼的经历，也大为感动。在我看来，《狼图腾》艺术震慑力很强、生命意蕴甚丰，它让人的灵魂震颤、让人的心智慢慢苏醒、让人看清"战天斗地"的本质、让人知道在基本的人性天理面前应当如何珍惜、如何拥有、如何警觉、如何拒绝、如何捍卫、如何爱、如何关怀。这样的作品在中国当代文学领域委实太少了。

　　是的，《狼图腾》的主体部分是优秀的。但它的社会层面、生态层面、文化层面的描写是不平衡的，文化层面就有不少混乱，尤其是赘在后面的《理性探掘——关于狼图腾的讲座和对话》比较糟糕。为什么会出现这么大的逆差？因为在主体部分作者隐藏于后，形象呈现于前，尽管作者念念不忘他的狼性伟大论，不时跳出来宣谕几句，但形象系统毕竟具有自洁能力，能包容多侧面的意义。等到作者以一个文化新大陆的发现者和宣扬者站出来大声讲话时，作者对文明史的偏执解读和他自己灵魂资源不足的问题就暴露出来了。理性探掘部分的理论实际上与主体形象部分的形象并不融洽，甚至可以说理性探掘部分有时恰好在消解主体部分的思想。

　　作者在理性探掘部分宣称，他找到了"中国病"的病根。他在探讨华夏农耕文明及其国民性时发现，"中国病"就是"羊"病，属于"家畜病"范畴；而草原民族及西方民族都因为富于"大游牧精神"，有"狼的精神"，故而能够高歌猛进。作者认为，中国农耕文明是羊文明，草原文明及西方文明是狼文明。他借人物之口说，要是没有狼，没有狼这个军师和教官，就没有成吉思汗和黄金家族。要是没有狼和狼文明，西方人也就不可能开拓出巨大的海外市场，更不可能有今天向宇宙太空的挑战。这结论真是简单得让人吃惊。那么什么是"大游牧精神"呢？据作者说，那必须是以狼性为基础、以残酷激烈的生存竞争为前提的一种精神。作者颇为惋惜地说，只要一踏进河谷平原，一踏进农田，从事农耕文明，那就糟了，"再凶悍的狼性也凶悍不起来啦"，只能变得"温柔敦厚"。作者恨不能从人类文明史上彻底勾销农耕文明这一段才解气。作者说，敦厚的华夏"文明羊"遇上了凶悍的西方"文明狼"，两种文明相撞，撞翻的当然是羊，所以古老的华夏道路必然要被西方道路打垮，最后打成了西方的殖民地和半殖民地。原来如此！原来一切都是狼这家伙惹的祸。全世界受够了帝国主义列强欺凌、侮辱和掠夺之苦的人们，终于"恍然大悟"了，原来一切因为自己属于羊性而不是狼性，因而活该。解决的办法也立刻就有了，照作者的意思，就是回到茹毛饮血的原始牧场去，如果不能，回到"比阶级斗争更残酷的生存竞争中"去也行，因为只有在那儿的厮杀才能让狼性激发出来。作者还提供了具体的药方："使千年来被农耕羊血稍稍冲淡了的狼性血液，恢复到原有的浓度比例。""只有华夏民族在性格上的狼性羊性大致平衡，狼性略大于羊性，华夏中国就会疆域扩大，国富民强，繁荣昌盛。"好一个锦囊妙计啊！引述至此，事情已变得十分滑稽，沿着这个臆造的规律推衍下去，恐怕我们只能硬着头皮反文化，反文明，甚至反人类了。有趣的是，作者却自感满足地说，他"总算理出头绪来了"。

  实际上，与一般人的错误解释一样，作者把根本道理弄歪了。无论西方还是东方，无论农耕还是游牧，大炮、黑奴、殖民扩张、嗜血杀戮都是野蛮而不是文明，这样的行为给人类带来的都是退化而不可能是进化，即使戴上"狼性"的桂冠也一样。真正的文明应是顺应大自然的规律，尊重所有生命的生存权，尊重所有民族的生活习惯，保护和珍惜生存环境，善待生命。《狼图腾》的主体部分实际上已经说明了这个道理，也就是说，使草原欣欣向荣繁荣昌盛的既不是开疆拓土的血腥厮杀，也不是各种生命在草原上的嗜血竞争，而是草原人世世代代在顺从"大命"的和平生存中对草原的善待和与草原的和谐相处。实际上，正是那些貌似伟大的开疆拓土和貌似进化的残杀在真正地毁灭草原。

草原恶化、沙化的道理是这样，整个人类生存的道理也是这样。无论牧业文明、农业文明、工业文明、电子文明，从来都不是殖民屠杀，不是专制恐怖，不是贩卖黑奴，不是种族清洗，而是善待所有生命。比如西方——实际上并没有一个如作者所说的纯粹的、笼统面孔的"西方"，只有不同人在做不同事的纷纭复杂的西方。在西方，有人在贩卖黑奴，有人在倡导人权，有人在炫耀武力，有人在谈论博爱，有人在经营跨国公司，有人在玩弄政治权术，有人在参拜纳粹墓地或靖国神社，有人在虔诚地言说耶稣基督十字架的救恩。同样是通向美洲大陆的船只，有的载着屠杀土著居民的枪手和恶徒，有的如五月花号，则是载着寻找和宣扬天国的清教徒。这种种不同的人所做的不同的事的本质也是大不相同的，不能用"狼文明"一言以蔽之。一个最基本的道理是：殖民、杀人、专制、挑起战争之类永远是反人类的，是罪恶的，是使人类退化、沙化、毁灭化的，而不是如有人说的是优胜劣汰的（顺便说一句，在基督教文化中，耶稣基督是拯救世界的"羊"，耶稣基督把他要救赎的万民也叫"羊"）。事实上，中国人的狼性并不少。鲁迅先生考察中国历史之后深深的感触是，中国历史的吃人性，中国人经受着比其他民族更多的经久不息的来自王的屠杀、来自匪的屠杀，常常觉得，这样的社会"并非人间"。其实何止历史，像"文革"这种扼杀人性的残酷斗争还少吗？中国历史上的大破坏大灾难远比世界上其他国家多而深重。就某种意义而言，中国历史的本质恰恰是狼性的肆虐。

总之，用羊性和狼性来划分文明史，是极不科学的。社会达尔文主义者鼓吹在社会生活中弱肉强食你死我活，其结果并不是优胜劣汰，而是世界被毁坏、被沙化。难道我们对那么多物种的灭绝没有感觉？难道我们对那么多热带雨林被大规模沙化意味着什么一无所知？有报道说，臭氧层的破坏、各种污染、各种毁坏已使地球不堪重负，光是气候变异这一项，就足使人类在极端的时间里面临灭顶之灾。

让我们回到中国当代文学中来。为什么总是难于出现触及人类灵魂的真正杰出的大作品，或者总是半部杰作现象，总是缺乏灵魂，总是只有优秀的局部而缺少巨大的概括力？对此现有各种说法。其实，最根本的原因是我们的文化精神中缺乏人类最重要的心灵资源，缺乏永恒的神圣的内心真正服膺的道德理想和精神信仰。当然，事情是复杂的，我们不能因作家的观念而忽视作品的艺术成就。由于缺少更高的光亮和声音，必然使当代中国文学短视。陀思妥耶夫斯基在《卡拉马佐夫兄弟》中借人物之口说过，如果没有上帝，那么，人，什么都可以做。就是说，如果人的心里没有永恒的信仰和准则，必然会为所欲为。灵魂信仰的问题是人类首要的和基本的问题，我们的很多作家并不具备这样的资源。于是，急于解救现代人精神困境的作家，有时候就不得不用心造的幻影如"狼崇拜"之类来充当替代品了。

（原载《光明日报》，2005年8月12日）

张欣：当代都市小说之独流

有人这样描述张欣的小说：迷离的辉煌灯火，横流的泛滥欲望，深藏的扭曲人性，悬疑的山重水复，渺茫的爱情追求……这一切共同构成了张欣的世界，游走其中，不免为其所困，乃至神形俱失——显然，这样的描述有失浅表。不能认为只要抓住了欲望，白领女性，都市化，传奇性这些元素，就算抓住了张欣创作的要领。

我在上世纪九十年代曾说过，张欣是最早找到文学上的当今城市感觉的人之一。张欣善于把商业社会人际关系的奥妙充分揭示，并把当今文学中的城市感觉和城市生活艺术提到一个新高度，她始终关怀着她的人物在市场经济文化语境中的灵魂安顿问题。在她当时的一系列中篇小说里，不仅写出了南国城市烦嚣的物化景观，而且写出了大众文化元素无所不在的渗透；不仅写出欲望这头怪兽对所有人的操控，而且写出欲望背后人对终极关怀的诉求；不仅始终以男欢女爱的爱情主题作为构思的原件，而且通过商战背景下，一个个"痴情女子负心汉"或是彷徨迷惘花无主的感伤故事，表达着对超功利的人间真爱的强烈渴望。张欣的更为独特之处还在于，她的语言建构了一种契合都市语境的特有的抒情风格，一种古典美与现代流行话语相糅合的情调，打造出一种有着鲜明时代烙印的时尚化写作模式。于是，在当时新都市小说初兴的大大小小作者中，张欣是个独特的存在，为市民读者所喜爱。她有如一脉生机勃勃的独流——称其为"独流"，并非多么异端，而是它保持了自己的审美价值和人生价值的独立不羁，为别人所无法替代。

不可否认，张欣确有题材意义世俗化，结构方式通俗化，以及人物选择白领化、中产化等类型化特点，张欣小说中少不了都市小说的一些共性元素，那如梦的情景，物象的铺陈，欲望的膨胀，食色的细述，流行的语汇，但这又怎么样呢？世俗化恰是对人的自然欲望的肯定，是对教条和僵化的反拨；而通俗化则是她的一种审美选择。然而，如果说九十年代张欣尚被看作新都市文学的代表性作家，那么近些年来，随着张欣创作由相对静态转向激烈动态，由闺房甚至直接切入了黑社会，由人性善转入人性恶，她似乎越来越被认为是一个大众读物写作者，一个社会事件的猎奇者，一个偏向惊悚的通俗小说作家了。有评者对她渐渐丢弃了早期的空灵飘逸和小资优雅，以及抒情和浪漫的笔调深表遗憾，认为是一种审美上的丧失和倒退，离纯文学远了。事情是否果真如此，究竟应该怎么看？

我认为，从主导的方面看，张欣已从她九十年代成形的叙事模式中跳了出来，不再是"深陷红尘，重拾浪漫"，也不再是白领丽人的怨而不怒，而是向着生活的复杂，尖锐和精彩跨出了一大步，不惮于直面丑陋与残酷，不惜伤及优雅，遂使她的都市小说的现实感，社会性容量，人性深度，心理内涵都有了明显增强。应该说，张欣新世纪以来的多部长篇，是向着两个向度发展：一是对巨大精神压力和都市变态人格的正视，强化了对人性深度的精神分析；一是向着社会结构和公共领域拓展，多以司法案件，新闻事件为由头，探究包括黑社会在内的幽暗空间里人性的光怪陆离，寻求正义的呼声。

异质的畸形女性形象是张欣近作中的一个亮点。说实话，我对所谓的女权主义一直心存疑虑，有些问题，越是过分强调，越有可能伤及自身。这样说并非因为我是男性，而是我看到一些女性，尤其是性格过于强硬的成功女性，她们承受了工作和生活的双重压力，其艰辛可想而知，她们在精神生活方面却严重缺损。张欣的《锁春记》让我又一次遭遇了她们。她们仿佛在自我诉说，又仿佛在无奈追问。《锁春记》是张欣关于女性自身的一部心经。张欣说："我们终将发现，对手来自内心。"这部作品着力塑造的三个女性，她们都是优秀的，她们的生命轨迹却不寻常，而且心灵在不同的境遇中发生了畸变，最后一个个结局凄凉。在外人眼中一向幸福的佳偶庄世博与查宛丹，之所以出了问题，原因或许很多，最直接的原因却是庄世博的妹妹庄芷言从中作梗，生生地拆散了他们。芷言一直守在哥哥身边，她不能容纳哥哥身边的任何一个女性，查宛丹的无言退出和出走，叶丛碧的无声忍耐和相守，都是因着对庄世博的爱。叶丛碧最后意外离开人世，庄世博无法收场时芷言又承担了一切，然而，貌似内心强大的芷言最终却选择了自杀。她是一个彻底的失败者，她的秘密便是禁欲式的"锁春"，深爱丛碧的净墨窥到了她的秘密，净墨的厌恶是一根刺，深深地扎在她心上。一个优秀的女人最终像一片羽毛一样随风飘逝。《锁春记》的文本是错综复杂的，但却有如《红楼梦》的一个枝杈，三个女性的人生和命运都是绕着一个男性所展开。

在《锁春记》中，值得注意的是张欣转换为男性视角对女性命运的一些思考。庄世博其实是深爱他的第一任妻子查宛丹的，但是，面对一个击剑者、一个在生活各方面都很优秀的妻子，他多少失去了自信，以为妻子一直暗恋别人。所以，当他一旦遇到较为世俗而简单的叶丛碧时，便感到了放松，自己很清楚，放在过去他是不会喜欢她的，但现在不同了，他劳累的心需要轻松与体贴，这一切是查宛丹所不能给予的。女性的过于强大必会带给男性无穷的压力吗？现代社会那些优秀的女性，其实反过来承担着比普通女性更大的来自社会和男性的压力。我不知道，为什么一向给我非常温暖印象的张欣，会选择一种较为极端的人物来完成她有关女性的心经？依照她在《幽闭》一文中的说法，那是因为我们的心灵已经幽闭和麻木得太久，但她仍然期待着有一天把坚冰打破，让万物花开。

揭示深藏着的人性的复杂与诡谲，直面变态人格，是张欣在观察都市精英人物时的另一出彩之处。张欣曾说，"病态的都市恰恰隐藏最复杂、最不为人知的人物关系，隐藏着让人心酸的哀怨、感慨和心悸的插页。张爱玲也说过，人生如一袭华美的袍，上面爬满了虱子"。读《锁春图》不期然地与萨特的那句名言相遇：他人即地狱。其实，庄世博完美的外表下隐藏的是一个自私的男人的灵魂，他对叶丛碧只是需要，而非爱情。叶丛碧出事后，他选择了逃避，而非面对。时时守护着哥哥的芷言觉得哥哥有病了，甚至为他去咨询心理医生，得到的诊断是没有病。她不解。事实上有病的人正是她自己，在庄世博的生活中，庄芷言扮演了父亲、母亲、妻子的多重复杂角色。她一直压抑自己作为女性的正常欲求，对男人没有兴趣，不想结婚。她的生活是"没有春天"的。从精神分析角度看，这一对兄妹的精神和性格形成可以在他们的童年经验中找到原因。我们在不止一部中外作品中读到过恋母或弑父的情结，读到过可怕的占有性的"母爱"，却还不曾见识过像庄芷言式的专制的兄妹之畸情。或许芷言也如张爱玲笔下的七巧，戴着黄金的枷扑杀了好几个人，也辟杀自己，全是原本和她最亲近的人啊。最后那残酷的结局证明，芷言是一个精神病患者，她得的是微笑忧郁症。

张欣近作中最令人震惊的人性故事藏在《不在梅边在柳边》之中，这部作品的内容已经不能用都市来框范，它直指人性中那些由童年经历而来的难以磨灭的斑斑伤痕和深刻存在。外形美艳、气质高雅、才干出众的女性梅金是个好妻子、好儿媳、好妈妈，这样的女性是众人艳羡的对象。但其实，她从身到心严重造假，为生计所迫时她做过三陪小姐，还与自己的整容医生冯渊雷莫名其妙地发生了性关系。梅金对重男轻女的家人们的仇视甚深。另一人物蒲刃，学术生命旺盛、气宇轩昂，举止上俨然树仁大学的一道风景，有明星般的辉光，他人又未婚，颇类完美。可谁知道，这个人却有着对亲生父亲的无比仇恨，表面上孝顺无比，背地里一直在给父亲慢性投毒，最后与父亲同归于尽。这两个人的内心不能简单用恋母或弑父情结来阐述，他们两人表面上区别极大，本质上却相通。儿时过于贫困落后的生长环境，家庭暴力中的成长经历，出人头地的强烈欲求和最后的一塌糊涂的失败，均如出一辙。背负着背叛朋友的重负的冯渊雷表面上深爱妻子乔乔，实际上与其他女性有染；蒲刃面临巨大压力，通过与高级妓女小豹姐一起过夜来排解……尽管产生所有扭曲人性的土壤是儿时的黑暗经验，但是，这样的世界，这样的人性，仍让人不免产生绝望之感。

张欣的另外一些长篇则借助新闻性社会事件来展开。《沉星档案》以电视台女主持人公寓遇害案为切入点，引出一个黑道人物———贺少武。《深喉》以广州报业竞争为背景，涉及多重不为人知的黑幕交易。它们绝不是对新闻事件的形象化爆炒，而是表达了作家对隐藏在城市深处的重大社会问题的深沉思考。《深喉》凝聚了都市报纸行业的竞争，司法界的某种深层腐败，以及人们对正义和道德的苦苦追寻等元素，使之既是一部畅销作品，又具有相当的思想道德价值。《深喉》表层的主人公是追求正义和真理的《芒果日报》名记者呼延鹏，他年轻气盛，有很强的责任感，为张扬正面精神价值不惜冒生命危险，以致身陷囹圄，饱受摧残后几乎失语了，只说"自由真好"。但实际上，这部小说真正的主人公是"深喉"。"深喉"是谁，在何处，小说自始至终都没有明确喻示，但我们却能感到"深喉"无所不知，无处不在。是所谓的"上面"的那个人吗？显然不是。是徐彤吗？是，又不是；是槐凝吗？也是，也不是。"深喉"，就是事件背后所发出的那个更深层的声音。有时候，"深喉"是确切的一个人，但更多的时候，是一种象征，一种信念，是传递正面声音的喉咙。《圣经》上说，那门是窄的，那路是长的。"深喉"就是要引作品中有正义感的呼延鹏等人走过那道窄窄的门，通向其漫漫而修远的路途的人。这就是张欣的都市悬疑小说的意义所在。人总在不懈的追寻着正义，哪怕是隐约的，渺茫的，潜在的。继《深喉》之后，张欣又有长篇《用一生去忘记》问世。文笔十分鲜活，其最大的突破在于塑造了何四季这个新鲜的农民工形象，的确很少有人以善恶同体的复杂去写一个农民工。

张欣最近说，生活永远比小说精彩。我想写现实、写人性，我希望我自己的作品能够直指人心，表达了她希望更深广地的拥抱现实生活的心愿。诚然，张欣的近作中确实丢失了一些柔情似水的浪漫，她由婉约转向了冷峻。作为现代都市的书写者，张欣总要扩大自己的世界，总要正视"恶"的作用，总得尝试新的写法。她正在探索中。我们没有必要纠结在张欣究竟算纯文学还是通俗文学，以及孰高孰低之类，在今天没有绝对的"纯"。关键要看，一个作家在多大程度上表现了她的时代及其心灵史。

王丕震：文坛神话惊世奇才

最近我得到一套中国文史出版社出的《王丕震全集》，共八十卷，是抬进家里的。据介绍，王丕震，纳西族，1922年11月出生在云南丽江古城一个书香世家，从小受国学启蒙和多元文化启迪，五千年历史烂熟于胸，抗战时考进陕西宝鸡兵校炮科，曾从军，1953年四川大学畜牧兽医系毕业任玉溪农校教员，反右时打成右派，在一农场当兽医，1982年平反后退休回家，1983年忽动念开始写历史小说，首部为《则天女皇》，其后18年间，共创作长篇历史小说142部，多由台湾秋海棠出版社出版。2003年病逝，享年81岁。

面对王丕震先生的浩瀚著作，没有人会不感到震撼，他的博大，神奇，坚毅，简直不可思议，近乎神话。从1983年起，已六十多岁的他，开笔写起小说，处女作《则天女皇》的出版给了他信心和激励，由此一发而不可收，十八年间，创作长篇历史小说142部，计二千六百多万字。平均每天以四千多字的速度疾进，而且，全部是手写，一次成稿。有人说，论数量的巨大，他是古今中外第一人，并无夸张，即使拼命写作的"法兰西书记官"巴尔扎克,单就数量说话,无法与他比肩。可以说他是有史以来,书写方法最传统,写作速度最快,字数最多,作品时间跨度最长的一位作家,中华历史上下五千年,帝王将相才子佳人无算,皆在他的笔下复活、重现。对于他的博大与厚积,丰富之学识,坚强之意志,拼搏之精神,我是由衷的敬佩。

望着照片上的丕震先生,高阔的前额,硕大的鼻子,线条有力的嘴唇,刚毅的目光,我想,这个人是不是有着超凡基因的"超人",或有特异功能的"异秉"?他什么时候学习和查阅资料呢?他怎么可能只凭一张纸的提纲,就能一气呵成地挥洒出几十万字呢,那浩如繁星的历史细节他是怎么一一装进脑子里的呢?

我认为,对写作者来说,创作上的竞争恐怕主要还不是比数量,比速度,甚至也不是比有多么刚强的意志,有怎样的吃苦精神,这些固然可嘉,可敬,但并不是最根本的。至于是否获得了吉尼斯纪录也不是很重要的。在我看来,重要的是,他写出了什么,他是怎么写的,他创造了什么样的艺术形象,他为人类奉献了怎样的精神食粮,他为人类的精神发展作了什么样的贡献。我隐隐有些担心,王丕震的历史小说会不会是粗制滥造的赝品?正是带着这些疑问,我详略不同地读了他的几部历史小说,阅后的感受是满意的,我对他的神奇和博大的敬畏之心仍然不减。

我首先关心的是王丕震的历史观有何特点,他评价历史人物的尺度和标准是什么,采取何种视角,评价的根据又是什么,他如何处理历史真实与艺术真实的关系?因我所看有限,只能管中窥豹。就以我读得较细的《秦始皇》《金圣叹》二书和浏览的《唐尧与虞舜》——都是随手抽取的,太多,翻不动——而论,他的小说,既非演义式,也非戏说式,更无恶搞或解构之意,基本走的是正史路子,但偏于通俗化和故事化。我认为他的历史观基本是历史唯物主义的,其中又渗透着很强的民本精神,同时汲取了某些民间的积极精神和善恶评价标准。对秦始皇的评价,历来存在分歧。

一种是大力肯定其法家精神，肯定中央集权和郡县制，认为他是奠定了中华政体的具有雄才大略的"千古一帝"；另一种则偏重于批评他残暴专制，好大喜功，无视诸子百家的丰富思想而独尊法家，尤其是丢掉了夏商周三代的好传统，如分封制和周礼。王丕震怎么看秦始皇？他对秦始皇征服六国，统一天下，以及许多重大措施还是肯定的，称许的，对秦始皇苦难的童年，屈辱的少年时代写得较细，还是同情的，但对秦始皇的反复无常，刚愎自用，好大喜功，以及修骊山墓，搜求长生不老药，筑长城，建阿房宫，焚书坑儒，是持批判态度的。在这些问题上，作者更倾向于传统的、民间的观点。

在《金圣叹》中，作者对金圣叹的怀才不遇，坎坷命运，寄予了深刻的同情和理解。描画了在明清转换之际，天崩地裂，形势复杂，而作为民间知识分子的金圣叹，那种正义，正直，狂狷，怪诞和敢于为民请命的大无畏精神。这曾长期被掩蔽和曲解，金圣叹甚至被认为是坏货，是疯子，是不值得同情的狂妄轻薄之徒，王丕震基本把这个案翻过来了。他笔下的真实的金圣叹，为人耿直，口无遮拦，坚持正义和良知，得罪了恶贪官和伪君子，最后被杀害，那是极度黑暗年代的一桩滔天罪恶。我认为他写金圣叹，虽略显粗糙，有时大段引述评点本的序或批点的诗，但仍抓得准，有深刻命意。写贪官任维初、朱国治之流，满嘴仁义道德，满腹阴险凶残，杀人不眨眼，可以想见当时吏治是何等暗无天日。写金圣叹，则通过科考受挫，顶撞霸道父亲，说西厢，讲易经，控贪官，闹公堂，批六才子书，代苦难百姓申诉，最后被构陷致死，有一系列生动情节，活画出一个特立独行，刚正不阿的狂士、才子形象，令人动容。

我更关心王丕震占有的史料够不够，可靠性怎么样，是离开历史真实的糊涂乱抹，还是基本有所本的艺术创造？我们知道，历史小说创作，第一步要做的工作就是弄清史实，占有大量史料，并能去伪存真，才有可能揭示历史生活的本质和规律性的东西，才有可能进而达到历史真实与艺术真实的统一。仅就他写秦始皇、金圣叹来说，我认为占有史料还比较丰富，比我们已知的常识要宽余一些，他还能从稗官野史里提取一些营养。关于尧与舜的历史记载是非常有限的，写长篇小说难度太大，但我看《唐尧与虞舜》，作者能在有限的史料中找到故事并生发开来，生动有趣地表现了禅让与世袭两种权力移交方式的不同，尧传位于舜，舜传位于禹，都是传贤而不传子，读来对尧舜时代的"大同"情景油然而起向往之情。有关金圣叹的史料并不多，他能写成这样，实属不易。

  作为历史小说，王丕震在文学性和语言表现力上到底怎么样，也是我非常关注的。读过几本后发现，他的叙事，颇有古意，贴近民间讲史和通俗化的一路，但朴实，并无夸饰，语言简明，紧凑，生动，清晰，多用白描法，短句子多，尤其擅长拟人物的对话，你来我往，各有个性，语气口吻，与人物身份符合，例如华阳太后与秦始皇的较劲，当面对质，现场气氛逼真，传神。作者刻画金圣叹，突出了一个"狂"字，写来栩栩如生。当然在语言上，有时出现太多现代词汇，口语，如"取得胜利"，"我对你有意见"之类，可能对历史感有所削弱。然而，不管从哪方面看，不管还有哪些不足，王丕震都是值得文学史记住的一个奇人。我不由感慨：山外有山，天外有天，深山有卧虎，民间有高士。

赵本夫近作的象征结构

  中年作家赵本夫是位重要的、值得文坛重新认识的作家。他近年以短篇为主的创作路径，无论立意、语言还是结构，都有独特追求，表现出努力跟上时代前沿思想的精英意识，同时表达他自己对这个剧变时代的独特眼光，应该说，这样的创作更有难度，也更具启示性。赵本夫是独特的，与他的同龄作家们很少共同性。他有自己极其个人化的成长史和经验世界，于是他能提供出一些罕见的审美元素。近年来在扩大艺术概括力量方面，他可谓殚精竭智。

  短篇小说《天下无贼》的被冯小刚相中改编成电影，成为新的影视经典，并不是偶然的；而冯的处理与赵的原作之间的反差，恰又构成了一个非常有趣的话题，形成一种消费性与精英性之间对立、分化、各成一体的典型个案。这里并无简单的高下之分。在此辨析之，不但有助于揭开冯小刚之谜，也有助于对赵的小说精神的把握。赵的小说中，根本没有"宗教动机"，王丽只是觉得深心里有种向善的念头闪出，希望能让傻根保持天下无贼的幻觉，其实是，曲折地维护王丽自己渴望着却始终做不到的清白。

在赵本夫看来，贼，也是善与恶的变形组合，充满变数。在一瞬间，在某种条件下，善忽然就苏醒了，被发现了，萌动了，一如王丽。电影把小说的这个巨大空白充分利用，阐释为王怀孕了，要为未来的孩子积德，于是相信宗教，虔诚拜佛，于是放下屠刀，恨不得立地成佛，贼性遂顿消。找到的根据是：怀孕，忏悔。小说可不是这样。小说含有某种精英性、神秘性和不可知性，不是那种径直皈依宗教。原作仅在某宾馆设套，套一处长，获二万元，那处长有点无辜。现在是套了个为富不仁的好色之徒，一辆宝马车，给人活该之感，以泄民愤，减弱道德的耗损。

质而言之，冯小刚的秘诀在于，贴近大众，迎合大众，娱乐化，商业化，消费化。他的《手机》也是突出大众化因素，即民心，社会普遍心理，而舍弃文学性，如刘震云的精心书写的农村部分，便被切去。电影《天下无贼》充分夸大和强化了娱乐因素，推崇大众文化价值。比如，信佛，因为傻根救了她，报恩，还送她一根降魔杵，降伏心魔。这些设计固然不错，但皆为恩报恩还，没更深刻的东西。还有，加强小偷的炫技，打斗，为的是好看；强化调侃性，如展示斧头帮之类；语言上的政治套语，成为反讽，构成了葛优的戏，并大力加强小偷之间的斗法。

冯小刚发现这篇小说，是很有眼力的，其内质的可改编性，内蕴空间较大，有个象征结构，且有奇异的非常规思路，大可开发，大可填充娱乐性，消费性内容，而削弱其精英性，晦涩性。影片绝口不强化两位是大学毕业生，一个学美术，一个学建筑，酷爱旅游，无钱，于是诈骗，偷窃，其实这是一个更冠冕堂皇的理由，一个更人文的理由，但冯不采纳。小说另一重要感悟，冯也未采纳、发挥，那就是沙漠的魅力，王丽为之痴迷，滞留，向"雅贼"转化的根因。傻根是因为看到街角一喂奶妇女的大白奶子，忽受轰击性刺激，等于启蒙，决心回乡娶媳妇。这是一个弗洛伊德式的瞬间。冯似也放弃了，他尽量把浪漫，精英的因素压缩下去，不大想让作品的主题沿着神秘、浪漫、性意识的路子走下去。还有傻根与狼的亲近，用手电在天空划字画，与大自然亲近，与幼时乡亲亲近，更具草根性，封闭性，本真性，有农业文明夜不拾遗的道德理想，傻根是孤儿，吃百家饭长大，不相信有贼，天真未凿，代表了一种农业文明理想，一个纯洁的羊，一头撞进了人欲横流的染缸，火车上是其象征，含有对人欲的批判，对原始主义、本色主义的呼唤，冯小刚没沿着人文批判的路深化下去，宁可回到劝善、报恩、积德、忏悔的民间化，大众化路子上来。赵的小说是精英的，而冯的电影只能是一部好看的商业大片。

这商业片中，风流人物，甚至英雄人物，是一对贼，悔过的贼，于是魅力四射：赵的本意，是把傻根作为主人公的。电影颠覆了原来意义的英雄，贼是何等潇洒，何等刺激，何等仗义，构成一种超道德的罪恶美。而赵本夫的小说要告诉人们的却是，向人性回归，向自然复归，向民间回归，向原生态回归。

这种倾向在《即将消逝的村庄》里有更醒豁的表达。作品在二元结构中展开叙事，一边是老屋不可抗的倒塌声，一边是城里陌生女人的穴居，洗浴，神秘的现身，随之一场施暴，片刻受活，使她对原始美，野性美顿生倾慕，然而这仍然难以阻挡传统乡村消逝的声音。娇滴滴的城市女人与强壮如牛的老村长，都是符号化的人物。《市长与鞋匠》也是影响较大的作品。赵的象征性作品，有个特点，总是将极实与极虚的东西扭合在一起。

当年的《卖驴》具有文学史意义，后来的《空穴》把现实主义笔触发挥得淋漓尽致，表现饥饿年代苏北乡村的凋敝，践踏人，蹂躏人，蔑视人的情景，表现得力透纸背。它所达到的高度的真实性尚难有人企及。自《绝唱》以来，展示了他的另一方面的才能，发掘民间资源，极端的精神追求和精英意识，使他的作品具有了长久的阅读价值。

毕淑敏：用小说思考生命的人

  毕淑敏是上世纪八十年代后期登上文坛的，1987年在《昆仑》发表中篇小说《昆仑殇》，这应是她第一篇有影响的作品，从那时起，毕淑敏就一直坚持写实主义风格并本能地与其时及其后的各种浪潮保持着距离。但她的小说颇受读者喜爱。这与她特殊的人生经历，质朴而凝重的文风有极大关系。

  在中国现当代文学史上，有弃医从文经历的作家不少，现代有鲁迅、郭沫若等，当代有余华、冯唐等人。但有这种经历的女作家似乎不多，我认识的还有厦门的赖妙宽。毕淑敏不仅有多年从医经历，且从医经历尤其与众不同。未满十七岁，毕淑敏就参军到藏北当了一名卫生兵，这卫生兵一当就是十一年。她在《素面朝天》中说："我在那支高原部队度过了十一年，把我一生最好的年华葬在世界屋脊。"此后，她又在工厂做了十余年厂医。正是这与众不同的经历使她有了成为一名与众不同的作家的可能。我在毕淑敏的小说中首先遭遇的，是她对于生命的冷峻思考，这思考往往从死亡开始的。毕淑敏是一个极度珍惜自己的人生经历和创作资源的作家，十七岁攀越海拔六千多米的高山时,第一次想到了死,从军从医使得她比别人能更加近距离地与死亡对观,对于死亡的思考也就比别人深刻了一层。所以,在毕淑敏的世界里,死亡是她关注的必要元素之一。

毕淑敏早期作品《昆仑殇》就有对死亡的思考,此作发表于1987年,是年,同是做过医生的余华发表了《十八岁出门远行》,就二者的风格比较,余华已经表现出了充分的现代主义气息,而毕淑敏则显示着完全的现实主义文风。《昆仑殇》的题材在当时也算不上新鲜,却颇能打动人心。在高寒缺氧的生命禁区,生命露出它脆弱的一面,人的抗争显得那么乏力,许多战士陨落在了那里。年青生命的消逝给人带来心灵上无比的震撼与悲哀。不论在以《昆仑殇》为代表的被称作"昆仑山"系列的小说还是其他题材的小说中,毕淑敏都表现出了对于死亡的高度敏感和对生命意识的思考。《预约死亡》是一部直接指向死亡的小说。毕淑敏在这部小说中竟然在临终关怀医院铺开了场景,她同时具备医生和作家双重敏感,通过我们所不熟知的生命最后时光的展示,对人的生存与死亡、活着与尊严进行了独到的思考。毕淑敏在描写爱情这人类亘古以来的永恒话题时同样把它放在生与死的对观与抗争中来写。《紫色人形》中的一对恋人本来拥有的是最普通不过的爱情,但被突如其来的大火烧伤,他们的爱情面对死亡时,得到了升华与超越,因为真正的爱情已经超越了丑与美、生与死的表象,它的坚定性是因为经过了死亡的考验。毕淑敏对于死亡的独特思考还在于,她对死亡的展示的背后是对于生命的尊重与热爱。《生生不已》中乔先竹的女儿因为恶性脑肿瘤夭折,她开始了对新的生命的渴盼,最后,新生命终于诞生了,乔先竹却因难产离开了这个世界。毕淑敏在这部小说中赞美的不仅是充满了母爱的母亲乔先竹,更是生命本身的伟大与不灭。《血玲珑》中同样表现出对每个生命的关爱,要拯救夏早早的生命,就得由她的母亲卜绣文再生一个孩子,而卜绣文在这一过程中却又和腹中的孩子一起成了被拯救的对象。这部小说把情感、科学、伦理、道德放在一起冷静思考,尽管小说有不足之处并引发了一些争议，但它有一个基本主调，那就是，所有的生命都是珍贵的。

在毕淑敏看来，从死亡入手开始思考生命，是窥视生命的最佳角度，不但能看到生命的弥足珍贵，还能看到，活着，最为重要的乃是生命之尊严；在某些时刻，为了捍卫尊严，付出生命的代价也应在所不惜。《女人之约》《源头朗》《教授的戒指》等无一不在思考生命与尊严。长篇小说处女作《红处方》中，毕淑敏将生命与尊严进行了一次更大胆的取舍，她把这取舍放在了戒毒医院院长简方宁身上进行。简方宁作为从外到内都堪称完美的生命体的化身，却被病人陷害而染上了毒瘾。要治疗，就必须切掉大脑蓝斑。蓝斑是主管人的痛苦和快乐感觉的中枢，切掉它，人就不再快乐，也不再悲伤。简方宁是个极热爱生命的人，她不愿意失去对生命的感悟，更不愿失去生命的尊严而无意义地苟活着，在生命与尊严之间，她选择了自杀。"我爱生命，但当我不可能以我热爱的方式生存时，我只好远行。"

新作《打起黄莺儿》又一次显现了毕淑敏小说的价值义域：思考生命、捍卫尊严。在特殊年代，柳子函与黄莺儿同时参军，她们的尊严一次次受到挑战，而最为残酷的是黄莺儿的爱情为那个时代的军营（其实是整个社会）所不容。她只能选择一种最危险的方式来维护自己和所爱的人的尊严，结果却是生命和尊严的几乎同时丧失。此后，黄莺儿不知所踪。三十余年后，柳子函出国考察，发现自己的陪同竟然与年轻时的黄莺儿极为相似，所有回忆再次奔涌心头，那曾经考验过人生命和尊严的一切似乎又重新站在每个人的面前。小说的题目取自唐代金昌绪《春怨》诗，这首诗同时具有写闺情与写军营的内涵，而这二者恰恰是毕淑敏诸多作品的横跨点，同时，也是她在这部小说中所要展开的。《打起黄莺儿》延续了毕淑敏作品的现实主义风格和主旨，但与以往作品不同的是，它的叙事显得更为从容，小说分别以柳子函的现实生活与往事回忆（对游蓝达的讲述）两条线索，时而交错，娓娓道来，给读者留出了思考和回味的空间。

这部小说较之毕淑敏以往作品，又加重了心理活动细微刻画的特点。小说开头，柳子函在陌生国度出场，等待前来接应她的人。这一过程时间不长，毕淑敏却用了大量的文字来展示柳子函等待中的心理起伏。然而，这毕竟还是一种普通的直接的心理描写，小说中最为精到的是对黄莺儿心理的层层展示。黄莺儿与已经是营长的宁智桐相爱，为当时的军规所不许，更可怕的是黄莺儿怀孕了。"孩子在黄莺儿身上，危险在黄莺儿身上，镇定也在黄莺儿身上。"黄莺儿完全可以让柳子函帮助自己，但她没有。作者几乎没用一个字直接展露黄莺儿的内心，黄不愿在朋友面前失去尊严，不愿让自己的所爱毁坏声誉的心理却宛若眼前。三十余年后，黄莺儿仍然不愿面对不堪回首的历史，她只说了两句话，却仿佛看到了一颗伤痕累累的心。我以为，心理刻画最成功的境地就是这样，不直接展示人物的心理，但人物的心理活动却清晰地跃动在眼前。《打起黄莺儿》就是这样一种从容不迫的叙事，它以一种巧妙的方式将人物心理展露无遗，并在小说结尾处再现了母爱和生命的伟大。

多年来，毕淑敏默默地坚持着现实主义创作风格，从不懈怠，创作了大量的优秀作品。她从一名卫生兵到医生，从医生到作家，其间攻读文学硕士、心理学博士，这不倦的进取，令人赞赏，这样的品质不正是我们这个时代所缺乏因而特别需要的吗？

《红旗谱》为什么还活着

《红旗谱》为什么还活着？光看这题目，调子不是很高，但我觉得我也许还是说到问题的要害了。活着还是消亡了，这是一个无法掩饰的问题。《红旗谱》是我喜欢的作品，我读大学时写的学年论文就是有关《红旗谱》的。我感觉到《红旗谱》这部著作在今天虽然读者日稀，若从史的角度看，仍有研究空间，它的价值也需要更多的发掘和辨析。为什么这么说呢？

我非常赞同茅盾先生的一句话，就是：《红旗谱》是里程碑式的作品。对别的同类型作品他没这么说过。这句话意味深长。在"红色经典"作品里，我个人认为，在精深的程度，在文本的精粹程度，在艺术的概括力程度，在人物刻画的丰满度上，在地域文化性格和民族气派上，《红旗谱》达到的水准确实堪称杰作，而且它在阶级叙事里面是最具代表性的作品。这是毫无疑问的。《红旗谱》的写作，一是经过了反复锤炼，长期积累，锲而不舍，精益求精，所以文本的叙事张力很大，经得起分析。它从最早的《夜之交流》，到后来的《三个布尔什维克的爸爸》，再到《父亲》，最后到

《红旗谱》,多少年才磨出了这么一个文本啊!二是,《红旗谱》的作者不仅仅是利用经验性,利用个人的经历的写作,它还有中西文化的背景。过去总以为梁斌是个"土包子"作家,事实上梁斌是一个"五四"文学青年,对国外文学有过浓厚兴趣,后来成为一位左翼的青年作家,再成为一位成熟的作家,《红旗谱》是有着深厚的文学背景支撑的。这也是这个文本为什么精粹的原因之一。

《红旗谱》是有价值的,但我并不讳言一个问题,就是《红旗谱》是一个阶级叙事的典型,确实与毛泽东的农民战争思想,与马克思主义的阶级斗争学说有很深的关系。马克思说:迄今为止的一切历史都是阶级斗争的历史。大家都知道,这个论断我们在今天已不怎么提了,现在的历史文化语境有所更换了。过去讲"你死我活"的阶级斗争,现在讲"你活我也活"的和谐的新理念。当然还有一种语境是"你死我也死",那是属于恐怖分子的。刘再复对此有过较充分的阐发。所以,历史语境发生了很大的变化,这个语境必然会影响到今天的青年读者,影响到《红旗谱》的阅读,必会存在一种隔膜。

"红色经典"的改编,我认为《红旗谱》改编难度可能更大一些。你可以在《红色娘子军》中插入一段情节让洪常青和吴琼花谈恋爱,你可以在《沙家浜》《林海雪原》中再延伸一点性爱和另类的有趣故事,但是把《红旗谱》这样一个完整结构的东西改到符合现代人的胃口,难度实在是太大了。但是这在某种意义上,丝毫不影响它的价值。由于历史语境的变换,有些经典可能继续热读,有些经典可能冷藏,甚至被悬置,但仍不失经典品质。我们的文学是一个变化的历史,而不是一个进化的历史。虽然时过境迁,文学史上的一些作品依然留存下来了,就是因为它们是那段历史的审美化见证,而且时间越久,它的历史价值可能越高。《红旗谱》就是这样一部作品。这是需要深刻辨析的。现在我们不提阶级斗争是正确的,但这并不意味着在漫长的人类社会中,阶级斗争不曾存在过,或者没有频繁发生过。这就是我特别想讲的一个问题。我们中华民族一百多年来受到多么深重的苦难，处于当时情境，有时根本不是搞不搞阶级斗争的问题，而是让不让你活下去，你必须要起来抗争的问题。在一定的历史阶段，阶级斗争是不可避免的。至于后来极左思潮和阶级斗争扩大化对人的残害，我同样深恶痛绝。

《红旗谱》就是写当时那种不可避免的抗争。至少在这一部书中，写出了这种不可避免性。一开始，朱老巩为维护锁井镇48亩官地不被鲸吞，以身护钟，吐血而亡，女儿遭奸污，儿子小虎——朱老忠逃亡他乡。还乡的朱老忠发现，冯兰池们仍然压在头顶，所谓的割头税，让人活不下去啊，就只能揭竿而起，只能斗争了。所以，农民才从自发斗争，自发的反抗到自觉的革命。《红旗谱》就是写这样一个自觉的过程。这是一个很重要的问题。与此相关的，我觉得《红旗谱》写中国农民的农民性也非常深刻。我们都知道，乡土写作有几大叙事模式，一个是鲁迅先生开创的，基本上是一个启蒙模式，启蒙叙述，再一个就是阶级叙事，还有田园叙事，我还想加上近三十年以来的文化叙事，包括像《白鹿原》这样的作品就是文化叙事。《红旗谱》不同，他不是写阿Q的自欺，而是写朱老忠的倔强，写中国农民的另一个典型，这是很了不起的。在这个系列里面，我看过的作品，譬如《原野》里面的仇虎，《红高粱》里面的余占鳌，此等草莽英雄，或农民革命英雄。然而，朱老忠是一个非常深刻的典型形象，通过他和严志和，后者的卖地，辛酸万分，对中国农民的土地问题的解读非常深刻。现在，高校里有不少人研究中国农民的土地问题，农民与土地的关系问题，梁斌先生早就写到了，而且写得很深。他不是从理念的指导下写的，是从生活的痛切感悟中写的。他觉得写不透土地问题就写不透中国农民。《红旗谱》比现在很多作品谈土地问题都要谈得深刻。这是它了不得的地方。

《红旗谱》还活着，自有其价值。归根结底是它的有些主要人物还活着，比如朱老忠、朱老巩、朱老明、冯兰池、张嘉庆、运涛、春兰等等，他们确实曾是中国大地上的血色鲜活的灵魂。我觉得这是作品生命力的一个根源。另一个非常重要的问题就是民族化的问题。文学的民族化和本土化的问题在今天全球化的浪潮中变得格外突出，我们的文学要真正彰显自身的特色，没有中国文学的民族化、本土化是站不住脚的。而《红旗谱》在这方面的探索不管是自觉的或不那么自觉的，反正取得了很大的成功。其中最突出的是"燕赵多慷慨悲歌之风"贯穿全书。在语言上对冀中方言的运用、民俗的刻画，也都非常鲜活。我曾经想过，华北平原有没有自己特有的美学？有的。梁斌的《红旗谱》就是，孙犁的、铁凝的，包括贾大山的小说也都是，还有很多人，包括《小兵张嘎》《敌后武工队》《平原游击队》等等作品。这方面还没有进行很好的研究。华北平原看起来很单调，没有雪山，没有戈壁，没有震撼人的景观，但华北平原是孕育了革命的地方，华北平原有很内在的精神存在，有很深的精神土壤。这些还没有得到有力的发掘。《红旗谱》在这方面的审美自觉应该受到重视，它达到了一个相当的高度。

（在梁斌研究会上的发言）

肖云儒：每一重要时刻都发出声音

云儒是我在评论界非常敬重的同行。我欣赏他以南人的温雅俊秀却能多少年来一直持守在西部并在西部成就了一番事业；我欣赏他一碰触文化和文学问题就来感觉，那与众不同的尖锐眼光和宽广不羁的思路；我欣赏他超强的捕捉能力和归纳能力；还欣赏他的长于辞令，机敏权变，风流倜傥。前年观看公祭轩辕黄帝大会的电视实况转播，云儒担任了导播或主持人角色，面对浩大场面，他不惧不亢，神态既很自如，言谈时有警句闪烁，令人目醒神清。显然，他是有备而来，他对中华文化的精神母题是作过一番深入钻研的。这是我们一般弄文学的朋友所不可及的。

我一直感到，肖云儒不仅属于陕西，而是属于全国的。在新时期文学发展的每一个重要时刻，大都能听到他的声音。他是新时期以来给文坛留下过深刻印象的批评家之一。现今更年轻的一代才俊，也许不能完全理解，上一辈人在三十年前，即新时期之初，所作的破冰解冻，弃旧图新，开拓新境的努力；那种告别旧我，迎接新潮的勇气和坚定，痛苦和奋发，多么值得历史记住。云儒虽有学者的儒雅，却不属于学院派，他是始终置身于文艺发展潮流之中的、与时同行的、第一线的批评家。但他又不同于一般批评家，他是学新闻的，资深报人出身，曾经两栖于新闻与文艺之间，他是由新闻记者的敏锐性作为先导的批评家。但不可否认，其心性又是学者型的，越到后来，特别是担任陕西文联副主席以来，由于工作需要，他的知识结构偏向于整体性的时代审美意识变化的研究，他对国学，对中华传统文化，对书法，对陕西地域文化，都有了更多的投入和研习，于是，这些年来，他的角色和我们不一样了，他一步步地蜕变和转型，由文学而文艺，由文艺而文化，直到大文化，逐渐走向开阔，走向大气。

　　我与云儒，是由隔膜而渐渐熟起来的。我本与陕西文学界的朋友极熟，也早知云儒其人，但我和他却始终保持着距离，互不了解和往来。究竟为什么，却不可解，是否与他是南方人有关？他是首先在文学界崭露头角的，从八十年代到九十年代，我看着他和李星、王愚等友人搞"笔耕社"，搞文学聚会，提各种主张，看他们的文章一篇篇地涌出，不能不佩服。他在近三十年文学发展的每个时刻几乎都有言论，他的话总能给人启发。我欣赏他，却远观他，同样，他知道我，却远观我。直到2005年，我们共同担任文化部国家舞台精品工程的评委，共同度过了两个月"白天在机场，晚上在剧场"的特殊生活，才真正地熟悉了，相知了，隔阂打破了，成了要好的朋友。我不断发现他的其他特长，比如，策划能力的惊人。后来得到印证，原来他的诸多头衔里，早有一个"陕西策划协会会长"。其实，他加入"中国的"策划协会又何尝不可？

　　人们常说，创作需要才能，写诗写小说需要天赋，乃至天才，好像搞评论的什么都不需要。事实上，批评同样需要天赋，有才情的评论与无才情的评论，虽同为铅字，虽面目大致相似，内质却差之千里。杜波罗留波夫活了25岁，别林斯基活了41岁，他们并不一定是学富五车的大学问家，但他们却是影响了历史的人文精神进程的天才批评家。我觉得天赋在肖云儒的身上表现得格外明显。也许在他的基因里，有一种擅长批评性思维的因子。说他早慧，天资聪颖，都太泛泛，并不准确。他的特点是，似比别人能更早地发现处于萌芽状态的动向，能更敏锐地感应时代与文艺互动的隐秘关联，能提出稍后将会发生的问题。听说，他早在江西读高中时，同学们就发现了他的特点。一位他当时的同学、后来成为台湾著名学者的叶四维，赠给他九个字，曰："有见解，有感受，有文采——见解在质朴中见力度，感受于真切中藏灵性。"他在人民大学读新闻系时，自发地写过一篇评华君武政治讽刺漫画的文章。人家以为一定是老师写的，不料却是个学生。此文后来发表于《美术》杂志的头条，颇得主编王朝闻的赏识。更有说服力的例子是"形散神不散"的提出。那年肖云儒不过21岁，斗胆投稿给《人民日报》副刊"笔谈散文"专栏，他接过老作家师陀说散文"忌散"的话头，以"形散神不散"为题写了篇仅500字的小文。不承想这竟成了对中国散文经验的一个著名概括，一个散文理论的关节点，"文革"前后引起过热烈争论。肖云儒说他当时不过想发一点小感想，决无给散文提要求，定规矩之意，其后的反响是他始料不及，担待不起的。我却认为，别看只是寥寥数个字，于简单中却可见其悟性，是他长期思索的一个火花式的爆发。

贾平凹在给肖云儒的书序中说，肖云儒的特点是："当文坛时尚之风阵阵刮过之后，他开始水落石出，价值和实力渐渐被国内文坛认知和钦佩。"还说"西安的地域成于他也碍于他，他真的是有些委屈了"。此话多被人引用，我却觉得也许只是说了一方面的事实。肖云儒在大多数时候并非如此。他的表现恰恰是能超越时空的限制，最早或较早地发声。比如，1983年发表于《上海文学》的《文艺创作反映当代生活中的封建主义潜流问题》，就是他有感于伤痕文学陷于浅表层，不能深掘到农耕文明、小生产意识、皇权政治的遗留的原因。再如《艺术家的主体、生活客体和审美反映》《被拷问的人文精神》等等，都是在反思文学初起，或主体性争论初起，或人文精神大讨论的热潮中发出的，具有实践品格，现实品格，并非后发制人，倒是站在前沿，直接在文学潮流中汲取鲜活之水。其实文学史上不乏僻处闭塞之地，却能发人之所未发，言人之所未言的例子。我们很难说，僻处西部的路遥、陈忠实、贾平凹，在创作意识上就一定是落后的。还有一例：由林兆华执导的、北京人艺演出的话剧《白鹿原》曾经一票难求，轰动一时。此剧究竟怎么样？除了一片浮泛的叫好声，我没看到多少真见解的评论，而肖云儒的不足两千字的《话剧白鹿原的得与失》却见解灼灼。我至今保留着这份剪报。文章指出了三点遗憾：一是没有找到可以深度解读原著的"简约而有象征意味的戏剧结构"；二是"缺乏内部世界的打开和戏剧冲突的强化"，虽不断有掌声，但那多是老腔和表演引发，从戏剧冲突与感情深处爆发的掌声其实不多；三是表演过于昂扬、激愤，忘了必要的节制和深度。这些话真是说到了点子上。我在想，有的学人也许可以弄出一部部砖头样厚的"专著"，却不一定能以敏锐的直觉和出色的审美判断力写出一篇让人击节叹赏的短评。

　　肖云儒的另一个几乎不为人注意的特色是，他具有很强的理论想象力和滚雪球般的思维发散力。他第一次进新疆参加西部文艺研讨会时，从飞机上俯瞰博格达雪峰，产生了某种关于西部的强烈感应。他原本没有发言稿，憋了几天忽然思如泉涌，拉出了一个大纲。这就是后来的"专著"——《中国西部文学论》的雏形。这本专著的封面上写着"多维文化中的西部美"，他认为西部生活精神是一种具有主导倾向的"多元动态结构"，而多元结构又是由"三个精神对子"组成的"两极震荡"。他从历史感和当代性，忧患意识和达观精神，封存守成和开放开拓这样的几组"两极震荡"展开论述，并最终提炼出如下关于西部文学总体的美学风貌："一个以阳刚为核心的，多种审美形态组成的有机整体，这个有机整体的内部构成是多元动态结构。"显然，这里带有当年新观念热、新方法论时期的某些印痕，也带有想象的成分，作者调动了当时所有可以调用的理论资源和概念工具，为此付出了极大的精力，我表示钦佩。但这个时期他留给我较深印象的主要还不是这种专著，而是他以感悟式的审美方式写的散在文论，它们多从价值、意义、趋向等几个层面使人一新耳目。

纵观肖云儒近三十年的文论，突出感到，他思路活跃，涉猎面很广，举凡文学、哲学、戏剧、书法、散文创作、社会评论、民俗研究，直至文化人类学，都有论列，但以文学为中心。他的著述可以分前后两个时段，前一段以文学的宏观综论和作家作品论为主；后一时段，以宽泛的文化研究为主。他自己总结说，他的文艺评论的主要方位是社会的，历史的，美学的坐标，他是大体沿着反映论——文化论和历史——美学的路子走下来的。我以为这个定位是事实求是的。他是一个有理想，有抱负的评论者，他始终不放弃"建构体系"的梦想和搞大部头专著的雄心。他对自己擅长三评一论，即影评、剧评、书评和文艺短论的写作很不满足，极力要突破，于是有了他的《中国西部文学论》和由他主编的《中国西部文学论丛》等等。由于原有的知识结构和哲学基础的稳固性，也由于大半生处于政治运动之中，肖云儒和我们这一代人的这种力图建构体系的努力，不免带上了悲壮的色彩。

云儒不但是理论家，而且是散文家，有一颗诗心，灵心善感，读他的《我在故乡冷藏了三天》，真让人忍俊不禁。原来，他一回到南昌，就被朋友，老同学，同行，亲戚们包围了，颇不自由，他想独自去寻旧梦，于是想出绝招，伪称自己去了别处，好似人间蒸发了，其实潜伏在南昌，"变成了一个陌生的老头"，每天转悠他童年和少年时留踪的地方，静静地咀嚼着人生。然而，谁又能禁得住诱惑？人怎能弃绝红尘？反正，这个"老头"又回来了，回到了他游刃有余的关系网和生存网中了。他又登上飞机，去参加一个什么"重要会议"去了，"恐怕直到烧成灰烬"，也难改变。多么深刻有趣的自嘲和自省呵。这就是我心目中的肖云儒，一个真实的，复杂的，丰富的，深邃的人。

汤吉夫：校园里的人性思索者

汤吉夫先生生活在校园里，却无法泯灭作家梦，他辛勤笔耕了二三十年。他不是一般意义上的教授作家，他的躯体浮游在大都市里，他的犁铧却深深地插在乡土中，那里有他生命的根。当然，如同许多教授作家一样，他最终还是把目光转向了校园，转向他的同类，不过，他看他们时，总是隐含着一种质朴的乡土精神和温厚的悲悯情怀。他是一个善于发现的人，一个极其敏感的人。不管是看家族里传统的长辈，还是看校园里现实的众生，总能看到卑微者和执拗者们的不屈的灵魂，不灭的理想，不倦的追求，他为他们深深叹息，他也总能发现，深藏在生活深处的人之被异化的惨剧，人之被扭曲的悲剧，并以反讽之笔引起人们的警醒。他致力于对现实人生的参悟，力图向精神的深层逼近。在我读完他近年来为数不多的作品后，感触良深，我感到它们超越了狭隘的时尚主题和流行格调，其主旨正在指向人的存在和人的境遇这样一些更为哲学的问题，有的达到了相当深度。但这些作品似乎还没有引起应有的注意。

让我们来看看《遥远的祖父》吧。汤吉夫打开汤氏家谱，翻出了一个暴戾的倔强的老头，那就是他的祖父。此人有两大"亮点"，一是特别能吃苦，特别地强悍，有一年，他硬是把偷吃猪的恶狼活活掐死在院子里，虽然他已满面血污，棉袄被狼撕得稀烂。二是他打孩子残暴无情，"三股杈断成了三截"仍不罢手，在孩子眼里，他像是庙里青面獠牙的泥塑，看到他都会无端地颤抖。可是谁又能理解他深心的痛苦和那暴虐背后的挚爱呢？祖父永远恨孩子们不成器，暴打便是使之成器的手段。"成器"为了什么？为的是走出贫穷，活出人样，挣脱世世代代苦难的命运。祖父把贫农叫"穷农"，完全瞧不起，他甚至宁可把成分填写成"富农"因之招祸而不悔。这家庭中的暴君，怀里却揣着火一样热烈的梦，为了圆他的梦，他以非人的变态的方式企图达到和实现属人的体面的生活。他的心境是何等悲愤何等凄凉。要圆他这个梦可不容易，中国农民走过了多少荆棘之路，现在的中国人不还在奔小康吗？可见作家告诉我们的几乎是一个寓言。祖父的形象是作家用雕刀刻出来的，是作家为中国农民造的像，棱角分明，性格鲜活，椎心泣血，力敌千钧，立刻让人想起著名油画《父亲》中的父亲，旋即又觉得，他们其实是不同的。我甚至认为，汤吉夫的"父亲"其震撼力并不逊于罗中立的"父亲"。毫无疑问，无论从哪方面说，《遥远的祖父》都是一篇压卷之作。

汤吉夫似乎特别留心那些不合时宜的人，畸形的人，或者，并不畸形却被视为畸形的人，并不病态却被视为病态的人。他研究他们的人格，观察他们的种种可笑的或未必可笑的举动，在有如王国维所说的"人性与社会之冲突"中，去透视他们的命运，提出一些比一般的社会问题要更为复杂的问题。比如《漩涡》里那位耿介而迂阔的靳老先生，面对越来越陌生的现实，怎能不牢骚满腹呢？他发现，曾几何时，神圣的教育变得"一点章法也没有了"，他在A县的"硕士班"上遭遇了一次集体作弊和半公开的买文凭，以及三陪小姐的奚落，怒火难消。出于良知，他坚持了原则，"给书记、县长、文教主任们打了零分"，并在当副省长的老同学面前告了状。然而，他似乎并没有获得有力的支持。副省长说，对于文学，你是专家，对于生活，你就差得不是一星半点了。可谓婉而多讽。由于搅黄了学校的"创收"大业，评"严师奖"时他惨遭淘汰。铁面无私的他，后来竟也不得不在副省长女儿黄小屯的考硕问题上做出让步。于是，"他感到自己不再是自己，身和心分裂着，他身上的气味也不对了，香的臭的都有"，他不清楚，他究竟应该与生活同步，还是退出生活，感遇了平生最大的尴尬与无奈。表面看来，这篇作品是在抨击教育界的腐败现象和维护教育的尊严，其实并不那么简单，他要写的是在人们习焉不察的氛围里，有股漩涡般的魔力，使人被扭曲和被分裂，这是怎样挥之不去的悲哀呵。后来靳先生决意"退出生活"，却并非想退出就能退出，看来被分裂的悲哀要伴其一生了。这样的小说不是很耐人咀嚼吗？

我更心仪的可能是那个叫《宝贝儿》的短篇。《宝贝儿》确有一种存在主义气息，让人想起加缪的《局外人》，萨特的《墙》一类作品。如果说靳老先生是高校里不适宜生存的老者，那么"宝贝儿"便是不适宜生存的少者。他们一个在维护教育的尊严，一个在追求浪漫的忘形的性爱。一个是理性的，煞有介事的，一个却是非理性的，充满了荒谬感和梦游感。那么，宝贝儿是否校园里的庄之蝶？似乎也不是。你可以指斥他的行为太乖张，太色情狂，但你无法否认他在狂纵和麻醉中却不无良知，不无善念，不无本真，他之所以能活下去就靠这点良知和本真，相比之下，那些环绕着他的，训斥着他的，昔日他替他们代作过论文的人们，不是显得更加可笑和虚伪吗？汤吉夫敢于如此透视一桩"博士嫖娼"案的人性真谛，倒也叫我佩服。

以上只是撮其要者，看汤吉夫先生的艺术追求。汤先生是一个真实的人，他说，"我从来没有大红大紫过，在浩瀚的文坛上，我更像个摆地摊的小贩。"这让我想起了本色的赵树理的自述。汤先生还说，他曾经是个"追赶者"，追潮逐浪，不亦忙乎，后来他放弃了"追赶"，悟出："认真研究生活，认真研究生活中形形色色的人，把文学引向丰富的、隐秘的、复杂的人性，却是一切优秀文学的起始之点。"对此，我表示认同，我以为这也是这部小说集的精髓所在。二十多年过去了，汤吉夫出版了多部小说集，现在又捧出如许新作，不可谓不勤奋，不可谓不执著。我难以厘定，在他的教授生涯和创作生涯之间，究竟孰轻孰重，但我知道，外在的成就感并不重要，重要的是心灵的痕迹，有什么比一个热烈的灵魂拥抱过的生活更能激起人们的共鸣呢？

劳马写作的边缘性与启示力

读了劳马先生的大部分短篇小说和三部中篇小说——《抹布》《伯婆魔佛》《傻笑》，形成了一些基本的看法：我认为，劳马固然是一个学者，一个教授型作家，但难得的是，他是一位罕见的具有喜剧精神的、讽刺性特别突出鲜明的作家，他有其独具的把握生活方式和锐利的观察生活的视角，他还有独具的言说方式，于是作为文坛之外的一个非职业写作者，给我们带来了一些新的元素和陌生的阅读体验。

首先，必须承认，劳马的小说好读，有时拿起来放不下，非要看个究竟才罢休。也就是说，它有一种吸引人的力。看着这些未免直白的篇章，我在想，这股力究竟是怎样形成的呢？这可能得益于他的小说语言的"简化"效果。他出的是怪拳，与一般小说家的路子不同，语言虽直白，但简洁，节奏虽明快，但并非没有底蕴。他决不黏滞在某些细节上，也不停下来做大段的描绘，或反复地交代渲染，而是用一种近乎理性的、抽象的，但又是口语化的、风趣的、跳跃的句子来加以陈述，这与传统小说几乎完全不一样。比如，《抹布》一开头就说伊家有五个孩子，清一色的"葫芦"；

第二节说葫芦镇不产葫芦，产倭瓜，叫倭瓜村更贴切；第三节说，这里几乎每家有一个傻子，引出了伊十的笑话——老师问他哥儿几个，他掰开手指头，一个个地数，然后抬起头来回答：算不算我爹？要是算我爹，一共六个，要是不算，就是五个。这一问一答成了师生和村里人取乐的保留节目，让葫芦镇快乐了半个世纪。你看，这种讲述带有跳跃性，夸张性，荒诞性，是不带背景的白描，动词前面也不加修饰，而且它的章节总是很短，一段一段的，不是绵密的写实主义叙述，而是吸取某些现代主义的夸张、变形手法，努力突现事物的内在本质，人物的异禀或特殊相，这看起来荒诞不经，其实非常真实。这种省略法有时会起到奇效。

　　第二，作者擅用"傻子视角"，他的几部中篇的主人公，或者是清醒的傻瓜，或者是货真价实的傻瓜，或者似傻非傻，性格乖张，他们都是双重的，既是傻子的，又是正常人的，可以看出许多平时看不出的东西。背后当然有作者睿智的眼光在起作用。例如《傻笑》写东方优的成长，突出一个"优"字，这个"优"，即俳优，或东方曼倩之徒的意思，内含滑稽，所以他脸上的笑容总是很奇特，很荒诞，也很深刻。他是属于从小就能看出皇帝的新衣的那种人，大跃进的荒诞，"女特务"的最美，均被他说出，而老师却代表着虚伪。他当了模特儿，一些考生迷信他，非他不画，因为凡画过东方优的准得大奖，他从而"永垂不朽"啦。中篇《抹布》和《伯婆魔佛》互有关联，后者是前者的延伸，它们共写葫芦镇几十年的沧桑，时间跨度大，概括力强，从民俗的角度，从底层的角度，给人的感觉很集中，很清晰。作者懂得，必须以人物为中心，以伊家及其几兄弟的故事为贯穿线，写来才不觉散漫，有种简化的完整性。写"文革"只抓了三个人物，三个意象：头上抹油的，脚穿红皮鞋的，身穿绿制服的，他们分别是会计，生产队长，和一个旧社会的邮差。这本身就是高度的抽象和玩笑。这里有很多趣事，"瘫子借种"，"打倒我爹"，特别是哀乐与拉屎并举，牛运旺与阿尔巴之恋，都很出彩。作者还写了葫芦镇独有的风俗画：男人打老婆，老婆打孩子，孩子打狗，狗咬男人；河湾作为谣言集散地的不可或缺，以及这里妇女一生的大部分时间都生活在被丈夫暴打和背后嚼舌头的苦乐交加之中，于是小说写出了在北方的一个不为人知的山乡里的许多无情的真实。不知为什么，这叙述法让我想起了《百年孤独》和《阿Q正传》里的某些怪诞场面。

第三，喜剧性与反讽。与上面相联系，劳马特别喜欢捕捉和玩味生活中的阴差阳错，走错房间，庸人自扰，皮里阳秋，狐假虎威，言行不一，死要面子活受罪之类，却总能巧妙地揭示事物的本质。如《叫板》中的失恋者，怎么劝也不成，点透了真相他就老实了。《差错》中的主人公怀疑妻子有外遇，孩子不是自己的，逐渐走火入魔，精神错乱，扔砖头搞报复，其实全是心造的幻影，很有一点心理深度，最后一条短信，构成反讽。

劳马的许多短篇小说都是写大学校园生活的，写一片虽然在现实生活中占有很大领域，却在文学中未有深刻揭示的领地，大学，教授，校长，考生，社会各种人物，围绕校园，社会矛盾和众生相以特殊形式五色杂陈。能把学校生活写得如此生动，有趣，明快，尖锐，引人入胜，忍俊不禁，很不容易。作者多使用抖包袱，突转，反讽笔墨。如《上学》，写一大款儿子上名校，愿意差一分出一万元，荒唐至极，被斥退，结果却出人意料，大款儿子成功地上学了。这结局令人深思不置。《起火》写校园发生火灾，众多人士疾言厉色，大谈危害，慷慨激昂，问题是，会散了善后工作却没有人做。批形式主义可谓辛辣。《受贿》写一个司长的读硕博经历，深刻地写出了一种精神受贿现象。录取财政局长的《模拟》，录取之日即学院新楼上马之时，引人深思。《扩招》中谭教授扩招博士的文化腐败行为，以最正义的名义遮掩。还有一个故作清高的官迷的虚伪透顶，矫情之极，把至死的虚伪写到骨头去了，故叫《凤愿》。还有一个"金嘴"——风头甚健的演说家的超级自私，他忽然变得寡言罕语，人人奇怪，原来是他意识到自己的话含金量高，不付钱就不张口。这当然是极辛辣的带夸张的讽刺，但你能说，这种人就不存在的吗？《坍塌》可说是超现实的，一群争出风头的知识分子，抢话筒，贬同行，丑态百出，居然把演讲厅给震塌了。劳马的短篇涉猎面虽广，但揭露一些知识者的假清高是一个中心点。

劳马先生是学哲学出身，长期从事行政工作，利用业余时间写作，对文学界来说，是一个外来的闯入者，他的写作从选材到手法，都带有某种边缘性，介于专业与非专业之间，校园与社会之间，小说与非小说之间，现实主义与非现实主义之间，等等。他提供了某些对文学界来说稀缺的元素，比如独特的讽刺眼光，发现病象的犀利，不拘一格的自由写法，无法之法等，也许正是某些技巧圆熟者怎么也找不到的。然而，他的讽刺固然机智幽默，他的语言也颇生猛泼辣，但未经专业训练和刻苦磨炼过的笔墨，使不谐调处，不匀衡处，甚至生涩处，也是随处可见。我们无须"驯化"劳马已有的写作姿态和精神，但我们却可以期望他写出更有深度和风采的文本。

第四辑

《一句顶一万句》要表达什么

　　小说的线索是写了跨越七十年的两次寻找——"姥爷"杨百顺和"外孙"牛爱国各自都曾寻找背叛了自己的妻子及其奸夫以报仇，一个出延津，一个回延津，但那只是一种"假找"，后来发现，他们真正要找的，是一句贴心窝子的话。为了这句话，他们宁可流浪天涯，踏遍异乡；他们或出走，或回归，但这句话居然没有找到，或找到的并非他们想要的。小说写的就是这个，你能不感到惊异吗？

　　比如，杨百顺找到了仇人，但他发现，妻子和奸夫偏能说得上话——"咱们再说些别的""说些别的就说些别的"——何其亲呢！于是他明白了，相互说不上话是人生最大的失败，亮出的刀子掖了回去。再比如，曹青娥与拖拉机手侯宝山之间的默契，话不多，却心心相印；曹说，我从没遇见过像侯宝山这么会说话的人。于是私奔的失败，成为曹青娥一生最大的憾恨。又比如，牛爱国寻找战友陈奎一。在部队时陈是厨房大师傅，陈使个眼色，他俩便聚在一起吃凉拌的猪肝猪心，然后相视嘿嘿一笑，什么也不说。牛爱国寻找陈奎一找得好苦，失望之余，落脚澡堂，却在灯影里发现了搓澡的陈奎一，那十块钱的势利，写尽了陈的潦倒与不堪。看到这里我很感慨，眼睛发酸。刘震云常常能描画出别人无法表现的人生的无言或无名的情景。

尽管小说的人物为了一句话，为了找"说得上话的人"而奔走，而流浪，但作为一部四十万言的长篇小说，《一句顶一万句》到底要表达什么，仍是一个必须进一步探究的问题。大凡真正的好作品，有独特发现的、有深邃意味的，或人人心中有、个个笔下无的作品，总是很难归纳和命名的。《一句》也是如此。在我看来，这部作品其实是表达了人的无法言传的，却像影子一样跟着人的孤独和苦闷；表达了人的精神上的孤立无援状态；于是人希望说得上话，希望解除孤独，希望被理解，希望得到人与人的沟通和温暖的抚慰，就像趋乐避苦是人的本性一样，世上人人都孤独，永远都处在摆脱孤独的努力之中，以致不惜人为地制造某种虚假的响动和声音。

孤独，这不是好多名著都表现过或涉及过的吗，这一部小说有何稀奇呢？依我看，不同的是，它首先并不认为孤独只是知识者、精英者的专有，而是认为三教九流，五行八作，引车卖浆者们，同样在心灵深处存在着孤独，甚至"民工比知识分子更孤独"，而这种作为中国经验的中国农民式的孤独感，几乎还没有在文学中得到过认真的表现。在这一点上，小说是反启蒙的，甚至是反知识分子写作的，它坚定地站在民间立场上。它的不同凡响还在于，刘震云发现了"说话"——"谁在说话"和"说给谁听"，是最能洞悉人这个文化动物的孤独状态的。说话是人的心灵密码，深奥难测啊。曹青娥说了一辈子的话，终于不说了，让百慧来说；牛爱国能解读母亲的心愿，但他买手电的解读又是错的；最后他在床下找到了一封信。"牛爱国一开始没哭，但后来因为没明白母亲的最后一句话而自己搧了个嘴巴，落下泪来。"所以，《一句顶一万句》用一部长篇小说的巨大篇幅来表现人的这种渴求和热望，不能不说是一大奇观。

是的，奇就奇在，这是一部用极端形而下的写实笔墨来传达极端形而上的精神存在状态的作品。形而下不但表现在写了大量小人物，吃和住的繁琐，亲与疏的烦恼，爱与恨的纠缠，而且写了杀猪的，打铁的，剃头的，卖馒头的，耍猴的，喊丧的，卖豆腐的，传教的，形形色色人物，而且直面生存相。像杨百顺，他不断地改名为杨摩西，吴摩西，直到罗长礼，这其中包含的辛酸和无奈，几乎可以看作北中国农民的一部流浪史，悲怆命运的缩影。但它更是形而上的，它写了无言的憋闷，人与人的难以"过心"，写了寻找寄托，寻找朋友，寻找友爱，挣脱困境的千古难题。我们也可以说，它写了中国人的集体无意识，像"面子"是中国人的性命般要紧的东西一样，能否说得上话，能否说得着，也是带根本性的一大发现。在经验的无物之阵中，虽看不见，摸不着，却无处不在的威压下，人为了寻找说得着的人而活着。也可以说，亲情、友情、爱情，支撑着一个人的精神，自古而然，但它历来难求，至今尤甚。所谓诚信缺失，友爱难求即是。有时，你把别人当朋友，别人并不拿你当朋友，何其痛哉！刘震云就是这样探索着中国人的精神存在方式，尤其是探究平民，黔首，苍生们的精神存在方式，更深层地揭示乡土之魂。

我一直认为，刘震云是一个对存在，对境遇，对典型情绪和典型状态非常敏感的作家。他不长于刻画单个人，而善于写类型化的人，写符号化的人。他和一些人的创作扩大了典型的意义，也可说扩大了现实主义在中国的疆域和边界。比如，"头人"，"官人"，"单位"，都是带有文化象征意味和寓言化的概括。但是也可以说，刘震云不仅是现实主义的，更有存在主义的意味。写人的孤独，写人的灵魂状态，写符号化的人，大体属于现代派文学范畴，从刘的创作，也可看出中国文学逐步在实现现代转型。这个"现代"不是指时间意义上的，而是指现代派文学意义上的。这里，存在主义的特征很明显。刘的作品不是模仿，而是他对中国现实（有历史渊源的现实）的深刻体察与感悟——中国人的孤独有着与人类性孤独相通的一面，更有着中国的现实历史的血肉和民族个性。故事情节虽不复杂，但刘震云抓住了这一中国式的精神意象,发掘较深。

我熟悉的刘震云,是《塔铺》《新兵连》《单位》《一地鸡毛》时的刘,作为新写实的扛旗手的刘。那时他的每部作品我都写过文章。到了《故乡面和花朵》《故乡相处流传》的刘,我觉得我们相距远了,我找不到自己的言说话语。而《手机》《我叫刘跃进》与影视又贴得太近。我看,到《一句顶一万句》才真正回归了,丰富了,发展了。如果说《白鹿原》以其"文化化"的中国农民叙述,《秦腔》以其无名状态的现代生活流的滚动,那么《一句顶一万句》就以其对中国农民的精神流浪状态的奇妙洞察和叙述,共同体现了中国当代乡土叙述的发展和蜕变姿态。

刘震云的叙述是富有魔力的,不凭依情节,故事,传奇,而是凭借本色的"说话",即是一奇。小说始终让人沉浸在阅读快感中,拿起放不下。语句简洁,洗练,却是连环套式的,否定之否定式的,像螺丝扣一样越拧越紧的句法。比如,七个月前逃回山西,是怕出人命;现在就是出人命,为了这句话也值得;问题是现在出人命也不能了,过去的关节都不存在了。又如,说她去了北京,也不知是否真去了北京;就是去了北京,也不知是否仍在北京;北京大得很,也不知在北京的哪个角落;如此等等。这种言说不是颇有魅力和吸力吗?但我又想,这里有无缺乏节制的问题?有无话语膨胀的问题?作者是不是也沉浸在这种言说的快感中,自失而不能自拔?当这种连环套式的言说本身成为目的时,有些章节是否会显得空洞?但无论怎样,我都认为这是一部当代奇书;刘震云绝对是一个有着独特而尖锐的个性风格的作家。

最后我想坦率地说,我喜欢这本书却不喜欢这个书名。这不仅仅因为它让我想起林彪呀、"红宝书"呀之类的如麻的往事,以及那些渐成语言的丑陋化石的很难更改的东西;主要还是因为这个书名与小说的深湛内涵和奇异风格没有深在的关联。如果有一个纯正的,葆有文学神圣感的,又与其美学风格保持一致的书名就更完美了。

读《带灯》的一些感想

《带灯》出来，评者如潮，争论也如潮，我把作品找来看了，形成了一些看法；奇怪的是，我已不像往常抓紧写文章，加入到评论者的行列中去，以至拖到现在。这是不是一种迟暮之态？不过，静下来想想，《带灯》还是很值得一谈的。我想谈的主要是《带灯》的思想价值，审美价值，创新点，不足，以及由它所引起的关于当今文学深化的问题。

《带灯》仍然是直面当今农村现实，探索中国乡土灵魂及其痛苦蜕变的作品。贾平凹的一系列乡土作品——《高老庄》《怀念狼》《秦腔》《高兴》《古炉》直到《带灯》，是包容了处于现代转型背景下中国乡村政治经济文化冲突的方方面面。它有一股百科全书式的博物馆气息。就其关注中国乡土日常生活的深度而言，我个人认为，目前还找不到第二个人。它深入到了农民心灵的深处，其信息量之丰富，人性之诡异莫测，映现的基层社会政治生活之盘根错节，以及家庭伦理和乡土伦理之变迁百态，均堪称丰博。严格地说，从《秦腔》开始，贾平凹自觉地放弃了宏大叙事的架构，潜心于"细节化"展示历史生活的方式，他的视角，总是喜欢从一粒沙、一滴水、一个针孔眼儿来看这个大千世界；总是从民间最底层的芥豆之微写起，从最细微、最容易被遗忘的角落发现对我们时代来说非常重要的信息。这近似于蝴蝶效应。他在陕南的某条山谷中的小镇上扇动翅膀，辐射波却涟漪般推向四面八方。这是贾的特点。《带灯》同样没有离开这个特点。

在贾平凹笔下，一个小小樱镇，却有那么多的趣事，"镇政府如赶一辆马拉车，已破旧，车厢却大，什么都往里装，摇摇晃晃，却到底还是在走"。樱镇的风俗画徐徐展开，实在好玩，但也并非负曝闲谈，自有内涵，转化得自然。樱镇人生虱子，由虱子的黑与白又引出了皮虱子的降临。带灯这时走来，她想改造乡人生虱子的陋习，没有成功。樱镇历来废干部，乡干部多遭遇不测，但那是干部们自己屁股下有屎，人要有本事还得把人活成人物，如本地人元天亮就当上了省政府副秘书长，成了传奇。据说这与那一场为保卫风水，阻止高速公路穿过，阻止开挖隧道的大战有关；也据说因他鼻子下的两道法令特别长，是当大官的相，他又属龙，手里啥时都冒烟，那叫云从龙，他走路呈内八字，熊猫就走内八字，于是成了国宝云云。这等闲谈不也很有意思吗？

贾平凹的作品，在有限的时空里面，对人物的品质和人物的内涵有细致耐心的描写。它运用大量细节推动，靠细节说话，这就有了进入生活的内部之深。且看乡上经验视频会的布置，多么紧张，多么滑稽；且看马副镇长的浅薄、虚荣、刚愎自用、权欲异化；再看薛元两家的沙厂之争斗，两个乡村强人相争，镇长如骑木马，搞平衡，煞费苦心；唐先生给出了妙招，油滑而骑墙。这些都是新闻里读不到的学问。过去我们说，巴尔扎克在他的《人间喜剧》中给出了我们一个法国社会的现实主义的历史，这里不妨借用一下，贾平凹以他浩瀚的小说，也给了我们一个乡土中国的现实主义历史，在经济学、社会学、风俗史方面提供了很多翔实的细节。贾平凹的这幅画卷是动态的，中国的乡土与农民是处在不可挽回的式微中、解体中，就好像秦腔不管怎么唱都很难融入现代生活一样。从社会化的角度来看，解体是必然的；从人文传承来看，又是令人感伤的。贾平凹的作品潜在着这种对立性的矛盾和纠结，因其潜在的悲剧性，天然地具有较高的审美价值。

有些文章认为《带灯》写得过于混沌，其实贾平凹的特点就是混沌，换个角度看，也是一种丰富。也有人说他写得很不尖锐，其实他的尖锐是隐蔽的，所谓"纯棉裹铁"，锥子藏在布里，并不大声疾呼，触及的问题却是深刻。王后生牵头带领村人告状，其实这个状没什么大不了的，顶多影响到某些人的政绩，然而在某种暗示下，他遭到整个镇政府干事们的推搡、殴打，发展到严刑拷打，场面惨烈。可是这个镇的书记又好像有一种颇为开明的姿态，说什么我不能保证民主，但我要维持稳定；说我不能保证法治，我要做到清明。其逻辑是混乱的。这就是中国底层某一角的幽暗状。对告状的农民像踢一个小石子一样把他踢开了，能说不尖锐么？

《带灯》较贾平凹以往的创作，有明显的理想主义倾向，这主要体现在对"带灯"这一人物的塑造上。作品主要描绘她的人格之美和内在的精神追求。作为个人，带灯肯定无法改变现实中的许多问题，她是一种很微弱的力量，但她可以自己发一点光，最后的萤火阵，如佛光缭绕，含象征意义，每个个人的发光，就能汇为民族的希望。这是令人感动的。对于带灯的刻画从两方面着手，一面写带灯干练，能适应世俗，勇于承担责任，在一次特大事故中，她虽已浑身是血，仍在大声叫喊，不要让凶手跑了；另一方面，写她的内心清高脱俗，在一个无法改变现实的环境当中，她只能把自己的精神、理想寄托在给元天亮写信上。这个形象独特，凄凉，美丽，感伤。

有论者认为，比起一些人文宣言掷地有声的作家来，贾平凹就显得缺乏尖锐的思想锋芒，坚定的精神立场和鲜明的价值判断。我不完全赞同这样的看法。我对某些坚守人文精神的作家抱以敬佩，但对文学来说，直接表达出来的思想并不是最重要的东西，一些作家言论激烈并不意味着他的作品的形象世界也一样激烈。文学并不是把哲学思想转换一下形式装进意象和叙事之中就可以完事，而应是通过复杂的艺术形象自然而然地传达作家的思想感情。在我看来，贾平凹倒是目前中国作家里少有的敢于正面迎视和试图解释这个巨大、奇特、复杂、纠缠、难以理出头绪的时代的作家。目前中国作家的最大问题是丢失了把握和解读这个时代的能力，无法定性，于是只能舍弃整体性，专注于局部趣味，或满足于类型化。贾平凹也不是先知先觉，但他的作品有潜在的时代性焦虑，他也茫然，却懂得老老实实从细部入手，从最底层写起，他面临着无法命名，或如许多人指出的缺乏思想光芒，缺乏穿透力，缺乏概括力，缺乏宏观把握力，停留在事相本身的问题，但他从未放弃从整体上认识并把握这个时代的强烈追求，这一点殊为难得。贾平凹是有超越性追求的人，与就事论事的平面化模拟写作，还是不同的。他胸怀解读我们这个时代的追求，但他同时又没有充分能力解读我们这个时代，这也是一种悲剧性的冲突。

　　看《带灯》的过程，我经常想一个问题，就是：贾平凹写了这么多年，近一千万字，这种书写的意义在哪里？或者说，他的写作的价值在哪里？为什么它是时代所需的，是不可或缺的，或者相反？在碎片化、微博化、浅阅读的包围下，人们还有没有耐心读他的乡村故事，若无，这究竟是他之过，还是时代的原因？我认为，贾平凹从早期的青春写作，到《二月杏》，到《黑氏》，到《天狗》，再到《浮躁》，到《废都》，到《病相报告》，到《高老庄》直至《带灯》，他一直在求索着世界背景下的民族化书写，或世界语境下的中国化，本土化写作，求索着中国经验的表达方式。在汉语写作的方式，或艺术形式的探索，主要是语言，话语，风格，韵味的探索上，他下过一番功夫。事实上，贾平凹借鉴西方的痕迹不太明显，主要是精神和哲学上的。大家都说《带灯》有很大的变化，其实有一种很重要的变化就是他语言风格的变化。这里面出现了所谓汉魏风骨的表述，有的行文让我想起《世说新语》里面简劲的、明快的、言简意赅的很短句子。

最近我不止一次地看到，有评者认为，现在有了大量的迅捷而密集的新闻，像《带灯》这样的作品存在已经没有意义，意思是说，关于农村基层的问题，如上访、拆迁、计生、救灾等等，常常见诸报端，大家都知道了，与带灯每天处理的综治办的事务非常相似。照这么说，那么有140个字的微博也就够了。文章也没有用了，文学作品也没有用了。这里涉及当今文学存在的意义和价值问题。我现在看满台的后宫戏，满台的潜伏戏，满台的被武侠化了的抗日神剧，就想到为何很少看到惊心动魄的、着力表现当代生活的作品呢？我也看过不少的官场小说，我不想贬低所有的官场小说。但我还是觉得相比之下，我读《带灯》完全是在另一个高层次上，我觉得我是在读情怀，读人性的复杂，读情感的微妙，读人生的韵味，读转型时期世态的多变，也是读我的世界之外的世界。也可以说是读美文，读汉语之美。这就进入了文学的审美圈，文学需要一个人学的内涵，绝不是有了新闻，还要文学干什么。文学有文学的领域，很可惜的是，人们往往没有耐心去进入文学的领域当中去涵咏、体会。

　　也有论者认为，当今乡村正在解体，在现代化转型中，作为乡土文学的土壤快不存在了，因而乡土文学也面临终结的窘境。指出乡土文学的困境和呼唤新的开拓当然是对的，但这一判断是不符合生活实际也不符合文学传统和现实实际的。我国的乡土仍是广大的，作为农业大国，也还是现实存在；退一万步言，即使中国像某些完全没有农业的工商国家一样，中国的乡土文学作为传统也仍然会潜隐而顽强的存在，寻根仍然是不竭的追求。它是基因一样的东西，你是无法去除的，只要中华民族还在，乡土精神也就不会消亡。但它的主题会变化，场域会变化，人物的精神构成会变化，思维方式和生活方式也都会变化，这个变化必然是剧烈的，空前的，深刻的，含有某种悲剧性的，但作为精神家园的乡土人文传统不会断裂、消亡。贾平凹在今天之所以显得重要，之所以在表达中国经验方面为世人所关注，就因为他写的东西，关乎民族精神的动向和前景。

但我认为《带灯》还是有不足的。我特别看不惯带灯总是给元天亮写信这个设置，我觉得元天亮太具体了，是个大官，省委常委，让人觉得带灯这么高的精神境界非要附着在一个大官身上，会不会变成了一种世俗、虚荣甚至有几分幼稚的东西。依我的理想，带灯写信的对象完全可以是一个"戈多"，可以是一个无名的对象，那就是一个精神的宣泄口。她每天闷得够呛，她每天写日记，就是好散文，就是情感的寄托。为什么一定要是元天亮呢？第二点，平凹的《带灯》虽已经有了很大的变化，现在《带灯》的情节线索肯定很集中，语言明快、简洁，人物线索的处理单纯化了，也更加吸引人，但是整个的写法还是"一粒沙"的写法。我觉得贾平凹完全具备了不只是从"一粒沙"书写的能力，也没必要一直不变地采用这种写法，也可以从上层，比如城乡结合来写，甚至把国际的因素拉进来写。这样会有更大的概括力，这只是我个人的幻想。第三，我觉得平凹近年来一直奉行的是中性的，不做价值评判的，客观写实的方式，就是让生活自己去呈现，生活本身的深刻性就是他的追求，不像有的作家，主观追求明显，世界完全是他主观架构的。巴尔扎克写东西就和卡夫卡完全不一样，卡夫卡的《城堡》不是写现实中的实存，而是我的主观对于现代人困境的形容，我总觉得贾平凹的写法里面要不要有一个主体，一个更强烈的主体呈现出来。《带灯》是优秀的作品，但还是有一点过多的依赖了生活，精神上的超越还不够。

刘高兴的"脚印"与灵魂的漂泊

——评《高兴》

说实话,我对《高兴》有所期待,期待看到贾平凹的恒与变。好的作家应该有自己所坚守的东西,但每有新作又总能显示出精神的递进性。问题不在于重复,许多大作家都有自我重复的影子,但他们往往能在貌似重复的题材里贯注精神探寻的递进性,从而展示出思想和心理的丰富性、深刻性和原创性。以之权衡《高兴》,我是亦喜亦忧。

从《废都》到《秦腔》再到《高兴》,贾平凹由城而乡再由乡而城,变幻着不同的人和不同的事,但它们却也重复着大致相同的精神走向和审美色调。我以为这主色调是挽悼,伤逝,怀旧,是"无可奈何花落去,似曾相识燕归来",是无处不在的现代性乡愁和无往不遇的沧桑感。不过,他并不疾言厉色地批判现代都市文明病,他知道自然的法则和时代的潮流他是挡不住的,于是他总是一副哀而不伤、贵柔守雌的姿态,感应时空运转的无情,抚慰灵肉冲突中敏感脆弱的受伤者。他说《秦腔》是要为故乡树起一块碑子,他的其他作品又何尝不如是?只是《秦腔》规模更大,以清风街为主角，犹如加西亚的马孔多镇，通过它，要探究的是当代中国乡村的脉象。《高兴》的主角则是刘高兴其人，一个进城拾荒的农民，通过他，贾平凹想要触摸人口大迁徙背景下的当代城市不能轻易摸到的脉搏。《高兴》是否实现了贾的初衷？

事情的缘起很偶然，进城拾荒的老同学刘高兴突然闯进贾平凹的生活，使之萌生了写作欲，他想写生活在大都市里被忽略的群体的生活和人生。他把自己的想法告诉一位朋友，却遭到质疑，甚至否定。庆幸的是，贾平凹总能在反对声浪中坚持自己的想法，《怀念狼》就曾遭受过同样的质疑。贾觉得，写作在于自娱和娱人，自娱当然有我的存在，娱人而不去迎合，当会包括政治的也包括世俗的信息。为了解大都市中这些被忽略的沉默的存在，他费尽周折，多次混入拾荒者们的人群，不居高临下，不作悲悯状，隐名交友，吃喝不分，后五易其稿，《高兴》终于问世。

《高兴》结构透明，主线清晰，所涉及人物不多，很像一个撑大了的中篇格局。主角只有一个，那就是从清风镇闯进西安城谋生的刘高兴。作品一开头写刘高兴想尽一切办法要把五富的尸体运回清风镇，却在西安火车站遭遇警察未果。在后悔与遗憾中，他等待五富老婆来处理后事。结尾处，五富老婆终于来到西安，刘高兴带她处理了五富后事。作品主要篇幅是刘高兴回忆他和五富从清风镇来西安直到五富死去，引起我们注意的是，贾平凹在貌似随意中透露的时间段：刘高兴和五富从清风镇来到西安火车站是 2000 年 3 月 10 日，而他又一次来到西安火车站欲送五富尸体回清风镇而不能，则是 2000 年 10 月 13 日，也就是说，小说所述及的整个故事时间并不长，只有 7 个月零三天。在这短短的时间中，他们二人经历了生存与尊严的残酷考验。

问题的关键在于，刘高兴为什么要进城？为了挣钱养家，还是有其他不得已的原因？似乎都不是。刘高兴进城，只因他觉得自己不像个农民，觉得自己与清风镇的人不一样，觉得自己活该要做西安人。刘高兴原本在清风镇平淡度日，为娶妻盖房，将一只肾卖给了一个西安人。这本是一件辛酸而无奈的事，却给刘高兴以极大信心，他以为既然肾是人的根本，他的一只肾去了西安，他当然要算是西安人了。所以，当房子终于盖好却没有娶到媳妇，刘高兴一点都不悲伤——这不正好说明他的女人不在这里，在西安城里等他吗？他为未来妻子准备好的高跟皮鞋是那样精巧，乡下是找不到它的主人的！当然这都是借口，无论如何，刘高兴要到西安城里去了，他也说不清自己"为什么就对西安有那么多的向往"，西安城是个巨大磁场或"众妙之门"，吸引着刘高兴这颗小铁钉儿。

刘高兴向西安进发时，带上了同镇的五富。五富是《高兴》中不可或缺的一个人，甚至不妨说，他和刘高兴本来就是同一个人，他的灵魂在某种时刻就是刘高兴。所以，去西安前，刘高兴说，五富，你得走，跟我走。表面看来，刘高兴和五富是很好的一对搭档，都受过一些教育，但性格相去甚远。刘高兴聪明、爱清洁，生性乐观、对事有独到看法，且会吹箫，是个注重精神享受的人。在许多人眼中，他不像农民，他自己也觉得他不像农民，他甚至装扮成领导帮人要回过工钱。五富则有些蠢，不讲卫生，不自信，只想过老婆孩子热炕头的日子，为此不得不打工挣钱。他本想到县城打工，却被刘高兴带到了西安。这两个形象使人蓦然想到了《堂·吉诃德》中的堂·吉诃德和桑丘，只不过他们是跑到城市里与风车大战的另一种活法。

刘高兴和五富首先面临生存困境。想找份工作，却没有技术，就只好拾破烂。这样让他们失望至极，而这已是乡友韩大宝帮助后的最好结局了。西安城里的生活终于开始了，每天早出晚归，维持着微薄收入，一天只吃一顿饭，有病是断然不敢看的。在这里，他们经常受到轻视和欺侮。废品收购站的人瞧不起他们，盘剥他们，房东的邻居也借机占他们的便宜。这些刘高兴都能忍，他最不能忍的是被别人轻视。因为，对于刘高兴来说，生存的艰难是一回事，生存的尊严其实更重要。

刘高兴想活成个有尊严的真正的城里人。一进城就把自己的名字改成了刘高兴，暗想把刘哈娃永远抛回给清风镇。好的小说肯定有令人难忘的细节，《高兴》中有一个细节就足以说明刘高兴渴望什么：一个上午，豪华宾馆中的一位姑娘喊他收废煤气，门卫却嫌他的鞋脏不让进，最后让他光着脚进去。他懊恼自己没有及时剪脚趾甲，很难为情。没想到，一走进大厅，就在地板上留下了一串脚印，这似乎圆了他的梦。他终于在西安城里留下脚印了！那个上午，他脑子里一直操心他的脚印会否被服务员擦掉。这串脚印在他以后的梦境里常常出现。那些脚印是会自己走动的，走遍大厅的角角落落，又走出宾馆，到了每一条大街小巷，甚至到了老城墙和钟楼的金顶上。五富听了，起初发愣，当他终于明白后，竟然也在一面雪白的墙上狠踩了一个脚印儿。能在城市留下自己生存过的印迹也是一件令人高兴的事啊，脚印于是就有非凡的内涵了。这些都使人想起鲁迅笔下的阿Q，甚至刘高兴那句"吓，大厅地板上的脚印还在"，活脱脱阿Q的口气。只不过，在贾平凹笔下阿Q又成为另一个样子。阿Q是麻木不仁的，刘高兴却清醒得有些异常。

刘高兴与我们传统观念中的农民确实很不相同。他读过许多书，遇到什么总能联想到《红楼梦》《三国演义》里的人事。他看到商店门匾上和货价牌上的字写错了，就提醒人家。遭奚落后，他把正确的字在地上又写一遍。他还常常在收破烂的间隙吹箫，以至于被人误传成专门体验拾破烂生活的作家一类人物，他亦自认非一般人。这使人想起堂·吉诃德，其正义、高尚、善良都被人取笑为愚蠢。一个女人把他喊作"破烂"，大伤其自尊，他为此拒绝收她的破烂。起初他有些愤恨难过，但马上就想开了："遇人轻我，必定是我没有可重之处么，当然我不可能一辈子只拾破烂，可世上有多少人能慧眼识珠呢？"另一次是人家根本不屑与他说话，他又想："遇人轻我，必定是我没有被她所重之处……我绝不是一般人！""我是一颗明珠她置于粪土中那是她的无知可怜！"

问题的症结就在这里，他究竟是个什么样人呢？这个问题在他爱上妓女孟夷纯后，变得更加尖锐。自己是最底层的人，还要竭尽全力去帮助孟夷纯，无疑杯水车薪。为了帮她，刘高兴和五富开始了更为艰辛的生活。五富从出场到死，似乎都不想待在西安，他不止一次要刘高兴保证，若他死了，一定要把尸骨送回故乡清风镇。刘高兴因未能完成五富生前的心愿而备感歉疚。然而，五富老婆的一句话却令人恍然大悟，她说，五富留给她的最后一句话是："我要去西安城呀……"可见，人人都想进城，离开清风镇的每一个人要回来，又是何等的艰难啊！在某种意义上，五富是刘高兴的一部分，刘高兴失去这个必不可缺的朋友就是失去了自己在清风镇的根。作为一个无根者，刘高兴与五富的灵魂一样，只能永远飘荡在这个城市。

读到这儿，贾平凹似乎又把我们从阿Q和堂·吉诃德的尴尬与荒谬中带了出来，使我们自然而然地想到了加缪《局外人》中的默尔索及卡夫卡《变形记》中的格里高尔。但细比之下，又决然不同。默尔索是一个完全与社会主流价值格格不入的人，而刘高兴却想认同主流价值；格里高尔是一个完全被异化的人，他想拒绝这种异化，而刘高兴不是拒绝，而是想要接受。他更像是卡夫卡《城堡》里的那个土地测量员，一生想尽各种法子要进入城堡，却始终未果。

这使我不仅默然，而且神伤。

也许，在媒体和读者眼中，刘高兴就是贾平凹那个同学刘高兴，或后记中描绘的那个刘高兴。的确，贾与刘，这两个人有着某种难以说清的关联，他们都喜读书，爱文化，与现代文学以来的那种麻木不仁的农民形象截然不同。现实生活中的刘高兴能在一群知识分子面前侃侃而谈，还能说出"爱读奇书初不记，饱闻怪事总无惊"的古话，能思考自己的命运，为贾平凹写三万字的文章，能大笑着说自己是闰土。或许他认为自己命运与闰土相似，或许他觉得自己与贾平凹就像是当年的闰土与鲁迅，但是，他与闰土最大的不同在于,闰土麻木,没有思考过自己的命运,而刘高兴清醒,能思考自己的命运——哪怕他面对命运时无能为力。他幽默地说,我的功课是比平凹好,可一样是瓷砖,命运把他那块瓷砖贴在了灶台上,把我这块瓷砖贴到了厕所么。贾平凹笔下的刘高兴可以是他的同学刘高兴,也可以不是,而是这个时代从乡村进入城市的每一个人。他们离开故乡便开始了身体与灵魂的漂泊,与贾平凹《六棵树》中的那棵痒痒树一样,一移入城市,就失去了根和生命。

贾平凹在《我和高兴》一文中说:"在作家普遍缺乏大精神和大技巧、文学作品不可能经典的当下,作家不妨把自己的作品写成一份社会记录留给历史。"这是否知难而退的遁词?《高兴》记录的是刘高兴的生存与灵魂,也是这个时代诸多农民的生存与灵魂。和《秦腔》一样,它仍然只能以"无名之状"呈现。

高建群：乡土中国的命运感

——评《大平原》兼及家族叙事的创新

《大平原》的开篇，并不急于进入故事，却用了一整章篇幅写渭河。这在长篇创作中是罕见的。作者高建群详尽而耐心地描绘着这条河在陇西高地的诞生及其轨迹：从千山万壑的山崖上渗出来的一滴滴黄泥巴水，先是像万千条蚯蚓似的，一路汇聚接纳起无数小水小河，千回百转，蜿蜒流淌，终于有了规模和气势，终于冲出大散关，终于有了广大的渭河冲积平原——八百里秦川。写至此，作者似乎叹了口气，说渭河是哀恸的，沉重的，滞涩的，沧桑的。作者为何如此不厌其详地描摹这条河，甚至在卷首题词中，特意标明他的书是"献给渭河平原"的？从这里能看出什么深意吗？

无疑地，谁都看得出来，这是一种隐喻或象征，既是在写河，也是在写渭河流域世世代代生息劬劳的万千生灵；既写河的艰难突围，冲波逆折，也是写农民生存的艰辛，传统的沉重，伸展的不易。这段文字颇有一抹长安画派的作风，如观石鲁、赵望云、刘文西们的笔墨意象，又像听大秦之腔那悲怆、高亢、响遏行云的吼叫。这个开篇为全书调准了贯穿始终的基调,以比兴构建诗化品性,营造了一种弥漫全书的悲慨苍凉的氛围。这与小说作为乡土变迁史和家族史的内涵颇为吻合。

但其意义似乎不限于此。小说写到,渭河流经的山地,平川,沟壑里,有数不清的堡子,堡子里住着同一姓氏的人,在这个清一色的家族的世界里,如蝼蚁如草芥一样的庄稼人,像黄土地一样的贫瘠,像渭河水一样的平庸;然而,几千年来,正是他们,支撑着我们民族的生存和繁衍,其文化精神源远流长。这样的描写,已经露出了文化透视的意向。在我看来,如果说作者逃不出写家族史的范式,那么他也许并不想仅仅把他的艺术任务局限在陈述家族史上,而是想把自己的家族史叙述提升到吟味中国农耕文化的命脉的层面上。这是一种自觉和俯瞰。因为农耕文化与河流有着深刻的渊源,《大平原》于是用了一整章来写渭河。

钱穆先生说:"人类文化,由源头处看,大别不外三型,一、游牧文化,二、农耕文化,三、商业文化。游牧文化发源在高寒的草原地带,农耕文化发源在河流灌溉的平原,商业文化发源在滨海地带以及近海之岛屿。"他又说,"中国文化发生在黄河流域,其实黄河本身并不适于灌溉与交通;中国文化的发生,精密言之,所凭依的是黄河的各条支流。每一支流之两岸和其流进黄河时两水相交的那一个角里,却正是古代中国文化之摇篮。"他还说,"游牧、商业民族向外争取。农耕民族与其耕地相连系,胶着而不能移,生于斯,长于斯,老于斯,祖宗子孙世代坟墓安于斯,故彼之心中不求空间之扩张,惟望时间之绵延,绝不想人生有无限向前之一境,而认为当体具足,循环不已,其所想像而蕲求者,则曰'天长地久,福禄永终'。"[①] 我在这里大段地引征钱穆先生的话,并不是想外敷一层学理色彩以装点门面,而是深深感到,钱氏的话对理解渭河平原的意义乃至《大平原》这本书比较重要。我也并不认为《大平原》是在诠释钱穆的观

---

① 钱穆:《中国文化史导论》,商务印书馆,1994年版。

念——也许高建群并未注意研究过钱穆的这些观点；我只是想说，高建群笔下的渭河和堡子里的故事恰好与钱穆的观点相互印证，相互照亮，这对于研习中国农耕文化的脉络，颇具典型性和象征性——象征中国农耕文明的历史命运。

众所周知，家族是中国乡土文化结构的硬核。《大平原》仍不外是一个家族故事。但《大平原》却不同于以往常见的家族故事，其最大不同在于：它几乎没有写几个家族之间或宅院内部的权力争斗，它也不正面写重大的政治事件；它借助于社会政治背景，却无意于深挖社会政治本身的历史内容，而是把大量笔墨落在自然灾害、生存绝境、土地与人的关系上；它不是向空间扩展，而是一种纵向的时间的绵延。小说以"我"的口吻和视角讲述，讲的是我爷爷、我奶奶的故事，我父亲、我母亲的故事，还有我自己的故事，带有强烈的自传色彩；从1939年花园口决堤一直写到改革开放的今天，紧紧围绕着高家三代人命运的变化，宛如一条蜿蜒起伏的渭河。作为长篇，这种结构是直线式连缀型结构，缺少了复调式的交响，是否失之于单一？也许是这样的。然而，由于小说采取了象征结构，也由于小说充沛的生命意识，逼真的原生态描摹，饱满的质感，诗化的咏叹，使得这种缺憾变得不那么突出了，反倒以其强烈的主观性和写意性，以其苍凉的命运感，提供了较为丰富的文化信息。

小说以"乡间美人"祖母高安氏的"伟大的骂街"开始，以母亲顾兰子的临终遗言收笔，时间跨度七十余年。高家祖母高安氏为什么要像泼妇一样，每天满世界骂街不止，居然骂了半年，成为高村的一道风景？原来，高家无男丁，过继了一个外甥，这就是高安氏的丈夫高发生；虽然也姓了高，因为不是正宗的老高家出身，受人歧视，甚至能否顺利继承祖业都成为问题。高安氏咽不下这口气，就挨家挨户地骂，果然起到了震慑作用，稳住了高发生在高村的地位。这里实际上点出了所谓家族文化，骨子里乃是一种极强烈排他的血缘文化。就是在这样的骂声中，河南的难民大军从村前浩浩荡荡地过来了，去往一个叫黄龙山的地方。由此引出了书中最重要的人物顾兰子。这个从黄泛区逃来，在大水中捡了条命的小妞，尔后在渭河边长大成人，为人妻为人母。当我们看到两个老女人给幼小的顾兰子"扎耳朵眼"，盼望着她有朝一日能胜过她们，过上穿金戴银的日子，怎不为之唏嘘？

顾兰子可以看作全书中一个灵魂式的人物，贯穿性的人物。是她把丰饶庞杂的生活聚拢起来，有力地体现了作品苍凉悲壮的格调。因为她，高安氏，高发生老汉，高二与景一虹，高大与高三，还有黑建，年馑，以及高村所有角色，汇集一起，成为有机整体。高二与顾兰子的婚姻故事同样内蕴深厚。高二参加了革命，成了公家人，他和景一虹好上了，而且发生了一夜情，一纸休书要休掉童养媳顾兰子。这本是那个年代最平常不过的事。可是顾兰子后来想明白了，男人是争来的，于是顾兰子与公公高发生一起去了城里，由高老汉亲自主演了一场"鞭打陈世美"的好戏。孝子高二服软了，景一虹知难而退了。顾兰子之所以处于弱势竟能把高二抢了回来，并非她和公公有多么厉害，乃是庞大深固的家族宗法文化传统给他们撑了腰。这里每个人的命运似乎都像"渭河一样的平庸"。作者的叙述固然含有浪漫气息，但在具体处理情节上，却并不想制造传奇，而是严格现实主义的，甚至是原生态的。高二这个人物就很值得琢磨。他的仕途前景原本看好，但他只知苦干，缺少权变，既不会处关系，又没有靠头，难成大器。说到底，高二还是一个没有走出渭河大堡子的农民。

要问，《大平原》的主旨到底是写什么？我看是写农耕文化的沉重艰辛；写中国农民的沉默坚韧；写活着很难，有尊严的活着就更难；写社会大转型中正在消失的村庄，如此等等。按说，这些都不算什么新鲜的发现，很多人写过了。但读来为什么仍时有震撼之感呢？秘密在于，作品关于饥饿，灾荒，苦难，动乱以及劳动者的人情美和对理想的憧憬的描绘，完全出自作者刻骨的生命体验、不可重复的细节、逼真的亲历感，以及作家主观情志的渗透和抒发。是生活自身的感染力和逻辑力在起作用。如对饥饿的描写就很有冲击力，当年艾青的诗曾深深打动过我，我常背诵"饥饿是可怕的，它使年老的失去了仁慈，年幼的学会了憎恨"；张贤亮的写饥饿，路遥的写饥饿，都曾让我震悚。但高建群的描写也绝不逊色。且不说，花园口决堤，洪水千里，难民百万，"从大平原另一头黑压压过来，像蝗虫一样，吃尽路边所有能吃的东西；他们头上飞着千万只乌鸦，花喜鹊，那是为了收拾随时倒毙的尸体"，让人骇倒；单看一些小镜头，如顾兰子的"抢馍"，把馍塞进牛粪；后来的黑建回乡，村民举手通过这外来娃能否喝黑面糊糊；一群小孩围着大锅不走，眼巴巴等着吃锅巴，队长儿子没挤上去，抓了一把土扔进锅里；尤其是高二打了舐碗的黑建的那一记耳光，是一种要尊严要面子而不可得的恼火。

高建群是高氏家族的嫡传子孙，从这里走出，多年来风风雨雨打拼，历练成熟起来的作家。渭河平原大大小小堡子里发生的一切，他都烂熟于胸。他的血管里流着祖先的血，脉动着祖先的遗传基因，这是他的精神家园，世袭领地，独家优势。他用不着"采访"，用不着专门"体验"，从小就不间断地读着这本叫做生活的无字大书，天然地宿命地要成为这方水土的文学代言人。小说中一些令人难忘的亮点，皆源于高建群最熟悉的原生态的生活。生活，艺术经验，人生智慧，表达技巧，会使原本平常的情节、细节，发生奇妙的增殖效应。于是，这些遥远的灾难，并非一风吹走的往事，或历史书上几行冰冷文字，而是我们民族心灵深处弥足珍贵的永恒记忆。

家族是一个写不尽的话题，甚至是一种集体无意识。就近三十年写乡土家族的作品来看，像《白鹿原》《秦腔》《尘埃落定》《古船》《第二十幕》《缱绻与决绝》《红高粱》《活着》等等，好作品不胜枚举。但必须看到，过去大量的家族史文本，擅长于写"最后一个"，写灯尽油干，大厦将倾，写跳不出的文化怪圈，崇尚所谓文化秘史式的，审父式的，寓言式的写法，渐成模式。《大平原》的最后部分，写了高村在工业化和城市化进程中建高新区，科技园，不可避免地成了城市的一部分，古老的地名也"从大地上残忍地抹去了"。为此，作者展开了一个个企业家的发家故事。这些描写直接来源于高建群在高新区挂职的经历。他说："在挂职结束前，我采访了高新区16位企业家，深入他们内心世界，了解他们创业的艰难过程，面对伟大的变革时代，不断出现的新的人物和故事，艺术长廊里从没出现过的，作为艺术家有责任去表现他们，为时代立传，给后人留下当代备忘录。如果做不到，那是文学的缺位，是作家的失职。"于是他把这本书同时献给"所有已经消失或正在消失的村庄"。这使我想到了家族史写作的创新问题。一种意见认为，小说写到高二去世结束最为圆满，后面的是画蛇添足；另一种意见认为，后面的工业化城市化极为重要，不可或缺。我承认，历史早已大踏步前进了，中国乡土的现代转型开始也有不少年了，不能总是回避和"悬置"。

然而，把这种正在行进中的生活贴入农耕文化的情感模式，写作上确有难度。难在很难在艺术上融为一体。这本书中，最后开放区部分与前面的生活节奏明显不同，后面的近乎报告文学，侧重于写事。这里就有个问题：表现生活的完整性，是否一定要表现事件的全过程；写旧世界的解体，是否一定要把未经酝酿成熟、未能消化的生活拼贴上去？这个部分实写好，还是虚写好？在我看来，也许写到顾兰子的去世，一面唱秦腔，一面把高家的老槐树整棵儿挪走了，收尾最好。应该把象征性进行到底。现在看来，如何把农耕文化与城市文化的节奏糅为一体，可能是今后乡土中国家族史的作者们再也无法回避的问题了。

从《漫水》看完整的王跃文

我原以为我对王跃文的创作很熟悉，但是看了《漫水》以后觉得，站在我面前的是一个更加丰富，更加注重民族审美经验，更加参悟中国文化人格的王跃文；这也使我豁然悟出，王跃文何以能卓尔不群，写出像《国画》《苍黄》等不同凡响的"官场小说"。然而，王跃文被看作"官场小说的代表性作家"这一相对固定的视角，也许在某种意义上矮化了他？整个感觉是，对王跃文的美学追求有了更深理会，对他有了一个更加完整的看法。

当然，像《漫水》这样的作品与他的官场小说相比，那绝对是另一极的面目全非的东西，它们之间完全是两种节奏，两种生态，两种时空，两种韵味。在《漫水》，是一个恬静安详沉思的世界，虽不能说是乌托邦，但确有田园诗式的美化成分，中国传统人文精神、中国传统的道德理想，劳动者的人情美、人性美在此呈现得颇为突出、圆满。不过，尽管如此，王跃文的创作仍然是一个整体；是不能割裂起来看的，要从作家的主体审美意识着眼。

《漫水》的叙述格调是抒情的，展现的是一个非常优美的过程，它和官场小说里的红尘滚滚，欲壑难填，尔虞我诈完全是不一样的，它充分体现了乡土文化的沉静和田园的美。要把这个作品评论得非常完整、非常细致、入情入理也不太容易，它是一个意境悠远的作品，它由恬淡的人物，优美的语言和动人的细节组成。这么大的一个中篇小说，却没什么故事，基本靠细节和氛围来推动的，越看进去越有滋味，也是靠人格的魅力来抓人的。由于地域文化气息浓厚，形成了一个整体性的"审美场"，这么一个遗世独立的环境里面，余公公、慧娘娘也好，那欢跳的一条黑狗一条黄狗也好，包括"龙门杠"这种恍若隔世的古旧道具也好，都在把我们带入一个淳厚的人情化的农耕文明的世界。虽说写的是现在的事，却总觉得遥远，浪漫。余公公、慧娘娘两个人物，体现的中华文化内涵令人深思，余公公有很高厚的爱心，又不失幽默，活得智慧从容。一出场说那狗，你要是一个女人一定是一个狐狸精，令人莞尔。余公公与慧娘娘的邻里关系里面，有非常崇高、洁净的爱意和相知。对慧娘娘这么一个风尘女子，一个弱者，他一直给予了深隐的关爱，比如说枞菌的细节就出现了好几次。他们之间不是爱情，但高于爱情。龙头杠是余公公的魂，最后丢了，有幽深的象征意味。这个要细细地分析。

　　我还特别喜欢集子中的《桂爷》。我以前编过好几本经典短篇小说，没发现这个，它什么时候发表的不知道，我认为这短篇小说太好了，够资格编入。为了一个五保户的名额，出现了两个老人之间的精神深层的对抗和较劲。一个五保户叫四喜，他的身体很顽健，但嘴巴不饶人，倚老卖老，咄咄逼人。在村里大家不喜欢他。而老支书桂爷的变化令人震惊：他是一辈子为村民服务，辛辛苦苦，无儿无女，最后却得不到一个五保户的指标。五保户是有名额限制的，有人死了才能顶替。老支书桂生说我一辈子都帮别人，何在乎这么一个五保户的名额，不就三十块钱两斤油嘛。他不在乎，根本不要。可是他慢慢老了、病了、无依无靠，也由于四喜的挑衅，后来他居然也变得很看重五保户的待遇。大发夫妻为了安慰他，就制造一个假的五保户的名额骗他，这个情节看着很惨痛。老支书最后出现幻觉，居然潜意识里希望四喜死。村里有人死了放鞭炮，他跑到外面去问是不是四喜死了，人家说不是，四喜活得很皮实。这一来，村人对桂爷有点瞧不起了。桂爷自知失态，又熬不过四喜，在羞愧中吊死了。我觉得王跃文能写到这个程度，真是太让我惊叹了，只有批判现实主义的杰作里才读得到这种感觉。

短篇《冬日美丽》也让我震撼。这是一个几乎无事的悲剧。一个到处乱搞的大款把他懦弱的妻子整死了，却瞒天过海地诬指是她自己喝农药死了。大款早已远走高飞，结果主家与娘家发生争执。死者遭打的痕迹都暴露出来了，可最后为了丧葬费多一点点钱，包括死者的两兄弟，可得千块钱、万把块钱，也就稀里糊涂不经法医鉴定把丧事办了，对一个生命的忽视何等惊心。我起先以为南方的"杨三姐告状"来了，接下来会该有验尸之类，结果不是。问题在于，两处的支书、干部为了各自的小团体利益都参与了制造骗局。这故事比杨三姐告状要来得更惨酷。看了以后我心情非常沉重。她就这样死了，死的无声无息。小说不长，力度可不小，直撞人的心灵。

《也算爱情》，也是一部精彩的中篇。起先只是觉得太有趣了，但细思之，写"文革"对人的扭曲，写人性的撕裂，写灵对肉的压抑和肉对灵的背叛所引起的怪异状态，恐怕莫过于此作。过去《班主任》写了个谢惠敏，受害者也是害人者，不自知，但那未免轻了点儿。在这个作品里，"批林批孔"下乡工作队队长吴丹心，是一个军官的妻子，有很强烈的欲望，当然这也无可厚非；她对一个长得很帅的工作队员几乎天天骂，批判他的各种资产阶级思想，上纲上线，义正词严；但在另一独处场合，她却主动挑逗，投怀送抱。男主人公李解放何尝不也是一个人格的分裂者呢？他们白天高喊革命，夜里疯狂做爱，白天是对立面，一到夜里就奇怪地纠缠在一起。

这其实并不是真正的富于人性的爱，而是一种肉欲上的补偿和满足。它说明人的本能和本性是很难改变的，因为有正当的一面，即使在最残酷的政治斗争中都熄灭不了这种欲求；另一方面，恶劣的政治环境会把正常的人兽化，变成非人。这样的批判是深刻的。这部作品写人性写到骨子里去了。

这里面有一个问题，当我们称赞王跃文的这一批写乡土，写传统道德的风俗诗式的中短篇小说的时候，我们又该怎样看待王跃文的官场小说呢？别忘了，他是以官场小说而声名远扬的。重要的问题是怎样看待官场小说？我不赞成一提官场小说就大摇其头的态度。事实上，对这些年数量浩繁的官场小说我们缺乏真正的有调查研究、有说服力的分析评论。其实官场小说之间审美品格千差万别，我们不否认不少官场小说停留在暴露、揭秘、玩赏腐败、以及骇人听闻的现象上，或成为升官秘笈、厚黑宝典之类，但同时，也有不少作品颇有思想深度，发行量之所以大不是偶然的。像《国画》这样的作品，还是能深入到人物的灵魂，甚至唤起了我们对改造国民性的思考，很有深意。注重文化人格的研究，注重人性复杂性的揭示，特别是注重官场人物的精神蜕变的痛苦，也许是王跃文的特色。

我们怎么看待今天社会，怎样看待不同的题材？不能说王跃文写了这个《漫水》，写了慢节奏的乡村抒情诗，就才是真正的文学，写官场的就不是文学，或者不可能是好的文学。我觉得决不能这么看。实际上官场是政治文化的中心地带，是社会最敏感的神经所系，通过它来认识、概括当代社会的精神走向和生态是很重要的切口，就某种意义来说，好的官场小说也许更有难度，更有现实性，价值也许更高。所以，王跃文的这两个题材领域并不矛盾，它们都是指向了人，指向了我们民族的性格面貌，指向了对民族灵魂的发现与重铸。

秦岭：在《皇粮钟》里寻找中国农民

一位戏剧专家在看了秦岭的"皇粮系列"小说以及新近出版的长篇《皇粮钟》之后说："我从秦岭的小说里找到了中国农民。"此话怎讲？难道，在那么多写农村的小说里都找不到中国农民的影子吗？显然不可作此简单化推论。依我看，传统乡土正处在现代转型和解体中，而作者的家乡、也是故事发生地的甘肃天水一带，处于渭水上游，是华夏民族最早实行皇粮国税的区域之一，似乎还存留了较多农耕文明的恒定，颇具代表性；作品正是写了秦家坝子各色各样的农民，如何围绕"缴皇粮"上演的一幕幕悲喜剧，于是这句话便含有找到了当下的、正宗的，既葆有耕读文化传统同时又处在行进变化中的中国农民的意思。在《皇粮钟》里，作者不仅只是表现陇南山乡农民负担过重的问题，而是由此入手，探究"皇粮的阴影千百年来到底怎样浸染并改变着农民的心灵原则和精神领地"，新一代农民的思想情感经历了怎样的蜕变和新生。也就是说，它是从思索"皇粮"与农民精神构成的关联，来寻找认识中国农民的新路径的。这的确是作家秦岭所独有的。多年来，秦岭先有"皇粮系列小说"，不少篇被改编为电影、话剧、评剧、晋剧,有些还获了奖,于是有人称他是"我国第一位成功反映农业税的作家"。最近又有这部长篇小说《皇粮钟》问世。那么,秦岭到底是个什么样的作家,他的乡土小说的特色和价值何在?他的小说为何特别受到有志于"主旋律"创作的电影、戏曲改编者的青睐?

在《皇粮钟》里,点到了一个重大事件,那就是自春秋鲁宣公十五年以来建立的"初税亩"——种地纳粮制度,在延续了二千六百年后的今天,终于在2006年被废除了——"全国全部免征农业税!"这当然是一个具有重大历史意义的时刻,秦家坝子的农民们莫不感到前所未有的舒心和欢跃。然而,问题在于,这并不是小说的主要表现对象,只不过是小说的一个重要背景。我很同意陈建功所说的:不要误以为,这是一部简单地阐释或讴歌"取消农业税"的作品,从而低估了作品深刻的思想内涵和独特的艺术特色,并由此低估了秦岭;事实上,这部作品以"皇粮"为线索,揭示了中国农民深入骨髓的精神传统和永难割舍的历史印记,讴歌了新时代给一代农民带来的精神的曙光和人格的新风貌;浓郁的西北乡村生活气息和坚实生动的农民群像,使这部作品为当代文学做出了一定的贡献。

首先,《皇粮钟》写了近二十年间中国西部农民的生存现状和真实面目,写出他们的渴望、苦乐、追求、理想;围绕着"缴皇粮",深沉地,浓洌地,顿挫有致地,写出了农民与土地、庄稼、粮食之间撕扯不开的血脉关系,折射出中国农业社会和中国农民的历史性变化的脚步。在写变与不变上,落脚点是变,信息量大,内涵丰厚。人们早就发现,当下农村题材作品并不好写,这不完全是因为作家没有新的累积,重要的是面对复杂多变的现实,如何把握生活的本质性变化和历史趋势的问题。比如,"三农"的重负与一系列富民政策的关系,整体上的渐趋繁荣与局部上的沉滞、贫困的关系,总体上的进步、文明与局部的愚昧、落后的关系,特别是如何表现城乡一体化进程中农民心灵世界和精神深层的微妙变化。这些都需要渗透到艺术形象体系的内部,而不应该是外加的说教。《皇粮钟》有意把视点放置在绵延达 2600 年的"皇粮制"在共产党执政时期被取消这一重要的历史节点上。作者的明智在于，他对于"历史的节点"与日常化生存的关系，与文化积淀的关系，处理得比较好。没有讨巧地用故事去图解政策，或流于简单的赞美，而是把笔触探入历史的深处，人性的深处，借以烘托取消千古皇粮这一泽被百姓的事件在社会发展史、农业史、文明史中的地位和意义。

比如，小说一开始就先是写足了千古皇粮制对偏远山区秦家坝子的"村魂"式人物囊家秦爷、村长罗万斗、村民唐岁求、秦穗儿、隋圆圆、宋满仓等人的生活史的密切关系，然后借力于川道地区羲关镇一带在建设新农村中的快速发展，使山区和川道两重世界形成鲜明比照，遂把变革时期农民灵魂的焦灼、浮躁、彷徨、摸索、憧憬杂糅到一起，有力地表现了农民精神世界的复杂性及其嬗变。"皇粮钟"的象征意味也很浓，此钟铸于明代，流传至今，凝聚着斑斓驳杂的历史和现实内涵，既是皇粮本身的外化，又承载民间的多重隐喻，闪现着农民智慧的光芒。"皇粮钟"由被顶礼膜拜到被无情炸毁，隐含了多少历史和现实的沧桑。这一颇富现代性的"神器"，和西部的乡俗融合在一起，拓展了作品的空间，使审美指向抵达了生活的核心地带。再比如，作品在铺设祭皇粮钟、缴皇粮、人物的情变婚变等多条线索时，不忘埋设许多只有农民才能切身感受到的隐线，如三十年来的种种运动、事件，如过眼烟云一般，每一隐线无不承载着农民的命运浮沉与生命悲欣。这些隐线只是在村头的喇叭里、囊家秦爷的记忆里、往事的闪回里悄然浮现，令人置身于乡间的节奏、音符和吟唱之中。

对一部长篇小说而言，政治经济的变动，外在事件的冲击，不管如何有声有色，都不是决定性的；决定性的因素在人物身上，思想的是否深邃，对中国农民的认识是否深刻，都离不开对人物命运和心灵奥秘的揭示。在《皇粮钟》里，作家的意念虽较突出，也不无外在化，但所幸的是，它化入了生活的血肉，注意以生活本身的面目展现出来，以心灵化的方式展现出来，因而不是写政策，阐述意念，不是故作高深，或围绕一个问题制造波澜，而是努力回到生存本身，尊重人物，展示各自心灵的轨迹。于是它的主要的情节，人物，故事，显得有机而合理。不是靠耸动，刺激，传奇性，而是靠日常化，却能紧紧吸引读者，这是很不容易的。作品虽时时照应"皇粮"这个文眼，但注意保存生活本身的丰富和复杂，它与政策，与意念，保持若即若离关系，坚持写出生活自身的深刻性和农民的集体无意识。作者把他对生活的观察和感悟贯注到生活的客观流程中，生动的场景中，甚至重要的细节中。比如，主人公唐岁求出身孤儿，寄人篱下，做过麦客子、煤黑子，心灵深处藏着孤独、善良和坚韧。他在矿下丢掉一条腿，不愿累人，自我疗伤。由于天生有一副好牙口，忽被选为验粮员，此事如石破天惊，使他陡然成为秦家坝子人心目中的"救星"；然而，乡情如山，人欲如海，他将何以应对？

心如死灰中，忽传取消农业税的消息，他如获重生，喜极而泣，为回到一个普通人而额手称幸。囊家秦爷似乎是个封建迷信的卫道者，然而，步步写来，他本质上却是一个传统道德、道义、道行的维护者；村长罗万斗尤其耐琢磨，看似平庸乏味胆怯，骨子里却有坚持原则、爱憎分明的一面，他有一套与人周旋并取信于民的本领；宋满仓看似卖主求荣之辈，但他悲壮的出走的一个转身，却证明了他内心的高傲。这里，所有人物无论处于何等境地，他们身上都有乡土美学的元素贯注。作者常以社会学家才具备的眼光，把"三农"问题对农民心灵的戕害像棋子一样布设在近十几年来司空见惯的"三提五统"、地荒、讨薪、矿难、卖淫、"协帮"、辍学等社会问题和现象上来。在这一层面的叙事中，秦岭摆脱了近年流行的"底层叙事"的桎梏和套路，没有毫无节制地描摹底层人物生存的尴尬和潦倒，而是竭力挖掘严峻生存背后灵魂世界里的那一股真善美的力量。

《皇粮钟》包含的中国式意象，民族文化元素，与中国人的审美理想和习惯颇为吻合。写人物，能传达出浓浓的土气；写情爱，有种干净而透明的乡土质地；写邻里关系、民俗民情，洋溢着一股暖色调。特别是语言，更容易和民间读者取得默契。近年来，秦岭一头扎进西部乡间语言的大海中，一丝不苟地经营属于自己的语言领地。《皇粮钟》的语言魅力不仅体现在对西部农村淳朴、深厚的民风的精彩状绘上，也体现在人物对话、叙述中时而涌出的方言、俚语、俏皮话、民谣、秦腔戏词之中。放到乡土叙述发展的总格局中来看，《皇粮钟》所持的视角是什么？启蒙的代言人，农民的一分子？应该是混合的，杂糅的，既非俯视，也非平视，它是能入之，能出之。秦岭说他是"站在崖畔看村庄"，正如有人指出的，他是"钻进心坎看农民"。作为一个农民子弟，他对家乡、农民，怀有深刻的爱，若非心连心、心交心，笔墨不会如此贴切，也很难把文化精神，现实诉求，世俗场景，男欢女爱，政策变化等多重内涵融汇在一起。

当前农村小说创作遭遇了"有人写，无人读"、"专家喝彩，读者绕开"的瓶颈和尴尬。《皇粮钟》的情况又怎样？从发行和改编为戏曲电影看来，这是一部具有文学的和社会的双重价值的作品，既是主旋律的，又是以写出生存状态的严峻而见长的。《皇粮钟》给我们提供了两个方面的认识：一方面，作者站在中国农村社会转型期的时代高度，用历史和现实的双重眼光，诠释了中国农民与绵延达 2600 年的皇粮之间盘根错节的关系，深刻揭示了种地纳粮习惯和"三农"问题对中国农民意志、价值观和国民性的潜移默化的影响，艺术地表现了取消皇粮制度对中国农民心灵的触动和农民精神的变化。另一方面，也许是更重要的，作者意识到了对创作而言，必须要远离临时的、直接的为某种政策和任务服务的功利主义写作方式，必须坚持大胆地，真实地，深刻地看取人生，不惮于对生存困境和社会问题的揭示。事实上，《皇粮钟》对"皇粮"的描写并不多，其注意力放在种粮人和缴粮人的命运际遇上，这大大超越了皇粮情结。爱情关系占去大量篇幅，唐岁求与隋圆圆、秦穗儿两个女人间的纠葛，甚至成为作品的主线。从读者角度看，读爱情总比读皇粮更有意思，但只要读进去了，又怎么会看不到，农民的爱情是离不开土地和粮食的。《皇粮钟》的写作，对许多类似题材的写作是具有启迪意义的。它在一个深刻的交叉点上，努力表现了中国农民勤劳朴实、吃苦耐劳的本色和对美好生活的憧憬。

陈亚珍：亡灵叙述与深切的文化反思

——读《羊哭了，猪笑了，蚂蚁病了》断想

一

读完四十万言的《羊哭了，猪笑了，蚂蚁病了》，我不想掩饰我的震惊。我预感到，作者陈亚珍有可能、或者已经创造了文学的奇迹。虽然曾与她有过一面之缘，虽然我读过她的一些作品，包括质地很不错的小长篇《十七条皱纹》，但是面对《羊哭了》我依然有不可思议的感觉。我惊异于，她的灵魂思辨的犀利与滔滔不绝，她在艺术表现上的大胆与叛逆，尤其是，她对中国封建的节烈与假革命之名义的节烈对于中国乡土女性的荼毒，对历次政治运动对人性的伤害之深，以及对属于中国经验的、渗透到民间底层的政治文化形态的反思，应该说都是独特的、罕见的。她似乎是与我们津津乐道的所有女作家都不一样的一位女作家，她基本没有进入过研究者们的视野。但她是雄强的，她是沃野上的一棵大树。

作者借亡灵叙事的技法讲述了叙事者"我"死后二十年，灵魂重返人

间，寻找未曾获得的人间亲情、人世伦常，并以此来反思从"抗战"到新中国成立后半个多世纪的历史，反思潜藏在人们心底的英雄膜拜、革命情结、男性权力、女性伦理等等，是如何改变和重塑了特殊年代的人们的情感和道德。

作品的叙事聚焦于一个由民间伦理维系着的村庄——梨花庄，怎样被战争、传统道德以及人的欲望所毁坏的过程。它也通过梨花庄这一具有传统意味的空间的存亡，隐喻一个民族深重灾难的根源和在当下困境中的突围之难。对于这样一个极其"重大"话题，作者究竟是如何通过她的一批女性人物和一个小村庄来承载的？她的讲述方式和价值立场在当下中国文学序列中的意义何在？

二

作者的讲述方式和价值立场之独特首先在于亡灵叙事的选择。所谓亡灵叙事，简而言之，就是一种以亡者的灵魂为视角展开文本叙述的行文方式。在中国文学中，鬼叙事、亡灵叙事或者死亡叙事等"非人"的讲述方式并不是主流，但相关的作品倒也不少。亡灵叙事或阴阳两隔间的对话方式，与基督教传统中的魔鬼、上帝、子民间的对话是有本质的文化差异的。在中国传统文化中，阴阳两重天，阴间是恐怖的，神、鬼、人各司其职。凡人肉体死亡后的冤魂、厉鬼与活人的对话多隐含着对人世的眷念或怨恨。西方文化（主要是基督教）中，天堂是极乐的自由世界，俗世与天堂并不对立。所以，阴阳两隔间的亡灵叙事及其眷顾、怨恨主题是中国文学、文化的特征性符号。白居易的《长恨歌》，苏轼的《江城子·十年生死两茫茫》等，即以阴阳两隔的情感倾诉表达男性对女性死者的追忆。到了中国的叙事文学形态逐渐成熟之后，这种叙述和表达就更为多见。蒲松龄的《聊斋志异》，多以"人格化的妖"与孱弱书生的爱情悲喜剧来结构故事；《红楼梦》中贾宝玉梦游太虚幻境，则以宝玉"亡灵"的身份提前批阅了金陵十二钗的前世今生。无独有偶，山西女作家陈亚珍的《羊哭了，猪笑了，蚂蚁病了》则是一部沉甸甸的亡灵叙事。作者以"我"——仇胜惠的幽灵的视角，讲述了她短暂一生如何走向死亡且不为人所知的秘密和经历，同时，通过她的遭遇审视了一个村庄、一群女性、一个民族的悲剧性命运。

三

首先，小说叙述主体是女性，立场是带有女性主义色彩的。在作者的讲述中，"我"的身份扑朔迷离，与父亲和"祖根"的血缘、亲情是"我"一生的困惑和憾恨。这使得"我"的寻找和渴望接近"父亲"的过程，也是一个漫长的讲述过程。作者以魔幻现实主义的手法讲述了"我"（胜惠）的出生。胜惠出生于"抗战"爆发的一天。花蛇像梨花庄的守护神一样警告一场灾难的到来，但蛇的出现也促使了"我"的早产。胜惠本应该生在马年，可因为母亲被蛇惊吓，使她提前在蛇年降生。自从"我"降临人世后，那只花蛇就不见了。所以，"我"的出生被奶奶指认为"花蛇转世"。这本来是只有奶奶和母亲知道的天机，但它很快就被泄露了。起初，胜惠的身上有一股神谕般的力量，她的喜怒会决定梨花庄人的福祸，自然就带有神气和妖气的双重性。在战争年代，她成了全庄人心目中的"神"。因为，胜惠的父亲带着全庄三十多个男性去"抗战"，女人希望胜惠的灵性为她们的丈夫保平安。当男人们阵亡的消息一个个传来时，她又被认为是比蛇蝎还毒的"妖"和不祥之物。因为，从抗日战争到解放战争，再到抗美援朝战争，被胜惠父亲带出去的"兄弟"们几乎全部阵亡了。梨花庄三十多个女人成了寡妇，而只有胜惠的父亲混全回来，且后来当了"大官"。那些女人们怎么会不怀疑胜惠作为蛇妖的自私和狭窄呢？可是，胜惠对自己特异的"功能"全然不知，所以只能承受这"残酷的善行"。她曾跪在五道庙里为每一个出征将士的祈祷，祈求平安。但是神意并未按着她的祈祷和心愿发展。那么，胜惠到底有没有这样特异的能力呢？正如她奶奶说的："娃身上的精灵到底有多少呢？"故事的悬疑由此不断展开。

在选择女性视角时，作者有意强调一个女性偶然的强大"功能"，同时又回避了宏大叙事。这使得女性"功能"的偶然性带上了悲剧命运的必然性。尽管整个故事发生在战争、革命、社会剧变的大背景下，但对于宏大的历史背景，作者尽量作了虚化的处理，甚至直接让历史退到故事的后面，在这个背景下，以"我"——一个女人死后的灵魂来讲述另几个女人的故事。因为故事不在战争的正面，而在战争的背面或侧面，这使得"我"能够随意出入故事。"我"几乎是全知全能的叙事者，也是推动故事的核心人物。

这个全知全能的视角与叙事者的身份密不可分。因为"我"是胜惠的灵魂，所以可以幻化为各种观察者；也可以自然、自如地变换视角，比如幻化为萤火虫、护庄狗等等身份观察，这就消除了限制性视角带来的局限，对其他女人的讲述也就能够自然地纳入叙事的合理范畴。

作者以这一视角讲述了梨花庄两代女性的遭际和命运。第一代女人是像胜惠母亲一样，为了民族的独立，离别了丈夫的一群。第二代女性是胜惠和那些被父辈英雄的光环感召的烈士子女（男性多为配角）。但似乎每个女性的命运都与"我"（胜惠）纠缠为一个"死结"。这也是她的死亡成为秘密的重要原因。在第一代女人中，"母亲"因为答谢蛇神九斤对"我"母女的救命之恩，无奈而又不无情愿地将自己身体交给九斤作为对他的报偿，这种"大逆不道"使她成为梨花庄的千夫所指的"荡妇"。"英雄父亲"以一纸文书很体面地休了她。母亲"偶然"地失去了成为"县长太太"的可能（是否也是必然？），更受到了别的女人的最大的挖苦——"天生就是当'破鞋'的命"。其他女人也开始把对丈夫的思念和生活的孤苦感受全部发泄到"我"和母亲兰菊身上，这是一种"必然"。"我"只能在养女和亲生女的身份中寻找真实的自己。

作者着墨较多的情节是，在抗日战争、解放战争、抗美援朝战争中表现出色的父亲成了县长，也成为全村与母亲同代女人的"精神丈夫"，也成为全村孩子的"精神父亲"，而我却成为了最真实的、被父亲"抛弃"的人。在第一代女人中，她们因自己为英雄或烈士守身而自豪，这种感觉在此后的革命年代得到不断的强化。但在日常生活中，人世凡俗的孤苦、寂寞又使得她们情感和欲望不断膨胀。喜鹊的母亲丢下烈属的名分和女儿喜鹊悄悄地离开了梨花庄。在家受冷落，在庄上抬不起头的腊月娘，因丈夫多年未归，偶尔得到另一个男人的关心，于是以蔑视民间法规的大胆越轨，与货郎银孩在玉秸垛里"翻云覆雨"了一回，恰好被"抗日烈士"家属仇三娘当场捉奸，于是她自绝于烈士亭，以谢对丈夫的歉疚。但全庄的人仍把她的头颅砸成了稀巴烂泥，驱逐出烈士亭，把她以前所有的好处一笔勾销。作为"贞节"模范的久妮，对梨花庄来说，是个极其重要的人物，她的新婚之夜，丈夫即奔赴战场（后成为烈士），而久妮为了表忠贞，刺瞎了自己一只眼睛，发誓终身不再嫁。但久妮的"变态"也因此愈加膨胀，她成了村里的妇女领导，鼓励寡妇们"坚强"，甚至要成为"烈妇"。她见不得别的女人再嫁，更难以忍受别的女人有床笫之欢，她变态地强迫银宝女人（因改嫁）的丈夫在婚后第二天就去"大炼钢铁"。她就像张爱玲《金锁记》中的曹七巧一样，自己得不到的，决不会忍受别人得到，哪怕是自己的亲人。"烈属"光环就像套在她精神上的金锁，让她渐渐地走向情欲的变态。饥饿年代，她与拐腿英全放肆地偷情，却不能容忍别的寡妇改嫁。当她所有的虚伪、变态和可悲被堕入风尘的养女豆花"揭发"后，一个刚强、自负、冷酷又可怜的女人的真相完全暴露在众目睽睽之下——她把"在岁月的孤独中磨砺得发亮"的"酷似雄性生殖器一样的木质东西"在床上私藏多年……于是久妮与豆花在贞节牌坊前进行了一场殊死搏斗。久妮被豆花打死，豆花疯了。豆花把用自己"堕落"的身体换来的人民币撒向大街，供人疯抢，可她的羞处已"烂成了一团西瓜瓤，红血血地流了一滩污浊死去了"。她对久妮的报复，也走向了极端。

这些情节读来令人扼腕长叹，齿冷心寒。作品中的几乎每个女人都要面对这种身体被燃烧的焦灼，可又有谁能理解和宽恕她们呢？没有人，包括她们自己！正如作者（借亡灵之口）所言："世俗的残酷往往不容忍人性的弱点，过于沉重的文化禁锢，无法容纳自然的需求。"可是套在女性身上的精神枷锁什么时候能真正被粉碎，要靠年轻的革命一代吗？

四

第二代女性的长大成人时期是在"解放"后。作者主要把这一代女性放置在建国初期的生产建设到"文革"极左这一段时期。老一代女性对"我"父亲的革命精神和大公无私表现出极大的崇拜，包括母亲，她一直以无言的方式牵挂他的身体、地位、荣誉，对自己的"被弃"也从没有任何怨言。而第二代女性，在英雄故事中入眠，在烈士亭子边上长大。她们身上隐藏着强烈的革命、反叛精神，她们复仇的欲望一触即发。当"我"的父亲仇二狗揭露了"大跃进"的荒谬后，被定为"给社会主义脸上抹黑"的"右派"，之后被红卫兵（第二代子女）以"杀人犯"之名判为"历史反革命和现行反革命"。而与胜惠一起长大的烈属的女儿玉米，在胜惠父亲当上县长时，剥夺了胜惠对父亲的"拥有"权，并给予其谋杀烈属的罪名。她和"我"（胜惠）相好的男人天胜定了婚，"我"独吞苦果。进城后，玉米设骗局抛弃了天胜，又把拆散婚约的罪责巧妙地强加于"我"。而被权力压抑的张世聪——"我"父亲的秘书，见风使舵，在父亲身为县长时，乐意地接受了父亲的"安排"——与"我"结婚；当父亲被打成"现行反革命"后，他反戈相击，假以"我"的名义与他共同揭发，使"父亲"的罪名成为"铁的事实"，然后匍匐于玉米的暴力下，并以变态的兽欲折磨

"我"。父亲得到平反后,张世聪也以"被害者"的名义平反,当上了法院院长。我却死于丈夫(无意中打死)的一块砖头,"终于,我陪伴着那个孤独的我自己,没有雷声也没有闪电,就像天空无言的流星,默默地走向了生命的终结"。张世聪表现出了虚假的"深情厚谊",他骗过了所有人的眼目;而"我"曾在此之前因身份的模糊、被误解、饥饿等原因多次自杀未遂,在生下两个孩子后,准备为了孩子,像畜生一样活下去时,却变成了孤独的灵魂。但是"我""揭发"父亲的事实没有得到核实,更没有得到父亲的宽恕,也没有得到母亲和梨花村人的原谅。"我"纠结于两代人身上的"死结",特别是两代女性身上的情感的盘根错节,没有在人世解开。"我"孤苦无告的灵魂(更像冤鬼)成了"无祖鬼",以一粒浮尘与母亲和父亲在另一个世界相遇,与天胜在死后心心相印。亡灵叙事和女性视角的批判意义也因此而自然而强烈的显现出来。

五

当我们理清了作品中两代女人的情感历程后,自然会有这样的疑问:历史沉重的包袱一定要完全压在女人瘦弱的肩膀上吗?作品中女性的命运到底在何种意义与民族的命运血肉相连?作者又是如何将两者作出了合理的对接?

首先,作者巧妙自然地以反讽的手法,表达出对强加于女性身上的女性伦理进行了深度审视,进而对传统道德对女性的精神钳制作出有意味的反思。梨花庄,这一带有中华民族之隐喻的村庄和书写空间,它"依附在天边的一座大山中,属于太行山的一脉筋骨,从上而下是一条龙姿。村庄的建筑散布在龙头,龙肚,龙尾之中"。从它的诞生和繁衍,选择重情、仁义的始祖梨花女以生命换来了梨花庄女人的勤劳善良,性子刚烈,也换来了梨花庄男性的勇敢豁达、侠肝义胆。这是梨花庄的生命和灵魂。但是不断膨胀的权力追逐和掠夺战争，使梨花庄的生命和灵魂受到了威胁和篡改。梨花庄的女人也像梨花始祖一样在忠主与衷情、有情与无情之间挣扎。但与梨花始祖不一样的是，她们的忠主战胜了衷情，有情被指定为背叛，女性的悲剧性命运也因此一代代延续。战争的无情和男性的欲望将女人变成没有自我的附庸物。抗战爆发后，梨花庄三十多个男人奔赴沙场，三十多个女人的命运又该如何？等待丈夫的焦急，被人引诱的惶乱，丧夫失子的痛楚，性与爱的断裂……当"我"的性命危在旦夕时，蛇神九斤挽救了我，被本能煎熬的母亲，便以身体"偿还"了九斤的救命之债。母亲不想让别人知道自己的"选择"。"我与娘第一次达成了撒谎的协议"，但"我"和母亲从此将要面临无尽的悲苦命运。她要抚养"我"长大，守住对丈夫的责任和许诺，所以在自己肚子一天天"羞耻"地长大后，她与三婶"合谋"要在肚皮外"勒死"未出世的孩子。

故事的讲述不断在转折中出现波澜，层层迭起。战争漫长的熬煎并没有遮断世俗女性的凡俗欲望。但作者的叙述明显带有强烈的反讽意味。女人们在战争的背后谈得最多的是男人，当嗔怨与念想终于换来的只是"烈属"名分时，她们的生活光荣而乏味。所以，在阴阳两界间，本应该阳世最令人留恋，但胜惠的回阳寻祖几乎让她感觉到阳世的寒冷，亲人对他的冷漠、猜疑，之后人世间满街流溢的欲望之水，都让她惊悚；她在梨花庄的贞节牌坊面前，看到了那些"坚强"的女人，被脆弱的"意志"所折磨，也看到了贞节牌坊上留下来的污泥浊水。在"我"的回忆中，天胜奶奶在"大炼钢铁"的饥饿年代被"撑死"；获得"贞节"牌坊的女人与最龌龊的男人偷情狂欢；最刚烈的不是男人而是女人，"贞节"女人最憎恨夫妇情爱之欢……

从以上富于张力的结构和巧妙的反讽中，我们可以看出，作者借胜惠的亡灵的视角来观看阴阳两界，来评判生死两端，从而将问题指向了一个民族面临的许多重大精神问题，即战争与生命，男性与权力，女性与道德，亲情伦理与阶级身份等。作者重点叙述的是梨花庄女性的悲苦命运，以及因此引起的传统女性伦理和对中国传统文化劣根的挖掘，并通过反讽和抒情加以强化。同样，我们也可以看出，这些思考也是人类面临的永恒难题：生与死，灵魂与肉体，自我与他者……那么谁才是最后的赢家？

其次，需要注意的是，在这样的张力互否和反讽结构中，作者始终具有一种自我审视的叙事态度。正如作者借叙事者所言，"我"开始怀疑："造成梨花庄的苦难是否也与我有关呢？"梨花庄每个女人的死，似乎都与"我"有关，更与"我"的母亲有关，因为是她阻止了"我"对更多抗日战士的祈祷。她们对"我"和"母亲"的仇恨已经深入骨髓。从这个意义上看，胜惠的难言和苦衷更胜于那些被压抑、熬煎的女性。那么，她到底能承担多少罪恶和苦难呢？

"我"和"母亲"是一直在误解和忍辱负重中艰难地生活，主要的原因就是"母亲"背叛了"父亲"。男人血洒疆场，女人却没有忠于他的男人，自然被"父亲"抛弃。没有人同情母亲的隐忍与从心为善，更没有人理解天胜娘坚持的"人命比什么都尊贵"，包括那些备受煎熬的女性。可她们的内心都和天胜娘一样，"丈夫等不回来……她的心每一天都涨着风。"而"我"对亲情的念想更不会得到别人的认同，因为"母亲"的"不贞"。当"我"被指认为花蛇妖或蛇的化身时，"我"在现实中的存在便成了非法；当"我"的过去被指认为非法时，现实就成了"我"永远进不去的"城堡"；当阴间的厉鬼情缘比人世的伦常亲情温暖时，我所有的"寻祖"的努力就像记忆的磁盘被强行删除，等待重新编码、重新激活的念想就成了虚幻的等待。"我"只能在阴阳两茫茫的苦境之中无望地寻找。"我"希望再次回到人间，得到父亲的拥抱，得到母亲的理解，得到弟妹的紧握，"手足相逢该是最快乐的事"。

细读《羊哭了，猪笑了，蚂蚁病了》，我们会发现，作者试图要探讨的重要问题是，被战争和革命淹没的女性的生存境遇，以及千百年来在封建道德基础上形成的女性伦理，在不平等基础之上对女性在家庭、婚姻中作出的道德囚范。比如女性的守节、贞烈，以及对男性绝对服从的道德律令等等。从作者强烈的抒情和批判中我们看到的是作者对传统女性伦理的挑战，对建立在生命、人性、平等基础上女性人格的期待。这并不是一个早已解决的老问题，不是，它披着革命的外衣至今压抑着当时和现在的女性。

六

从整个文本的叙述方式来看，作者选取死后二十年亡灵重回现实，寻找人世亲情，并以此重现被宏大历史所掩蔽的"死者弯曲的倒影"。正是这一叙事视角的选择，使得叙事者可以以个人的方式进入历史，使个人的感受比被书写的历史本身更形象、更富于感染力。作者的历史感也因此得以凸显。尽管作品以从抗日战争到解放战争，再到抗美援朝，一直到合作化、人民公社、大炼钢铁、"文化大革命"等历史为背景，但作者进入历史的方式是以人物带动历史，以人物评价历史。比如"大跃进"之于乡村底层人物千百年的精神内伤，比如个人崇拜之与"精神父亲"的权威，再有女性对男性的精神依附等，特别是以一个村庄，一群女性，她们的悲剧性命运与一段段历史的血肉关联。这是叙事者试图解开的秘密。

这部作品的突破之处就在于试图对一个民族秘史的解密。我认为，被民族历史和宏大叙事所遮蔽的民间话语，就是这部小说的叙事秘密所在。正如作品中那些被遮蔽在大人喜怒哀乐下面的小孩子们的脆弱和敏感，也如傻子金宝对嫂子"愚笨"的一往深情一样，在评价历史的过程中，作者把"我"寻根问祖，寻找父母亲情的情感经历放置在那个革命和阶级斗争的语境中，来反观革命、阶级话语以及由此形成的"精神父亲"对世俗亲情的压抑。"我"对父亲的精神依恋和对亲情的渴望总是被父亲"革命不是一家一户，一儿一女的事，而是普天下的事"、"革命不相信眼泪"等集体话语所淹没；梨花村人的饥饿也被久妮"我们连日本鬼子都不怕，还害怕饥饿吗"所吞噬。这样，个人的情感、欲望完全被战争、革命的乌托邦所遮蔽。这也是作者试图要回答的女性生存悲剧的一个重要原因。马克思和恩格斯曾批评"小亚细亚国家"，由地缘、血缘组成的"氏族社会"发展到强调解构血缘、地缘的"共同体"，以阶级关系压倒了血缘、地缘关系。这样的"进步"是可怕的。所以，在小说叙事中，阶级话语对个体话语的遮蔽的复杂性也因此显现出来。

  作者通过亡灵的叙事方式，避免了个人话语的限制。叙述者既可以与每一个女性交流，以讲述她们命运的悲苦，也可以通过亡灵的身份审判"父亲"和历史，解除了女性评说历史、质疑男性的"非法性"。这自然就有了"我"发出的"天问""地问"般的女性呐喊，难道只能有男性辜负女性，就不能有女性背叛男性吗？"我真的想问爹，难道中国人只有骨头没有肉吗？流血不流泪还是人吗？连猪狗被宰杀时都要叫几声呢。难道革命就是把属于人的正常情绪都灭绝吗？……爹爹啊爹爹，革命有功，难道生活有罪吗？爱国家爱人民光荣，难道爱你的女儿就可耻吗？我虽然不能代表人民，可我能代表一个人呀。"很明显，这是作者借叙述者之口来反叛宏大叙事、革命话语对个体叙事、个人话语的遮蔽。因为有了这样的反叛，作者才能对历史变革过程中的普通人，特别是女性细密的感情和悲苦的命运进行侧面的深挖和放大，让我们重新思考被宏大的历史叙事和宏伟的革命主题淹没了的个人遭遇和命运，重新思考被战争和历史的光芒所遮蔽的民间的生存。所以，在这个意义上看，作品具有非常强烈的民间立场和厚重的历史感悟，也具有鲜明的对新历史主义的自觉或不自觉追求。

  当然，正是因为作者选择了自由穿梭文本的叙事者，从而使部分章节中浓烈的女性意识和批判精神过于情绪化，甚至浮泛化，有时叙事的节奏也缺乏有效的控制。作品中有很多情感和价值判断，并不是通过人物形象或人物自身来显现，而是作者借"我"的叙事者身份直接"说"出来，使得人物形象和叙事者带有很浓的说教气息、议论色彩。说教挤掉了人物形象的丰富性和弹性；议论抢占了人物形象的"留白"空间。人物形象的情理逻辑让位于强烈的抒情和理性的思辨，自然就会某种程度淡化了人物形象的感染力。但我又觉得，我的上述看法也许来源于常规，不能说不对，然而，我对小说中大量的思辨仍保留尊重。

总之，统观全作，无论从叙事的角度，还是从女性立场的价值评判，无论是从进入历史的姿态，还是从反思社会、反思政治文化的角度，陈亚珍的《羊哭了，猪笑了，蚂蚁病了》都是十分难得的厚重深沉之作。它通过亡灵视角，观照像羊、猪、蚂蚁一样弱小者们以及"无告者"们的生存悲剧，并从历史的背面进入了历史，反思了半个多世纪以来的中国社会历史及其深重的文化症候。它不愧是复兴中华文化的大背景下的新一轮反思小说的先锋，也不妨看作是新历史主义观念影响下的一块厚重的文学基石。

艾伟的《风和日丽》

  我认为，艾伟是一个安静多思，理性整合能力强，读书很多的作家，那年在宁波，我们逛书店，谈到许多书，尤其是哲学和理论书，他都读过，且有见解。所以，他写出《风和日丽》这样寄托深广的作品，深刻思考革命与人性，革命与历史，革命与个人伦理情感，反抗异化，试图进入历史腹心深处的作品，是在我的预料之中。他不是一般的审父，而且是审问政治化的神圣不可侵犯的父权。正如许多人指出的，他写了思父，寻父，恨父，审父的过程。一个女人的成长史，寻父史，其实是，写了一个女人的心灵史——终身在革命与亲情的冲突中挣扎。

  从一九四一到一九九九，六十年，非常典型。杨小翼心灵上布满了累累伤痕，失去了母亲，丈夫，儿子，有父无法相认，从思父到审父，完全放弃，绝望了。她平生所受打击不断，母亲与李医生结婚之际，她的痛斥，真正揭开了身世之谜。她是一个时代的孤儿，比任何人都更加孤独，因而她比世人更能看清历史和时代的隐秘和虚伪。通过她，透视革命的本质，批判历史对人性的扼杀。贯穿始终的是，革命与人性、亲情的冲突。

尹桂泽的复杂和分裂，异化和虚伪，包含的意义丰富。所谓革命者的原罪就是私利。祛除私利，就是革命。革命作为信仰和宗教存在着。过去说中国人没有宗教意识，现在看，革命曾经就是宗教。这是艾伟的强调，纵不是发现。尹多情浪漫，留法之诗，上海养病，追求杨泸，但他外在的是冷漠，高大，不可亲近，他认为，私情，婚恋，伦理，都在革命面前不屑一顾。当然，深心中有爱，照片，安葬天安。是不是一定不认，这个理由充分吗？认会怎样，不认又会怎样？杨小翼扎针，朗读，直到穿旗袍显身，自我说出，其实尹并非不记得，只是装糊涂罢了。一个现代的红色周朴园，押回，发配，对尹南方的监禁，这已不但是六亲不认，而且是一个彻底的伪君子，手上沾上血迹了。他到底怕什么呢，怕高大完美形象受损，其实夏津溥父母也一样。极端的自私，以革命的名义。但小说在提示那个极左势力不断高涨的时期，没有把环境的压迫感写出。虽然也加上了孝顺呀，重情呀，总包裹在一个硬壳里，没有更进一步揭穿其伪善。

主人公杨小翼与我年龄相仿，作者能写成这样，很是难得。我一直在想艾伟搜集材料，消化过程如何进行。赋予了过于理智的心理，心理刻画很精彩，但太成熟了。杨深入尹家，陪伴，扎针，朗读者，都有太多心计，她拒绝尹南方的狂热追求，也十分理智，如果能把青春少女的内在冲动写充分也许更好，尤其是穿旗袍的细节，我不认为不好，却多少损伤了人物。应该写出，杨小翼自己没有取成分的痛苦，与试图取得认可，费尽心思靠近，是有一种虚荣和求得红色保险伞的潜意识。这同样需要写出外在的压抑感和孤立无援。摆脱私生名的耻辱的焦虑。弑父冲动，香港发表文章，揭露如牛虻之揭露蒙太里神父。

艾伟要杨承担的任务有点大，直到对告别革命的深刻思考。所以延续到六四。流亡者，反叛者。

叙述上，心理描写成功，男作家，却细腻如女性，文笔与人物般配。女孩子的视角，却又不得不渗透作家的解读和评判，既要符合孩子性格，又要暗示和解开大人之谜，作者加小孩，难度可见，所以杨小翼比实际人物成熟了很多。镇反，战犯，高官，是不确的。父女摊牌，有些破绽，不可能不认识，"对一个革命者来说，个人情感不值一提"。终生未喊出爸爸一词。

关仁山的《麦河》

这是一部关于土地的书。

关仁山的新作《麦河》显然经过精心构思,深入开掘,是他对自己创作的一次成功超越。作品讲述了麦河流域的鹦鹉村上世纪初至今长达一百多年的历史,人物极其众多,然而所有人和事都以白立国和一只充满神性的苍鹰"虎子"为线索贯穿在一起。小说的章节也由月相之变化而命名:由逆月到上弦新月、望之圆月、下弦残月,最后又回到朔之逆月,可谓浑然天成。

《麦河》的叙述极独特,均以白立国为叙述视角,令人意想不到的是,白立国竟是个瞎子。瞎子怎么看世界呢?"如果我看见了啥,都是用心来看的。"白立国这样说。他早先并不瞎,是后来因病失明。于是,这一百年的事情便经由白立国的心灵展现在我们眼前了。作品并没有按时间顺序讲述麦河两岸的百年史,而是分成了两条线,这样似乎更明晰。白立国虽是瞎子,却有灵异功能,他能在夜间和死人对谈,这样,他每在夜间和曹家已经去世的狗儿爷的对话就带出了麦河从百年前到"大包干"之间的历史;

而"大包干"到今天的历史就由白立国用"心"看了过来。

百年之前,麦河改道,曹老大瞬间变为孤儿,被麦河水冲到了下游的鹦鹉村。为了生存,他开始了长达一生的土地传奇。于是,土地、河流与人,这个亘古不变的主题在麦河岸边延续着上演着。曹老大在河边开荒、地被剥夺、人被流放,又开荒、又失败,几乎丧命,何谈生存?造成这一切的原因有自然灾难,也有地主恶霸。《麦河》充满了隐喻。《天快亮了》一节,"我二舅"张建群出现了,他是共产党员,将革命的火种在麦河边点燃,曹老大们似乎看到了希望。后来"我二舅"带领鹦鹉村人搞土改。地主张兰池不愿被人打死,主动要求活埋,这样他能站着,"死了还能闻着土香"。土改后的鹦鹉村迎来了一次少见的大丰收,此后的合作社使农民丧失了劳动的积极性,接着又遭遇上六十年代初那场大饥荒。当农民对土地几乎丧失信心时,终于迎来了联产承包,积极性极大地迸发出来。所有这一切,都是通过狗儿爷之口回忆的。

整部小说叙述的重心还是放在改革开放以来的三十余年。《麦河》中的农民形象众多而复杂,读来往往有深入骨髓之感。新世纪以来表现农村的小说数不胜数,能够像《麦河》这样较为深刻地透视农民的生存与灵魂的却不多。曹双羊是鹦鹉村率先走上致富路的年轻人,他敢想敢干,为了实现自己的理想,竟然肯与深深伤害了自己姐姐的人为伍,而后被迫做出抵押土地贷款的事情,他为了创业想尽一切办法。"麦河道场"集团最终占有了很大的市场份额。曹双羊是一个有血有肉充满精气神的人物,有许多性格上的优点,同时又做了许多错事,他不忘自己的根。小说最后,他在麦河三村的墓地里立了一块碑:"寻根铸魂碑"。

需要特别指出的是,在这一切之上,《麦河》有一个真正的主人公,那就是土地。这是全部作品的灵魂。从麦河流域有土地神的传说开始,人们便开始了对土地的顶礼膜拜,土地才是《麦河》中最重要的主角。最出人意料的是,《麦河》中的人物,不论男女长幼,都对土地爱得无比深切:曹老大一生的梦想无非是种自己的地。狗儿爷更是如此，分到土地时，激动地睡在自家地头。曹双羊也不例外，他不止一次地表白："我心里很苦，在我第二次蜕变的时候，我依托地神。我从挣脱土地，到回归土地，也经历了非人的煎熬。""最让我难过的是，我在土地流转中，伤害了乡亲，更伤害了土地。""我彻底明白了。离开土地的人，永远都是瞎子！"白立国对土地的爱中则有着深深忧虑，当"寻根铸魂碑"建好后，他独自一人感慨着、担忧着。"万物归一就是归了土啊！我突然有了一个疑问：土地给了我无边无际的梦，明天还会有一只苍鹰，扑进我的生活吗？如果麦河消亡了，化作一滴清水，凝成一滴眼泪。那么，未来岁月里，谁还能说清楚，一只苍鹰为啥叼着麦穗儿飞啊？"这是《麦河》忧伤而诗意的结尾。白立国对土地的担忧，就是作者关仁山对土地的担忧。

所以，作者在小说里借鹦鹉村最弱势的转香发出"救救土地"的呐喊！转香因土地失去了做母亲的机会，因土地得罪了人，丈夫被人毒打，成了疯子，这呐喊由疯子口中喊出，简直石破天惊，让人想起《狂人日记》中狂人那声"救救孩子"。作者借人物发出这声呐喊后被自己吓了一大跳，他又借白立国说："这一声喊叫不同寻常，声音凄厉，伴随着一声声的铜锣。我被吓了一跳，心被揪紧了。"是啊，土地，养育了我们世世代代的土地，被分割、被集中、被流转、被抵押，她还被现代文明的农药化肥糟害，是到了有人发出"救救土地"的呐喊的时候了！

尽管《麦河》保持着现实主义的基调，但同时透示出浪漫主义的色彩。善庆姑娘变鹦鹉，百岁神鹰虎子两次蜕变获新生，虎子对过去现在的通晓、对未来的预知，人与死者通过泥塑对话等等，都使《麦河》展示出一种魔幻般的迷人气息，使这部关注土地、河流与村庄的作品具有了形而上的风格。

王松：一面人性恶的哈哈镜

　　近年来，王松给我们提供了一组富于深度的、可作多种解读的文本，也不妨看作是对批评者审美判断力的一种挑战。这组作品大致包括《双驴记》《眉毛》《秋鸣山》《哭麦》《后知青的猪》等等中篇，我认为它们的艺术个性极为独异，具有恶魔化，荒诞化，极致化的倾向。所谓恶魔化，并非贬义，只是在神性与魔性，人性与兽性，人性善与人性恶之间偏向于魔性的一种表现态度。鲁迅先生的《摩罗诗力说》中的摩罗如果偏于狂飙突进的浪漫派含义的话，那冯至先生在《浮士德里的魔》中的魔，就更倾向于人性恶的恶魔性了。

　　王松从多年前的《红汞》开始，即演绎着一个个关于仇恨与报复不断循环的故事。有意味的是，这些故事并不一定来自阶级、政治、道德层面上的伤害，而是来自民族文化心理结构深层的，人性深处的伤害。如果不是生活本身提供，似乎很难想象出如此怪异又如此真实的惨烈故事。在这里可以看到灵魂的能量，看到仇恨的种子埋得有多么深。这显示了文学对人的认识的深化。在表现人的问题上，像他这样的作品，由单一到复杂，由显意识到潜意识，由理性到非理性，由有名状态到无名状态，由一般的社会性、道德性到特殊情境下消极文化对人性的虐杀。

现在的评论者，多称王松的这些作品是"后知青文学"，我看他只是把知青生活作为一道背景，作为展示人性恶的一个平台，而他一贯的创作格调和审视生活的角度，并无太大变化，只是来源更丰富，取用起来更方便，施展的余地更大了。他的作品让人看到，在某种特定环境中，人会变得多么可怕，具有多么大的破坏力。这使我们对人性有一种更清醒的认识。《双驴记》就是一个出色的例子。犹如一面镜子，虽通过人与驴的魔高一尺道高一丈的较量，其驴性也是借动物体现出来的极端化扭曲的人性。这就照出人性恶的影像，但又不是一般的镜子，是哈哈镜，有变形和夸张，荒诞和恶魔化的成分，从而比较深刻地写出了对人的尊严的蔑视，冷漠，无动于衷，怎样导致了人性的丧失，怎样使被伤害者变成了伤害者。另外，他的拍案惊奇式的写法，为常人所不知的作恶手段，关于动物的，科学的，药物学的知识，有些已涉及到犯罪心理学，丰富了小说的表现技巧。

但是，不能忽视，在王松的作品中，有大量变态，残忍，冷血，丧失良知的，灵魂被扭曲的故事。他的人物，比如在残害一头无辜动物时，也在泯灭着自我的人性、良知，可惜对这样的悲剧缺乏反省，有时沉醉在血腥报复的快感中。问题还在于，他的人物在作恶时，没有不安感，犯罪感，于是也就没有了忏悔的基础。仅靠最后的一两句话，如多少年后，"泪如雨下"，是不够的。《哭麦》就很典型。我隐约感到，王松对人性恶的理解中，是否认为，人性恶是一种潜藏在每个人身上的本能、本性式的东西，人性中有兽性，兽性中含人性，它们是与生俱来的，到适合的温度和条件下便会大量释放出来。我认为，发现恶的真相是极重要的，但更重要的是，这个世界需要爱，拯救，同情，以及深切的反思，如果能渗入这样的思考，是否会更合理，也更有力？

鲁敏:《六人晚餐》

我想就《六人晚餐》谈最突出的印象。在非虚构的氛围无所不在的今天的文坛,《六人》给我一种真正的小说之美的享受。为什么说到非虚构呢,这也是变化多端的现实的必然,涌现大量,势头正旺,巨流河,许多小说都染上了非虚构的语言特色。写生活,也是忽视了中介。前些天看纪念,看《沉香屑·第一炉香》,还是欣赏。

首先,像一个奇妙共时性转动的魔方。结构,《六人》里,六个篇章记录了两个单亲家庭的爱与艰难,六个人物相互间的依存与伤害,吸引与生离死别。小说分为六个部分,每个部分以一人为叙事主角诠释他的人生世界,六个部分不断变换着叙事主角,但是因为相互之间的穿插以及叙事配角的起承转合,小说的叙事呈现出丰富又不失层次感的一面。里面有许多让人参不透的人生奥秘。你说这是一种陌生化,也可以。那种第二现实,充分的虚构化,心灵化,不靠故事,事件,会然微妙的细节,充满情趣,烘托氛围,写出生活的无名状态,对人性有细致发现的,善于将事理结构转化为避孕情理结构。这就是小说,而不是非虚构。

其次，我非常喜欢小说对传统老工业区及宿舍的描绘，全书最见光彩的部分，形成小说的底色，铁锈色的，我想起了左拉，巴尔扎克，罗曼·罗兰对于城乡边缘，贫民区，工矿区的描写。这是一个有着特殊气味，特殊人伦和邻居关系，特殊道德风尚的地方。不再是东坝，是另一种文化。这空气，丰满，拥挤，富有包围感，亲热地绑架一切，裹挟所有人的鼻腔，咽喉以及肺。有时是富足的硫化氧味儿，像成群结队的臭鸡蛋飞到了天上，或是甜丝丝铁锈味，二甲苯那硬邦邦令人喉头发紧的焦油味，那一切都非形成晓白气质的关键原因，真正给予的乃是那独一无二的厂区空气。两家人见面时像落尽树叶的树桩站着。在这里，出现了星期三的秘密，以及星期三的恶作剧，四人联盟。

第三，鲁敏表现出善于在日常生活中对人性挖掘的才能。最平凡的世界里蕴藏着惊雷闪电，那就是人性的闪电。鲁敏的小说，大多取材于城乡中下层人群的生活，但又与一般"底层文学"不同，她更注重从精神方面考察底层人的生活状态。她不追求戏剧化的冲突，而力图呈现底层生活的真实状态。她注重对"人性善"的发掘，她擅长表现底层人如何在黯淡的生活中突围而出，而在这一过程中，其中一些女主人公幽微的心思，被她描写得绘声绘色。她的小说其实就是写人性的，魅力之源，早期中短篇写人的暗疾，写欲望化的泛滥的真实，也写人的善良，宽厚。底层，性，身体，精神，自尊，构成鲁敏小说的关键词。

为什么四人抵制两人父母，心照不宣，十分默契？相当于捉奸，惊心动魄！使他们对父母再婚有着本能的抵触，对他们这样不明不白地搅在一起，更是忍无可忍，但是又不敢明目张胆地反对。晓白，类似残疾人，让人想到奥勃洛摩夫式的人，他的自尊。经历生活磨砺的小白开始慢慢变得锋芒有力，晓蓝的个性是弟弟晓白的反面，弟弟晓白来自软弱，而她来自太要强。她是一个果敢的女人，充满逆行感、刺破感，明知不可为而为之。她用与丁成功恋爱的假象逼迫母亲苏琴与丁伯刚分手，后来发现自己真的爱上丁成功却选择与别人结婚，结婚怀孕后又决定回到丁成功的身边。她就是这么一个倒行逆施的女人，倔强、任性而雷厉风行，她的悲剧同样来自性格。

苏琴是自设的道德重压下的牺牲者。苏琴有敏感的道德洁癖，她想成就一个完美的道德女神，声称要永远忠于死去的丈夫，哪怕被枷锁磨出血迹。所以苏琴在强大的情欲面前死守着自己的道德形象，不敢光明正大地与丁伯刚结婚，隐蔽的"六人晚餐"正是苏琴道德行为的产物。悲剧的是，坚守道德的苏琴还是成了别人眼里的"背德者"，因此她在道德上更加苛刻自己，做起掌管男女风俗的居委会老太太。

第四，中篇结构与史的意识。这是作者的思维方式决定的。善于用一个中篇的容量承载这个故事。或许鲁敏的特点就在这里，她没有气势恢弘的历史胸襟，也没有巾帼不让须眉的英雄气概，她擅长捕捉身边的小人和小事，她与他们一起生活、一起成长、一起欢快、一起疼痛，那些身边的小人小事在鲁敏的感觉世界里不发酵膨胀，变得丰富而厚重。我在想，鲁敏的世界是否有相对的固定性，欲望化的人性，人性化的生存。江南作家的特点，与生俱来的。米兰·昆德拉说过，巴尔扎史遗产到卡夫卡结束，因为后者发现了人的荒诞处境。二十世纪，由再现历史走向了个人言说的时代。这都有道理。

鲁敏能不能增加"史"的意识，还是永远这样？日常生活中的史的意识，历史感，沧桑感，注入更深刻的历史文化意识？这只是我个人的意见而已。

葛水平：乡土中国的风俗诗

在我看来，《裸地》是一部密度大、节奏缓、意象丛生、文字耐读、诗性丰盈，具有较为深厚的文化内涵的长篇小说。它不属于那种思想意义浮在表面的作品——那种作品的意义时常戳露在外，便于批评者的分析解读，却也容易一目了然，人云亦云。《裸地》以感性的丰沛见长，有一定的混沌性和生涩感，作者或许没有清晰的意念，却有鲜见的人物及独特的生存，反而使得作品难以把握。作品固然也写了时间的大跨度，灾年荒年的惨象，大宅院里的明争暗斗，大财东因为没有子嗣继业的刻骨悲哀，还有姨太太们的食尽各投林——这些都是我们比较熟知的；奇妙的是，由于葛水平独具个性的描绘和新异幻魅的言语，由于经过她的诗化处理，特别是，杂以上党地区特有的人文风俗，节庆礼仪，五行八作，农贸集会，使这些东西被重组起来，变得十分新鲜有味。它很像是一首乡土中国的风俗诗，当然是包含着生存的挣扎与苦斗的风俗诗。

小说为什么要叫"裸地"？是个有意思的问题。一般来说，作品写了生命，创造，劳作，生育，写了土地给人以恩泽，人却辜负了土地，便可为一解。但作品里有句话,"土地裸露着,日子过去了",颇富禅意,犹如"天空没有痕迹,鸟儿已经飞过"一般。好像是说,土地是永恒的,日子是不停的,有如铁打的营盘流水的兵;土地永远是敞开的、无私的、宽厚的、泽被万物的,而时光却匆匆且无情。这是很令人怅惘的。当然,我们也可以把主人公女女的形象,具体看作是裸地的象征。你看她,承受得起多大的苦难,坚忍而包容,不管在城市、在流浪,不管做了"猴怪"的妈,做了穷人的妻,做了财主的"针娘",还是与日本人针锋相对,都是如此。但我们也可以认为,不止是女女一人,其实盖运昌、女女、聂广庆、吴老汉、原德孩、李旮渣们,甚至神父米丘,他们的意义是复合的,搅拌在一起的,无论其善恶,共同表达了作者对乡土中国的感性经验,表达了作者对苦难大地的认识。于是我更赞赏这样的观点:这部书是乡土中国的某种独特的本体象征。不是哪一个,而是整体上的,男性与女性、财主与佃农、神父与鬼子、各色人等,共同营造了这个裸地的世界,或者,人性的裸地。

盖运昌当然是宗法文化的苦撑者,牺牲者,最早他也曾作文,发下"当作世界有用之人"的宏愿。但是,一种他无法抗拒的东西消磨着他,羞于启齿的身世压迫着他,家族之间的争斗熬煎着他,尤其是,无后的痛苦击倒了他,于是"求子"成为终极目标,他变成一个平庸而倔巴的土财主了。盖运昌与聂广庆之间的关系含义颇深,在他们之间,夺地的霸道,典妻的隐衷,杀狗的残酷,下跪的屈辱,得驴的惶惧……真实地揭开了旧社会佃农与财主的关系,今天的青年作者能写到这等成色,真也难得。盖运昌与其父吴老汉的关系,也极诡秘难言,揭开盖运昌的另一面心事。不管怎么说,盖运昌毕竟是个有良知的、外圆内方的人。在日本人的淫威面前,女女喊道,我临死,要看你脱了那张皮!盖运昌果然当着日本鬼子的面,脱下了新民会的会服。

这本书既有细密的写实,也有相当强的写意性,抒情性。写实的部分时有妙笔。如盖秋苗不堪受辱吞金自杀,原家傲慢地以一句"紧病"搪塞,而此时痛苦至极的盖运昌，为了家族的面子，不动声色，咬碎了牙往肚里吞。写意的部分却颇具光彩，令人难忘。如蝗虫过黄河的场面就泼墨般吓人；写河蛙谷变成女女谷，景致宜人；写李阴阳的勘风水；写那一声狗叫如何破了风水，都是有声有色。

我想，全书最有价值的是透过这一切，写出最富生命力的是贯穿古今的如裸地般永恒的东西，那就是人性之美。

读《裸地》，我们常被它心灵化的构思，诗意化的跳跃，陌生化的句子，梦幻般的独语所打动。葛水平是写诗出身，也长于散文，她的思维带有跳跃性、情绪性，行文有时不按常规出牌，甚至有忽东忽西之突兀感。于是语言的新奇感，幻魅感是突出特色。她写人情，写景色，写场面，写世态，时有亮点。比如，"十五过后，日子像缩了水的绸子，比起夏天呢好端端短了一截"；再比如，写女人"眼睛虽不大，却清澈透亮，像泉水儿，那嘴角是往上翘的，翘出了几分韵致"；再比如，写狗眼看女人。总之，散文化的语言，诗化的语言，装点不少。

当然，对于人物众多情节繁复的长篇小说而言，诗化的句式，感性的漫溢，虽不可少，却也不可无节制。质而言之，需要理性的参与，需要寻找到最复杂最合理的结构，在这一方面，《裸地》对意义的开掘，对结构的均衡，特别结尾的处理都不无薄弱之处。但是，尽管如此，《裸地》不失为一部艺术个性突出，风俗诗性浓醇的长篇力作。

丁燕：俗世众生相与地域文化穿越

丁燕的这部《双重生活》，当属长篇系列散文，也可称为非虚构文本。以东莞樟木头镇为原点，将视域向四周扩散，不仅讲述了自己的定居经历，还包括目光所及的他人命运，她不仅撷取事象表面，更力图穿透现象，进行精神的、形而上的、地域文化的穿越，将中国经济转型、社会矛盾、政治实态、风俗习惯、情感结构，皆描摹得玲珑剔透。从某种角度来看，作者完成的是一个人类学家的田野考察；然而，其诗人底色，其文字锐利、深邃、充满张力，又具有强烈的艺术感染力。可以说，这次定居史，也是一次脱胎换骨史、自我扬弃史，不但极大地改变了作者的生活方式，还改变了精神生活方式。

这部作品绝不是所谓"零度叙述"，相反，作者的主体相当活跃——从西北至东南，对其个人而言，不啻为天翻地覆之变局，作者不是来旅游，而是要扎根，变成新居民。这种"住下来，慢慢观察"的状态，令她目击到大量电视画面从未有过的场景，最终，促成了这一重构。这部作品凝结了作者的血泪真情，广纳了社会底层的最新信息，寄托了深刻的人文关怀，提供出一份栩栩如生的南方生日常活的精神档案,是一部改革开放前沿地区的民情备忘录,不仅展现了作者独特的观察与体验,感悟与深思,还具有较高的文化含量。

"从西北到东南,在别人习以为常,习焉不察的环境里,我看到了陌生与惊诧。而陌生化,不一定就是新奇,总令人愉悦,有时,它甚至是危险的。常常,我会感觉自己冒犯了某种界限,而这种跨界的行为,又逼迫着我,放弃以往靠幻想的写作,而更喜欢真实的故事,真实的人物,真实的场景。这种做法,是一种令人生畏的挑战:如从现实的秃鹫嘴里,抢夺回滴血的鲜肉。"(《南方写作之梦》)对作者丁燕来说,慨叹的基础是坚实的物象,而这物象,又因和自身命运息息相关,有着连骨带肉的痛。正是这种切肤感,构成了她文章的思想脊骨和诗性源泉。在我看来,没有感同身受,绝不会写出好文章。我至今仍服膺鲁迅先生的那句话:"煤油大王哪会知道北京捡煤渣老婆子身受的酸辛,贾府上的焦大,也是不爱林妹妹的。"

站在湍急的人流中心,四周为浩荡街景,人们在买菜、争吵、坐车、拉客户、闲聊、打麻将、训斥孩子、做饭……烟火腾腾的俗世图景,令丁燕的身心全方位展开,所目击之怪现象,宛若漂流难民遭逢孤岛般震撼。作者曾谙熟游牧和农耕文化(那些经验构成了她精神的铁资本),突然置身于城乡交汇处,为"茅草与酒店共存"之现象所惊诧,于是,她写下了她所感受的一切。在银行,因身份证上的特别文字,而引来女职员的尖叫(《追梦到岭南》);为办理居住证,不得不去卫生所做妇检;在公交车上,要忍受"新疆小孩都是小偷"的赤裸羞辱(《从毡房到出租屋》)……最初的岭南生活,令丁燕感觉自己像个白痴。在这个新到达的城市,她是最没有竞争力的那类人(没有户籍、不懂方言、没有亲戚),但是,随着时间的流逝,作者逐渐意识到,作为软弱的丁燕,对那个隐藏的作家丁燕来说,是有好处的。

被冷落,被疏离,被放逐……反而,保证了作者以更放松的心态去观察,这使得这部作品交织着小说的跌宕、纪实的精准、诗歌的抒情,而她对日常街景、普通市民的细致观察、个性描述,正是这部作品的魅力之源。因为种种细节,若非亲历,完全无法虚构。若仅仅沉湎于报纸、电视、网络所提供的信息,那就只能活在"二手生活"中,绝对无法目击到生活赤橙黄绿青蓝紫的杂然纷呈局面。当丁燕以敏锐之眼,将岭南市象刻录下来时,不仅呈现出它的外部机制,还有其互相吻合和交错的内在肌理。那些边走边吃盒饭的女工、遛狗的老妇、长腿的女郎、电子厂的清洁工、职场白领……她们并非清晰的"高、大、全"人物,而总处于非清晰,但又冲突频仍的情形中,当丁燕将她们的犹疑、恍惚、挣扎、拒绝和反抗描绘下来时,不仅对迁徙状态中人的弱点和失败进行了探索,同时,还抓住了人性中的那束光。

这部作品的结构是大圆环套小圆环:文章开篇,从北至南;结尾,从南向北,形成闭合循环;而每一个篇章,都讲述了一个独立的故事——每当"我"或"她",在遭遇挫折、打击、意外、惊恐,乃至被剥夺了外在尊严后,总能奇迹般获得重新站起的力量。多个小环裹在最大的环中,如大树的不同枝丫,紧紧围绕根系。

"迁徙"一词,是本书的文眼。正因为"迁徙",才引出之后的系列变动:住进出租屋,四处找房,和女房主交易,不堪忍受的邻居,换房至最终定居。由此,作者感慨:"在异地定居,并非只是住进一间房屋那么简单。"(《隐形芳邻》)这个连锁反应,渗透着现代人生存之艰难。不断被敲打的邻居的房门,成为作者的噩梦。未曾谋面的"刘小姐",作者对她一无所知,也无法打听到任何关于她的信息。在各种揣测、追问和质疑中,一种迥异于乡村生活的经验得以呈现:城市人的疏离、人际关系的异化。

及至搬家,更充满悬念,起伏跌宕(《半山定居记》):虚拟的大车,似乎是"为防止将树枝挂断"而停在看不见的地方;"开门,还是不开?"这是个堪比哈姆雷特的问题。三个口音不同,形态各异的陌生男人,将带来怎样的不测？最终来的搬家的人，却根本不会搬家；修理工出现了，他是陌生人，却和孩子一起去找水龙头的总闸。在大人们互相警觉，揣测对方是否小偷或强盗时，孩子却如阳光，是无蔽的、灿烂的。最终，一根管子被当成礼物送给孩子时，引得一阵雀跃，成为此文中最柔软、最温暖的一笔。

住的问题解决了，竹笋怎么吃？什么是水蟑螂？怎样和邻居交流？如何在被细化的车站，进行"六选一"？当黑夜乘车去某地，一路经过三十多个站，所睹街景皆为第一次时，如何做到不惊慌？如何面对不断涌来的各色人等？在我看来，丁燕的写作像手拿放大镜，以一种超乎寻常的耐心进行观察；同时，还给予被观察者浓烈的关切。作者发现，"东莞一带是中国工业化程度最高的地区之一，虽工厂云集，但旧的审美方式，生活理念，禁忌习俗，并未因土地变成厂房，连根拔起，某些执拗的部分，如红头绳，以一种化石般的坚韧，遗留下来"（《莞女红绳》）。而在我看来，呈现这些小镇街景和小镇人物，将别具深意：当下中国，大城市已格外森严，而乡村又太过封闭，正是这种城乡交汇处的小镇，才是了解中国改革进程的绝佳标本。在那些被遮蔽的小人物身上，也许，更能体现当代中国之巨变。

春节返疆，从东莞出发回到哈密时，作者发现父母新迁的小区也名为"东莞小区"。从"此东莞"到"彼东莞"，五千公里挪移，好像从起点又回到了终点，这是怎样的隐喻！一路上，从飞机到火车，从中产阶级的争执，到虚伪爱国者的漫谈，至普通人的谦逊与良善，一幅当代中国各阶层的写意图，活生生呈现出来（《五千公里回家路》）。

读《南方街道》，光有欣赏美文的优雅是不够的，还得准备一副坚强的神经，不然会大受刺激。文章从一只老鼠在南方街道上被辗死的极度形容开始，至最后，一个神经错乱者开宝马车制造了血肉横飞的大案终结，始终不离"街道"。时而新疆，时而南方小镇，闪回交错。作者抓住"街道"这个人们熟视无睹的意象不放，视之为日常生活的载体，人性变幻的场域，生活与情感方式展露的平台，最公共但也最个人的生存之象征——你固然无法推开人家的窗户去窥秘，却可以在逛街的瞬间，获取足够的能量和信息。风俗史和风俗画并不总在婚丧嫁娶时表现，川流不息的街道隐藏的文化密码，足够品味。作者的捕获能力无疑是极为惊人的，现场感和毫发毕现的无尽形容，处处在延长感觉，膨胀想象，使一条路活了起来。贯穿全篇的残酷物语，血腥叙述，没有精细的观察是无法保证的。街道上并不都是莺歌燕舞，还有血、欲望、死亡和混乱，在向现代化转型的过程中，在资本的累积中，街道深处有新与旧交战的惨景，只有正视它并且发现它，才能真正体悟中国之巨变。

《双重生活》的独特之处，在于作者提供了一个此前从未被重视的观察视角：主妇视角。作者不是从大处和高处来发出宏观论调，而是深刻地把握了"主妇"这个特定身份中的特定感觉，通过自身经历，作为沟通南北的桥梁。本书非常个性化，但是却没有一点说教色彩，所呈现的细节精准，思考尖锐，饱含丰富的人类经验成分。主妇要管理衣食住行，样样操心，事事盘算，这些经验不都是发生在心灵上，还要发生在身体上，发生在作者和世界的物质关系上。通过这个独特视角，读者所看到的，是日常的、平实的、细部的岭南。

作者貌似在讲述一个主妇的迁徙生活，实际上，是在讲述这个时代的寓言。出租屋中的尴尬，公交车内的困惑，身处边缘的绝望……每个身处大迁徙状态中的中国人，都曾经历，但在丁燕这里，却遭到了最仔细的拷问。"在中国，没有任何一座城市会像东莞这样，拥有如此之多的误解。这是一种残酷的共生关系：陌生人携带来鲜活，同时，携带来偏见。当陌生人钟情于这个城市的迥异之处，通过逸闻趣事来对它进行典型化时，居住其间的普通人，他们的日常生活，欣喜与忧伤，皆被忽略不计。有时候。"（《莞女红绳》）在丁燕看来，世界上的大事，不仅仅是政治和经济，还包括吃饭、穿衣、坐车、闲谈、逛街……忽视了这些，就是忽视了生活的复杂性,生活丰满的质地。当长期被忽视的日常生活,像俘虏般被释放出来后,世界陡然变了模样:熟悉的变得陌生,无趣的变得有趣。

文学性的丰沛,是此书的另一大特点。阅读此书,读者会感到进入到一个语言的狂欢化场域,处处是酣畅淋漓的夸饰与形容。作者擅长精妙的细节刻画,善于贴着人物写,无论形容或描绘,都有滋有味。有时,一个细节要写到上千字,真是到了穷形尽相之极致。作者对文体驾轻就熟,将才智与激情巧妙黏合,最终达到浑圆。书中每一篇文章,虽字数皆过万,但因其鲜活事例,具有张力的情感,开阔的知识幅度,读起来,能一气呵成。这种艺术风格的形成,不仅与作者是位诗人有关,还与她审慎的写作姿态有关。面对毛茸茸的生活切片,丁燕似乎比一般人更有长足耐心,进行深度透视。在我看来,这种状态非常难得。当今中国,无论南北,每个人都似乎处于极度繁忙中,都顶着巨大的生活压力,根本没时间坐下来,将所经历之事,一件件厘清。

丁燕的写作是谨慎的,思考是深邃的,她似乎想要留给读者一种记录,然而,又是暴风雨式的记录;她讲述了一个又一个场景和故事,并呈现出包含其中的内心危机、沉淀、转变、精神的再生、获得救赎后的欣慰……这些经验,绝非公共的,而是她的独有发现。每当她沉迷于南方的当下,都会引起对北方的思索,这种联想,绝不是简单的对比现代与落后,更多时候,恰恰相反:都市遍地粗暴,而蛮荒之地却处处闪现文明。在丁燕看来,不同文化间的交流和互补,是必要和可能的,而交流是为了互相了解,求同存异,并非倾轧与取代。作者写到沙漠之夜停车,等待救援,听到异族女子呼喊"胡大爷"时的震惊——"我知道,她是在召唤她信仰的真主。我的心突然被揪了起来,感觉一股热流涌过。"(《最暗的夜,最亮的光》)只这么一句节制的抒情,便将人和人之间虽语言不通,但暖意犹存的真相,深刻地呈现出来。

作者的可贵之处在于,她从不把自己从现场剥离开,在对他人进行质疑时，也同时面对自己。在南方阳台，当她听到暴力词语后，回忆起在新疆所遭遇的暴力事件。她为躲避暴力而来，而暴力却无处不在。往深里探究，作者诘问起自己：是不是我也构成了别人的暴力？是不是我的暴力基因被点燃后，也会如此疯狂？（《从出租屋到毡房》）当作者带着她个人的前史，她的心，她的理解、角度和修辞，在写作中力图捕捉和确定事实时，她坦诚地自我暴露，把她个人的有限性亮了出来，从而建立起一种真正的"真实"。

改革开放三十年，中国之巨变，就是中心从农村向城市转移，城市不仅在政治、经济，也在文化上获得了覆盖性的宰制地位；然而，城市生活却让国人疲惫和焦虑，渴望从文学作品中获得某种缓解和共鸣，并从中认识自我和世界。甚为遗憾的是，很多作家对描述当代生活都感到发怵，感觉无力把握当下的繁杂与混乱，而《双重生活》却是份意外的答卷。作者丁燕在南北对峙中撑开空间，让不同质的文化共居一体，引发深思，既有生存的勇气，又有灵魂的悸动，还有为捍卫尊严和价值的抗争，绝非一般纪实散文可比。可以说，这本书所挟带的信息之丰富，压倒任何通讯文字，所携带的中国经验之杂多，也是一些自命不凡的小说家所无法企及的，这本书是当下中国最具现实感和生活密度、情感浓度的散文，也是一份现实中国的人心、人情、生态、环境、物流、气候的最佳报告。

我还要感慨的是，近年来非虚构文本的兴旺局面，大大出乎意料。在读了《巨流河》《中国在梁庄》《寻路中国》等佳作后，这部《双重生活》也毫不逊色。我们只能说，一个非虚构创作的高潮来到了。相比之下，长篇小说的现实感和时代色彩要弱很多。我相信，只有表现了一个时代人们最关心的精神问题，直指人心，不但写出事件的过程，还写出人的命运感的作品，才是真正优秀的作品。

胡冬林：真正的天籁之音

——谈胡冬林的生态散文

这次会议选择在长白山——胡冬林的生活基地召开，意义非凡。事实上，胡冬林早就生活在这里，早把家安到了二道白河镇，至少有十年了吧；他写出了大量精湛而幽美的生态散文，现在开会似乎都有点晚了。然而在今天，几乎人们每天都在谈论着沙尘暴，雾霾，谈论着酸雨，泥石流，瘟疫的时候，我们坐在这里研究一个重要的生态文学作家的生活与创作，意义就更不一般了，也许它会带来文学自身的或超越文学的种种启示。

我认为胡冬林把中国的生态文学提到了一个新的境界，达到了一个新的高度。当然他也有他的不足。我形成这样的看法决不自现在始，也不认为这样的评价太高了。当年我看了《青羊消息》《鹰屯》《野猪王》之后，就确立了这样的看法。胡冬林在鲁院学习时，虽没分在我名下，但关于他的"轶事"我却听到过一些，他个性独异，我行我素，被视为异端，在同学中不无微词。不知为什么，我听后不觉可笑，反倒有点心酸，写作上有卓特才情的人，总难免与众不同。我知道他是饱受磨难的老诗人胡昭的儿子，他的母亲陶怡也是一位受够苦难的编辑，他的成长经历肯定不平坦。

近年来，我的博士生中有三四人在写生态文学方面的论文，他们谈国外无非是蕾切尔·卡逊的《寂静的春天》，再往上就是梭罗的《瓦尔登湖》等；谈国内比较多的是《二十四节气》《伐木者醒来》《淮河的警告》《狼图腾》《大漠祭》《山南水北》等等。我就告诉他们，请注意吉林长白山里的胡冬林。

我觉得真正评论胡冬林的目前还不多，其实胡冬林的创作已臻成熟，内含大气，独辟蹊径，非常值得研究。他在创作方面已形成了自己的生态观，形成了独特的风格，语感，切入方式，其深度超过了不少写生态的人。当然每个作家都有他的方式，我们不一定非要用胡冬林方式去要求别人。但胡冬林的独特意义无疑是突出的。

首先，我觉得胡冬林的创作是大于文学的，他的作品不仅仅是文学性写作，而且是具有生态文化内涵的文化性写作，更具广泛性。与一般的生态文学作家比起来，胡冬林有个突出特点，就是他把自己完全融入并融化到大森林之中，成为大森林家族的一员，他描写动物的时候好像在介绍自己家族里的一个个亲人。你不会觉得他是一个主宰者，或者高高在上者，具有很强主宰意识的人，或只是从外部来观察和表现自然生态的"他者"。他是融入其中的，与动物，与森林朝夕相处，成为原住民，与一切生灵平等。我觉得这点很突出，他完全融化在这其中了。胡冬林写作的意义不仅仅是外来者的深入生活，他把自己作为一个森林人，在探寻着万般生灵存在的意义和价值。他的姿态，与那种常见的来自文明社会的绿色保护者，或探险者，或拯救者是不同的。后者总带着启蒙或教化的精英式企图，而胡冬林完全没有，他几乎与山里人无区别。他已经在长白山区安家近十多年了，完全是发自内心，而非完成什么"任务"，做样子给人看。

第二，由于胡冬林从小热爱森林，他的话语形态无形中已经构成了一种"森林话语",甚至于养成了一种近乎森林人格的性格倾向,他还有一套森林理念,非常富有表现力,于是他发出的是真正的天籁之音。他的语言既质朴又灵动,既朴素又华丽,切合长白山的自然环境,他和他的环境是融为一体的。他对森林动物的研究、观察,达到了非常细微、逼真的程度。比如,他写青羊,这种哺乳动物中的生存极限的挑战者,便充满了感情,特别是和青羊对视的一刹那,那疑惧交加中透出的些许野气,对方那"湿漉漉的大眼",几乎要让人流泪,于是他吼出了"不许开枪"的声音;在《拍溅》中,他写水獭捕获鱼类,真是活灵活现,声色并作,把水獭的交配写成了一首非常优美的性爱抒情诗,采用的语言也极讲究。可惜水獭现在已经濒临灭绝了,在日本都基本没有水獭了。表面看来,胡冬林是比较土的一个东北作家,其实他的文本的质地是很洋气的,是偏于华丽的,用语传神,比喻出奇,我很喜欢。他的文笔简洁,如水獭之舞、青羊之舞,包括过去他写野猪王,写老鹰,都写得有声有色。《蘑菇课》里写大森林的菌类,让人看了非常享受,如同呼吸着冷冽清新的空气。他与动物之间似有着神秘的理解、交流和互相之间的心灵感应,并无一丝矫情。他甚至于可以和狐狸对话,我觉得能达到这个程度的人并不多。没有长期在森林生活的经验,或者走火入魔般的酷爱,是不可能的。

第三,我觉得胡冬林有一种深沉的忧患意识,有发自内心的捍卫生态的纯洁性的意志。我们大家都知道长白山那个杀害五只熊的连环案子。面对杀熊案,他拍案而起,不怕威胁,坚决抗议,表现出无畏的精神。他说,在人与野生动物发生冲突时,我坚决站在野生动物一边。他不光是个写作者,而且是个行动者,践履者,写作和他的生活方式,和他的生命存在方式融为一体了,一般人是做不到的。有些人很聪明,但有些事,有些文字,不是靠聪明能达到的。当然,胡冬林还是应该不时回到城市去,生活上毕竟方便一点吧。胡冬林的作品有自己的爱憎,比如他写的《狐狸的微笑》里面的《放下枪来》,对杨老大的描写就很出彩。我觉得胡冬林这一批生态散文拥有较高审美价值。比如，里面不少处写到了动物的足迹，他写各种足迹居然能写出音乐感；他的整个作品有一种色彩感，还有一种运动感。他写清新的空气，干净得像一片树叶，寒冽得如一道山泉，总有身临其境之感。

我对胡冬林也还有一些希望。我觉得胡冬林是入乎其内的，他对每个动物都写出了很深的感情，对写作的投入也很深，他在和森林里面的一切生灵展开平等的对话。可是我觉得作为一个生态文学家，作为一个肩负着人类使命的人，还需要出乎其外。从他整个文本来看，感性充分，理性较弱，关于目前生态文化和生态科学的发展程度的表述不够，有时候他也引用一些比如现在喜马拉雅北坡六千米那么高都发现了工业污染的痕迹之类，但知识面总的看不是特别丰富。长白山本身自然够博大，也许一辈子写不完，但同时我也觉得从人类的角度来说也不一定就只盯住长白山不放，是否与此同时还是要进一步思考一些人类生存的问题，以更加大气，以更加具有深沉的理性，那时我们中国的生态文学可能就真成熟了。现在我觉得我们的生态文学还不是很成熟。胡冬林说，生态文学是不能虚构的，这我也不太同意。为什么不能虚构呢？阿凡达就是虚构的，只要有益于人类，只要有益于人类精神的发展和求索，各种方式都是可以的啊。

欧阳黔森小说印象

在当下，小说依然层出不穷，但也可以说，小说显得十分疲惫。即使最"离经叛道"的选材似也难以唤起轰动，对精心设置却又难以厘清的"叙述圈套"读者颇不耐烦，这也许直接导致了先锋小说的式微。消费文化无孔不入，这造成了消费小说的流行。事实上，纯文学意义上的小说正面临着前所未有的困境。当然，并非所有的人都束手无策，对某些坚定而执著的作者来说，他们的努力不会没有意义，他们正在从各种可能性的尝试中寻找文学突围的门径：或从先锋的位置暂时后撤，退一步进二步，或在"中"与"西"的碰撞中寻找新的支点，或在本土民间资源中挖掘，或为"老"题材规划新策略……我看，贵州青年作家欧阳黔森，应是这些文学痴情者中比较活跃的一位。

贵州是个风情奇异，文化生态错综复杂的地方，曾经边远而贫困，昔有"天无三日晴，地无三尺平"之夸张说法，如今固然已发生巨变，但那里的文学似乎仍呈现着独异的面貌，好像总与中原地区或沿海地区的风格保持着某种距离，有点遗世独立的味道。蹇先艾的小说，何士光的小说，留给我们的奇妙印象是难忘的。近年来，贵州也有几位活跃的新人，例如，谢挺和欧阳黔森便是其中的佼佼者。欧阳黔森1965年生于贵州铜仁，曾在地矿部门工作多年，算得上老地质队员，现已出版短篇小说集《味道》，中篇小说集《白多黑少》，长篇小说《下辈子也爱你》等等。他的小说题材面丰富多样，但真正体现他的创作特色的，不是外在的猎奇，而是富于个性化的"传奇"叙述方式。

有人说，传统小说是描写的小说，现代小说是叙述的小说，不无道理。若从叙述的角度来看欧阳黔森的小说，可以发现，有不少篇章内在地充满了叙述的机趣。《十八块地》讲述的是知青时代的人与事。十八块地不过是记忆的源头，真正的故事是我与卢竹儿因某种机缘正要开始的美丽的初恋。五一劳动节的农家宴和患难与共的夜归，更为这种机缘的实现创造了条件。然而，一句偶然的失言，却改变了几个人的命运，卢竹儿最后竟不知所终。《断河》由麻老九的九曲十八湾式的人生传奇串连起刚勇与义气，爱情与阴谋，忠诚与背叛，残酷与温情，驯服与反抗。小说在冷酷中散播着兄弟至情，让真心相爱者必须生离死别。《五分硬币》的情感倒错让人在慰藉中慢慢体验人生况味；梨花的终身大事经历了几多微澜，仍然引而不发。《白莲》阴差阳错的爱情之旅，留下一段感慨和酸苦……欧阳黔森笔下的故事，极尽多因素搅拌之能事，把坎坷的命运安排和戏剧性的人生际遇紧密地扭结在一起，让读者既体验现实之真，又浸入想象之幻。

毕竟，短篇小说限于篇幅，不可能穷尽传奇的千变万化，作者在具体设置每个故事的情节时，只是勾勒出它的骨架，从而形成具有多种可能性的诗意结构。为了弥补粗线条所留置的欠缺，欧阳黔森又在每个关节点上进行精绘，以细节真实铺路。许多细节既可减缓读者因对悬念的过度期盼而导致疲惫；又可提升读者对意义曲度和深度的忍耐与兴趣。有时候，细节过于密集；有时候，细节简单纯粹。它们和"骨架"互相作用，共同构成作品的意义空间和始源。如《李花》所讲述的子随母姓和标语事件。《血花》像特写镜头般推出了老杨出车前的准备工作：天冷，风大，事忙，心急……分队长的强硬食言；职工们的孤注一掷，等等。《味道》中反反复复的情爱镜头所给予当事人的酸甜苦辣，使之陷入"麻木"，解脱之后的茫然，又翻出人生百味。特别是中篇《白多黑少》，在多条主线纠缠的缝隙处，作者讲到杜鹃红在不同场合以多种风姿呈现的款款深情；"我"在商场面对的各种应酬或嗔或喜，阴谋、算计、勾心斗角、两面三刀、情钱交易……作者的用心并不全在于揭露黑幕，而是以之为手段，真实地展现波诡云谲的商场生活。这些细节既弥补了"骨架"断裂的干枯，增强作品的整体感，同时也适度扼制传奇因素的过分张扬，有效地干扰常规的阅读逻辑，以散射的审美功能把作品意义导向暧昧与增值。

欧阳黔森小说的最大特点是"好看"，地域风情或充满诱惑的商场固然能引起读者的好奇心，但欧阳黔森步步设防、移步换形、峰回路转的叙事手段则一方面不断拓宽读者的视野，一方面又在悄悄地破坏读者的阅读期待，从而丰富读者的阅读体验并引导读者进入小说境界，最终完成灵魂与作品的邂逅。在他的叙述中，有明显的传奇因素。这是一种更加切近现实的世俗传奇。由于处在非常年代，每个家庭或者每个人都可能遭遇很多意想不到的事情，欧阳黔森喜欢选择那些看似普通实则蕴含丰富人生意味的事件作为自己的叙述对象；在具体叙述时，往往以焦点的方式推出故事，似乎暗含玄机，但在以后的情节中却在不断地淡化成氛围，若有若无却又挥之难去。当读者穿过序幕的雾障之后，故事在展开多种可能性时，欧阳黔森毫不犹豫地切断或遮蔽故事顺序展开的环节，在思维的深渊前形成一个个符合逻辑又超越常规的悬念。它们可能阻挡读者的惯性却又展开多重的诱惑。但是，作者并不以为解惑就是小说的根本任务，如何丰富故事的内涵往往成为作者更具倾向性的选择。因此，在每篇小说结尾，作者为读者所提供的答案往往与悬念游移并构成下一级悬念的母题。可以说，每篇小说都试图精致地构筑一个悬念的环形图案。

欧阳黔森已初步形成了自己富于个性化的叙述方式和文本自觉意识，这也是对他勤奋创作的酬报。艺术的魅力在于常写常新，作家既要千方百计地形成自己的创作风格，又必须变动不居地不断突破既定的创作范式，才会不断超越自我。欧阳黔森在这方面的心理准备显然还有待加强，某些文本的模式化倾向和重叠现象已经出现，作者有时对文本的主客观叙述也把握失准，急于布置叙事迷阵和呈现叙事魅力，致使叙事主体有时不自觉地游离于情节之外，成为一个与读者平行的旁观者，破坏了文本的和谐。叙述的个人经验与公共经验如何协调，如何使叙事显得大气、深刻、厚重，也许都是值得他考虑的问题。我相信，凭着他的勤勉，还有几十年田野工作的积累，他定会取得更大的创作实绩。

我对格致散文的看法

一

格致的散文,有她独特的语言和节奏:朴素,无修饰,无华丽词藻,但有一股冷气——冷静之气,冷凛之气贯穿。在她的一些散文中,她喜欢形容物态,不厌其烦地形容,以至穷形尽相;她能提供许多不为人注意但含义丰富的细节,例如写旧日学校里的电铃,观察非常仔细,"它接近一个乐器,一个手掌大的圆面,一个小铁锤,小锤以无法追赶的速度原地踏步,每一个响声还没来得及站起就被后面的声响扑倒了……"思路颇奇异,别开生面,智性与感性平衡。她的叙述追求内力,喜怒不行于色,鲜有女性的温柔,也没有明显的道德评判,也没有主观的鲜明的大力抒情。与常规的散文不同,她的主体往往是不动声色的,像拿着解剖刀的医生一样。她的有些文章会让我们想到先锋小说家们的冷面叙述。《肉体深处》写砍排骨,联想到身体内的节育环被震断了。《女子篮球队》写自己作为女队员紧张比赛,裤子快掉的一瞬,身体勇敢地站出来侧卧，刹那间制止了一场"暴露"的尴尬。在她前期作品中，《减法》有较高的审美价值和创新特点，仍然是不露声色的，但所写的事情件件沉重，27个农村同学，一路走来，竟因为种种原因，或辍学，或退学，或开除，或遭遇刑事纠纷，或早恋，或遭遇露阴癖而受到惊吓，遂一个个悄然消失了，所剩寥寥，如同无情的减法，这一切却并不为人所注意。她在诉说这一切的时候冷静得出奇。事实上，这篇散文指向了我们生活中的严重缺陷，那就是在相当长时间里存在的忽视人，遗忘人，忽视生命的痼疾，以及生存环境的严酷。

  格致总是能注意到别人很少注意的角落，细节，去发现问题，形成独特视角。在平常中发现陌生，在细小中发现重大，在日常中发现哲理，且引起人的惊奇，以至惊悚，所发现的又不是世俗生活中大家所关心的，而是一些并非无意义的奇思怪想。如买蛹来吃时，下到油锅的蛹忽然直立，转动，吓人，露出了嫩黄色的分泌物，作者说这是蛹的羞处。她说，我听惯了热油撕咬食物的喧哗，甚至有点悦耳（《嫩黄色》）；如从站在五十厘米高的凳子上发现了视觉偏差，于是寻找角度，试图获得全景（《凳子上》）；从让孩子回答"我死后你怎么办"的问题获得的不同答案，捕捉到孩子心理成长的消息，是一种刨根问底式的心理拷问，一种心理测试（《你怎么办》）；从插秧的梦境中人的位置变动，发现人生位置移动的秘密，是与人的算计，利害，人心的自私密切相关的，而在上帝的眼中，这一切"排挤"其实是徒劳无益的（《此生我将翻越多少次田埂》）；从绿化科的笔记本中发现当人与植物冲突时，植物总处于哀哀无告的境地（《绿化科的笔记本》），等等，她就是这样在人们习焉不察，忽略不计的地方，发现了散文的珠贝。从这里看，她还真有点像她的名字似的"格物致志"的精神，那就是穷究外物，思辨析理，加以提升。

二

　　这里不妨说说《利刃的语言》。写她在一个夏日里，终于还是接受了一个摊贩强卖给她的劣质西瓜，那是因为刀的隐秘的威胁。事实上，摊贩并没威胁她什么，但她发现，"刀是有语言的，以前我不知道。但自从我的邻居二萍在一把切菜刀下变成一堆肉泥之后，我开始能听见刀说的话。它说它喜欢一切柔软的东西。我怕刀，听懂了刀的劝告。并且弄明白了刀是个什么东西。我买两样物品——肉和西瓜——不敢同卖货的人争执。这两种买卖是有刀参与的，或者说是刀的买卖。我不敢同刀理论什么，刀说的就是真理"。虽然在这篇散文里格致是个怕刀的人，但其实，她的文字本身就有刀的质感。这让我想到基督教文化中的著名的"不能动刀"命题，所谓"凡动刀的，必死在刀下"，"用刀杀人的，必被刀杀"以及鲁迅先生所说"公道和武力合为一体的文明，世界上本未出现"，于是有了不能动刀与动刀杀谁之类的连环问题。格致固然没联想到那么多，但她的所谓"刀的语言"问题其实就是"暴力问题"。

　　格致的散文偏于冷。这固然避开了流行的世俗的浅显的抒情，但也使文章的面貌偏于冷硬，有时甚至是一种残酷物语。她致力于探究人的心灵荒原，捉住人性恶的一闪念，如《水暖工》中的水暖工，忽然动了邪念，却又一闪而过，最后满室的光明与人的恶念并置，有一种说不出的荒诞感。格致的艺术追求集中地表现在像《转身》这一类作品中。《转身》细致地描写了一桩未遂强奸案的始末，在一瞬间，甚至一个动作之间，可以集聚大量心理潜台词，如写楼梯的感觉，写歹徒的突然出现像草丛中突然昂起的蛇头，写黑影般的男人与她之间的三十分钟的沉默相持，从歹徒怎样从背后搂抱，到她如何智破对手，缓解紧张感，她如心理医生一样。作品对人物的意识展开了大力发掘，对瞬间中人的心理容量也尽力开发，对规定情景中人的潜意识也充分开发，让梦幻与实景交忽出现。总之，她致力于开发另一空间，仅一个"转身"动作便推出了如许心理的延伸，生发出无穷无尽的遐想。在她的笔下，人，是潜意识的动物。

格致的散文确实有她的创新点，从写法上看，她规避用常识常情常理来解释世界和人生，规避流行的抒情色调和文学惯用的悲喜剧方式，她拒绝肤浅的感伤与悲欢，也规避对问题作出流行化的"正确"解答，而是走在一条未经开垦的心灵荒原上，往往是，极度的形容，锋锐的感官感觉，逾越常规思路，造成陌生化效果。她的人物往往话语极少，像《转身》，"我"甚至只有三句话，有点读新小说派罗布－格里耶的《橡皮》和观看《去年在马里昂巴德》的感觉。这并非我在简单套用。从根本上说，格致的散文不同于传统现实主义散文的套式，她总是透过日常琐碎的生活表象，努力揭示人的潜意识活动，追求所谓"潜在的真实"。无疑地，这受心理分析学说、梦的解析和现象学的影响比较明显。这同样不是我的臆测。它的文本偏于冷硬与苦涩，有时写的是女性生活却不大像一个女性作者写的。

三

格致的散文本身充满矛盾，我对格致散文的看法也充满了矛盾。我有激赏的一面，却也心存怀疑。用传统散文理论很难评价格致的散文。散文的疆域应该是广阔的，富于弹性的，不断变幻的，不必株守某些被认为不可动摇的法则，所以算不算散文当然可以争论，有时意义并不大。但是，反过来说，散文的概念虽然变动不居，却也不是无边无沿的，不可任意被嫁接和换血，以至被换基因的，否则，我们如何在散文这一前提下对话？如是，我们会变得完全没有任何标准和秩序。散文的真情实感与小说的真情实感在质地上毕竟是不同的。不管什么散文归根结底得有"散文性"，而什么是"散文性"又不是几句话就能说清楚的,那可能是个需要永远争论下去,也永远不会形成定论的问题。不过人心里还是有一种公认的"散文性"的。试想,到了无所谓小说与非小说,无所谓散文与非散文,什么都拿来一锅煮的时候,评论还有什么意义呢?

　　格致的某些散文(不是全部)是加入了不少小说元素、虚构元素的,甚至可以当作心理小说和梦的解析来读。她有不少作品是专门写梦的,如果真是自己做的梦倒也罢了,如果是凭空创作的"梦",制造出来的梦,那就要引起注意,不可在创新的名义下,丢失散文之为散文的最重要、最根本的审美特性。还有,任何时候都不能离开活生生的现实的人这个根本,失去了对人,人性,人情,人的价值与尊严,人的伟大丰富情感的表现这个中心,把人抽象化,为物所统治,就必会大大削减打动人心的力量。我希望格致保持她的锋利,智性,冷静,幽默,但也希望她增加人间气、烟火气和温暖感,充盈情感的汁液,不可过分偏于智力游戏和叙述圈套,或心理测试的路。先锋小说后来由于内里空心又跳不出形式怪圈而日益式微的经验仍应记取。散文的生命不但在于真实,而且在于有无"血的蒸气"和抵达心灵的深度。

第五辑

董立勃：挤迫下的韧与美

我喜欢长篇《白豆》，是因为它充溢着新疆特有的田野气息和野性之美。一向出言谨慎的《当代》编者，竟称它为"西部经典"。话是这样说的："一部长篇小说在刊登之前，全编辑部的男女老少传看且都叫好，已很难得；而这部把编辑部男女老少感动得刻骨铭心的西部经典，竟出自一位名不见经传的作者之手，就更其难得了。"读完以后，觉得这并非妄说。诚然，《白豆》的故事框架不算新鲜，它甚至是某种古老模式的重现，但在这个框架中，却蕴藏着许多令人震颤的东西。它像一首悲怆而忧愤的长歌，卷过大漠戈壁，在读者心坎上久久回旋。不管时间过去多久，人们大约不会忘记白豆这个女人了。她是再平凡不过的女人，谈不上什么惊人的豪举，但作为一个鲜活的生灵，她的命运、心思和行为，却别有一番韵味。她像巨石下的一棵青草，或者像一茎质朴的豆花，唯其承受着重压，永不低头，便益发显现出泼旺的生命。像白豆这样的女人，过去有，现在有，将来还会有，她是人性的证明。在这部既不刻意迎合什么的小说中，作者完全忠诚于自然和生活，他只是写他看到的和领悟到的，然而奇迹出现了，它格外饱满地展现着人的魅力。若问《白豆》动人的奥秘何在，一言以蔽之曰靠"人"——人的本色，人的心曲，人的尊严，人的残酷，人的美好。毫无疑问，《白豆》是描绘西部边陲农垦兵团生存状态和人之不屈不挠的优秀之作。

不过，说它出自一个名不见经传的作者之手，又不全对。作者董立勃并不是完全不见经传。八十年代初他的一些作品就因其风格的特异，引起新疆本土文学界的注意。当年，我作为《文艺报》第一个踏进新疆的记者，见过他，并且读过他的一些原稿，甚为激赏。我一直认为，他是那种有可能出大作品的人，然而他却一直蛰伏着。现在《白豆》终于来了，尽管来得有点晚，还是让人惊喜。此乃大器晚成也。

读《白豆》，感到惊讶的是，它的人物关系和故事情节简单极了，像一个短篇那样简单。对长篇小说而言，这是不可思议的。我还没见过用这么简单的故事写长篇的。而故事本身，所谓三个男人和一个女人之间的纠缠，又似乎是某种通俗模式的翻版。从山东来农场的女孩白豆长成大姑娘了，她没有外在的炫目，却有内在的丰盈。车把式老杨和打铁的胡铁几乎同时看上她了。老杨机灵，活络，先提亲，白豆就先归了老杨；但会耍刀子的硬汉胡铁不甘心，他在老杨面前故意摆弄刀子，把老杨给吓住了，使之悄然引退，白豆于是又归了胡铁。这一切都是经人撮合，口头许诺，叫订婚，尚无实质内容。不意，刚死了老婆的马营长忽然看上了白豆。前两位农工当然皆非马营长的对手，于是白豆又归了马营长。白豆眼看就要嫁马营长了。对农场来说，这没有什么不正常；对只图个温饱的单纯的白豆来说，嫁谁不是嫁啊。然而，祸从天降，白豆被一蒙面人在玉米地里夺去了贞操。现场还遗落了胡铁匠的刀子。罪犯似乎只能是老胡了。此前他还找马营长叫板来着，那简直无异于"耗子舔猫鼻梁"。于是胡铁蹲了大狱。破了身子的白豆身价一落千丈，马营长还怎么能要她呢，她遭人唾弃，后来勉强被老杨娶走了。一日，老杨得意忘形，酒后吐真言，说他就是那个蒙面人。

这一点被证实后，白豆开始了复仇，老杨狡诈地抵赖着。白豆与从监狱中逃出的胡铁终于以野合的方式抗争了，直至胡铁以挟持人质的极端方式洗刷自己。结尾，洗刷了自己的胡铁并未花好月圆，反倒闹了个生死不明，恐怕不在人世的可能更大，而白豆还在抚育遗孤并痴情地等待着——这不是再简单不过的三个男人和一个女人的故事吗？三根枝杈托起了一朵怒放的野花。

然而，你是决不会感到简单和寡趣的。你会感到它是最单纯与最复杂的融合，让人想到克莱夫·贝尔著名的"简化"理论——"有意味的形式"。按照贝尔的观点，所谓形式，是指作品各个部分构成的一种纯粹的关系，只向具有审美力的人展开；所谓意味，是指一种极为特殊的不可名状的审美感情，只有超越普通喜怒哀乐之情的审美者才能领悟。贝尔认为，只有"简化"才能把有意味的东西从大量无意味的东西中抽取出来。他反对左拉式的面面俱到的再现和写实，强调形式感，色彩感和三度空间。倘若不是故弄玄虚，简化其实就是一种抽象化和象征化的过程。在事物的关系上的尽可能地以简代繁，在意味上则尽可能地以繁代简。这里我引述贝尔，决不是牵强附会，《白豆》的情境确乎相近。我们不妨这样看：白豆是真善美集于一身的美神；胡铁是正义的化身；杨玉顺是邪恶的化身，工于心计，像雅古式的阴险之徒；马营长则是虚荣的或者刚愎自用者的化身；而高高在上的兵团首长老罗，当属权力的冰冷象征了。

在这里，人物被作了类型化、符号化处理。"类型化"在这里绝非贬义词，而是为了增大涵盖力的抽象过程。问题在于，在这最简单的结构和舍弃了大量过程化背景化交代的如同民间剪纸的描写中，我们并不觉其单薄，反觉有一种野性的张力在扩展。何耶？因为他们之间那貌似简单的冲突之中，蕴含着丰富的心理潜能，每个人都充满了自我冲突，这些冲突不是以政治的道德的层面出现，而是以复杂的人性化的层面出现。胡铁冤深似海，衔冤莫白，若等待法庭洗刷是等不到的，若要铤而走险自我取证，那又是触犯刑法的，于是他在两难和悖论中煎熬。他终于像一把利剑冲天而出。车老板杨玉顺怯懦又阴险，这个"真搞了白豆的人，什么事也没有，反把白豆娶进屋子，天天搞白豆"。黑白颠倒，宁有是哉？但他还是不安的，良知会跑出来折磨他，若要他自首则无可能，他于是选择离婚以苟且偷生。马营长是个半路打劫者，却偏要装出公正的模样自欺欺人，白豆被强奸，他并不怎么恼怒，因为他总算找到了一个逃避自我的借口。那位高官老罗呢，也不平静，他何尝不知道衔冤者的痛苦？但他已异化成为一架机器了，严禁一丝一毫的真实情感外泄。万人屏声敛息等待他的"宣判"，这宣判"公正"极了，却也冷酷极了。这样的一些各怀强烈欲望和隐秘动机的人全行动起来，自然会形成一种强大的合力，一种畸形的生活逻辑的力量。

应该注意到，白豆这个女人，已逸出了我们的日常经验，她不再是传统意义上的农妇，而带有明显的"农垦兵团特性"。她与我们熟知的祥林嫂式的人物相异。她身上逆来顺受的东西自然也有，但骨子里却有了一种反抗性，不妥协性。这是因为，她已离开了传统的宗法文化环境，在一种"革命文化"的氛围中长大，她所生存的群体，既非都市，也非乡土、家族，于是她有别于一般乡土女性。她重视贞操，这是原有的农村生活培育起来的观念，但她在被伤害被挤压的境遇下，懂得抗争，把自由，尊严，诚信，看得比贞操更要紧，这就不能不归结到兵团的环境上了。兵营式的生存无疑具有两面性。迷信或者反抗，白豆被逼无奈，选择了后者。这个"从天刚亮开始弯腰到天黑透了才能直腰，三顿饭全在地里吃，吃的是苞谷发糕和水煮萝卜"的女人，起先给人的感觉是个不觉悟的女性，像个物件似的被人抛来抛去，自己也拿自己不当回事。除了一具活力四射的青春肢体，好像内心空洞无物。然而，她决非没有主见，也决非没有爱憎。当她发现下野地有杨玉顺这样奸诈的懦夫，有胡铁这样真正的男人汉，她便不顾既有的一切，不顾将会带来的严重后果，疯狂地爱上"劳改犯"了。她无畏的探监，狂放的野合，蔑视一切虚伪的律条。所以，这个如芥豆之微的女人，同时是个"让你一辈子都没法忘记的"充满了尊严的人。若是拿白豆与当年一同从山东来新疆的女伴白麦加以比较，将会得到更强烈的印象。白麦经指定，嫁给了兵团的最高首长老罗，被认为是第一夫人，最幸运者。其实，她是附庸，是一只花瓶，是"幸福"的不幸者。人的不自由状态在她身上的再现是惊人的。她与白豆同是受伤害者，不同的是，白豆选择了野性的反抗，她选择了自欺和忍从——靠别人歆羡的目光来麻痹一颗苦涩的心。由此观之，与其说白豆追求的是爱情，不如说她追求的是人的尊严，并不惜付出沉重代价。

阅读这部作品，会被它新鲜奇异的语言风致吸引。那语调和语句，既有点像民间故事或童话的，又有点像武侠小说的，既海明威似的惜墨如金，又先锋派似的有话不好好说。它的语感，节奏，是斩截的，跳跃的，智性的，严格地讲属于一种抒情话语，于是叠句，排句，双关语，象征语，俯拾即是。标点符号方面，句号特别多，肯定语多，独断语多。比如，"胡杨林像是海，树浪哗哗响。两个人进到了胡杨林里，就像两条鱼游进了海里。没有人能看到他们，也没有人能找到他们。"再如写狂热的接吻："白豆用她的嘴把胡铁的嘴堵上了。牙齿退到了一边。把地方让给了柔软的舌头。舌头和舌头的肉搏，比所有的格斗都要激烈。其实，人的嘴在不说话时，做出来的事，比任何一种语言都动听。"再如写白豆的美丽："白豆从水中站起来，身上滚落无数颗水珠。大太阳把每一颗水珠变成了小太阳，无数颗小太阳，像无数颗明亮的眼睛，恋恋不舍地盯着刚用泉水洗过的白豆。"以上的话我是完全随意地从某一页里摘引的，可见作者的风格即是如此，可见他在语言上曾下过多大的功夫。

作者笔下那个叫"下野地"的农场风俗画一般野趣十足，写来历历如绘，浑然天成。作者说，其实不去下野地，也会知道下野地是什么样子。散布在天山南北的农场，有几百个，全差不多。从这话可以知道，作者是太熟悉这种农场了。再随手摘一小节："收工了。人和马和牛和羊一起在路上走。路是土路，好久没下雨，路上有厚厚的浮土，大小的脚和大小的蹄子，把土像雾一样扬起。夕阳落在尘雾里，变得浓厚了，温和了，日光似乎变成了一种橘红色的液体，涂染着黄昏的风景。"多么精炼，多么富于意象感和色彩感的句子啊。在现今文坛，能写出这样漂亮的句子的人，不多。看小说看什么，看做爱吗？看吸毒吗？看杀人吗？看保险箱里装了多少美元吗？也许是吧。但那只能叫看热闹。真正耐看的，是语言的腕力和它能撑开来的意境和氛围有多么迷人。

当然，我们也注意到作者对通俗技巧模式比较娴熟的运用，悬念的不断设置与推翻，建构起某种幻象，继而再颠覆这个幻象等等，这一切带来了这本小说的趣味。比如白豆的归属问题一直牵着读者的心，再如眼看皆大欢喜的结局要出现了，转瞬间化为一场新的灾难，都处理得不错，尤其是最后的"裁决"，不失为出奇制胜之笔。但末尾胡铁又耍刀子，还杀死一人，就近乎武侠小说和警匪片的打斗了，不但迷失了原有的风格，且变得轻飘了。我把《白豆》的故事看作一只老船装着读者在江河中起伏跌宕，直到把人引向彼岸，这个故事的船就可以舍弃了，重要的是新岸上盛满人性花草的原野。

《大漠祭》：西部生存的诗意

从报上看到，有读者对难得见到描写当代农村生活的优秀小说表示不满。这当然有一定道理，少确实是少。然而，优异之作并非完全没有，长篇小说《大漠祭》便是一部罕见的、出类拔萃的表现当代农村生活的作品（作者雪漠，上海文化出版社出版）。

《大漠祭》有个逐渐被认识的过程。尽管出版者在封面上赫然标出"粗犷自然，大气磅礴，情节曲折，语言鲜活，朴素睿智，引人入胜，是真正意义上的西部小说和不可多得的艺术珍品"这般惊人语，尽管上海一些先期看过校样的批评家给过它很高评价，但也许是信息过剩真假莫辨，也许是言过其实已成通病，它出版之初，像许多预告为"杰作"的出版物一样，并没有引起多大反响。还是读者的发现和选择起了决定作用：此书自 2000 年 10 月出版以来，悄然间已是第三次印刷了。对于一部缺少诱人的刺激性和消遣性的纯文学作品，又出自西部一个无名业余作家之手，这是十分不易的。它只能靠自身的内功。读过它的人，或着眼于政治经济层面，从认识大西北，开发大西北的角度给予肯定，而更多的文学读者则首肯它的精致，大气和独异的风格，说它"以极其真切的情感，惊人的叙事状物能力，写出了奇特的西部民风和沉重的生存现实"（《文汇报》报道）。2001年5月，《大漠祭》被推为上年度最佳五部长篇之一，列入了中国小说学会举办的"2000年度中国小说排行榜"，开始被越来越多文学界人士关注。

真正读了，进入了小说的文本，便会强烈感到，编者称它是"不可多得的艺术珍品"，并非妄语，虚语，或商家的广告辞令，而有相当可信度。这是凝结了作者多年心血的一次生命书写。从贯注全书的深刻体验来看，不用作者自供也能看出，它的人物情事多有原型，或竟是作者的亲人和最熟悉的村人，那种从内向外涌动的鲜活与饱满，即使最有才气的"行走文学"者似也很难达到。作者自言："此书几易其稿，草字百万，拉拉杂杂，写了十二年，动笔时，我才25岁，完稿时已近四旬，但我终于舒了口气，觉得总算偿还了一笔宿债，今生，即使不再写啥，也死能瞑目了。"又说："我的创作意图就是想平平静静告诉人们（包括现在活着的和将来出生的），有一群西部农民曾这样的活着，曾这样很艰辛，很无奈，却很坦然地活着。"读此书，我们眼前确乎活现出沙漠边缘一群农民艰苦，顽强，诚实，豁达而又苍凉地活着的情形，一如"大漠"那浑厚的、酷厉的意象——"那是一种沉寂，是被人们称为死亡之海的大漠的固有的沉寂，但那是没有声音却能感到涌动的生命力的沉寂"。

我理解，《大漠祭》的题旨主要是写了生存，写大西北农村的当代生存，这自有其广涵性，包含着物质的生存，精神的生存，自然的生存，文化的生存。所幸作者没把题旨搞得过纯过狭。它没有中心大事件，也没有揪人的悬念，却能像胶一样粘住读者，究竟为什么？我想，表面看来，是它那逼真的，灵动的，奇异的生活化描写达到了笔酣墨饱的境界，硬是靠人物和语言抓住了读者，但从深层看，是它在原生态外貌下对于典型化的追求所致。换句话说，它得力于对中国农民精神品性的深刻发掘和有力描写。《大漠祭》承继我国现实主义优良传统，饱蕴着强烈的忧患意识和正视现实人生的勇气。它不回避什么，包括不回避农民负担过重和大西北贫困的现状，它的审美根基是，写出生存的真实，甚至严峻的真实，才能起到激人奋进的作用。它尤重心灵的真实。从形态看，作品写的是腾格里沙漠边缘上一家农民和一个村庄一年间的生活：驯鹰，猎狐，打井，挦黄柴，吃山芋，喧谎儿，缴公粮，收地税，计划生育以及吵架，偷情，祭神，发丧等等情事。照作者说的，不过是生之艰辛，爱之甜蜜，病之痛苦，死之无奈而已。然而，对人的灵魂冲突的理解和描写，对农民品性复杂性的揭示，是它最撼动人心的部分。

对一部大型叙事文学而言，人物的刻画毕竟是最根本的。比如，老顺这个驯鹰老手，被贫困和为儿子娶亲的重负所累，一次次地走向了大漠深处，去掠夺沙窝子，好像沙窝子最不会拒绝。其实，环境恶化了，老顺们恰又是恶化环境的承受者。"上粮"一节写尽了老顺的矛盾。他揭发了别人，因为他有股说不清的气，他找出维护公家利益为自己辩护，待到他的好粮被压低为三等，他涨红了脸，"嘴唇、胡子、手指都抖动着，眼里也蓄满了泪。半晌，才叫了一声"，深心里悔恨交加。老顺是刚强的，且不乏霸悍之气，但他久经传统文化熏陶，认为二儿子猛子的行为给他致命的打击："老顺木了脸，梦游似往村里走，衣裤突然显得过分宽大。风一吹，老顺的身子一鼓一荡的，像要被风带了去。"坚韧与无奈达于极致。老顺的大儿子憨头，苦吃勤作，供弟弟上完中学，自己一字不识，他弥留之际的最大心愿竟是：让弟弟用架子车拉上逛一趟武威的文庙。这情节给人悲凉而悠长的思索。人物中，男性以老顺，孟八爷，灵官写得好，女性中，老顺老伴，双福女人，莹儿，兰兰，也都好。作品的生存环境是阔大而单调的，人文维系不无封闭和愚昧的色彩，然而，它的人物自有其生存哲学，他们有自己在艰难环境中维系精神的强大纽带。且莫认为作者在一味地写苦难写冷调子，其实，正是老顺及其儿女、村人们的坚忍与豁达，勤劳与奉献，支撑着我们明朗的天空与大地。

审美上素有"使情成体"之说，《大漠祭》以雄浑的自然生态为背景，以儿女情长，以人情美、人性美为结构内核。老顺有三个儿子，老大憨头因救人而阳痿，家里换亲把妹妹兰兰换了出去，给他换来了莹儿做媳妇；老二猛子，蛮勇任性，与一大款的备受冷落的妻子有染；老三灵官，带有作者的影子，他有文化，灵心善感，在特殊境遇里，与嫂子莹儿发生了恋情。这么说，只是勾勒最简略的人物关系。事实上，作品的动人力量，全在于超越了这个故事层面，指向了精神的高度、空间。关键仍在怎么写。在猛子与双福女人的关系里，有深邃的含义在，我们惊讶于这女人拒不接受20万元的离婚费，出语掷地有声。在灵官与莹儿的关系中，可供寻味的东西更多。在乡村，真正伟大的多是女性，她们含辛茹苦，忍辱负重，给生活注入了欢欣，又承当起巨大苦痛，从容面对一切。

《大漠祭》的语言鲜活，有质感，既形象又幽默，常有对西部方言改造后的新词妙句。对大漠及其生存相的描绘是其特色。可随手拎出这样的句子："风最猛的时候，太阳就瘦，小，惨白，在风中瑟缩。满天黄沙，沙粒都疯了，成一支支箭，射到肌肤上，死痛。空中弥漫着很稠的土，呼吸一阵，肺便如浆了似难受。"——没有切肤体验和观察是写不出的。这是状景，写人的妙语就更多了。长期以来，不少自以为是乡土小说的作家，过不了乡土语言关，因为语言的滞后，他们有意无意地遮蔽了乡土生活中许多有生命力，启示力的东西，包括某些生存哲学，禅意。这不禁使我想起，《大漠祭》在审美上与新疆散文作家刘亮程颇有异曲同工之妙。有人说，刘"在一头牛，一只鸟，一阵风，一片落叶，一个小蚂蚁，一把铁锨中，倾注了自己的和所有的生命"。雪漠何尝不如此。

当代文学太需要精神的钙片了，《大漠祭》正是一部充满钙质的作品。我以为，经济的欠发达，并不必然意味着文化的欠发达，而文化的欠发达，又不必然地意味着艺术感觉的欠发达。西部的生存的诗意，可以滋润我们这个浮躁时代的地方太多了，只是我们还没有认识到。我曾在一篇文章中说过，不管高科技发展到何等地步，人类永远有解不开的乡土情结，永远需要乡土情感的抚慰。《大漠祭》告诉我们，乡土文学不会完结，新的乡土文学正在涌现。如果说，过去的"农村题材"的提法有某种观念化、狭窄化倾向，把不少本真的，美的善的和诗意的东西遮蔽了，服务于过于具体直接的目的，那么，越来越多的作家意识到，"感受土地的神力"（王安忆），在乡土生活中寻觅精神的资源，甚至源头，已成为当今许多作家的共识。《大漠祭》崭新的审美风貌是区别于以往同类创作的——这或许是我想要在另一篇文章中着重论述的问题。

雪漠：文明消亡中的灵魂闪亮

数月前，打开雪漠的新作《白虎关》时，我内心怀着期待，又怀着担心。期待对他此前作品《大漠祭》《猎原》能有所超越，担心的是它是否也会像有些作家的作品一样是个速成品。当我再次随雪漠缓缓走进弥漫着西部独有的粗粝风沙的白虎关时，亲历着让人发怵、惊叹、悲号的情景。西部啊西部，你让人心揪，让人落泪，让人悲悯，让人久久地陷入孤独。我不得不说，尽管这部作品没有像我期待中的那样完美，但它仍是我在2008年读过的最好的几部长篇小说之一。读完《白虎关》后，去了埃及。在登上金字塔时，眼前忽然闪过西部的沙漠。回来后写了一篇博文《08年我看好的几本书》，便谈到了雪漠的《白虎关》。虽然在去年所有的排行榜和评奖中，都没有这部小说的踪影，但我认为它在某些方面比《大漠祭》高出了不少。这是一部细节饱满，体验真切，结构致密，并能触及生死、永恒、人与自然等根本问题，闪耀着人类良知和尊严的辉光的作品，是一部能让浮躁的心沉静下来的作品。

《白虎关》写的仍然是西部农民，仍然是生存的磨难和生命力的坚韧，这与作者此前的《大漠祭》《猎原》一脉相承，共同构成了一个独特的"凉州"艺术世界，堪称抒写农业文明在当代境遇的三部曲。我曾经不止一次在文章中提到，现代文明让人类失去了差异性，世界各地的大城市已经变得越来越相似，中国也不例外。我们大多数人住在相似的钢筋水泥中，穿着相同品牌的服装，开着相同品牌的汽车，看着相同的电视节目……而这相同的快乐中所丢掉的最为珍贵的东西之一便是我们原有的地域文化。在今天，已经没有什么东西是真正的特产。在文学上，它带来的后果之一就是具有地域文化色彩的作家的匮乏。回首中外文学史，有许多作家之所以能够留名文学史，并被读者所喜爱，都与其作品中浓郁的地域文化精神有关。近看中国现代文学史，沈从文、李劼人等作家莫不如此。客观说来，雪漠的小说在艺术上并非是当代小说之最佳，但他却用自己独特的眼光和笔触构造了一个浓得化不开的凉州艺术世界。构成这个艺术世界的有很多元素，其中最为重要的是凉州农民在当代的生存与灵魂所寄。

然而，与雪漠此前作品所不同的是，《白虎关》所触及的是我们这个时代最容易被人忽视，却又最为重要的一个主题——处于劣势的农业文明正在消亡的无情现实。正因为这一点，《白虎关》是作者对自己的一次艰难超越。雪漠作为一位当代作家，故乡凉州是他的创作背景。凉州是中国农业人口最多的一个县级行政区，那里有着悠久的历史文化，但是，在现代文明的包围下，凉州的命运与其他地方没有两样。尽管凉州地处西北边陲，但现代文明的种子早就在这里生根发芽。2007年的春天，我曾到过凉州，比起我上一次来时，经济确乎发展了，但是农村的青年几乎无一不涌向城市，他们听的、唱的都是当下最流行的歌曲，而凉州的艺术珍宝"贤孝"和"花儿"则被视作一种很"土"的东西，会唱的人已经屈指可数。所幸，雪漠把他的关注目光投向了这片土地，投向了这片土地上渐渐走向式微的农业文明。可以说，《白虎关》一书，从外到内都散发着浓郁的凉州气息，书中大量引用了具有凉州特点的民歌，有"花儿"，也有"贤孝"。与此同时，又以民歌歌词作为每一章的题目，生动地传达出作者的心思，透出一种别样的艺术风格。

雪漠说："我的写作理由很简单，概而言之，不过两种，一是，'当这个世界日渐陷入狭小、贪婪、仇恨、热恼时，希望文学能为我们的灵魂带来清凉。'……我写作的另一个理由，就是想将这个即将消失的时代'定格'下来。当然，我指的是农业文明。"雪漠用他的小说定格的，首先是现代文明涌入凉州时，凉州的农民的生存困境。白虎关是著名的古战场，古代将士们在这里纵横驰骋与敌人血战厮杀是为了保家卫国。然而，在雪漠的作品中，它却是一群凉州农民的生死场，他们在白虎关上演的一幕幕悲剧，皆是为了做人的最低需要——生存。

一切悲剧的起因都是金子。原本荒凉的白虎关突然挖出了金子，所有人看到那些习以为常的黄沙时就不再是黄沙了，而是金色的梦。小说中的人物在金子的诱惑下开始动作起来，主题却只有一个，那就是最基本的欲望——生存。淳朴善良的老顺夫妇想为儿子猛子娶媳妇，可是没有钱做彩礼，就只好做出了让毛旦去专门挑婚，甚至为了省钱让猛子娶寡嫂的事；猛子原本是个聪明能干的男青年，苦于没有出路，竟然走上了"打模糊"、偷金矿的道路；月儿美丽纯洁，想学会"花儿"后到省城兰州的"花儿茶座"里去唱，谁知受了骗，染上了杨梅大疮。她又回过身来，和猛子结了婚，却因为没有钱而病入膏肓，终一起在大漠里自焚了。王秃子是老实人，但被警察误抓后竟然起了杀人之心，谁都想不到这样的一个老实人会杀死了大头的两个儿子！王秃子犯罪后也在大漠上自尽了。

雪漠关注更多的是农业文明消亡过程中人的灵魂。《白虎关》中，最令人难忘的是莹儿和兰兰。她们的命运总是连在一起，由于贫困，她们是双方家庭换亲的牺牲品。莹儿有着理想化的完美灵魂，她澄明、善良、坚强、坚守着做人的尊严。为了她和兰兰的人格和自由，她们两人去驮盐挣钱，途经大漠时遭到豺狗子的围咬、流沙的掩埋，差一点进了鬼门关。当兰兰在大漠被流沙差点淹没的时候，莹儿竭全力用双手挖出兰兰，那一刻，莹儿觉得她不是在救兰兰，而是在救自己，因为她自己也陷入了生存的绝境。当她们在盐田打工时，莹儿遭到工头的威逼，她始终没有背叛自己，背叛自己深爱的灵官。一个农业文明中的完美灵魂，在现代文明的强势压迫下，根本无法自足地存在，她们是一个文明时代行将消亡时必然的牺牲品。与此相对应的是莹儿那令人心碎的"花儿"。"花儿"贯穿《白虎关》始终，"花儿"像扣线，老从莹儿的心里往外捞扯。"只要有爱，'花儿'就自然流出口了。"莹儿唱"花儿"是为了爱，月儿学"花儿"是为了用，所以，唯一跟着莹儿学"花儿"的月儿怎么也唱不好"花儿"。月儿从城市的迅速归来也有一种暗示性的意义，那就是农业文明产生的艺术瑰宝"花儿"根本无法在现代文明的土壤中生存，它的命运和莹儿一样，面临着毁灭。所以，莹儿在临死前，连她最心爱的"花儿"都懒得唱了。《白虎关》的结尾，正午的大漠上，漠风轻柔，一个年轻的女性为自己唱起了"花儿"：

> 雷响三声地动弹，
> 太岁爷爷们不安。
> 宁叫玉皇的江山乱，
> 不叫咱俩的路断……

唱"花儿"的是月儿，这是她一生唱得最好的一首"花儿"，是她自焚前为自己唱的挽歌。这样，我们就不难理解，为什么雪漠在《白虎关》的题记中写下这样的话："当一个时代随风而逝时，我抢回了几撮灵魂的碎屑。"这也是《白虎关》高出《大漠祭》的原因所在。雪漠面对农业文明的消亡时既痛心悲哀，又无可奈何，他说："我只想努力地在艺术上'定格'一种存在。但更有可能，我的所为，也跟堂吉诃德斗风车一样滑稽。"这是在今天所有触及终极关怀的作家所共同面对的悲凉。

范稳：大地的涅槃

——评《水乳大地》

最近，长篇小说《水乳大地》吸引了很多读者的眼睛，有人感叹说从没读过这么奇异的小说。这当然是就国内当下的涅槃小说而言。依我看，《水乳大地》的引人注目，首先因为它给读者提供了常规阅读经验之外的新奇感受，给当代小说注入了一些陌生的新质素，以及扩开了正在日益凝固化的小说视野，发掘到了某些尚未引起重视但却极有价值的新的题材。质言之，它致力于重新发现本土文化的博大和神秘，重新营构本土化叙述的神奇和绚丽。它甚至重新唤起了我们对宏大叙事和史诗化的肯定性热情。

小说叙述滇藏交界处，卡瓦格博雪山之下，澜沧江大峡谷之中所发生的许多鲜为人知的故事，时间的跨度长达百年。小说内容丰富，头绪纷繁，人物关系盘根错节，可以说它描写了包括藏族，纳西族，汉族在内的这块五方杂处之地，一百年来的历史变迁。虽说写变迁，却并不沿用习见的社会政治历史视角，也不沿袭家族故事的老套，而是侧重于宗教衍变交融史的角度。这一选择本身就带来了某种新异性。它把最主要的篇幅和最重要的关节，交给了与宗教密切相关的一部分生活，它匪夷所思地、色彩斑斓地状绘了藏传佛教，天主教，东巴教之间的辩论，斗法，争锋，纠缠，直到和谐共处的情景。小说以上世纪初两个法国传教士进入澜沧江峡谷掀开了故事的帷幕，写他们想把上帝的福音传遍雪域高原的企图中止于此，历经艰难才发展了第一批受洗者。接下来是"谁的宗教是峡谷里最好的宗教"的大辩论，我们得以饱览了一场神父与喇嘛斗法的"教案"。作为贯穿性情节主干，似乎小说主要在讲野贡土司家族与大土匪泽仁达娃家族以及纳西族长和万祥等人延续了三代的恩仇爱恨，然而这不过是线索而已，全书的容量要大得多，与之相联系的，是众多面目各异的宗教人物和不同民族的青年男女的出场，不啻推开了一扇锢闭既久的门窗，让我们从这里观看人与宗教的复杂关系，然后观看峡谷里的"百年孤独"。这样的作品怎不令人一新耳目？

然而，《水乳大地》绝不靠所掌握史籍的稀罕和神秘而炫奇斗艳，也不靠宗教生活的怪异场景取悦读者，它包含着严肃的思考。不管作者的探索是否接近了真理的高度，仅就把纷乱如麻的头绪梳理清楚已属不易，要是能寻绎出有价值的思想线索就更其难得了。这也是我对作者的创造性劳动表示钦佩的一个重要原因。整部小说意象复杂：这里，不同教义之争激化为宗教战争，土司少爷与纳西姑娘的殉情诱发了仇杀，为争夺盐田利益终于酿成了大规模械斗，这里，西来的神父穷毕生精力成了东巴教象形文字的研究专家，红军与神父、祭司、喇嘛成了朋友，这里，藏传佛教的高僧们在一个信奉天主教的藏族家庭发现了他们苦苦寻觅的转世灵童，惊喜万分，这里，大土匪抢去了女人，女人却走进了教堂，父亲抛弃了儿子，儿子却成了正确执行民族政策的共产党人……我感到，尽管故事铺展得很开，伸出的枝杈甚多，小说的章节忽而世纪初，忽而世纪末，忽而三十年代，忽而七十年代，颠来倒去，如旋动的车辐让人眼花缭乱，但全书还是有一条主动脉的，那就是从冲突、动荡走向和谐、交融。展开在我的眼前的这幅图画是，争斗不断，灾害不断，人祸不断，但同时爱的潜流不绝，不同民族之间的互助精神不绝，人类友爱和寻求融合的力量不绝，最终形成了百川归海，万溪合流的多种文化水乳交融的壮阔场景。这不是虚构的乌托邦而是现实。据作者范稳自述："如果不是亲眼所见，你怎么能够想象一个藏民走进天主教堂，吟唱赞美诗；又如何想象在一个家庭里，成员可以有不同的宗教信仰；你更难想像，藏传佛教，天主教，东巴教三种宗教，在一个生存环境极为恶劣的峡谷中，从血与火的争斗砥砺，到最后的水乳交融。"（转引李凌俊《访青年作家范稳》）

想象力飞腾，不断出现魔幻与神奇的细节，不断在现实与超现实之间切换，营造出一种特殊的神秘氛围，是《水乳大地》在艺术上突出的特色。不必讳言，一开始传教士用火枪和望远镜买通野贡土司的情节，会立刻让人想起《百年孤独》。指出这部书受到了拉美魔幻现实主义的影响应该是符合事实的。但是，必须同时指出，由于作者深刻地体悟了他所描写的这片土地，领会并感应到它的神韵，因而他关于魔幻的笔墨不是移植的，而是本土化的，富于创造性的。死而复生的凯瑟琳，骑着羊皮鼓飞行的敦根桑布喇嘛，滚动的有知觉的头颅，手接响雷的人，颜色变幻的盐田等等，都不是故弄玄虚的呓语，而与作者笔下的大地和谐统一，没有它们反倒是遗憾的。作者的叙述语言颇具少数民族甚至域外"民间故事"风格，夸张，幽默，擅长点缀比喻和谚语来提神醒脑。

不过，也许作者多年来过于执著地潜心于滇藏宗教文化的研究，沉溺于学术性，写过专著，也许作为一个"行走者"，作者过于重视"采风"方式，致使小说在如何将知识、史料转化为文学意象的环节上仍有火候不够之处，尽管在组合拼接上作者下了大力，也仍有借助史料言说历史的智性化痕迹。作者不得不像一个远观者，站在峡谷之巅，全知全能地"观望"也即摹写历史，而我们也就像剧场里的观众只能"看戏"，难有置身其中之感。但我们看到了大地上毁灭后的新生，碰撞后的交融，那也是可以叫作大地的涅槃的。

成一：复活了一种伟大的金融传统

——读成一《白银谷》

在我看来，近百万言的长篇小说《白银谷》，是作家成一以其小说家的眼光和手段，对一种伟大的金融传统的复活与惋叹。80年代中期以来，也许是商品经济的触动，也许是文化反思潮流的波及，"山西票号"这一几乎被湮没了的金融史上的奇迹，忽然浮出水面，引起了一些经济史家，金融学家，地方史家，作家的浓厚兴趣，他们为之展开大量的钩沉，考证，研究以及遗址的复原工作，也有人做了初步的艺术描绘。这当然是有意义的。晋商的超群才智，山西票号的辉煌业绩，造就了逸出中华文化常规的另一种极其复杂，庞大，神秘，精微的工商文明传统，具有某种不可思议性，它犹如天启般地运用了信息传输，发挥了惊人的想象力，不由使人想起"想象力统治着世界"这句格言。于是，在二三百年间，神州大地上出现了网络般纵横交织的票号，汇兑繁忙，不仅引起了一次金融流通方式的革命，而且逐渐形成了对中华文化传统准则的悄然修正，部分改写，甚至是一种反叛。在其影响力所及之地，"学而优则仕"的口号变成了"学而优则商"。就某种意义而言，这也是世界经济史上的奇迹，所以梁启超才有"鄙人常以此自夸于世界人之前"的自豪。

对于文学创作，这一奇迹自然更是具有极大的诱惑力和刺激性。史料少也有少的好处，正可展示艺术家的才情和能力。史料匮乏，对习惯于写实者可能构成无所凭依的困窘，对艺术功力强的作家来说，却正好可获得一个主体翱翔的开阔空间。所以，身为晋商后裔的作家成一，历十五年而沉醉其间，"经过十五年小心、耐心的掘进和积累"而不息，终至完成了这部大作品。他说他的写作既很累人，又很迷人，陷身于"白银谷"不能自拔，却始终有快意伴随。这种亢奋，是只有真正进入艺术创造境界才会体验到的心灵感受。的确，重要的问题在于，是不是真正地艺术化了，小说化了。倘若仅仅停留在对这一经济史的奇迹赞叹不已，反复渲染，图解和铺陈上，或者仅仅停留在对晋商几大特点的归纳和形象化地附会上（大多数作品往往如此），那将是令人失望的。对小说而言，一切的秘密并不在史料中，也不在仅以人物为载体，把钻研史料后有关"票号史"的信息符码加诸其上；写晋商的小说跟写一切题材的小说一样，一切的秘密只能是存在于人之身上，存在于血色鲜活的灵魂之中。《白银谷》的成功也正在于此。它探究的目光始终集中在：既为秘史，秘在何处，其内涵有些什么，书中的晋商们，究竟有何魔法，智慧，绝招，居然可以覆盖九州，成就一番伟业？从文化的构成上看，他们到底是些什么样的人？小说虽然也细致地描绘了处于庚子之乱前后的天成元票号的动荡，危难，化险为夷，殚精竭虑，几起几落的曲折故事，但笔墨的核心还是对准了人，人性，人的精神价值，传统背景，文化人格。

作品生动地表现了在崇儒传统之外，还有一个崇商传统。这个传统同样根基深厚，文化内涵丰富。在小说中，虽然那位六爷终身追求科举功名，以微弱之力与韧性坚持着儒教传统，但以天成元为代表的西帮商人，如康笏南、孙北溟、戴膺、邱基泰、三爷诸人，却发扬着一种虽不行诸文字却堪称伟大的传统：他们目光四射，头脑机敏，具有高度的信义和承诺之感，敢于在全国设立字号，赢得起更"赔得起"，他们十分清醒地意识到，商业竞争归根结底是信义竞争。为了保证信义的兑现，他们又有一套科学的考核与升迁办法，严厉的号规，精密的管理制度。然而，西帮商人的悲剧性似乎又在于，他们终究跳不出皇权观念，宗法礼教，以及封建家长制的藩篱，这在康笏南的身上再清楚不过地表现出来。他们在文化精神上充满了矛盾，开拓与保守，开放与守旧，开阔与狭隘，像梦魇般地纠缠在一起，于是出现了行为上的超前性，民主性，与观念上的极大保守性，封建性的交错。从根本上说，他们身上，经营能力上的超人智慧与文化哲学上的极度贫困扭结在一起，构成了强烈反差。这也是康家大院经常"闹鬼"的原因。可以说，在两种文化的碰撞下，这全是一些具有双重人格的人：他们是经济动物，商品的利润原则，金融的流通本性，迫使他们具有农业文明罕见的豁达和开明，但中华文化传统的家国观念，儒家的礼教观念，等级观念和贞节观念等等，仍然控制着他们的灵魂，顶多再掺杂一些道家的黄老之术，其精神资源跳不出这些内容。所以，从表面上看，晋商传统与儒教传统是不相容的，但最终还是兼容的。这也许是康笏南们最终逃不脱悲剧命运的文化哲学上的原因。

　　这部小说不是外在地、猎奇地表现晋商特有的传统，而是把着力点放在表现他们化入血液中的经商才智，遗传密码般的聪明绝顶的意念，以及他们善于自全的生存哲学，复杂的文化心理结构上。有了这些才算是真正理解了晋商。第一章"莫学胡雪岩"，开笔不凡：大东家康笏南一本正经地奚落和挫辱了那个忘乎所以的，乘着绿呢官轿炫耀四方的西安票号老帮邱泰基。看这出戏起先我们会觉得有点故弄玄虚，看完了会感到康笏南的愤怒之由和权术之高。这场戏，道出了票号森严的纪律，规矩和受用不尽的处世哲学。头脑膨胀的邱掌柜，人固然精明得很，但最要命的是忘记一个"藏"字。所谓"我西帮生意满天下，商号遍天下，理天下之财，取天下之利，就在参透这个藏字。藏智，藏巧，藏富，藏势，藏我们的大手段，大器局"；而西帮商人又最忌一个"露"字，最忌与官家争势。邱泰基得意忘形，险些身败名裂，他因自杀未遂得到东家的缓颊，后来改派到归化，脱胎换骨，待到恢复原职，重归西安时，他"过家门而不入，得贵子而不顾"，被认为"经得起贬，以号事为重"，遂成为天成元的栋梁之才。这个楔子般的故事包含了晋商高深的人生智慧。

《白银谷》毕竟是一个悲剧，作品在表达这一悲剧时，充分注意到外在环境的动荡与家族内在的窒息两个层面。康笏南无疑是个最值得玩味的复杂人物。他个性强毅，阴险多智，又善于韬光养晦，其实为人刚愎自用，有一种按捺不住的躁急和征服欲。不管在票号还是在家族，他都是君临一切的，什么都不畏惧，紧抓权柄不放，谁也插不上手。他虽是康家大院的至尊人物，实际处处显出皇权的影子，并无现代商人的民主精神。看他巡视江南，面见慈禧光绪，沉着镇定，智商很高。所谓"平常怎样，就怎样，我们反正是黎民百姓，讲究什么"。在几次大的风波中，他也是很能沉得住气。他一生喜爱金石，作"重名甚于重财"的儒雅状，性生活的方式却近乎禽兽，实际是在摆皇帝老儿的谱。他自称命硬克妇，背地里大搞废旧立新的鬼把戏，这最能看出他的人莫予毒的残酷。不断给失宠的老夫人办丧事的损招，是只有他才想得出来的。他是金石化了的阴冷人格，对一切活泼的，追求自由的，美丽的生命意识是心存抵触的。就是这样一个物化的人，偏偏既能在大顺大赚中惊世扬名，又能在大赔大败中惊世扬名。他更多依恃的是永遵祖训的智慧。一提到公家办银行，他就藏拙了。

年轻的老夫人杜筠青的鲜丽而孤独的形象，是一道不协调的色彩，与整个白银谷的文化背景构成强烈的反差。康笏南的娶杜筠青，不过是他对当时渐来的异质文明的一种朦胧的虚荣的追慕而已，受过法兰西文明熏陶的杜，在他看来有几分神秘，实际不过是个新奇的玩物罢了。在精神构成上，他与杜筠青是风马牛不相及的两种人。康笏南对外不失开拓进取，对内则专制封闭，这位新夫人到康家十多年，如囚徒一般，无限地凄凉，孤单，幽怨，她说"主仆几百人，就三喜跟我知心"，实为痛心至极语。但她决不是逆来顺受的女子，她毕竟见过世面，毕竟呼吸过民主空气，她又有烈火般的性格，她的不贞是一种挑衅式的不贞，她就是要把老东西气死，"把康家的天捅破"。这个敢于捅破天的女人，是小说中的反叛者，她和三喜的枣树林之恋，是黑暗王国里的一道刺目的闪电。因为他们，作品具有了较为深刻的批判性。作者没有因为当今进入了市场经济时代，写的又是晋商，而浅薄地陶醉在对金融传奇的盲目歌颂之中。天成元和所有票号的最后消亡，除了历史不能提供发展民族商业的必要土壤和条件之外，与没有现代意识，没有法的精神，与康笏南们自身的沉重的文化负担大有关系。在他们瓦解着封建道统和礼教的同时，他们也被封建道统和礼教所瓦解。现在的作品似对晋商的理解和敬畏写得比较足，对其溃败写得不够。这后一点还可以挖得更深些。

《白银谷》写的是做生意的事。做生意，即便是带传奇色彩的做生意，终究不可能太有趣。赚了钱老板自然高兴，读者却不一定也买账。事实上，纯粹写经商的小说要吸引人是很困难的。但《白银谷》还是比较好看。它的作者一直把努力写一部好看的小说作为自己的最高目标。这是很对的。或许到今天，人们才悟出，小说之为小说，首先要回到有趣，好看，也就是要有个能抓住人的故事和引起人极大兴趣的人物。事情就这么简单。这部书的好看，首先不是在商言商，大谈生意经，反之，最吸引人的，是那些写康家大院内的秘密的笔墨。例如，杜筠青的偷情之秘，连续三任夫人的废立之谜，均充满神秘感，如抽丝剥笋，悬念迭生。正如作者所说，这部小说追求难以看透的结局，令人牵挂到底的人物，滤去欧化痕迹的活泼的、净化的叙述语言。作者确乎磨合出了一种非常接近现代口语的，又适当借鉴了旧白话小说语言的、具有白描功力的富有黏性的语言。例如对"甚"这个词的运用就很妙。我始终认为，成一是生活在黄河流域的一位重要作家,叙事功力强,悟性高,富于创新精神。新时期开端,他的《顶凌下种》《绿色的山岗》以其来自生活的深刻性令人耳目一新。此后的《千山》《游戏》《真迹》等作日趋成熟。经过十多年的修炼,终有这部《白银谷》。毫无疑问,《白银谷》是一部具有本土文化精神和民族化气魄的厚重之作。

老村：阿盛其人的病理档案

——读《人外人》随想

阿盛是作家老村的长篇《人外人》的主角，整本《人外人》详尽记叙了阿盛从生到死的一生。它是那样荒诞不经，滑稽突梯，笑料丛出，丑态万状。你不禁要发问：现实中真有阿盛这样的人么？老村何以要推出阿盛这么个人，何以对他怀有如此之大的兴趣？阿盛身上到底寄寓了一些什么意味，致使作者非要用一本书的篇幅来表达？

书的封底附了一些评语。有的说，阿盛这一形象随着时间的推移将更加彰显；有的说，它是一帖拔毒的膏药；有的说，看这书胜看十年相声小品；有的则说，阿盛其实就是今天的新阿Q。这些话都有一定道理，但细想又不满足。比如，若用阿Q或阿Q的子孙繁衍不绝来解释阿盛，比较省力，也比较稳妥，但似乎失之简单了，没有抓出要害。毫无疑问，作为华夏子孙，阿盛有自欺欺人的精神胜利法和腹非主义的一面，他多次遭人痛殴，形状十分狼狈，一般人早就抬不起头了，他偏能爬起来擦干血迹，继续自吹自擂，招摇撞骗，没有相当的阿Q精神当然是不行的。但是，阿Q

却比他老实，也没他那么能说会道，更没有他那种强烈的向外扩张的欲望和欺世盗名的倾向。我以为，在阿盛身上，更多地表现出蒙昧，乖戾，自大，精神分裂，唯意志主义，幻想超自然力，由个人迷信而封建迷信而现代迷信，以及缺乏宗教意识的混世主义等等倾向。

返观阿盛的一生，滑稽万端，令人啼笑皆非。正如作者所云，此人性情狂野，行为古怪。在呼儿海街面上，他从小就不安分，与他老实本分的兽医父亲全然不同。他率先贴出全镇第一张"马列主义大字报"，还曾拿刀剁过女老师的小手指，继而发表"一个中学生的革命日记"，遂发迹，进入了路线教育讲用团，口若悬河，吃香喝辣。"讲用团"培养了他的能说会道。"四人帮"垮台后，他也曾钻研数学，啃《资本论》，习武艺，忙活过一阵子，似乎有点要学好向善的样子，然而，皆因一切为了出人头地，满足贪欲，均半途而废。有人说他像个伟人，他于是以伟人自居。他曾冒充大瓣儿蒜，跑到县皮鞋厂发动群众，遭到个体老板的追打。此后他恃强凌弱，搞家庭专政，大练毛体书法，并且强卖强买。好不容易售出了一张，买主旋即反悔，他又大闹一场。

如果仅仅是这样，阿盛固然顽劣，颟顸，谵妄，其破坏性也只限于呼儿海地面，还不至于广泛危及社会，毒化空气。他平生的转折点似应从北京气功大师张某来到呼儿海算起。他因口吐狂言，被张大师的手下人着实侮辱了一番，被悬空抛进垃圾坑而头破血流，但他也就此结识了张大师，开了窍，悟了道，这犹如放虎下山，开始了他可怕的欺世盗名之旅。那一次，他被逼不得不当众砍砖，尽管他"用内功在里头顶着"，手掌还是险些骨折，遭了重创。他不但不接受教训，反而与科学较劲儿，教训给他看病的医生，执迷不悟，让人无法怜悯。他还真把事闹腾大了，频频做带功报告，给人发功，或用虎狼之药"治病"，流毒甚广。他动不动给人扣上不尊重人体科学，不弘扬传统文化的大帽子。他的反科学达于顶点，最终跌下悬崖进入化粪池而亡。

在今天看阿盛，我们会觉得很好笑，荒唐透顶，会想，可能么，真有这种人么？别不是作者的胡编乱造。其实，把阿盛还原到生活中去，放回到他赖以生存的环境中去，即会发现，他很真实，曾经跟我们很熟悉，说不定我们对他还曾半信半疑过。只要不健忘，就能想起，仅在十多年前，阿盛式的人物层出不穷，很风光过一气。别说呼儿海这种偏僻的地方，就是在现代化的北京城，不也是气功大师们的天堂吗？大师一个接一个地出现，所到之处，信众们一齐手舞足蹈，功友们互相装神弄鬼，煞有介事，神乎其神，谁要是敢不信，就是观念滞后，就是对"人体科学"不恭。风气所被，尽管阿盛四处碰壁，碰得头破血流，狼狈到了极点，但他作为气功大师的消息还是不胫而走，人们宁可信其真，不愿信其伪。

我不由想起鲁迅先生关于"讽刺"的论说。鲁迅先生指出两条，一条是"写真实"，一条是"艺术地写"。他说，讽刺的生命是真实，不必是曾有的事实，但必须是会有的实情。所以它不是"捏造"，也不是"诬蔑"；既不是"揭发阴私"，又不是专记骇人听闻的所谓"奇闻"或"怪现状"。它所写的事情是公然的，也是常见的，平时是谁都不以为奇的，而且自然是谁都毫不注意的。不过这事情在那时却已经是不合理，可笑，可鄙，甚而至于可恶。但这么行下来了，习惯了，虽在大庭广众之间，谁也不觉得奇怪；现在给它特别一提，就动人。鲁迅还以"洋服青年拜佛"和"道学先生发怒"为例加以说明。这些话真好像是提前为作者老村和他的人物阿盛说的。因为小说《人外人》完全印证了这一切，经它"特别一提"，我们恍然发觉，在那些"公然的，常见的"现象背后隐藏着多么深刻的蒙昧啊。

应该看到，作者写的虽是阿盛一人，说的其实是我们民族、群体的某些秉性，说的是我们的文化环境和文化性格，当然不是全部，是一部分，负面的一部分。阿盛显然有病，但不是器质性病变，不是神经病，他患的是一种"文化病"。这病并非只有他有，只是他更为突出或极端罢了。中国向来缺少理性传统，工具传统，科学传统，相反，倒是乐于相信神异鬼魅，暗中崇拜怪力乱神。一到社会转型，变动，人们地位发生动荡时，这种非理性的东西便大行其道。市场经济环境加剧了竞争，贫富分化，强弱易势，不同利益群体的情绪都亟须宣泄，身病心病都亟须疗治，这时治病成了重要推动力，气功热的升温也就毫不足怪。阿盛的发迹正是由此而来的。

中国人也并不真信佛，并无深厚的宗教意识，但是，一遇到麻烦时却喜欢拜佛，所谓临时抱佛脚，无事不登三宝殿，即道出了真实。而且，中国人的拜佛与佛的本意相去甚远。佛毕竟教人清心寡欲，多结善缘，而拜佛者大多希望佛保佑他升官发财，享尽富贵。这种畸形的心理，便是阿盛们之所以能够生存滋漫的土壤。常老这个人物很值得注意，没有他的支持，阿盛不可能又闹出那么大的名堂。他是老干部，老县委书记，"文革"中阿盛还斗过他。但退休后，他练起了功，还是活动站站长。他与阿盛本来敌对，现在忽然一见如故。这两人搞到一起是意味深长的。至少说明，他们在文化的根子上是同类。

作为一本"讽刺小说"，重要的是还要看它是否善于"艺术地写"。作者老村长于夸张，不时抛出冷幽默，让人忍俊不禁。作者还注意学习阿Q正传的笔法，不露声色，皮里阳秋。小说中不时嵌入一些笔记体的文言小品，增色不少。还有反讽，如自称"辟谷"的阿盛，大吃辣子鸡，并巧妙地要求吃红烧肉，烤羊腿。作者能为阿盛拟出大段的内心独白，除了滑稽，非逻辑，还能见出个性，这很不容易。但是，思想的深度和层次感仍然不足，作者本人对阿盛的认识似乎有一定的模糊性，后来阿盛的行径就变成单义的重复，没有多少推进。阿盛的恶、狂、疯、魔是写足了，但他的另一面呢，就不够了。

李佩甫：《城的灯》的圣洁与龌龊

《城的灯》所表达的意蕴不算新鲜，但却是重大，深邃，带有贯穿性的，是传统与现代化冲突中的一个说不尽的话题。由于中国社会的城乡二元结构由来已久，城乡在物质与精神生活方式上的差异悬殊，都市对乡村构成了巨大的诱惑与吸引，于是，逃离乡土，进入城市，由农村人变为城里人，便成为现当代文学中不倦的命运主题。然而，不同历史时期里人们离别乡土进入城市的原因是各不相同的，或者侧重于政治的需求，或者侧重于经济和市场的理由，所包孕的历史文化内涵也大为不同。这也就决定了这一母题具有常写常新的基质。

在李佩甫的长篇新作《城的灯》里，冯氏家族的长子冯家昌，为了家族利益，为了他下面还有四个兄弟，为了能够进入城市，改换门庭，所谓"不但把自己'日弄'出去，还要把四个蛋儿'日弄'出去"，他以他的忍耐与钻营，背叛与权谋，打赢了一场旷日持久的攻坚战：先是一个个从乡村走进部队，继而转业地方，取得大城市户口，完成从"食草族到食肉族"的转变。冯家最终成就了"政府有人，出国有人，经商有人"的兴旺局面。

不过，这个"占领"过程却是残酷而血腥的，冯家昌几乎是踩着一位圣洁、美丽、善良的乡村女性的胸脯和肩膀踏进城市的。小说结尾，冯氏四兄弟（老四除外）喝得大醉，先是学狗叫（暗示他们有当"狗"的经历），然后一个个泪流满面地跪倒在恩人香姑的坟前。一个多么苍凉而不无虚伪的场面！他们真的如愿以偿了吗，真的融入城市并且找到灵魂的安顿之所了吗？

坦率地说，在阅读这部小说的过程中，我时时在想，作者的设计感是否太强，意念性是否太明显了？情节的每一进展，达到什么效果，喻示什么意义，好像都直接通向了某种理念。尽管这种理念具有突出的时代特征和深刻的道德文化意味，但这是否是一种过于清醒的写作？小说倘若缺乏必要的神秘感、未解的密和留给人们思而得之的空白，定会减色不少。但是，这只是问题的一个方面。作者的主观意图是不能替代作品形象系统的客观意义的。李佩甫毕竟是当今文坛上优秀的小说家，他有深刻的心灵体验和独占的生活积累，拥有对小说艺术来说至关重要的丰富细节与精微观察，他还尝试把植物学的方法移到文学上来，所以尽管理念化的痕迹比较明显，但作者还是写出了富于强烈感染力的、血肉丰盈的人物和故事。拿人物来说，冯家昌也好，刘汉香也好，人们对其行为、命运完全可能做出歧义的评说；作者对他的人物的态度，是赞美，袒护，同情，还是鞭打，谴责，也让人颇费思量；而读者对作者的态度之态度，又可能引出新的话题。所以，《城的灯》是一部理念的偏执与形象的丰满并存的作品，是一个复杂的、经得起分析的、可以做出多向解释的文本。

就冯家昌而言，他究竟是个丧尽天良的卑鄙之徒，还是个不得不如此的因而值得同情的人物？他的童年很苦，母亲临死时说，钢蛋，你是老大，你可要支事啊，其情其景，令人凄然。他们五兄弟没鞋穿，下雪天还光着脚，他脚上扎了十二颗蒺藜仍咬牙坚持，也令人动容。是支书女儿刘汉香主动爱上他的。谷垛之夜，他被吊在场边老榆树上示众，险些被打断腿，还是刘汉香救的他。当时的刘汉香,颇有点王宝钏三击掌的情景。冯家昌因"丑闻"而得福,当上了"特招兵",离开了乡土。但这是有代价的,按支书国豆的话,他必须在部队混成"四个兜"儿后回来完婚。他进步的绝招是"忍住",晋升的秘诀是"内敛",他抢着"做好事",争着"吃苦",谦卑地向人讨教。与此同时,他不断向刘汉香发出"等着我"的承诺。然而,当周主任的侄女相中他,他的命运出现大转机时,事情急转直下了。为了提干,他撒谎说他没订过婚。即便此时,我们似乎也仍能原谅他。可是,他与李冬冬约会时的工于心计和虚伪,让人反感,此后作为市长的女婿,他为了向上爬,打小报告,陷害同事,要挟岳父,夫妻共演双簧……逐渐变成一个伪君子,卑鄙而且龌龊。问题在于,他在每一次的背叛或弄虚作假时,都强调说,我们兄弟五个,一个家族的使命都在我肩上扛着呀。这成了他的挡箭牌。他让兄弟捎话给刘汉香,"让她放我们冯家一码,我们会记住她的大恩大德的"。这些当然都是空头支票,带有很强的表演性。可是作者好像并不这样认为,作者总是把人物复杂的感情问题兑换成一个简单的理念,那就是,一切为了进城。为此,他把冯家昌四兄弟能否进城的问题看得高于一切,并作为冯的一切行动的根源。这可信吗?这是不是一种人为的缩小?能否进入城市与卑鄙与否是不应划等号的,用"改变家族命运"来解释完全属于他个人的贪欲和野心,是没有说服力的。冯家昌想得到的,岂止是城市户口,岂止是成为城里人?他后来已具备了一个贪官全面的占有心理。完全可以说,冯家昌成了一个卑鄙者,而且是清醒的卑鄙者。他比于连索黑尔厉害多了。

在小说中,刘汉香是作为圣母、贤妇和理想道德的化身出现的。应该说,她的身上充盈着农业文明的传统美德和诗意光辉。在许多章节里,作者对她的描绘是感天动地,催人泪下的。我为作者在今天尚能如此动人地写出一位赵五娘式的人物备感惊异。没有对宗法文化、传统道德和民间习俗的深刻理会,是写不出来的。刘汉香可以说是当代生活中的最后一个节妇，孝妇，贤妇了。正如人们不断发出的疑问：她图什么呢？就为了那个谷垛之夜？就为了那"三个字"的许诺？在某种意义上，她比寒窑里的王宝钏还要苦。她提前"过门"，不惜与父亲闹翻。冯家那四个小弟兄，饿极了，穷透了，把她折磨得憔悴不堪。在别人看来，她"中邪了"；在她自己，却洋溢着幸福感，满足感。那么，她究竟为了什么？为了爱情，还是为了所谓贤孝？这是究竟是一种愚昧，还是一种高尚？这是一种奉献，还是一种奴性？这是利他，还是利己？这些问题我一时也很难讲清。我认为，即使暂且抛开爱情关系不谈，仅就刘汉香像慈母、嫂娘一样救助一个穷困家庭，一群无助的孤儿来说，这本身即是深深植根于民间和劳动者中的一种济危扶困的人性之美的表现，闪耀着伟大母性的光辉，是无可厚非的。刘汉香身上最突出的品质是仁恕与厚爱。她一次次地原谅和饶恕了冯家昌，一半是爱，一半是恕。她对冯家的"四个蛋儿"和村人，则是呵护备至。我相信这样的人在今天快要绝迹了，但没有把握说她根本不存在。

问题在于，作者是把她作为传统美德之花，作为一种道德理想来推崇的，甚至想以此来解决当今的精神价值问题，这就值得分析了。她每晚在油灯下抚摸着冯家昌的五好战士奖状，抚摸着"等着我"三个字沉沉睡去的情景，实在可悲，并无美感可言，恍然间映现出自古以来节妇和孝妇的凄凉身影。我还注意到，她的"脸"的（面子）意识很强，比如"丢我的脸""闺女给你丢脸了"等，似乎含有某种虚荣的成分。作者写她婚姻失败后，誓不再嫁，成为村长和种花大户，广济世人，赢得了村人的崇高敬意。这一从古朴封闭的乡风突转为市场化的花花世界的处理略显生硬，仓促，缺乏必然的力量。作者这样写，是想证明刘汉香的美德和仁爱在商品化时代依然能够大放光彩。这就不无道德乌托邦的色彩了。对刘汉香之死的处理，既令人惊愕，又不无深意。她是被几个穷疯了的小痞子和少年犯轮奸后杀害的。她临死时喊出了"谁来救救他们"的声音，小痞子们则报以怪笑。这喊声不禁让人想起了鲁迅小说中的"救救孩子"和"可怜"之声。

刘汉香之死既是李佩甫的道德理想主义的最高发挥，也是他对历史、都市、贪欲碾碎了道德之花所表达出来的强烈义愤。

《城的灯》绝不是一部当代陈世美的新传奇，附着在这个爱恨情仇的故事骨架上的，是比较深广的历史文化反思：比如，关于贫穷，专制，迷信，传统美德，忠孝节义，城乡关系，兵营官场，政治权谋，都市文明等等多个方面。作者在意念上，情节上，人物关系和历史跨度上，从农村到兵营到官场到商场的广泛视野上，力图尽可能扩大涵盖面，说他怀抱着纪录一个时代的雄心也不为过。但在艺术上却有一些不尽人意处。除了上面指出的设计意识过于明显之外，还存在把主人公在兵营里的弄虚作假，迎合形式主义之风以求提拔的行动，与市场化时代逃离乡村进入城市的欲求焊接在一起的问题。也就是说，"文革"中通过政治上的提拔达到进入城市的目的，与今天市场经济时代进入城市欲望，其语境和动机不同，不能互相置换，它们并非同一种历史要求。如果进一步苛求的话，小说存在着戏剧化和煽情化的弱点，例如下跪的场面就非常之多。作者说，贫穷是一种疾病。事实上，文化精神上的匮乏才是更深层的疾病。不然的话，冯家昌可以用"贫穷"为自己辩护，杀人的小痞子也可以用"贫穷"为自己辩护了。

（此文载《小说选刊·长篇特刊》2003年度上半年版）

新鲜而残酷的青春物语

——读《滴泪痣》

刚刚读完《滴泪痣》。我为作者李修文早熟的才情所激动,为他那空灵、华丽、凄迷、洗练的文笔所倾倒。这是一部真正的青春小说,纯情小说,就其纯粹的程度和唯美的倾向而言,我们以前的文学中似很罕见。它并不依傍于外力的作用,却能够把爱的坚贞、爱的美丽、爱的燃烧,写到让人肺腑酸柔,荡气回肠的地步。这不由让人想到元好问的名句:"问人间情是何物,直教人生死相许。"这部小说是以畅销书的面貌出现的,出版以来它已发行四万多册,为之沉醉的主要是都市里的少男少女;但它同时也是理想之书,浪漫之书,未尝没有对人生问题的深切思考。它如一座桥梁,把畅销书的"情死"模式与纯文学的"死亡"主题,融合得巧妙。作者年仅27岁,创作的准备却比较充分,非仅凭青春的激情一泻无余者。无论其对生命的理解,知识的宽度,叙事的功力,状绘人情事态的技术,都富有相当的文化底蕴。

在今天这个商品化的时代,"爱"已沾染了太多的附加物,掺进了太多功利主义杂质，鲜有激荡的心跳和迷人的羞涩了。"爱情至上"已成为一个古老的过时的名词了。尝听人说，怒沉百宝箱的杜十娘也太傻了，有那么多宝贝干吗往江里扔，留着自个儿慢慢享受好不好？李甲他算个什么东西，好男人有的是，凭什么为他去寻死？我死了他倒还活着，他配吗？不能说这种说法没一点道理，但已足以令人惘然。照此看来，《孔雀东南飞》里的殉情，《魂断蓝桥》里的香消玉殒，都变得没有价值了；而《罗密欧与朱丽叶》（莎士比亚）和《媚金、豹子，与那羊》（沈从文）中的情殇，好像只能是愚者的行为。这等"聪明"的看法，只能是现代人的异化的证明。《滴泪痣》是反抗这种异化的。它要证明有爱的能力的人才是最有人性的人。爱情在这部小说中有奇异而凄绝的表现。"我"和蓝扣子两人脸上各有一颗滴泪痣，这似乎是一种不祥之兆。在东京，他们其实都是漂泊无依的孤儿，都是苦命的人。他们放飞一只受伤的画眉，打雪仗，到恐怖城去寻找刺激，用玩具手铐互相施虐，在冰排上做爱，显得多么忘情，多么浪漫。然而，这不过是阴影下的偷欢而已。蓝扣子是个非法滞留者，一个"黑人"，不断逃避着当局的搜查、审问和黑社会的凌辱，过着朝不保夕的日子。这个为寻找母亲来到东京的北京女孩在异国的"走失"铸成了大错，她永远没有权利在阳光下坦然地生活了。有好几次，"我"和蓝扣子遭到黑社会的暴打，打得血肉横飞，惨不忍睹。共同的受难，只能更加坚定他们的爱情。但蓝扣子还是两次割腕自杀，说"干脆让我死了吧"。她还说，我是见不得人的人，你是可以见得人的人，你要好好地活下去。小说中的"我"却宁可和蓝扣子过一样的日子，他愤怒地撕碎了自己的护照，说"现在我们是一样的人了"，多么无奈，多么惨痛。这一切皆源于刻骨铭心的爱。为了讲清故事，这些外在的因素好像比较重要，其实，小说的大量篇幅是纯情描写，这也是它的闪光所在。

蓝扣子是一个神秘莫测的爱的精灵，又是个泪尽而逝的痛苦灵魂。作者对她的刻画浪漫而飘逸，个性十分突出。她聪颖过人，才华出众，不管玩电脑，打游戏，一点即透。她飘忽无定，如梦如烟，真所谓"来是空言去绝踪，月斜楼上五更钟"。她时而冲动，时而检讨。她有嬉笑怒骂，天真烂漫的一面。这是她的本性。但她也有乖戾阴鸷的另一面。她用重物砸过一个嫉妒的泼妇，她用刀子刺伤了黑社会头目的脸。这是身世和环境扭曲的结果。那么，蓝扣子之死究竟因为什么？我以为，她的死并非出于不相信"我"的爱，也非突然失聪的打击，而是无法摆脱当过婊子的身体之脏污与当下爱情之真纯之间的剧烈冲突。那幽暗的经历和不堪回首的往事时时压迫着她，她多么希望能以洁净之身来报偿情人，但已不可能，她恨自己不能献出洁白，于是只能去死。死，既是抗议，又是奉献，更是解脱。

　　小说的故事发生在东京，"我"还有个大学生的身份，但这部小说与所谓"留学生文学"却无涉。在某种意义上，它是超国界，超题材具体时空的，若说它写的是作为万物之灵的人的超级痛苦，人类欲追求纯粹而不可得——爱到极致会通向死亡，也许不算矫情。小说兼具古典美和现代美的双重色调，由于背景在日本，可能受到了日本文学一些影响，比如《源氏物语》式的死亡美和极端化，比如谷崎润一郎的《刺青》和《春情抄》的冷艳风格。毕竟只是影响罢了。在作者新的长篇《捆绑上天堂》里，本土化的风格就相形突出了。

叶广芩：古镇·土匪·文明史

——读《青木川》断想

在我看来，读一部长篇小说倘若可以作为一种愉悦的欣赏过程的话，那这个小说必然成功了一半，其思想艺术价值尚可随后细加斟酌。叶广芩的《青木川》正是这样一部思路跌宕，兴味绵长，能让人陷入沉思、遐想的小说。这部小说，以现实与历史的碰撞为起点，以几个外来者的游历和寻访旧梦为引线，以秦岭山地深处的青木川古镇的刀光剑影，血雨腥风的史事为背景，以一位乡绅兼土匪的复杂人物魏富堂的传奇命运为主线，发掘沉埋已久的历史文化及其精神遗存，如同撩开面纱，浓墨半个世纪前的生生死死，恩恩怨怨，文明与愚昧的纠缠；又如层层递进，终至挖开一口记忆的深井。这里的内涵是比较丰厚的：有被遮蔽的历史真相；有阶级之间的搏斗厮杀及反思；有一个"土匪"乃至一座古镇对山外文明的向往和不可思议的实践——漫长百年中国寻找现代文明的历程中的一朵奇异的浪花；有对非物质文化遗产的保护问题。全书总体上含有对复杂的历史功过的沉思和吟哦。但作者把一切诗化了。

叶广芩写景状物，举重若轻，笔下常带沧桑感，人情味，这形成了她的文章特有的魅力。我最欣赏她把历史写"活"了，可以感受对历史的气息、体温、魂灵、情绪——如果有的话——那种执著的追寻、还原和想象的能力，我认为这对一个作家是至关重要的。这才是属于作家的空间和领地。《青木川》是有原型和本事的，"一脚踏三省"的青木川实有其镇，"大土匪"魏富堂也实有其人，一切是在真人真事的基地上建造的，稍一失手，就只能变成一部纪实作品。但现在的小说，并不受、或者不完全受到本事的束缚，找到了自己的书写空间和路径。此中奥妙何在，值得研究。正如作者所写，小镇的旧事比任何武侠警匪都精彩生动，先人们留下的气息还没有散尽，在日日走过的石板路上滚动着，时或地会在墙根砖缝，影壁背后传出一声惊恐的呐喊，几句模糊的言语，祖先还没有走远。好一个"祖先还没有走远"！不经意中道出了作家创作的奥秘。

为了把魏富堂及其相关的深山小镇故事充分小说化，叶广芩是动用了很多技巧的。比如，把老干部冯明与几个外来人的来访作为引子，并贯彻始终，实在很妙，不但打通了现实与历史，而且便于时空推移，前后照应，不致陷于交代性的沉闷。几个外来人也是各有所好：冯明的焦点当然是他的初恋情人，被匪婆刘芳以开膛破肚的残暴杀害的烈士林岚，由此引出革命年代的血与火；冯小羽的关注点则在谢静仪，那个神秘的现代女子，帮助魏富堂大建校园，整饬古镇风气的人，也就由此指向了魏富堂其人；而钟一山的关注点，似在杨贵妃，实乃青木川的生态变迁史。特别值得注意的是，作者一直在用现代视角和眼光追寻这一页风雨沧桑，虽没有沿袭阶级斗争思维，却并不掩盖阶级斗争曾经严酷而血腥的存在。如今，冯明与魏富堂的女儿魏金玉面对面时仍不无对峙，一个抱着膀子，一个背着手，但毕竟，历史已从对抗走向了对话，从你死我活走向了你活我也活。结尾处，谢和林的碑同时而立，意味深长。

我认为，作者不但用现代眼光看过去，也用过去的眼光看现在；不但写出魏富堂的恶、赖、狠，更写出他内在的善、智和追求文明之心。魏富堂无疑是一个从类型化模式挣脱而出的具有多重内涵的奇特人物。他生性顽劣，不喜读书，却勒令、奖掖全镇子弟必须读书，并修建了高大气派的西洋风格的校舍；他种大烟发大财，却自己不抽也不准镇子上任何人抽；他一生未走出大山，却在40年代从山外购来电话、留声机、汽车；他不准男人嫖赌，女人骂街，甚至不准随地大小便，一时间治理得青木川商贾云集，安定繁华。当然，与此同时，他作为大土匪在别处的抢掠和仇杀行为，一刻也未停，并行不悖。此人于1952年被镇压，1986年经臻别撤销原判，是个极富传奇色彩的怪杰、枭雄。魏富堂有六个老婆，小说也还写了其他女性，不但写出各位女子的不同风姿和命运，而且通过她们的美丽、牺牲或毫无价值的死，折射出了一些人生韵味和沧桑之感。

任何成功的创作都有一个双向寻找的过程：作者时时在寻找适合他的题材，而题材也在等待它的意中人；这里，不但作者庆幸自己找到了青木川，而青木川也会庆幸找到了叶广芩这个修史人。这是一种缘分。并不是谁都会得到这个缘分的。为什么作为贵族后裔，北京知青，叶赫那拉氏的后代，具有满族文化背景，擅写优雅感伤的贵族旧家故事（《采桑子》《梦也何曾到谢桥》《黄连厚朴》）等等的叶广芩，却能够写出并写好陕南山地、秦岭深处的《青木川》，并为青木川人所认可？这仅仅因为她采访的次数多吗？仅仅因为她有创作热情吗？叶广芩不是万能的，并非什么都能写。我认为奥妙在于，叶广芩与青木川之间存在着某种生命感应，青木川的老宅子与《采桑子》的老宅子之间，未必没有某种相通之处，比如，对兴亡之感，家国之愁，忝离之悲，文明之思的敏感。这部小说是由接触史料，因对大土匪魏富堂发生了兴趣而由采访进入写作的。采访的方式曾被质疑，看来不可一概轻看。当今作家太需要撞开记忆之门，太需要触发灵感，太需要打开并扩大库存。这需要外在的媒介的擦火和点燃。在我看来，《青木川》正是一次触发和解压——作者对社会人生历史文化的诸多情感积累，借青木川喷涌而出，完成了一部赏心悦目之作。

刘亮程《凿空》的诗性结构

　　我一直保存着刘亮程的散文集《一个人的村庄》。在我看来，它有不可替代性，也是不可重复的。有时候会翻开看看，它会使人感到清凉、宁静甚或陷入沉思。也有很多作者刻意地歌吟自然，村庄，花儿，鸟儿，不能说他写得不好，只因为没有入骨的体验和超现实的灵性，没法跟刘亮程比。刘发出的靠近天籁之音。他把村庄里的风、雪、动物、坎土曼，写得很有禅意，它们仿佛都是通灵的，通神性的，但这是天然的禅意，是"本来"，而非学来，也不是硬做来给人看的。

　　他能在一只狗，一头牛，一头驴的身上，发现奇妙的哲理和感觉。有人曾认为那只是一本薄薄的小册子罢了，为什么不能大厚本地源源不断地生产这种散文呢？这完全错了。如果那样的话，我是不会再读刘亮程了。鲁迅的《朝花夕拾》，蒙田的随笔，培根的随笔，不都是薄薄的吗，却是人类思想和诗情的结晶。刘亮程的这本散文集在某种意义上，也是结晶体，我非常喜欢。现在他写了第二本长篇小说《凿空》，有人说不像小说。我看，不管是小说也好，小说化的散文也罢，都并不重要，重要的是我们是否在感受一种文学。

《凿空》给我一个强烈的感觉，是它表达了一种非常神奇的时空结构，这是他对自己创作的一种突破。当下，小说创新挺难的，很多小说家都在重复自己，我们的文学研究也有很多的重复研究，作品里找不到新的时空感，找不到环境发生深刻变化后人的心理结构的变化，人心的变化。电视剧《手机》让我有所触动，不管怎么说，它很敏锐，敏感到了高科技下人的无助、无奈、精神困境，今天的社会是人的移动速度最快的时代，也是人与人的交往方式非常快捷和人与人的物理距离最小的时期，这源自高科技的发达，但人与人的心理距离是否反而越来越大了？对《蜗居》尽管众说纷纭，但它的受欢迎还是反映了当下人们最敏感的住宅及次生问题。当然我并不是鼓励人们去浅表地写一些生活的表象或"问题"，而是说，当时空发生了深刻变化的时候，我们不能无动于衷，文学作品也要反映出变化中的人性，才能打动人心。谁会对与自己毫无关系的事物发生兴趣呢？而刘亮程作品就独特地表达了一种遥远的时空的变化，毛驴也好，植物也好，阿不旦村的各种声音的交响也好，都是作为现代化的喧哗之外的另一种声音存在着，它既表达了工业化逐渐的波及，又表现了另一种遥远的声音始终存在着，所以说它是独特的，不可替代的。

《凿空》是个不错的意象，是多义的，玄妙的，没有一个准确的固定的解，但会把我们带入深远的意境中。人类是由穴居开始的，凿空也许是人的本性之一，或许人类本身就有一种凿空的本能和欲望。但是凿空在今天又被泛滥化了。比如，我经常担心北京的地下会不会被凿空，哪天我突然掉下去啊。作品中的人物张旺财身上就体现了人类凿空的本能，似乎只有不停地挖掘，才能平息他心中难言的渴望。这个平凡小人物为自己立项，一直从河边的住屋挖到村庄的中心，挖了二十多年。他的挖掘，也许是人类天性中我们没有发现的某种东西，他和小说中玉素甫式的有目的的极端功利的凿空——盗掘是不同的，两者有强烈的对比。人类的凿空从来没有停过，至今尤盛，考古家在凿，盗墓贼在凿，矿工在凿，大型工程在凿，地铁在凿，管道在凿，光缆也在凿，有时让我们想到作者是不是也在凿空自己？人的一生是否是一个自己凿空自己的过程？刘亮程的作品里就是这样布满了多重意象，有些意象是不可言说的，是一个感觉深邃的象征体系。

《凿空》的确没有很强的故事元素和人物重大行动，充斥其间的多是感觉，意象，色彩，声音，尤其是声音，这是刘亮程在此最重要的话语方式。作品开头写到驴丢了，一连串的形容精彩得不得了，驴夜晚在地下菜窖里叫，驴寻偶时的叫，还有驴对着外来的那些机器叫，都很绝妙，因为阿布旦的驴听不得比它的叫声更大的声音。还有故事最后的万驴齐鸣，场面怪异，都是我们很少看到的东西，他提供了一个非常新颖的感觉世界。声音之所以呈弥漫状，因为小说的叙述人张金——张旺才之子，在矿上干活时震得耳朵失聪了，大夫说，那些过去的声音能帮你恢复听觉，于是整本小说他都在捕捉声音。读这本小说，主要是读声音——感觉，由感觉引发想象和思考。这是一部奇异的、荒诞的、同时又是抵达心理真实的小说，所以是一部有独特艺术个性的小说。

《凿空》在恢复小说的诗性建构上做了有成效的努力。好的小说有一个很高境界就是诗性，很多作家的成功都证明了他们的作品因诗性而赏心悦目。刘震云的《一句顶一万句》，尽管有读者表示不知其意，弯弯绕的说话看得眼晕。事实上，它表达了人的无法言传的，却像影子一样跟随的孤独和苦闷；表达了人在精神上的孤立无援状态，所谓中国式的孤独感。这就是一种诗性结构，有存在主义的味道。《凿空》也是如此，我们能感到他在表现人的一种精神向度，一种下意识的渴望，一种向未知世界索取和刨根问底的固执。有人用小说的一般常理和原则来要求刘亮程，并对他的小说提出质疑，说他的小说无非是散文的扩大版，但我认为艺术形式可以多种多样，也是可以越界，扩容，跨文体的。刘亮程之所以是刘亮程，在于他提供给我们一种遥远的感性的声音。在今天的时代，能提供出阿不旦村发出的声音，就是令人愉悦的。感性往往是通向深刻的桥梁。

须一瓜直面人性的极恶与极善

须一瓜的作品我读得不是很多，但我早注意到了她。几年前，我编过一本《近三十年短篇小说精粹》，选了她一个短篇，叫《海瓜子，薄壳海瓜子》，至今记得，它写一个老人和自己的儿子、儿媳共同生活，有天晚上，这个很善良的老人，却偷窥他儿媳妇洗澡，被儿子发现，打得头破血流。儿子狂躁至极，老人沉默无语，儿媳欲救护老人而心怯，自此一家人，出现了难言的紧张。但老人始终默默做好事，想挽回自己的颜面，最后有所缓解，终未完全释然。这篇小说虽短，在揭示人性内在的原欲与道德感的冲突方面很见深度。

看完须一瓜的新作、她的第一部长篇小说《太阳黑子》，我认为在品种上很奇特，在艺术上也颇具特色，无可替代，要是拍出戏来，有可能出现中国式的《人证》《砂器》《天国的车站》一类东西。但是那一定要大导演拍，小导演不行。我觉得，须一瓜永远对人性的复杂，对人性的两极对抗，对人性中的善恶转换，对人埋藏很深的良知或者说天良的发现，对人性中超出想象力的部分，对人的尊严感，对人的自我救赎的渴望和人为了找回尊严所做的悲壮努力，给予浓厚的兴趣和热切的肯定。当然，人跟人是不一样的，任何时候都不缺乏极端的例子，万劫不复的人总有，只能说，她是讲主体的人，类的人，总体上她对人是持肯定态度的，是信任的，而不是绝望的，悲观的，正如太阳里面有黑子，但太阳毕竟是太阳；人性中也有恶，暴力，仇恨，报复，嫉妒，甚至嗜血，然而真善美和良知总是不灭的，是与人相伴随的，人的太阳于是并未坠毁。在某种意义上，《太阳黑子》正是表达了须一瓜对于人的和人性的理想，发现那种不会被罪恶感、兽性彻底压垮的污泥中的人性的花朵。

在《太阳黑子》里，须一瓜处理的是一个难度极大的故事。她给自己出了一道几乎无解的难题。凶残地制造了一起灭门强奸大案的三个案犯，后来却是三个最善良不过，最勇敢无畏，最忠厚仁义的无名英雄式的人物。这怎么可能，该作何解释？在这两极之间怎样才能找到平衡点，合理点，过渡点？小说一开始展开的生活，甚是古怪，三个男人，都三四十岁了，一个个一身蛮力，却都不结婚，没有一个亲戚来过，也从没有一个女人出现。那个让人疼爱的小姑娘，到底是谁的孩子？每个家伙都说是她的父亲，鬼才相信，但小说就能让你相信。每个作者的天赋不一样，有些人只能写和事实贴得很近的东西，但是像这种题材，没有一定的才能，天赋，是写不出来的。我们说小说家是说谎家，是虚构家，这个故事可以说达到极致了。我们明知小说是假定的，但最终仍在她假定的事件里面沉迷，甚至流泪。特别像最后的分手，写得很煽情，让我们信任她的世界，承认这个世界有它的不可思议的逻辑力，我们不得不跟着它跑。

写作上最大的难点在哪里？在于对人性的洞察和表现。罪犯与常人，善与恶，魔鬼与天使，好人与坏人，残暴与仁爱，怎样有机地拧在一起，成为每个生命体的不同的棱面？虽然须一瓜没有说，但我觉得她是相信非理性的不可控制的，她认为人在善恶之间，什么都有可能，兽性成分在一念之下膨胀，就可能铸成大恶。在她看来，很多案件还是充满了偶然性，不是像过去讲的，阶级本质决定的，罪犯就是坏人，好人绝对的好，坏人绝对的坏。她不这么看问题。在她笔下，三个罪犯都在忏悔和噩梦中，在罪恶往事的纠缠中生活。十几年了，每到8月19号，也就是作案日，他们几个总是坐在一起跪拜，祭奠，对坐，无言。三个人的职业设计也很有意思，一个是打鱼的，一个是出租车司机，一个是协警。三个人都有一定的张力，可以联系社会各方面；但写社会不是须一瓜的追求，她要研诘善与恶的极端化转换。他们终于撑不住了，不想再梦见那五个人，承受不住最后一根稻草的压力了，宁可寻求解脱，服罪伏法。作者把死亡诗化了，他们本有足够时间离开，却选择了死亡，也就是灵魂的解脱。作者在此寄寓了人的理想，那就是担当精神，也是牺牲精神。伊俗春，伊谷夏兄妹的设计也比较成功，一个如沙威，一个如痴女，一是法，一是情，二者强烈碰撞。写出了承受不住的过程，是须一瓜的本事。

　　须一瓜的叙事，动力感很强劲，一旦开始叙事，就进入叙事节奏而不能够停下来，甚至有一种快感。她的文笔洒脱利落，善写福建一带的海景，月色，海港，直觉好。比如，伊谷春对辛小丰的直觉，如阴霾漫过，又立刻消散；又如，比觉对时间的感觉——静得可以听到高压线芯里电子疯跑的声音，有点像白天坐在铁轨边把手掌虚窝在耳边听到的声音，她把这叫时间的声音。

　　我知道须一瓜是政法记者，她的灵感好像都是来自于末条新闻的，李敬泽说她的写作路径是：尾条的新闻，头条的小说，概括得很精准。但我还是觉得她老是用案件来组织小说，离不开案件，是个问题。她太聪明，末条新闻能演绎出一套东西，某个末条新闻我们看了麻木，她却能搞出一个小说来。她的秘诀在于，把外在事件的传奇性转化为内在精神的紧张性、分裂性，有很强的猎奇成分。话说回来，小说就要有猎奇成分，没有猎奇成分谁还要看？对于人性的匪夷所思的部分，须一瓜是最感兴趣的，她也总想挑战这个难题。现在有些罪犯，人凶残极了，可他对亲人好极了，就很复杂。然而，一个作家不能老是依赖一个模式，她的有些小说确实给人套路相互差不多的感觉。她聚焦于人性的深层冲突是不错的，但心理揭示的深度显然不够。上面讲到"尾条的新闻和头条的小说"，实际涉及新闻和文学的关系，值得深入思考。

杨争光《少年张冲六章》忧思深广

我想向博友推荐一本好书，那就是杨争光的新作《少年张冲六章》。读到张红旗第一次把张冲吊在门边，张冲都尿不出来了，我掉了眼泪。我觉得这里的父亲张红旗，母亲文兰，还有他们的儿子张冲，都掉在一口深井里，周围有无边的压迫感，所有的人都在挣扎，都逃不出一个空间。这个空间看上去很阳光，很和谐，可是有一种像空气一样包围着我们，我们看不见却无时不在的压力。我们可以感知它，却没有力量超越它。从古至今，还是无法超越。是的，我们只能说，不这样活，又能怎样活呢？社会和父母要求于张冲的，激起了张冲的反叛，他是以盲目的和畸形的样态在反叛，他交出来的成绩单总是那么糟糕透顶，他染黄头发，戴大耳环，他抽烟，他飙车，他暗算可憎的老师，他用板砖拍街上的混混，于是只能遭毒打和被抛弃。他不乏正义感，最后他惩治了嫖娼的公安局长，自己却也因此进了少管所。在整个少年时代，他和父亲双方都痛苦万分，母亲回护他，却无法为他的不争气辩护。小说写的虽是关中乡镇的故事，不是城市的，但在文化人格上，心理结构上，父母的愿景上，城乡之间又有什么不同呢？也许我们只能发一声浩叹：可怜天下父母心。

所有的孩子并不都是张冲，张冲只是一个极端的例子，但从张冲身上引发的东西，却是每个幼稚的心灵都感同身受的。张红旗与张冲的矛盾，张冲与老师的矛盾，张冲与社会的矛盾，并不是单因单果的，而是全面的，盘根错节的。张冲在初中毕业时的"自我总结"里说："我上了九年学。我记得我上一年级的时候，我还是喜欢学习的。二年级的时候我也还喜欢学习……我爸给我支了个石头桌子……我爸说石桌是火箭发射基地。他希望我好好念书，考大学，将来能上天入地成龙成虎，其实就是成为人人都羡慕的大人物。……后来，我让我爸失望了。……我不爱学数理化，英语更糟，有点兴趣的是语文……我喜欢……一喜欢就乱动脑子，出洋相，故意惹老师生气，让老师难堪……我成了问题学生。我承认我是问题学生……"张红旗两次看张冲的成绩单，全不及格，受到惨痛打击，在精神上陷入极度苦闷，如笼子里的困兽，闷得难受，显得极度虚弱，可怜。他无法解脱，他的资源太少了，无非是念叨少壮不努力，老大徒伤悲，再加上宝剑锋从磨砺出，人过留名啊种种，对张冲不起什么作用。在张红旗看来，理想人生就是光宗耀祖，像陈大的儿子那样，坐小汽车风光地回乡。是的，他能感到，这是一种生命的延续，儿子是另一个自己。他悲怆地对张冲说，就指望你了，爸求你了。几近哀求。

张红旗错了吗，也不能说全错，但他的"成功学"为什么总是失效，却值得深思。张冲本是个好孩子，聪明、倔强、善良、正义、肯动脑筋；张冲的反叛，冲撞，奇思怪想，源自于他的反抗禁锢，追求个性自由的天性，他要成为他自己，又不知怎样才能成为他自己。这时候我们的文化无所不在。父母，亲戚，民办教师也构成一种文化。他们好像只知道不断地伤害张冲的自尊心。除了父亲的打人，体罚，吊门吊牛槽的虐待，还有集体的虐待，就是心理伤害。石桌，是个象征，是所谓的火箭基地，一直压迫着张冲，张几次掀，都掀不动，后来就砸断了它。父亲说，你把我的心掏空了；儿子说，你把我踹不成你想要的那种人。直到张冲说，"我没爸没妈我是玉皇大帝日下的！"

杨争光说："我们是我们孩子生长的土壤。我们的孩子是他们的孩子生长的土壤。"张冲在小说中的结局是进了少管所，事情何以闹到这种地步，出现这样的结果，可以思索的东西的确非常之多。在这里，中国人的伦理道德和做人处世的尊严面子，中国人的民族性格，以深刻的精神冲突的形态，全包含在内了，于是绝不仅是个望子成龙的问题。是的，张冲被关了，他是否本来就一直在一个无形的笼子里生长着呢？

《张冲六章》读来毫不轻松，有很强的压抑感。它不是一部简单的写成长的小说，也不只是通过"问题学生"来写教育的困境，而是直指文化，直指人心，质疑我们民族历来崇尚的精神价值和人生理想，力图写出我们文化土壤的极端复杂性、缠绕性以及我们怎样以爱的名义实施着扼杀，联合起来对付一个孩子。在少年张冲的青涩形象里，埋伏着苍老的根系。这既是关于一个少年的，也是关于一个民族的；既是关于教育问题的，也是关于民族精神如何强健、如何独立的；既是关于一个人的成长史的，也是关于人性，人道，人生价值取向的；它着重写了一个少年的不幸的"成人化"过程，爱他的人，却在一步步把他往精神的绝境上推，周围的成人，教师，父母，同学，亲戚，其心理深度和灵魂状态也都不那么简单。我想，用"忧思深广"一语，也许可以概括。用鲁迅先生说过的"梦醒了却无路可走"，也许可以说明作者和读者至今依然困惑着。

梅卓的"爱的炼狱"

　　暗烛光下的美丽，要死要活的浪漫，背信弃义的仇恨，恨到极限的解脱，让涅槃的心临风起飞……我愿把这些"形容"倾泻给这部叫做《魔咒》的中篇小说，因为我喜欢它的优雅感伤的格调，久违了的女性的忠贞，仰望神佛的虔诚，还有深入骨髓的学不来也装不出的纯正的藏文化精神。

　　我明白，这是一个只能发生在青藏高原的故事，又是一个只能发生在今天的故事；这是一个只能发生在康巴汉子和安多姑娘之间的故事，又是一个只能发生在新一代藏族青年知识分子身上的故事。然而，我依然感到惊讶。提起西藏，青海，我们多半还是保留着原有的印象：原始，落后，愚昧，隔绝。即使像我这样近年到过西藏的人，也不能完全抹掉往昔的印痕。其实，我看到的只是一些外在的表象，雪山，寺院，转经筒和朝圣的人，我并不了解人们内心的世界。我只知道青藏高原在剧变，但不知道具体怎样变，更不知道人心怎样变。小说提供了某种观察。

　　在这里，"哈达变成了一种通俗文化，谁都在献哪，把谁献了还不知道呢"；在这里，"有不少人用钱供奉神，为的是让神保佑他得到更多的钱"；在这里，拜佛与炒股，祈祷与经商，寺院与酒吧，可以并行不悖；在这里，庄严的阿尼玉拉神像与好莱坞巨星布拉特皮特的大照片，可以共处一室，都是主人的热爱。总之，在这里，多种文明交汇在一起，开启了一幅奇异的新景观。当然，这绝不是事情的全部。在这里，宗教在人们生活中的位置仍然重大，但人们的精神生活显然发生了微妙变化。"进寺院的人的心是安详的，但很快被城里的喧哗搅乱了"，于是，悠久的传统与旋动的现实相冲撞，演绎出这个美丽忧伤，让人无限思量的故事。

简言之，这个故事写的是由爱生恨，由恨而不恨，由不恨以至解脱，甚至产生了超生之感的心灵历程。这是任何年代都可能发生的，它天然地带着宗教的温馨，可是，主人公是新一代藏族知识分子，就别具魅力。小说里的爱情，来得突兀、浪漫。在康德酒吧里，酒，女人，眼镜破碎，鲜血四溅。两个男子，一个是安多人，一个是康巴人，因为一个眼神，一句对话，其实为了一个女人，为了各自的尊严，发生了殴斗。"男人之间的事不要瞎劝"，让他们打吧；打过之后重新坐下喝酒，复归快活，不管流血的额头。这女子是谁？雪域音像出版社的有才华的女编辑，想必风姿绰约。她面对的，一个是爱她而她并不爱的，一个是刚刚认识了几分钟，以其阳刚风度征服其芳心的。她选择了后者，迅即坠入爱河，他们热烈，坦荡，野性，不顾一切，尽情挥霍，欲醉欲仙。情到浓处，干脆喝死算了。尽管他们一个在经商，一个是艺术知识分子，却也豪放如此。

世界被浓缩在一个女人心中。两种甚至多种文明，观念，在她心中交战，冲撞，两种极端的情感，撕扯着她，甚至极端到美国文化与藏族文化并存。她为了所爱的人不惜挪用公款，第一次是喜剧，公款补回来了还发了一笔财，但第二次却是悲剧。他拿走了她挪用的20万元后就再也没有消息了，也许是他的康巴人的流浪秉性决定的，也许是他再也没有好运照临。她开始恨他，钱的巨大压力使她愁闷欲死。幸好领导宽厚，准许她尽快筹还，不然她该进监狱了。可她怎么还啊？她生不如死地活着，双手的珠宝变卖光了，那曾是他为她购置的。她大叫"我要挺住"。他使她陷入可怕境地，终于，她请最灵验的阿尼玉拉神惩罚他，要他下地狱。

真不知情为何物？追着给她钱，对她百依百顺的，她不爱，偏要爱一个喜欢挥霍，不计后果，总在追求"从头再来"感觉的流浪汉。我们可以说她糊涂，但爱就是糊涂。可叹现今，糊涂的、无条件的痴爱狂爱太少，清醒的、能用物质和金钱换算的爱太多。我们不由对她含着敬意。不管发生什么，生活还得继续。她爱过恨过的康嘎啊，无意中为她提供了丰富的片断，大起大落的爱恨，这是情感的炼狱，是"她疯狂青春时代的代价"。她居然暗暗感激康嘎了，她在佛的面前撤诉了。如果没有他，她仍将处在懵懂状态。

谁说今天的生活单调，重复，乏味，无内涵？其实，可咀嚼的东西甚多，终于挺住了的达娃卓玛，由一个魔咒的产生和解除，到达了精神的彼岸。然而，达娃是否过于幸运了，魔咒的解除是否过于迅速了，她的命运和哲学是否并不适合其他的受难者？要是她编辑的音乐光碟不那么火爆，畅销，无钱可挣，那该怎么办呢？人生还会那么有趣吗？不过，梦境就是梦境，艺术即梦境。全球化的脚步不慢，它的脚趾已触到了青藏高原，博爱，忍耐，宽恕，慈悲，化仇为缘……这一切似乎都带上了悲剧感。达娃所遭遇的，不仅是爱情故事，佛教故事，而是人生故事，还是让它美好些吧。

从叙事的从容不迫，从节奏、语气的掌控，以及从浓郁的藏地风情来看，梅卓是位成熟的很有实力的藏族女作家，值得文坛注视，她的长篇小说《太阳部落》和大量中短篇小说，值得我们回头一看。

陈行之的黄河

历史究竟是什么？当一个人处在某种历史境遇中时，他对于这种境遇到底有多大程度的认知？他是作为一个严格意义上的人还是作为一个社会符号存在于历史之中？他以何种方式与历史对话？作家陈行之思考的问题显然也是我们每个人面对历史时的思考。陈行之的《当青春成为往事》把我们引进了发生在黄河边上的动人心魄的命运故事，同时把许多思考置放在我们面前。读其书，我们似听到了黄河的声音，时而静静低语，时而咆哮怒吼，而岸边，那些鲜活的生灵们的声音也是时而微弱，时而悠长，更多的时候他们选择了沉默。

逝者如斯夫。一种悲怆之感油然而起。

"我"，苏北，小说的叙述者，1969年奔赴陕北的北京知青，回到北京后成为一名作家。事实上，小说中有关苏北的描述并不多，他只是代替作者站在历史长河边上观察罢了，观察一条孤独、伟大、暴烈的河流以及与之纠缠的无奈的悲慨人生。

小说的开头沉静而委婉。苏北奔赴西部乡村时，在黑夜的火车上想看一眼伟大的河,却没有看清。八个月后苏北亲眼目睹黄河支流无情地吞噬了抗洪抢险的北京女知青郭焰,他为最美好的东西顷刻间丧失而震悚。1976年,苏北又一次遭遇了黄河支流黄羊河的肆虐。两次对于黄河的印象叠加,得出"屹立如山峦,动作如江海"的印象。它巨大,浑厚,暴戾,但它又无比孤独,故事就在这种意象中徐徐展开。

苏北与黄河的真正对话缘于看望北京时的同学吴克勤。吴克勤是同学中的佼佼者,博学多识,主动申请到了极偏僻的马家崾岘,成为先进典型,四处讲用,头上总扎着当地人都已很少扎的白羊肚手巾,并在马家崾岘与一个贫农的女儿结了婚。风潮过后,其他同学纷纷回京,他也曾回京,却因无法生活又回到马家崾岘,并永远留在了这里。吴克勤为苏北讲述了一个马家崾岘发生的母亲的故事,同时也是关于黄河的故事、关于孤独的故事。在小说第三章至十六章,1936年的一个母亲石玉兰出场了,她原是佃户女儿,在动荡的年代被人抢去做了三姨太,丈夫死后她带着儿子绍平逃到马家崾岘,为了让村人接纳自己和儿子,她让儿子跟着马家崾岘的后生们一起参加了红军东征的担架队,一场恶战后,其他后生全部牺牲,只有做了俘虏的绍平活着回来了。万般绝望的玉兰亲手杀死了绍平,遂精神失常,最终投身黄河之中。

又是黄河。

然而,故事并非陈行之小说的最终目的,他冷静地告诉我们:二十五年后的苏北才知道,有关石玉兰的故事并不存在于马家崾岘,它属于吴克勤。这时我们再回过头来看,发现有财有势的井云飞无法左右自己命运,佃户女儿石玉兰无法左右自己命运,北京知青吴克勤同样无法左右自己的命运,他(她)们在奔流不息的黄河面前显得不堪一击,最终都把生命交给了黄河。所以,在作者笔下,黄河不仅仅是黄河,更是一条暗喻历史的大河。作者借苏北之口道出:"送走了青春岁月的人才会知道,无论历史把他负载到什么地方,他在历史中的位置都是固定不变的,换一句话说,一个人的生命历程并不是在延展他自身,那仅仅是在演绎历史赋予他这个角色的必然性内容……这里没有偶然,所有的一切都潜藏于必然性之中,它坚如磐石,没有任何力量能够动摇它和改变它。""在这个意义上,我们当然有理由认为,这个故事是关于我们自身的故事。"

只有把黄河与历史连接在一起,才能更好地理解这部小说。也只有这样才能明白苏北从黄河涛声中听到的笑声、呜咽、吟唱、哀叹和憧憬。每一个人,都能够从灵魂上感觉到它,黄河要做的仅仅是存在在那儿,仅仅是平静地或喧嚣地提示人们它的存在。不管发生什么事情,都不能改变这个巨大的存在。在某些时段历史也许是盲目的,像群山中蜿蜒的河流一样充满了波折,但是,它的总体趋向又是不能够被改变的。于是,黄河与历史在某些时候又都有着残忍的意味。苏北内心深处认为,吴克勤的人生、吴克勤讲述的故事,都在证明这个世界上有一种能够被称之为残忍的东西像失去理性的河流一样横冲直撞。他希望这种残忍与黄河无关,但他又无法将它与黄河剥离。这个世界上没有任何一样东西能够改变一条伟大的河流,无论发生了什么,黄河依然奔腾不息。

陈行之在书的《后记》中说:"必须承认,在探讨中很多宿命的东西困扰着我,这就是我写作本书过程中曾在《写作札记》中表述的:'在强固的历史面前,人的全部命运展现所反映的都是:虚弱。'"在陈行之看来,个人在历史的长河中几乎只是在完成角色,所有经历都是应当经历和必将经历的。他关于历史的思考和观点,我并不是十分地赞同,但是,我很赞成作家要关注历史时间过程中个人心灵演变轨迹的观点。作者努力实践了这一点。人物的心灵演变成为这部小说一个重要构成:井云飞在复杂政治斗争中的踟蹰敏感;吴克勤在命运颠簸中的犹豫彷徨,踩在浪尖上的得意和终于对"这一场运动"的质疑,临死前在荒野上的放声大哭;石玉兰作为母亲和妻子的细腻的心灵悸动,看到儿子逃生回来在想象的图景中的无比恐惧,以及冲动地向儿子开枪……很好地把握了人物微妙的心理活动,读之令人怦然心动。

在这里，我想多说几句绍平。这个青年不是这部书中最重要的人物，但作者对历史时间中他的命运和心灵的展示却打动了我。绍平出生于乱世，他的身世与其他人又不同，他的父亲井云飞原是个本分商人，后来变成民团头领，在险恶的政治斗争中被人利用，死在红军刀下。绍平背负着洗不清的身世来到马家崾岘，想融入这里而被拒绝，时刻想证明自己也是一个人，一个和别人一样的人。他和双柱的恶战就是极端的例子。此后，他去参加担架队，想消除村里人对于自己的不公正。他是怀着一种献身精神上路的。战争是历史的一部分，它对人的塑造很迅疾，昨天还稚气的脸突然就严峻了成熟了，眼里闪着坚毅无畏的光。其中一个原因是，他和双柱终于站在了一起，成了马家崾岘的儿孙。可是剩下他一人时，他梦见了文香，当战争与性爱同时呈现在一个人生命中时，悲剧有可能就向他招手了。绍平没有战斗到最后，想到心爱的文香和母亲，"必须活下去的念头"占据了他的脑海，他投降了，于是杀他的人由敌人改换成了他的母亲。人物在这一过程中的心灵轨迹被陈行之精微地显示出来了。

原来黄河之于陈行之，便是历史。黄河冷酷之性格、粗粝之色彩、盲目之血液都暗喻历史。人之悲剧便是这盲目中的荒诞角色。

这是历史的黄河中漂流的沙粒，似乎也只能跟着巨浪翻滚下去……生，或者死，都是浪的翻滚而已。"悲剧呛人"啊。读至此，一种形而上的历史观和存在感逼上心头。无疑，陈行之构造的这个独一无二的世界充满了理性的深度和阅读的难度。但它不同于当下那些描摹现实表象文本，它是深邃的，哲思的，能将人带入形而上之境。也许同时应该指出，作为小说，陈行之的风格过于理智，语词偏于抽象，他太迷恋停顿下来的"分析"了，于是少了些感性的灼热和氛围的浓厚。作者近几年对长篇小说发起了持续有力的冲击，显示出独特的哲思与艺术的追求，我们有理由期待他更优秀的作品问世。

杨黎光：老宅子里的人文波澜

——读《圆青坊老宅》

读完长篇小说《圆青坊老宅》（杨黎光，人民文学出版社），首先冒出来的感想是：这些人物事态现在的作家不写，以后的作者要写就很难了。我佩服作者的记忆力，还原力，重构力，在他的笔下，八十年代特有的时代氛围，话语和行为方式，乃至某种气息，声音，流行语，皆跃然纸上；那底层灰色的人生图景，逼真鲜活；那三教九流各色人等的言谈举止，栩栩如生。作者借一座老宅和老宅即将拆除的契机，借一群芸芸众生极为日常化的生活，传递出了那个万物复苏的年代里南方小城骚动不安的特殊气氛，塑造了多个市井小民的生动形象，折射出了改革开放大潮无细不达的力量，如何在老宅子中搅起了一层层几乎无事却颇具文化意味的波澜。

通过一所老宅的变迁概括社会历史生活的方法，是巧妙的构思，却也是一种成熟的模式，在古今中外的文学中并不鲜见。它往往象征历史传统的深固，文化积淀的深厚，以及变革之难。现在的问题是，当新的作者运用这一模式时，就要看他能否提供新鲜的生活图景，能否对历史生活有新的发现和感悟，能否带来陌生化的新奇效果，让人忘掉老模式，面对一种新的体验。这就需要充分展示人们未知的东西，或者说，作者独有的东西。

以之衡量这部作品，我首先注意到作者凸现徽州文化特征和强化历史感的追求。在小说中，老宅"齐府"坐落在长江边上的宜市，虽说破败不堪，凋尽了朱颜，但仍能辨认出它昔日不凡的气象，其沉厚的历史及其绵延，包藏着说不尽的故事。这座经历了四百年风雨的老宅，由明代户部尚书齐园青建造，后来的陈玉成、曾国藩住过，国民党、日本鬼子占过，它的名号也由齐庆堂到英王府到总督府到司令部，频频地更换；到了当代，齐氏家族的人大都风流云散，它变成了平民百姓杂居的大宅子。真所谓：旧时王谢堂前燕，飞入寻常百姓家。作者对老宅子的建筑文化，庭院设置都有精细描绘。小说中无处不在的场景人物，营造出一种特定的空间，诸如肮脏的街道，逼仄的住房，爱发酒疯的苦力，破落户的飘零子弟，仕途失意的小职员，小商人，旧军官，古董贩子，难民，拾荒者，老革命等等，真是丰富错杂，兼容并包。众多人物不同的来历，衣食住行的不同习惯，甚至不同的骂人法，构成了一种非常独特的南方市井文化。

当然，这只是小说的生活舞台，在我看来，这部作品的突出特色在于，它以细致入微的观察，冷静幽默的笔触，状绘出一种旧的生活方式就像老宅子的梁柱已经朽坏，摇摇欲坠。它的重点不是写改革，而是写不能不改革，写老宅子里那种贫穷，狭窄，压抑，刻板，沉闷，委琐的生活再也不能继续下去了。这里的物质空间是极其狭小的，精神空间同样狭隘。小说一开始就写忠厚老实的迂夫子齐社鼎因遭遇"狐仙"受惊吓而中风倒地，其实，根子还在老宅拆迁的消息带给他的强刺激，他的一生已与老宅糅为一体，作为齐氏家族唯一的传人，他的心态的复杂可想而知；而与他同床异梦的妻子谢庆芳，则精明一世，糊涂一世，她的一辈子都在"押宝"，在苦等着揭开一个秘密：从老宅翻出浮财。结局当然是落了空，只翻出一部不能当钱用的齐氏家谱，仿佛一则黑色幽默。这里的人们像在鸽子笼里居住着，基本的温饱得不到保证，为每一平方米而争执，为"搞嘴"而四处奔忙，有的人也想到"搞钱"，却总是处处碰壁。这里，把当时计划经济时期的匮乏和极左思想的禁锢，生动地表现出来了。所以，才有了叫月清的女人的泣血的"备忘"，才有了曹老三的酗酒，曹老四的贪吃，才有了程基泰遇到港客时的受宠若惊，钱启泰鼓捣古玩时的惊惶失措和听数钱时的乐不可支，张和顺神秘的提包及其吃螃蟹，吴福生的官场受挫及其信迷信。所以，老宅即将拆除的消息一传来，犹如一块巨石投进了深潭，就有了人们的兴奋和兴奋之后的敏感、戒备和防范。

作品既不回避小市民们的某种劣根性，也在深挖中华民族来自底层的奋斗精神，方法是不止写一个人，而是写一大群人，不止写人的行动，而且写人的命运，不止讲一个故事，而是写一种生存状态，力图从一个侧面表现精神变迁的轨迹。这里并非只有灰色的小人物，卑微的欲望和委琐的行为，也有埋在深处的精神之光。比如，"赵大队长"是个过得很潦倒的"老革命"，他的复杂经历，传奇性，包含着巨大真实和严肃性。当年他接到密令杀大舅子时的酷烈情状，内心的剧痛，几十年后得知杀错了人，他无尽的忏悔，给冤死者遗孀每月悄悄寄钱的隐私，非常动人。再如曹汤氏这个人物，她身材高大，胸前背后都是孩子，于是不得不哈着腰的样子，让人难忘，她的身世和她的吼叫，她的经历了无数痛苦后的冷漠，透示出很强的生命力度，可以说，通过她，写出了淮河流域劳动者们或流民们的苦难、辛酸和坚韧。

从小说创作的角度来看，作品也有一些值得推敲的问题，例如老宅与人的关系，老宅是一空间，人是一个个分散的，平面的列传式写法，而人不应是任摆布的棋子，应各具独立生命，这就可能出现为服从老宅整体象征而牺牲人物完整性的问题。人物要独立，到底能脱离老宅多远？有的地方就不敢往深处写，怕影响整体结构。人物之间仅靠老宅连接，仅以狐仙闹事和老宅拆迁串连，是否仍嫌有机性整体性不足？小说从闹鬼始，到闹鬼终，穿插了不少狐仙闪现，人人自危的惊耸情节。这其实是双面剑，一方面强化了可读性，好看，一方面也在无形中削弱作品的意义深度。作者显然并不想搞成恐怖小说式的东西，仍用传统写实手法发掘老宅文化的人文底蕴和时代内涵，这是清醒的，但狐仙渲染得有点过头，说来就来，无所不在，而所谓狐仙终不过一大白鼠，不免有故弄玄虚之感。

小说最后，是二傻子为泄愤点起一把火把老宅化为了灰烬，这看似偶然，实为必然，于是老宅子里的居民们，站在旧世界的废墟上迎接新的生活。这是一个意味深长的象征。

钟正林:《鹰无泪》及其他

　　钟正林是近两年中短篇小说领域的新人,关注他是从读到《斗地主》开始的,作品中有浓得化不开的川味语言和人与人之间貌似亲近实则紧张至极的较量,这曾给我留下深刻印象。此后,看他不断有新作品发表,写作范围也越来越广,但唯一不变的是他的小说中浓厚的"川味",这使得他在当下文坛的青年作家群里显出了一份执拗。

　　钟正林最近发表的中篇小说《鹰无泪》更显独特,它是作者在人人畏惧的余震中一个人睡在宿舍大楼里坚持写出来的,对他来说,应该也是精神上坚守的成果。表面看来,《鹰无泪》表现的是"5·12"汶川大地震中的青牛沱——作者的家乡,这次地震的重灾区。小说一开始,似乎带着某种诡异的、未知的气息:队长钟二哥正梦见离开人世几十年的祖母在天穹似的苍蓝的青牛沱水里向着自己微笑,却被婆娘摇醒,原来一向大胆的潘老苕惊惶地找来,说他的母牛被怪物吃了。紧接着,钟正林没有提及地震,却展示了地震前许多奇异的自然现象,以及在这自然现象中青牛沱的村民生活。表面平静的青牛沱埋藏着许多隐秘的故事,它们都在地震之中一齐浮了出来。钟正林几乎没有正面写地震,而是通过潘老苔、钟二哥、迟女子、三秀、吉娃子等主人公的各自不同感受,让地震中人的面貌在读者眼前一览无余。最令人感慨的不是地震本身,而是地震中的凸显的人性。为了救学生而献出自己生命的青年毛老师是一种,为了金钱和利益明争暗斗的李矿长、赵跛子等人是又一种,为了图自己享受而杀了丈夫的迟女子也是一种……这一切,都在地震中得以显现。地震是可怕的自然灾害,同时是人性善恶的试金石。钟正林在这篇小说中较多运用了象征隐喻手法:以祖母"天穹似的苍蓝的微笑"作为小说的开头和结尾;而那只受伤后复原带着一身金色羽毛向着青牛沱方向飞去的鹰,让所有的青牛沱的村人满眼都是湿润的金光,更是蕴含着一种深层的东西,它是人类共同面对灾难时的希望。

纵观钟正林的小说大致可归为两类:一类是关注当前农村社会现实的,如《斗地主》《可恶的水泥》《气味》等;另一类则回眸上个世纪改革开放前农村的日常生活和心理图景,《人人偷盗》《河雾》是其中佳作。

钟正林的小说大都表现了农村人(包括介于城乡之间的小县城,从特质上看更接近于农村)的生活情状和精神征象。《斗地主》的开头就很能抓住读者的注意力:"喻腐败从喜洋洋茶楼里走出来,胖乎乎的笑脸笑盈盈地说,富贵逼人,富贵逼人,斗点小地主都要赢钱。"可是,作者却马上笔锋一转,让喻腐败的小灵通告诉我们一个突然事件,斗地主的赵副镇长"遭纪委抓着了"。接下来,钟正林对于整个小说的铺排似乎很随意,却又颇具新意:喻腐败如何与人"斗地主"——自以为在斗别人的过程中却节节被别人斗下阵来。这里的"斗地主"就有了丰富的弦外之音,让人从荒诞中看到活着的另一种捉摸不定的真相。《气味》从叙述技巧上看似乎更胜一筹,作家把一个衣食并不成问题的本分农民富娃子推到了读者面前:田里的活比他走以前少多了,钱不多,可也勉强够花。但是他在精神上是空虚的,小说一开始,我们就看到他从朋友张三娃和李闷猪处借黄碟看的情景。他也想农闲时进城打打工，却遭到了老婆的强力反对，可是，"每当早晚，看见张三娃和李闷猪骑着摩托车突突突的从门前冲过去时，富娃子想出去做活路的念头又滋生出来，就像土墙边上的峨嵋豆样，在凉飕飕的秋风中仍然举着素花儿，有的素花儿谢了，还结出了弯弯的扁豆"。终于，老婆同意他去化工厂了，可化工厂污染严重，富娃子的身上有了一种怎么也洗不掉的气味。他虽然多了一份收入，却遭到了老婆的嫌弃。小说结尾处，富娃子听到青蛙的叫声，联想到自己还不如一只青蛙。这篇小说的内容比较丰厚，既表现了当下农民物质上的紧张，又揭示出了他们精神上的匮乏：打工所得的一点钱用于小茶馆找女人并"遭上了病"，除了看电视并无其他的精神性娱乐。

《可恶的水泥》展现的是一幅极为真实而又荒诞不经的农村生活图景：品能为了娶媳妇，就得有一院新砖瓦房，于是他拼命挣钱，甚至做出了鸡鸣狗盗之事，还摔断了腿。因为水泥地太硬，他的腿才会摔断的，为此他对"水泥"有着刻骨的恨，然而，他又不得不在水泥厂找钱找活路。历经千辛万苦，品能终于盖起了青牛沱最气派的一院砖房，这时却传来消息：为了打造旅游品牌，青牛沱房子一律恢复穿斗松树皮房，已经盖了砖瓦房的要撤除，县乡可给予一定的建房补贴。品能顿时如雷击般傻在那里。钟正林在谈起这部小说时说："现实远比小说里想要表达的东西残酷得多。"残酷的现实一方面对品能的生活构成了威胁，另一方面也对他的精神加诸巨大伤害："当自己静下来，望着已熟悉的乌暗暗灰巴笼耸的厂房，耳边哐哐当当咔咔嚓嚓伊伊呜呜叮叮当自己静下来，望着已熟悉的乌暗暗灰巴笼耸的厂房，耳边哐哐当当咔咔嚓嚓伊伊呜呜叮叮当当乒乒梆梆的各种噪声已不是先前的震耳欲聋，这种心理上的痛苦就钻了出来。品能双手紧紧箍着脑壳，他的脑壳一阵阵的发痛。当当乒乒梆梆的各种噪声已不是先前的震耳欲聋，这种心理上的痛苦就钻了出来。品能双手紧紧箍着脑壳，他的脑壳一阵阵的发痛。"这一连串击打式的乒乒乓乓的川味语句，造成了哭笑不得的效果。《可恶的水泥》还带有鲜明的生态警示意味。作品中展现了青牛沱人为了开采并制造水泥对自然造成严重破坏，直至于山体垮塌。品能对此的感受最为明显："他才发觉，他的体内还有另外一个自己，一个站在家乡青牛沱的云雾中，看着苍翠的山峦被炸开，被采挖，开肠破肚，垮塌后的山体，泥石流滑坡后的山体而泪流满面的自己。"

第二类小说中的地域色彩更为明显，《河雾》写的是上世纪70年代的青牛沱，读罢小说，人物的爱恨似远离我们而去，只留下浓浓的河雾和雾中的一双迷离的眼睛。《人人偷盗》则用别样叙述方式让1958年秋天的荒诞场景上演在我们面前，社员们被迫承认了自己莫须有的"偷盗"行为。相比之下，这类小说离当下现实较远，却仍然直指人心，直迫灵魂，读罢令人无法释然。

钟正林的小说忽然让我想起了王鲁彦的浙东、蹇先艾的贵州道上，因为他已经用小说为自己构造了一个川西小世界，人性的美好与自私、现实的残酷与无奈、自然的美丽与脆弱，无一不跃入我们眼睑。钟正林用来构造这一切的，乃是一种锻造后的四川方言："红爷婆"、"被人按了"、"脸上笑扯扯的"、"三板板人"、"走拢"等词汇散发着浓郁的川味，读来酣畅且别有一番风味。作家善于用跟家乡山水相融合并化为一体的方言来感受生活，表达体验，找到了他自己的语言感觉。后来知道钟正林最早写诗，诗人对语言往往比其他人更为敏感，钟正林对语言的重视体现在他对四川方言的独特融化和运用的功夫上，这在当下实在是一件较为难得的事情。

阎真：欲望时代的女性出路

——读《因为女人》兼及其他

读完阎真的《因为女人》，我深深感到，作品正视了一个隐蔽而尖锐的时代性问题：女性实现自尊自强和自我解放的出路究竟在哪里？这当然不是一个新问题，但这部小说却含有新意；其新意在于，虽然时代的布景换了，不再是封建的氛围下，不再是专制的淫威下，而是在现代的、开放的，看起来男女平权的社会里，女性却遭遇到了新的有时是难以启齿的困境。质而言之，在今天这个欲望化的时代里，女人仍然在男人的阴影下没有找到出路——不是生活的出路，而是精神的出路，性别尊严的出路。就社会保障系统来看，女性的地位在提高；就男女双方的身价优势来看，女性的地位是否反而有所跌落？在文明的表象下，在一派融融乐乐之中，是否正掩藏着许多女性作为弱者的屈辱的泪水？

1879年易卜生发表了《玩偶之家》，一个名叫娜拉的女子终于不愿再做男人的玩偶而勇敢地从家里出走了。这是几千年来男权话语背景下女性意识觉醒的一个转折点。不管这部戏剧在西方产生了怎样的影响，单就"五四"之后的中国而言，是很受其鼓舞的。"易卜生主义"在胡适倡导下，曾大行其道。"五四"个性解放的声音曾与女性追求自由自强的潮流一时在中国兴起。鲁迅在北京女子高等师范学校做了著名的《娜拉走后怎样》的演讲，随后还专门写了《伤逝》进一步展开形象化的探索。似乎是为了回答鲁迅提出的问题，郭沫若在为纪念秋瑾而写的《娜拉的答案》中说，"我认为秋瑾所走的路正是《娜拉》的答案"。据说，曹禺的《雷雨》《日出》和丁玲的《莎菲女士日记》都是受到过"易卜生主义"影响的杰作。女人的道路到底应该怎么走？这无疑是现当代社会和文学一直在苦苦思索的问题。

　　应该说，对女性的命运、自由、爱情、幸福的探讨与书写不仅是中国百年文学重要的主题之一，而且是世界文学两百年以来的重要主题之一。它给我们的启示是，虽然我们追求两性价值的平等，但不可否认的是，我们时时刻刻都生活在因袭的庞大的男权文化的阴影之中，也即菲勒斯中心主义的阴影之中。诚然，与八十多年前鲁迅先生提出的命题相比，今天的女性已经拥有了基本的政治经济权利，也享有与男人同样的受教育权利和结婚离婚的自由权利，但是，女人的命运到底如何呢？今天还有没有娜拉，或者比娜拉更不幸的女人？今天还有没有玩偶，或者明明是玩偶却不知道自己是玩偶的女人？女性的价值，除了躯体和性别还有没有更大的来源？在贞操淡薄，道德滑坡，享乐主义盛行的背景下，女性该怎样维护自己的尊严和利益？我认为，这些问题不但是现实的，而且是迫切的。

　　恰在此时，我读到了《因为女人》。小说描写了女主人公柳依依从十九岁上大学到她成家生女直到三十五岁这一段人生的经验与波折。除了结婚之后的叙述较简明外，其他每一段情感纠缠都写得丝丝入扣，细腻有致。出版者认为阎真是写女性的高手，"在男性作家中，能把纯情女生终成旷世怨妇的女性悲剧演绎得如此精致细腻的，恐怕只有阎真教授了"，此言不无道理，但"旷世怨妇"一语未免夸张失实。事实上，柳依依的遭际纵然不是最普遍的，也是相当常见的，作者本来就是将其作为一个普通女性来写的，唯其具有一定的普遍性也才具有了警世意味。柳依依起初是纯情的，同宿舍的女生都在谈恋爱，她偏能持守得住，默默等待爱情的降临。大款欲纳她做情妇，要好的女同学苗小慧就做了，她偏能想到父母的感受，拒绝了。然而，她终于又因为追求爱情和受不得外在压力而成了别人的情妇。她有过惊愕而后悔的一夜情。在爱情的"感觉"上一错再错，而在情人背叛，青春将逝，心灵疲惫之时，糊里糊涂地嫁了人。然后生活，生女，在无聊的日子里，仍怀着莫名的冲动去寻找"爱情"，与往日情人藕断丝连，直到对方倦怠淡出。不久，原先在丈夫面前颇为高傲的柳依依发现，丈夫也已有了情妇，而且再也"不碰她了"，久久地闲置了她。她有一腔说不出口的怨愤。她试图反抗，报复，但都没有用，青春容颜的衰败使她自己都抬不起头来。她发狂地美容，减肥，健身，想能"留住一分是一分"。她在镜子前面寻找自信，收获的总是失落。丈夫的出轨让她恼怒，但女友告诉她，最高明的策略是"隐忍"：想不开又能怎么样，希拉里是何等人物，克林顿犯了错，她还不照样得想开点？她也曾升起反叛的念头，有过"出位"，旋即发现女人出墙不是件容易的事，近乎自取其辱。最终一切都烟消云散了，虚无填满了她的心胸。作为信仰的"爱情"已死，只有以冷血对之，才不致受到太大伤害。她唯一恐惧的是女儿在一天天长大，她在心中默念着，琴琴啊，你千万不要长大。这声音是惨厉的。她感到四面都是高高的墙，往哪个方向走都没有路。要找到一条路，需要破壁而出的勇气。她没有这个勇气。

柳依依的整个情感历程不免令人黯然神伤。与鲁迅笔下的子君相比，柳依依先前没有独立的经济能力，成了秦一星的情妇，但她始终没有像娜拉和子君那样顽强地走出来，而是沉迷在"爱情"的幻象中被动地生活着。还是秦一星的背叛和诱劝，使她与并不相爱的宋旭升结了婚。我一直在想，她与秦一星之间的关系能算是爱情吗？柳依依崇尚"爱情"，并作为她的信仰，但她理解的爱情是抽象的，实质就是是否得到宠幸，没有更广阔的社会含义。秦一星是个精明而自私的男子，由记者而提拔为"副总"，很能代表当今某些成功男士的性爱观和行为方式。他对柳依依的"包养"，始乱终弃，是把一切退路全都设计好了的，可谓深谙风月之道。婚后的柳依依发现，丈夫很快也有了外遇，自己仍然是附属品，"她越来越感到自己被边缘化了"。她想离婚，现实因素又使她最终打消了念头。如果说，易卜生和鲁迅笔下的人物，都有一种悲壮的抗争之美，那么阎真笔下的柳依依，则缺少了一种决绝性，显得懦弱，迷茫和忍从。从柳依依的遭遇来看，当性和欲望压倒一切的时候，当女性被作为性的符号凸现出来的时候，当身材，容貌，年龄成为最大资本的时候，女性在"解放"的同时，就很可能遭遇最大的危机，一旦身体因衰老而背叛她的主人，她的价值就会急剧地滑落。这是很残酷的。旧道德在压抑妇女的同时，或许还有维护母性妻性的一面，但在欲望化的语境下，连这一保护层都失去了。所以作者自言，对女人来说，欲望的时代是一个悲剧性的时代，她们在人道的旗帜下默默地承受着不人道的命运。如果说，母系社会的解体是女性具有历史意义的失败，也许欲望化社会的出现是女性又一个具有历史意义的失败。

然而，作者把一切归诸欲望化时代，归诸男权中心，并不能完全解释问题的本质。作者对柳依依呵护备至，过于迁就柳依依的"金屋藏娇"生活和越来越钻牛角尖的怨妇心态，舍不得批评她一句，并借她提出女性在今天的精神出路问题。其实，必须看到，柳依依是个具有很深的依附性的女子，她的根本观念是女人的价值要由男人来确认。她承认自己贪图享受，喜欢好衣服好房子，她怕穷日子，在秦一星的照顾下，无忧无虑地过了几年，习惯于跳操，美容，逛商场。她潜意识里欣赏并安于玩偶角色，一旦失去了玩偶的地位，便痛不欲生。在她看来，失去了男人的欣赏和爱恋，女人就自然枯萎了。她也曾试图"开辟新生活"，但依附性始终不改，我们既没有看到她在术业上有何进取，也看不到她对社会世事有何关心，她的眼界跳不出与身边几个男人的恩怨纠缠。

阎真观察女性问题有这么几个角度：一是爱情已死。爱情已经成了不可期待之物，"这两个字我都有点说不出口了"。二是男女在生理上、躯体上，从来就是不平等的，这是女性不能得到真正解放的根源之一。作者用反讽的口吻说，在这个欲望的世界上，"一个女人，如果她已经不再年轻漂亮，她又有什么权利要求男人爱她、疼她，忠于她？"作者还站出来说，男人失去了爱情，收获了欲望；女人失去了爱情，收获的是寂寞。讲欲望讲身体，女人当然是输家，因为青春不会永久。当欲望的无限性成为可能，爱情就成为不可能。作者还借一个人物的口说，女人能有几年青春，这几年是金色年华，金子般的价值，你让他拿出金子的价格来，不然你就太亏了。上帝啊，你不公平不公平。所以阎真把他的这部小说命名为"因为女人"。这里阎真对女性的呵护和怜惜之情固然难得，但是，欲望仅仅是属于男性的吗？这个世界上发生的一切有关男女的事情，都是由男女双方共同完成的，双方应该都有责任。一个时代的道德水准不可能只体现在男性身上，女性也不例外。事实上，女性并不都是被动的受害者。在书中的女性看来，为女性呐喊的波伏娃，其本人的生活才是彻底的悲惨和失败。书中的阿雨甚至说，正正经经找一个好男人是找不到的，只有到另一个女人手中把她的丈夫抢过来，这是生死搏斗啊，不但是抢丈夫，也是抢一个孩子的父亲，要准备付出滴血的代价。我们无法否认，这些也是当今某种道德混乱现状的表现。书中一个年轻女子甚至连自己怀的孩子的父亲是谁也不能轻易确定。

整个看来，《因为女人》在艺术上的特色突出，写人物体贴入微，写细节生动鲜活，拟对话妙趣横生，阎真的笔，时有让人叫绝的呈现。墙上照片松动的秘密，手机的短信的动静，向夫人告密后的心虚，做爱后的心理战，都让人忍俊不禁。我在谈到《沧浪之水》时曾说，它有一种泄露天机般的感觉，我看《因为女人》也有同样品相，也有道破红尘中男欢女爱及其难言之隐的机智和犀利，不时让人发一声叹。但是，阎真写作的突出缺点仍然是过于理念化，问题化，偏执化。作者撇开了生活的广阔性，进入一个相对狭窄的卿卿我我，恩恩怨怨的男女性爱世界，行思坐想无非"性爱"，作为一部长篇来看未免单薄了。作者的形象世界全部奔赴一个目标，那就是诠释"因为女人"的理念。为了这个目的，作者一心为女性申辩，倾诉，代言，不惜成了对男性的讨伐者，这里的男性没有一个不让人失望的，但他忘了，这世界毕竟是男女共构的世界。女性的世界本来就有扩大的必要，但在这里，似乎缩得更小了。但无论怎样，作者为我们塑造了一个新时代的悲剧女性形象，通过她道出了这个时代需要也必须回答的问题：女人的精神出路到底在哪里？她寻找的爱情幻灭了，她的婚姻和家庭只是一个假的盆景和空壳，她又不能离婚，那么，她到底去哪里呢？在某种意义上，这个世界只有两种人，男人和女人，当女人失去目标时，事实上也是男人失去目标之时。不仅女人需要寻找出路，男人同样也需要寻找出路。这个出路同样是我前面讲过的，精神的出路，性别尊严的出路。

《金钱似水》与欲望化描写

  上海作家沈飞龙的长篇小说《金钱似水》，出版后颇能引发一部分读者的兴味，它走的是偏于通俗的路径，一女三男的模式虽不新鲜，却也诱人。但小说真正的出彩之处在于，叙事中不时闪现独特的体验和鲜活逼真的细节，人物间的唇枪舌剑包藏着种种世态人情消息，而喜剧化的甚至带滑稽戏风的揶揄和调侃，让人忍俊不禁。我发现，这种长于生活性，质地瓷实的作品，往往出自倾注了大量个人体验的业余作者之手，对经验性的依赖较重。据说这本书作者前后写了十年。对于商场和情场上的种种样态，我们耳闻目睹过不少，要为之所动已经很难，可是，读起这本书来，仍会觉得陌生，新鲜，有趣，仿佛第一次见到似的。这是为什么？恐怕因为：它并非局外人的揭秘，而是内部人的现身；不是靠事件的惊悚，而是靠人的灵魂的撕扯；不是隔靴搔痒虚张声势，而是刺破包装膜直抵真实。

  在我看来，《金钱似水》相当真实地、大胆地、泼辣地、喜剧化地展现了上世纪九十年代中前期某些民企老板资本积累的残酷过程，同时撕开温情面纱，毫不留情地把它的人物在权、钱、色刺激下那种膨胀的欲望化嘴脸呈露出来，写出商品意识的无孔不入及其不择手段性，而重点则放在传统的道德秩序和情感良知在金钱面前的崩溃和飘零，有较高的认识价值。作者的写作冲动，不一定来自为当今社会"立此存照"的预设；但作品的客观图像——金钱对人性的解构的生动描绘，却不妨可以看作是中国式的人间喜剧，让人联想起莫里哀，巴尔扎克笔下的某些情景。诚然，小说的笔墨比较直露，写起人在金钱面前的行状，它让男女主角尽情出乖弄丑，不加文饰，于是带上了幽默，讽刺的喜剧色彩。我想，作者同样事先没打算写喜剧，是生活本身的荒诞因素构成了它的喜剧性。鲁迅先生曾言，讽刺的生命在于真实，不必是曾有的实事，但必须是会有的实情。它不是捏造，也不是诬蔑，既不是揭露隐私，也并非专记骇人听闻的奇闻，所写是公然的，常见的，平时谁都不以为奇的，不过已不合理，可笑，可鄙，可恶，但经作者特别的一提就动人。我看《金钱似水》的价值和看点恰恰也在于这样"公然的、常见的"真实。

小说集中地描绘了几个骚动不安的灵魂，被金钱和欲望折腾得要死要活。在一女三男中，七步高和范玉莹写得充分，"团长"稍逊，孙董弱些。七步高是个恶魔型的人物，金钱魔力的化身。他很像南美洲的"烫鼠"，愈在滚沸的水里跳得愈欢。作者写他巧舌如簧，上蹿下跳，头脑机敏，手段毒辣，欲望如火却又怜香惜玉，性力超群却又坐怀不乱，在商场上无所不用其极，在情场上含情脉脉，所谓"深谙世故干练老辣，出手大方坦诚敢为"，是个复杂人物。他本是剧团里混不下去的跑龙套小角色，不意下海经商后，一路斩关夺隘，俨然成了大款、富翁。在小说中，金钱的力量主要通过美人范玉莹的归属体现出来。早年范玉莹厌恶七步高，打过他一记耳光，根本瞧不起他，如今却克服厌恶情绪投怀送抱，这一转换难度实在太大，但小说偏能"合理地"完成。范是剧团团长的情人，团长崇尚权力，当年团长选择做耿副局长的女婿就为了权力，可是现在，计划经济时代官位的尊严在金钱面前的黯然失色，没有资本支撑，团长眼睁睁看着范玉莹把他抛闪，连他的位子随时都可能被七步高取代。如果说这部作品没有简单化，脸谱化，那表现在它并不简单地炫示金钱的威力，而是着力于资本的人格化，对七步高其人的刻画即是。最后，七步高与比他更有权势和背景的孙董争夺范玉莹，经历了最剧烈的内心痛楚，终于识趣地放弃了。这是一个清醒的堕落者。他不断地"良心发现"，又不断地因金钱欲占有欲而疯狂。他的身上，真是除了"现金交易"，不再有别的联系，小市民的伤感及其神圣激发，注定要淹没在利己主义的冰水之中。作者也许并不喜欢七步高，但还是处处写他旺盛的生命力，作者也许同情倒霉的"团长"，但还是写出了他不配有更好的命运。

范玉莹是另一个值得思索的人物。她是不景气的戏曲剧团里的美人儿，做人倒也正派，有分寸感，残存着自尊心和有条件的贞操观，还相信爱情，也有结婚过正常日子的心愿。由于天生丽质，在男权为中心的语境中，始终处于被争夺的境地。小说开始不久，她夹在两个男人中间，既要讲爱，又要讲钱，穷于应付，苦恼莫名。她复杂的心理活动包含着耐人咀嚼的意味：比如，金钱与道德孰轻孰重？舒适的物质享受与虚幻的贞操哪个要紧？女人的姿容仅是一种自然美，还是可以兑换的商品？范玉莹在倒向七步高和倒向孙董的过程中，终于轰毁了原先的良知，由传统人成为一个待价而沽的人。作品写她在紫檀木大床上"有种淹没感"，写她揽镜自照，发出今后可要好好利用这个本钱的心语，实写女性贞操观在金钱面前的瓦解。在今天，这也许是带有普遍意义的。

在小说的写法上，这本书确乎好看，热闹，这得力于丰富有趣的细节，泼辣有神的对话。七步高的形象主要从他打电话中和对话中显现，贪婪，狡猾，顺嘴撒谎，极其传神。他的各种嘴脸，瞬息万变，颇具戏剧化效果。他以钱批钱，声口绝妙，令人瞠目。他盯梢，他设圈套，他破坏团长办执照，鬼点子特多，充满动作性。小说还注意运用大量流行语，日常语，今日说法，民间视点，这些都是构成其真实性的因素。

然而，应该看到，这部小说虽不无对丑恶的讽刺，却毕竟让人觉得缺少一种高洁的、庄严的、神圣的声音的衬托。事实上，何止这部小说，整个当今文学，都缺少一种信仰的力量，净化的力量。我这样说绝不是因为这部小说只写了些灰色的或沾满铜臭的人物，没有通常的正面人物亮相——文学是允许以揭露和批判为主的；而是因为，即使没有正面人物直接出场，也应该有正面的价值声音和精神理想在场。小说的卷首语说："金钱似水，渗透着社会每一个角落，侵蚀着世上每一个灵魂。世上没有比金钱更具渗透力的了。"小说还常常借七步高们的嘴这样说："如今还有谁跟金钱作对的""不必为了早已不值钱的良心错过一生的荣华富贵""上帝造女人不光为了繁衍后代，还能卖钱，只要能卖几十万几百万何乐不为""如今还有信得过的人么，多一个朋友多条路，可没钱朋友不可能交得深"等等。这些话的确反映了某种真实，不低估金钱的腐蚀性也是对的，但这样说法是否过于绝望？在中国传统文化中，自有富贵不能淫的人，有超脱的，高蹈的，清洁的精神，今天的现实中，也自有拾金不昧，见义勇为的人。我觉得，在当代中国文学的相当一些作品中，有一个明显特点，那就是只有揭示负面现实的能力，只有吐苦水的能力，或者只有在文本上与污垢同在的能力，这往往被誉为直面现实的勇气，或被认为忠于真实，而实际情形却是没有呼吁爱，引向善，看取光明与希望的能力，甚至没有辨别是非善恶的能力。这与作家拥有的文化资源，思想资源，精神资源有极大关系。由于没有一己的临时理性真理之外的永恒的人文关怀，没有相对准则之外的长远的道德理想，人的灵魂总是漂浮和挤压在暂时的处境之中，像风中的浮尘一样飘荡无依。对当今的文学来说，最迫切的也许莫过于精神资源问题。

莫怀戚：重庆性格与风流蝴蝶梦

——读《重庆性格之白沙码头》

莫怀戚的创作，让我想到了"原乡意识"——古今中外许多好作家都有自己的"原乡"：福克纳称其家乡为邮票样大小的地方，他终身写之不尽；马尔克斯的马孔多镇虽属虚拟，却与他在哥伦比亚的记忆关系密切；肖洛霍夫的顿河；鲁迅的鲁镇及其未庄；沈从文的湘西；张爱玲的老上海及其老宅子；当今贾平凹的商州；陈忠实的白鹿原；铁凝的平原笨花村；莫言的高密东北乡；王安忆的小鲍庄与上海滩两地；阎连科的耙耧山脉；真是不胜枚举。当然也有很优秀的作家并没有固定的地域和对象，但他未必没有精神的原乡。原乡对作家至关重要。离开了它，有人就不会写东西了，日渐下滑以至没落。我看莫怀戚，以重庆人自豪，对重庆情有独钟，他的笔触能节节深入到这座城市的腠里。

这部小说叫"白沙码头"本来顺理成章，莫怀戚却偏要在前面加个大帽子"重庆性格"，可见他是多么重视重庆这个原乡的文化笼罩。我之比较喜欢这部书，因为它是有性格，有风骨的，既喜其才气逼人，对话机智，冷幽默见机锋，人生经验的吉光片羽时有闪现，更喜其所显示的文化精神和民间价值独特和另类。它的许多地方，闪现着人生的智慧，不躲避人性的真相。你很难说，它究竟是在写什么：是在写白沙码头里一群师兄弟们的"重庆性格"，还是写一个风流才子的浪漫传奇，一个佯狂放达的音乐天才和情种情圣的历险记、博弈记？但不管怎样，你会被它突兀的野性、不羁的人物、匪夷所思的行为所动，不由沉醉在富于文化底蕴的、浪漫的、传奇的、刺激的、泼辣的种种场面之中。好的小说往往如此，不同的人会品出不同的味。我最后将其主旨定位为：重庆性格与风流蝴蝶梦。在这里，"重庆性格"和"风流梦"是这部书的两个关键词。

  小说中的白沙码头是一个奇特的存在，作者借它写某种特殊氛围下的重庆人的生存。重庆的地貌是两江夹一山，白沙码头仿佛其缩影，有种角落感，这里"慢慢地长大了一群孤儿"，其构成三教九流无所不包，有水手，木匠，工会主席，哲学家，小提琴手等等，其习性，风俗，交往方式，也都不是一天形成的。白沙码头的众兄弟，以及长辈"老不退火"等人，彼此不问出身，不分尊卑，义字当先，颇有四海之内皆兄弟的气概。他们常常聚会，打猎，吃火锅，大碗喝酒，大块吃肉，哥们义气，好勇斗狠。随着一位似傻如狂的陕北女子"白萝卜"——后来被称为"异人"的流落江边，如一石掀起巨浪，引发了斗殴，大师兄二师兄三师兄相继作为护花使者的经历，令人动容。据说重庆性格是由古代巴人的基因和袍哥文化合成的，也许不无道理。巴人生活在大江大峡之间，向以勇猛，善战闻名，而袍哥文化却有其积极面与消极面，它的放达，血性，轻生死，重然诺，脑壳掉了碗大个疤的大无畏，值得首肯，它的拉帮结派，哥们义气的无原则，却也需要警惕。问题在于，用小说如何写一个城市的灵魂与个性，写所谓重庆性格？我曾想，作者是不是通过"酒色财气"四字来表达他对重庆性格的理解？《金瓶梅》开篇不就有"四贪"词，劝诫人不可陷入此四贪的吗，这部书虽与此陈腐说教并无关系，但它的前半部，大都写喝酒，赌气，打架的事,"白沙码头最凶",也写发财,写与"白萝卜","公主"们的恩恩怨怨。也就是说,它不是只凭一个曲折的故事而是凭着日常化的场景与情态来表现的。我也曾想,它写的是否"江湖与美人"?小说推崇民间价值和江湖法则,白沙码头自有它的奇异标准,比如,书中人说,什么是坏?杀人,放火,抢银行,甚至强奸,都不一定是坏,但出卖是坏。可说这是它的道德乌托邦。作者敢于将这种民间价值推向极致,有它的彻底性。

依我看,这部小说的人文价值和现实意义主要表现在:它对于当今诗性的失落,人种的退化,物欲下的精神萎缩,实惠下的平安苟全,以及无想象力,表现出了一种不甘平庸的挑战性反叛和抗争。作者似乎在探索一种新活法,一种不怕死,丢得下的潇洒,一种个性的绝对张扬,对自由的无畏追求。比如,非常突出的是不怕死的观念,敢赌才会赢的心理,这似乎被认为是重庆性格的核心,贯穿了全篇。书中人物不断说,无大悲就无大喜,平平淡淡没啥活头。于是,它的主要人物,含笑看人生,博弈人生,力图表现出一种彻骨的达观。

八师兄是全书最重要的人物,作为"命是捡来的孤儿",作为歌剧院的首席小提琴手,一个音乐天才,强烈地体现了作者的价值观和人生梦想。他是儒家循规蹈矩的叛徒,他要过野性的、浪漫的、狂放的、类似于酒神精神的感性的欲望化生活。他毅然放弃第一琴手的位置,不告而辞,去闯江湖,赌玉石,漂泊于江湖之上。他具有贵族意识,懂得与上苍对话,他的作为是一种寻求意义的过程。那把史特拉姆琴,得之既奇,从不离身,如影随形,如魂如魄,那几乎是他的象征,二而一的东西。小说中,得琴,失琴,险些毁琴,归琴,构成了小说极有张力的悬念。开篇的"文革"与名琴的出现,有一种荒芜与抒情的奇幻感,最后的狱中组建乐队,又成为商品时代铜臭时代的一道风景线。作为一个音乐天才,音乐对塑造其人的作用不可低估,言谈之间,无论语言,乐感,都很高妙。作者比较精通音乐,或广泛涉猎过,音乐在作品中占有绝对地位。小说对音乐的描绘更是一绝,如小提琴发出一声异响,他拉第一弦,像一道阳光,第二弦像一汪泉水,让人想起云南,小河淌水,第三弦像松涛起伏,第四弦发出大瀑布般的低沉轰鸣,自己把自己拔到了半空。

但必须看到,八师兄同时脱不开中国士大夫情结和弱点,其行止终究落在了士大夫蝴蝶梦的俗套上。这里不能不谈到八师兄的女性观。他的生命似永远与女人缠结。公主,大妈,金花,玉石眼,羊肉串,美人痣,我没统计过他有多少女人,但在作者笔下,男权话语膨胀,这些女性都是八师兄欲望化的对象,是他的心理需要的折射,所谓妇者,伏也。她们都是用才子的眼光和需要来塑造的,都不会带来麻烦,却能满足男人多方面需求。八师兄在边境做"小白脸",在坟场和大树上与麻疯女金花作爱,以及他在监狱中与诸女性的偷情。作品里的女性,大致是圣母与淫妇,天使与恶魔,贤妇与泼妇的统一。这又与作者奇特的审美观和对监狱的美化、理想化分不开。八师兄的入狱本属构陷,不意却在狱中仿佛受了洗礼。囚衣在作者眼中是遮不住青春,最显身材,应颁发诺贝尔服装奖的最美设计。"女犯是全社会最漂亮的人群。囚衣里裹着的肉体,有生命的火焰呼呼燃烧","监狱里的生活有益于健康",并且说,真正的音乐艺术将由监狱人创造出来。如此等等。八师兄因在狱中组建乐队,找到了"当皇帝的感觉",他还说只有在监狱,男人才觉得自己是男人,女人才觉得自己是女人,于是他对减刑没有兴趣。总之是,大做起才子佳人梦,依红偎翠,左右逢源,让人看得发笑。八师兄不愿回到社会上去,他再也唤不起狱中才有的冲动,不穿囚衣便无感觉。出来后他给三乐友,也是三情人,各送了一套房子,并代为装修,不时聚首,共同怀念狱中乐团的"幸福时光"。八师兄终生最怀念的是云南的流浪感和狱中的皇帝感。这不是游戏人间,妻妾成群,艳福无边的士大夫梦吗?小说便在喝酒划拳的潇洒中结束了。不过众师兄已由喝白酒变为喝啤酒,透露出时尚的变迁。莫怀戚小说中的"情趣"也不可不谈。杜鹃的叫声,鲤鱼的公母,"比贵阳"的啼叫,唐诗的谜语,众兄弟的偷酒喝，三师兄的因篡改歌曲而调入工会，因祸得福，还有"偷有偷瘾，跟烟瘾是一样的，也有成就感"的调侃，读来皆忍俊不禁。

在某种意义上，《白沙码头》写了一个梦，一个反抗平庸，恢复血性的梦。但血性的恢复过于安全。庄生梦，南柯梦，黄粱梦，续黄粱梦，中国文化向来有梦传统。作者欣赏八师兄，倾注了全部赞美与同情。每件事情，作者都迁就他，与他合谋，使他求财得财，渔色得色，永远有惊无险地取胜，用以展现他的酷姿，甚至报复杀人，都杀不死，弄成植物人，也不犯法。这是作者自恋造成的败笔。整体看来，结构不够匀称，前半部写众兄弟的群聚生活，后半部单写八师兄的浪漫之旅。还有码头众师兄之间，身份、职业和文化差异太大，有点怪，虽说"重庆性格"是不分高低贵贱的，但仍有不协调感。再如，白萝卜后来装痴太过，夸张失度，反不好笑了。作者说，嘉陵江发源于终南山，这虽不能算错，但更高的真正源头却在甘川交界的郎木寺。

许春樵：《放下武器》与拷问灵魂

作为一部具有独特追求的小说，《放下武器》似乎尚未被人们真正认识。这部作品吸引我的，绝不是官场小说的欲望化场景，或腐败分子蝇营狗苟的嘴脸，甚至都不是郑天良其人由一个吃苦耐劳的乡村兽医演化为一个被枪毙的腐败分子的大悬念，而是小说新鲜的叙述格调和洞见人生底蕴的智慧风貌，也就是说，是它的溢出于"官场"的人生体验广度，直面灵魂并揭示其精神颓败的深隐程度。我由之对作者许春樵刮目相看。

在这部作品里，作为符号媒介的叙述语言，力图超出日常经验，摆脱直陈其事的质直，显得富于张力和具有某种扩延性，浸润性，有些句子且不无后现代式的解构和荒诞成分。比如，当"我"对父亲说起"舅舅被枪毙的事，他好像听到一百多年前被枪毙了一只蚂蚁一样无动于衷"。比如写两个官员之间的貌合神离："两个人握着手不愿松开，他们像两个远隔千山万水的和尚与道士突然碰面，毫不相干地互相肯定对方的袈裟与道袍。"比如，"在这个城市里，人们临咽气前想的最后一件事肯定不是父母与爱情，而是自己银行账号的密码"。比如，"手机铃声总以突如其来的方式响起，使人感到每天被这烟盒大小的东西暗算,电话与天空看不见的网络勾结,没有绳索,却让你无处可逃";甚至,像这样的过渡句子也有味道:"六年中合安县许多人出生了,又有许多人死掉了;许多人清醒了,又有许多人糊涂了;许多人提拔了,又有许多人下台了。"显然,这些话语不是刻意为之的结果,而是对事物悟解到某种程度后的自然流露。

当然,小说最重要的部分还是对腐败分子郑天良的灵魂的探究。小说中的"我",即郑天良的外甥,受雇于书商,正在写他舅舅一生行状的人说:"我写的都是他们不写的或根本写不出来的部分。"这话不妨看成作者的夫子自道,也是全书的特色之所在。我们可以这样说,腐败分子堕落的过程是相似的,但不同的腐败分子在堕落中的精神活动和心理世界却是各有各的不同。《放下武器》着力于洞幽烛微,写出"这一个"的复杂。它不追求外在的猎奇,而追求内在的裂度。它使人感到,腐败者与非腐败者的界限,有时是那样脆弱,微妙,如一道薄薄的墙。它能引起所有人的广泛反省和思索。

出生在破庙里的贫寒子弟郑天良,一开始决无表演成分,他做乡村兽医时,每天"骟牛卵子而不要牛卵子",名声颇佳;肥料坑事件,他勇敢地从死神手中夺回了十条人命,大智大勇。那时的他,长得高高大大,穿一身蓝布中山装,上装插一支新农村钢笔,语气很温和,一副儒雅的知识分子模样,每天腋下夹一个没有油漆的小木箱走村串乡——这幅肖像画充满了朝气。但是,当他步入仕途以后,就日益承受不住内在与外在的诱惑和压力了。首先是精神上垮了,好像有一只看不见的手猛推着他,使他苟且,失重,要官,落寞,麻木,寻找刺激,渐渐自己也读不懂自己了。他曾为了脱贫致富,或为了争一口气而卖力地工作过,可现在为什么活着,他不知道。他很奇怪自己第一次接受贿赂,心里竟很平静,没有多年前对意外之财的愤怒,也没有一夜暴富的激动。作者调侃道,这正如妓女第一次接受一个嫖客后,发现远没有想象的罪恶,第二天走到街上,仍然享受着平等的阳光,觉得与所有的人没有任何区别。作品还写他发觉自己从来不乱花钱也不需要钱,但却有瘾似的一而再再而三地接受钱,他想为自己找一个理由,终于没有找到。小说写他逛商店为情妇买钻石项链的细节堪称精彩。他对商店的记忆只是关于香烟肥皂之类的简单概念,眼前琳琅满目的商品在他眼前就像永远看不懂也毫无意义的外文单词或梵文符号。他以最快的速度用上万元买了一只钻石项链,"这是他一生中买过的最昂贵的商品,而在他的生活中远远没有两条香烟更有价值"。如此描写,不是很真实也很有趣吗?郑天良也不是没有良心发现的时刻,比如他去看望因一时迷醉发生过关系的少女王某,看到她正在为考大学复习,不由"心里一阵颤栗,那是冰天雪地里当头一桶冷水的感觉,他被这个女孩低垂的目光击穿了",他用命令的口吻说,你要真的谢我,就给我考上大学,不然就不是谢我。作者发挥道:"他虽然在女人的身体上获得短暂安慰,但在走出女人的身体之后,又走进了心的地狱,王月玲期期艾艾的眼睛在暗中注视着他,他的骨头缝里风声鹤唳。"这样的笔墨自有一种心灵的深度。

小说并不是所有的地方都这么有趣,涉及官场争斗的章节就时有似曾相识之感,不管是沈汇丽的圈套,还是郑天良的忏悔书。但是,作者力求超越反贪题材狭窄格局的努力是明显的,他要把"反贪"上升到俯瞰人生的高度和广度。为了这个要求,作者设计了"我"(郑天良外甥)的视角,"我"是以民间和底层的价值眼光出现的。当书商强迫我编造郑天良与女人淫乱的情节,否则就不出书时,我愤怒了,拂袖而去,毅然选择了"回归土地"。这里隐喻普通人同样面临腐败与否的危机,而以决绝的反抗应对。作品在这里放出了光芒。同样为了表达人生哲理的需要,作品还不时点染玄慧寺僧的偈语,用佛的眼光烛照贪嗔痴者的冥顽,这自然亦无不可。关于反贪题材创作中的某些偏向,近年已有不少明智的批评,非常及时,但此类题材似乎仍然占据着包括银屏在内的多种媒体的重要空间,其数量仍然是比较多的,我想,这只能说明,艺术来自现实,艺术来自需要,重要的不在于写什么,而是怎么写。在此意义上,《放下武器》无疑是一部值得注意的作品。

里快草原小说的文化品格

去冬我到内蒙古大学讲过一次课,并参加了当天举行的里快小说讨论会。里快是内蒙古一位从事写作多年的作家,年近六旬,却直到近几年才引起较大范围的关注——这种情形在文学史上屡见不鲜,称他是文学新人显然不妥,说他是一位需要文坛刮目相看的作家,则无疑。

近年来,我陆续读过里快的三部草原小说——是的,我愿叫它们为"草原小说",因为它们的草原色彩实在太浓厚了,在他的所有作品中都有一个无所不在的最重要的人物,那就是草原;草原始终能动地贯穿着,幻化着,但不是作为背景,而是作为一种意志,人格,精神,一个巨大的悲欣交集的灵物。三部小说题材迥异,《美丽的红格木拉河》是一部草原英雄的传奇,对英雄人格,尚武精神,正义与邪恶的斗争,表现得强烈而激荡人心,对"搏克"文化有入神描绘;长篇《狗祭》并非迎合当今写狗的潮流,而是独出机杼,表达了另一种更为深邃的思考;长篇《大漠悲风》的笔触移到了汉代,写著名的李陵悲剧,写李陵与苏武的刻骨友情和人生分野,写李陵背负着专制的汉武帝强加的巨大罪名无限痛苦,内心翻腾着难以洗清自己的悲愤。很难说哪一部更好。我在阅读中深感到，三部长篇里有一种共同的东西在撞击人心，它们是超时空的，主宰着作品的品质，是什么呢，颇费思量，很难简单概括。这里试着对它们的品质做一些探究。

我感觉，现在写少数民族地区的不少作品有个弊病，一般写的大都是看得见的东西，风情、风俗、风光、物产、地貌，皆显露在外，色彩缤纷，却大都写不出那种看不见的东西。看不见的是什么，是文化精神，渗透到灵魂里或骨子里的东西，内在的，肉眼一下子不能认识的。这种内质一旦写出，感染力就大了，且比较持久。《狗祭》，《美丽的红格尔塔拉河》写出了这种民族的精神根性，写出了内在的美。

里快是一位这样的作家，他具有本土文化，草原文化的精神内质，他把诗化和抒情化的因素大量带入了他的叙述话语之中。他不是一个严格的写实型作家，缺少精雕细刻的耐心，总是忍不住跳出来主观抒发，他的风格粗犷，豪迈，骨子里是狄奥尼苏斯式的酒神精神。这构成了他小说的魅力，也许在他看来，氛围比细密的环境重要，大自然、人性化社会、政治的细节重要，写意性比写实性重要。在某种意义上，他是把小说当抒情长诗来写的。所以，背景，事件，历史的具体性，往往被淡化了。比如《大漠悲风》里，我们不大看到汉代的典章、制度、礼仪，以及宫闱秘史，复杂的人物关系，而被突出的，是主要人物的境遇和心态，连司马迁都是虚写，转述，画面中心的是苏武和李陵。于是，他的小说里有较多浪漫主义和象征主义成分，有寓言化，象征化，抽象化倾向。有时会觉得线条比较粗，话语比较露。在他的小说里，年代似乎并不重要，时代背景的真实细节也不重要，他要写的是英雄传奇，悲情故事，是比较长远的母题——草原上千百年来不断重复的人文主题，具有原始意象化的东西。在红格尔木拉中，紫骝神马，雄鹰，人与兽的对话，让大自然也加入进来，有许多符码；还有马术，剑术，搏克，摔跤文化，得到精彩描绘，总是先抑后扬，起伏跌宕，痛快得很。他在摸索地域文化基础上形成的民族风格。里快不是蒙古族，我惊奇的是，他确实写出了道地的蒙古风。整体看来，还是文化小说。写景占了他小说中不小的成分，草原之瑰丽万状，成为它小说中最抒情，最富于色彩感，最诗化的部分。《狗祭》的开头写库伦图草原，由月牙形边缘写起，恩格尔河把蓝天白云揽在怀中。在红格尔中，女性之美，被很自然地用大地，草原，湖淖来比喻。游牧文化气息一下子出来了。

近年国内不少作品多以狗之忠诚，高尚来寄托对正在缺失中的优美人性的呼唤，写狗性实为写人性。但狗祭有所不同，它不是把狗作为人的对立物，反衬物，而是写了一条最优秀的灵犬如何在环境被污染的同时，灵魂遭到污染，中了魔性，由极善走向了极恶。既批判了环境问题，批判人类的贪婪，另一方面，则批判灵魂的遭到扭曲和变质，突出了工业文明与草原文明的激烈冲突。这是进了一步，含有深意的。《狗祭》凸显了现代生态意识，写了人与自然关系，人的异化，狗的异化，被异化的人诱惑过了的狗成为疯狗，魔狗，成为人的敌人。破坏的当然不仅是环境，更是人心。人心变坏，作为人类忠诚的朋友狗的背叛，令人惊心动魄。贪婪的工业化或功利化，商业化，机器化，利润最大化，带来的不但是对草原风光，万物，清新，活力，对洁净的生态的破坏，而且是对原始主义的，自然主义的，天人合一的素朴哲学——与草原联在一起的千百年的蒙古民族精神的根的败坏，对草原生态和心态的破坏，事实上，里快的小说写的主要还不是自然生态而是精神生态。这是一个作家使命感的表现。

《狗祭》中巴图老人的形象是个创造，以前作品中也有过，但不一样。这头"老骆驼"，是个象征性人物，是草原的人格神。他像怜惜自己的儿孙一样，怜惜草原上所有的生命。他可以放过怀孕的狼，咬人的毒蛇，最后却不能放过他最心爱的、相依为命的变坏了的灵犬哈日巴拉。他对哈日巴拉的灵魂倾诉，含义非常复杂，这只能叫倾诉，还不是对话。白驼现身，非常浪漫，优美，它是石墙宰杀现场的目睹者，也是巴图心灵创伤的抚慰者。老巴图，究竟怕什么呢？怕失落草原精神，草原的根，也即民族精神之根。他反对小孙子在城里上学。他眼见库伦图草原日渐憔悴，饮用不洁水而死的白狐一片，尤其那一株株过早凋谢的高大的兰蕙花，让他流下了眼泪。杀狗，是为了卫护草原的生存逻辑，卫护草原的尊严，卫护人的尊严。他对他的这一残酷处置毫不后悔。石墙下的大段心理独白和后来的对话都是证明。他到飞云谷的超度和祭奠，把哈日巴拉的皮送入生命之河，寻求再生，使小说达于高潮。

但是，哈日巴拉作为被诱惑者，它的忏悔和自剖要能写出，也许会更加惊心动魄。但这颗罪恶的灵魂一直未能言语，未能发声，使小说显得逊色。同时要指出，里快的小说太流畅了，于是不免有些松软，密度不够。好的语言要涩重一点，挟着思想的重量。里快一写起草原就来灵感，但遇到情节过渡，交代性环节，会忽然用一种公共的平板的话语，大为减色，成为夹在乐曲中的平庸部分。尽管他写出了自己的特色，但我仍然认为，能否进一步找到自己的词，自己的场，自己的方式，仍需努力。

（原载《人民日报》）

浦子：生命力在民间的勃发与想象

读罢浦子的长篇小说《龙窑》，难以释怀。究其原因，主要是因为作品中那个精怪人物王世民。王世民让人联想到寻根文学中的一些角色，比如《棋王》里的王一生之类，他们身怀来自中华文明非同寻常之绝技，却又与我们今天的生活无法彻底割开。作者浦子在《龙窑》中进行了一次富有生命力的恢诡想象，他试图通过这次想象，在民间世界里找寻现代人久违了的勃发的原始强力。

《龙窑》犹如一部节奏紧张、矛盾激荡的多幕剧。九龙山下所有人物纷纷登场，而主角则是王世民。王世民是九龙山下的一个奇迹，与一场漫天大雪一起搅和着降临到这个世界上的。那时，他浑身一丝不挂，冻僵在雪地上。寡妇翠香用一种极为特殊的性力盘活了他，却也因此失去了自己的清白。面对王家庄的族人的拷问，王世民倒泰然自若，他的苦恼不是来自他人施加的皮肉之苦，而是来自于自身的灵魂之痛：我是谁？我从哪里来？族长以一种宽容方式接受了他，并赐族姓与名于他。

正是这样一个从天而降的灵异，在不知不觉间改写了王家庄的历史。

他化解了两个相邻村庄的世仇，他为王庄的村民们打井，并进行了一次公选，被选为王庄的村长。他几乎每天都在苦思冥想，自己能干些什么？终于，心中那一道光来了，他想起了自己最擅长的事——建龙窑、烧龙缸。颇富戏剧性的是，当他烧出第一批陶瓷后，被村人一抢而空。此后，王世民名气越来越大，他烧龙缸已经不仅仅是他个人的事，知府也想借此讨好皇上，以求升官发财。可要烧出真正的极品龙缸并非易事，王世民顶着压力在苦苦撑持，未果，他的儿子传达却在玩耍中烧出了发着铮铮毫光的小物件，昭示了他烧制龙缸的希望曙光，但他仍始终摸不透要领。浦子对于龙窑这种民俗文化极为熟知，然而，当他进入王世民的内心时，又将这种传统文化的神秘之光无情剥去。他写道：制作龙缸不仅仅是梦想。让缸上的浮雕龙游走，一是釉色，二是太阳光，三是人的想象。他甚至说："实际上，在故事发生的时代，西方科学界已经给这种现象有了科学的解释，那就是光在某种特殊物质表面折射由人的眼球搜寻到后在脑际引发的一种幻觉。"这样一叙述，龙缸的神秘感一消而光，这时候，我们方才明白，《龙窑》要写的，并不仅仅是龙缸，也不仅仅是一种传统的民俗文化，而是另有重心，那就是这个叫王世民的人。

小说花了大量笔墨写王世民的另外一个超乎常人的异秉，那就是他的性能力。小说对此进行的描写几近夸饰失度。王世民九死一生之时，翠香以此救活了他，而村里所有女性都对他产生了崇拜和爱慕之情，纷纷主动示爱，他也是来者不拒，以至于后来村里的青年大都长得与他的儿子传达极为相似。他也因此染上了恶疾。为此，妻子翠香割断了他的脚筋，但他仍在夜间攀爬着飞檐走壁，寻花问柳。翠香把他锁在屋里，他仍能轻舒猿臂，将找他的女人拉进屋内。翠香又将其手筋挑断，以致他在观察窑火时烧伤，无奈被锯掉了四肢。这时的王世民开始了又一次潜心研究龙缸的制作。

王世民于龙缸的制作呕心沥血，还请来了外国人一起探讨。这些外国人留下的书籍中,有英文的、日文的,王世民发现自己竟然非常熟悉这两种语言,于是他意识到,自己的过去不属于王庄,他又开始一遍遍地发问,问自己,也问别人:"我是谁?我是谁?"没有人能回答。于是,他如同一只哀伤孤绝的老狼对着残月嗥叫。他开始吃书了,开始了又一次的挑战。当他终于要制作出完美的龙缸时,只身掉入龙窑的火眼中,在生命即将结束的时刻,才猛然意识到,自己来自于火,原来是火。他终于找到了自己:"我是谁?我是火!"思考了大半辈子的难题,此时幡然省悟。事实上,死去的不仅有王世民,还有他在王庄的后代,他们全部被烧死在屋中,与之同时死去的还有制作龙缸的绝世技艺。所以,我们不能把王世民看作一个传统民俗文化的象征,因为他显然还接受了外来文化影响,在更大程度上,他是中国几千年传统文化遭遇到现代文明时的艰难处境的一个暗喻。

小说至此似可结束,但作家浦子却让一个充满了叛逆精神的王庄女性——已经衰落并失去威望的族长的女儿开始了另一番生命的轮回。离家出走的玲娣回到王庄后,在清寂的大年初一早晨,在雪地中发现了一个浑身赤裸的男人,将他带回家中救治。他们的命运是王世民与翠香命运的重复和延续吗?不同的是,这一次,一切是在王庄人的哭声与炮仗声中开始的。新的历史又开始了。

小说《龙窑》是浦子对生命力在民间的勃发的一次较为成功的想象,美中不足的是,小说中性的描写有些夸大其词,读来既让人忍俊不禁,又失之于想象力的浪用。由于《龙窑》,我期待能看到更多张扬民间文化的好作品。

曾楚桥：从关怀生存到关怀灵魂

曾楚桥是一位出色的打工作家，但又不是一般意义上的打工作家；曾楚桥写作的对象，范围，形态；他作品中无告的小人物，来自底层的打工仔，求生存的万般艰辛，确实与打工文学的题旨、思路和流行写法颇为切合；但是，我发现，到了曾楚桥笔下，好像比别的打工作家更注重怎么写的问题，他往往能超越题材表层的时空意义，能越过"问题"，绕开"意义"，直接叩问人物的精神与灵魂。当然还不能说他"叩问"得有多深。我感到，他一开始就是站在作家的视角而非打工者的视角，所以看上去，他的写法与许多专业作家并无两样。

早期的曾楚桥还是偏于对义愤的发泄，对不平的呐喊，对打工兄弟的深刻同情。但他还是需要找到一种极端的生存事件来承载他的激愤。然而即使如此，曾楚桥也还是不属于那种直露的，大声疾呼型的作家，他是冷峻的，沉潜的，自尊的，总是把愤怒积压到像蓄洪闸最后一刻突然打开一样，汹涌而出，形成强烈的冲击波。《马林的仇恨》中的马林，一个几乎一无所有的青年，靠开黑摩托拉散客谋生，日子窘迫，心灰意懒，只有来自故乡的女同窗因故临时投靠于他，才使他黯淡的日子有了一丝欢颜，他也觉得有了奔头。他想靠卖苦力狠狠地挣钱，但他完全不懂黑摩的一行的潜规则，于是被协警007多次扣车，反复罚款，罚了个精光，他眼见得同行有人逍遥"法外"，他不解且愤懑；他也看到同行中的弱肉强食，他不屑且远离。当他被打击得无路可走时，他默然接受了某种暗示，在一个夜晚，听任女同窗横遭007"破处"，他的血液燃烧着。此后他果然获得豁免权，成了黑摩行里自由自在的特殊人物。他的万丈仇恨并未平息，最后出现了凶杀案，我们都以为马林动手了，其实不是，是同行间的火拼，马林依然隐忍着，苟活着，筹划着与女同窗结婚。我想这样的处理也许是更有深度的。

曾楚桥小说最突出的特色是一色冷静的白描，有时甚至接近于零度叙述。例如《观生》，写叙述人的一个表哥观生的平生遭际，不管是超生了，离婚了，逼债了，一点不动声色。只有最后，那只叫赖添儿的狗死了，他才发出号啕大哭。同样显示功力的是《红尘》，写一个仿佛摆脱了红尘，在深山度日的老妇人，那笔墨真是从容不迫，韵味悠然，使我们对老妇人与一条小狗相依为命的与世无争的生活顿生艳羡，以为作者也只是在歌颂稀见的超然的人生态度。然而不，最后，老妇人为给小狗钓鱼时，却钓上了一具女尸，不啻一石惊天，彻底打翻了恬静，把我们拉回到滚滚红尘中来。

曾楚桥小说中对人的精神和灵魂的关怀在逐渐加强。发表于《收获》的《幸福咒》，显然加入了不少新的元素。这是一篇容量颇大的短篇小说。打工者来顺从脚手架掉下摔死了，来顺女人坚持要为来顺做超度和法事，请了所谓的和尚念经，和尚却迟迟不来，苦死了等待的人。于是包工头等一干人打起了麻将，二奶三奶争风吃醋，好不热闹；和尚终于来了，西装革履，丑态百出，只会反复唱流行曲《我的幸福》所谓"幸福咒"；而相片上的死者来顺好像也不甘寂寞，面露着幸福微笑，掺乎进来。在这个燠热的南方的夏夜的灵堂里，各种元素光怪陆离，使一场祭奠变得十分滑稽。这可真是以乐境写哀，哀者更哀。小说最后，照片上"一脸幸福笑容"的来顺忽然长出了胡子。这一笔突兀，荒诞，当然不可能，不知这意味着等和尚实在等得太久了，太长了，还是死者对生者的失望？我欣赏作者对这个夏夜日常化的处理，但其中黑社会给三奶额头和屁股上刺字一节，过于狰狞，破坏了作品含蓄反讽的格调。在曾楚桥的作品里，总有一种心理在起作用，那就是自尊，极度的，扭曲的，由极端自卑转化的病态自尊。看不到这一点，就不好理解《凭什么藐视我》一类作品。

曾楚桥的故事几乎都发生在一个叫"风流底"的县城一角，这是他试图营造的文学世界，像每个经营自己的原乡的作家一样。可是，"风流底"显得比较单薄，人物，故事，世界，不够丰富，在写人与写氛围，写环境上，后者是曾楚桥的弱项，而且他的世界不够宽阔，遇到复杂的背景和复杂的社会关系，曾楚桥办法不多，甚至捉襟见肘。对他来说，扩大精神资源，开拓视野，研究和分析一切新的社会形态，可能是重要的课题。

李天岑：贪婪人格与醒世之声

——读《人道》

没有想到，《人道》如此好读，一下子就能把人抓住，且读来忍俊不禁。当我得知作者是一个官，曾是一个地级市主要负责人，不免有些惊讶和疑惑：官运和文运何以在他身上结合得如此均衡？但观其文笔，从容不迫的叙事，设悬念，拟对话，刻画细节，摹写言谈举止的能力，以及那暗藏的揶揄和民间智慧，确也不在某些专业作家之下。后来了解，原来作者创作有年，八十年代就写过多部中短篇小说，不肯间断，近年另有长篇《人精》问世，被改成电视剧《小鼓大戏》，颇受草根百姓好评。他自云，年轻时"以文得官"，年渐老"以官得文"，言下之意似乎是，曾因舞文弄墨得到赏识入了仕途，久经仕途上的历练和蹭蹬，反过来又给了他创作上的资源。他这样说，我才感到释然。天下之大，人才不拘一格，此或为一例。

我认为《人道》的特点还是非常突出的。首先是，生活的真实感和生活内在的逻辑力量体现得比较充分。要看到，生活内在的逻辑力量是强大的，只要忠于生活的真实，往往能产生格外的感染力，征服力。正所谓，生活有时比戏剧更富于戏剧性。与一些耸人听闻的官场小说相比，《人道》要可信得多。有些作家并无多少官场生活积累与观察，却爱写官场，难免不流于概念化，说教化；还有一路，虽慷慨有加，但夸张失度，用力过猛，把贪官搞得青面獠牙，妖魔化，漫画化，痛快固然痛快，反而不见了人性的深度。我看，在细节的生动，人物的血肉丰富方面，有些作品还真拼不过《人道》。当然，未可一概而论。这里，是否熟悉生活，善于分析生活，能否把握好分寸，起着重要作用。比如，在小说中，几乎所有官员私下里都厌恶马里红的死缠烂打，赤裸裸地跑官要官，但最后在人事安排上，仍然是马里红处处占上风，遂心愿；这些官员大都违心地推举了她，以致邪气压倒了正气。这里存在着极大的复杂性。俗话说，人恶人怕，人善人欺，他们或惧于她的威胁，或得了她的好处，或仅仅出于尽快打发她走人，或误以为她有更深的背景。

我由此感到，作者作为一个官场的"个中人"，还是能反观，能内视，能省思的，这比较难得。他能看到负面力量往往非人力可以遏制，不是一个人，而是一群人，在纵容着马里红式的权力狂，使之得逞。固然有与之勾结者，但更多的却是并无勾结者，正是这些官员的动摇，怯懦，自私，苟且，毫无公心，造成了更大的危害。这种反思精神贯穿在整部小说。

看得出来，全书的构思，原来是要着力写两个女人，两种人品，两种命运际遇的，甚至原本想首先大力塑造一心为民，医德高尚的杨晓静，但写着写着，马里红夺了戏，变成真正的主角。不是说杨晓静写得不好，有些章节也很感人，很见个性，然而，马里红的动作性更强，身上戏更足，更重要的原因恐怕还在于这个形象的现实感和典型性更为突出。应该说，马里红成为全书的主人公，有深刻的根源。

马里红是当今官本位文化熏陶下，在合适的气候土壤上疯长起来的一株恶之花。她"敢踢敢咬，是个天都敢摸的女人"，一个贪婪的权力狂女人。我们见过许多男性贪官,却鲜见这种女性钻营者,官迷,于是这个人物因其女性的文化身份而具有新的意义。事实上,在这个欲望化的时代,女性和男性一样,同样有人会被煽起勃勃野心,"女人啊,你的名字就是软弱"这句箴言,在某种意义上需要修改。那种只看到男权中心社会女性的受压抑,却看不到人性的共同性、历史性变化的观点,也需要修正。现今许多腐败的事实证明,没有男女的共谋,是完成不了的。小说中的马里红具有一种贪婪型人格,她心中烈火熊熊,睡不安席,食不甘味,经常挂在嘴上的话是,"哼,都说现在官不好当,可没一个不想当官,小学生都想当班干;要么有钱,要么有权,两样都不沾,那日子难熬,难以抬头啊。"她的占有欲,支配欲不断上升,追逐权力如患狂疾,她利用女性所有的优势,无孔不入,见风使舵,巧舌如簧,反客为主,于是院长,局长,一步步向上爬。作品写她"苦于自己不会长,脸黑身子白",便去丰胸,做硅化胶乳房,诱发了乳腺恶疾,她不得不藏藏掖掖,疲于奔命,下场凄惨,有很深的警醒意味。这个设计好,不是人为的编造,有某种必然性。这个形象在当今无疑具有典型意义。

人是最有魅力,最有挖头的,只有抓住了人,人事,人心,人情,又有大量生动细节保证,就能生出许多波澜和趣味。这部书的引人入胜,与它始终贴着主要人物的动机和手段向前推进有关;也还与它写出了一定的人生韵味,人生的感悟,甘苦,哲理有关。小说在臧否人物中,加入某种幽默和冷眼,不时点染,令人发笑。例如芮院长,为袒护马里红,助她升官挖空了心思,到头来他却被马顶替掉了。他在提前退休前说什么:人的两鬓白发,一边是算计别人算计白了,另一边是被别人算计白了,都说我只有一边白,那是因为我芮某不会算计别人只会被别人算计;又说,上帝造人不合理,只在前面安了两只眼睛,人要自己给自己脑后安两只眼云云。其牢骚和无奈可见。

中国的文学,向来有警世,喻世和醒世的传统,所谓"非关风化体,纵好也枉然",这被认为是载道,但这样的载道,若再伴以善有善报,恶有恶报的道德惩治系统,却是中国老百姓喜闻乐见的。李天岑的笔法,有劝谕讽喻意味,并杂以河南民间方言,有民间的道德批判精神和喜剧精神。这也许是他的作品受到民间喜欢的原因。

然而,细品全书,仍感缺乏一个宏阔的背景,大历史与小人物的关系,相互渗透,挖得不深。这倒不在于马里红多么小,而在于主要人物行动的动机应该来自历史深处的潮流,而不是琐碎的个人欲望。怎样把生活转化为艺术,不能满足于讲一个好玩的故事,要能够进入存在的深层。另一方面,臧否过于分明,善恶过于分明,脸谱过于分明,削弱了生活的复杂性。像马里红,恶到家了,有时贬斥到溢恶,她作为母亲,妻子,就没有过一丝善念和良知闪现?现在就有点接近通俗小说的惩恶扬善的极致化写法了。

后　记

　　这是我近年来评论文章的选集。大概是我的第十一本集子了。我从电脑下载的文章有三百七十多篇。起先我很有兴致地挑选着，到后来渐渐失去耐心，几经努力方编成这个样子。未编入的部分还有不少。我突出了几个中心：一是"重新发现文学"，因为在这个去精英化的、娱乐化的、新媒体化的、视觉化的时代，文学确实遭到了遮蔽，她本身的闪闪珠贝有必要经我们的手发现出来。在我看来，当今文学取得了丰硕的成果，她已不在世界之外，而是之内，不能永无休止地提"走向世界"，世界没有那么30年的遥不可及。当今的文学对人性复归，对发扬良知，对复兴民族精神，都具有极重要的意义，虽为无用，实为大用。像《当今文学的自觉与自信》等文章，都是我着力张扬的。二是以民族灵魂的发现与重铸为核心，展开了评论和思辨，形成了一些宏观或微观的文章。三是在作品研究中突出文体意识，突出创新。我的文章发在报纸上的居多，自知与学院派批评渐行渐远，得到引述的几率也很少；但我只能坚持我的写法，它们对文学有无益处，也只能经受时间的检验。

刘再复先生是我尊重的同辈学人，他在学术上的建树有目共睹，他近年关于红学，关于李泽厚美学再阐述，以及关于现当代文学和思想史的研究，均能不断给人以启发。上世纪八十年代他曾为我的一本书写过序，后书未出，序也不见了。今年在我的母校兰州大学召开了"雷达的文学批评与中国化批评诗学建设研讨会"，再复先生闻讯写一贺信，我觉得很好，很感谢，就把它放到书的首页，作为序。

雷达

2013 年 11 月 28 日写于北京